BASTEI
LÜBBE
TASCHENBUCH

Weitere Titel der Autorin:

Flammenflug

ÜBER DIE AUTORIN

Melissa Caruso bezeichnet sich selbst als Fantasyautorin, Teetrinkerin, Geek und Mutter – nicht notwendigerweise in dieser Reihenfolge. Sie studierte Kreatives Schreiben an der Brown University und bestand mit Auszeichnung. Danach schloss sie einen Master of Fine Arts an der University of Massachusetts an. Ihr Debütroman *Flammenflug* stand auf der Shortlist für den MORNINGSTAR AWARD 2017, den DAVID GEMMEL AWARD für das beste Debüt 2017. Melissa Caruso lebt mit ihrem Ehemann, einem Programmierer, und ihren beiden Töchtern in Massachusetts.

Melissa Caruso

Sturm Schwingen

Roman

Aus dem amerikanischen Englisch
von Frauke Meier

BASTEI
LÜBBE
TASCHENBUCH

BASTEI LÜBBE TASCHENBUCH
Band 20957

Dieser Titel ist auch als E-Book erschienen

MIX
Papier aus verantwortungsvollen Quellen
FSC
www.fsc.org
FSC® C019821

Vollständige Taschenbuchausgabe

Deutsche Erstausgabe

Titel der amerikanischen Originalausgabe: »The Defiant Heir – Book 2 of the Swords and Fire Trilogy«
Originalverlag: Orbit, Hachette Book Group, New York

Textredaktion: Dr. Frank Weinreich, Bochum
Titelillustration: © Yolande de Kort/Trevillion Images
Umschlaggestaltung: Cover Design by Lisa Marie Pompilio; Cover Art by Yolande de Kort/Trevillion Images; Cover © 2018 Hachette Book Group, Inc.
Satz: two-up, Düsseldorf
Gesetzt aus der Garamond
Druck und Verarbeitung: C. H. Beck, Nördlingen
Printed in Germany
ISBN 978-3-404-20957-6

1 3 5 4 2

Sie finden uns im Internet unter www.luebbe.de
Bitte beachten Sie auch: www.lesejury.de

Ich kletterte zu den anderen auf die niedrige Felsenkuppe hinauf und erkannte, was sie betrachtet hatten.

Etwas dümpelte an den Felsen, gefangen von der steigenden Flut. Schwarzes Wasser plätscherte über leuchtend scharlachrote Wolle. Ich erhaschte noch einen Blick auf dunkles Haar, das sich wie Seegras auf dem Meer ausbreitete, auf aufgedunsene weiße Finger und den Schimmer goldener Bordüren an einer allzu vertrauten Uniformjacke. Dann musste ich mich abwenden, und ich presste die Arme auf meinen rebellierenden Magen.

»Grazie der Barmherzigkeit«, flüsterte ich.

»Das ist einer von uns«, sagte Marcello erbittert. »Ein Falkner.«

Für Jesse,
weil du meinen Traum immer unterstützt hast –
und weil du mich ertragen hast,
während ich dieses Buch geschrieben habe.

KAPITEL EINS

Es war ein Jammer, solch einen grünen Ort niederzubrennen. Die winzige Insel lag inmitten der vorherrschenden Strömung, die allerlei Abfälle aus der Erlauchten Stadt anschwemmte, die sich an der dem Festland zugewandten geschwungenen Küste sammelten. Im Grunde war sie nur ein Haufen Sand und Steine, ein navigatorisches Hindernis, das nicht einmal einen Namen hatte. Aber das Ufer, an dem wir standen, wurde von blühenden Sträuchern gesäumt, die bald einem Hain aus jungen Bäumen und Büschen weiter landeinwärts Platz machten, dessen bloße Existenz einem Wunder nahekam. Eine salzige Brise, die von der Lagune herbeiwehte, entlockte dem Laub, das sich der umgreifenden Gelbfärbung des Herbstes bisher hatte entziehen können, ein leises Seufzen.

Der ganze Ort wirkte viel zu leicht entflammbar. Nicht, dass das besonders wichtig wäre, wenn es um Schadfeuer ging.

Ich berechnete die Winkel und ging drei Schritte weit über den Sand. Es konnte nicht schaden, auf der Windseite zu bleiben. Dies war zwar nur eine Übung, dennoch mochte sie uns alle umbringen, sollte etwas schiefgehen.

Unter ihrem windzerzausten Durcheinander aus dunklen Locken runzelte Zaira die Stirn. »Bist du jetzt lange genug um uns herumgetanzt? Wir sind nicht hier, um ein Menuett einzustudieren.«

Ich schätzte den Abstand zwischen ihr und mir ab. Drei Fuß vielleicht. Nicht annähernd genug, dass ich mich in Sicherheit bringen konnte, sollte sie die Kontrolle verlieren. Andererseits wären dreißig Fuß dafür womöglich immer noch nicht ausreichend.

Ich nickte, und mein Herz schlug schneller. »In Ordnung.«

»Ich setze dich schon nicht in Brand«, versprach Zaira. »Nicht dieses Mal.«

»Ich vertraue dir.« Ich verzichtete darauf, hinzuzufügen: *Solange du du selbst bist.* Dem Wesen, zu dem sie wurde, wenn die Flammen sie überwältigten, brachte ich hingegen nicht das geringste Vertrauen entgegen.

Sie drehte sich zu Marcello um, der ungefähr fünfzig Fuß von uns entfernt auf dem grauen Sandstreifen wartete. Er wirkte entspannt. Schwarze Locken fielen auf den Kragen seiner in Scharlachrot und Gold gehaltenen Uniform. Weit hinter ihm erhoben sich auf der anderen Seite der Lagune die Stallungen und blickten ihm wachsam über die Schulter. Aber seine Hand, die er so lässig in den Gürtel gehakt hatte, berührte den Griff seiner Pistole.

Nicht, dass ihm das viel helfen würde. Das Einzige, was Zairas Feuer aufhalten konnte, war das Wort, das nur aus meinem Mund die Macht besaß, es zu löschen. Wie auch immer, bei dieser Übung sollte ich dieses Wort nicht aussprechen. Zaira trainierte ihre Beherrschung. Was auch hieß, sollte mein Urteilsvermögen mich trügen, sollte ich nur eine Sekunde zu lange warten, so würden Menschen sterben.

Die Tage an der Universität waren mir bedeutend lieber. Wenn ich dort bei einer Praxislektion versagte, musste ich mit nichts Schlimmerem als einem gestrengen Vortrag meines Professors rechnen.

»Seid ihr bereit?«, rief Zaira.

Marcello nickte.

Zaira reckte mir eine Hand entgegen, die Handfläche nach oben gewandt, als würde sie von mir erwarten, dass ich etwas hineinlegte. Das Geschüh an ihrem klapperdürren Handgelenk funkelte golden.

Mein Mund fühlte sich so trocken an wie Flugsand. »Bist du sicher, dass du das tun willst?«

»Nein, ich bin eigentlich wegen eines Picknicks hergekommen. Natürlich will ich. Gib mich frei.«

Tief atmete ich die feuchte Seeluft ein, und als ich sie wieder ausatmete, formte ich mit ihr das schauerlichste Wort, das ich kannte.

»Exsolvo.«

Zaira schloss die Hand. Als sie sie dann wieder öffnete, loderten von ihren Fingern blaue Flammen auf.

Es war nur ein kleines Ding, vorerst, aber so bösartig wie ein Hakenmesser. Mit gierigem Verlangen fraß es sich in die Luft. *Schadfeuer.*

Die kleine Flammenspirale bog sich in meine Richtung, gegen den Wind. Ich wich einen Schritt zurück.

»Halten Sie stand, Dama Amalia.« Das war Balos' Stimme, tief und fest. Er hatte gegenüber von Marcello, etwa zwanzig Fuß den Strand hinunter, mit Jerith, seinem Falken und Ehemann, Position bezogen. »Sie müssen sich daran gewöhnen. In einem Notfall dürfen Sie nicht davor zurückschrecken.«

»Es ist schwer, nicht vor etwas zurückzuschrecken, das einen umbringen will«, murrte ich.

»Ist nicht persönlich gemeint.« Zaira grinste, aber die Art, wie sich die Haut um ihre Augen straffte, gab ihre Anspannung preis. Sie fürchtete sich ebenfalls. »Es will jeden umbringen.«

»Jetzt steck etwas in Brand«, rief Jerith. Irgendwie hörte er sich eher an wie ein Kind, das einen Schulkameraden verleiten wollte, Unsinn zu machen, weniger wie ein älterer Hexer, der einen jüngeren anzuleiten gedachte.

Mit einer knappen Bewegung aus dem Handgelenk richtete Zaira die Finger auf einen gedrungenen Busch mit glänzenden, runden Blättern. Ein Funke sprang aus ihrer Hand, brannte sich einen leuchtenden Pfad durch die Luft und landete in dem Gestrüpp. Blau-weiße Flammen loderten in der Mitte des Strauchs auf, krochen hungrig an seinen schwarz werdenden Zweigen empor und verwandelten sämtliches Laub in Asche.

»Halt es im Zaum«, wies Jarith sie an. Das Magiermal in seinen Augen schimmerte silbern, während er Zairas Gesicht beobachtete. »Lass nicht zu, dass es sich ausbreitet.«

»Ich weiß, was ich tue«, fauchte Zaira. Schweiß glänzte auf ihren Schläfen.

»So? Und was ist dann das?« Jarith machte eine abrupte Kopfbewegung und deutete mit dem Kinn auf das Feuer.

Von dem Gebüsch war nur ein ausladender, verkohlter Zweig übrig, aber die Flammen loderten höher denn je, reckten sich den Ästen der Bäume über ihnen entgegen. Dünne Flammenfäden mäanderten hinaus und folgten den Wurzeln des Strauches unter der Erdoberfläche.

Einer davon schlüpfte am Rand des sandigen Bereichs – dünn, machtvoll und so schnell wie eine Schlange – direkt auf Marcello zu.

Die Erinnerung an Gestalten, die sich unter Qualen in dem blauen Feuer wanden, und an den Geruch von verkohltem Menschenfleisch versengten mein Bewusstsein. Ich holte Luft, hielt das Wort der Versiegelung aber doch noch zurück, obwohl es bereits gegen meine Zähne drängte.

Ich musste darauf vertrauen, dass sie es in der Hand hatte. Das war die Hälfte, die ich zum Erfolg dieser Übung beizutragen hatte.

Zaira streckte die Hand nach der rasenden Feuerlinie aus, als wollte sie sie zurückziehen, doch die Flammen loderten nur noch höher auf. Ein schwacher blauer Schimmer leuchtete in ihren Augen. Marcello wich hastig zurück, doch das Feuer war schneller und würde ihn binnen Sekunden erreichen. Ich klappte den Mund auf, um das Wort hinauszuschreien, das ihn retten konnte.

»Zaira!«, rief da Jerith in scharfem Ton.

Zaira zerschnitt die Luft mit einer raschen, ausholenden Bewegung ihrer Hand. Das Schadfeuer erlosch und ließ nur einen rauchenden schwarzen Fleck am Boden zurück.

»Seht ihr? Bestens.« Sie warf ihre dunkle Lockenmähne zurück. »Komplett unter Kontrolle.«

Aber ihre Hände zitterten ein wenig, und sie schob sie rasch in die Taschen ihres Rocks.

»Revincio«, hauchte ich seufzend und versiegelte ihre Macht. Meine Knie fühlten sich an, als könnten sie vor Erleichterung jeden Moment nachgeben.

Jerith schüttelte den Kopf. Ein Diamant funkelte an seinem Ohrläppchen. »Die Kontrolle zu wahren wird erheblich schwerer werden, wenn du es mit vaskandrischen Musketieren zu tun bekommst, oder sollte einmal die Schoßchimäre eines Hexenlords mit ihren giftigen Klauen auf dich losgehen.«

Ich scharrte unbehaglich mit den Füßen. »Wir befinden uns nicht im Krieg mit Vaskandar.«

Jerith lachte. »Nur nicht so schüchtern, gnädige Frau. Die Geheimnisse Ihres Rats sind bei mir sicher. Und jeder, der von den Truppenbewegungen gehört hat, weiß, dass die sich auf eine Invasion vorbereiten. Da ist es doch nur angemessen, wenn wir ihnen im Gegenzug die gleiche Achtung erweisen.« Mit einem Finger zeigte er auf Zaira.

»Und das bedeutet, wir müssen deine Fähigkeiten, deine Macht zu kontrollieren, so weit verbessern, dass Dama Amalia dich entsiegeln kann, ohne sich darüber Sorgen machen zu müssen, dass du sie zusammen mit dem Feind abfackeln könntest.«

Zairas Augen blitzten vor Zorn. »Damit mich das Imperium als Waffe benutzen kann.«

»Nein. Damit du niemanden umbringst, den du nicht töten willst.« Jeriths Lächeln wirkte erbittert. »Das Imperium wird versuchen, dich als Waffe zu benutzen, ganz gleich, wie gut oder schlecht du deine Macht unter Kontrolle hast.«

Balos schlang einen muskulösen Arm um die schmalen Schultern des Sturmhexers, und ich fragte mich, ob Jerith aus Erfahrung gesprochen hatte.

Marcello näherte sich uns. Tiefe Falten verunzierten seine Stirn. Ich kam nicht umhin, zu bemerken, wie sehr der Schnitt seines Uniformwamses ihm schmeichelte. Da half es wenig, dass ich mich während der letzten paar Wochen ständig ermahnt und mir immer wieder klargemacht hatte, dass wir nicht buhlten – nicht auf diese Weise umeinander werben *konnten* – jedenfalls nicht jetzt. Noch war ich nicht bereit, die Macht aufzugeben, die mit meinen politischen Rechten als Erbin der Contessa verbunden war.

»Das war besser«, sagte er.

Zaira warf einen kurzen Blick auf die verkohlten Überreste der Übung der letzten Woche. Da hatte ich ihr noch Einhalt gebieten müssen. »Verdammt richtig, das war es. Glaubt ihr etwa, ich würde auch nur einen von euch ertragen, würde das nicht hinhauen?«

»Wir sollten es noch einmal versuchen«, schlug Marcello vor. »Dieses Mal länger.«

Ich beäugte das Dickicht aus Sträuchern und überhängenden Zweigen rund um den geschwärzten Strunk, der von dem Busch übrig war, den Zaira niedergebrannt hatte. »Vielleicht sollten wir uns einen Ort suchen, an dem es sich nicht so leicht ausbreiten kann.«

Für einen Moment sah Marcello mich an. Lachfältchen an seinen Augenwinkeln kündeten von einer gewissen verschrobenen Belustigung. »Gute Idee. Ich kann nicht abstreiten, dass mein Herz am Ende auch einiges zu tun hatte.«

Ich erwiderte sein Lächeln, doch in meiner Brust regte sich ein vages Unbehagen. In den Wochen, seit wir aus Ardence zurückgekommen waren, hatte er sich mir gegenüber freundlich und zuvorkommend verhalten. Er war geradezu übertrieben professionell aufgetreten; es war, als hätte es diesen verzweifelten Kuss in dem Moment, den ich für ein letztes Lebewohl gehalten hatte, nie gegeben. Inzwischen war ich nicht mehr sicher, ob sich hinter seinem Lächeln womöglich ein heimlicher Schmerz verbarg.

Sein Blick entfernte sich und wanderte über den Strand. »Wie wäre es dort drüben?«

Er zeigte auf eine Reihe muschelverkrusteter Steine, die an einem Ende der sichelförmigen Insel, nicht weit von uns entfernt, eine Nehrung bildeten. Schadfeuer kann auch auf Fels brennen – oder, da wir gerade dabei sind, auf Wasser – aber dort draußen bestand zumindest nicht die Gefahr, dass eine überraschende Böe den Ast eines Baums in die Flammen drückte.

Zaira tat ihre Gleichgültigkeit mit einem Achselzucken kund, also gingen wir auf die Nehrung zu. Sie schien es nicht eilig zu haben, und ich hatte zwar eine Hose angezogen, kam mit meinen Stadtstiefeln aber in dem schlüpfrigen, weichen Sand nicht gut voran; bald fielen wir hinter den anderen zurück.

Mir sollte es recht sein. Ich musste sie etwas fragen, mich einem bohrenden Unbehagen stellen.

»Jerith hat recht«, sagte ich leise. »Dieses Mal ist es keine Finte. Vaskandar bereitet sich auf einen Krieg vor. Und du weißt, was der Rat von dir verlangen wird.«

»Ja, hab ich gehört. Musketiere. Chimären.« Sacht zupfte sie an dem Geschüh an ihrem Handgelenk, als wollte sie ausprobieren, ob es vielleicht doch endlich abging. »Dürfte sogar einfacher sein, als irgendeinen dürren Busch abzubrennen. Je kleiner desto schwieriger.«

»Bist du …« Ich suchte die richtigen Worte, um meine Frage zu formulieren. »Wie fühlst du dich dabei?«

»Warum fragt mich jedermann nach meinen Gefühlen? Bei den Titten der Grazien, du und Terika …« Sie klappte den Mund zu und presste die Lippen zusammen.

»Vielleicht sorgen wir uns um dich.«

Zaira schnaubte verächtlich. »Muss nett sein, wenn man den Luxus hat, sich Sorgen über so einen Unsinn zu machen. In den Unschlitten lernt man schnell, dass Gefühle wertlos sind. Die sind das, was die Säufer am Morgen danach in den Rinnstein pissen.«

Über manche Dinge lohnte es, mit Zaira zu diskutieren – und über manche nicht. »Ich würde es nicht gern sehen, wenn du in eine Lage gerietest, in der du gezwungen wärst, dein Feuer zum Töten zu benutzen.«

»Statt was zu tun? Fleischspieße auf dem Markt zu rösten? Es gibt nicht so viele andere Dinge, für die das zu gebrauchen ist.« Sie schüttelte den Kopf. »Du hast Jerith doch gehört. Für das Imperium bin ich ein Werkzeug, eine tödliche Waffe, weiter nichts. Und so falsch liegen sie da nicht. Wenn ich bei den Falken bleibe, dann werde ich eine Spur aus Asche durch Vaskandar ziehen. Deine süßen Skrupel und Nettigkeiten werden daran nichts ändern.«

Dieses *Wenn* grenzte an Hochverrat. Die Gesetze des Imperiums ließen jenen, die das Magiermal trugen, keine Wahl, auch wenn sie sie mit Reichtümern und üppigen Annehmlichkeiten für ihren obligatorischen Dienst bei den Falken entschädigten. Aber ich zweifelte nicht daran, dass Zaira, wenn sie nur wollte, jederzeit davonlaufen konnte. Nur aufgrund der Tatsache, dass sie wusste, dass ihr dieser Ausweg offenstand, hatte sie sich damit abgefunden, zu bleiben. Vorerst.

»Ich wünschte, ich könnte meine Falken-Reform durchbringen, ehe ein Krieg ausbricht.« Ich trat gegen einen Stein, der ein Stück weit über den Sand glitt. »Dann könnte jeder Magier selbst entscheiden, ob er Soldat wird. Aber meine Mutter sagt, solange die vaskandrischen Streitkräfte an unserer Grenze lauern, hätte ich keine Chance, in der Versammlung Gehör zu finden.«

Zaira bedachte mich mit einem Seitenblick. »Immer noch diese Geschichte? Das geht nie durch.«

»Wenn die Bedrohung durch Vaskandar nachlässt, könnte es das aber«, beharrte ich. »Ich habe jetzt schon ein paar Dutzend Angehörige der Versammlung überzeugt, den Antrag zu unterstützen. Ich brauche nur mehr Zeit.«

»Ein paar Dutzend. Von Tausend. Verzeih, wenn ich nicht wie ein braves kleines Mädchen darauf warte, dass du uns befreist.« Zaira blieb stehen und stemmte die Hände in die Hüften. »Du denkst doch nicht, dass das der Grund ist, warum ich noch hier bin, oder? Dass ich auf dein albernes Gesetz hoffe?«

»Nein«, erwiderte ich stirnrunzelnd. »Ich nehme an, du bist wegen Terika geblieben.«

»Ich mag Terika«, gab Zaira zu. »Aber wenn du denkst, ich würde mich von ihr an die Stallungen ketten lassen, dann kennst du mich schlecht.«

»Mag sein«, räumte ich seufzend ein.

»Ich bin nur aus einem Grund hier.« Sie zeigte mit dem Finger auf mich. »Um zu lernen, meine Macht gut genug zu beherrschen, dass ich niemanden verletze. Gut genug, um sie zu verbergen. Denn nun weiß die Welt von mir, und es gibt keinen Ort, an den ich mich flüchten könnte. Die werden mich nie in Ruhe lassen.«

»Aha.« Ich wusste nicht, was ich sonst sagen sollte; sie hatte ja recht.

»Die mögen dein Gesetz für Artefaktoren und Alchemisten bewilligen. Wegen Geräten und Tränken machen sich die Leute nicht so ins Höschen wie bei Schadfeuer. Vor den Hexern haben sie zu viel Angst.« Sie schüttelte den Kopf. »Kein zurechnungsfähiger Mensch kann wollen, dass jemand, der imstande ist, im Alleingang aus einer Laune heraus eine ganze Stadt zu vernichten, frei herumläuft. Der ganze Kontinent Eruvia will mich sicher in den Stallungen verwahrt wissen – oder noch besser tot.«

»Ich will dich weder verwahrt noch tot sehen«, protestierte ich.

»So?« Skeptisch zog Zaira eine Braue hoch. »Wenn ich beschließe, es einfach darauf ankommen zu lassen, davonzulaufen und mich zu verstecken, was würdest du dann tun?«

Das war eine unangenehme Frage, über die ich mir in den letzten paar Wochen häufig den Kopf zerbrochen hatte. Nicht zuletzt, weil es mir schwerfiel, mir eine Zukunft auszumalen, in der Zaira damit zufrieden wäre, lange Zeit in den Stallungen eingesperrt zu sein. »Ich versuche, eine Möglichkeit zu finden, dass du auf legale Art da rauskommst. Ich versuche, den Dogen und den Rat zu überzeugen, dich gehen zu lassen.«

»Die werden mich nie gehen lassen, und das weißt du auch.«

»Tja, dann werde ich eben meinen Einfluss nutzen und tun, was ich kann, um das Imperium daran zu hindern, sich deiner zu bemächtigen. Damit du in Sicherheit bist.« Mein Herz schlug schneller angesichts der inhärenten Rebellion in dieser Aussage; meine Pflicht als Falknerin würde von mir verlangen, dass ich half, sie wieder aufzuspüren.

Andererseits war ich mehr als nur eine Falknerin.

»In Sicherheit?« Zaira stieß ein bellendes Gelächter hervor. »Wo ich bin, gibt es keine Sicherheit. Ich bin Salz gewordene Gefahr – gib mich irgendwo dazu, und ich mache es erst richtig interessant.«

»Ich kann nicht bestreiten, dass das eine recht zutreffende Beurteilung sein dürfte. Aber falls du wegläufst, wo willst du dann hin? Was willst du tun?«

Zaira trat schweigend in den Sand und setzte eine finstere Miene auf. »Ich weiß es nicht«, sagte sie nach einer Weile. »Wenn ich es wüsste, hätte ich es schon getan. Aber der erste Schritt ist ohnehin, mein Feuer unter Kontrolle zu bekommen. Danach kann ich mir dann überlegen, was ich als Nächstes tue.«

»Also wirst du nur so lange bei den Falken bleiben?« Meine Kehle fühlte sich an wie zugeschnürt. Natürlich wollte ich auch, dass Zaira frei war, und mein Leben würde ohne sie zweifellos ruhiger verlaufen. Aber das wäre eine einsame Ruhe.

»Kommt darauf an.« Zaira senkte die Stimme. »Nach diesem Schwachsinn in Ardence habe ich mir ein Versprechen gegeben. Sollte der Doge mir befehlen, Leute zu verbrennen, die das nicht verdient haben, ist die Grenze erreicht. Dann bin ich weg.«

Ich nickte. »Ich verstehe. Aber was ist, wenn er dir befiehlt, gegen Vaskandar vorzugehen? Was dann?«

»Wenn die bei uns einmarschieren, ist das etwas anderes.« Sie gab sich der Vorstellung von einem Krieg zwischen dem Imperium und seinem mächtigsten Nachbarn gegenüber so gleichgültig, als handelte es sich lediglich um ein ärgerliches Insekt. »Ich habe von den runzligen alten Relikten in den Stallungen Geschichten über den Dreijährigen Krieg gehört. Großväter, die in ihren Betten von Brombeerranken erdrosselt wurden, Kinder, die man an Bären verfütterte – die Hexenlords kennen keine Gnade. Wenn die unsere Grenze übertreten, dann werde ich ihnen zeigen, dass sie nicht die einzigen Dämonen in den Neun Höllen sind!«

Vor uns blieb Marcello auf der felsigen Erhebung auf der Nehrung stehen, als hätte ihm der Wind ein Tor vor der Nase zugeschlagen.

»Was ist das da im Wasser?« Furcht raubte seiner Stimme die Farbe.

Jerith und Balos sprangen neben ihm hinauf und blickten zu der anderen Seite des Felsens hinab. Balos schlug eine Hand vor den Mund; Jerith fluchte.

Zaira und ich wechselten einen kurzen Blick und rannten los, um zu den anderen aufzuschließen.

Zaira hatte den Felsen zuerst erklommen, und ihre Röcke peitschten hinter ihr durch die Luft. Sie schaute nur kurz zum Wasser hinab und nickte dann entschieden, ganz so, als hätte sich ein längst gehegter Verdacht bestätigt.

»Tot«, sagte sie.

Ich kletterte zu den anderen auf die niedrige Felsenkuppe hinauf und erkannte, was sie betrachtet hatten.

Etwas dümpelte an den Felsen, gefangen von der steigenden Flut. Schwarzes Wasser plätscherte über leuchtend scharlachrote Wolle. Ich erhaschte noch einen Blick auf dunkles Haar, das sich wie Seegras auf dem Meer ausbreitete, auf aufgedunsene weiße Finger und den Schimmer der goldenen Bordüren an einer allzu vertrauten Uniformjacke. Dann musste ich mich abwenden, und ich presste die Arme auf meinen rebellierenden Magen.

»Grazie der Barmherzigkeit«, flüsterte ich.

»Das ist einer von uns«, sagte Marcello erbittert. »Ein Falkner.«

*

Ich brachte es nicht über mich, Marcello, Zaira und Balos zu helfen, den Leichnam aus dem Wasser zu ziehen. Als Zaira mich als verweichlicht bezeichnete, nickte ich nur mit fest zusammengepressten Lippen und wandte den Blick ab.

Wenigstens behielt ich mein Abendessen bei mir. Als Jerith aus dem Wald zurückstolperte, wischte er sich den Mund ab und sah noch blasser aus als sonst.

»Ach, dieser arme Kerl«, krächzte er.

»Wer ist er?«, fragte ich und sah mich nervös zu der Stelle um, an der sich die anderen über die Leiche beugten. »Haben Sie ihn erkannt?«

»Nein. Dafür ist er zu zernagt gewesen. Aber sein Name sollte auf seiner Uniform stehen.« Jerith sank in den Sand und legte die Stirn auf seine Knie. »Ich habe kein Problem mit Toten. Hab schon Dutzende gesehen. Blut, furchtbare Verbrennungen, das macht mir nichts aus. Aber eine Wasserleiche, die tagelang im Meer gelegen hat, das ist etwas anderes.«

Ich nickte mitfühlend. Den Grazien sei Dank, dass mir der Wind ins Gesicht blies und die todesgeschwängerte Luft davontrug.

Die anderen richteten sich wieder auf. Balos blieb mit gesenktem Kopf bei dem toten Mann stehen. Marcello ging an uns vorbei zum Wasser und wusch sich die Hände in der sauberen, salzigen Lagune. Sein Gesicht sah abgespannt und gequält aus. Der Schmerz, der an seinen attraktiven Zügen zerrte, bohrte sich wie ein Messer in mein Inneres. Ich ging auf ihn zu.

Zaira stapfte herbei und wischte sich die Handflächen an ihren Röcken ab.

»Tja«, sagte sie, »das nenne ich aufgedunsen. Der hat schon mindestens eine Woche im Wasser gelegen.«

Jerith hob den Kopf und fluchte. »Eine Woche?«, fragte er. »Verdi!«

Marcello drückte den Rücken durch. »Ich weiß. Das ist zu lang. Sein Falke muss auch bereits tot sein.«

»Alle Höllen!« Daran hatte ich gar nicht gedacht. Wenn Falkner starben, blieben ihren Falken nur ein paar Tage, um sich ein neues Geschüh zu verschaffen, oder die scheinbar harmlosen, hübschen goldenen Armreifen trieben ihre tödliche Magie in die Adern ihrer Träger und bescherten ihnen einen langsamen Tod.

So etwas sollte im Grunde niemals passieren. Zumindest glaubte Marcello, dass das lediglich eine Vorsichtsmaßnahme war, um Verbrechern oder fremden Mächten den Ansporn zu nehmen, Falkner zu töten. Ich jedoch hegte den Verdacht, dass der Doge es vorzog, den Tod eines Falken in Kauf zu nehmen, ehe er in feindliche Hände geraten konnte.

»Wer war das?«, fragte Jerith mit brüchiger Stimme.

»Anthon. Er wurde ein Jahr nach mir zum Falkner.« Marcello

starrte über die Lagune zu den Stallungen hinüber. »Sein Falke war Namira, eine Artefaktorin aus Osta. Sie hatten sich beurlauben lassen, um ihre Familie zu besuchen, aber anscheinend haben sie es nie auf ihr Schiff geschafft.«

»Was ist passiert?« Ich sah mich zu Balos um, der immer noch still und ehrwürdig bei dem Toten stand; das klägliche, scharlachrote Bündel lag jenseits der Felsen und außerhalb meines Blickfelds. »Ist er ertrunken?«

»Man hat ihm die Kehle durchgeschnitten«, sagte Marcello knapp. »Er wurde ermordet.«

KAPITEL ZWEI

BETROFFENHEIT HING WIE ein Leichentuch über unserem Tisch bei Dama Auricas Abendgesellschaft. Marcello sprach kaum ein Wort, und die Dienstboten räumten die Teller der ersten beiden von vierzehn geplanten Gängen an seinem Platz beinahe unberührt ab. Zaira hingegen fiel noch ergrimmter als sonst über ihr Essen her. Marcellos Schwester Istrella beugte sich über einen kleinen Haufen fummeliger Artefaktionsstücke, die sie in ihrer seidenen Tasche mitgebracht hatte. Mit sorgenvollem Stirnrunzeln verdrehte sie ein Stück Draht. Eine alte Matrone am Nebentisch rümpfte die Nase ob dieses Benehmens und bedachte sie mit einem tadelnden Seitenblick. Aber das war eben Istrella, wie sie leibte und lebte.

Ich wagte nicht einmal den Versuch, selbst eine Unterhaltung in Gang zu bringen. Ich hatte den ermordeten Falkner und seinen wahrscheinlich ebenfalls toten Falken gerade gut genug gekannt, um ihren Namen Gesichter zuordnen zu können. Anthon hatte sich einen Bart stehen lassen, den er ständig rieb, wenn er sprach. Namira war so alt gewesen wie meine Mutter und hatte leuchtende, scharfe Augen und kurze, eisengraue krause Locken gehabt. Doch sowenig ich sie auch gekannt hatte, kam es mir doch falsch vor, gerade einen Tag nachdem wir die Leiche gefunden hatten, einem Fest beizuwohnen.

Die Bediensteten trugen einen Zwischengang mit Nüssen auf, eine reichliche Ernte diverser Sorten, kunstvoll mit Blumen und Grün auf einer silbernen Platte angerichtet. Zaira zupfte eine Walnuss heraus; das harsche Knirschen, als sie die Schale knackte, zerrte so sehr an meinen Nerven, dass ich die Stille nicht länger ertrug.

»Gibt es schon einen Verdacht, wer das getan haben könnte?«, fragte ich Marcello.

Er blickte auf. Die dunklen Schatten unter seinen Augen deuteten darauf hin, dass er nicht viel geschlafen hatte. Ich hasste es, die sonst so klaren Züge so müde und ausgezehrt vor mir zu sehen, und ich wünschte, ich könnte einfach die Hand ausstrecken und die Sorgenfalten von seiner Stirn streichen.

»Nein«, sagte er. »Es ergibt keinen Sinn. Namira war Artefaktorin. Sie hat Schutzbanne entworfen und neue Falken unterrichtet. Es gibt keinen Grund, warum irgendjemand ihren Tod oder den des armen Anthon gewollt haben könnte.«

Zaira starrte finster auf ihren Teller. »Den Mistkerl, der das getan hat, würde ich zu gern in die Finger kriegen. Namira war in Ordnung.« Ein scharfes Knacken unterstrich ihre Worte, und sie warf sich eine weitere Nuss in den Mund.

»Meine Mutter verdächtigt Vaskandar.« Ich warf einen Blick zu dem vaskandrischen Botschafter, der drei Tische weiter sein Glas erhob und zwei wohlhabenden Importeuren zuprostete. »Schon weil sie immer noch ihre Truppen an unsere Grenze verlagern, obwohl der Herbst bevorsteht. Das bedeutet, dass sie eindeutig *irgendetwas* im Schilde führen.«

»Ich begreife nicht, welchen Vorteil es ihnen einbringen könnte, eine einzelne Artefaktorin und ihren Falkner umzubringen«, bemerkte Marcello mit nachdenklicher Miene.

»Namira war eine sehr begabte Entwicklerin und auf Runenartefaktion spezialisiert«, stellte ich fest. »Vielleicht hat sie an einem Projekt gearbeitet, das Vaskandar Sorgen bereitet hat, möglicherweise eine neuartige Waffe oder eine Falle für das Schlachtfeld. Wir sollten ihre Notizen nach Hinweisen durchsuchen.«

»Du hast stets so gute Ideen, Amalia.« Marcello lächelte wehmütig. »Das ist eines der Dinge, die ich an dir liebe.«

Die Worte trafen mich trotz seines beiläufigen Tons wie ein Blitzschlag. *Liebe.*

Er hatte es seit jenem Moment in Ardence, als ich wegen eines Gifts im Sterben lag und wir uns verabschiedeten und kaum Hoffnung hatten, einander noch einmal zu sehen, nicht mehr ausgesprochen. *Ich glaube, ich könnte dich lieben.* Ich hatte versucht, das zu vergessen; die Umstände waren schließlich erdrückend gewesen. Und es wäre närrisch, bei der Frage zu verweilen, ob er mich liebte oder ob ich ihn liebte, nachdem ich die politische Entscheidung getroffen hatte, ungebunden zu bleiben, zumindest vorerst.

Was mich zu einer Närrin machte, denn natürlich dachte ich seither an beinahe jedem Tag in der Woche daran.

»Namira arbeitete gerade an einigen von diesen wundervollen Spiralrunen, die man in den Mauerbildern alter Gruften in Osta finden kann. Sie wollte sie modifizieren«, warf Istrella überraschend ein. »Sie hatte vor, weitere Nachforschungen in Osta anzustellen. Ich war ziemlich neidisch; irgendwann will ich mir dort die artefaktischen Filigranarbeiten aus Draht im königlichen Palast ansehen.«

»Vielleicht können wir gemeinsam hinfahren«, schlug ich vor, und Istrella schenkte mir ein Lächeln.

»Ich hätte wissen müssen, dass sie verschwunden waren.« Marcello sprach so leise, dass ich ihn kaum hören konnte. »Sie hätten schon vor Tagen in Osta eintreffen sollen. Aber weil Namira beurlaubt war, habe ich nicht erwartet, dass sie sich melden.« Er schüttelte den Kopf und presste die Lippen zu einer erbitterten Linie zusammen.

»Du darfst dir keine Schuld geben«, sagte ich und bemühte mich um einen Ton, der vielleicht sanfter war, als klug gewesen wäre.

»Wer sagt, ich würde mir die Schuld geben?« Er versuchte sich an einem wenig überzeugenden Lächeln.

»Jeder, der dich kennt.«

»Für die Sicherheit der Falken *bin* ich verantwortlich.« Er rieb sich die Stirn. »Besonders nach meiner Beförderung.«

»Beförderung! Du hast mir gar nicht erzählt, dass du befördert wurdest.« Mir waren ein paar zusätzliche Litzen an seinem Kragen aufgefallen und noblere Falkenkopfknöpfe, aber ich hatte angenommen, er trüge lediglich eine neue Paradeuniform.

Er hatte es mir nicht erzählt. Diese Erkenntnis versetzte mir einen Stich und bohrte sich in meinen Brustkorb. Vielleicht war er nur zu beschäftigt gewesen, aber vielleicht hielt er mich auch auf Distanz.

Strahlend vor Stolz blickte Istrella von dem Draht auf, den sie wickelte. »Ja, er ist nun Hauptmann Verdi. In den Stallungen ist er damit nur noch Oberst Vasante unterstellt. Er kann jetzt die Mittel für meine Projekte selbst bewilligen! Das finde ich wunderbar. Er stellt nicht zu viele Fragen wegen der Sicherheitsvorkehrungen.«

Marcellos Augenbrauen zuckten alarmiert in die Höhe. »Das sollte ich vielleicht ändern.«

»Meinen Glückwunsch«, sagte ich und hob mein Glas, fest entschlossen, die Kränkung nicht in meinem Lächeln durchscheinen zu lassen. »Ich weiß, du hast schon länger darauf hingearbeitet.«

Marcello zuckte mit den Schultern und zupfte verlegen an den Litzen seines Kragens. »Danke. Allerdings musste ich jetzt schon feststellen, dass das nicht so ist, wie ich es mir vorgestellt hatte.«

»So?« Ich zog fragend eine Braue hoch. »Mehr Arbeit? Mehr Politik?«

»Mehr Schuld.« Er verzog das Gesicht. »Oberst Vasante ist anscheinend der Meinung, unser Umgang mit der Lage in Ardence hätte gezeigt, dass ich bereit bin, größere Verantwortung zu übernehmen. Aber ich fürchte, ich enttäusche sie schon jetzt. Nun, da Vaskandar sich auf einen Krieg vorbereitet, hätte ich zusätzliche Gardisten für alle Falken, die außerhalb der Stallungen unterwegs sind, abstellen müssen.«

»Tritt dir ruhig selbst in die Weichteile, wenn du unbedingt willst, aber ich wäre eher dafür, seiner Öligen Exzellenz hier die Schuld zuzuweisen«, grollte Zaira und deutete mit einer Kopfbewegung auf den vaskandrischen Botschafter, der sich gerade erhoben hatte, um eine Landsmännin zu begrüßen, und dabei liebenswürdig mit dem Kopf nickte. »Er verschwindet immer wieder in einem Nebenraum, um mit irgendwelchen Leuten zu reden.«

»Tatsächlich?« Ich verdrehte mir den Hals, um einen Blick auf ihn zu werfen. Die Grazien wissen, dass ich ihn auch hätte im Auge behalten müssen, statt mir die Aufmerksamkeit von Erinnerungen an den Tod und verwesende Leiber vernebeln zu lassen.

Er war ein Mann in mittleren Jahren, der aussah, als hätte er einmal Muskeln besessen, sie aber verkommen lassen. Ein kräftiger Bart bildete einen Kontrapunkt zu der kahlen Stelle, die jedes Mal aufblitzte, wenn er den Kopf beugte. Selbst seine Garderobe wirkte wie ein Kompromiss: eine Brokatjacke im raverranischen Stil in vaskandrischem Waldgrün. Ich suchte in meinem Gedächtnis nach seinem Namen und kramte ihn schließlich aus einer Erinnerung an meinen letzten Besuch in der Botschaft hervor, als ich an einer wahrlich zermürbenden Festivität mit Prinz Ruven hatte teilnehmen müssen: Botschafter Varnir.

Zaira hatte recht; Varnir deutete auf eine Tür auf der anderen Seite von Dama Auricas Speisesaal, und gleich darauf bahnte er sich mit seiner Begleiterin – eine große, elegante Dame in einem langen Ledermantel mit einer kantigen vaskandrischen Stickerei – einen Weg zwischen den Tischen hindurch.

»Ich würde einiges darum geben, mit anzuhören, worüber die reden«, bekundete ich.

Istrella blickte ruckartig von ihrer Arbeit auf. Marcello hatte sie überzeugt, ihre artefaktische Brille daheim zu lassen, und das Magiermal in ihren Augen trat leuchtend golden hervor und verlieh ihnen einen fiebrigen Glanz. »Oh! Wirklich? Lass mich mal sehen, was ich tun kann.«

Summend zog sie eine kleine Zange hervor und fing an, Draht um ihren Dessertlöffel zu wickeln. Marcello und ich wechselten einen warmherzigen Blick; wenn man ein Problem zu lösen hatte, war auf Istrella immer Verlass. Sie steckte ein paar Perlen auf den Draht, zog eine Nadel aus ihrem widerspenstigen Haarwust und tauchte sie in ein Tintenfässchen aus ihrer Tasche ein. Binnen weniger Augenblicke hatte sie einen einfachen Kreis mit einigen Runen auf der Rückseite ihres Löffels angebracht.

»Ist das ein Kreis, der Geräusche verstärken kann?«, fragte ich beeindruckt. Wir hatten ein paar davon in den Lauschposten in unserem Palast, aber ich hatte noch nie gehört, dass irgendjemand so ein Ding in dem Tempo eines Schnellzeichners hergestellt hätte.

»Ja.« Istrella strahlte. »Ich habe dir ein Lauschgerät gemacht!« Sie hielt mir den Löffel hin, wie eine Lieblingstante einem Kind eine Süßigkeit anbieten mochte. »Es ist ein bisschen fragil, aber solange es nicht bricht, dürfte es gut genug funktionieren.«

»Istrella, du bist ein wahres Wunder.«

Zaira schob grinsend ihren Stuhl zurück. »Also dann, lass uns gehen und sehen, welches Geheimnis unseren Diplomaten veranlasst, sich von einem kostenlosen Abendessen abzuwenden.«

*

Zaira führte mich durch einen Gang, der an dem Raum vorbeiführte, in dem unser Lauschopfer verschwunden war. Kritisch beäugte sie den kurzen, unscheinbaren Korridor; er verband den Speisesaal mit Räumlichkeiten, die nach Küche rochen. Der einzige Zierrat bestand aus kleinen immergrünen Topfpflanzen und einem leicht trüben Spiegel in einem kunstvollen Silberrahmen.

»Gut.« Sie stellte sich vor den Spiegel und fing an, an ihrem Haar herumzufummeln, zupfte an den juwelenbesetzten Nadeln und den kunstvollen Spirallocken, die zu kreieren meine Zofe eine halbe Stunde gebraucht hatte. »Du lehnst dich an die Wand, als würdest du gelangweilt auf mich warten, und findest heraus, was das verrückte Mädchen mit Besteck anzufangen weiß.«

Ich legte Istrellas Löffel an die Wand. Sofort ertönten blecherne Stimmen.

»Ihr müsst verstehen, dass die Situation heikel ist …« Das klang ganz nach dem Botschafter.

»Gelangweilt warten«, blaffte Zaira mich an, ohne den Blick vom Spiegel abzuwenden.

»Oh. Richtig.« Ich lehnte mich an die Wand und polsterte meinen Kopf mit beiden Händen, um unauffällig mein Ohr an den Löffel zu halten.

»Ich will alle Informationen haben, die Ihr mir über diese Leute liefern könnt.« Das war die Frau. Ihre Stimme klang flach und kalt, bar jeglichen Akzents und völlig tonlos, so zweckmäßig wie ein gewöhnliches Messer. »Ihre Bewegungen, ihre Verbindungen, ihre Strukturen.«

»Ich verstehe.« Papier raschelte, und der Botschafter schwieg einen Moment lang. Dann seufzte er. »Es tut mir sehr leid, aber ich fürchte, ich kann Euch in dieser Sache nicht helfen. Ich bin ein Diplomat, kein Spion.«

»Ihr dient den Hexenlords.« Sogar über den Löffel konnte ich die Drohung in ihrer Stimme hören.

»Ja, gewiss«, beschwichtigte der Botschafter. »Aber, vergebt mir, Ihr seid kein Hexenlord, und ich wage nicht, das Risiko auf mich zu nehmen, bei den Raverranern noch mehr Ärger zu provozieren. Meine Position …« Seine Stimme verhallte. Ich änderte die Haltung, um mein Ohr noch näher an den Löffel heranzubringen, und ignorierte den finsteren Blick, den Zaira mir zuwarf, während sie so tat, als würde sie ihre Lippenfarbe kontrollieren.

»Das ist ein Befehl der Herrin der Dornen«, fauchte die Vaskandranerin. »Sie wird keine Weigerung dulden. Es steht mehr auf dem Spiel als nur Eure Position.«

Die Herrin der Dornen. Etwas an diesem Namen kam mir vertraut vor, aber die Erinnerung entzog sich mir, tanzte stets knapp außerhalb der Reichweite meines Verstands.

Ein tiefer Seufzer vibrierte durch Istrellas Gerät. »Nun gut, nun gut. Ich werde sehen, was ich tun kann. Aber ich bitte Euch um Besonnenheit. Um unser beider willen.« Was immer er für ein Papier in der Hand hielt, es knisterte erneut. »Wartet. Einige von diesen Leuten sind heute Abend hier.«

»Ich weiß«, entgegnete die Frau. »Besser, Ihr denkt gar nicht daran.«

»Warum ist der hier eingekreist?«

Für einen Augenblick herrschte Stille. Ich hielt den Atem an, bemüht, die Antwort nicht zu verpassen.

»Das geht nur mich und meine Herrin an«, sagte die Frau schließlich.

Der Botschafter murmelte etwas, das ich nicht verstehen konnte. Dann, lauter: »Darum seid Ihr hier, nicht wahr? Wagt es nicht, während dieses Essens irgendetwas zu tun! Ihr bringt uns nur beide hinter Gitter.«

»Ihr habt mir gar nichts zu sagen.«

»Ihr werdet all die Abkommen ruinieren, an denen ich für die anderen Hexenlords arbeite!« Dann erklang ein reißendes Geräusch, als hätte er das Papier zerfetzt. »Ihr mögt Anweisungen von *einer* Adelsherrin erhalten haben, aber ich diene allen siebzehn Hexenlords. Wenn Ihr mitten in meine Verhandlungen platzt und anfangt, ernste Zwischenfälle zu provozieren, dann werde ich mich vor all den anderen dafür verantworten müssen … Wo geht Ihr hin? Ich rede noch mit Euch!«

Zaira seufzte scharf. »Ich habe dir doch gesagt, ich bin in einer Minute fertig!«

Ich erschrak und riss Istrellas Löffel von der Wand. Ein Diener kam aus der Küche und eilte mit einem Tablett Schüsseln voller duftender Fischcremesuppe an uns vorbei.

»Die Grazien weinen bitterlich. Du bist ein hoffnungsloser Fall«, murrte Zaira. »Wenn du *so* reagierst, kann ich dich beim nächsten Mal auch einfach treten.«

»Tut mir leid.«

»Hast du erfahren, was du wissen musst? Viel länger kann ich das nicht mehr vortäuschen.« Anerkennend nickte sie ihrem Spiegelbild zu.

Ich schaute an ihr vorbei zum großen Saal und sah den Botschafter zurück zu seinem Tisch stolzieren, das Gesicht vor Zorn gerötet. Von der Frau war nichts zu sehen.

»Wenn es möglich ist, sollten wir in diesen Raum da rein«, sagte ich. »Sie haben über eine Namensliste gesprochen, und es hat sich angehört, als ob er sie zerrissen und weggeworfen hätte. Falls wir die Einzelteile finden, könnte sie uns etwas mehr verraten.«

»Das dürfte kein Problem sein.« Mit einer Kopfbewegung deutete Zaira in Richtung Speisesaal. »Komm mit.«

Sie führte mich nicht zu der Nebentür, sondern zu einem Tisch in der Nähe, auf dem ein Gästebuch mit Goldschnitt für Grüße an unsere Gastgeberin bereitlag. Mit gespielter Neugier beugte sich Zaira über das Buch. Ich hatte durch unsere Abenteuer in Ardence gelernt, einfach mitzuspielen, und achtete sorgsam darauf, die Tür nicht anzusehen, so gern ich es auch getan hätte.

»Zu viele Leute, die uns zusehen«, murmelte Zaira. »Warte hier und schreib was in das Gästebuch, damit es aussieht, als wärst du beschäftigt; ich gehe und sorge dafür, dass die in eine andere Richtung gucken.«

Pflichtschuldig beugte ich mich über das Gästebuch, als sie sich entfernte, wenn auch ein wenig beklommen, weil ich mich fragte, was sich Zaira wohl unter einem geeigneten Ablenkungsmanöver vorstellen mochte. Dama Aurica war eine der Personen, die meine Falken-Reform unterstützten, und das Letzte, was ich wollte, war, ihre Abendgesellschaft zu ruinieren.

Ich tauchte die Gästebuchfeder mit der silbernen Spitze in das bereitstehende Tintenfass und fing an, eine Nachricht zu schreiben, in der ich Dama Aurica sowohl für dieses Fest als auch für ihren Einsatz für eine bessere Zukunft für die Falken des Imperiums dankte. Es konnte schließlich nicht schaden, dort einen Hinweis auf die Reform zu hinterlassen, wo andere Gäste es sahen.

»Ah, Dama Amalia«, ertönte eine weiche, sanfte Stimme neben mir. »Ihr verfolgt also immer noch Euren edlen Traum, die Falken zu befreien, wie ich sehe.«

Ich erschrak und verteilte Tintentropfen auf der Seite. Ich hatte keine Ahnung, wer da so dicht neben mir aufgetaucht war, also drehte ich mich um, um den Sprecher anzublicken. Als ich sah, mit wem ich es zu tun hatte, hätte ich beinahe die Feder fallen lassen.

Lord Caulin, ein mausgrauer, schmächtiger Mann, der offiziell dem Dogen als juristischer Berater diente. Doch dank der Position meiner Mutter im Rat der Neun kannte ich seine wahre Rolle: Er war der so genannte Stille Kanzler, eine inoffizielle, aber hohe Stellung, in der er mit der Aufsicht über die imperialen Assassinen betraut war und Verbindungen zur kriminellen Unterwelt unterhielt. Er stand in dem Ruf, seine Ziele still, effizient und absolut skrupellos umzusetzen. Dabei strahlte er eine Mischung aus Belanglosigkeit und Schüchternheit aus, die meinen Blick ständig abgleiten lassen wollte, doch ich war klug genug, ihn nicht zu unterschätzen. Dieser Mann war gefährlich.

Er konnte aber auch nützlich sein. Zweifellos waren seine Fähigkeiten besser geeignet als meine, wenn es darum ging, die Absichten des Botschafters und dieser Dame aufzudecken. Aber in meinem Kopf blitzte eine Erinnerung auf: meine Mutter, die der Marquise von Palova gegenüber den Kopf schüttelte, nachdem Letztere vorgeschlagen hatte, Caulins Dienste im Zuge einer Informationsbeschaffung in Anspruch zu nehmen. *Dieser Mann ist kompetent, aber wann immer er an einem Unterfangen beteiligt wird, kostet das Menschenleben.*

Vielleicht war es doch das Beste, nicht zu erwähnen, warum ich in der Nähe dieser Tür herumlungerte.

»Selbstverständlich verfolge ich das noch«, sagte ich. »Die Träger des Magiermals verdienen die gleiche Wahlfreiheit wie alle anderen Bürger des Imperiums.«

»Oh, gewiss tun sie das.« Lord Caulin gluckste, als hätte ich gescherzt. »Aber sagt mir, Dama Amalia, denkt Ihr wirklich, die Versammlung erlässt Gesetze, um den Leuten das zu geben, was sie *verdienen?*«

»Es ist unsere Pflicht, zum Besten von Raverra und dem Imperium zu regieren«, sagte ich angespannt. Am liebsten hätte ich den Raum nach Zaira abgesucht, aber ich konnte mich gerade noch beherrschen.

Lord Caulin neigte seinen Oberkörper in einer ehrerbietigen halben Verbeugung. »Exakt. Und die Träger dieses Magiermals sind die machtvollen Werkzeuge, die uns befähigen, dieses Gut zu schützen. Ist es nicht so?«

»Menschen sind keine Werkzeuge, Lord Caulin.«

Er zog die dünnen Brauen hoch. »Was für eine wunderliche Ansicht, aber, ach, das ist der Idealismus der Jugend.« Er schüttelte den Kopf. »Eines Tages werdet Ihr verstehen; immerhin seid Ihr die Erbin Eurer Mutter.«

Er behandelte mich wie ein Kind. Vor ein paar Monaten hätte ich es vielleicht nicht anders verdient, aber in Ardence hatte ich mich gut genug geschlagen.

Ich reckte das Kinn vor. »Mitgefühl ist nicht das Gleiche wie Naivität.«

»Wenn Ihr es sagt, gnädige Frau.« Lord Caulin verbeugte sich tief vor mir. »Ich hoffe und bete, Ihr müsst niemals am eigenen Leib erfahren, dass es sich anders verhält. Genießt den Abend.«

Stirnrunzelnd sah ich ihm nach, als er davonschlich. Sein schwarzer Samtumhang und die Stiefelhosen hoben sich durch ihre Schlichtheit von all den bunten Brokatstoffen und dem farbenfrohen Samt der übrigen Gäste ab. Doch obgleich ich versuchte, seinen Weg durch den Saal zu verfolgen, verlor ich ihn schon im nächsten Moment aus den Augen.

Dann erregte ein lauter Krach meine Aufmerksamkeit. Ich wirbelte herum und sah einen jungen Diener, der sich mit hochrotem Kopf bückte, um ein heruntergefallenes Tablett aus einem beachtlichen Haufen Keramikscherben zu pflücken.

Zaira zupfte an meinem Arm. »*Du* sollst dich nicht ablenken lassen. Komm.«

Mir blieb kaum Zeit, die Feder in ihren Halter zurückzustellen, ehe sie mich durch die gerade einen Spalt weit geöffnete Tür zerrte und sie umgehend hinter uns schloss.

Der Raum war für genau die privaten Zwecke ausgelegt, für die ihn der Botschafter genutzt hatte, und vielleicht auch noch für intimere Zusammentreffen. Ein paar Stühle standen dicht an dicht in einem dem Austausch zuträglichen Kreis um einen kleinen goldenen Tisch herum. In Wandnischen verbreiteten Leuchten einen sanften Schein, und auf dem Tisch verströmte eine Öllampe ein wärmeres, aber unsteteres Licht.

Ich verdrängte die sorgenvollen Gedanken darüber, was es mit Lord Caulins subtiler Warnung auf sich haben mochte. Wir hatten vielleicht nicht viel Zeit, ehe der Botschafter merkte, dass wir hier drin waren – und ich war auch nicht besonders interessiert daran, mich Caulin gegenüber zu rechtfertigen.

»Such das Dokument«, drängte ich Zaira. Die sank auf den Teppich und starrte unter die Stühle.

Mein Blick streunte zu dem kleinen Kamin mit dem kunstvoll geschnitzten Sims. Feuerholz war säuberlich auf dem Rost aufgeschichtet, aber noch nicht entzündet worden.

Nun, ich wusste, was *ich* mit einem belastenden Dokument tun würde. Ich ging hinüber, um einen genaueren Blick in die Feuerstelle zu werfen, und tatsächlich lag in der Asche frisch zusammengeknülltes Papier.

Ich zog es hervor und breitete die beiden zerknitterten Hälften einer Liste auf dem Tisch aus, während Zaira mir über die Schulter blickte.

Etwa zwanzig Namen standen dort in plumper Schrift. Der dritte war mit nachlässiger Hand eingekreist worden.

Istrella Verdi.

»Alle Höllen«, hauchte ich.

*

Die Liste mit der Faust umklammernd, jagte ich aus dem Nebenraum, nur um meine schlimmste Befürchtung bestätigt zu sehen: Istrellas Stuhl war leer, und ihr Artefaktionszubehör lag noch immer an ihrem

Platz auf dem Tisch. Marcello saß allein da und stocherte wenig begeistert mit dem Löffel in seiner Fischcremesuppe herum. Mir wurde so flau, als wäre ich am Rand eines Kanals von den Steinen abgerutscht.

»Wo ist Istrella?«, herrschte ich ihn an.

»Im Damenabort. Warum?« Er erhob sich. »Ist sie …«

Zaira und ich warteten nicht, bis er seine Frage zu Ende gebracht hatte. Wir rannten durch den vollen Saal. Zairas Röcke streiften erschrockene Gäste; ich trug eine reich verzierte Brokatjacke und eine Hose – der Anlass war nicht so formell, dass er ein Kleid erzwang – und konnte mich leichter als sie zwischen den Stühlen hindurchschieben. Zur Abwechslung war ich ihr einmal voraus.

Als Vorraum für den Abort diente ein Ankleidezimmer, dessen Tür mit idyllischen Blättern und Blumen bemalt war. Ich stieß sie auf und platzte in einen luftigen Raum mit hohen Fenstern, deren hauchdünne Vorhänge sich in dem übel riechenden Abendwind wölbten, der vom Kanal hereinwehte. Mein Herz erstarrte augenblicklich zu einem scharfkantigen Eiskristall.

Istrella lag auf dem Boden wie eine welke Blume und hatte alle viere von sich gestreckt. Ein schwacher Pfefferminzgeruch hing in der Luft.

Die Vaskandranerin mit der kalten Stimme kniete über ihr, in der Hand einen glänzenden Dolch.

KAPITEL DREI

DIE VASKANDRANERIN erhob sich und zog einen zweiten Dolch. »Dama Amalia Cornaro.« Sie blickte mir in die Augen, so wachsam wie eine sprungbereite Katze. »Wie passend.«

Mein Puls tat einen Satz, und ich ergriff mein Leuchtmedaillon, doch in diesem Moment stürmte Zaira herein.

Istrellas Angreiferin fluchte und schoss mit wehendem dunklem Mantel und flatterndem blondem Zopf zum Fenster.

Ich achtete nicht weiter auf sie, sondern warf mich neben Istrella zu Boden und legte ihr eine Hand an den Hals. Warm und lebendig mit pulsierendem Blut und stetem Atem. Mir wurde vor Erleichterung ganz schwindelig.

Zaira jagte mit dem Messer in der Hand zum Fenster, riss die Vorhänge weg und lehnte sich hinaus in die Nachtluft. »Die Dämonen sollen dich holen, du Feigling!«

Ein Ruderer auf dem Kanal unter dem Fenster brüllte eine rüpelhafte Entgegnung.

»Kannst du sie noch sehen?«, fragte ich beklommen. »Soll ich dich entsiegeln?«

»Nein.« Zaira spuckte auf Dama Auricas Teppich. »Die ist weg.«

Marcello tauchte mit gezogener Pistole in der Tür auf, stieß einen erstickten Schrei aus und starrte seine Schwester an.

»Es geht ihr gut«, versicherte ich ihm hastig. »Man hat ihr nur ein Schlafgift verabreicht, darum ist sie bewusstlos.« Ich beschloss, ihm nicht zu erzählen, dass ich gehört hatte, das sei eine verbreitete Vorgehensweise unter Assassinen, die verhindern wollten, dass ihr Opfer durch Schreie auf sich aufmerksam macht.

Er kam herein, setzte sich zu ihr und hielt ihren Kopf. »Ich hätte sie begleiten sollen.«

»Zum Abort der Damen?« Ich legte ihm die Hand auf die Schulter und spürte, wie angespannt seine Muskeln waren. »Sie wird wieder gesund. Es ist nichts weiter passiert.«

Aber es wäre etwas passiert, schon in der nächsten Minute. Sie hätte so tot sein können wie der arme Anthon, der eine Woche im Wasser gelegen hatte. Ein Schauer rann über meinen Rücken.

Ich zweifelte nicht daran, dass Marcello das Gleiche dachte. So blass hatte ich ihn noch nie gesehen. Sacht schüttelte er seine Schwester. »Komm schon, Strella, wach auf«, murmelte er. »Es tut mir so leid.«

Ein dünner Speichelfaden rann über ihre Wange, aber sie rührte sich nicht.

Ich kauerte mich neben ihn, zögerte dann jedoch. Was geziemte sich, wenn man einen verstörten Freund trösten wollte und dieser Freund jemand war, den man geküsst, bei Hofe jedoch verleugnet hatte? Die Luft zwischen uns war einmal angefüllt gewesen mit verbotenen Möglichkeiten; nun stellte jeder Versuch, diesen kurzen Abstand zu überbrücken, ein Labyrinth aus Komplikationen dar.

Ich begnügte mich damit, ihm die Schulter zu tätscheln. »Sie wird bald aufwachen. Es geht ihr gut, und du kümmerst dich um sie.«

Die Lippen zu einer entschlossenen Linie zusammengepresst, nickte er. »Weißt du, wer das getan hat?«

»Vaskandar. Und das ist nicht alles.« Ich entknitterte die Liste, die ich immer noch in der Hand hielt, und breitete sie auf einem Toilettentisch aus. Die schlichten, klaren Federstriche lieferten einen Namen nach dem anderen, und manche davon waren mehr als nur ein bisschen vertraut.

Jerith Antelles. Terika. Istrella Verdi …

Ich schluckte. »Du stehst auch drauf, Zaira.«

Sie kam vom Fenster herüber. »Was? Wo?«

Ich zeigte auf ihren Namen. Sie konnte noch nicht richtig lesen, aber Terika hatte sie bereits die Buchstaben und ein paar Worte gelehrt, daher war ich ziemlich sicher, dass sie ihren Namen erkennen würde.

Zaira runzelte die Stirn. »Das da weiter oben, ist das Terikas Name?«

»Ja.«

Sie fluchte. »Niemand bedroht Terika. Ich brenne sie nieder, bis ihre Zähne schmelzen. Wer steht sonst noch drauf?«

»Falken von großer Bedeutung. Sämtliche Hexer und die Meister-Artefaktoren. Marcello, du solltest dich vergewissern, dass es all diesen Leuten gutgeht und niemand fehlt.«

»Sobald wir sicher zurück in den Stallungen sind«, versprach er in erbittertem Ton.

Ich ging die Liste weiter durch, las bis zum letzten Namen, Falke um Falke. Und dann verharrte mein Blick, als wäre er auf eine Ziegelmauer gestoßen.

Amalia Cornaro.

Zaira muss mir angesehen haben, dass etwas nicht stimmte. »Was ist los?«, fragte sie barsch.

»Das erzähle ich dir später.« Ich sprach so leichthin, wie ich nur konnte, obwohl die Sorge ihren schrillen Gesang in meinen Adern verbreitete, und warf einen bedeutungsvollen Blick auf Marcello. Er musste sich jetzt nicht auch noch um mich ängstigen. Zaira grunzte zustimmend.

Ich faltete die Liste zusammen und steckte sie in die Tasche. »Wie geht es Istrella?«, fragte ich Marcello. »Irgendwelche Fortschritte?«

Er wandte den Blick nicht von ihrem Gesicht. »Vielleicht ein Zucken. Sie schläft immer noch. Wer dieses Gift angemischt hat, besitzt eine Menge Macht.«

»Dann bleib du bei ihr.« Ich strich meine Jacke glatt und vergewisserte mich, dass das Leuchtmedaillon an meinem Hals hing. »Ich werde mich ein wenig mit dem vaskandrischen Botschafter unterhalten.«

Zaira und ich stürmten aus dem Ankleidezimmer, vorbei an unserer erkalteten Fischcremesuppe und den Tischen der anderen Gäste, die die Hälse verdrehten, um herauszufinden, was der Rummel zu bedeuten hatte, und geradewegs zum Tisch des Botschafters. Der zauderte inmitten einer Anekdote, die er den Leuten um sich herum erzählt hatte, als er uns kommen sah. Das Grinsen verschwand aus den ihn umgebenden Gesichtern, und die Herrschaften rückten samt ihrer Stühle ein Stück weit von ihm ab.

Gut. Sollte er ruhig Angst haben.

Er versuchte sich an einem angespannten Lächeln und erhob sich halb von seinem Stuhl. »Dama Amalia Cornaro! Es ist mir ein Vergnügen!«

Ich maß ihn mit einem harten Blick. »Botschafter, wir müssen uns unterhalten.«

Seine Züge ordneten sich zu einem Ausdruck argwöhnischer Verständnislosigkeit an. Dann ließ er die Schultern hängen und seufzte schwer.

»Nun gut, nun gut. Begleitet mich, Dama Amalia, lasst uns ungestört reden.«

*

Ich schloss die Tür des Nebenzimmers selbst, um sicherzustellen, dass er kein artefaktisches Siegel anbrachte. Botschafter Varnir führte uns zu den Stühlen und verbeugte sich dabei ununterbrochen so tief, dass er mehr oder weniger in der Mitte abknickte.

»Bitte, meine Damen, machen Sie es sich bequem.«

Ich stemmte die Hände in die Hüften. »Ich glaube, ich stehe lieber. Was hat dieser Anschlag auf Istrella Verdi zu bedeuten?«

»Wie bitte? Ich habe keine Ahnung, wovon Ihr redet.«

»Redet keinen Unsinn«, fauchte Zaira. »Wir wissen, dass Ihr Euch direkt vor dem Anschlag mit dieser Schlampe mit den Eisaugen in ebendiesem Raum unterhalten habt.«

Er verzog das Gesicht. »Ach, *der* Anschlag. Was für eine Schande. Ich hoffe doch, er ist fehlgeschlagen? Ist er?«

»Wäre er das nicht, würdet Ihr jetzt in Flammen stehen«, knurrte Zaira.

»Gewiss.« Er schluckte. »Ich glaube, Dama Aurica hält hier drin eine Flasche bereit. Stört es Euch, wenn ich …? Möchtet Ihr auch?« Er drehte sich zu einem reich verzierten Schrank um, stöberte kurz darin und brachte eine Flasche und drei Gläser zum Vorschein. Die kahle Stelle auf seinem Kopf glänzte vor Schweiß.

»Botschafter Varnir«, tadelte ich, »Ihr schindet Zeit.«

»Natürlich tue ich das, Dama Amalia. So, wie es jeder Mann täte, der sich überlegt, wie er seinen Kopf am besten auf dem Hals behalten kann.« Er schenkte sich ein Glas Rotwein ein, trank einen tiefen Schluck und füllte es gleich wieder nach. »Ich habe keinen Anschlag auf Eure Falkenfreundin befürwortet, im Gegenteil, ich habe mich vehement dagegen verwendet. Aber Ihr müsst verstehen, ich habe keinen Einfluss darauf, was Hexenlords ihren Agenten zu tun befehlen.«

»Also gebt ihr zu, dass Vaskandar tief genug gesunken ist, um Falken zu meucheln.«

»Vaskandar? Oh, nein, ganz und gar nicht.« Mit zitternder Hand bot er mir ein Glas Wein an. Ich nahm es und presste einen gewissen in Draht gewickelten und mit Artefaktionsrunen versehenen Ring dagegen; der Ring an meinem Finger blieb kühl, der Stein in der Mitte dunkel. Keine Alchemie erkennbar, aber das hieß nicht, dass der Wein kein gewöhnliches Gift enthalten könnte.

»Lügt mich nicht an«, sagte ich scharf. »Ich weiß, dass die Assassinin von der Herrin der Dornen geschickt worden ist.«

»Ach.« Varnir wischte sich den Schweiß von der Stirn. »Welch kühne Beschuldigung! Ich würde nicht im Traum daran denken, dies zu bestätigen oder abzustreiten. Wie dem auch sei, die Handlungsweise eines Hexenlords repräsentiert nicht die ganze Nation Vaskandar. Ich fürchte, Ihr unterliegt einem recht verbreiteten Missverständnis hinsichtlich meines Landes.«

»Mir ist bekannt, dass die Hexenlords jeder für sich souverän über ihren jeweiligen Herrschaftsbereich gebieten«, entgegnete ich eisig. »Ihr müsst mich nicht über den grundlegenden Aufbau der vaskandrischen Gesellschaft unterrichten.«

»Dann versteht Ihr vielleicht«, erklärte Varnir, »dass jede Handlung, die Ihr meinem Land zuschreibt – von dem unglückseligen und unklugen Anschlag auf Eure Freundin über Handelsabkommen bis hin zu den Truppen, die sich an Eurer Grenze sammeln –, tatsächlich allein das Werk des einen oder anderen Hexenlords ist. Oder, manchmal, die Folge einer Kabale. Aber Ihr könnt dergleichen nicht Vaskandar als Ganzem zuschreiben oder gar zur Last legen. Und folglich, so hoffe ich doch, auch nicht seinem Botschafter.« Er lachte nervös.

Ich legte die Stirn in Falten. »Moment, das gilt sogar für die Truppen an der Grenze? Wollt Ihr mir erzählen, das sei ein Schachzug eines einzelnen Hexenlords und Vaskandar bereitet sich *nicht* auf einen Krieg gegen das Imperium vor?«

»Ach, gnädige Frau, was das betrifft, so kann ich unmöglich eine Aussage treffen.«

Zaira schob ihre spitzengesäumten Ärmel hoch. »Sag das Wort, und ich stecke ihn in Brand.«

Mit geweiteten Augen reckte er die Hände hoch, und der Wein in seinem Glas schwappte über den Rand. »Nein, bitte! Ich versuche nicht, etwas zurückzuhalten! Ich kann es nicht sagen, weil sie bisher noch kein Konklave gehalten haben.«

Ich wechselte einen Blick mit Zaira. »Konklave? Ist das nicht der vaskandrische Regierungsrat?«

»Nein, nein.« Varnir winkte mit beiden Händen ab. »Ihr Raverraner hättet gern, dass es Eurem Rat der Neun gleicht, aber Vaskandar *hat* keinen Regierungsrat. Niemand steht über den Hexenlords; ihre Herrschaft über ihr Reich ist unangreifbar. Aber wenn sie Unstimmigkeiten zu klären haben oder sich zu einem gemeinsamen Ziel zusammenschließen wollen – beispielsweise einem Krieg gegen das Erlauchte Imperium –, dann berufen die Hexenlords ein Konklave ein. Nichts wird entschieden, solange das nicht stattgefunden hat, was erst in etwa einem Monat geschehen wird.«

Ich stellte mein Glas ab, ehe es mir noch in der Hand zersprang. »Also könnte dieses Konklave auch beschließen, nicht in das Imperium einzufallen?«

»Oh, nein, nein, nein.« Er lachte höflich, als hätte ich nur einen dummen Scherz gemacht. »Wir haben eine ausreichende Anzahl Hexenlords, die fest entschlossen sind, in den Kampf zu ziehen, also ist das, wie ich Eurem Dogen auch zu erklären versucht habe, unausweichlich, fürchte ich. Andere wiederum haben mich gebeten, Raverra ihres Engagements für den Frieden zu versichern; aber jeder Hexenlord führt sein eigenes Heer.« Er lächelte mild. »Ihr Raverraner scheint Euch an der Gewissheit zu laben, dass Vaskandar keine Bedrohung für Euch darstellt, aber Euer Imperium hat sich nie allen siebzehn Hexenlords auf einmal stellen müssen. Was Ihr den Dreijährigen Krieg nennt, der vor fünfzig Jahren stattgefunden hat, das ging auf den Angriff dreier Hexenlords zurück, die auf eigene Faust handelten, ohne von den übrigen vierzehn unterstützt zu werden.«

Ein zarter Schauer schlich mit eisigen Pfoten über meine Schultern. Raverra hatte den Dreijährigen Krieg definitiv gewonnen, aber der hatte in den Ländereien an der Grenze eine Verwüstung hinterlassen, die zu überwinden Jahrzehnte gedauert hatte. »Und wie viele sind jetzt auf Krieg aus?«

Botschafter Varnir zog beide Brauen hoch. »Die Hexenlords beteiligen mich nicht an ihren Beratungen, gnädige Frau. Sie übermitteln mir kaum ihre Wünsche, und ich tue wirklich mein Bestes, um ihre Befehle umzusetzen und in ihrem Namen Abkommen zu verhandeln, ohne jemanden zu verärgern.«

»Das ist ein Scheißposten«, stellte Zaira fest. »Aber von uns solltet Ihr keine Gnade erwarten. Eine der Euren hat gerade versucht, unsere Freundin zu töten.«

»Eine furchtbare Idee war das. Aber ich war daran nicht beteiligt.«

»Mir ist aufgefallen, dass Ihr erschüttert seid«, bemerkte Zaira. »Ihr stammelt eine Geschichte zusammen, um sie Euren Freunden zu erzählen, rührt Euer Essen kaum an, vergesst sogar, uns zu warnen.«

»Das konnte ich nicht tun.« Er leckte sich die Lippen. »Einige meiner Herren sind vernünftiger als andere. Die Herrin der Dornen würde mich in ihr Reich schleifen und auf einem Dornenbaum aufspießen lassen, hätte ich ihre Pläne vereitelt.«

Nun fiel mir wieder ein, wo ich schon einmal von der Herrin der Dornen gehört hatte. Cousin und Cousine väterlicherseits in Callamorne, einem der Vasallenstaaten des Erlauchten Imperiums, hatten mit ihren grausigen Geschichten darüber, was Kindern widerfuhr, die sich in ihre Wälder verirrten, dafür gesorgt, dass ich als kleines Mädchen manche Nacht schlaflos in die Dunkelheit gestarrt hatte. Ich hatte mir die Decke ihres Gästebetts über den Kopf gezogen und mir einzureden versucht, die Herrin der Dornen wäre gar nicht real. Aber Botschafter Varnir erhielt offenbar Befehle von der Kreatur aus den Albträumen meiner jungen Jahre.

»Dann schlage ich vor, Ihr wählt eine weniger direkte Herangehensweise, wenn Ihr nicht in Ungnade fallen wollt.« Ich sprach in sachlichem Ton und füllte dabei sein Glas nach. »Warum sollte die

Herrin der Dornen es auf eine vierzehn Jahre alte Artefaktorin abgesehen haben?« Istrella war eine außergewöhnlich begabte Artefaktorin – eine der wenigen Schülerinnen des Meister-Artefaktors, um genau zu sein, und eine aus gerade einer Handvoll, die imstande waren, die wirkungsvollsten Waffen des Imperiums herzustellen –, und ihr Bruder war nun stellvertretender Kommandant der Stallungen. Aber davon dürfte Vaskandar gar nichts wissen.

Zwar nahm Botschafter Varnir das Glas dankbar entgegen, doch er schüttelte den Kopf. »Ich weiß es nicht. Die Hexenlords offenbaren mir ihre Pläne nicht, gnädige Frau. Ich bin das, was Ihr einen Vivomanten nennen würdet, doch ich trage kein Magiermal, daher betrachten sie mich als einen Geringeren. Und ich habe festgestellt, dass ein sachkundiger Mangel an Neugier hinsichtlich der Angelegenheiten der Hexenlords für einen Mann in meiner Position eine unerlässliche Eigenschaft ist.«

»Ihr könnt von Glück reden, dass Eure Position nicht im Kerker ist«, knurrte Zaira.

»Meine Damen, ich bitte Euch. Ich habe nicht die Macht, die Herrin der Dornen daran zu hindern, ihre Pläne in die Tat umzusetzen.« Er breitete die Hände aus. »Ich habe Euch alle Informationen gegeben, die ich zu bieten habe. Das ist doch die bevorzugte Währung in Raverra, nicht wahr? War das nicht genug für ein wenig Milde?«

»Genug zumindest, dass ich Euch gestatte, lebend und frei diesen Raum zu verlassen.« Was mindestens ebenso sehr damit zu tun hatte, dass ich dringend zurück zu Marcello wollte, um mich zu vergewissern, dass es Istrella gutging, wie damit, mich erkenntlich zu zeigen. Aber sollte er nur denken, was immer er wollte. »Alles Übrige obliegt der Entscheidung meiner Mutter.«

Der Botschafter erbleichte. »La Contessa«, hauchte er und griff zu seinem Wein. »Vielleicht sollte ich diese Flasche besser austrinken.«

*

»Botschafter Varnir ist ein Mann, der viel zu verlieren hat«, beschied mich meine Mutter am folgenden Abend bei einem Teller buttrigen Maisbreis mit Vorderflugfisch. »Dadurch ist er einerseits darauf erpicht, mit uns zu kooperieren, fürchtet jedoch andererseits, das auch tatsächlich zu tun.«

Solch ein Abendessen mit Mutter war früher eine eher ungewöhnliche Begebenheit gewesen. Sie blieb oft lange im Reichspalast und kehrte erst nach Mitternacht heim, wo sie ein kunstvoll arrangiertes kaltes Mahl erwartete, das unser Koch auf dem Speisetisch bereitgestellt und mit einer silbernen Glocke abgedeckt hatte. Oder sie aß, während sie eine ausgewählte Handvoll der mächtigsten Personen des Erlauchten Imperiums bewirtete und bei Krabbenrisotto und mit Pilzen und Kräutern gefüllten gerösteten Fasanen Entscheidungen auf Leben und Tod traf. Seit ich nach dem Zwischenfall in Ardence im letzten Herbst als ihre Erbin mehr Verantwortung übernahm, nutzte La Contessa das Abendessen jedoch beinahe jeden Tag. Wir tauschten Informationen aus und besprachen Strategien, auch wenn das manchmal bedeutete, dass ich zu sonderbaren Zeiten essen oder mich im Reichspalast zu ihr gesellen musste.

»Also, hat er dir irgendwelche nützlichen Informationen geliefert?« Ich bemühte mich um einen zwanglosen Ton, ganz so, als würde es mich nicht kümmern, was Mutter von meinem Auftreten dem Botschafter gegenüber hielt.

»Ein paar.« Sie nippte an ihrem Wein. »Aber ich bin neugierig. Warum hast du dich entschlossen, Lord Caulin nicht darüber in Kenntnis zu setzen, dass du bei der Abendgesellschaft eine vaskandrische Assassinin enttarnt hast?«

Ich nahm an, die Hoffnung, sie könnte einfach sagen, *ja, hast du gut gemacht*, war ein bisschen überzogen.

»Ich wollte seine Identität nicht vor Marcello und Zaira preisgeben. Es hätte ja wenig Sinn ergeben, wenn ich den juristischen Berater des Dogen bezüglich eines Anschlags informiert hätte.« Als die Festivität vorbei war, hatte ich tatsächlich daran gedacht, aber es bestand kein Anlass, das jetzt zur Sprache zu bringen. »Außerdem«, fügte ich etwas aufrichtiger hinzu, »erinnerte ich mich, dass du einmal gesagt hast, wenn Lord Caulin sich irgendwo einmischt, kommen Leute zu Tode.«

»Das ist wahr.« Mutter stellte ihr Glas ab und musterte mich über den Tisch hinweg. »Und in diesem Fall habe ich nichts daran auszusetzen, dass du ihn aus dem Spiel gelassen hast. Aber du kannst nicht verhindern, dass irgendwann Blut an deinen Händen klebt, Amalia. Nicht, wenn du erst zum Rat der Neun stößt.«

»Ich weiß.« Ich senkte den Blick auf den Teller, um meine instinktive Ablehnung dieses Gedankens zu verbergen. »Ich würde das nur gern so lange aufschieben, bis es nicht mehr anders geht.«

»Hmm. Nun gut, Botschafter Varnir hat immerhin zugestimmt, im Zuge des Festes der Schönheit in der nächsten Woche Treffen mit einigen einflussreichen Vaskandranern einzufädeln, die möglicherweise überzeugt werden können, sich gegen einen Krieg zu verwenden.« Sie seufzte. »Das muss vorerst reichen. Wir bekommen nicht viele Informationen aus Vaskandar.«

Ich schluckte einen Bissen Maisbrei herunter. »Warum nicht? Wir treiben doch Handel mit ihnen?«

»Und ich versichere dir, dass ein volles Drittel der raverranischen Händler in Vaskandar Spione sind«, entgegnete La Contessa. »Aber die Hexenlords haben wenig Verwendung für Menschen, die nicht über Magie verfügen, es sei denn als Leibeigene, die auf ihren Feldern schuften dürfen. Unsere Leute kommen nicht nahe genug an die Zentren der Macht heran.«

»Was ist mit den Vaskandranern, die bereits dort sind? Könnte man nicht die dortigen Dienstboten bestechen, um Informationen zu erhalten, Edelleute und Ratgeber unter Druck setzen und dergleichen?«

»Du lernst dazu.« Mutter erhob ihr Glas vor mir. Ich fummelte an meiner Gabel herum und versuchte, den irrationalen Stolz zu verbergen, der von mir Besitz ergreifen wollte. »Aber im vaskandrischen Teich gibt es nur wenige Fische, die solch einen Köder schlucken würden. Sie alle haben zu viel Angst vor den Hexenlords. Ihre Macht ist vollkommen, und ihre Launen sind sprunghaft und oftmals grausam.«

Ich erinnerte mich an Ruven, der seine Vivomantik benutzt hatte, um ein Messer durch das Handgelenk seines Gardisten zu treiben, als bestünde es nur aus Butter, während der Mann wie gelähmt dastand und zitternd stumm in sich hineinschrie. Es fiel mir nicht schwer, zu verstehen, warum vaskandrische Dienstboten das Risiko scheuten, den Zorn ihrer mit dem Magiermal gezeichneten Herrschaften auf sich zu ziehen.

Nachdenklich spießte ich ein Stück Vorderflugfisch auf. »Dieses bevorstehende Konklave, das Varnir erwähnte …«

»Ich habe schon vor deiner Geburt versucht, einen Spion in ein Konklave einzuschleusen.« Mutter strich mit dem Finger über den Rand ihres Glases. »Was dort beschlossen wird, könnte darüber entscheiden, ob der Krieg drei Wochen oder drei Jahrzehnte dauert und ob hundert Menschen sterben oder hunderttausend. Wir müssen jede Verbindung zu Vaskandra nutzen, die wir haben, um das Ergebnis in unserem Sinne zu beeinflussen.«

Bei dem Wort *jede* war ihre Stimme ein wenig schärfer geworden. Ich ließ meine Gabel sinken.

»Du meinst doch wohl nicht Prinz Ruven.«

Sie zog eine Braue hoch. »Er hat dich eingeladen, ihn zu besuchen.«

»Im Zuge unserer letzten Interaktion haben wir einander mit dem Tod bedroht«, gab ich zu bedenken.

»Dennoch schätzt er dich sehr.« Mutters Mundwinkel zuckten. »Ich sage nicht, du sollst einfach zum Tee bei ihm vorbeischauen. Aber deine Verbindung zu ihm ist eine Karte, die du in der Hand hältst; ob du sie nun ausspielst oder nicht, du musst sie in deine Strategie in diesem Spiel einkalkulieren.«

»Schön und gut.« Ich verspürte keinerlei Bedürfnis, noch einmal in die Nähe dieses Mannes mit dem rasiermesserscharfen Lächeln zu kommen, der über eine Magie gebot, die Knochen schmelzen lassen oder Herzen anhalten konnte. Aber das war in Mutters Augen fraglos nur eine Ausrede. Wenn das Wohl des Imperiums es erforderlich machte, dass ich auf der Geburtstagsgala des Dogen mit ihm tanzte, dann würde sie von mir erwarten, dass ich ein modisches Kleid mit langen Handschuhen hervorholte und mich im Menuett übte.

»Umso mehr«, fügte Mutter hinzu und kniff die Augen zusammen, »da Prinz Ruven und sein Vater, der Wolfslord, die wichtigsten Verbündeten der Herrin der Dornen zu sein scheinen.«

Beinahe hätte ich meinen Wein über den Tisch gespuckt. »Was?!«

»Der Wolfslord und die Herrin der Dornen herrschen über benachbarte Gebiete. Damals, als ich nahe der Grenze um deinen Vater geworben habe, war das Verhältnis zwischen ihnen angespannt.« Sie erwähnte ihre berühmten Verführungskünste so beiläufig, als wäre er nur irgendein Bauer gewesen, kein Prinz, und die Hochzeit lediglich ein persönlicher Meilenstein, kein historisches Ereignis, durch das die Nation Callarmorne zum Vasallenstaat des Erlauchten Imperiums geworden war. »Aber dank der Bemühungen deines alten Freundes Ruven scheinen die beiden Hexenlords seit ein paar Jahren recht eng zusammenzuarbeiten.«

Ich hackte unnötig heftig auf meinen Maisbrei ein. »Wenn *diese* Schlange etwas mit deren Plänen zu tun hat, dann sollten wir diese schnellstens aufdecken.«

Als sich unsere Pfade im vergangenen Monat gekreuzt hatten, da hatte er mehr als nur eine Andeutung fallen lassen, die besagte, man sei nicht auf einen Krieg mit dem Imperium vorbereitet – noch nicht. Nach dem Konklave mochte das ganz anders aussehen.

»In der Tat«, stimmte meine Mutter zu. »Und darum musst du vorsichtig im Umgang mit ihm sein. Umso mehr, als dein Name auf einer Liste auftaucht, die seine engste Verbündete ihrer Assassinin mitgab.«

Ich tastete mich zu einer Frage vor, die mir zu schaffen machte. »All die anderen Leute auf dieser Liste sind Falken, Mamma.« Außer mir war kein einziger Falkner aufgeführt. Auch keine Person von politischer oder militärischer Bedeutung. Nur um die zwanzig sorgfältig ausgewählte Träger des Magiermals und ich. »Ich passe nicht dazu. Warum steht mein Name auf der Liste?«

Die Kaminuhr tickte dreimal, viermal, fünfmal, aber La Contessa sagte nichts. Der alte Anzo kam herein und räumte unser Geschirr ab. Dann trug er den Hauptgang aus mit Blauschimmelkäse überbackenen zarten Rindsmedaillons mit Sauergrassoße auf, ein Gericht, an dem meine Mutter in ihrer Zeit in Callamorne Geschmack gefunden hatte. Unsere Teller standen glänzend und unangetastet zwischen uns, und sie starrte mich immer noch mit zunehmend grüblerischer Miene an.

»Mamma?«

»Ich weiß es nicht«, sagte sie schließlich leise. »Und das gefällt mir überhaupt nicht.«

KAPITEL VIER

Der grosse Ball anlässlich des Fests der Schönheit fand in der folgenden Woche im Reichspalast statt, und keine gewöhnliche Bedrohung durch vaskandrische Assassinen konnte eine Cornaro davon abhalten, an dem wichtigsten gesellschaftlichen Ereignis der Saison teilzunehmen – selbst dann nicht, wenn die betroffene Cornaro es vorgezogen hätte, sich in der Bibliothek einzuigeln und Nachforschungen über vaskandrische Geschichte und Politik anzustellen. Mutter hatte allerdings die Wachen an den Palasttoren verdoppeln und zusätzliche Männer in den Ballsälen stationieren lassen, und die Herolde verzichteten aus Sicherheitsgründen auf die formelle Ankündigung der einzelnen Gäste, die im Palast eintrafen.

Das hätte mir helfen können, keine Aufmerksamkeit zu erregen und mich friedlich in irgendeine Ecke zu verkriechen, hätte ich nicht so geglüht.

Mein mitternachtsblaues Kleid erstrahlte unter Hunderten von winzigen Lichtern, die leuchteten wie Sterne: Miniaturleuchtkristalle, magisch für den ganzen Abend aufgeladen. Noch mehr ergossen sich über mein Haar. Und für den Fall, dass irgendjemand es schaffte, mich aufgrund eines absolut defizitären Sehvermögens immer noch nicht zu bemerken, hatte meine Zofe Rica mir außerdem einen Anhänger in Gestalt einer Symphoniemuschel verpasst, durch den ich, wohin ich auch ging, von einer sanften Wolke aus Musik umgeben war. Es war ein extravagantes, beinahe schon lächerliches Gewand.

Andererseits war dies der große Reichsball; die Schneider arbeiteten schon das ganze Jahr daran, die ausgefallensten Kreationen zu schaffen, die man sich zu solch einer Gelegenheit vorstellen kann. Genauso wie Künstler, Musiker, Poeten und andere darum konkurrierten, die aufwendigsten Werke zu schaffen, um die Aufmerksamkeit von Mäzenen zu erregen, Preise zu gewinnen und die Grazie der Schönheit am letzten Tag ihres Festes zu ehren.

Und im Vergleich zu einigen anderen war ich sogar noch recht konservativ gekleidet. Eine Dame trug einen Käfig mit lebenden Finken im Haar, was mir auf diversen Ebenen eine ziemlich dumme Idee zu sein schien. Eine andere steckte in einem Panier, breit genug, dass acht Personen darauf hätten Platz nehmen können. Ich sah mehrere wahrlich unaussprechliche Schamkapseln, aggressiv aufgepolstert und mit Glocken und Bändern verziert, und der Kragen eines Mannes wäre gut geeignet gewesen, ein geröstetes Wildschwein zu servieren.

»Amalia«, ertönte hinter mir Marcellos Stimme. »Sie sehen …«

Ich hörte auf, die anderen Gäste anzugaffen, und drehte mich um, nur um zu sehen, wie er mich mit verdatterter Miene beäugte. Er trug lediglich die Ausgehuniform seines neuen Rangs als Hauptmann mit Rapier und Steinschlosspistole an seiner Seite, aber er gab eine weit bessere Figur ab als all die Lords mit ihren regenbogenfarbigen Perücken und den juwelenbesetzten Wämsern.

»Lächerlich aus?«, schlug ich vor, und meine Hand wanderte unwillkürlich zu den Kristallen in meinem Haar. »Absurd?«

»Beeindruckend«, erwiderte er.

Ich war froh, dass Zaira bereits in der Masse der Feiernden verschwunden war und mich nicht aufziehen konnte, besonders, da mein Gesicht gerade spürbar wärmer wurde. »Sie sind nur höflich, aber ich danke Ihnen.«

»Wäre ich höflich, hätte ich gar nichts gesagt und Sie Ihren Pflichten überlassen.« Seine Lippen verzogen sich zu einem wehmütigen Lächeln. »Das ist vermutlich genau das, was ich tun sollte, wüsste ich denn, was gut für mich ist.«

»Gewiss nicht. Sie sind mein Freund. Sie können immer mit mir reden.« Meine Stimme klang zu hoch und unaufrichtig, und das war mir zuwider. Marcello war der einzige Mensch, den ich kannte, dem ich nie etwas hatte vormachen müssen. Aber nun stand ich hier und wusste nicht, wie ich auf ein schlichtes Kompliment reagieren sollte, weil ich beschlossen hatte, ihn nicht zu umwerben. Wobei mir beim Anblick seines wehmütigen Lächelns partout nicht mehr einfallen wollte, warum ich das getan hatte.

»Derzeit ist alles recht kompliziert.« Ein Schatten flackerte in seinen Augen. »Ich versuche, die Regeln zu befolgen, aber mir ist, als kenne ich sie gar nicht mehr.«

»Ich bin überzeugt, es gibt ein Buch über Etikette, das exakt für solche Situationen geschrieben wurde.« Ich senkte meine Stimme, bis ich beinahe flüsterte, nahm ihr die Spannung, bis sie frustrierter und ehrlicher klang. »Aber ich habe dieses Buch nie gelesen. Ich kann Ihnen sagen, wie man eine kaputte Kurierlampe repariert oder was Königin Belianne von Loreice gesagt hat, als sie im Zuge des Taschentuchkriegs die Enthauptung ihres dritten Gatten befohlen hat, aber nicht, wie …« Meine Stimme verlor sich gänzlich.

Wie man einen Freund nicht verletzt. Wie man einen Freund nicht küsst. Wie man einen Freund nicht verletzt, während *man ihn nicht küsst.*

»Was hat sie gesagt?«, fragte Marcello, um einen lockeren Tonfall bemüht. »Wegen ihres dritten Gatten.«

Ich verzog das Gesicht. »Es war nichts Persönliches; sie hatte ganz einfach keine Verwendung mehr für ihn.«

Marcello blinzelte.

»Das Beispiel war wohl schlecht gewählt.« Meine Wangen brannten, als würden Zairas Flammen in ihnen züngeln. »Und ich eile, Ihnen zu versichern, dass das nichts mit unserer derzeitigen Lage zu tun hat. Ganz im Gegenteil.«

Marcellos Grübchen kamen zum Vorschein, während er sich Mühe gab, nicht lauthals über mich zu lachen. »Also *war* das etwas Persönliches? Oder haben Sie noch Verwendung für mich?«

»Ich wäre heute Abend besser zu Hause geblieben«, bekundete ich ächzend. »Ich bin kaum fünfzehn Minuten hier, und schon mache ich alles falsch.«

»Darf ich Ihnen eine Möglichkeit vorschlagen, das alles wieder gutzumachen?« Marcello streckte eine Hand aus und deutete mit einer Kopfbewegung in Richtung Tanzfläche.

All die irrsinnigen Morgen Seide und das überdrehte Kichern, das den Ballsaal beherrschte, schwanden dahin. Seine warmen grünen Augen, die klare Linie seines Kinns und der Geruch von Leder und Schießpulver überwältigten meine Sinne. Das alles fühlte sich so viel verlässlicher und realer an als all die abstrusen geschneiderten Illusionen, die um uns herumwirbelten.

»Eine Dame kann doch mit einem Mann tanzen, den sie nicht umwirbt, nicht wahr?« Eine ungewisse Hoffnung leuchtete in seinen Zügen auf wie Sonnenschein, der von vorüberziehenden Wolken gedämpft wird.

Mein Herzschlag stand dem Klopfen einer Anstandsdame an der Tür einer Besenkammer nicht nach. Der halbe raverranische Hof hatte sich in diesem Raum versammelt und drängelte sich um uns herum. Leute grüßten einander und nahmen sich Wein und Crostini von vorüberziehenden Tabletts. Niemand schien auf uns zu achten, aber ich zweifelte nicht daran, dass unser ausgedehntes Beisammensein mit so geringem Abstand uns schon so manchen Blick aus dem Augenwinkel eingetragen hatte.

»Sie wissen, wie gern ich das tun würde«, flüsterte ich. »Aber, Marcello …«

»Nur ein Tanz«, bat er. »Wenn Sie Ihre Pflicht gegenüber der Hälfte der unverheirateten Prinzen von Eruvia erfüllt haben. Um meine Beförderung zu feiern, damit wenigstens etwas Gutes dabei herauskommt.«

Ein Tanz konnte doch sicher nicht schaden, wenn es nur einer von vielen war. Und Marcello war so ein famoser Tänzer. »Also gut. *Falls* ich die anderen Tänze überstehe, ohne mir dabei den Fuß zu brechen.«

Grinsend salutierte er. »Die Palastwache scheint gut aufgestellt zu sein, gnädige Frau«, sagte er dann lauter. »Sie und Zaira sollten heute Abend ausreichend sicher sein.«

Ich bedachte ihn mit einem gewichtigen Nicken. »Nun, dann nur weiter so, Hauptmann.«

Ich sah ihm nach, als er in der Menge verschwand, bis sich zwischen uns eine Wand aus Federn, Brokat und funkelnden Juwelen gebildet hatte.

Zeit, an die Arbeit zu gehen. Wie Mutter mich ermahnt hatte, als unser Boot uns zum Palast gebracht hatte, dienten Ereignisse dieser Art einer Cornaro nicht zum Vergnügen – sondern als gute Gelegenheit. Ich schnappte mir ein Glas von einem der vorüberziehenden Tabletts und hielt es vor mich wie eine Waffe, als ich mich entschlossen aufmachte, weitere Mitstreiter für meine Falkenreform zu gewinnen.

Doch schon bald wurde – wieder einmal – deutlich, dass ich nicht meine Mutter war.

Ich wusste nicht, wie ich das anstellen sollte. Ich lächelte Leuten zu, gab Artigkeiten über ihre haarsträubenden Trachten zum Besten, nickte höflich, um ihren Gruß zu erwidern, und wusste dann nicht, wie ich das Gespräch zu einem nutzbringenden Thema dirigieren sollte. Höllen, unter all der Schminke und den hoch aufgetürmten Haaren erkannte ich ja kaum jemanden.

»Dama Amalia?«, grüßte mich eine schroffe Stimme.

Ich drehte mich um und sah einen mir bekannten Heeresoberst im Ruhestand vor mir, der ein Wams aus grauem Samt trug, das so gearbeitet war, dass es aussah wie eine altmodische Rüstung. »Hallo«, begrüßte ich ihn flüchtig und erkannte erschrocken, dass mir sein Name entfallen war.

»Wollte Euch nur wissen lassen, dass ich gehört habe, woran Ihr arbeitet. Das Falkengesetz.« Er nickte steif. »Sage schon seit Jahren, wir müssen der obligatorischen Einberufung ein Ende machen. Furchtbare Idee.«

»Tatsächlich?« Ich bemühte mich, nicht allzu verwundert zu klingen.

»Selbstverständlich.« Er blies Luft durch seinen üppigen grauen Schnurrbart. »Das Letzte, was Ihr im Kampf wollen könnt, ist, darüber nachdenken zu müssen, ob der Magier, der Eure Flanke deckt, womöglich die Reihen bricht und davonläuft, weil er gar nicht dort sein will. Macht nur weiter mit Eurer guten Arbeit. Ich werde für Euren Vorschlag stimmen.«

Er stieß mit mir an, leerte sein Glas und strebte zum nächsten Weintisch.

Hoffnung fasste in meinem Herzen Fuß und verlieh mir abrupten Aufwind. Wenn sich Unterstützung für die Falken-Reform bis ins Militär ausdehnte, vergrößerte das meine Chance, das Gesetz durchzubringen, ganz enorm.

Dann entdeckte ich etwas, das weniger erfreulich war: Eine ganze Truppe Mitgiftjäger bereitete sich darauf vor, sich mir zu nähern, angelockt vom leuchtenden Schein unvermählten Cornaro-Goldes. Zeit, weiterzuziehen.

Rasch machte ich einen Rundgang durch alle sieben für den Ball reservierten Säle und schritt dabei in einem Tempo aus, das dazu gedacht war, meine Möchtegern-Verehrer abzuschütteln. Verschiedene musikalische Darbietungen nahmen mich in den einzelnen Räumen in Empfang, von den lebhaften Rhythmen eines tanzbaren Menuetts bis zu den besänftigenden Klängen einer Triosonate. In einem Raum lieferten sich zwei Poeten auf einer Bühne ein Epigramm-Duell und umkreisten einander mit Worten, so scharf wie Schwerter. Meine Schritte wurden langsamer, als am Ende eines Reims donnerndes Gelächter in der Menge aufbrandete, aber ich wagte nicht zu verweilen, um zuzuhören.

Jeder Zentimeter Wand schmückte sich mit neuen Gemälden, und auf allen Tafeln, in jeder Ecke, stand eine speziell zu diesem Anlass geschaffene Statue; die Namen der Künstler waren auf kleinen Karten gleich daneben aufgeführt, damit die Edelleute ihren jeweiligen Favoriten ein Mäzenatentum anbieten konnten. Tische voller Essen säumten die Wände, und ich sammelte im Vorbeigehen den einen oder anderen kleinen Bissen ein. Auch die hierbei zugrunde gelegten Rezepte waren allesamt neu; im Zuge eines ergrimmten Wettbewerbs entwickelt in Dutzenden der feinsten Küchen Raverras. Das alles diente der Ehrung der Grazie der Schönheit, deren Geschenk an die Menschheit die Kunst war.

Bei all den wundersamen Dingen, die mich umgaben, war ich nicht imstande, mein Tempo aufrechtzuerhalten. Eine sonderbare Skulptur, falls man das so nennen konnte, erregte meine Aufmerksamkeit, und ich hielt inne, um sie mir genauer anzusehen. Auf einem Holzteller war ein Haufen Knochen oder Zweige aus juwelenfarbenem Glas aufgeschichtet. War das überhaupt ein Kunstwerk? Oder doch ein Dessert?

»Es ist ein Spiel.«

Das war eine Tenorstimme, locker und sorglos, aber mit einem heiseren Einschlag. Erschrocken blickte ich auf und sah mich einem jungen Mann gegenüber, der das seltsame Objekt von der anderen Seite des kleinen Tisches, auf dem es platziert war, mit nachdenklich gerunzelter Stirn betrachtete.

Er trug einen offenen schwarzen Mantel mit einem gefiederten Überwurf zu einer hellgrauen Tunika aus butterweichem Leder. Stickereien vaskandrischen Stils in Silber und Schwarz verliefen in asymmetrischen Winkeln über Säume und Ärmel. Zuerst dachte ich, er hätte seine Garderobe mit einer Art gefiederter oder mit Fell besetzter Kopfbedeckung vervollständigt, aber dann erkannte ich, dass das seine eigene wilde Mähne war. Die Spitzen der Haare, so hellblond, dass sie beinahe weiß aussahen, waren schwarz gefärbt. Ich musste zugeben, dass sein monochromer Stil eindrucksvoll war, wenn er auch nicht gerade dem entsprach, was die raverranische Elite als modisch erachten würde.

»Man stapelt die Teile wechselweise auf, nehme ich an.« Er legte ein verdrehtes, verzweigtes hellgrünes Stück Glas auf ein rotes, vorsichtig darauf bedacht, es sicher zu platzieren.

Mir blieb keine Wahl, als mir einzugestehen, dass sowohl der Mann als auch das Spiel meine Neugier weckten. Aber er war Vaskandraner. Ich schaute mich um und sah mehrere Gardisten ganz in der Nähe. Mindestens einer von ihnen beobachtete uns, und der Raum war voller Zeugen.

Also gut, dann konnte es kaum schaden, mich an dem Spiel zu beteiligen.

»Wie? So?« Ich schnappte mir ein vierzackiges blaues Stück und legte es auf die beiden anderen.

Er nickte zufrieden. »Es ist ein Geschicklichkeitsspiel, in dem es um das rechte Gleichgewicht geht. Arbeitet man zusammen, kann man es höher aufstapeln, als wenn man die Züge dazu benutzt, sich gegenseitig zu bekämpfen.«

Ich musterte ihn scharf, aber sein Blick ruhte immer noch unverwandt auf den Glasteilen. Er wählte ein schimmerndes schwarzes Stück aus, das aussah wie eine winzige Koralle, und legte es auf den wachsenden Turm. »Seid Ihr anderer Meinung, Dama Amalia Cornaro?«

Mein Puls schlug schneller, brummte geradezu in meinen Adern. »Ich ziehe das Erbauen von Dingen dem Niederreißen in der Tat vor. Und ich bin eine große Anhängerin der Kooperationsbereitschaft.«

Er gluckste. »Ich bin oft geneigt, mit Leuten zu kooperieren, die

Spiele mit mir spielen. Besonders, wenn wir uns gegen einen gemeinsamen Kontrahenten zusammenschließen können.«

Grazie der Weisheit, hilf mir. Diese Art des Tanzes ist Mutters Spezialität, nicht meine. Er sprach von Vaskandar; und wenn er hier war, auf dem Reichsball, dann musste er im Rang hoch genug stehen, um als Verhandlungspartner zu gelten. Diese Chance könnte ich womöglich ruinieren.

»Wir in Raverra sehen oben, jenseits der Grenze, Kontrahenten Aufstellung nehmen«, sagte ich. »Wir würden weitere Spieler in unserer Mannschaft begrüßen.«

»Hmm. Ich bin nicht die Art Mensch, die sich der Mannschaft anderer anschließt. Zudem ist das Gleichgewicht zu heikel. Wir müssen ein gewisses Maß an Spannung aufrechterhalten.«

Wir bauten weiter an unserem Turm, und der hatte inzwischen eine leichte, aber unverkennbare Neigung zur linken Seite. Er legte ein Stück auf den Gipfel, der diesen zurück nach rechts zog, aber der Winkel war zu steil. Ich zögerte. Jeder Muskel in meinem Unterleib spannte sich unter dem Korsett, während ich nicht wusste, welches Teil ich auflegen konnte, ohne das ganze Ding zum Einsturz zu bringen.

»Man kann auch mit einem Spieler zusammenarbeiten, der nicht uneingeschränkt auf der gleichen Seite ist«, sagte ich endlich und balancierte mit zitternden Fingern ein Glasteil auf seinem aus. Ein rundes Medaillon krönte nun das Gebilde, womit jegliche Möglichkeit vertan war, weiterzubauen und den Turm zu vervollständigen.

Er lachte und betrachtete unser Werk mit augenscheinlichem Vergnügen. »Oh, Ihr gefallt mir, Dama Amalia. Gut gespielt! Ja, ich denke, wir können zusammenarbeiten.«

»Ich freue mich, das zu hören.«

»Wie dem auch sei.« Er reckte einen Finger hoch. »Ich bin nicht darauf vorbereitet, offen gegen unsere gemeinsamen Kontrahenten anzutreten.«

»Nun, das dürfte kein Problem sein.« Ich wedelte mit einer Hand. »Raverraner ziehen es ohnehin vor, ihre Züge aus der Öffentlichkeit herauszuhalten.«

»In Anbetracht der Lage der Spielsteine glaube ich, schon der Verdacht, wir hätten eine Allianz geschmiedet, könnte unseren Widersachern zu denken geben.« Er tippte sich ans Kinn. »Aber wie schmiedet man eine Allianz, ohne sie offiziell zu machen?«

»Warum machen wir sie nicht einfach offiziell?«, fragte ich.

Er zog die fahlen Brauen hoch. »Weil, gnädige Frau, wir alle auf Fallstricke zu achten haben.«

Ein giftig gelber Ring leuchtete um seine Pupillen herum auf. Ein Magiermal.

Meine Zunge verwandelte sich in Blei. Aber ich zwang sie, sich trotzdem zu bewegen. »Nur zu wahr.«

»Vielleicht böte sich eine symbolische Geste an«, sinnierte er. »Wir legen großen Wert auf Symbole.«

Ich dachte an den Ehering meiner Mutter: ein Diamant und ein Saphir, die für die Allianz mit Callamore standen, das durch ihre Ehe Teil des Erlauchten Imperiums geworden war. »Wie eine Vermählung?«

»Etwas weniger Bindendes wäre mir willkommener.«

»Gewiss.« Ein nervöses Lachen blubberte durch meine Kehle hoch. »Dann vielleicht so etwas wie Buhlen.«

Er grinste, und seine Augen funkelten vor Übermut. »Ist das ein Angebot? Aber wir kennen einander doch kaum!«

Ich wich einen halben Schritt von dem Tisch zurück. Röte kroch an meinem Hals empor, und ich war bereit, die Idee als den Scherz abzutun, den er offenbar daraus machen wollte.

Aber Mutter hatte gesagt, wir müssten alle Mittel, die uns zur Verfügung standen, nutzen, um Allianzen mit Vaskandranern zu schließen.

Ich reckte das Kinn hoch. »Das könnte es sein. Wenn es einen verbündeten Spieler ins Spiel zu bringen vermag.«

Er blinzelte. Und dann blinzelte er noch einmal. »Nun gut«, sagte er.

»Nun gut was?«

»Nun gut, ich nehme das Angebot an.« Er zuckte mit den Schultern, und die Federn seines Umhangs raschelten leise. »Ich werde Euch umwerben. Die Herrin der Dornen wird so wütend sein wie ein verärgerter Kojote, und das allein ist den Einsatz schon wert.«

Meine ganze Welt geriet in Schieflage, schlimmer noch als der Turm, den wir zusammen aufgeschichtet hatten. In einem anderen Raum kamen die wetteifernden Poeten zum Ende, und die Menge brach in fernen Applaus aus.

»Ah«, wollte ich sagen, aber meine Kehle war so trocken, ich brachte keinen Laut heraus.

Er neigte den Kopf zur Seite. »Wisst Ihr überhaupt, wie ich heiße?«

»Ich fürchte, das Vergnügen wurde mir bisher noch nicht zuteil«, würgte ich hervor.

»Ihr könnt mich Kathe nennen.« Der Vaskandraner verbeugte sich höfisch, aber maßvoll. »Ich bin der Krähenlord.«

Und lachend starb die Grazie der Liebe. Ich hatte gerade zugestimmt, mit einem Hexenlord zu buhlen.

KAPITEL FÜNF

Kathe setzte ein verschrobenes Lächeln auf. »Ich habe noch nie eine raverranische Frau umworben. Was kommt als Nächstes?«

Ich hatte noch nie *irgendwen* umworben, aber ich gedachte nicht, ihm das zu verraten. Stattdessen winkte ich nichtssagend mit der Hand und war froh, dass er nicht sehen konnte, wie meine Beine unter den Röcken zitterten. »Bei einem Ball wie diesem dürfte ein Tanz unvermeidlich sein, nehme ich an.«

»Aha.« Er dachte einen Moment nach. »Ich fürchte, ich kenne keine raverranischen Tänze. Aber gewiss könnt Ihr es mich lehren.«

Ich lachte verzweifelt. »Ich bin selbst keine gute Tänzerin und gewiss nicht gut genug, irgendjemanden darin zu unterweisen. Ich habe das immer für ein wenig albern gehalten und nie auch nur die Hälfte der Schritte gelernt.«

»Hm, dann sollten wir vielleicht besser nicht tanzen.«

Der Humor, der sich in seinem Ton bemerkbar machte, beruhigte meine Nerven ein wenig. Nach allgemeiner Auffassung waren die Hexenlords samt und sonders geisteskrank und größtenteils grausame Monster; aber wenn ein Mann imstande war, über sich selbst zu lachen, dann konnte er nicht so schlimm sein. »Was macht man in so einem Fall in Vaskandar?«

Er tippte sich ans Kinn. »Nun, wenn man beginnt, um jemanden zu werben, dann unternimmt man traditionell einen langen Spaziergang, um einander besser kennenzulernen.«

»Gehen und reden beherrsche ich.«

»Ihr seid wahrlich kultiviert.« Grinsend bot er mir seine Hand dar. »Wollen wir?«

Ich zögerte. Meine Haut kribbelte bei dem Gedanken daran, wie gefährlich es wäre, solch eine Einladung von Prinz Ruven anzunehmen. Aber Ruven war ein Hauthexer, dessen Macht am stärksten auf das Fleisch und die Knochen von Menschen wirkte; es war höchst unwahrscheinlich, dass Kathe ebenfalls über diese ebenso seltene wie beunruhigende Fähigkeit gebot.

Vorsichtig, als hätte ich es mit einer lebenden Spinne zu tun, ergriff ich seine Hand. Sie war schmal und überraschend rau verglichen mit der babyzarten Haut raverranischer Höflinge; diese Hände verbrachten viel Zeit im Freien und taten oder schufen Dinge. Oder zerstörten sie.

Er fädelte meinen Arm um seinen. Die Federn seines Umhangs streiften über meine bloßen Schultern, und ich konnte sogar durch seinen Ärmel eine wummernde Energie in ihm wahrnehmen, ein Zeichen von Magie oder innerer Anspannung. *Wie bei Zaira.*

Wir schlenderten über den Ball und ließen den absurden Glasturm hinter uns zurück. Ich bemühte mich ohne besonderen Erfolg, meine Muskeln zu entspannen und den Herzschlag zu besänftigen. Die anderen Feiernden teilten sich vor uns, Federbüsche neigten sich, gewaltige Röcke schwangen herum und machten der vereinten Präsenz eines Hexenlords und einer Cornaro Platz. Kaum waren wir vorübergegangen, schloss sich das Meer wunderlicher Kleider und regenbogenfarbener Jacken wieder. Zunehmend lauter werdendes Gemurmel hinter flatternden Fächern und diskret erhobenen Händen offenbarte deutlich, dass sich die Gerüchte in der Menge schneller ausbreiteten als vergossener Wein.

Ich weiß, hätte ich zu gern gesagt, *ich bin selbst ziemlich schockiert.*

»Worüber sollen wir sprechen?«, fragte ich. »Krieg und Diplomatie? Magietheorie? Die ungeheuerliche Schamkapsel dieses älteren Herrn?«

Kathe warf einen Blick auf das fragliche Kleidungsstück und hob die Hand zum Mund, um ein Hüsteln zu verbergen. »Nun, das ist … ambitioniert. Aber, nein, ich habe eine Idee. Lasst uns ein weiteres Spiel spielen. Wir erzählen einander wechselweise zwei Dinge über uns selbst, eines ist wahr, das andere eine Lüge. Die andere Person muss dann raten, was was ist.«

Ich nahm an, die Hoffnung, er könnte über Magietheorie diskutieren wollen, war etwas vermessen. »Ich glaube, dieses Spiel haben meine Verwandten in Callamorne gespielt, als ich jünger war«, sagte ich. Was gewöhnlich mit einer Prügelei geendet hatte.

»Das ist ein altes vaskandrisches Spiel.« Vor einer großen, runden Säule aus karamellfarbenem Marmor, der ersten in der ganzen Reihe, auf der die hohe Decke des Saals ruhte, blieb er stehen.

Dies war das pochende Herz der Feier. Die Hälfte der Versammlung drängelte sich in der Mitte des großen Saals und wirbelte in Gewändern über den Tanzboden, die alle möglichen Themen aufgriffen, von einem Obstkorb (das Leibchen schien mit echten Weinbeeren verziert zu sein) bis hin zu einem feurigen Phoenix (inklusive flatternder Bänder in Gold und Scharlachrot). Die Kapelle spielte leidenschaftlich genug, um alle zum Tanz zu animieren; ich hegte wenig Zweifel, dass es ihnen eine Patronage eintragen würden. Stühle und kleine Tische säumten die Wände, besetzt von jenen, die vom Tanzen erschöpft oder mehr der Konversation zugeneigt waren. Diener zirkulierten emsig mit Tabletts voller Speisen und Getränke durch den Raum. Dieser Platz, den Kathe gewählt hatte, mochte durchaus der ruhigste im ganzen großen Ballsaal sein: nicht so nah am Zentrum, dass man vom Tanz mitgerissen wurde, aber auch fern genug von den Sitzgelegenheiten, um einer Unterbrechung durch wohlgesinnte Gäste auf der Suche nach neuen Bekanntschaften zuvorzukommen.

Lang und drahtig lehnte er sich an die Säule, und sein gefiederter Umhang sträubte sich über seinen Schultern. »Ich fange an.«

»Gut.« Ich trat näher, um ihn bei all dem Gemurmel um uns herum besser zu verstehen. Schließlich bekam ich nicht so häufig eine Chance, persönliche Einzelheiten über einen Hexenlord zu erfahren.

»Mal sehen …« Dann kam ihm eine Idee, und sein Gesicht leuchtete regelrecht. »Ich habe keine Brüder. Ich liebe meine Brüder.«

»Das Erste muss die Lüge sein, das Zweite die Wahrheit«, sagte ich prompt. »Ihr habt Brüder, und Ihr liebt sie. Denn Brüdern, die Ihr nicht habt, könnt Ihr die Liebe nicht versagen.«

Kathe schnalzte mit der Zunge. Es klang wie Schelte. »Nicht ganz. Ich empfinde keine Liebe für meine *toten* Brüder, ungeachtet dessen, dass ich sie nicht mehr habe. Ihr seid dran.«

Ich starrte seine gefasste Miene an, das verhaltene spöttische Lächeln und die beunruhigenden Augen mit den gelben Ringen. Die grauen Iriden um das Magiermal waren so hell, dass sie sich kaum noch von dem Weiß der Augäpfel abhoben.

War er solch ein Monster, dass er keine Zuneigung zu den Brüdern empfand, die er verloren hatte? Oder waren *sie* die Monster gewesen und er konnte sich glücklich schätzen, sie los zu sein? Nach allem, was ich wusste, metzelten sich Hexenlordbabys in der Wiege gegenseitig nieder, während sie darum wetteiferten, wer das Reich der Eltern erben würde.

»Ich nehme an, Ihr werdet das nicht näher ausführen?«, fragte ich.

Er legte den Kopf schief. »Kommt darauf an. Wollt Ihr denn all *Eure* Antworten im Detail erklären?«

»Vielleicht lieber nicht.« Ich schluckte. »Also gut, ich bin dran. Ich, äh …« Verdammt, ich musste mir irgendetwas Kluges einfallen lassen. »Ich habe meines Vaters Vater nie getroffen. Ich habe meines Vaters Vater nie gesehen.«

Kathe zog die Stirn kraus. »Wenn Ihr nicht älter seid, als Ihr ausseht, muss das Erste die Lüge sein. Ich weiß zufällig, dass Euer Großvater väterlicherseits starb, als Euer Vater noch ein Kind war. Wie kommt es, dass Ihr ihn dennoch gesehen habt?«

Ein Kribbeln rann über meinen Rücken. Es war nicht so abwegig, dass jemand von meinem Großvater wusste, denn schließlich war er König von Callamorne geworden, als er meine Großmutter geheiratet hatte. Aber Kathe hatte so umgehend geantwortet, gänzlich ohne die königliche Erbfolge und politische Eheschließungen durchgehen zu müssen, dass es den Anschein hatte, als hätte er dieses Wissen die ganze Zeit parat gehabt.

In meiner Kindheit war dieses Spiel weitaus weniger unheimlich gewesen, als es sich jetzt darstellte..

»Sein Porträt«, erklärte ich. »Ich sehe es immer, wenn ich meine Großmutter besuche.«

»Natürlich.« Kathe nickte. »Ihr habt so viel Kunst in Eurem Imperium. Ich gestehe, ich bin neidisch. Nun gut, ich bin an der Reihe.«

Er streckte die Hand aus und angelte ein Küchlein von einem vorüberkommenden Tablett, ohne auch nur hinzuschauen. Der Diener, der ihn nicht bemerkt hatte, zuckte erschrocken zusammen und verkroch sich mit geweiteten Augen in der Menge. Wie es schien, hatte sich die Nachricht über die Anwesenheit eines Hexenlords in der Dienerschaft verbreitet.

Sollte Kathe sein Verhalten aufgefallen sein, so kümmerte es ihn nicht. »Mal sehen«, sagte er. »Ah, ich habe etwas: Ich hege keinen Groll. Ich kümmere mich um mich selbst.«

Er steckte sich das Küchlein in den Mund und wartete mit funkelnden Augen auf meine Antwort.

Dieses Mal dachte ich genauer nach. Nach raverranischer Lesart kümmerten sich Hexenlords um niemanden und misshandelten die eigenen Leute. Und auf Ruven, den einzigen anderen vaskandrischen Adligen, den ich kannte, traf das zweifellos zu. Und Kathe kam mir zu impulsiv vor, um an Groll festzuhalten. Aber die Art, wie er über die Herrin der Dornen gesprochen hatte, legte nahe, dass zwischen ihnen böses Blut herrschte, und in den Schatten seiner Augen lauerte eine gewisse Eindringlichkeit, die den gelösten Ton und die entspannte Haltung Lügen strafte.

»Ich glaube, Ihr *hegt* Groll«, sagte ich.

Er gluckste leise. »Wie alle Krähen. Gut gemacht. Ihr seid dran.«

Ich versuchte, mich trotz des Gelächters, des Geplappers und der Musik um mich herum zu konzentrieren. Die Dame mit den Finken im Haar schritt mit zwitschernder Frisur an uns vorbei; auf der Tanzfläche sah ich Zaira eine Gavotte mit einem jungen Baron tanzen.

Dieses Spiel war wichtig. Wenn ich Kathes Interesse nicht halten konnte, dann verlor ich vielleicht auch die Verbindung zu ihm. Aber alles, was mir einfiel, war entweder zu langweilig *(ich ziehe Muscatis Theorien über Artefaktion denen von De Bardi vor; ich mag Kaffee)* oder zu leicht zu erraten *(ich habe einen Mann mit meinen Händen getötet; ich habe einen Mann mit einem Wort getötet)*. Das Denken fiel mir schwer, während er mich beobachtete, einen Mundwinkel zu einem amüsierten Ausdruck hochgezogen.

Es gab da ein interessantes Detail über mich, das er vielleicht nicht erraten konnte, aber das zu nutzen barg das Risiko, ein Geheimnis zu offenbaren. Er mochte momentan mein Verbündeter sein, aber ich war nicht daran interessiert, ihm von meiner größten Schwäche zu berichten.

Er zog eine Braue hoch. »Also?«

Eines stand wohl fest: Wenn ich mit Kathe auf Sicherheit spielte, würde ich das Spiel verlieren.

»Ich wurde früher an diesem Abend vergiftet«, sagte ich. »Es fließt jetzt Gift in meinen Adern.«

Er riss die Augen auf. »Wie ich sehe, führt Ihr ein recht dramatisches Leben.«

»Die Erlauchte Stadt ist vieles, aber niemals langweilig. Habt Ihr euch festgelegt?«

Er neigte den Kopf. »Ihr wurdet vergiftet, habt aber ein Heilmittel erhalten. Die zweite Aussage ist die Lüge.«

»Nein.«

Er blinzelte. »Nein?«

»Ihr habt Euch geirrt.« Ich fuhr mit der Zunge über meine trockenen Lippen. »Ihr seid dran.«

Kathe gab die lässige Haltung an der Säule auf und drückte mit einem verwirrten Ausdruck im Gesicht den Rücken durch. Es wirkte beinahe, als halte er mich für eine fremdartige Kreatur und könne sich nicht so recht entscheiden, ob ich gefährlich oder möglicherweise essbar war. »Eigenartig«, sagte er. »Ich nehme nicht an, dass Ihr mir das näher erklären werdet.«

»Euch ist gewiss aufgefallen, dass ich dieser Anforderung aus dem Weg gegangen bin.«

»In der Tat.« Übermut erhellte seine Miene. »Nun gut, jetzt bin ich an der Reihe.«

Er beugte sich dicht an mich heran, bis seine Lippen nahe an meinem Ohr waren, und ich konnte die wilde Energie spüren, mit der die Luft zwischen uns aufgeladen war.

»Ich weiß von einem gefährlichen Vermächtnis, von dem Euch nicht klar ist, dass ihr es geerbt habt«, flüsterte er. »Ich habe keine verborgenen Absichten, die mich veranlassen, Euch zu umwerben.«

All meine Worte welkten auf meiner Zunge. Wie vom Donner gerührt starrte ich ihn an.

Er richtete sich zu voller Größe auf, faltete die Hände hinter dem Kopf und zerzauste dabei das Haar mit den schwarzen Spitzen. »Zu einfach, ich weiß. Ich sehe Euch am Gesicht an, dass Ihr die richtige Lösung kennt.« Er seufzte dramatisch. »Für diese Runde muss ich mich wohl geschlagen geben.«

»Was?!« Das Wort platzte aus mir heraus, ehe ich innezuhalten vermochte, getragen von einer Woge des Zorns. Wie konnte er *jetzt* aufhören? Wie konnte er mit diesem Wissensbrocken vor mir wedeln und mich dann hängen lassen?

Aber ich wusste genau, wie er das tun konnte. Der verdammte Kerl war einfach gut darin. Und nun brannte ich darauf, zu erfahren, was er wusste und was er im Schilde führte.

Ich bemühte mich, meine Mimik wieder unter Kontrolle zu bringen, aber ich konnte an seinem verfluchten Grinsen erkennen, dass er wusste, er hatte mich erwischt.

»Ihr gebt Euch tatsächlich geschlagen?«, fragte ich. »Ihr könnt doch gewiss nicht so einfach eine Niederlage einräumen?«

»Ich kann, wenn ich den passenden Gegenspieler gefunden habe.«

Alle Höllen! Er hatte nicht verloren, und das wusste er. Er hatte seine Karten nur so gehalten, dass ich sein Siegerblatt sehen konnte, und sich dann geweigert, sie abzulegen. »Ihr habt ein Talent dafür, andere verrückt zu machen, Lord Kathe.«

Er verbeugte sich bescheiden. »Danke, gnädige Frau. Ich tue mein Bestes.«

Als er sich wieder aufrichtete, blickte er über meine Schulter hinweg, und sein Lächeln wurde breiter. »Ah! La Contessa Lissandra Cornaro.«

Ich wirbelte herum, und mein Herz verkrampfte sich, als wollte es bersten. Und tatsächlich stand Mutter vor mir, prachtvoll anzusehen in ihrem bernsteinfarbenen Kleid, dessen feine Stickerei ihre Röcke in eine stilisierte Karte des Erlauchten Imperiums verwandelte. Ihr kastanienbraunes Haar, in dem ein goldenes Kämmchen steckte, das mit einem in Artefaktionsdraht gehüllten Globus besetzt war, fiel ihr in kunstvollen Wellen über die Schultern. Ihr kalkulierender Blick erfasste uns beide, als sie kurz, aber graziös vor Kathe knickste, was mehr war, als sie den meisten anderen Adligen zuteilwerden ließ.

»Lord Kathe von der Domäne Let. Ich freue mich, zu sehen, dass Ihr Raverra mit einem so seltenen Besuch beehrt.«

Im Gegenzug verbeugte er sich übermütig. »Die Ehre ist ganz meinerseits. Ich danke Euch, dass Ihr mich zu diesem höchst unterhaltsamen Ereignis eingeladen habt. Beinahe wäre ich nicht gekommen, aber nun bin ich froh, hier zu sein.«

Ich starrte Mutter an. *Sie* hatte ihn eingeladen? Gütige Grazien. Ich war blindlings mitten in eine ihrer Machenschaften hineingestolpert. Mir blieb nur zu hoffen, dass ich keinen allzu großen Schaden angerichtet hatte.

»Wie ich höre«, sagte meine Mutter mit einem vage bissigen Lächeln, »hofiert Ihr meine Tochter.«

Natürlich wusste sie bereits Bescheid. *Grazien helft.* Ich biss mir auf die Lippe, um nicht mit Ausflüchten herauszuplatzen, warum ich mich nicht vorher mit ihr beraten hatte.

»Das ist wahr.« Kathe breitete die Hände aus, als wäre dieser Umstand ein Wunder für sich. »Impulsiv, ich weiß, aber denkt nur an die Möglichkeiten! Gewährt Ihr uns Euer Einverständnis?«

La Contessa blickte ihm einen langen Moment in die Augen, ohne sich von dem Magiermal beeindrucken zu lassen. Endlich sagte sie: »Amalia ist eine Cornaro. Sie trifft ihre eigenen Entscheidungen und bedarf meiner Erlaubnis nicht. Aber ich bin entzückt, dass unsere Familie die Chance haben wird, mit Euch zu kooperieren. Ich versichere Euch: Wir geben formidable Verbündete ab.«

Die stählerne Note in ihrer Stimme verdeutlichte unverkennbar die unausgesprochene, aber logische Konsequenz, die da hieß, dass sie auch einen ebenso formidablen Feind abgäbe. Irgendwie erwärmte die Tatsache, dass meine Mutter ohne Weiteres einem Hexenlord drohte, mein Herz.

Kathe lachte leise. »Ich freue mich darauf, herauszufinden, was unsere Familien gemeinsam erreichen können. Und auf das Gespräch, zu dem Ihr mich eingeladen habt, Dama Cornaro.« Er neigte den Kopf zur Seite, als würde er auf etwas lauschen. »In der Zwischenzeit sollte ich dem Dogen meine Aufwartung machen. Ich bin überzeugt, die Damen haben vieles zu bereden.« Er verbeugte sich. »Wir sehen uns später an diesem Abend wieder.«

Ich antwortete mit einem Knicks. Er hatte sich kaum drei Schritte weit entfernt, als Mutter auf gesellige Art meinen Arm ergriff, sofern man in Samt gehüllten Stahl als Zeichen der Geselligkeit auffassen will.

»Ich habe den Krähenlord aufgrund von Informationen von Botschafter Varnir eingeladen, um Möglichkeiten einer Allianz zu diskutieren. Aber mir scheint, du bist mir auf dem Weg zum Verhandlungstisch zuvorgekommen.« Obwohl sie leise genug sprach, dass ihre Worte nicht weiter als bis zu meinen Ohren kamen, behielt ihre Stimme den vollen Klang. »Was für eine Vereinbarung hast du genau mit ihm getroffen, Amalia?«

Alle Höllen. Was für eine Vereinbarung *hatten* wir denn eigentlich getroffen? Ich versuchte, mir die Einzelheiten unseres Gesprächs ins Gedächtnis zu rufen, aber alles, was mir einfiel, waren verschwommene Erinnerungen an das Balancieren von Glasbausteinen und meine mühseligen Versuche, nicht wie ein Idiot zu klingen. »Eigentlich gar keine, außer, dass wir einander den Hof machen würden. Nur als Symbol einer Allianz zur Entmutigung unserer gemeinsamen Feinde.«

Mutters elegant geschwungene Brauen rückten näher zusammen. »Wird er uns verteidigen, sollten andere Hexenlords uns angreifen? Uns gestatten, Truppen durch seine Domäne zu leiten? Seine Magie zu unserem Vorteil einsetzen?«

Sie gab mir einmal mehr das Gefühl, wieder fünf Jahre alt zu sein, als wäre ich auf der Suche nach Süßigkeiten mitten in eine Ratsversammlung geplatzt und der alte Anzo würde mich jede Minute wieder hinausscheuchen. »Ich fürchte, unser Gespräch war nicht derart konkret. Tut mir leid, Mamma. Ich sah eine Gelegenheit und habe mein Bestes getan, aber ich bin in solchen Dingen nicht so gut wie du.«

Seufzend rieb sie sich die Schläfen. »Nein, schon gut. Nach dem, was ich über ihn weiß, gab es ohnehin keine große Chance, ihm irgendwelche Zusagen zu entlocken. Mich erstaunt schon, was du überhaupt erreicht hast.«

Ich wusste nicht recht, ob das ein Lob war oder nur Zeugnis ihrer geringen Erwartungen an mich gab, also nickte ich nur knapp.

Sie sah sich um, vergewisserte sich, dass niemand in Hörweite war. »Vertrau ihm nicht«, murmelte sie. »Anders als einige der anderen ist er zwar nicht für Grausamkeit bekannt, aber er könnte dich trotzdem tot in einem Wassergraben zurücklassen, sollte es seinem Amüsement dienen.«

Ich ergriff ihren Ärmel. »Habe ich einen Fehler begangen?«

Mutter zögerte. »Wir brauchen ihn. Sein Land grenzt an die Güter von Ruvens Vater und der Herrin der Dornen; müssen die sich Sorgen darüber machen, dass ihnen der Krähenlord im Nacken sitzt, können sie nicht ihre ganze Macht gegen uns in Stellung bringen.« Sie entließ ein wenig Atemluft über ihre Lippen, hauchte ein bisschen Hoffnung oder Sorge, die ihrer Tochter gegenüber in Worte zu kleiden sie sich nicht die Mühe machte. »Aber es ist ein Risiko. Ich hätte dich nicht gebeten, das zu tun. Wenn du irgendwann das Gefühl hast, du müsstest diese Charade beenden, um deiner eigenen Sicherheit oder deines Glückes willen, dann zögere nicht und tu es. Und was die Frage betrifft, ob das ein Fehler war … Nun, das werden wir sehen.«

Ich nickte, und Besorgnis schnürte mir die Kehle zu.

Mit sanfter, parfümierter Hand berührte Mutter meine Wange. »Sei vorsichtig, Amalia. Die Hexenlords betreiben Politik nach anderen Regeln als wir. Wenn du dieses Spiel verlierst, könntest du auch dein Leben verlieren.«

KAPITEL SECHS

»Du machst Witze«, meinte Zaira.

Ich hatte sie Wein nippend nahe einer Wand des Saals gefunden, die Wangen noch immer gerötet vom Tanz. Nun kniff sie die Augen zusammen, musterte mich argwöhnisch und stellte ihr Glas auf einem nahen Tisch ab.

»Ich fürchte, nicht«, erwiderte ich.

»Aber die Hexenlords sind alle so verrückt wie ein ganzer Sack voller Vipern.«

Ich zuckte mit den Schultern, worauf die schimmernden Lichter in meinem Haar in Bewegung gerieten. »In Kriegszeiten müssen wir alle Opfer bringen.«

Zaira schüttelte den Kopf. »Und alles, was sie von *mir* wollen, ist, dass ich ein paar tausend Leute umbringe. Ich glaube nicht, dass ich tauschen möchte.«

»Danke.« Ich wünschte, ich wäre so ruhig, wie sie sich anhörte. In meiner Brust bildete sich allmählich eine Blase purer Panik, nun, da ich Zeit hatte zu begreifen, was ich getan hatte.

Zaira schaute quer durch den Raum zu der Stelle, an der Marcello stand und sich ernst mit einem anderen Soldaten unterhielt. »Hast du das schon deinem Hauptmann Galan erzählt?«

Ich bekam heiße Ohren. »Es wäre wohl kaum angemessen, würde ich auf direktem Wege zu ihm laufen und ihm erzählen, dass ich mich einverstanden erklärt habe, mit dem Krähenlord zu buhlen. Außerdem sind Marcello und ich nicht … Nun ja, er ist nur ein Freund.«

Zaira bedachte mich mit einem Blick von vernichtender Skepsis.

»Schon gut«, gestand ich ein und verzog das Gesicht. »Ich zögere es nur hinaus.«

»Das wird ihm nicht gefallen.«

»Tja, wir haben nie umeinander geworben, also ist das nicht von Bedeutung«, blaffte ich. »Ich habe ihm sogar erklärt, dass wir das aus genau diesem Grund nicht tun können. Es ist nicht meine Schuld, wenn er mir nicht zuhört.«

Ein wissendes Grinsen breitete sich auf Zairas Gesicht aus. »Ach, ich weiß wirklich nicht, wie er je auf eine falsche Idee hätte kommen sollen, bedenkt man all die bedeutungsvollen Blicke, die du ihm zuwirfst. Oder die Tatsache, dass du ihm hinterherstarrst wie eine glotzäugige Jungfer.«

Nun brannte mein ganzes Gesicht. »Das sollte ich wohl lieber nicht tun.«

»Aber du tuuuuuuuuuust es«, sang Zaira.

In diesem Moment tauchte Terika in der Menge auf wie ein Geschenk der Grazien.

Sie trug ein Kleid in allen Farben des Meeres, und auf ihrem honigbraunen Haar thronte eine Krone aus Muscheln und Perlen. Ihre Falknerin Lienne begleitete sie und sah trotz ihrer Uniform irgendwie aus wie eine nachsichtige Tante; kaum jemand würde auf den Gedanken kommen, dass sie den meisten anderen in den Stallungen mit dem Rapier überlegen war. Terika lachte über etwas, das Lienne sagte, und ihre Augen funkelten vor Vergnügen.

Zaira starrte sie an, als sähe sie sie gerade zum ersten Mal. »Höllen, habt Erbarmen. Wir müssen sie öfter zu irgendwelchen schicken Festlichkeiten mitnehmen.«

»Das lässt sich arrangieren.« Ich bemühte mich, mein Lächeln im Zaum zu halten; genau deswegen hatte ich Terika eine Einladung verschafft. »Du solltest sie zum Tanzen auffordern.«

Zaira bedachte mich mit einem bösen Blick. »Warum sollte ich das tun?«

Ich blinzelte. »Buhlt ihr zwei denn nicht?«

»Nein«, protestierte Zaira. »Wie kommst du darauf, dass wir buhlen würden?«

»Ach, ich weiß nicht.« Ich tippte mir ans Kinn. »Ihr seid ständig zusammen. Ihr schäkert schamlos miteinander. Ihr mögt euch sehr. Du hast sie gerade angestarrt, als wäre sie Inkarnation der Grazie der Liebe …«

»Man kann auch mit jemandem befreundet sein und sein Aussehen mögen und schäkern, ohne mehr zu wollen.«

»Vermutlich.« Es schien mir das Beste zu sein, ihr das zuzubilligen, bedachte ich, was ich gerade erst über Marcello gesagt hatte. »Aber *warum?* Ich bin ziemlich sicher, *sie* hätte nichts dagegen.«

Zaira runzelte die Stirn. »Weil wir Falken sind, Dummkopf.«

Ich starrte sie nur verständnislos an.

Sie warf die Hände in die Luft. »Weil wir kein eigenes Leben und keine eigene Zukunft haben. Weil ich in die Neun Höllen verdammt sein will, ehe ich mich auf diese Art an die Stallungen binde. Vielleicht sogar, weil, wie du bemerkt haben dürftest, tendenziell jeder, der mir wichtig ist, im Feuer umkommt.«

»Nicht mehr«, sagte ich sanft.

Zaira drehte ihr Handgelenk; die roten Kristalle in dem goldenen Drahtgebilde ihres Geschühs funkelten wie Blutstropfen. »Richtig. Nicht mehr. Das ist das einzig Gute an der verfluchten Kette, die du mir angelegt hast.«

»Ich kann nicht behaupten, du hättest in Hinblick auf die Verwicklungen unrecht«, gab ich zu. »Aber sie hat dich wirklich gern.«

Zaira stöhnte. »Schon wieder Gefühle. Du weißt, was ich von Gefühlen halte.«

Ich stupste Zaira in die Rippen. »Sie ist schön. Und klug. Und witzig. Und sie nimmt es mit dir auf, was eine seltene Gabe zu sein scheint.«

»Sie ist zu gut für mich«, gab Zaira mürrisch zurück.

»Und sie kommt gerade von hinten auf dich zu.«

Zaira wirbelte herum, und die Blüten an ihrer Robe flatterten, als die Röcke ihrer Bewegung folgten. Mit steifem Rücken starrte sie ihrer Freundin entgegen.

»Zaira!«, rief Terika fröhlich. »Hast du das Wams des Marquis von Valisia gesehen? Seine ganze Brust ist zu sehen, bis runter zum Nabel, und ich schwöre, er hat sie eingeölt.«

Zaira sah sich um. »Oh, das möchte ich nicht verpassen. Wo?«

»Er hat mit Dama Brame getanzt, als ich ihn zum letzten Mal sah.«

Zaira räusperte sich. »Wenn die Aussicht auf der Tanzfläche so gut ist, dann, nehme ich an, sollten wir einfach hingehen, um sie besser genießen zu können.«

Terika lachte. »Ich dachte schon, du würdest nie fragen. Komm!«

Sie packte Zairas Hand und zerrte sie grinsend zur Tanzfläche. Zaira warf mir über ihre Schulter noch einen letzten finsteren Blick zu, der mir eine Botschaft übermittelte, so klar, als hätte sie sie niedergeschrieben: *Wenn du ein Wort sagst, stecke ich dich in Brand.*

Ich winkte nur lachend und sah ihnen einen Moment lang nach. Dabei griente ich von einem Ohr zum anderen. Zaira kannte keine höfischen Tänze, aber das schien sie auch nicht sonderlich zu kümmern. Ihre Röcke wirbelten in einem hypnotisierenden Farbenrausch um die beiden herum, und wann immer sie einander berührten, weichte Zairas stählerne Abwehr erkennbar auf.

Obwohl sie ständig unzüchtige Kommentare über Leute abgab, die uns auf der Straße begegneten, und bei jedem Fest mit haufenweise Leuten zugleich kokettierte, wirkte Zaira Terika gegenüber beinahe schüchtern. Ich nahm mir ein Glas Wein von einem vorüberziehenden Tablett, erhob es auf ihr Wohl und wünschte ihr im Stillen von Herzen Glück.

Die Luft um mich herum schien sich mit schmeichelnder Wärme zu füllen, und plötzlich wurde mir klar, dass Marcello neben mir stand.

»Sie tun einander gut«, murmelte er und lächelte den beiden Falken quer durch den Ballsaal zu.

Er stand so nahe; in einer anderen Welt, in der ich mir nur hätte überlegen müssen, wie sehr mir ein Mann gefiel, um mit ihm zu poussieren, hätte ich einfach den Arm um seine Taille legen können.

»Das tun sie«, stimmte ich zu, doch der friedvolle Moment war vorüber. Die Furcht vor dem, was ich ihm sagen musste, lag mir schwer wie ein Stein im Magen.

Er drehte sich zu mir um und zog wehmütig die Brauen hoch. »Ich nehme an, wir können es ihnen nicht gleichtun? Sie haben die zuvor erforderliche Anzahl politisch gebotener Tänze wohl noch nicht abgearbeitet?«

»Marcello«, platzte ich heraus, »ich umwerbe einen Hexenlord.«

Er blinzelte. »Was?«

Grazie der Liebe, vergib mir. Diese Augen. »Das ist natürlich eine politische Angelegenheit. Es ist einfach so passiert. Ich … es tut mir leid.«

Die Verwirrung in seinen Zügen verhärtete sich zu einem Ausdruck des Zorns. »Das können die Ihnen nicht antun. Wer hat diesen Wahnsinn arrangiert?«

»Ich.« Um uns herum drängelten sich zu viele Leute. Röcke raschelten, Gläser klirrten, erzwungenes Gelächter erhob sich zur Decke, die hoch über uns im Schatten verschwand. Ich senkte die Stimme, bis ich nicht mehr wusste, ob er mich im Lärm der Menge und der leise klimpernden Musik aus meinem Muschelanhänger noch hören konnte. »Marcello, *ich* habe das eingefädelt. Um uns zu helfen, den Krieg zu gewinnen oder vielleicht sogar ganz zu vermeiden. Es war meine Entscheidung.«

Verständnislos starrte er mich an. »Mit einem Hexenlord? Aber, Amalia, das sind irrsinnige Tyrannen? Warum um alles in der Welt wollen Sie so etwas tun?«

Die Sache erwies sich als genauso schwer wie erwartet. Ich schnappte mir zwei Gläser Wein von einem vorüberschwebenden Tablett, drückte ihm eines in die Hand, umfasste seinen Ellbogen und dirigierte ihn in die am wenigsten bevölkerte Ecke, die ich finden konnte. Niemand starrte uns direkt an, aber ich konnte Blicke spüren, also nahm ich etwas mehr Abstand zu ihm ein.

»So kann ich kämpfen«, erklärte ich ihm mit leiser, eindringlicher Stimme. »Das ist eine Waffe aus meinem Arsenal, eine Waffe, um Raverra und das ganze Erlauchte Imperium zu beschützen. Ich tue das, um Leben zu retten, Marcello.«

»Aber … buhlen …« Er trank einen Schluck Wein und starrte dann finster das Glas an. »Die Vorstellung, dass ich vielleicht einen Gegner zum Schutz des Imperiums werde töten müssen, bin ich gewohnt. Aber irgendwie kommt es mir schlimmer vor, einen küssen zu müssen.«

»Das ist nur Getue, um den Hexenlords, die sich darauf vorbereiten, bei uns einzumarschieren, ein Zeichen zu senden. Ich bezweifle, dass es wirklich zu Küssen kommen wird.«

Doch noch während ich die Worte aussprach, wurde mir bewusst, dass ich keine Ahnung hatte, ob sie der Wahrheit entsprachen. *Gute Grazien, wie soll ich damit umgehen?* Einen Hexenlord zu umwerben war eine Sache, ihn zu küssen eine gänzlich andere. Obwohl Kathe auf seine eigene, sonderbare Art recht attraktiv war.

Ich trank einen großen Schluck.

Marcello holte rasselnd Luft. »Ich nehme an, das geht mich nichts an. Wen Sie küssen oder wen Sie hofieren.«

Ich wollte ihm das nicht antun. Oder mir. Für einen Moment presste ich die Augen fest zu, dann schlug ich sie wieder auf.

»Es *geht* Sie etwas an, zumindest ein bisschen«, sagte ich leise. »Es ist nicht so, als wäre da nichts zwischen uns. Aber das ist eine temporäre Sache, eine Notwendigkeit, keine Herzensangelegenheit. Auf lange Sicht ändert das gar nichts, und das wissen Sie.«

»Jetzt weiß ich es.« Er fuhr sich mit der Hand durchs Haar, starrte einen Moment sein Getränk an und stellte es dann auf einem Tisch ab. »Macht Ihnen das denn nicht zu schaffen, Amalia? Gar kein bisschen?«

»Es macht mir nichts aus, diese Charade mit ihm aufzuführen.« Seufzend legte ich eine Hand an meine Wange, weil ich seine nicht berühren durfte. »Aber ich gebe zu, ich wünschte, ich müsste Sie nicht auf Armlänge von mir halten. Ich wünschte …«

Meine Stimme ließ mich im Stich. Eigentlich wünschte ich mir nicht, ein gewöhnliches Mädchen zu sein, das buhlen konnte, mit wem immer es wollte. Ich hatte die Freiheit gegen Macht eingetauscht, und diese Macht konnte ich dazu nutzen, für die Sicherheit der Menschen zu sorgen, die mir am Herzen lagen. Mir Freiheit *und* Macht zu wünschen wäre selbstsüchtig; es gab einen Grund dafür, dass alles seinen Preis hatte.

»Ich wünschte, ich wäre ein Prinz aus Osta oder der Neffe des Dogen«, sagte Marcello. »Ich hasse es, nicht gut genug für Sie zu sein.«

»Sie *sind* gut genug.« Ich ballte eine Hand zur Faust, ehe die nach seiner greifen konnte. Was da mit seiner Stimme sprach, das war sein grässlicher Vater, der ihm sagte, er sei ein Versager – und nun machte ich es noch schlimmer. »Besser als irgendein dummer Prinz. Bei den Grazien, Marcello, wenn ich nach persönlichem Gutdünken jemanden hofieren könnte, dann würden wir jetzt in diesem Saal tanzen. Das ist ein Schachzug, weiter nichts.«

»Dann hoffe ich, es ist ein siegreicher Zug.« Er versuchte sich an einem Lächeln, doch es geriet eher zu einer Grimasse. »Ich komme mir vor wie ein Bauernopfer.«

»Kein Opfer.« Ich sah ihm in die Augen. »Wir müssen Sie nur über das ganze Brett bringen und krönen.«

Nun gelang ihm ein glaubwürdigeres Lächeln, doch es blieb ein wenig starr. »Ich gehe besser wieder an die Arbeit. Immerhin bin ich hier, um die Wachen zu unterstützen.«

An diesem Abend sollten wir nicht mehr tanzen.

*

Zum Frühstück am nächsten Morgen brachte mir Ciardha, Mutters beängstigend kompetente Gehilfin, ein Päckchen.

»Von Eurem Verehrer, gnädige Frau.« Ihre Miene war so beherrscht wie immer, aber die dunklen Augen schimmerten vor Frohsinn.

Das unregelmäßige Bündel lag neben meinem halbgegessenen Brötchen und einer Tasse dampfend heißer Schokolade und war in etwas eingewickelt, das aussah wie ein mit silbernem Garn verschnürtes Klatschjournal. Ich hatte schon als kleines Mädchen überzeugendere Geschenkverpackungen aus allerlei Kleinigkeiten aus dem Nähkorb meiner Zofe gebastelt.

Ein wenig beklommen zupfte ich den chaotischen Knoten auseinander und breitete das Papier aus. Grüne Blockschrift brüllte mir von der Oberseite des Blatts entgegen: *HEXENLORD UMWIRBT BEGEHRTESTE HEIRATSFÄHIGE ERBIN DER ERLAUCHTEN STADT*. Liebreizend. Die mussten die ganze Nacht gearbeitet haben, um die Schrift zu setzen.

Ich faltete das zerknitterte Papier weiter auseinander und brachte eine Halskette zum Vorschein. Oder so etwas Ähnliches: eine Lederschnur, geschmückt mit Holzperlen und schwarzen Klauen.

Zweifelnd hob ich das Ding hoch. »Muss ich das tragen?«

»Ich fürchte, es wäre unhöflich, es nicht zu tun, gnädige Frau.«

»Da ist eine Karte.« Ich legte den geschmacklosen Halsschmuck zurück in das Papier, bemüht, nicht an der Vorstellung zu verzweifeln, wie er über Spitze und Brokat aussehen würde, und drehte das rechteckige Stück edlen cremefarbenen Velinpapiers um.

Zu Eurem Schutz, solltet Ihr mein Land aufsuchen, stand da geschrieben.

»Was für ein großartiges Vorzeichen.« Ich legte die Karte weg und begutachtete das Geschenk.

Vivomanten wie die Hexenlords und die meisten anderen vaskandrischen Magier nutzten ihre Macht, um lebendige Dinge zu beherrschen und zu formen. In Vaskandar nannte man sie Grünhexen, wenn sie auf Pflanzen spezialisiert waren, und Fellhexen, wenn Tiere ihr besonderes Fachgebiet darstellten, aber alle Vivomantiker konnten beides beeinflussen. Sie konnten jedoch keine Gegenstände mit Magie erfüllen, wie Artefaktoren es taten, oder sich wie Alchemisten die latenten magischen Eigenschaften von Substanzen zunutze machen. Ich bezweifelte, dass diese Halskette magisch war, allerdings sahen die Klauen vollkommen echt aus.

Wir legen großen Wert auf Symbole, hatte er gesagt. Mit einem resignierten Seufzer hob ich sie über den Kopf. Gleich darauf klapperten die Klauen auf meiner Brust.

»Wie sehe ich aus?«, fragte ich.

»Eure Reputation als Exzentrikerin wird zweifellos davon profitieren, gnädige Frau.«

»Reizend.« Plötzlich kam mir ein erschreckender Gedanke. »Ich muss ihm im Gegenzug auch ein Geschenk machen, richtig?«

»So ist es Brauch, gnädige Frau«, bestätigte Ciardha. »Ihr solltet etwas wählen, das Ihr ihm bei dem Ausflug heute Nachmittag überreichen könnt.«

Die Bedeutung ihrer Worte rieselte wie ein Haufen kalter Kieselsteine in mein Bewusstsein. »Ausflug? Diesen Nachmittag?«, fragte ich zaghaft.

»Mit Lord Kathe.« Ciardhas Miene und Haltung blieben vollends gefasst, aber irgendwie wusste ich, dass sie im Stillen lachte. »La Contessa hat ihn gedrängt, die Bedingungen einer Allianz formell niederzulegen, als sie am Ende des Balls gestern Abend mit ihm gesprochen hat. Er sagte, er zöge es vor, derlei Angelegenheiten mit Euch zu bereden, da Ihr nun umeinander werbt. Natürlich hat La Contessa sogleich einen Ausflug für Euch und Euren Verehrer arrangiert.«

Ich schluckte. »Was ist das für ein Ausflug?«

Ciardha senkte den Kopf zu einer knappen Verbeugung, die ich als mitfühlend zu interpretieren beschloss. »Ein Picknick, gnädige Frau.«

KAPITEL SIEBEN

Ich soll also in fünf Stunden mit einem Hexenlord picknicken«, schloss ich atemlos. »Ich habe noch nie jemanden umworben. Ich muss ihm ein Geschenk besorgen. Hilf mir – ich habe keine Ahnung, was ich tun soll!«

Zaira stand wie erstarrt auf dem Rasen im großen Gartenhof der Stallungen, einen Arm zurückgezogen, um einen Stock zu werfen, den sie von einem ziemlich zerpflückt aussehenden Zierstrauch in der Nähe abgerissen haben musste. Schuft, Zairas Hund, hüpfte ungeduldig vor ihren Füßen herum, und sein ganzes Hinterteil wackelte vor lauter Begeisterung hin und her.

»Und du kommst ausgerechnet zu *mir*, um dir Rat zu holen? Was bin ich? Deine kuppelnde Großmutter?« Zaira warf den Stock, und Schuft preschte mit heraushängender rosaroter Zunge hinterher.

»Du bist der einzige Mensch, den ich fragen kann«, erklärte ich mit einem Schulterzucken. »Venasha ist mit Aleki in Ardence und besucht ihre Familie.«

»Wenn ich alles bin, was dir bleibt, brauchst du mehr Freunde.«

Das tat mehr weh, als es sollte. Meine Stimme wurde schärfer. »Ich glaube, dir ist bewusst, wie schwierig es ist, Freunde zu finden, wenn jeder um dich herum immer irgendwas von dir will.«

Zaira seufzte und sah mich doch endlich an. »Ja, ich weiß.«

»Dann hilf mir!«, bat ich und breitete die Hände aus. »Was soll ich tun?«

Schuft hatte den Stock gefunden, schüttelte ihn wild herum und ließ sich bäuchlings ins Gras fallen, um ihn zu zerkauen. Zaira zuckte mit den Schultern. »Wenn ich das wüsste. Ich habe auch noch nie jemanden umworben.«

»Wirklich?« Sofort verwünschte ich mich im Stillen für meinen überraschten Tonfall. Dann sah ich Terika über den Gartenweg näher kommen, die braunen Locken vom Wind zerzaust, das Gesicht gerötet, und ich modifizierte noch einmal, was ich hatte sagen wollen. »Ich meine, du bist immer so, äh, selbstsicher im Umgang mit deinen Verehrern bei irgendwelchen Festen und so. Ich dachte, du müsstest schon einmal mit jemandem gebuhlt haben.«

Zaira schnaubte verächtlich. »Wenn du den Unterschied zwischen Schäkern und Brautwerbung nicht kennst, dann brauchst du mehr Hilfe, als ich dir geben kann.«

Terika gesellte sich zu uns und warf Zaira einen amüsierten Blick zu. »Ja, manche Leute sind meisterlich in Ersterem und hoffnungslos in Zweiterem. Hallo, Amalia.«

»Ach, sei doch still.« Aber dieses lockere, zwanglose Lächeln, mit dem Zaira sie begrüßte, war meiner Erfahrung nach sonst nur Schuft vergönnt.

»Ich weiß einfach nicht, was man tut, wenn man mit einer Person, die um einen wirbt, ein Picknick macht.« Vage wedelte ich mit der Hand.

Terika grinste. »Das kommt ganz darauf an. Wird eine Anstandsdame dabei sein? Denn wenn nicht, ist *alles* möglich.«

»Er ist ein *Hexenlord.*« Meine Stimme steigerte sich beinahe zu einem schrillen Fiepen.

»Daran hättest du denken sollen, bevor du dich einverstanden erklärt hast, um ihn zu werben«, kommentierte Zaira.

Terika tippte sich nachdenklich an die Lippen. »Wenn Sie ihn auf Distanz halten wollen, könnten Sie versuchen, mit ihm zu schäkern.«

»Hätte das nicht die gegenteilige Wirkung?«

»Manche Leute sind bekannt dafür, dass sie Schäkern als Harnisch benutzen.« Dieses Mal sah Terika Zaira nicht an, aber in ihren Augen funkelte der Schalk. »Manche Leute sind sogar erstaunlich begabt darin, andere nicht nahe an sich heranzulassen.«

Zaira verdrehte die Augen. »Manche Leute fordern ihr Glück heraus.«

Terika ergriff meine Schulter mit einem Ausdruck großer Ernsthaftigkeit. »Sie müssen vorsichtig sein. Wenn Sie den Eindruck erwecken, Sie würden die Annäherungsversuche der anderen Person willkommen heißen, nur um sie dann auf Distanz zu halten, könnte das denjenigen verwirren und verletzen.«

»Oder«, fügte Zaira schnaubend hinzu, »er fühlt sich berufen, dich unentwegt aufzuziehen. So kann es auch kommen.«

Ich wusste sehr genau, dass Terikas Bemerkungen Zaira galten, aber ich konnte nicht anders, ich musste an Marcello denken, und das tat weh. »Also, was würdest du mir raten?«

Terika tätschelte mitfühlend meinen Arm. »Sie müssen verständnisvoll handeln. Ihr Möchtegern-Buhle könnte eine Menge hinter sich haben und Zeit brauchen, um zu lernen, Ihnen zu vertrauen.« Sie unterbrach sich, nicht länger imstande, das Gelächter zu unterdrücken, das ihr den Hals emporstieg. »Wie ein streunender Hund.«

»Wie ein … warte nur!« Nun lachte auch Zaira. »Ein Hund bin ich also? Etwa *so?*« Und sie leckte Terikas Wange ab.

»Runter, Mädchen!« Mit dem Ärmel wischte sich Terika den Speichel aus dem Gesicht, ehe sie wieder mich anblickte. »Haben Sie ihm ein Geschenk besorgt?«

»Nein«, ächzte ich. »Ich habe keine Ahnung, was ich einem Hexenlord schenken könnte. Einen Eimer Knochen? Irgendeine unheimliche, seltene fleischfressende Pflanze?«

»Vielleicht ein artefaktisches Gerät?«, schlug Terika vor. »In Vaskandar gibt es nicht viele Artefaktoren.«

»Gute Idee«, stimmte ich voller Erleichterung zu. »Ich gehe gleich zu Istrella und frage sie, ob sie irgendetwas hat, das sie mir überlassen würde.«

Als ich davonging, hörte ich, wie Zaira Terika anbellte, während Schuft zurückkam und um die beiden herumtollte.

*

Ich stieg die Treppe zu Istrellas Turmzimmer hinauf, musste jedoch feststellen, dass sie nicht bereit war, die Tür mehr als einen Spaltbreit zu öffnen, weil sie an etwas arbeitete, das »extrem unbeständig« war, wobei die kleinste Störung »katastrophal« sein könnte. Angesichts der Rauchschwaden, die aus ihrem Zimmer drangen, nahm ich sie beim Wort.

»Hast du eine Idee, was für ein artefaktisches Gerät ein gutes Geschenk für einen Hexenlord abgäbe?«, fragte ich sie.

Istrella blinzelte hinter den bunten Linsen ihrer von Runenkreisen umgebenen artefaktischen Brillengläser. »Warum sollte ich einem Hexenlord etwas schenken?«, fragte sie so langsam, als würde sie die wunderliche Frage näher untersuchen, während sie sprach.

»Nein, nein, *ich* muss einem Hexenlord ein Geschenk machen.«

»Oh! Nun, in dem Fall ...« Sie schlug mir die Tür vor der Nase zu.

Ich starrte das Schild an, dass sie dort aufgehängt hatte *(Bitte anklopfen, andernfalls bin ich nicht für die Konsequenzen verantwortlich zu machen)*, und fragte mich, ob ich sie irgendwie gekränkt hatte. Aus ihrem Raum hörte ich ein Rascheln und dann einen länger andauernden Krach – aber das war bei Istrella nichts Ungewöhnliches.

Endlich wurde die Tür erneut einen Spaltbreit geöffnet, und sie streckte einen dürren Arm heraus. Etwas Schimmerndes baumelte an ihrer Hand.

»Hier!«, sagte sie vergnügt. »Spionagebrillenanhänger. Hab ich gemacht, um mir die Zeit zu vertreiben, während Marcello mir die Ohren vollgequasselt hat, ich müsse öfter aus meinem Turm herauskommen. Zehnfache Vergrößerung und bestimmt schrecklich schick! Da wir gerade von schick sprechen, deine Halskette gefällt mir.«

Ich berührte die kalten, glatten Klauen an meiner Kehle. »Äh, danke.«

Istrella wedelte mit dem Anhänger vor mir, als wollte sie eine Katze zum Spiel verlocken. »Also, ich sollte mich wieder um mein Projekt kümmern, ehe sich das Feuer ausbreitet.«

Ich nahm den in Golddraht gewickelten kleinen, runden Kristall an mich. »Brauchst du irgendwelche Hilfe?«

»Oh, nein. Ich glaube, ich hab mir schon alles zusammengereimt«, entgegnete sie nichtssagend. »Richte Marcello aus, dass ich mit dir gesprochen habe. Damit habe ich diese Woche mindestens zweimal Kontakt zur Außenwelt gehabt, also soll er aufhören zu nörgeln und mich meine Arbeit machen lassen.«

»Sag ihm das lieber selbst«, antwortete ich lachend. »Bis bald, Istrella.«

Als ich den Anhänger in die Tasche meines schokoladenbraun-golden gemusterten Brokatmantels steckte und mich wieder auf den Weg die Treppe hinunter machte, fiel mir auf, dass ich noch ein wenig Zeit hatte, um Marcello zu besuchen. Bei dem Gedanken an ihn trat eine sonderbare, flattrige Anspannung an die Stelle der gewohnten glückseligen Wärme. *Oh, hallo, Marcello. Ich habe ein paar Stunden Zeit, ehe ich zu einem potenziell romantischen Picknick mit einem Mann aufbrechen muss, den ich hofiere. Du weißt schon, der, der nicht du ist. Hast du Lust, dich auf eine schmerzlich peinliche Unterhaltung mit mir einzulassen?*

Ich schüttelte den Kopf. Ich konnte jetzt nicht anfangen, ihm aus einem falsch verstandenen Schuldgefühl heraus aus dem Weg zu gehen. Er war immer noch ein guter Freund, und das Letzte, was ich wollte, war, dass diese politische Brautwerbung eine Mauer zwischen uns errichtete.

Als ich den Gartenhof durchquerte, schwenkte ich in Richtung des Rasenfleckchens, an dem ich Zaira zurückgelassen hatte. Ich hoffte, Terika für ihren Geschenkvorschlag danken und mich erkundigen zu können, ob die beiden Marcello gesehen hatten. Auf der Rasenfläche war keine Spur von den Mädchen zu sehen, aber Schufts wackelndes Hinterteil ragte aus einer Hecke hervor.

Ich lugte um das Gebüsch herum und hob die Hand zu einem fröhlichen Winken.

Terika und Zaira lehnten zusammen an einem Baumstamm. Terika hatte die Augen geschlossen und konnte mich folglich nicht sehen, während sie und Zaira sich recht leidenschaftlich küssten. Ihre Locken verwickelten sich ineinander, und Zaira legte den Kopf in den Nacken, entblößte ihre Kehle und hielt die Hand fest zwischen Terikas Schulterblätter gepresst.

Zaira würdigte mich keines Blickes, nutzte aber ihre freie Hand, um mir mit einer ungehobelten, aber durchaus eloquenten Geste zu vermitteln, wie verärgert sie über die Störung war. Errötend verzog ich mich eilends wieder außer Sichtweite, konnte mir dabei aber ein Grinsen nicht verkneifen.

Wie es schien, war es Terika doch endlich gelungen, durch Zairas Harnisch zu dringen.

*

Ich hatte beinahe den kompletten Garten durchquert, als ich Marcello auf mich zukommen sah. Er sah blass aus und schien drauf und dran zu sein, loszurennen. Das konnte nichts Gutes heißen. Ich eilte ihm entgegen.

»Amalia, den Grazien sei Dank, es geht dir gut.« Die Worte sprudelten mit dem Eifer desjenigen heraus, der schlechte Nachrichten zu überbringen hatte. »Ich bin die ganze Zeit bei den Kurierlampen gewesen, seit die ersten Berichte hereingekommen sind, darum wusste ich nicht, ob du …« Er fuhr sich mit einer Hand durchs Haar. »Ob du in Sicherheit bist.«

Zischend holte ich mit zusammengebissenen Zähnen tief Luft. »Wenn ich recht verstehe, gibt es schlimme Neuigkeiten?«

Er nickte erbittert und zog ein Papier aus der Tasche: eine Kopie der Namensliste der vaskandrischen Assassinin. Sie zitterte in seiner Hand, als er mit einem Finger nach ihr schlug. »Lamonte Clare. Ein Artefaktor in den Zwanzigern. Er hätte gestern im Haus seiner Familie in Loreice eintreffen sollen. Ich hatte ihm Urlaub gewährt, damit er seine Eltern um die Erlaubnis bitten konnte, die Frau zu heiraten, der er den Hof machte.«

Ich konnte die Anspannung in seiner Stimme deutlich hören. *Oh, Marcello.* »Er ist nicht angekommen?«

»Er und sein Falkner sind unterwegs verschwunden, zusammen mit den zusätzlichen Gardisten, die ich zu ihrer Eskorte abkommandiert hatte; ihre Pferde sind vergangene Nacht mit leeren Sätteln zu der Poststation zurückgekehrt. Die Soldaten an der Station haben eine Suche eingeleitet, konnten bisher aber keine Leichen finden.«

Ich rang um Worte, fühlte mich aber außerstande, ihm Trost zu spenden. Und er war noch nicht fertig. Sein Finger wanderte weiter zu einem anderen Namen.

»Parona da Valisia, eine Alchemistin. Klug und sorgfältig in Bezug auf ihre Arbeit; du hättest sie gemocht. Sie war in Callamorne stationiert und hat die Leute dort mit Heilmitteln und Elixieren versorgt. Das Gasthaus, in dem sie und ihr Falkner auf dem Weg zu ihrem nächsten Einsatz abgestiegen sind, ist heute Morgen vor Anbruch der Dämmerung bis auf die Grundmauern niedergebrannt. Der Gastwirt und alle sechs Gäste sind dem Feuer zum Opfer gefallen.«

»Grazie der Barmherzigkeit«, hauchte ich.

Er zeigte auf den nächsten Namen und sprach schneller, als müsse er sich einen Weg durch die Liste erzwingen. »Halim von Osta, ein älterer Alchemist. Er wurde heute bei einem Besuch des Spitzenfests in Palova überfallen. Sein Falkner und die Gardisten konnten die Angreifer erfolgreich abwehren, aber einige von ihnen wurden verwundet. Und dann noch Harrald Callo, ein stiller Artefaktor mit einer Vorliebe für Backwaren. Er weilte zu Besuch bei seinen ältlichen Eltern auf ihrem Gehöft in der Nähe von Ardence, als er und sein Falkner in der letzten Nacht verschwanden. Es scheint, als wären ihre Leichen in den Brunnen des Bauernguts geworfen worden.« Mit unnötiger Kraft faltete er die Liste zusammen. »Von dem Angriff auf Istrella vor einer Woche und Namiras Ermordung ganz zu schweigen.«

Ich stieß einen leisen Pfiff aus. »Das sind vier Angriffe an nur einem Tag, alles in allem sechs, wenn man die anderen auch berücksichtigt.«

»Richtig.« Marcello blickte mir in die Augen. »Über das ganze Imperium verteilt sterben die Menschen auf dieser Liste. Die zusätzlichen Gardisten, die ich ihnen zur Seite gestellt habe, haben nicht gereicht. Vaskandar hat eine Liste der Falken zusammengestellt, die in Hinblick auf unsere militärischen Vorbereitungen Schlüsselpositionen besetzen, und sie wenden enorme Ressourcen auf, um jeden auf dieser Liste zu töten.«

Ein Stachel roher, wilder Energie raste durch meine Adern – halb von Furcht gespeist und halb von Zorn. »Hast du die anderen gewarnt?«

Er nickte. »Darum war ich bei den Kurierlampen. Ich bin jetzt auf dem Weg zu einer Besprechung der Offiziere. Oberst Vasante sagte, du solltest auch dabei sein.«

Das kam mir seltsam vor, aber ich blieb an seiner Seite, und wir schritten gemeinsam zum Quartier des Obersts. Wäre die Angelegenheit nicht so ernst, wäre ich dankbar gewesen für die Ablenkung; das hielt mich davon ab, mir den Kopf darüber zu zerbrechen, wie viel Distanz ich zu ihm aufzubauen hatte.

»Das ergibt keinen Sinn«, sagte ich. »Das muss enorm viel Planung und Mühe erfordern. Vorbereitungen, um die Leute vor Ort in Stellung zu bringen, Koordination, damit alle ungefähr zur gleichen Zeit zuschlagen können, ausreichende Kräfte, um die zusätzlichen Gardisten zu überwältigen. Das alles, nur um eine Handvoll Artefaktoren und Alchemisten zu töten?« Plötzlich kam mir ein Gedanke. »Dienen die Morde womöglich dazu, ihnen die Geschühe zu stehlen?«

Marcello schüttelte den Kopf. »Das hat schon vor ein paar hundert Jahren jemand versucht, und die Artefaktoren haben sich eine Lösung für das Problem einfallen lassen. Sind die Geschühe erst einmal mit einem Falken verbunden, zerstören sie sich selbst, wenn sie abgestreift werden. Wenn man ein Geschüh stehlen will, muss man es tun, ehe es benutzt worden ist.«

»Dann muss das Teil eines größeren Plans sein, den wir nicht sehen.«

»Dass die Herrin der Dornen einen so großen und gut durchdachten Plan haben könnte, macht mir Sorgen«, gestand Marcello. »Einer unserer Vorteile gegenüber Vaskandar war von jeher, dass die raverranische Strategie überlegen war. Die Hexenlords, gegen die wir kämpften, neigten alle zu einer impulsiven und unkoordinierten Vorgehensweise, statt langfristige Pläne zu verfolgen oder zusammenzuarbeiten. Wenn wir es nun mit anderen Hexenlords zu tun bekommen, solchen, die sich mehr Gedanken darüber machen, was sie auf lange Sicht bewirken, dann könnten wir in ernsthafte Schwierigkeiten geraten.«

Ruven. Dies war ganz seine Art perverser Durchtriebenheit. Ich hatte vor einigen Monaten seine Bemühungen vereitelt, ein Buch über gefährliche Magie aus dem Imperium zu entwenden, aber ich hätte wissen sollen, dass er auch noch andere Pläne haben musste. Er war nicht die Art Mann, die sich still zurücklehnt und die Niederlage akzeptiert.

Wir erreichten die Tür zu Oberst Vasantes Arbeitszimmer, in dem sie ihre Offiziere zu den wichtigsten Besprechungen zu empfangen pflegte. Mit der Sicherheit des Vertrauten streckte Marcello die Hand nach dem Türgriff aus.

»Ich glaube, wir sind bereits in Schwierigkeiten«, sagte ich leise.

Und dann öffnete er die Tür, und ich erkannte, wie recht ich hatte.

Karten, Bücher und antike Waffen schmückten die Wände von Oberst Vasantes Arbeitszimmer, Vorhänge in dem Scharlachrot der

Falken verhüllten die Fenster. Der Großteil der Offiziere, die sich um den verschrammten Mahagonitisch versammelt hatten, trug ebenfalls Uniformen in leuchtendem Blutrot. Aber ein Mann links neben Oberst Vasante hob sich in einem makellos geschneiderten schwarzen Samtmantel trotz unscheinbar hängender Schultern und der stillen Achtung, die sich in seiner Haltung Ausdruck schuf, bedrohlich von den anderen ab.

Lord Caulin, der Stille Kanzler. Alle Höllen, was hatte *der* hier zu suchen?

Oberst Vasante winkte uns mit einem finsteren Blick und einer knappen Handbewegung herein. Als sie mir aber in die Augen blickte, erkannte ich, dass ihr Ärger nicht uns galt. Als Kommandantin der Falken wusste sie, welche Funktion Lord Caulin wirklich innehatte. Und sie war nicht erfreut darüber, dass er diesem Treffen beiwohnte und den Raum beherrschte wie der Dämon des Todes mit seiner Obsidianaxt.

»Schön, dass Sie es geschafft haben, Dama Amalia.« Sie presste jedes Wort durch die Zähne, als wäre sie aufgebracht, weil wir als Letzte eingetroffen waren, aber ihr glühender Blick übermittelte eine andere Botschaft. Er sagte: »Ich will, dass Ihr dabei seid.«

Aha. Also hat sie mich als ihre Verbündete dazugebeten. Die einzige andere Person in den Stallungen, der die verstörenden Implikationen von Caulins Gegenwart begreiflich waren.

»Ich weiß die Einladung zu schätzen«, murmelte ich und setzte mich auf den Stuhl neben Marcello. Lord Caulin nickte mir respektvoll zu.

Oberst Vasante warf sich den eisengrauen Zopf über die Schulter und streifte die versammelten Offiziere mit einem kurzen Blick, woraufhin sich die meisten auf ihren Plätzen aufrichteten; Jerith, stets ein widerspenstiger Geist, sackte hingegen auf seinem Stuhl noch tiefer in sich zusammen. »Ihr alle wisst, warum wir hier sind«, sagte sie. »Vaskandar hat einen Angriff auf unsere Falken begonnen und arbeitet die Liste der Zielpersonen ab, die Dama Amalia vergangene Woche abgefangen hat.« Sie drehte sich zu Marcello um. »Verdi, haben Sie jeden auf der Liste überprüft?«

Marcello nickte schneidig. »Ja, Oberst. Von den Verlusten abgesehen, die ich bereits gemeldet habe, sind alle in Sicherheit und haben das entweder persönlich oder über die Kurierlampen bestätigt.«

»Vielleicht«, schlug Lord Caulin in öligem Ton vor, »wäre es das Beste, alle Falken in sicheren Festungen unter Bewachung zu stellen, bis wir zweifelsfrei wissen, dass die Gefahr vorüber ist.«

Ein Muskel zuckte in Oberst Vasantes Unterkiefer. »Lord Caulin, soweit ich informiert bin, hat der Doge Euch mit der Leitung der Ermittlungen in diesen Mordfällen betraut. Dennoch wäre ich Euch verbunden, wenn Ihr mir die Leitung der Falken überließet.«

»Gewiss«, murmelte Caulin. »Seine Durchlaucht wünscht lediglich, sich zu vergewissern, dass derart wertvolle Ressourcen gut geschützt sind.«

Diese Bemerkung entlockte Jerith ein Hohnlächeln, und einige der anderen Offiziere erstarrten regelrecht. Einige von ihnen waren selbst Falken, und ich hegte gewisse Zweifel daran, dass sie es zu schätzen wussten, als Ressourcen bezeichnet zu werden.

»Wir halten uns an die Standardprozedur im Falle einer bekannten Gefahr für die Falken«, beschied Vasante ihre Offiziere, ohne weiter auf Caulin einzugehen. »Aber wir haben noch ein Problem. Ist jemandem das Muster der Überfälle aufgefallen?«

»Sie waren alle auf Reisen«, antwortete Marcello prompt. »Drei hatten Urlaub, einer einen Einsatz.«

»Und die Assassinen wussten dennoch, wann und wo sie zuschlagen mussten«, erkannte ich, und die Implikationen sickerten wie kaltes Lagunenwasser in mein Inneres. »Sie hatten ihre Leute bereits im Vorfeld vor Ort. Sie wussten, wo diese Falken sein würden, noch ehe sie eingetroffen sind.«

Jerith runzelte die Stirn, beugte sich vor und stemmte die Ellbogen auf den Tisch. Und dann sprach er die Worte aus, die ich nicht hatte äußern wollen, weil ich fürchtete, sie erst dadurch real werden zu lassen.

»Das bedeutet, wir haben einen Verräter in unseren Reihen.«

KAPITEL ACHT

Stille senkte sich über den Tisch. Die Offiziere wechselten besorgte Blicke. Zu gern hätte ich Jeriths Schlussfolgerung bestritten, doch wie oft ich auch die die einzelnen Teile hin und her schob, sie passten immer nur an einer Stelle in das Puzzle.

»Wer kann Zugriff auf die Aufzeichnungen über geplante Reisen und Einsätze gehabt haben?«, fragte ich.

»Jeder Falke und jeder Falkner kann sich diese Aufzeichnungen ansehen«, erwiderte Marcello kopfschüttelnd. »Sie werden ständig zurate gezogen – um Urlaube zu planen, nachzusehen, wer für einen Einsatz oder eine Übung zur Verfügung steht, oder auch nur, um herauszufinden, wer nächste Woche Zeit zu einem Abendessen in der Stadt haben könnte. Sie werden zwar nicht außerhalb der Stallungen herumgereicht, aber wir machen auch kein Geheimnis darum.«

»Das sollten Sie vielleicht«, schlug Lord Caulin vor.

»Der Punkt ist«, sagte Oberst Vasante, ohne ihn eines Blickes zu würdigen, »dass jemand innerhalb der Stallungen Vaskandar diese Aufzeichnungen zur Verfügung gestellt haben muss. Entweder einer unserer Schreiber, was ich für unwahrscheinlich halte angesichts dessen, wie genau wir sie durchleuchten, oder ein Falke oder Falkner.«

»Das ist unmöglich«, widersprach Marcello.

»Und doch«, konterte der Oberst trocken, »ist es passiert.«

»Ich *kenne* unsere Falken und Falkner. Es sind gute Leute.« Stur reckte Marcello das Kinn vor. »Sie würden ihre Kameraden nicht in eine tödliche Falle gehen lassen.«

Oh, Marcello. Ich war nicht sicher, ob ich ihn noch weiter erschüttern sollte, bis er die unvermeidliche Enttäuschung als Realität akzeptierte, oder ob ich ihn davor schützen sollte, auf dass er für immer unberührt davon bliebe.

»Ich verstehe, dass das ein Schock sein muss.« Lord Caulin faltete die Hände auf dem Tisch und sprach mit ruhig besänftigender Stimme. »Es ist unangenehm, einen Verräter in unserer Mitte in Erwägung ziehen zu müssen. Dennoch kann das keine so große Überraschung sein; unter den Falken gibt es auch solche, die ihre Verachtung für das Erlauchte Imperium deutlich gemacht haben.«

Bei diesen Worten richtete er seinen gelassenen Blick auf Jerith. Der halbe Tisch starrte plötzlich den Hexenmeister an.

Jerith zuckte mit den Schultern. »Ich bin bekannt dafür, gelegentlich satirische Verse zu verfassen. Nennt das ruhig Verachtung, wenn es Euch gefällt.«

Ich hätte einen Sack Dukaten dafür bezahlt, diese Gedichte lesen zu können, obwohl ich annahm, dass sie auch meine Mutter betrafen. Ich konnte nur nicht recht entscheiden, ob ich mir deswegen mehr oder weniger wünschte, sie zu lesen.

»Das ist kaum ein angemessenes Auftreten für einen Offizier des Imperiums«, tadelte Lord Caulin.

»Es gibt Gründe dafür, dass ich in den Reihen der Falken nicht weiter aufgestiegen bin.« Jerith grinste, aber es war ein bissiges Grinsen. Ich wartete darauf, dass Balos ihm zu Hilfe käme, doch dann fiel mir ein, dass sein Gemahl kein Offizier und folglich gar nicht zugegen war. »Wenn Ihr meint, sich über die persönlichen Laster unserer Führer lustig zu machen fiele in die gleiche Kategorie, wie die eigenen Freunde an Vaskandar zu verraten, dann mangelt es euch vielleicht an Verständnis für die menschliche Natur.«

Lord Caulins Lächeln wankte nicht. »Ich habe die Liste der potenziell rebellischen Falken nicht persönlich zusammengestellt. Ich bin nur hier als Repräsentant des Dogen. Um seine Empfehlungen für den Umgang mit Verdächtigen in dieser ernsten Angelegenheit von Hochverrat bis zur Ergreifung des Schuldigen weiterzugeben.«

Mir gefiel gar nicht, wie sich das anhörte. Ganz besonders, wenn ich bedachte, dass opportune Morde auf der Liste von Lord Caulins bevorzugten Methoden, mit einem Problem fertigzuwerden, weit oben rangierten. Ich presste die Lippen aufeinander, um die Widerrede für mich zu behalten, die ich so gern geäußert hätte.

Jerith kniff die Augen zusammen, und seine Kameraden rutschten unruhig auf ihren Stühlen herum. Einer legte Jerith die Hand auf die Schulter, doch der schüttelte sie umgehend ab.

»Empfehlungen?«, krächzte der Oberst.

Lord Caulin faltete eine Liste voller Namen auseinander und breitete sie auf dem Tisch aus. Zwei engbeschriebene Spalten füllten das Blatt. Weit oben entdeckte ich Zairas Namen. »Dies alles sind Rekruten, die innerhalb des letzten Jahres zu uns gestoßen sind, und ein paar weitere, die ihre … äh … Verstimmung gegenüber dem Imperium zum Ausdruck gebracht haben. Eine sinnvoll zusammengestellte Liste aller Personen, die als Verdächtige in Frage kommen, nicht wahr?«

»Nein«, sagte Jerith und verschränkte die Arme vor der Brust.

Caulin ignorierte ihn. »Wir empfehlen einfache Vorsichtsmaßnahmen. Ihre Aktivitäten im vergangenen Monat sollten ermittelt und sie selbst engmaschig überwacht werden, bis der Verräter gefunden ist. Ihre Post, ein- und ausgehend, sollte gelesen und ihnen die Nutzung der Kurierlampen untersagt werden. Ihr Aufenthalt wird auf die Stallungen beschränkt …«

Marcello sprang auf, und seine Stuhlbeine rutschten kreischend über den Boden. »Auf keinen Fall.«

»Sie gehen zu weit, Hauptmann Verdi«, sagte Lord Caulin in liebenswürdigem Ton.

Oberst Vasante stützte einen Ellbogen auf den Tisch. »Verdi ist mein Stellvertreter in den Stallungen und verantwortlich für die täglichen Abläufe. Fahren Sie fort, Hauptmann. Aber mit dem gebührenden Respekt.«

»Danke, Oberst.« Marcello verbeugte sich steif. »Dann also mit dem gebührenden *Respekt*, Lord Caulin. Selbst wenn wir hintanstellen, dass es hier um gute Soldaten geht, die nichts falsch gemacht haben, haben sie immer noch ihre Arbeit zu tun. Sie können ihre Pflicht gegenüber dem Imperium nicht erfüllen, wenn sie in den Stallungen eingesperrt sind.«

Lord Caulin seufzte mitfühlend. »Ich verstehe das Problem, Hauptmann, aber ich bin nur ein Bote. Meine Befehle …«

»Ja«, unterbrach ich ihn in einem wissbegierigen Tonfall, um den brodelnden Zorn in meinen Eingeweiden zu verbergen. »Es kommt mir ein wenig sonderbar vor, dass der Doge dem Kommandanten der

Falken durch seinen juristischen Berater Anweisungen erteilen lässt. Ist nicht normalerweise die Marquise von Palova die gemeinsame Ansprechpartnerin für den Rat der Neun und das Militär?«

Anerkennung blitzte in Oberst Vasantes Augen auf, und sie wandte sich in dem gleichen, grüblerischen Ton an Lord Caulin. »Sie hat nicht unrecht, Caulin. Vielleicht sollten wir die gute Marquise über die Kurierlampen kontaktieren, um sie an unserem Gespräch teilhaben zu lassen.«

»Ich bin natürlich nicht als Abgesandter des Rats der Neun hier.« Lord Caulin reckte beide Hände hoch. »Der Doge hat mir die Verantwortung für die Ermittlungen in diesen Mordfällen und die zu ergreifenden Sicherheitsmaßnahmen erteilt.«

»Aha.« Ich nickte, als wäre damit alles geklärt. »Dann könnt Ihr gewiss an dieser Diskussion teilhaben, aber jegliche Anweisungen des Dogen an Oberst Vasante sollten den Weg der üblichen militärischen Kommandostruktur nehmen.«

Lord Caulin setzte ein breites, starres Lächeln auf. »Gewiss. Vergebt mir; ich bin nur ein einfacher Zivilist und mit den militärischen Protokollen nicht vertraut.«

»Richtig.« Oberst Vasante nickte. »Solange ich keine anderslautenden Befehle von der Marquise von Palova oder dem Dogen selbst erhalte, werden wir uns also darauf konzentrieren, die Falken zu schützen und den Verräter zu finden. Ohne gute Soldaten zu bestrafen, die außerhalb ihrer Dienstzeit über das Imperium gemurrt haben.«

Caulins Lächeln wurde schwächer. Im weiteren Verlauf der Besprechung hielt er den Mund, beobachtete uns aber aus schlauen, berechnenden Augen.

*

Während mein Ruderer mich über den Reichskanal nach Hause brachte, vorbei an den hoch aufragenden Fassaden der Paläste mit ihrem Zuckerwatte-Mauerwerk und vergoldeten Fresken, schäumte ich immer noch im Stillen wegen Lord Caulins Einmischung. Wolken waren aufgezogen, grau und düster, und erstickten sogar die sonst so leuchtenden Farben der Blumengirlanden und der fröhlichen Fahnen, die noch immer den Palast schmückten anlässlich der Feierlichkeiten zum Fest der Schönheit. Als schließlich mein eigener Palast in Sicht kam, der mit seinen eleganten Bögen und dem Kurierlampenturm, der sich auf dem Dach erhob, die letzte Biegung des Reichskanals beherrschte, fiel bereits Regen auf den seidenen Baldachin, den mein Rudersmann über mir gespannt hatte.

Regen. Gütige Grazien, ich hätte mein Picknick mit dem Krähenlord beinahe vergessen.

*

»Hier in Raverra habt Ihr eine gänzlich andere Vorstellung von einem Picknick als wir in Vaskandar«, stellte Kathe fest.

Ich schaute mich im Glasgarten um. Gedämpftes Licht überzog die zarten, mundgeblasenen Wölbungen von Orchideenblüten, die explosiv leuchtenden Tausendschönchen mit den zarten Stielen und das wogende smaragdgrüne und doch im Moment einer imaginierten Zeit erstarrte Seegras mit einem sanften Schimmer. Regen prasselte gegen die Wand aus Fenstern, von der aus der Blick hinaus auf den belebten Kanal der Zwei Jungfern führte, und erfüllte den Raum mit einer zarten, dem milden grauen Licht angemessenen Melodie. Das Glashaus war im Grunde ein Geschäftsgebäude, aber der Wintergarten diente als beliebter Treffpunkt für Menschen, die heikle Dinge zu besprechen hatten. Dank der Unterstützung des Cornaro-Goldes stand er mir auch arg kurzfristig zur Verfügung.

Ich überreichte Kathe den Spionagebrillenanhänger, der ihm anscheinend hervorragend gefiel. Anschließend breitete ein Diener unser Picknick, bestehend aus einer Auswahl Gebäck, kalten Fleischspezialitäten, Käse und Crostini auf einem kleinen, runden und mit einem edlen Tuch bedeckten schmiedeeisernen Tisch aus, dessen Rand mit Glasblumen besetzt war. Die Flasche Wein, die wir teilten, stammte aus Mutters Weinkeller. Der Krähenlord sah mit seiner grauen Tunika und dem Haar mit den schwarzen Spitzen extrem deplatziert aus, monochrom und wild in einem Meer künstlicher Farben. Ebenso gut hätte ich einer echten Krähe gegenübersitzen können. Oder einem Stück des silbern verhangenen Himmels über uns.

»Anständigerweise muss man sagen, dass wir sie normalerweise draußen ausrichten, wenn das Wetter etwas entgegenkommender ist.« Ich versuchte mich an einem betörenden Lächeln, aber meine Nerven verzerrten es zu etwas, das eher einer Grimasse glich.

Kathe schaute hinaus auf den Kanal unter uns, auf dem eine prächtig gekleidete Händlerin und ihre Frau tuschelnd von ihrem schlanken Boot aus zu uns hinaufzeigten. »Wir scheinen Anlass zu Geschwätz zu geben. Vermutlich fragen die sich, worüber wir sprechen.« Grinsend wandte er sich mir zu. »Sollen wir ihre Erwartungen erfüllen?«

Spannung schlich sich in meine Schultern. Ich war fest entschlossen, nicht zuzulassen, dass er erneut die Gesprächsführung an sich riss. Ich musste mich ihm gegenüber behaupten. »Ich bin gern bereit, die Höflichkeiten zu überspringen«, erklärte ich leichthin. »Was zählt, ist die Substanz der Worte, nicht, wie hübsch sie daherkommen.«

»Worüber wollen wir also reden?« Er rieb sich die Hände. »Über Aufstieg und Untergang von Imperien? Vergeltung und Verrat?« Dann schien ihm ein Gedanke zu kommen. »Oder ist das nicht romantisch genug? Ich könnte Euch vermutlich auch ein paar leere Komplimente machen oder einen unzulänglichen Antrag zusammenschustern.«

Jetzt versuchte er also, mich in Verlegenheit zu bringen. »Der Sinn der Brautwerbung ist es, einander besser kennenzulernen, nicht wahr?« Ich schmierte Feigenmarmelade auf ein Stück Käse, um meine Hände zu beschäftigen, damit sie nicht anfangen konnten zu zittern. »Warum widmen wir uns nicht gleich den wesentlichen Fragen: Wer seid Ihr, und was wollt Ihr?«

Kathe schlug in gespieltem Entsetzen eine Hand an seine Brust. »Gnädige Frau! So einfach können wir uns doch nicht offenbaren. Ich dachte, Raverraner gälten als Meister der Subtilität.«

»Meine Mutter würde Euch sagen, dass ich die Erwartungen in diesem Punkt nicht immer erfülle«, erwiderte ich. »Und einen Versuch war es wert. Schließlich kann ich kaum eine halbe Stunde lang mit einem Hexenlord über das Wetter plaudern.«

»Ich habe eine Idee.« Kathe grinste. »Statt Euch von mir zu erzählen, erzähle ich Euch etwas über *Euch*. Gebietet mir Einhalt, wenn ich irre, dann tauschen wir die Rollen. Wir werden sehen, wessen Mutmaßungen näher an der Wahrheit sind.«

Ich zog eine Braue hoch. »Eine direkte Antwort aus Euch herauszulocken ist etwas so, als wollte man einer Katze ein buntes Band wieder abnehmen, richtig?«

»Schauen wir mal.« Kathe lehnte sich auf seinem Stuhl zurück und musterte mich nachdenklich über den Tisch hinweg. »Eure Mutter, die große, furchtbare La Contessa Lissandra Cornaro, hat Euren Vater, Prinz Embran Lochaver, im Zuge einer Vereinbarung, das Land Callamorne in das Erlauchte Imperium zu integrieren, geehelicht. Eure Großmutter, die Königin, besucht Ihr mindestens einmal im Jahr, vordergründig aus politischen Gründen, aber da das schrecklich langweilig ist, verbringt ihr die meiste Zeit damit, Euch mit den Verwandten Eurer Generation davonzuschleichen.«

»Habt Ihr mit meiner Familie gesprochen?«, verlangte ich zu erfahren. Für meinen Geschmack und mein Wohlgefühl wusste er viel zu viel über mich.

»Nein, aber ich habe höfischen Anlässen in Callamorne beigewohnt. Und ich habe bestimmt noch Besseres zu bieten.« Nachdenklich tippte er sich ans Kinn. »Als Ihr noch recht klein wart, starb Euer Vater im Zuge eines Besuchs in seinem Heimatland. Ihr habt keine Ahnung, wie er dahingeschieden ist.«

Ich reckte einen Finger hoch. »Falsch. Sein Pferd hat ihn abgeworfen, und er brach sich das Genick. Meine Mutter hat nie ein Blatt vor den Mund genommen, um meine Gefühle zu schonen.«

Kathe neigte elegant den Kopf. »Dann seid Ihr nun an der Reihe.«

Das Lächeln, das immer noch auf seinen Lippen lag, verriet mir, dass ihm dieser Austausch etwas eingebracht hatte. Er schien enorm an meiner Familie in Callamorne interessiert zu sein; wusste er etwas über sie, das mir unbekannt war?

Ich musste dieses Spiel zu meinen Gunsten wenden. Ich rutschte mit dem Stuhl etwas näher heran. »Die Brüder, die Ihr gestern erwähnt habt, tot, aber nicht betrauert – Ihr liebt sie nicht, weil Ihr Euch nicht an sie erinnert.« Das war geraten, aber falls ich falschlag, würde mir das einen wichtigen Einblick in seinen Charakter bieten.

Kathe nickte. »Sie starben vor meiner Geburt. Ich weiß nur sehr wenig über sie.« Seine Stimme wurde milder. »Vielleicht hätte ich gern einen Bruder gehabt. In Vaskandar machen die meisten Leute einen großen Bogen um jene mit dem Magiermal. Das kann sehr einsam machen.«

Spitz wie eine Gräte verhakte sich unerwartetes Mitgefühl in meiner Kehle. Eine Erinnerung tauchte aus einer vergessenen Gruft in meinem Kopf auf, verschwommen und mit den Jahren verblasst: die niederschmetternde Demütigung, als ich endlich den Mut aufgebracht hatte, meine Eltern zu bitten, mir eine kleine Schwester vom Markt zu holen, und wie sie meine Frage mit schallendem Gelächter beantworteten.

»Aber«, fuhr Kathe seufzend fest, »unter den Hexenlords sind diejenigen klug, die jeweils nur einen Erben gleichzeitig haben.«

Ich wollte ihn nach dem Grund fragen, stellte aber fest, dass ich die Antwort darauf auch durch eigene Nachforschungen erhalten könnte, während es unwahrscheinlich erschien, dass ich in Büchern etwas über die geheimen Absichten des Krähenlords finden würde. Ich musste um des Imperiums willen Informationen zusammentragen, nicht, um meine persönliche Neugier zu befriedigen.

Dennoch war es schwer, in Hinblick auf Kathe nicht neugierig zu agieren. Alles an ihm, vom Schalk in den gelb beringten Augen bis hin zu den schwarzen Haarspitzen provozierte Fragen – und versprach im Gegenzug verführerisch unbefriedigende Antworten.

»Ihr hegt einen Groll gegen die Herrin der Dornen«, sagte ich schließlich. »Das ist ein Grund dafür, dass Ihr bereit seid, eine Allianz mit dem Erlauchten Imperium in Erwägung zu ziehen, aber es ist nicht der einzige Grund.«

»Nur weiter«, sagte Kathe mit ruhiger, aufmerksamer Miene.

Ich leckte mir die Lippen. »Ihr versucht, den Anschein zu erwecken, Ihr hättet Euch aus einer Laune heraus auf diese Brautwerbung eingelassen, aber das ist alles Teil eines Plans. Dessen Zweck ist Euch viel zu wichtig, als dass Ihr viel darüber verraten würdet, und um einen Erfolg würdet Ihr mehr geben, als Ihr einzuräumen bereit seid.«

Kathe fummelte an dem Spionageanhänger herum, den ich ihm geschenkt hatte und der nun an seinem Hals hing. »Ihr blickt tief, gnädige Frau. Ich hätte wissen müssen, dass ich gar nicht versuchen sollte, eine Cornaro zu blenden. Bitte, fahrt fort.«

Zeit, ein Risiko einzugehen. Ich beugte mich vor, und die Tischkante presste sich gegen die Knopfleiste meiner Jacke. »Tatsächlich seid Ihr so begierig auf meine Kooperation, dass Ihr mir im Gegenzug vielleicht sogar Informationen über die Morde an Falken durch vaskandrische Erfüllungsgehilfen geben könntet.«

Kathes Augenbrauen schossen aufwärts. »Ich hatte keine Ahnung, dass Eure Falken ermordet werden. Tut mir leid, das zu hören.«

Gut zu wissen, nahm ich jedenfalls an, doch ich konnte einen Funken Enttäuschung auch nicht leugnen. »Nun gut, dann nur zu, Ihr seid an der Reihe.«

»Ihr könnt nicht anders, Ihr müsst an dieser Brautwerbung zweifeln.« Kathe stützte einen Ellbogen auf den Tisch. Ich saß immer noch vorgebeugt da, also brachte er durch seine veränderte Haltung sein Gesicht nahe an meines heran, ehe er vertraulich die Stimme senkte. »Ihr wisst nicht, ob Ihr mir trauen könnt. Schließlich gibt es da all diese schrecklichen Geschichten über die wahnsinnigen Hexenlords.«

Die gelben Ringe in seinen Augen leuchteten auf. Zu gering war nun die Distanz zwischen uns. Ich konnte sogar das stumme Vibrieren seiner Macht in der Luft um ihn herum spüren. Aber ich wich nicht zurück.

»So weit, so gut«, sagte ich, und meine Stimme kam kaum über ein Flüstern hinaus.

»Aber Ihr braucht Verbündete für Raverra. Ihr bedürft einer Möglichkeit, Einfluss auf das Konklave zu nehmen, dafür zu sorgen, dass so wenig Hexenlords wie nur möglich ihre Macht zum Krieg verwenden.« Ein sauberer und doch wilder Geruch ging von ihm aus, er roch beinahe wie die Luft nach einem Blitzschlag. »Ihr würdet eine Menge darum geben, könntet Ihr als mein Gast dem Konklave beiwohnen.«

Ich schluckte. »Ihr genießt meine ungeteilte Aufmerksamkeit.«

»Die Aussicht könnte durchaus reichen, dass Ihr diese Brautwerbung fortsetzt, obwohl Ihr Euch von einem komischen Vogel wie mir verständlicherweise nicht besonders angezogen fühlt.«

»An dieser Stelle muss ich Euch unterbrechen.« Ich lehnte mich auf meinem Stuhl zurück, bemüht, nicht rot anzulaufen.

Kathe blinzelte. »Weil Ihr nicht fortfahren wollt oder weil Ihr meinem fragwürdigen Charme erlegen seid?«

»Das ist eine interessante Frage. Es ist wirklich zu schade, dass wir

Raverraner so subtil sind und uns nicht so leicht eine direkte Antwort entlocken lassen.« Ich faltete die Serviette in meinem Schoß zusammen.

Kathes Mund klappte auf und wieder zu. Aber ich hatte kaum eine Sekunde Zeit, um seine Sprachlosigkeit zu genießen, ehe mich eine Veränderung des Luftdrucks oder eine Vertiefung der eingetretenen Stille aufhorchen ließ. Ich blickte auf und sah Ciardha mit meinem besten Mantel über dem Arm neben mir stehen.

Mir sackte das Herz ein wenig tiefer in die Brust. Wenn Mutter sie jetzt hergeschickt hatte, wohl wissend, dass sie in mein Picknick mit Kathe platzen würde, konnten die Neuigkeiten nicht gut sein.

»Ciardha? Was gibt es?«

Sie neigte den Kopf zu einer knappen Verbeugung. »Dama Amalia, ich bitte vielmals um Verzeihung wegen der Störung, aber der Rat der Neun verlangt nach Eurer Anwesenheit im Reichspalast. La Contessa hat mich geschickt, damit ich Euch umgehend dorthin begleite.«

*

Im Kartensaal des Reichspalasts waren schon unzählige Kriegsräte abgehalten worden. Umfangreiche, detaillierte Karten von Raverra und dem Erlauchten Imperium schmückten die Wände, und am Boden breitete sich in Form von Intarsien ein Abbild des ganzen Kontinents Eruvia unter den Füßen der Ratsangehörigen aus. Jedes Mal, wenn ich die Schwelle zu diesem Raum überschritt, spürte ich, wie mich die Last der Geschichte des Imperiums niederdrückte. Ich hatte schon früher an Strategiesitzungen teilgenommen, in denen sich der Rat zusammen mit Generälen und Admirälen um den Tisch versammelt hatte; dieses Treffen jedoch war spartanischer und fühlte sich drängender an. Nur die Angehörigen des Rats der Neun und der Doge persönlich hatten sich eingefunden, um die mit Markierungen übersäte Karte anzustarren, die ausgebreitet vor ihnen lag.

Nachdem Ciardha mich hineingewunken hatte, verharrte ich an der Tür, gepeinigt von dem Gefühl, dass ich nur irrtümlich gerufen worden war. Für mich war zu diesem Zeitpunkt kein Platz in diesem Raum. Aber Ciardha unterliefen niemals Irrtümer.

»Es könnte immer noch eine Finte sein«, hörte ich die Marquise von Palova sagen. Ihr weißes Haar war seinem Knoten teilweise entglitten und streifte nun um ihr Gesicht herum. Aber sie war eine Veteranin des Dreijährigen Krieges und eine der besten Strateginnen Eruvias, also hörten alle ihr mit dem größten Respekt zu. »Wir wissen, dass Vaskandar Loreice will, nachdem sie im vergangenen Jahrhundert schon zweimal daran gescheitert sind. Wenn wir unsere Kräfte zu sehr auf Callamorne auf der anderen Seite des Imperiums konzentrieren, werden wir nicht in der Lage sein, Loreice zu verteidigen, sollten sie in großer Zahl über die Loreicischen Berge kommen.«

»Also stellen wir das Minimum an Streitkräften bereit, von dem wir glauben, es kann die Grenze schützen, und halten so viele Kräfte wie möglich in Reserve.« Der Doge blickte auf, als er nach einer Markierung auf der Karte griff. Seine glitzernden, tief in den Höhlen liegenden Augen erfassten meine. »Ah, Dama Amalia. Kommt, gesellt Euch zu uns.«

Ich näherte mich dem Tisch. Meine Stiefel tapsten über Osta und die Südküste, als ich durch den Raum ging, um mich an Mutters Seite zu begeben. Dutzende von Markierungen bedeckten die Karte: Blau für die imperialen Kräfte und Grün für Vaskandar. Von Letzteren gab es weit weniger, aber ich hegte den Verdacht, dass das mehr mit unserem Mangel an Informationsquellen jenseits der Grenze zu tun hatte als mit den Soldaten, über die Vaskandar tatsächlich gebot.

»Wie ich höre, sichert Ihr uns eine Allianz mit dem Krähenlord von Let«, sagte die Marquise von Palova anerkennend. »Die beste Neuigkeit des ganzen Tages.«

Ich berührte die Klauen, die vor meiner Brust hingen, und senkte zustimmend den Kopf. »Ich bin froh, dass ich helfen konnte.«

»Aber das ist nicht der Grund, warum wir Euch herbeordert haben.« Nino da Morante, der Doge von Raverra, war kein Mann, der Zeit mit Komplimenten zu vergeuden pflegte. Er bedachte mich mit einem knappen, abschätzigen Blick, als wollte er das Gewicht einer Waffe taxieren, die er vielleicht in die Hand zu nehmen gedachte. »Wir haben zwei Aufgaben für Euch. Bei der ersten handelt es sich um eine diplomatische Angelegenheit.«

Unbehaglich verlagerte ich mein Gewicht. Hier lag zu viel Spannung in der Luft. Meine Mission in Ardence war auch eine diplomatische Angelegenheit gewesen, doch sie war gescheitert, während das Überleben der ganzen Stadt auf dem Spiel gestanden hatte. »Ich freue mich stets, wenn ich dem Erlauchten Imperium dienen kann.«

»Gut«, sagte Mutter. »Es ist Zeit, dass du deine Familie besuchst.«

»Aha.« Ich betrachtete die Karte; eine ganze Menge der grünen Markierungen drängelte sich am westlichen Ende des Hexenmauergebirges an der Grenze zwischen Vaskandar und Callamorne. »Du meinst, meine Großmutter.«

La Contessa nickte. »Aus mehreren Gründen. Der einfachste ist der diplomatische: unser Engagement verdeutlichen, Callamorne zu verteidigen und Vaskandar an der Grenze aufzuhalten.«

»Ich glaube immer noch, wir sollten die Diplomatie vergessen und unsererseits die Grenze überschreiten, um zuerst zuzuschlagen, während die noch aufgeregt auf dieses Konklave warten.« Das war Lord Errardi, ein älterer Ratsherr, der berühmt dafür war, dass er bei den Zusammenkünften der Versammlung einzuschlafen pflegte. »Wozu ihnen Zeit geben, ihre abgefeimten Vorbereitungen zu treffen, wenn wir sie doch längst mit überwältigender Macht zerschmettern können, ehe sie bereit sind, bei uns einzumarschieren?«

»Weil das dumm wäre«, gab die Marquise von Palova unverblümt zurück. »Abgesehen von der Tatsache, dass Schnee bevorsteht und die Pässe jederzeit in den nächsten sechs Wochen versperrt sein könnten, womit unsere Truppen jenseits der Grenze festsäßen – einen Kampf auf vaskandrischem Boden würden wir nie gewinnen.«

Damit hatte sie meine Aufmerksamkeit errungen. »Was? Nie?« Militärgeschichte gehörte nicht zu meinen Hauptfächern, aber als ich im Kopf durchging, was ich über den Dreijährigen Krieg wusste, schien es mir, dass all unsere wichtigen Siege darauf beruht hatten, das eigene Land zu verteidigen, nicht, ihres anzugreifen.

»Das macht die Hexenlords ja so gefährlich.« Die Stimme der Marquise wurde tiefer und klang so hohl, als würde sie einem alten Grab entströmen. »Jedes Lebewesen in ihrem Herrschaftsgebiet beugt sich ihrem Willen. Im Dreijährigen Krieg haben wir anfangs versucht, grenzübergreifend zu attackieren. Aber genauso gut könnte man seine Truppen in die Hölle des Gemetzels entsenden. Am Ende hatten wir einen ganzen Zug Soldaten, denen Vögel die Augen ausgepickt haben; einen Wald voller Männer, die gepfählt an Ästen hingen, manchmal sechs auf einem Baum, Tote, so weit das Auge sehen konnte. Und Ihr habt keine Vorstellung von einem wahrlich schrecklichen Tod, solange Ihr nicht gesehen habt, wie jemand hundert angriffslustigen Ratten zum Opfer fällt.« Sie schüttelte den Kopf. »Ich könnte endlos weiterreden, aber das lasse ich lieber.«

»Ich verstehe«, murmelte der alte Errardi matt und sah dabei gar nicht gesund aus. Ich fühlte mit ihm; mir war flau im Magen bei den Szenarien, die die alte Soldatin heraufbeschworen hatte.

»Wenn sie ein Territorium erobern und länger als ein paar Wochen besetzen, *wird* es ihr Eigen.« Die Marquise von Palova rammte die Fäuste auf den Tisch. »Wir können nicht riskieren, ihnen auch nur einen Zoll zu überlassen. Niemand hat den Hexenlords je ein Stück Land wieder abgenommen, nachdem sie es einmal beansprucht hatten.«

»Womit auf der Hand liegt, warum Callamorne nervös ist«, ging La Contessa dazwischen, und ich konzentrierte mich wieder auf sie statt auf die wilde, bildhafte Vorstellung von Leichen, die an Bäumen baumelten wie scheußliche Früchte, oder ganzen Fluten pelziger Rücken, die über abgenagten Gebeinen wogten.

Ich musterte die Karte. Die meisten grünen Markierungen sammelten sich an Callamornes Nordgrenze. »Ich würde mir ganz bestimmt Sorgen machen, wäre ich an deren Stelle.«

»Und sie sind erst seit zwanzig Jahren ein Teil des Erlauchten Imperiums«, sagte Mutter so beiläufig, als wäre nicht sie diejenige, die das Land durch die Ehe mit meinem Vater ins Imperium geholt hatte, aber ich erkannte einen kaum wahrnehmbaren Hauch von Stolz in ihrem Ton. »Obwohl das Gebirge einer natürlichen Verteidigungsbastion gleichkommt, hat Callamorne beinahe ununterbrochen unter Überfällen seitens Vaskandar leiden müssen, als das Land noch unabhängig war. Der Schutz vor den Nachbarn im Norden war einer der wichtigsten Anreize für sie, sich dem Imperium anzuschließen.«

Das Gleiche galt für Loreice; man könnte argumentieren, dass die vaskandrischen Expansionsbemühungen dem Erlauchten Imperium mehr Vasallenstaaten verschafft hatten als jeder andere Einfluss in der Geschichte.

»Sie brauchen die Zusicherung, dass wir sie schützen können und werden, wenn wir wollen, dass sie weiterhin treue Verbündete und loyale Untertanen sind.«

»Das kann ich schaffen.« Es ergab Sinn. Und ich mochte meine Großmutter ebenso wie Cousin und Cousine, auch wenn es am Hof von Callamorne für meinen Geschmack übertrieben zeremoniell zuging.

Ich studierte die Karte etwas eingehender. Die beiden Domänen, die jenseits des Hexenmauergebirges an Callamorne grenzten, waren Sevaeth und Kazerath. Ich wusste, dass Letztere Ruvens Vater unterstand, also musste Erstere das Herrschaftsgebiet der berüchtigten Herrin der Dornen sein. Grüne Markierungen drängelten sich an den wichtigsten Pässen über die Berge bis zur Westflanke des Weißen Gipfels.

Mir kam eine andere Sammlung von Truppen an genau diesem Berg im vergangenen Monat in den Sinn. »Wieder der Weiße Gipfel«, murmelte ich.

»Was uns zu dem anderen und drängenderen Grund dafür bringt, warum ich Euch hergerufen habe.« Die Stimme des Dogen klang schärfer als zuvor. »Mir wurde berichtet, Ihr wäret ein wenig vertraut mit Prinz Ruvens Vulkanforschung.«

Ein Schauder rann über meinen Leib wie überraschender Eisregen, und ich wechselte einen Blick mit Mutter.

Die nickte ernst. »Wir haben gerade einen Bericht vom Hexenmauergebirge erhalten. Unsere Kundschafter haben einen frisch angefertigten Artefaktionskreis nahe dem Fuß des Weißen Gipfels entdeckt, gerade noch auf unserer Seite der Grenze. Der Artefaktor der örtlichen Garnison hat gesagt, er hätte noch nie etwas Derartiges gesehen.«

Nein. Ich umklammerte die Tischkante. Wir hatten Ruvens Plan, einen Vulkanausbruch auszulösen, vereitelt. Oder etwa nicht?

»Das könnte Ruvens Werk sein«, sagte ich langsam. »Wenn er das Buch, das er zu stehlen versuchte, eingehend genug studieren konnte, um das Muster zu replizieren.«

»Denkt Ihr, es könnte funktionieren?«, fragte die Marquise von Palova und maß mich mit einem bohrenden Blick aus ihren glänzenden, dunklen Augen.

»Vielleicht. Ich weiß es nicht.« Ich schüttelte den Kopf. »Das war höchst experimentell, eine Kombination aus Vivomantik und Artefaktion.« Vivomantik war eine Naturmagie, wild und ungeschlacht und personengebunden, deren Ursprung in den schattigen Wäldern Vaskandars lag. Artefaktion hingegen war präzise Magiewissenschaft, die auf Mustern und Regeln basierte und von den Gelehrten im alten Osta am anderen Ende Eruvias entwickelt worden war. »Es wurde nur sehr wenig Forschung betrieben hinsichtlich der Kombination dieser beiden Magiearten, weil sie sich so sehr voneinander unterscheiden. Aber die Theorie in dem Buch scheint mir durchaus nachvollziehbar. Als wollte man einen wilden Fluss durch Bewässerungskanäle zähmen.« Ich hörte die zunehmende Erregung in meiner eigenen Stimme sehr wohl und zwang mich, den Mund zu halten, ehe ich mich zu einer wissenschaftlichen Abhandlung verstieg, die hier niemanden außer mir interessierte.

»Das Risiko, dass es funktionieren könnte, dürfen wir nicht eingehen«, verkündete die Marquise erbittert. »Eine Eruption würde unsere Verteidigungsmaßnahmen in den wichtigen Pässen vollständig auslöschen. Selbst ein mittelschwerer Ausbruch könnte wichtige Festungen, artefaktische Waffen und Schutzbanne zerstören und das Leben Tausender Soldaten fordern, die wir dort stationiert haben. Die Verluste wären katastrophal und die Grenzen weit geöffnet für vaskandrische Invasionskräfte.«

»Dabei sind die Verluste auf der zivilen Ebene noch gar nicht einkalkuliert«, fügte Mutter ergrimmt hinzu. »An der Grenze gibt es Städte und Dörfer, die vollständig vernichtet werden könnten. Das Land könnte samt seinen Flüssen über Meilen unter Asche begraben werden. Unzählige Häuser würden zerstört, noch viel mehr Menschen getötet werden. Familien würden obdachlos und Hunger leiden. Eine ausreichend große Eruption könnte sogar nahe Städte mit einer Bevölkerung in den Zehntausenden gefährden, darunter Ardence.«

»Und im Anschluss würde Vaskandar ausfegen«, schloss die Marquise von Palova, »als ob eine Armee Dämonen aus den Toren der Neun Höllen herbeistürmt. Wir hätten keine Chance, sie abzuwehren. Der ganze Norden des Imperiums würde fallen und ihnen den Weg zum Fluss Arden und der Erlauchten Stadt selbst eröffnen.«

Ich schluckte. »Dann müssen wir dafür sorgen, dass es nicht dazu kommt.«

»Ich möchte, dass Ihr den Kreis während Eures Besuchs in Callamorne inspiziert«, sagte der Doge. »Ihr habt dieses Buch studiert, Ihr seid bewandert in theoretischer Magie, und Ihr kennt Prinz Ruven. Ihr seid unsere beste Chance, dieses Muster zu ergründen. Ich will wissen, ob es sich tatsächlich um eine Vulkanbeschwörung handelt, und, falls dem so ist, wie wahrscheinlich es ist, dass sie wirkt. Ihr müsst ermitteln, wie unmittelbar die Gefahr ist und wie wir sie aufhalten können – einfach alles, was Ihr uns sagen könnt.«

Ich nickte, auch wenn mir äußerst mulmig war bei dem Gedanken, dass ein so skrupelloser, impulsiver Mann wie Prinz Ruven Zugriff auf diese Art der Macht haben könnte. »Kann ich einen Artefaktor mitnehmen, der mir helfen kann, dem entgegenzuwirken, was immer ich dort auch finden werde?«, fragte ich.

»Natürlich.« Der Doge nickte zustimmend. »Wir müssen sowieso Artefaktoren an die Grenze schicken, um unsere magischen Schutzbanne zu verstärken. Nehmt mit, wen immer Ihr braucht.«

Der Rat offerierte mir mehr Unterstützung, als ich erwartet hatte. Und sie nahmen mich tatsächlich ernst. Als ich dem Rat der Neun in diesem Raum im vergangenen Jahr beigewohnt und das Wort ergriffen hatte, da hatte mir das finstere Blicke eingetragen. Ob es nun an dem lag, was ich in Ardence erreicht hatte, oder an meiner seither zunehmenden Einbindung in Mutters Pflichten oder an dem fragwürdigen Bravourstück mit Kathe – jetzt schienen sie meine Stimme als eine zu akzeptieren, die es wert war, gehört zu werden.

Unbehagen mischte sich in meinen aufwallenden Stolz. Solange niemand zuhörte, erinnerte sich auch niemand, wenn man falschgelegen hatte. Zudem wirkten sich Fehler umso schlimmer aus, je mehr Macht man hatte.

Der Doge beugte sich über den Tisch und fixierte mich mit leuchtenden Augen. »Wir haben noch einen weiteren Grund, Euch nach Callamorne zu entsenden. Einen militärischen Grund.« Er tippte auf die Hauptstadt von Callamorne, die nahe am Hexengebirge lag, nicht weit entfernt von der Nordgrenze des Erlauchten Imperiums. »Euer Falke wird Euch begleiten. Ihr werdet in Durantain in Reserve verbleiben, bis wir eine genauere Vorstellung davon haben, wo Vaskandar zuerst und am härtesten zuschlagen wird. Dann werdet Ihr weiterziehen, um den am meisten gefährdeten Pass mit Schadfeuer zu verteidigen.«

Ich hatte gewusst, dass das auf mich zukommen musste. Der Plan war gut und die beste Möglichkeit für uns, im Krieg zu helfen. Aber bei dem Gedanken daran, Zairas Feuer auf Hunderte und Tausende von Menschen loszulassen, konnte ich – auch wenn es um feindliche Soldaten ging – nichts anderes als Grauen empfinden.

»Sehr wohl«, sagte ich, bemüht, sachlich und selbstsicher zu klingen, nicht bang.

»Diese Mission könnte sich als gefahrvoll erweisen. Die Überfälle auf Falken haben sich ereignet, während diese auf Reisen waren.« Strenge färbte nun den Tonfall des Dogen. »Ihr seid so wenig entbehrlich wie Euer Falke. Wir werden Euch eine militärische Eskorte in voller Stärke mitgeben. Ihr dürft hinsichtlich Eurer Sicherheit oder der Eurer Hexe keinerlei Risiken eingehen. Habt Ihr mich verstanden?«

»Gewiss.« Meine Wangen wurden heiß. Ein einziges Abenteuer in Ardence, und meine Reputation schien mich nicht mehr als Bücherwurm auszuweisen, sondern als verwegene Abenteurerin.

Der Doge musterte mich abwägend und nickte mir dann langsam zu. »Gut. Dann sehe ich keinen Grund, die Sache hinauszuzögern. Ihr werdet morgen abreisen. Und mögen alle Neun Grazien mit Euch sein.«

KAPITEL NEUN

ICH LIESS MICH von meinem Ruderer umgehend zu den Stallungen bringen, um Zaira die Neuigkeit persönlich zu überbringen. Dabei kam ich nicht umhin, die vermehrte Aktivität im Hafen der Stallungen zu bemerken, in dem größere Marineschiffe neben den von den Falknern gewöhnlich bevorzugten schlanken Kuttern festgemacht hatten. Soldaten hasteten über Planken und beluden sie in aller Eile mit Proviant. Das Erlauchte Imperium ließ seine Falken für den Kriegseinsatz aufmarschieren. In den zunehmenden Schatten der einsetzenden Abenddämmerung setzte sich Furcht in mir fest.

Ich entdeckte Zaira in dem höhlenartigen Speisesaal, wo sie gerade ihr Abendessen beendet hatte. Schuft lag zusammengerollt zu ihren Füßen. Auf dem Weg zu ihrem Tisch kam mir Terika entgegen und bedachte mich mit einem breiten, triumphierenden Grinsen, das mir in Anbetracht der Neuigkeit, die ich ihr nicht offenbaren durfte, einen Stich ins Herz versetzte.

Aber Zaira stockte kaum, während sie Schuft hinter den Ohren kraulte, und akzeptierte unsere neue Aufgabe mit einem bloßen Achselzucken.

»Wird nett sein, für eine Weile aus diesem Hühnerstall herauszukommen. Außerdem war ich noch nie in Callamorne. Wen nimmst du sonst noch mit?«

Ich zog die Notizen hervor, die ich mir gemacht hatte, und breitete sie zwischen uns aus. Wir saßen allein an dem Tisch, aber das Gemurmel von einem halben Hundert Falken und Falkner, die sich um uns herum noch über ihre Teller beugten, hallte zur Gewölbedecke empor. »Also, ich brauche einen geschickten Artefaktor, der mir helfen kann, diesen Kreis zu untersuchen. Darum dachte ich, ich nehme Istrella mit.«

Zaira bedachte mich mit einem vielsagenden Blick. »Mmm, und ich bin überzeugt, die Tatsache, dass ihr Bruder als ihr Falkner auch mitkommen muss, hat rein gar nichts damit zu tun.«

Mir stieg die Hitze ins Gesicht. »Tatsächlich hat sie genau die richtige Denkungsart, um sich eine innovative Lösung für ein unerwartetes artefaktisches Problem einfallen zu lassen.« Abgesehen davon, dass ich mich bei dieser brisanten Mission mit dem beständigen, verlässlichen Marcello an meiner Seite viel besser fühlen würde. »Ich denke, wir sollten auch Terika mitnehmen.«

Zaira drückte den Rücken durch. »Terika! Warum?«

»Nun, sie ist aus Callamorne und möchte vielleicht ihre Familie besuchen. Und wir werden einen versierten Alchemisten brauchen können, der uns Heilmittel für alle Arten von Giften und Plagen anrühren kann, die die Hexenlords gegen das Imperium verwenden könnten.« Zairas skeptischer Blick besagte, dass sie die Wahrheit hören wollte, also fügte ich leise hinzu: »Und sie weiß, wie mein Elixier angemischt wird. Mutter will, dass ich einen Alchemisten dabeihabe, der das beherrscht. Für den Fall, dass irgendetwas Unvorhergesehenes mit meinem Vorrat passiert.«

Zaira grunzte nur. »Nach dem, was beim letzten Mal passiert ist, kann ich ihr das nicht verdenken.« Schuft stupste beharrlich ihre Hand mit der Nase an, woraufhin sie wieder seinen Kopf kraulte. »Bereitet es dir denn keine Sorgen, Istrella und Terika in ein Land zu bringen, das jeden Moment überfallen werden kann? Die beiden sind nicht gerade das, was man sich unter furchtlosen Kämpferinnen vorstellt.«

»Das bin ich auch nicht.« Ich faltete meine Notizen zusammen und steckte sie wieder ein. »Ich habe darüber nachgedacht, umso mehr, da ihre Namen auf der Liste der Zielpersonen stehen. Aber wir werden eine ansehnliche Eskorte von Soldaten haben, und sie sollten gar nicht in die Nähe der Grenze kommen.«

»Im Gegensatz zu uns.« Gedankenvoll kniff Zaira die Augen zusammen. »Kommt es zum Krieg, platzieren die uns mitten im Getümmel.«

»Aller Wahrscheinlichkeit nach, ja.« Mein Magen rebellierte schon bei dem bloßen Gedanken. »Falls Vaskandar uns angreift, musst du dein Feuer womöglich auf Hunderte oder Tausende von Soldaten loslassen. Bist du …« Ich schluckte. Es gab einfach keine gute Methode, diese Frage zu stellen. »Ist das in Ordnung?«

Zaira zog eine Braue hoch. »Du fragst mich ernsthaft, ob es *in Ordnung* ist, Hunderte von Leuten bei lebendigem Leib zu rösten?«

Ich verzog das Gesicht. »Nein, das nicht. Eigentlich möchte ich wissen, ob *du* damit zurechtkommst.«

»Ich komme immer zurecht. Wenn mir etwas Kummer bereitet, dann tue ich es nicht.«

Das war allenfalls die halbe Wahrheit, trotzdem nickte ich. »Ich wollte nur … Na ja, ich habe angenommen, dass du so etwas noch nie getan hast.«

Zaira schnaubte verächtlich. »Das Imperium müsste es ja wohl verdammt genau wissen, hätte ich irgendwann eine kleine Armee ermordet. Also, nein, habe ich nicht. Und, nein, ich weiß nicht so recht, wie das sein wird. Oder ob ich danach putzmunter aufspringe, bereit, Tee und Kekse zu genießen. Du kannst also aufhören, mich danach zu fragen, ehe ich dir die Zunge rausdrehe, um dich zum Schweigen zu bringen.«

Ich konnte mich nicht zurückhalten und hielt schützend die Finger an meine Lippen. »Entschuldige.«

Schuft stupste Zaira erneut an, und sie beugte sich zu ihm hinab und rieb ihm zärtlich mit beiden Händen die Ohren. Voller Wonne schloss er die Augen.

»Wenn du es unbedingt wissen musst«, sagte sie einen Moment später, den Blick immer noch unverwandt auf den Hund gerichtet. »Ich bin sogar ganz froh, wenn ich die Chance bekomme, dieses Höllenfeuer loszulassen, um zur Abwechslung mal jemanden zu *beschützen.*« Sie bedachte mich mit einem grimmigen Seitenblick. »Also versuch gefälligst nicht, mir ein schlechtes Gefühl einzureden.«

Ich schlug auch die andere Hand vor den Mund und nickte.

*

Das Problem mit raverranischen Büchern über Vaskandar ist, so überlegte ich, während ich Imodens *Aufstieg der Hexenlords* in der einen Hand gegen Laviers *Chronik der vaskandrischen Expansion* in der anderen abwog, *dass sie von raverranischen Historikern verfasst wurden.* Ich bezweifelte, dass die Autoren je einen Fuß auf vaskandrischen Boden gesetzt hatten. Die meisten dieser Bücher waren unmittelbar nach dem Dreijährigen Krieg veröffentlicht worden und drehten sich beinahe zur Gänze um die Militärgeschichte. Sie zeichneten Vaskandars Expansion von einem kleinen Haufen Ländereien im Norden nach, von dem aus sie die Waldclans und kleinen Königreiche geschluckt und in jedem davon einen neuen Hexenlord herangezogen hatten. Das gipfelte dann in den Kriegen, die Vaskandar gegen das Erlauchte Imperium geführt hatte. Die wenigen Details, die in den Berichten über Vaskandar selbst enthalten waren, beruhten auf Hörensagen und volkstümlichen Überlieferungen. Und die steckten voller Widersprüche und enthielten lauter Auslassungen.

Trotzdem packte ich beide Bücher in meine Truhe. Ehe Kathe sich bei unserem Picknick von mir verabschiedet hatte, hatte er mir erzählt, dass Callamorne auf seinem Weg zurück nach Let läge und er mich vielleicht dort träfe; ich wollte bei unserem nächsten Zusammentreffen mit einem umfassenderen Wissen bewaffnet sein.

Mit einem Finger strich ich über eine Reihe Buchrücken auf meinem Regal; die Ledereinbände fühlten sich so warm und glatt an wie die Berührung der Hände eines alten Freundes. Ich legte auch *Prinzipien der Vivomantik und die Entstehung der Magie* in die Truhe, nur um dann irgendwie bäuchlings auf dem mit seidenen Vorhängen verhängten Bett zu enden, vor mir Orsennes *Geschichte Eruvias*, aufgeschlagen in einem der ersten Kapitel über Vaskandar, nur um mir einen raschen Überblick zu verschaffen.

Ein vertrautes Pochen an meiner Tür schreckte mich auf, und ich knallte hastig das Buch zu; als ich dann endlich auf der Bettkante saß, war Mutter aber schon längst hereingerauscht.

»Bist du mit dem Packen fertig, Amalia? Dein Boot legt in einer halben Stunde ab, um Zaira in den Stallungen abzuholen.« Ihr Blick fiel auf die Truhe voller Bücher. »Das war natürlich eine rhetorische Frage.«

»Fast, Mamma«, log ich.

Ihre Stirn war nicht ausreichend beeindruckt, um die Brauen mehr als eine Haaresbreite weit zu heben. »Ich werde Rica anweisen, sich um deine Kleidung zu kümmern. Aber sorg dafür, dass du genug Elixier mitnimmst, und verpack es dieses Mal an mehreren Stellen.«

»Natürlich, Mamma.« Ich zog eine Phiole mit einer Dosis halb aus der Innentasche meines Mantels, um ihr zu zeigen, dass ich tatsächlich fähig war, aus meinen Nahtoderfahrungen zu lernen. »Ich habe auch noch einige in meiner Schultertasche, damit ich sie bei eventuellen Ausflügen mitnehmen kann, nur für alle Fälle.«

»Gut.« Sie kam zu mir und setzte sich mit ernster Miene neben mir auf das Bett. »Sei unterwegs vorsichtig. Ich hoffe, es bleibt keine Zeit, die Neuigkeit über deine Reise zu dem vaskandrischen Spion in den Stallungen durchsickern zu lassen, aber nur Narren verlassen sich auf Mutmaßungen.«

Ich drückte den Rücken durch, als mir in den Sinn kam, was ich sie schon früher an diesem Tag hatte fragen wollen. »Da wir gerade von Narren und dem Verräter in den Stallungen sprechen, was führt Lord Caulin im Schilde?«

»Er ist kein Narr«, entgegnete Mutter streng. »Was immer du sonst von ihm hältst, begeh nicht den Fehler, ihn als solchen einzustufen.«

»Du weißt, was ich meine.« Ärgerlich wedelte ich mit der Hand. »Warum hat der Doge ihn beauftragt, sich bei den Falken einzumischen?«

Mutter betrachtete mich eine ganze Weile schweigend. Schließlich sagte sie leise: »Aller Wahrscheinlichkeit nach deinetwegen.«

Ich starrte sie an und fragte mich, ob sie gescherzt hatte. Aber in ihren stechenden dunklen Augen war kein Funke Humor erkennbar. »Wie meinst du das?«

»Ich kenne den Dogen besser als beinahe jeder andere. Und wenn Nino eines liebt, dann ist es Kontrolle.« Sie blickte zum Fenster, wo das Licht eines klaren Morgens die in warmen Farben gehaltene Fassade des gegenüberliegenden Palasts zum Glühen brachte. »Er ist sich sehr bewusst, dass die Falken der Schlüssel zur Macht des Erlauchten Imperiums sind. Und was meinst du, wie das, was du tust, für ihn aussieht?«

»Du meinst, wegen der Reform der Falkengesetzgebung?«

»Nicht nur wegen deines Gesetzes. Da sind auch noch die Aneignung der einzigen Feuerhexe des Imperiums und die Nutzbarmachung wichtiger Offiziere der Stallungen.«

»Ich habe mir Zaira nicht *angeeignet.*« Mir stieg die Hitze den Nacken hinauf. »Und ich mache mir niemanden nutzbar.«

Mutter ließ sich nicht dazu herab, meinen Protest mit einer Antwort zu würdigen. »Selbst wenn dein Gesetzentwurf nichts einbringt, ist das ein raffinierter Zug, um die Loyalität der Falken zu gewinnen.«

»Darum tue ich das nicht!«, begehrte ich auf. »Ich will ihnen nur ermöglichen, ihre eigene Wahl zu treffen.«

»Das ist nicht von Bedeutung.« Sie richtete ihren Blick wieder auf mich und zog eine Braue hoch. »Er kann es sich nicht leisten, die Falken an dich zu verlieren. Vor allem nicht jetzt, da Vaskandar an unserer Grenze aufmarschiert. Darum macht er seinen Anspruch geltend.«

»Er benutzt Morde für politische Spielchen?« Es gelang mir nicht, den Zorn aus meiner Stimme herauszuhalten.

»Ich bin überzeugt, den Verräter zu schnappen und weitere Morde zu verhindern hat auch für ihn oberste Priorität.« La Contessa tat meine ethischen Bedenken mit einer knappen Handbewegung ab. »Aber Nino da Morante ist zumindest in einer Hinsicht ein Mann von meiner Art: Er tut selten irgendetwas aus nur einem Grunde. Warum nicht den Informanten fangen und dabei die eigene politische Macht konsolidieren?«

»Aber Caulin geht das völlig falsch an!« Ich zerdrückte vor Erbitterung die Spitze an meinen Ärmelbündchen. »Er wird den Verräter nicht dingfest machen, indem er die Falken schikaniert.«

»Offen gesagt, vertraue ich auch nicht auf Caulins Ermittlungen.« Mutter kniff die Augen zusammen. »Er ist derjenige, der den Dogen drängt, die Falken an die Kandare zu nehmen; dahin ist er sicher nicht aus einem neutralen Blickwinkel geraten. Das alles könnte Teil eines Plans zur Erringung eines Sitzes im Rat sein.«

»Also dient er sich für Baron Leodras alten Sitz im Rat der Neun an?« Das könnte so manches erklären.

»Und er hat gute Chancen, ihn zu bekommen. Jammerschade.« Mutter schüttelte den Kopf. »Er ist kompetent, und ich respektiere die Arbeit, die er für das Imperium leistet. Aber ihm fehlt der Weitblick, um es zu führen. Er ist zu sehr auf seine eigenen Machenschaften und

Intrigen fixiert und verkennt dadurch das Gesamtbild. Und dich betrachtet er als Bedrohung.«

Ich senkte den Blick auf meine eigenen Hände, die, weich und unerfahren, an den Ärmelsäumen zupften. »Ich empfinde mich nicht als besonders bedrohlich.«

Mutter unterzog mich einem kritischen Blick. »Vor zwei Monaten hätte niemand in Raverra in dir mehr als eine gute Partie gesehen. Du hast dich in diesem Palast verkrochen, dich mit deinen Büchern und Artefaktionsprojekten vergnügt und hattest kaum genug politisches Verständnis, um zu wissen, wer der Doge ist. Aber nach allem, was du in Ardence zustande gebracht hast, wo du die Pläne erfahrener Ränkeschmiede durchkreuzt und deinen eigenen handverlesenen neuen Herzog ins Amt gebracht hast, achten die Leute mehr auf dich. Und nun, da du die politische Bühne betreten hast, versuchst du als Erstes, ein Gesetz durchzubringen, das dazu führen würde, dass eine der wichtigsten Bestimmungen der Erlauchten Verträge umgeschrieben werden müsste. Du spielst an den Fundamenten des Imperiums herum.«

»Ich würde nicht sagen, dass deswegen die Erlauchten Verträge umgeschrieben werden müssten. Ein Anhang, vielleicht.«

»Es genügt wohl, zu sagen, dass nur wenige die Unverfrorenheit besäßen, zu solchen Maßnahmen zu greifen. Aber du kannst das tun, denn du bist erst achtzehn.« Ein Hauch von etwas, das sich beinahe wie Bewunderung anhörte, schlich sich in Mutters Stimme – aber vermutlich war es doch nur tiefe Verwirrung ob meiner Torheit. »Wenn dieses Gesetz nicht durchkommt, werden die anderen das als jugendlichen Idealismus abtun, und deine Karriere wird keinen dauerhaften Schaden nehmen. Wenn es aber durchkommt …« Sie setzte ein ironisches Lächeln auf. »Wenn es durchkommt, wird jeder dich als brillant und gefährlich einstufen. Uns bleibt nur begrenzte Zeit, um sicherzustellen, dass sie nicht falschliegen.«

»Ich komme mir nicht gerade brillant und gefährlich vor«, murrte ich.

»Die Herrin der Dornen hält dich für gefährlich.« Ihr Ton wurde hart. »Sie hat deinen Namen auf diese Liste gesetzt.«

Von plötzlicher Aufregung ergriffen, umfasste ich ihre Hand. »Darüber habe ich nachgedacht, Mamma.« Spät in der letzten Nacht, als ich wachgelegen und über Krieg und Brautwerbung, Vulkane und Morde gegrübelt hatte, war mir eine Idee gekommen. »Ich glaube, das ganze vaskandrische Interesse an mir muss etwas mit dem Hexenlordblut der königlichen Familie von Callamorne zu tun haben.«

Es war kein Geheimnis, dass dem Königshaus rasch die angemessen hochrangigen Partien ausgingen, weshalb die Hälfte der großen Familien Eruvias einen Spritzer vaskandrischen Adelsgeblüts irgendwo in ihren Linien hatten. Das aber bedeutete, sie trugen ein Erbe der Hexenlords in sich. In Grenzstaaten wie Callamorne war es mehr als nur ein Spritzer. Meines Vaters Vater war von königlich vaskandrischem Blute gewesen und hatte über die nötigen Verbindungen verfügt, um durch seine Vermählung mit meiner Großmutter einen bereits angelaufenen Einmarsch Vaskandras in Callamorne zu beenden. Wenn es in seiner Erblinie etwas von politischer Bedeutung gab, könnte das nicht nur erklären, warum mein Name auf der Liste der Assassinin aufgetaucht war, es würde auch Kathes geheime Absichten entlarven.

»Ich nehme an, du hast recht.« Mutter strich mir eine verirrte Haarlocke hinter das Ohr und studierte mein Gesicht. »Kriege und Ehen verbinden Vaskandar und Callamorne gleichermaßen und machen eine lange und intime Geschichte aus. Du bist ein Teil dieser Geschichte, und das verschafft dir diplomatische Vorteile bei dieser Mission, über die ich nie verfügt habe. Aber es setzt dich auch Gefahren aus, denen ich mich nie zu stellen hatte.«

Ich drückte mein Buch an die Brust. »Hast du die Familie meines Großvaters je kennengelernt?«

»Nein, und dein Vater auch nicht, soweit ich weiß. Aber ich glaube, dein Großvater war der Sohn eines Hexenlords.« La Contessa runzelte die Stirn. »Gewiss hat er Feindschaften und Allianzen jenseits des Hexenmauergebirges zurückgelassen.«

»Und nun zerrt Vaskandar all das über das Gebirge nach Callamorne.« Ich seufzte. »Ich werde vorsichtig sein, ich verspreche es.«

Die Lippen meiner Mutter krümmten sich in die grobe Richtung eines Lächelns. »Ich weiß nicht recht, ob ich dir glauben kann. Aber ich habe große Hoffnung, dass du klug handeln wirst, was sogar noch besser ist.«

Sie umarmte mich, hielt mich fest in einem Kokon aus Wärme und zartem Parfüm. Ich schloss die Augen und wünschte mir für einen Moment, ich wäre wieder ein kleines Kind und könnte diese Reise mit nichts Wichtigerem verbringen, als die Treppen im königlichen Schloss in Durantain zusammen mit Cousin und Cousine hinauf- und hinunterzurennen.

»Dann werde ich also klug sein«, flüsterte ich.

*

Während der ersten Tage unserer Kutschreise nach Callamorne überquerten wir die endlosen grün-goldenen Felder im Herzen des Erlauchten Imperiums, fuhren vorbei an Villen mit roten Dächern, die von Blumen und einsamen Zypressen umgeben waren. Als wir uns Callamorne näherten, kräuselte sich das bis dahin flache Land, formte sanfte Steigungen und Gefälle; in kleinen Tälern und Senken sammelte sich des Morgens der Nebel, und die höheren Ebenen klammerten sich bei Sonnenuntergang an die Reste des güldenen Tageslichts.

Terika starrte gespannt zum Fenster der Kutsche hinaus, blickte über die Köpfe unserer berittenen militärischen Eskorte hinweg und wartete begierig darauf, dass die ersten schattigen Berge ihres Heimatlands am Horizont auftauchten.

»Warte nur, bis du es siehst«, schwärmte sie Zaira vor. »Die Berge in Callamorne sind viel größer als diese buckeligen Hügel, die ihr hier in der Mitte des Imperiums kennt. Sie sind zerklüftet und von herrlichen Wäldern bedeckt. Und bald wird es schneien, dann sind die ganzen Felder und Wiesen bis hin zum Gebirge funkelnd weiß.«

Lienne, Terikas Falknerin, schauderte. »Ja, und es ist so kalt, dass einem das Blut in den Adern gefriert, und der Boden ist glatt vor Eis. Ich ziehe den Sonnenschein von Raverra und eine Tasse Glühwein jederzeit vor.«

Zaira zuckte mit den Schultern. »Ich bin nur hier, um abzuwarten, bis es Zeit ist, irgendwas in Brand zu stecken. Wenn dich das glücklich macht, kann ich mir bis dahin auch ein paar matschige Berge ansehen.«

»Charmant.« Terika seufzte. »Das mag ich so an dir.«

Sie legte einen Arm um Zairas Schultern. Die bedachte sie mit einem aufgeschreckten Blick, entspannte sich dann aber an ihrer Seite. Lienne wandte sich ab und sah zum Fenster hinaus, um ihr Lächeln zu verbergen.

Eigentlich sollten wir uns in der Kutsche vorkommen wie eine rollende Zielscheibe, immerhin waren vier Personen von der vaskandrischen Assassinenliste an Bord. Aber wir hatten genug Vorsichtsmaßnahmen ergriffen, dass ich mir keine Sorgen machte. Zaira trug wieder ihr artefaktisch bearbeitetes Korsett und die Haarnadeln, die sie vor Musketenkugeln und Klingen gleichermaßen abschirmten; bedauerlicherweise mussten sie zur Aufrechterhaltung der Schutzwirkung ihre Magie anzapfen, weshalb wir anderen nichts damit anfangen konnten. Marcello ritt zusammen mit unserer Eskorte, die aus vollen zwei Dutzend Soldaten bestand, und beäugte wachsam jede Senke, jede Baumreihe und jedes Bauernhaus. Eine Gruppe von Angreifern, die umfangreich genug wäre, um uns gefährlich zu werden, hätte keine Chance, seinem forschenden Blick zu entgehen, sollte es überhaupt jemand schaffen, so weit in das Erlauchte Imperium vorzudringen.

Nein, Furcht war nicht, was mich belastete, während wir nordwärts nach Callamorne fuhren. Es war die schwerere, dumpfere Bürde meiner eigenen Erwartungen.

Sollte ich keine Möglichkeit finden, Ruvens Kreis auf dem Weißen Gipfel unschädlich zu machen – immer vorausgesetzt, es handelte sich tatsächlich um eine Vulkanbeschwörung –, dann könnten Tausende sterben. Sollte Vaskandar angreifen und der Doge Zaira an die Grenze berufen, dann *würden* Tausende sterben. Und dann war da noch das dauerhaft schlechte Gewissen, das unter all dem anderen lauerte, weil eine ganze Nation darauf vertraute, dass ich ihren Platz im Imperium sicherte; eine Nation, zu der meine eigene Familie gehörte, die ich zwar einmal im Jahr besuchte, für die ich sonst aber kaum einen Gedanken übrighatte.

Sie mussten sich mehr erhofft haben, als sie ihren Prinzen für die Vermählung mit meiner Mutter aufgegeben und Raverra die Untertanentreue gelobt hatten. Dieses Mal musste ich ihnen mehr liefern, damit sie wussten, das Imperium würde seinen Teil des Handels einhalten, der mit meiner Geburt besiegelt worden war.

Ich wünschte, ich könnte mich einfach wieder mit Cousin und

Cousine davonschleichen und die komplizierte Diplomatie darauf beschränken, mit Roland über die Geschichte Callamornes zu sprechen, um ihn abzulenken, während Bree Äpfel aus dem Obstgarten des Schlosses stahl. Doch ich war angetreten, um meinen Platz in Mutters Schatten einzunehmen, und ein Zurück gab es nicht mehr.

Istrella saß mit uns in der Kutsche und bastelte zufrieden an einer experimentellen Modifikation des Pulverhorns ihres Bruders, das sie – darauf hatte ich bestanden – zuvor geleert und gesäubert hatte. Das Letzte, was wir brauchten, war eine aufregende neue Entdeckung hinsichtlich des Zusammenwirkens von Artefaktion und Schießpulver, während wir zusammen mit einer Feuerhexe in einer Kutsche eingesperrt waren. Ich kam nicht umhin, zu bemerken, dass Terika und Zaira sich physisch näher schienen als vor ihrem Kuss. Kleine Berührungen und Blicke gingen ständig zwischen ihnen hin und her, und sie saßen stets dicht auf der Kutschbank beisammen.

Als wir am vierten und letzten Abend vor der Einreise nach Callamorne an einem Gasthaus Rast machten und ich für einen Moment in dem vollgestopften, von Kerzen erhellten Speiseraum mit Zaira allein am Tisch saß, nutzte ich die Gelegenheit, um die unvermeidliche Frage zu stellen.

»Also balzt ihr zwei nun doch endlich miteinander?«

Zaira bedachte mich mit einem finsteren Blick, nur um sich gleich darauf rasch zu der Treppe umzuschauen, die zu unseren Gemächern im Obergeschoss führte. Terika und die anderen waren noch nicht zum Abendessen heruntergekommen, doch wir rechneten jeden Moment mit ihnen; mir blieben nur ein paar Minuten, um sie mit Neckereien zu piesacken, soweit ich mich traute.

Sie griff nach ihrem Becher, stellte fest, dass das Schankmädchen ihn noch nicht gefüllt hatte, und stellte ihn wieder ab. »Das geht dich verdammt noch mal nichts an, aber sagen wir einfach, dass ich außer Terika noch nie jemandem begegnet bin, der noch sturer ist, als ich es bin. Man merkt, dass sie auf einer Ziegenfarm aufgewachsen ist – diese spitzhörnigen Mistviecher müssen sie einiges gelehrt haben.«

»Das heißt also ja.« Zufrieden lehnte ich mich auf meinem Stuhl zurück. »Und das hat Terika gut gemacht. Es ist dir nämlich erlaubt, glücklich zu sein, weißt du.«

»Ich weiß nicht, was in ihrem Oberstübchen vorgeht.« Zaira schüttelte den Kopf. »Sie ist so süß wie ein Pfirsich im Sommer, und ich habe kübelweise Blut an den Händen. Außerdem, was meint sie wohl, was wir zusammen für eine Zukunft haben könnten?«

»Tja, wenn mein Reformgesetz durchkommt …«

Zaira schnaubte verächtlich.

»Schon gut.« Ich seufzte. »Vergiss das Gesetz. Rein theoretisch: Wenn es dir offenstünde, frei zu entscheiden, welches Leben du mit ihr führen willst, was wäre das dann für ein Leben?«

»Sehe ich für dich so aus wie eine irre, liebestrunkene Idiotin, die irgendwo herumsitzt und von einem reizenden kleinen Landhaus und einem Haufen Babys träumt?« Zaira schnippte mit dem Fingernagel an ihre Tasse.

»Keine Ahnung. Darum frage ich ja.« Ich zuckte mit den Schultern. »Könnte ich mir mein Schicksal aussuchen, hätte ich gern eine umfangreiche Bibliothek, einen guten Freundeskreis und … jemanden, mit dem ich das alles teilen könnte.« Marcellos Lächeln und seine warmen grünen Augen erhoben sich vor meinem geistigen Auge, und so, wie Zairas Augen schimmerten, wusste sie das genau. »Was ist mit dir?«

»Das ist eine gefährliche Frage.«

»Gefährlich? Warum?«

Zaira kniff die Augen zusammen. »Wenn du deine Zeit damit vergeudest, über alles nachzudenken, was du willst und nicht haben kannst, dann frisst dich das von innen auf, so, als hättest du eine Tasse Palisadenwürmer geschluckt. Wenn du nicht zugreifen und es dir nehmen kannst, dann fühlst du dich, wenn du zu lange darüber nachgrübelst, erst richtig elend.«

»Das ist eine ziemlich bittere Sichtweise.«

»Wenn man in den Unschlitten aufwächst, muss man sich darauf konzentrieren, von einem Moment zum anderen zu überleben. Man denkt nicht über die Zukunft nach, solange man nicht sicherstellen kann, dass man überhaupt eine hat.«

Ich folgte einem gekrümmten Kratzer auf der Tischoberfläche, wo jemand seine Initialen in das Holz geschnitzt hatte. »Ich habe auch nicht so viel von meiner Zukunft geträumt. Aber, um ehrlich zu sein, aus dem entgegensetzten Grund. Meine hat immer schon festgestanden. Ich kann mir nicht aussuchen, was ich sein oder tun werde.« Sogar in diesem Traum von der gut ausgestatteten Bibliothek mit Marcello an meiner Seite konnte ich nicht umhin, mir vage auszumalen, wie Mutter im Hintergrund ihre Ränke schmiedete und ihren Sitz im Rat der Neun ausfüllte. Hatte sie sich erst zur Ruhe gesetzt, dann würden auch die letzten Rudimente meiner Freiheit in den Tiefen des Reichspalasts verschwinden.

»Vielleicht«, grunzte Zaira, »bist du diejenige, die davonlaufen sollte.«

Endlich traf eine Schankmagd mit einem Krug ein und füllte unsere Becher mit Wein, was mich zu meiner Erleichterung davor bewahrte, ihr gleich antworten zu müssen. Ein düsterer alter Groll war bei ihren Worten halb erwacht, ein Überbleibsel jenes Tags, an dem ich das letzte Mal überlegt hatte, ob ich nicht einfach vor meinem Schicksal davonlaufen sollte: Als ich den Brief geöffnet hatte, mit dem Mutter mich von der Universität zu Ardence zurückbeordert hatte, gerade, als ich einen Ort gefunden hatte, an dem ich die sein konnte, die ich war, statt nur als Cornaro-Erbin wahrgenommen zu werden.

Ich erhob mein Glas, um die bittere Erinnerung herunterzuspülen.

»Hast dir ja genug Zeit gelassen«, grummelte Zaira die katzbuckelnde Magd an und griff nach ihrem eigenen Becher.

Als der Wein auf meine Lippen zuströmte, flackerte ein Funke auf meiner Hand auf. Hitze bohrte sich wie ein Stich in meinen Finger, und der mit Draht umwickelte Kristall an einem bestimmten Ring fing an, golden zu glühen.

Alchemie. Jemand versuchte, uns zu vergiften. Furcht erfasste mich, raste so zerklüftet und weiß wie ein Blitz durch meinen Leib.

Ich knallte den Becher zurück auf den Tisch. Rote Spritzer verteilten sich um ihn herum. »Zaira, trink das nicht! Es ist vergiftet!«

Zaira erstarrte mit dem Glas auf halbem Wege zum Mund.

Die Magd hob den bis dahin gesenkten Kopf, und ihr Gesicht kam hinter dem Vorhang aus blondem Haar hervor. Kalte, tödliche Entschlossenheit brannte in diesen Zügen, die ich schon einmal gesehen hatte: Dies war die Assassinin, die Istrella angegriffen hatte.

Mir blieb kaum genug Zeit, dies wahrzunehmen, ehe sie das Messer, das sie unter dem Tablett verborgen gehalten hatte, hervorholte und damit auf Zairas Seite einstach.

Ich kreischte auf vor Panik und Verzweiflung, aber da kräuselte sich die Luft um Zaira, als hätte jemand einen Stein in einen ruhigen Teich geworfen. Das Messer der Assassinin prallte von Zairas mit Runen beschriftetem Korsett ab.

Das alles geschah in der Zeit, die ich brauchte, um aufzuspringen – ich bewegte mich zu langsam, die Assassinin zu schnell, und die Energie der Verzweiflung, die meinen Körper antrieb, machte mich zugleich schwerfällig. Trotzdem stürzte ich mich auf die Angreiferin, und der Aufprall war hart genug, dass ich mir Hüfte und Schulter prellte, als ich sie von Zaira wegbeförderte, ehe sie ein weiteres Mal zustoßen konnte.

Die Assassinin fand ihr Gleichgewicht sofort wieder und schlüpfte außer Reichweite. Sie bewegte sich mit todbringender Eleganz, effizient und treffsicher wie ein Fischreiher auf der Jagd. Furcht erfüllte mich zur Gänze; ich kannte meine Grenzen, und ich war sicher nicht gut genug, um diese Frau aufzuhalten.

Fluchend warf Zaira ihren Dolch. Die Assassinin schleuderte ihr Tablett von sich; mit ohrenbetäubendem Lärm krachte es zu Boden, Steingutscherben flogen in alle Richtungen, und dann wurde es still im Raum. In der ganzen Taverne drehten sich Köpfe in unsere Richtung. Einen Moment später wurden Rufe laut, und Stühle rutschten kreischend unter aufgeschreckten Gästen über den Boden.

Alle Höllen. Das Tablett hatte eine Pistole vor unseren Blicken verborgen. Die Assassinin richtete den glänzenden Lauf auf Zaira. Plötzlich schien die Zeit langsamer zu laufen, und es war, als konzentriere sich sämtliches Licht auf diesen Unheil verheißenden Zylinder aus poliertem Holz und Metall.

Aber dann kniff die Assassinin die Augen zusammen, beschloss offenbar, kein Risiko einzugehen und sich nicht noch einmal an Zairas Schutzschild zu versuchen, und schwenkte die Mündung in meine Richtung.

Die starrte mir entgegen wie das kalte Auge des Dämons des Todes. Der Hahn klickte.

»Ex…« Das Entsiegelungswort war schon halb gesprochen, als

ich innehielt, die Lippen zusammenpresste und meinen eigenen panischen Aufschrei stoppte. Furchtsame Gesichter drängelten sich im Rücken der Angreiferin; eine Mutter schob hastig ein weinendes Kind hinter sich.

Zu viele Leute. Ich konnte es nicht tun.

Ein ohrenbetäubendes Krachen erfüllte den Speiseraum, gefolgt von dem scharfen Gestank des Pistolenrauchs.

KAPITEL ZEHN

ICH ZUCKTE, aber der Schmerz blieb aus.

Die Assassinin stolperte zurück. Blut breitete sich in ihrer Flanke aus. Ihre Augen wurden glasig, trotzdem schoss sie noch in meine grobe Richtung, und die Menge schrie auf, als ein zweiter Knall die Luft zerriss; an der Wand hinter mir zerplatzte eine Öllampe. Für einen langen Moment stand ich nur vor Entsetzen erstarrt da, bis ich begriff, dass der zweite Schuss mich verfehlt hatte und der erste nicht von ihr abgefeuert worden war.

Marcello donnerte die Stufen herab. Rauch stieg von seiner Pistole auf. Lienne war ihm mit gezogenem Rapier dicht auf den Fersen. Mein Herz tat einen Satz, als ich sie erblickte, auch wenn ich mich immer noch an den Tisch hinter mir drückte, als könnte ich irgendwie mit ihm verschmelzen, während ich mit einer Hand mein Leuchtmedaillon umklammerte. *Gnade, das war knapp.*

»Bitte verlassen Sie alle den Raum«, rief Marcello so ruhig wie souverän. Die Gäste des Wirtshauses beeilten sich, seiner Aufforderung nachzukommen, einige davon fluchend oder weinend. Der Wirt eilte herbei, um ihnen den Weg in den Garten zu weisen, und murmelte dabei Entschuldigungen und besänftigende Phrasen. Seine Befähigung, auf so sanfte Weise Ordnung in das Chaos zu bringen, rang mir Bewunderung ab.

Die Assassinin kniete am Boden, einen Arm an die blutende Seite gepresst. In der freien Hand hielt sie einen Dolch, doch dessen Spitze sank nutzlos herab. Lienne stolzierte herüber und schlug die Waffe mit der Spitze ihres Rapiers aus der Hand der Angreiferin, ehe sie ihr die Klinge an den Hals legte. Marcello lud seine Pistole nach und sah sich mit endlos beruhigender Tüchtigkeit im Raum nach Anzeichen für weitere Gefahren um.

Zaira seufzte ein wenig zittrig. »Das hätte ich kommen sehen müssen. Verdammt, ich bin nachlässig geworden.«

»Wünschen Sie, diesem Geschmeiß irgendwelche Fragen zu stellen, Dama Amalia?«, fragte Lienne.

Richtig, ich war hier federführend, folglich blieb mir der Luxus verwehrt, einfach auf einen Stuhl zu sinken und eine halbe Flasche Wein hereunterzukippen, während andere sich der Dinge annahmen.

Der Puls summte immer noch in meinen Adern, klagend und beinahe schmerzhaft. Ich trat vor. Meine Knie zitterten, aber die Assassinin war zu sehr damit beschäftigt, Blut auf den schimmernden Holzboden zu husten, als dass ich mir hätte Sorgen machen müssen, sie könnte es merken.

»Was hat die Herrin der Dornen vor?«, herrschte ich sie an. »Warum lässt sie Falken ermorden?«

Die blutbefleckten fahlen Lippen der Angreiferin bewegten sich. »Nicht zu fassen, dass ich versagt habe«, flüsterte sie, ehe sie erneut von einem Hustenanfall geschüttelt wurde und mehr Blut auf den Boden spritzte. Rasselnd holte sie Luft. »Aber das ist egal, Amalia Lochaver Cornaro. Ihr rennt so oder so in Euren sicheren Tod.«

»Antworte der gnädigen Frau«, blaffte Lienne.

Aber die Assassinin hätte nicht einmal antworten können, wenn sie gewollt hätte. Sie schwankte kurz und brach zusammen. Blut strömte noch immer aus der Wunde an ihrer Seite, und ihr Atem verfing sich in der Kehle.

Marcello fluchte. »Ich kenne sie.«

Ich nickte. »Das ist die, die bei dem Fest bei Dama Aurica hinter Istrella her war.«

»Nein, ich bin ihr schon vor Jahren begegnet.« Marcello biss sich auf die Lippe und wandte sich mit hochgezogenen Schultern ab.

»Sollten wir …« Meine Stimme verlor sich. Ich brachte es nicht über mich, die Assassinin anzusehen; sie mochte versucht haben, mich zu ermorden, aber ihr Blut war so rot wie das eines jeden Menschen, und ihr Ringen um Luft weckte meine Anteilnahme. Wir alle brauchten Luft, und wir alle kannten Schmerz.

»Die wird nicht reden, und sie wird nicht überleben«, konstatierte Lienne erbost. »Hauptmann?«

»Ja«, sagte Marcello.

Ich wandte mich ab, wollte nicht Zeugin von Liennes schnellem Gnadenstoß werden.

*

Während unsere Eskorte die Leiche entfernte, begab ich mich zu unserem Wirt, leistete mit einer Handvoll Dukaten Abbitte und bat ihn, den Rest der Gäste mit dem besten Wein in seinem Keller zu bewirten. Auch für ihre Unterbringung würde ich zahlen. Die Augen des Mannes leuchteten prompt auf – das war vermutlich mehr, als er mit seinem Wirtshaus normalerweise in einem Monat einnahm. Schon eilte er mit neuem Elan davon, um sich seiner Gäste anzunehmen.

Ein weiterer Gastwirt, der jedem gegenüber, der auf seiner Reise bei ihm Rast macht, gut über die Familie Cornaro sprechen wird. Letztes Jahr hätte ich noch keinen Gedanken daran verschwendet, aber das alles gehörte zu der Ausbildung, die Mutter mir angedeihen ließ. Großzügigkeit *und* Wohlwollen führten dazu, dass Leute bereit waren, Informationen zu liefern; und Informationen waren das Lebenselixier der Politik des Erlauchten Imperiums.

Außerdem hatte ich tatsächlich ein schlechtes Gewissen, weil dieser Vorfall all den anderen Leuten das Essen verdorben hatte.

Als ich in den Speiseraum zurückkehrte, war die Leiche fort. Terika untersuchte zusammen mit Zaira und Lienne die vergifteten Weingläser, und Marcello saß zusammengesunken an einem Tisch in der Ecke. Schnurstracks schlug ich seine Richtung ein, aber Terika winkte mich herbei, ehe ich zu ihm stoßen konnte.

»In dem Wein ist Schwarzes Arg«, klärte sie mich in ernstem Ton auf. »Sie und Zaira wären binnen einer Stunde gestorben, hätten Sie ihn getrunken.«

Es war auf sonderbare Weise beruhigend, dass wir mit so profanen Waffen wie Pistolen und Gift angegriffen wurden. Zumindest war mir das erheblich lieber als Vivomantik.

»Ich sollte meiner Mutter noch einmal für diesen Ring danken.« Ich strich mit dem Daumen über den Stein, der sich nun wieder kühl anfühlte.

»Nur ein Alchemist mit dem Magiermal kann Schwarzes Arg anmischen«, bemerkte Terika. »Ich bin nicht überzeugt, dass es in Vaskandar irgendwelche Alchemisten gibt, die dazu mächtig genug sind. Wie Sie wissen, sind die Leute mit dem Magiermal dort gewöhnlich eher Vivomanten. Es könnte also noch ein weiteres Kind da draußen geben, das die Falken nicht früh genug gefunden haben und das nun dazu gezwungen wird, Gifte herzustellen, und zwar von jemandem, der skrupellos genug ist, sie an Vaskandar zu verkaufen.«

Ihre Brauen sträubten sich vor Zorn, und eine entschlossene Härte beherrschte das runde, sommersprossige Gesicht, das ich gewöhnlich strahlend vor Lachen erlebte. Sie musste an ihre eigene Kindheit zurückdenken, daran, wie ihr Vater sie an eine Assassinengilde verkauft hatte, in der sie gezwungen worden war, Gifte anzumischen – darunter vermutlich auch die Dämonentränen, die immer noch durch meine Adern rannen.

»Wir finden die Verantwortlichen«, versprach Lienne und legte Terika einen Arm um die Schultern. »Wir haben dich gerettet, und diesen Menschen werden wir auch retten.«

Marcello sprang mit geballten Fäusten auf. »Ich weiß, wer das war.«

Wir alle drehten uns um und starrten ihn an. »Sie wissen, wer der Alchemist ist?«, hakte ich nach.

»Ja, möge die Grazie der Barmherzigkeit ihn schützen.« Marcello fuhr sich mit einer Hand durch das Haar, als könnte er die Erinnerung einfach fortschieben. »Der Junge.«

Lienne schnalzte mit der Zunge. »Ach, davon habe ich gehört.«

»Wovon?«, wollte ich wissen.

Marcello marschierte auf und ab. »Vor vier Jahren, als ich noch ein unerfahrener Falkner war, bin ich über einen Jungen mit dem Magiermal gestolpert, der von seiner Familie versteckt worden war. Emmand hieß er. Er war zehn Jahre alt und das einzige Kind einer Familie aus dem Kleinadel. Seine Eltern hatten überall verbreitet, ihr Sohn sei krank, und ihn zu Hause eingesperrt.« Er schüttelte den Kopf. »Ich war damals außer Dienst, und da er in Sicherheit zu sein schien, sah ich keinen Grund, ihn sofort in die Stallungen zu bringen. Aber als ich am nächsten Tag zurückkam, um nach ihm zu sehen, waren seine Eltern tot, und Emmand war verschwunden.«

»Woher wissen Sie, dass er derjenige ist?« Terika schwenkte den giftigen Wein in Zairas Glas umher. »Es könnte jeder sein.«

»Ich habe die Assassinin erkannt.« Mit dem Kinn deutete Marcello auf den Blutfleck am Boden. »Ich hatte damals die Dorfmiliz mitgenommen und war ihrer Spur gefolgt. Wir spürten die Entführer auf, aber sie waren ein ganzes Dutzend und wir nur sechs. Diese Frau war eine von ihnen. Ich werde ihr Gesicht nie vergessen – sie war der erste Mensch, der je auf mich geschossen hat.« Geistesabwesend rieb er sich den Oberschenkel.

Lienne schnaubte verblüfft, und ich tat einen halben Schritt in seine Richtung und hob instinktiv die Hand, beherrschte mich aber gerade noch und ließ sie wieder sinken. »Ich wusste gar nicht, dass Sie mal angeschossen wurden.«

»Es ist gut verheilt.« Marcellos Stimme klang angespannt und rau. »Aber ich war zu schwer verletzt, um sie weiter zu verfolgen. Ich habe nur noch einen letzten Schuss auf die Entführer abgefeuert, als sie den Jungen wegschleppten, aber er dachte, ich würde auf ihn schießen, und fing an zu schreien.« Er schluckte. »Das war das Letzte, was ich von ihm gehört habe – dass er schrie, ich wolle ihn umbringen, während die ihn weggebracht haben. Bis heute wusste ich nicht, ob er überlebt hat oder nicht.«

Mir tat vor Mitgefühl das Herz weh, also ging ich nun doch zu ihm und drückte seine Schulter. »Sie haben alles getan, was in Ihrer Macht stand, um ihn zu retten.«

»Tja, vor Jahren mögen sie Menschen mit dem Magiermal entführt haben, jetzt töten sie sie.« Terikas Stimme klang sonderbar heiter, als sie den vergifteten Wein aus dem Fenster kippte. »Schwarzes Arg ist ausnahmslos tödlich. Die Herrin der Dornen hatte nicht die Absicht, euch am Leben zu lassen.«

*

Als wir uns in unsere Zimmer zurückzogen, nahm ich Zaira auf der Treppe beiseite und murmelte eine Entschuldigung.

»Es tut mir leid«, sagte ich. »Ich hätte dich gleich entsiegeln sollen, als ich erkannt habe, dass du in Gefahr bist.«

Zairas Brauen zuckten, und sie musterte die Handvoll Leute, die zögernd in den Speiseraum zurückgekommen waren, ehe sie sich nach Terika umschaute, die über uns auf dem Treppenabsatz war.

»Nein. Da drin war es zu voll.« Sie schüttelte den Kopf. »Ich hätte das Miststück verbrannt, schneller, als du auch nur blinzeln kannst. Aber ob es dir gefällt oder nicht, die Hälfte der armen Schweine um sie herum wären mit ihr in Flammen aufgegangen. Du hast richtig entschieden.«

»Wirklich?«

»Lass es dir nicht zu Kopf steigen.«

»Ich möchte lernen, es richtig zu machen«, erklärte ich. »Dich sofort zu entsiegeln, wenn du dein Schadfeuer haben willst, ehe du danach fragen musst. So wie es bei Jerith und Balos abläuft.«

Zaira kniff die Augen zusammen, die in dem düsteren, beengten Treppenhaus so schwarz aussahen wie Obsidian. »Wenn ich es haben will? Oder wenn du denkst, ich würde es brauchen?«

»Wenn du es willst«, sagte ich standhaft. »Es ist dein Feuer.«

»Du wirst nicht erst nur wie ohnmächtig dasitzen und eine halbe Stunde lang Däumchen drehen wie bisher?«

»Das war etwas anderes.« Scham erhitzte meine Wangen. »Ich hatte Angst.«

»Du hast immer noch Angst«, schnaubte Zaira.

»Natürlich habe ich die!«, erwiderte ich trotzig. »Jeder, der einigermaßen bei Verstand ist, hat Angst vor einer Feuerhexe.«

Zairas Gesicht verschloss sich, als hätte jemand eine Tür zugeknallt.

»Vor dem Schadfeuer«, korrigierte ich mich rasch. »Ich meine dein Schadfeuer, nicht dich persönlich.«

»Ich weiß, was du gemeint hast.«

Und damit machte sie kehrt und folgte Terika die Treppe hinauf.

*

Am nächsten Morgen wusste ich nicht recht, ob Zaira mich umfassender als sonst ignorierte. Die Schuldgefühle, die ich angesichts meiner Worte auf der Treppe hegte, machten es mir schwer, ihr in die Augen zu sehen. Das und die steife Heiterkeit im Umgang mit Marcello reichten, damit ich, als wir uns auf die Weiterreise vorbereiteten, mehr als geneigt war, die Nase in ein Buch zu stecken, sobald wir wieder in der Kutsche saßen.

An der ersten Poststation hielten wir an, damit Marcello den Anschlag über die Kurierlampen melden konnte. Angesichts dessen, dass er kopfschüttelnd und mit angespannter Miene wieder herauskam, nahm ich an, dass das Gespräch nicht gerade ermutigend verlaufen war. Hinter ihm erhob sich der Weiterleitungsturm der Kurierlampen, dessen Spiegelpaar über die Baumkronen hinausragte, damit die Spiegel die Signale des vorausgehenden Postens auffangen und an den nächsten weitersenden konnten.

»Was ist los?«, fragte ich besorgt und eilte zu ihm in den Hof der Poststation, während die hier stationierten Soldaten mit geübter Effizienz die Kutschpferde wechselten.

»Niemand hat Zugriff auf die Liste unserer Zwischenaufenthalte außer Oberst Vasante und den Leuten, die mit uns reisen. Aber selbst die höchstrangigen Soldaten unserer Eskorte wurden nicht über Einzelheiten informiert.«

Ich starrte ihn an. Unbehagen lag wie ein Stein in meinem Magen. »Das kann doch nicht stimmen. Was ist mit den Schreibern in den Stallungen? Dem Rat der Neun? Lord Caulin?«

»Der Rat hätte gewiss Zugriff auf solche Informationen, aber wir haben dieses Mal sehr sorgfältig darauf geachtet, dass nichts davon bekannt wird.« Sorgenfalten zerrten an Marcellos Gesicht und ließen ihn älter wirken. »Soweit ich weiß, sind abgesehen vom Oberst nur du, ich, Zaira, Istrella, Lienne, Terika und die leitende Offizierin unserer Eskorte vollständig im Bilde.«

Ich sah mich zu Letzterer um: Feldwebel Andra, eine geradlinige Frau mit kurzgeschorenem Haar, die schon seit zwanzig Jahren in den Stallungen diente. Ich konnte in ihr so wenig wie in irgendeinem der anderen Soldaten eine vaskandrische Spionin erkennen.

»Jemand muss gelauscht haben, als wir über die Reise sprachen.« Ich klammerte mich förmlich an diesen Gedanken. »Zaira und ich haben im Speiseraum darüber diskutiert, wen wir mitnehmen sollten. Das hätte jeder mit anhören können.«

»Habt ihr dabei die Liste der Zwischenstationen vorgelesen, die in dem Brief aufgeführt waren, den wir bei der Assassinin fanden?« Marcello schüttelte den Kopf. »Es wäre vielleicht möglich, dass jemand das alles notiert hat und dabei von einem Spion beobachtet wurde. Aber davon abgesehen hat es ganz den Anschein, als würde der Verräter mit uns reisen.«

Diese unfassbare Erkenntnis sank auf uns nieder wie eine Bürde, zu schwer, um sie allein zu tragen.

»Wir hätten Terika bitten sollen, das Wahrheitsserum für die Assassinin anzumischen«, brummte ich. »Sie hätte vermutlich nicht lange genug gelebt, aber einen Versuch wäre es wert gewesen. Zu schade, dass Lienne sie getötet hat.«

Lienne. Mein Blick huschte zu der Stelle, an der sie mit einigen der Soldaten der Poststation schwatzte. Ihre Hände bewegten sich schneller als ihre Lippen, und das Lächeln im Gesicht eines jungen Soldaten, als sie den Kopf schüttelte, gab Anlass zu der Vermutung, dass sie einen Freund gewonnen hatte. Mir war nie in den Sinn gekommen, dass Terikas Falknerin eine Verräterin sein könnte. Aber ich kannte sie nicht sonderlich gut, und sie hatte eindeutig dafür gesorgt, dass die Assassinin nichts hatte preisgeben können von dem Wissen, über das sie möglicherweise verfügt hatte.

»Das Schlimmste daran ist«, sagte Marcello mit leiser, sorgenvoller Stimme, »dass ich nun Leute verdächtigen muss, die jahrelang mein Vertrauen hatten.«

Ich nickte. Aber ich dachte: *Nein. Das Schlimmste ist, dass jemand, dem du jahrelang vertraut hast, dich bereits hintergangen hat.*

*

In der Ferne tauchten die Berge von Callamorne in einem blauen Nebel auf. Ebenso gut hätte es sich um tiefhängende Gewitterwolken an den Säumen der Erde handeln können. Als wir näher kamen, wurde das Blau zu Grün und Gold: Vor uns erstreckten sich das satte Grün der Kiefernwälder und das trockene Gold der Felder und Weiden; gemeinsam überzogen sie die sanften Hänge, die sich zu dem verhangenen Himmel hinaufzogen, mit dem einladenden Flickwerk ihrer Farben.

Dann überquerten wir auf einer stabilen Holzbrücke einen Fluss und waren in Callamorne. Die Berge umzingelten uns, felsig und vertraut, und die Bäume schienen geheime ansteigende Räume unter ihren Zweigen zu hüten. Sogleich änderte sich das Aussehen der Häuser: Spitzdächer, von denen der Schnee im Winter herabrutschen konnte, und derbe Wände aus Holzstämmen anstelle von gekalktem Putz. Sie kauerten sich in jedes Eckchen ebenen Bodens, das sich finden ließ, und um sie herum breiteten sich die Felder aus wie Tischtücher. Holzrauch stieg aus ihren aus Feldsteinen gemauerten Schornsteinen auf.

Tief sog ich den Geruch ein, und er brachte eine intensive Erinnerung hervor: einen Besuch bei meiner Familie zum Fest der Schönheit während der Herbsternte, als lange Tische im großen Saal des königlichen Schlosses überquollen vor all den herzhaften Speisen, die Callamorner bevorzugten. Rote und goldene Blätter und haufenweise purpurne Trauben schmückten den wenigen verbliebenen Platz zwischen den Tellern, und der warme Geruch von geröstetem Fleisch und Kartoffeln erfüllte die kühle Luft im Schloss. Wir Kinder krabbelten unter die Tische, die durch die feinen weißen Tischtücher wie Höhlen wirkten. Roland tat, als wäre er ein Musketier der Königin, tapfer und treu; Bree war das Monster, das uns durch die Tunnel jagte. Ich wollte eine Artefaktorin sein, voller Ideen für magische Fallen, die ich benutzen konnte, um die Bestie zu fangen.

Das kannst du nicht, hatte mich Roland mit dem überlegenen Hochmut eines Zehnjährigen beschieden, der seiner närrischen jüngeren Cousine erklären musste, wie die Welt funktionierte. *Du bist eine Prinzessin. Prinzessinnen können keine Magier sein.*

Können sie doch, hatte Bree hitzköpfig versetzt. *Prinzessinnen können sein, was immer sie wollen.*

Ich konnte mich nicht erinnern, dass dieser spezielle Streit mit einer Rauferei geendet hatte, aber so war es oft gekommen, als Bree und Roland noch so jung gewesen waren. Den Grazien sei Dank hatten sie *damit* aufgehört; es war furchtbar peinlich gewesen, als Außenstehende danebenzusitzen, ihr Gezänk zu beobachten und beklommen darauf zu warten, dass sie anfingen zu lachen und wieder Freunde waren.

Dieses Mal würde ich mich nicht unter Tischen verstecken können. Anders als die Raverraner hielten die Callamorner wenig davon, wenn sich Diplomatie hinter geschlossenen Türen abspielte. Sie bevorzugten große, öffentliche Gesten und aufrichtige Ansprachen aus tiefstem Herzen.

Schreine für die Grazien standen neben jedem Haus, an dem wir vorüberfuhren. Überhaupt schienen diese winzigen hölzernen Nischen mit den schlichten Statuen und verwitterten Schleifen und Bändern und heruntergebrannten Kerzen nahezu jede einzelne Meile des Straßenrands zu begleiten. In Callamorne wurde Religion ernster genommen als im eher säkularen Raverra. Ich würde darauf achten müssen, meine Zunge im Zaum zu halten, und ich dachte darüber nach, wie ich Zaira am geschicktesten bitten konnte, das Gleiche zu tun. Dabei kam ich aber zu dem Schluss, dass sie das nur als Herausforderung auffassen würde.

Zaira! Grazien, ich musste mit ihr reden. Ich glaubte nicht, dass ich mir das nur einbildete; sie ignorierte mich bewusst. Zuerst hatte ich angenommen, ich hätte sie gekränkt; aber dann wurde mir bewusst, dass Zaira, würde sie sich gekränkt fühlen, sich ganz bestimmt nicht still in den Schmollwinkel verkröche. Eher würde sie mich vom Fuß bis zum Scheitel und wieder runter zum anderen Fuß aufreißen wie ein Kleid mit einem kaputten Saum.

Also hatte ich es wohl geschafft, sie ernsthaft zu verletzen, was erheblich schlimmer war.

Es war schwer, einen Moment mit ihr allein zu finden; andererseits konnte ich dieses heikle Thema nicht einfach aufbringen, während wir uns mit drei anderen Leuten in einer Kutsche drängelten. Aber als wir anhielten, um die Pferde an einem Bach zu tränken, und Terika sich mit Lienne unterhielt, sah ich meine Chance.

Zaira schlenderte den kurzen Weg zum Ufer hinab, setzte sich und fing an, Steine ins Wasser zu werfen. Ich folgte ihr und plumpste unbeholfen neben ihr auf den Boden.

»Es tut mir leid«, sagte ich.

Sie bedachte mich mit einem ermatteten Blick. »Das sagst du ständig. Allmählich bin ich es müde.«

»Also gut, dann sagen wir einfach, ich wünschte, ich könnte zurücknehmen, was ich gestern Abend gesagt habe.« Ich warf ebenfalls einen Kieselstein in Richtung Bach; er verschwand in den Binsen, ohne dass auch nur ein leises Plätschern zu hören war. »Darüber, dass man Angst vor dir haben müsse.«

»Entschuldigungen sind die Spucke nicht wert, die du zum Sprechen brauchst, wenn du sie nicht ernst meinst«, grunzte sie.

»Ich meine es ernst«, begehrte ich auf.

Skeptisch musterte sie mich. Das Sonnenlicht fing sich in dem tiefen Dunkelbraun ihrer Augen und brachte die schwarzen Ringe ihrer Magiermale um die Pupillen herum zum Vorschein. »Mach keine Lügnerin aus dir. Du *hast* Angst vor mir. Alle haben das.« Stirnrunzelnd warf sie noch einen Stein ins Wasser. »Außer Terika.«

»Sie tut dir gut«, bemerkte ich sanft.

»Sie *sollte* Angst vor mir haben. Auf die eine oder andere Weise werde ich ihr das Herz brechen, wenn ich sie nicht vorher umbringe.« Sie sagte das alles in einem so nüchternen Ton, als würde sie über Alltägliches wie den unvermeidlichen Regen sprechen.

»Gib guten Dingen eine Chance.«

Zairas Augenbrauen hatten, wie ich im Lauf unserer gemeinsamen Zeit gelernt hatte, einiges über mein Urteilsvermögen zu sagen, und nichts davon war positiv. »Du bist Geschichtswissenschaftlerin. Sag mir, erzählen dir deine Bücher auch etwas über Feuerhexen?«

»Natürlich.« Feuerhexen hinterließen tendenziell große, verkohlte Löcher in den Seiten der Geschichte.

»Ich wette, die Feuerhexen in diesen Büchern führen alle ein wunderbar erfülltes Leben im Kreise ihrer Freunde und Verwandten.« Zairas Stimme troff nur so vor Sarkasmus.

Das taten sie nicht. Ich senkte den Blick auf meine schlammbespritzten Stiefel. »Trotzdem …«

»Sagen wir einfach, ich werfe dir nicht vor, dass du Angst hast«, fiel sie mir abrupt ins Wort. »Und belassen es dabei.«

»Aber ich habe keine Angst vor dir«, beharrte ich. »Nicht vor der Frau, die du wirklich bist. Es ist nur, wenn das Schadfeuer die Macht übernimmt. Das ist …« Ich verstummte.

»Beängstigend?«, half sie mir aus.

»Na ja, schon.«

Zaira verfiel in Schweigen. Ich blickte auf und sah, wie sie einen Stein in der Hand wog und aufs Wasser hinausblickte. »Ich kenne sie nicht«, sagte sie in einem sonderbar zurückgenommenen Tonfall.

»Wen?«, fragte ich verunsichert, während ich zugleich in ihren Worten nach einem Bissen Sarkasmus oder unverblümtem Hohn suchte, aber nichts dergleichen finden konnte.

»Ich erinnere mich nie an irgendetwas, wenn das verdammte Feuer die Kontrolle übernimmt. Nur an das Brennen und die Freude.« Ein Schauer ließ sie erzittern. »Aber ich glaube, das alles bin ich.«

Wie versteinert starrte ich sie an und wusste nicht recht, was ich sagen sollte: »Du«, wiederholte ich schließlich mit einer Stimme, die kaum ein Flüstern war.

»So, wie ich immer noch ich bin, wenn ich träume.« Als sie mich anblickte, erkannte ich, dass ich auf diese ungezügelte Aufrichtigkeit in ihren bodenlos dunklen Augen nicht vorbereitet war. »Das Schadfeuer ängstigt dich so, dass du dich einnässen willst. Du magst so tun, als wäre es kein Teil von mir, aber du liegst falsch. Das bin *ich*. Dieses brennende Mädchen bin ich. Auch wenn sie eine Fremde für mich ist.« Ein bitteres Lächeln huschte über ihre Lippen. »Wie ein Betrunkener, der gemein wird und am nächsten Morgen nichts mehr davon weiß. Vermutlich verbunden mit dem gleichen Kopfweh.«

»Mir fällt eher die Grazie des Sieges mit ihrem Flammenschwert ein«, sagte ich, doch meine Stimme klang heiser und gedämpft.

»Nein, keine Grazie. Der Dämon des Todes.« Zaira stand auf und schlug sich den Schmutz von den Röcken. »Und niemand, der bei Verstand ist, lässt sich mit dem Dämon des Todes ein. Also muss Terika total übergeschnappt sein.«

»Ach, ich weiß nicht«, erwiderte ich leichthin. »Wenn sie mit dem fertig wird, was dir Tag für Tag über die Lippen kommt, dann muss Schadfeuer für sie doch ein eher kleines Problem sein.«

Zaira lachte laut genug, um ein paar Krähen in einem nahen Baum aufzuscheuchen. Ihr gekrächzter Protest verstärkte die schroffen Laute, in denen sich ihre Erheiterung kundtat. Im nächsten Moment packte sie meinen Ellbogen und zog mich kameradschaftlich auf die Beine.

»Oh, meinen Mund mag sie schon«, bekundete sie kichernd, und ich spürte, wie mein Gesicht sich scharlachrot verfärbte. »Komm schon, zurück in die Kutsche, ehe du noch ohnmächtig wirst von all dem Blut, das sich in deinem Kopf staut.«

*

Während der nächsten zwei Tage bahnten wir uns unter einem bleigrauen Himmel, der uns mit Regen überschüttete, den Weg über steiler werdende Berge. Unsere Reiter waren trotz ihrer Kapuzen und der zum Schutz vor dem Wetter hochgezogenen Schultern jämmerlich nass. Ich lud Marcello ein, sich zu uns in die Kutsche zu setzen, aber er schüttelte den Kopf. Wasser perlte von den Spitzen seiner gelockten Haare.

»Es ist besser, ich bleibe hier draußen, gnädige Frau«, antwortete er durch das Fenster. »Ich bin im Dienst.«

Gedanken an Verräter und Vulkane hinderten mich daran, mich gänzlich meiner Lektüre zu widmen, während die Kutsche in das Gebirge hinaufrumpelte und -ratterte. Istrella wirkte ebenfalls, als wäre sie nicht ganz bei der Sache. Immer wieder blickte sie von ihrem Projekt auf, runzelte die Stirn und schien etwas sagen zu wollen, konzentrierte sich aber jedes Mal nach einem frustrierten Seufzer erneut auf ihre Arbeit.

Endlich hob Istrella das fertiggestellte Gerät in ihrem Schoß hoch. Es sah aus wie eine Halskette, gebunden mit großen, schiefen Obsidianklumpen.

»Für dich. Das ist ein Leuchtmedaillon.« Quer durch die Kutsche hielt sie es Zaira hin und zuckte dabei vage resigniert mit den Schultern, als wollte sie Akzeptanz für irgendwelche Unzulänglichkeiten in ihrer Arbeit signalisieren. »Damit du außer dem Schadfeuer noch etwas anderes hast, worauf du zurückgreifen kannst. Obwohl ich gehört habe, du wärest auch ziemlich gut darin, Leute mit dem Messer abzustechen.«

Verdattert nahm Zaira es entgegen. »Äh, danke.«

»Das scheint mir aber schrecklich viel Vulkangestein für ein Leuchtmedaillon zu sein«, bemerkte ich, bemüht, beiläufig und überhaupt nicht alarmiert zu klingen. »Gibt es einen Grund, warum es so viel Energie benötigt?«

»Das ist eine gute Frage.« Istrella neigte den Kopf, als müsse sie die Sache überdenken. »Ich schätze, man könnte sagen, ich habe ein paar Verbesserungen eingearbeitet. Ich würde es nicht öffnen, wenn es nicht notwendig ist.«

Zaira hielt die Medaillonkette ein wenig vorsichtiger. »Das werde ich mir merken«, versprach sie.

Ich wolle gerade fragen, welche Art von Verbesserungen sie meinte, als etwas außerhalb der Kutsche meine Aufmerksamkeit erregte: Eine einsame Gestalt stand auf einem Felsen am Rand des Steilhangs neben der Straße. Der Mann starrte hinaus auf das vernebelte Tal, in dem verkrüppelte Kiefern vor dem Hintergrund dunkler Berge Fetzen aus vorüberziehenden Wolken einfingen. Wind zerzauste die Federn über seinen Schultern und die schwarzen Spitzen seiner weißen Haare, und auf seiner Schulter thronte eine Krähe.

»Haltet die Kutsche an«, rief ich.

Zaira sah zum Fenster hinaus. »Ach, *er*. Kommt bei diesem Wetter extra für ein Stelldichein vorbei?«

Terika kletterte halb über Zaira, um einen Blick auf Kathe zu werfen. »Hmm, aber ein netter Anblick ist das schon.«

Zaira lachte und schlang einen Arm um ihre Taille. »Nett genug, dass du dir das Kleid mit Schlamm beschmutzen würdest?«

»Ich werde ihn fragen, was er will«, sagte ich laut und stieß die Tür schon auf, ehe die Kutsche zum Stillstand gekommen war.

»Darauf wette ich«, kommentierte Zaira glucksend.

Ich mühte mich über die schlammige Straße auf den Felsen zu, auf dem Kathe stand. Unterwegs konnte ich spüren, wie unsere Eskorte mir nachstarrte. Feldwebel Andras harter Blick mischte sich in die neugierigen der Pferde – aber vor allem spürte ich, wie Marcello mir vom Rücken seiner braunen Stute aus hinterhersah. Die Krähe auf Kathes Schulter musterte mich nur kurz, als ich mich näherte, knabberte dann sanft am Ohr des Hexenlords und flog davon. Ihre Flügel schlugen mit behäbiger Eleganz durch die Luft, als sie zu einer nahen Kiefer segelte.

Kathe drehte sich zu mir um, und die gelben Ringe in seinen Augen kontrastierten als leuchtende Farbtupfer mit der grauen Landschaft.

»Da seid Ihr ja. Kommt, da ist jemand, den Ihr kennenlernen

solltet.« Er sprang von dem Felsen, und sein Umhang wogte wie ein Schwingenpaar um ihn herum auf.

Ich sah mich zu den zwei Dutzend Soldaten um, die uns anstarrten. »Ist es weit? Und, hallo, ich bin ebenfalls entzückt, Euch zu sehen.«

Kathe grinste. »Weit genug, damit Eure Wachen sich Sorgen machen werden, aber ich fürchte, Ihr müsst allein mit mir kommen.«

Er wusste offensichtlich, wie man einer Dame ein Gefühl von Sicherheit vermitteln konnte. »Und wen soll ich kennenlernen?«

»Das ist eine Überraschung.« Er streckte die Hand aus. »Es ist keine Falle, das verspreche ich.«

Zweifelnd musterte ich seine schlanken, geschmeidigen Finger. Das war eine furchtbare Idee. Meine Verwandten in Callamorne hatten sich oft grausige Geschichten über Kinder ausgedacht, die von verkleideten Hexenlords in die Wildnis gelockt worden waren. Vermutlich wäre ihnen nie in den Sinn gekommen, eine Heldin einzuführen, die dumm genug war, einem davon freiwillig zu folgen, ohne dass er überhaupt irgendwelche Tricks anwenden musste.

Mein Zaudern entging Kathe nicht. Der Schimmer in seinen Augen forderte mich dennoch heraus, mit ihm zu gehen.

Ich seufzte. »Wenn das dazu führt, dass aus meinen Gebeinen Halsketten für Füchse geschnitzt werden, so werde ich wirklich wütend.«

»Nur keine Angst. Füchse mögen keinen Schmuck.«

Ich drehte mich um und winkte fröhlich. »Ich bin bald zurück«, rief ich. »Tut mir leid, dass ich alle warten lasse.«

Selbst aus fünfzig Fuß Entfernung konnte ich das Weiße in Marcellos Augen sehen, als die sich erschrocken weiteten. Aber ich ergriff Kathes Hand, spürte Macht unter meinen Fingerspitzen kribbeln wie die verbliebene Energie eines Blitzes, und ließ mich von ihm einen kurzen, steinigen Hang hinunter zu einem Pfad führen, der in einem dunklen Wald verschwand.

»Das ist die Stelle, an der ich, traditionell, von Wölfen gefressen werde«, verkündete ich leichthin, um das aufgeregte Pochen meines Herzens zu verbergen.

»In meinem Fall Krähen«, korrigierte er mich. »Allerdings komme ich auch mit Wölfen recht gut aus.«

Die Luft unter den Kiefern war kühl und feucht und trug einen

Hauch von Holzrauch aus einem der nahen Häuser herbei. Der Geruch erinnerte mich daran, dass ich in Callamorne war, nicht in der Wildnis von Vaskandar, worauf die Anspannung in meinen Schultern ein wenig nachließ. »Ich habe gelesen, dass Vivomanten ein bestimmtes Tier oder eine Pflanze favorisieren – das Lebewesen, mit dem sie sich am meisten identifizieren –, aber ihre Macht wirkt bei allen. Kommen Hexenlords so an ihre Titel?«

»Gewiss. Es ist immer einfacher, mit dem Tier zu arbeiten, das man bevorzugt – das ist, als würde man in seiner Muttersprache sprechen können, auch wenn man noch ein Dutzend anderer flüssig beherrscht.«

»Was tut Ihr, wenn es bereits einen Hexenlord mit dem Namen Eures Tiers gibt?«

Kathes Zähne schimmerten im Schatten. »Ich nehme an, man müsste ihn töten.«

Ich wusste nicht recht, ob er scherzte oder nicht.

Mildes graues Licht drang durch die Bäume, und wir traten in einen Wald aus verkohlten schwarzen Baumstämmen, die sich dem wolkenverhangenen Himmel entgegenreckten wie die Gebeine gefledderter Leichen. Unter ihnen dehnte sich ein sanfter Hang aus, auf dem kniehohe Bäume und Gräser wuchsen und die Lücken ausfüllten, die jenes längst vergangene Feuer hinterlassen hatte.

Zwischen den geschwärzten Holzspießen, die von den älteren Bäumen geblieben waren, stand eine Frau. Sie hatte sich in ein grünes Samtgewand mit Kapuze gehüllt, das sich von ihren Schultern ergoss und hier im Wald augenfällig fehl am Platz war; es fegte in einem Halbkreis über das Gesträuch und die aschgrauen Zweige hinter ihr, als sie sich zu uns umdrehte. Das Haar fiel in hellen Zöpfen über ihren Rücken bis hinab zu den Kniekehlen, und ihren Kopf krönte ein zartes goldenes Diadem im Muster kunstvoll verwobener Dornenranken. Das Magiermal in ihren Augen schimmerte giftig grün.

»Du kommst spät«, sagte sie zu Kathe, und ihre seidige Stimme war so machtvoll wie wohlklingend. Dann fiel ihr Blick auf mich, und sie schürzte die Lippen. »Und was ist *das?*«

Ich erstarrte. Ehe ich zu kontern vermochte, drückte Kathe kurz meine Hand, ließ sie los und verbeugte sich vor der Dame. »Vergebt mir. Ich konnte mir diese Gelegenheit nicht entgehen lassen. Gnädige Frau, darf ich Euch Dama Amalia Cornaro vorstellen? Amalia, wenn ich bekanntmachen darf, die Herrin der Dornen, Hexenlord von Sevaeth.«

KAPITEL ELF

EBENSO GUT HÄTTE KATHE mir mit einem Ast ins Gesicht schlagen können. Wie betäubt stand ich mit weit aufgerissenen Augen da, und die feuchte Luft gefror mir in der Lunge. Was hatte ein feindlicher Hexenlord, die gefürchtete Herrin der Dornen persönlich, in Callamorne zu suchen, gerade einen halben Tagesritt von der Hauptstadt entfernt?

Die Herrin kniff die Augen zu giftgrünen Schlitzen zusammen. »Amalia *Lochaver* Cornaro? Soll das ein Geschenk für mich sein, Krähenlord?«

Dutzende winziger grüner Schösslinge wucherten um den Saum ihres Gewands und kringelten sich in zierlichen Spiralen himmelwärts. Und während sie wuchsen, brachten sie Dornen hervor und fingen an, sich in meine Richtung zu biegen.

Kathe lachte. »Kaum. Dama Amalia und ich werben umeinander. Ich dachte, Ihr zwei solltet einander kennenlernen.« Er hörte sich absolut aufreizend gelassen an. Andererseits war er nicht derjenige, der von einem Hexenlord mit mörderisch finsterem Blick taxiert wurde.

»Bin entzückt«, sagte ich und würgte die Worte hervor wie eine welke Rose.

Die Herrin der Dornen ignorierte mich vollständig. »Ihr umwerbt eine Lochaver?«, herrschte sie Kathe an. »Was hat das zu bedeuten? Ich komme im guten Glauben her, um ein Abkommen mit Euch zu diskutieren, und Ihr paradiert mit dem Feind vor meiner Nase herum?«

»Ich kann gehen, wenn meine Anwesenheit unerwünscht ist«, bemerkte ich. Neugier und Furcht vereinten sich in meinen Eingeweiden zu einem den Puls beschleunigenden Elixier, aber kein noch so verlockendes Mysterium würde mich dazu bewegen, hier herumzustehen und mich von meiner Widersacherin verletzen zu lassen.

»Ich würde es Euch nicht verdenken«, murmelte Kathe, »aber Ihr könnt hier einen Vorteil für Euch erringen, wenn Ihr wisst, wie Ihr die Dinge zu nehmen habt.« Dann widmete er sich mit lauterer Stimme wieder der Herrin der Dornen. »Wenn Ihr einen Moment nachdenkt, dann, dessen bin ich sicher, werden Euch gleich mehrere Gründe in den Sinn kommen, warum ich die Dama Amalia zu unserem Treffen mitgebracht haben könnte. Keiner von ihnen bedeutet, dass Ihr meinem Gast gegenüber unhöflich auftreten solltet.«

»Ich kann mir in der Tat mehrere Motive vorstellen, die Euch antreiben mögen. Und sie alle laufen entweder auf ein Angebot oder auf eine Kränkung hinaus.« Die schlanken Ranken der stacheligen Reben zu Füßen der Herrin der Dornen begannen, über den Boden auf mich zuzukriechen. »Letzteres würdet Ihr Euch gewiss niemals herausnehmen. Und was die Unhöflichkeit betrifft? Wenn Ihr es wünscht, kann ich absolut liebenswürdig auftreten, während ich sie ausweide.«

Meine Beinmuskulatur spannte sich unter dem Bedürfnis, davonzulaufen, aber ich hielt stand. Ich musste ein gewisses Maß an Kontrolle über dieses Gespräch erringen, ehe es sich zu einem nicht behebbaren Fehler entwickelte.

»Ich räume ein, dass wir Feinde sind«, sagte ich und zwang mich zu einem Ton, der eher hart als ängstlich klang. »Aber Ihr seid allein, fern von Eurer Domäne, und ein Wort von mir würde ein Feuer entfesseln, das direkt aus der Hölle des Todes aufsteigt. Ich bin zu einem zivilisierten Austausch hergekommen, nicht wegen einer gewaltsamen Auseinandersetzung. Ist das in Eurem Fall nicht ebenso?« Ich hoffte, sie würde mir antworten; die Frage war weit davon entfernt, rhetorischer Natur zu sein.

»Du wagst es, mich zu bedrohen, du machtloses Würmchen?«, zischte die Herrin der Dornen, und ihre Ranken bäumten sich auf wie Kobras. Mein Herz stolperte vor Panik, aber ich blieb standhaft und hoffte verzweifelt, dass Kathe irgendetwas tun und nicht nur gespannt zusehen würde, wenn die wütende Flora mich erst in Stücke risse.

Kathes Blick huschte mit unverkennbarem Amüsement zwischen

uns hin und her. Aber als er sich wieder an die Herrin der Dornen wandte, klang seine Stimme so scharf wie ein Peitschenschlag. »Denkt Ihr wirklich, das ist die beste Methode, Eurer Tochter zu helfen?«

Die Dornenranken erstarrten wenige Fuß von meinen Stiefelspitzen entfernt. »Was hat das zu bedeuten?«

Die Luft zwischen den beiden knisterte vor Spannung. Und Kathe zog die Daumenschrauben mit einem trägen, breiten Grinsen weiter an. »Warum setzt Ihr aufs Spiel, weshalb Ihr hierher nach Callamorne gekommen seid? Überdies könnte ich über eine so bedeutsame Kränkung wie einen Angriff auf die Frau, um die ich werbe, wohl kaum hinwegsehen – und Ihr wisst, was ich Euch anzubieten habe.«

Zwei Kreise, strahlend wie pures Gift, huschten in meine Richtung und dann wieder zurück zu ihm. »Wenn Ihr gekommen seid, um zu verhandeln, dann tut es.«

»Ah ja.« Kathe reckte einen Finger hoch. »Ich werde im Vorfeld des Konklaves keinerlei Handel abschließen. So lange werdet Ihr warten müssen, wenn Euch an meiner Kooperation gelegen ist. Vorerst jedoch weiß ich, dass Ihr gekommen seid, um der Königin von Callamorne einen Besuch abzustatten – und ich bezweifle, dass sie Euch empfangen wird, wenn Ihr ihre Enkelin ermordet.«

Die Herrin der Dornen musterte ihn einen endlosen Moment lang. Ich behielt beide genau im Auge, suchte nach weiteren Hinweisen für irgendeine Art von Einvernehmen zwischen ihnen.

Endlich seufzte sie, und die Ranken, die sie in meine Richtung geschickt hatte, fielen mit dem entlassenen Atem in sich zusammen. »Nun gut, Ihr habt Euer Argument vorgebracht. Wir können unseren Handel bei dem Konklave zum Abschluss bringen.«

»Ach, gut.« Kathe rieb sich die Hände.

»Und du, Lochaver-Emporkömmling«, höhnte die Herrin der Dornen verächtlich, als sie sich mir zuwandte. »Vorerst lasse ich dich leben, doch nur aus Respekt vor dem Krähenlord. Solltest du mir gegenüber noch einmal eine derart dreiste Unverfrorenheit an den Tag legen, dann sei dir darüber im Klaren, dass ich dich zu deinem Vater schicken werde.«

Mit wirbelnder Samtschleppe machte sie kehrt und stolzierte zwischen zwei verdrehten schwarzen Bäumen hindurch. Gleich darauf schoss knarrend und ächzend ein Gitterwerk aus Ästen hervor, als hätte sie eine Tür hinter sich zugeschlagen.

Mein Vater. Mir war, als hätte ich ein Stück Kohle hinuntergeschluckt: derzeit kalt und hart, doch mit dem Potenzial, in Flammen auszubrechen.

»Wir gehen besser rasch, ehe sie es sich anders überlegt«, murmelte Kathe. »Ich bin nicht sicher, ob ich sie schlagen kann, sollte es zu einem Kampf kommen.«

Er bot mir seinen Ellbogen, als wir uns zu dem Wald umwandten, doch ich ergriff ihn nicht. »Ihr habt angedeutet, Ihr würdet mich an sie verkaufen«, beschuldigte ich ihn.

Er sah sich über die Schulter um und eilte schneller durch das knirschende Gesträuch. Als die Kiefern, die beinahe alle Geräusche verschluckten, uns wieder mit ihrem triefenden Schatten umfingen, sagte er leise: »Ihr seid Raverranerin. Ich vertraue darauf, dass ihr das Prinzip versteht, jemanden glauben zu lassen, man könne ihm geben, was er wünscht.«

»Wie Ihr es mit mir gemacht habt«, entgegnete ich spitz.

»Nun ja.« Er ließ ein Lächeln aufblitzen. »Aber ich habe Euch bereits etwas von Wert zukommen lassen.«

»Was, Todesdrohungen?«, blaffte ich ihn an. *Grazien, der weiß, wie er mich zur Verzweiflung bringen kann.*

»Die beste Währung von allen, natürlich. Informationen.« Er setzte eine pedantische Miene auf, deren Wirkung von den irren gelben Ringen in seinen Augen verdorben wurde. »Sagt mir, was habt Ihr heute erfahren?«

»Ich habe gelernt, Euch grundsätzlich zu fragen, wo genau wir hingehen, ehe ich mich von Euch irgendwohin führen lasse.«

»Eine recht nützliche Lektion.« Er nickte. »Was noch?«

»Dass die Herrin der Dornen unfassbar grob und respektlos ist.«

»Das liegt daran, dass Ihr kein Magiermal tragt.« Verborgene Gefühle belasteten seinen Ton. »Ich fürchte, es gibt einige meines Standes, die der Ansicht sind, jene ohne Magiermal stünden unter jenen, die eines tragen. Dass sie Besitz, nicht Menschen seien. Die Herrin der Dornen ist die Schlimmste unter ihnen.«

»Reizende Dame«, kommentierte ich zähneknirschend. Der Weg

führte aufwärts in Richtung Straße, aber mein Zorn sorgte dafür, dass ich die Steigung mit weit weniger Mühe meisterte, als ich üblicherweise hätte aufwenden müssen. »Ich habe auch erfahren, dass sie meine Familie offensichtlich umbringen will.«

»Seht Ihr?« Er breitete die Hände aus. »Das hätte ich Euch auch erzählen können, nehme ich an, aber die direkte persönliche Erfahrung ist stets der beste Lehrer.«

»Vergebt mir, dass es mir widerstrebt, mich für praktische Übungen einzuschreiben, wenn das Thema der Lektion machtvolle Magier sind, die mich töten wollen«, erwiderte ich.

»Sonst noch etwas?«, fragte Kathe vergnügt.

Ja. Einiges. Beispielsweise, was Kathe über ihre Tochter gesagt hatte und wie sie prompt innegehalten hatte. Oder dass sie vorhatte, meine Großmutter zu besuchen, was mir in Anbetracht der offensichtlichen Animosität, die sie gegenüber den Lochavers hegte, höchst bedenklich erschien. Doch da ließen wir schon den Wald hinter uns, und Marcello wartete angespannt wie ein angebundener Hund neben der Kutsche, umgeben von berittenen Soldaten. Mir blieb gerade noch genug Zeit für eine Frage, und die Kohle in meinem Bauch verlangte glühend nach einer Antwort.

Ich blieb stehen und sah Kathe an. »Hat sie meinen Vater ermordet?«

Der lebendige Übermut in seinen Zügen erstarb und ließ leuchtende Augen und eine ernste Miene zurück. »Ich weiß es nicht«, gestand er leise. »Aber ich nehme es an.«

Eine heiße Flut der Emotionen drohte mich zu überwältigen wie eine siedende Woge, doch vorerst drängte ich sie zurück; er mochte schließlich falschliegen. Und ich konnte derzeit so oder so nichts unternehmen.

Trotzdem brauchte ich einen Moment, um meine Kiefer aus ihrer Starre zu befreien. »Ihr habt recht«, gestand ich, »die Information war nützlich.«

Er verbeugte sich, und dieses Mal nahm ich nur eine kleine Spur von seiner üblichen spöttischen Haltung wahr. »Ich freue mich, dass ich helfen konnte. Ich bin überzeugt, wir werden uns schon bald wiedersehen, Amalia Cornaro.«

Mit steifem Hals nickte ich. Dann wandte ich mich ab, glättete meine Züge, bis sie die Form einer heiteren Fassade angenommen hatten, und suchte mir an Schlamm und Pfützen vorbei einen Weg zurück zur Kutsche.

*

Gedanken und Gefühle, die sich um meinen Vater, die Familie Lochaver und die Herrin der Dornen drehten, ratterten in meinem Kopf wie eine Handvoll Kieselsteine, die von den Bewegungen der Kutsche geschüttelt wurden. Nichts davon war geklärt, als einige Stunden später Durantain erstmals in Sicht kam.

Die Hauptstadt von Callamorne breitete sich um ein klotziges steinernes Schloss auf einer Hügelkuppe bis zu der Biegung des schmalen Flusstals an seinem Fuß aus und kletterte ein Stück weit die Hänge der nächsten Anhöhe hinauf. Die grauen Schieferdächer und die rechtwinklige Bauweise der Häuser ließen die Stadt von ferne recht wehrbereit erscheinen – als könnten sämtliche Läden und Wohnhäuser jederzeit grimmig blickende Krieger, bewaffnet mit was immer an Arbeitsgerät gerade greifbar war, ausspeien. Und es hatte Zeiten in der Geschichte Callamornes gegeben, in denen das nicht so weit hergeholt gewesen wäre. Die einzigen Hinweise darauf, dass die Stadt sich in den vergangenen zweihundert Jahren verändert hatte, waren hohe Pfähle, die als Stationen für Kurierlampen dienten und sich über den Hügel verteilten, um die Signale von dem neuen Spitzturm weiterzusenden, der nun die symmetrische Anordnung der Türme des Schlosses ruinierte. Ein weiterer Sendemast ragte über einem großen Haus in der Nähe der Hügelkuppe empor: der Palast des Erlauchten Gesandten, in dem der imperiale Berater der Königin seinen Wohnsitz hatte.

Dies war die Stadt meines Vaters. Hier war er aufgewachsen, als Prinz in diesem Schloss auf dem Hügel. Mir waren nur wenige Erinnerungen an ihn geblieben, aber mein von der Zeit vernebelter Eindruck von ihm besagte, dass er sowohl ausgelassener als auch sanfter gewesen war als Mutter. Eindrücke einer ruhigen Präsenz und gewöhnlich sprudelnd guter Stimmung waren mir geblieben. Es war schwer, diesen verregneten Ort mit meinen warmen, wenngleich verblassten Erinnerungen an einen Mann in Einklang zu bringen, der mich auf den Knien gehalten und mir Geschichten über die Dunklen Tage erzählt und dabei die Stimme verstellt hatte – donnernd und finster, wenn er einen Dämon zum Besten gab, wohlklingend und lieblich, wenn es eine der Neun Grazien war, die die Menschheit lehrten, sich zur Wehr zu setzen.

Ich konnte mir einfach nicht vorstellen, warum ein Hexenlord seinen Tod gewollt haben könnte. Ein Raverraner? Gewiss. Um an meine Mutter heranzukommen. Vielleicht auch irgendein fehlgeleiteter callamornischer Patriot, dem daran gelegen war, das Abkommen zu brechen, das sein Land an das Imperium band. Aber ein Hexenlord? Mein Vater war der liebevolle Elternteil gewesen; still, schelmisch, voller Mitgefühl und niemandem gegenüber je bedrohlich.

Als wir auf dem offenen Platz vor den Toren des Schlosses eintrafen, erwartete uns ein großer, öffentlicher Empfang. Reihenweise königliche Gardisten mit glänzenden Harnischen und geschulterten Musketen hatten elegant Aufstellung genommen, und eine neugierige Menge drängelte sich auf dem Platz. Kinder thronten auf den Schultern ihrer Eltern in der Hoffnung, einen Blick auf die königliche Familie zu erhaschen; die Einwohner von Callamorne verehrten die Lochavers, was nicht zuletzt der Heldenhaftigkeit meiner Großmutter im Zuge der Konflikte mit Vaskandar zu verdanken war, die sie in ihrer Jugend ausfocht.

Meine Großmutter und meine Cousins kamen heraus, um uns zu begrüßen. Die Königin gab eine majestätische Figur ab in ihrer steifen Lederschecke, deren Zierde aus schimmernden Stahlplatten schon ein halber Brustharnisch war; ein mit Pelz gesäumter Mantel lag über ihren Schultern. Ihr langes silbernes Haar fiel ihr unter dem schlichten Diadem in einem dicken, seitlich geflochtenen Zopf über den Rücken. Sie sah von Kopf bis Fuß aus wie eine Kriegerin; trotz ihres fortgeschrittenen Alters stets bereit, das nicht nur schmückende Schwert an ihrer Seite zu ziehen und die Feinde des Königreichs niederzustrecken, ganz so, wie sie es immer getan hatte.

Als ich die Stufen der Kutsche hinabstieg, um zu ihnen zu gehen, nickte Roland mir ernst zu und tat sein Bestes, in dem militärisch geschnittenen Wams aus burgunderrotem Samt, auf dessen Vorderseite hundert winzige Knöpfe prangten, angemessen prinzenhaft auszusehen. Bree hingegen wirkte, als wäre sie nicht ganz im Gleichgewicht und bereit, sich jeden Moment abrupt in Bewegung zu setzen – was, wenn man Bree kannte, keine so abwegige Vermutung war. Sie hatte ihr Haar zu einem wirren Knoten auf dem Hinterkopf zusammengedreht und trug über einer Schulter einen prachtvollen kurzen Brokatumhang in Kupfer und Rostrot zu einem schlichten cremefarbenen Tunikakleid mit geschlitzten Ärmeln und einem ebenfalls geschlitzten Rock, der ihre Beine nur teilweise bedeckte. Ich nahm an, dass diese Kleidung ihr große Bewegungsfreiheit ließ.

»Amalia!«, rief Bree und rannte los, um mich leidenschaftlich in ihre Arme zu schließen. »Es ist so schön, dich zu sehen.« Roland legte eine Hand auf meine Schulter und gab sich erheblich schicklicher.

Großmutter ließ den Blick aus ihren stechenden grauen Augen über meine Begleiter schweifen und verweilte bei Zaira, die sich ausgiebig streckte, als sie gähnend aus der Kutsche stieg. Licht fing sich in dem Geschüh an ihrem Arm. »Willkommen zu Hause«, sagte die Herrin von Callamorne mit einer tiefen Stimme, die wie Donnerhall über die Menge rollte.

Jubel begegnete ihren Worten, und in mir regte sich ein sonderbares Schuldgefühl: Mein Zuhause war Raverra. Das düstere, geradlinig-klotzige Callamorne war ein fremdes Land für mich.

Im Schutz des Jubels der Menge murmelte ich meinen Angehörigen zu: »Die Herrin der Dornen ist in Callamorne und beabsichtigt, Euch einen nicht näher spezifizierten Besuch abzustatten, Großmutter.«

Die Königin kniff die Augen zusammen. »Komm rein, dann können wir uns unterhalten.«

*

»… Sie ist also nicht weit von Durantain entfernt, und der Krähenlord sagte, sie sei gekommen, um Euch ›einen Besuch abzustatten‹«, schloss ich aufgeregt, nachdem ich meiner Familie alles erzählt hatte, angefangen mit unserem Verdacht, dass sie einen Verräter bei uns eingeschleust hatte, bis hin zu dem unerwarteten Zusammentreffen mit der Herrin der Dornen. Derweil standen wir dicht beisammen im Innenhof, während sich die Stallburschen um unsere Pferde und die unserer Eskorte kümmerten und sie in die Stallungen führten, um ihnen die wohlverdiente Ruhe zu verschaffen.

Meine Großmutter wechselte einen Blick mit Roland. »Das ist nicht so außergewöhnlich, wie du vielleicht denkst. Unsere Beziehung zu Vaskandar ist … kompliziert. Da sie aufgrund ihrer Macht nahezu unverwundbar sind, passiert es häufiger, dass ein Hexenlord, dem plötzlich einfällt, dass er uns etwas zu sagen hat, einfach über die Berge spaziert und sich Luft macht.«

»In Anbetracht dessen, dass sie sich auf einen Krieg vorbereitet, gefällt mir das gar nicht«, bemerkte Roland, dessen Brauen auf seiner Stirn zu einer sorgenvollen Linie zusammengerückt waren. »Vivomanten bleiben in gemauerten Städten nicht allzu viele Angriffsmöglichkeiten, aber sie könnte verborgene Kräfte mitgebracht haben.«

»Ich werde die Wachen verstärken und sie für alle Fälle mit Schutzmaßnahmen gegen Vivomantik ausstatten«, sagte Großmutter. »Und ich werde ihnen sagen, sie sollen sie nicht reinlassen, falls sie unangekündigt hier auftaucht.«

Roland schenkte Zaira ein verhaltenes Lächeln. »Zumindest können wir wohl davon ausgehen, dass sogar ein Hexenlord zögern wird, einen Kampf zu beginnen, wenn eine Feuerhexe zugegen ist.«

Zaira knickste. »Schrecken aller allmächtigen mörderischen Magier. Stets zu Diensten bei freier Kost und Logis.«

*

Es blieb kaum Zeit, uns in unseren Gästezimmern einzurichten und ein Bad zu nehmen, ehe wir zum Abendessen erwartet wurden, was am königlichen Hof zu Callamorne stets eine prachtvolle und beunruhigend öffentliche Angelegenheit war. Der ganze Hofstaat brach zur gleichen Zeit das Brot in einem riesigen Saal mit hoher Gewölbedecke, in dem Banner und Bildteppiche drei Stockwerke tief von der Decke bis zum Boden baumelten.

Aufgrund der callamornischen Wertschätzung von Stand und Rangfolge saß ich zusammen mit meiner Familie am königlichen

Tisch. Zaira hatte man einen Platz neben mir zugewiesen; ob das daran lag, dass sie mein Falke war, oder ob es ein Zeichen der Achtung für ihre Befähigung war, ganze Städte zu vernichten, wenn sie verärgert war, blieb mir ein Rätsel. Marcello und die übrigen Falken und Falkner hatte man an die anderen hohen Tische gesetzt, die unseren in rechtem Winkel flankierten, womit sie für eine Unterhaltung jedoch schon zu weit von uns entfernt saßen.

Roland hatte als Thronerbe zur Rechten der Königin seinen Platz. Doch da meine Großmutter mit dem Erlauchten Gesandten in eine Diskussion über die Planung von Verteidigungsmaßnahmen vertieft war, stand es ihm und Bree frei, mit Zaira und mir zu schwatzen.

»Also«, fragte Bree, »wie ist es dir ergangen? Wir haben hier wilde Gerüchte zu hören bekommen. Dass du den Herzog von Ardence umgebracht hättest …«

»Das habt ihr *hier* gehört?«, rief ich bestürzt. »Ich habe ihn nicht ermordet. Das wollte man mir anhängen.«

»… und du sollst Prinz Ruven von Vaskandar mit Schadfeuer aus dem Imperium vertrieben haben …«

»Das hätte ich zu gern getan«, grollte Zaira. »Aber nein, sie hat ihm nur gedroht.«

»… und dass du um den Krähenlord wirbst.« Bree schüttelte den Kopf und lachte.

Ich rutschte unruhig auf meinem Stuhl herum. »Äh, na ja, was das betrifft …«

Bree und Roland starrten mich an, die Augen so groß wie Weingläser.

»Das ist wahr«, klärte Zaira sie seufzend auf. »Über Geschmack lässt sich nicht streiten, aber vielleicht waren seine Möglichkeiten in Vaskandar begrenzt.«

»Ihr macht Witze«, sagte Roland tonlos vor Schreck oder Missbilligung. »Das kann nicht dein Ernst sein.«

»Wird das hier zum Problem?«, fragte ich besorgt. »Ich habe nicht über die politischen Verwicklungen in Callamorne nachgedacht, aber mir ist bewusst, dass das ein Affront für die hiesigen Magier sein könnte.«

Zaira zog eine Braue hoch. »Ach, *wirklich?*«

»Nur, wenn sie Idioten sind«, grollte Bree. »Aber davon gibt es wohl in jedem Land mehr als genug.«

»Das ist der Grund, warum unser Vater als Großmutters Erbe hat abdanken müssen und nie nach Durantain kommt«, sagte Roland leise und musterte die Adligen an den anderen hohen Tischen. »Alle haben Großvater als König akzeptiert, weil er nur Großmutters Gemahl war. Doch wenn ein regierender Vivomant auf unserem Thron säße, so würde das weder unsere Leute erfreuen, noch würde Raverra es gutheißen.«

Bree stach stirnrunzelnd mit ihrem Messer nach der Bratenscheibe auf ihrem Teller. »Wenn seine Familie ihm wichtig gewesen wäre, hätte er nicht zugelassen, dass ihn die blöde Politik am anderen Ende von Callamorne festhält. Dann wäre er hier, bei uns, und wenn irgendjemand fies zu ihm wäre, würden wir dafür sorgen, dass derjenige an seiner eigenen Bosheit erstickt.«

Roland räusperte sich. »Das mag sein, wie es will, ich denke jedoch, du wirst keine Schwierigkeiten bekommen, Amalia. Die Leute erinnern sich, dass Großmutters Ehe einen Krieg beendet hat. Sie werden verstehen.«

»Und werden eure Leute Dinge über mich sagen, die mich dazu treiben könnten, ihnen mitten ins Gesicht zu schlagen?«, knurrte Zaira.

»Ach nein.« Roland winkte mit beiden Händen ab. »Die Vorurteile in Callamorne beziehen sich nur auf Vivomanten, weil wir im Krieg so sehr unter ihnen zu leiden hatten. Aber alle lieben Hexenmeister.«

Zaira blinzelte erstaunt. »Das ist mal was Neues.«

»Der erste bekannte Sturmhexer hat Callamorne schon vor über tausend Jahren regiert«, erklärte ich. »Damals stand das Land auf der Höhe seiner Macht. Das war noch vor dem Aufstieg des Erlauchten Imperiums, sogar vor dem Auftauchen der Hexenlords. Die Sturmköniginnen von Callamorne haben jede Küste von Eruvia verwüstet und waren für den Untergang des alten Osta verantwortlich.«

»Ich glaube nicht, dass sich irgendjemand liebevoll an sie erinnert«, gestand Roland. »Trotzdem sollte dir niemand Ärger machen. Wenn man bedenkt, was die Hexenlords auf der anderen Seite der Grenze für uns bereithalten, dürfte sich jeder mit einer Feuerhexe auf unserer Seite gleich viel wohler fühlen.«

»Und *was* halten sie bereit?« Ich stupste mein Glas an, als könnte eine kleine Drehung auf magische Weise das in Callamorne übliche Bier durch Wein ersetzen. »Ich habe nur Markierungen auf einer Landkarte zu sehen bekommen.«

»Chimären«, sagte er finster. »Alle Arten von Kreaturen, denen die Hexenlords mit ihrer Magie eine neue Gestalt gegeben haben.«

Erkennbar genussvoll breitete Bree die Hände aus. »Stellt euch giftige Bären vor, so groß wie Pferde. Wölfe mit Rattenschwänzen und den Stacheln eines Stachelschweins. Leoparden mit Echsenhaut und Zahnreihen wie ein Hai. Riesige Wolken von Motten mit rasiermesserscharfen Flügeln, die euch das Blut aussaugen.«

»Du hast doch nichts in der Art gesehen!«, protestierte Roland.

»Ach, und woher willst du das wissen?« Bree drehte sich zu mir um. »Er war nicht an der Grenze. Er ist nicht so entbehrlich wie manch andere von uns.«

»Nur zu, reib Salz in die Wunde. Du darfst den Ruhm einstreichen, während ich hier bei Hofe festsitze«, sagte Roland scharf. »Aber du hast *trotzdem* nichts dergleichen gesehen.«

»Dann«, fragte ich Roland vorsichtig, »willst du also sagen, dass die Chimären nicht von dieser Art sind? Meiner Lektüre zufolge scheint es, als wären diese Wesen durchaus im Bereich der Möglichkeiten eines ausreichend mächtigen Vivomanten. Aber ich bezweifle, dass irgendjemand genug von diesen Kreaturen erschaffen kann, um die Reihen eines Heeres mit ihnen zu füllen.«

»Nein, ganze Heere davon haben sie nicht«, sagte Roland. »Nur Einzelwesen und kleinere Rudel. Aber es braucht auch nicht viele solcher Kreaturen, um eine Menge Chaos anzurichten, ganz besonders, wenn sie von Musketieren und Pikenieren unterstützt werden. Sie durchbrechen unsere Reihen mit Chimären oder schicken sie über die Mauern einer Festung, und anschließend kommen die menschlichen Truppen und räumen hinter ihnen auf.«

Bree drehte sich mit wichtigtuerischer Miene zu Zaira und mir um. »Ihr solltet Roland besser genau zuhören. Er ist der Gesalbte Erbe, und er *weiß Dinge*.«

Und schon geht es los. Ich konnte nur hoffen, dass sie inzwischen alt genug waren, nicht mehr aufeinander einzuprügeln.

»Hmph.« Roland verschränkte die Arme vor der Brust. »Du könntest auch Dinge wissen, wenn du die Strategiebesprechungen nicht immer ausfallen lassen würdest, um trinken zu gehen und in den schlimmsten Vierteln der Stadt nächtelange Gelage zu feiern.«

»Ich muss dich korrigieren, Roland«, erwiderte Bree hochmütig. »Es sind die *besten* Viertel der Stadt.«

Zaira kicherte, ergriff ihr Glas und stieß mit Bree an.

*

Nachdem die letzten Apfelkuchen abgeräumt und der große Saal halb leer war, schlenderten die Verbliebenen umher und unterhielten sich. Bree schnappte sich einen Krug Bier vom Tablett eines vorüberkommenden Bediensteten und ging zu den niederen Tischen, wo sie sich mit der Begeisterung eines Hundes, der in einen Ententeich springt, ins dichteste Getümmel stürzte. Zaira gesellte sich zu Terika, während Roland und ich am hohen Tisch sitzen blieben.

»Ich kann nicht glauben, dass die *dich* an die Grenze lassen, mich aber nicht«, murrte Roland und trank einen Schluck Bier, während er zusah, wie die Leute weiter unten seine Schwester mit unverkennbarer Freude begrüßten.

»Nur, weil sie keine andere Wahl haben. Niemand will die Erben irgendetwas tun lassen«, entgegnete ich mitfühlend.

»In Callamorne sollte das anders sein. Ein Lochaver sollte stets bereit sein, das eigene Leben zum Wohl des Volkes zu riskieren.« Er deutete mit dem Krug auf seine Großmutter und senkte die Stimme. »Wie sie es in der Schlacht an der Eisenblutbrücke getan hat. Es gibt sogar ein Lied darüber, weißt du.«

»Ja, ich weiß.« Wir waren beide noch klein gewesen, als Roland es mir zum ersten Mal vorgesungen hatte, erfüllt von großer Ernsthaftigkeit und Hingabe, und danach hatten wir die Schlacht im Spiel nachgestellt. Er war die Königin, und Bree und ich waren die angreifenden vaskandrischen Invasoren gewesen.

»Ich werde mich meines Volkes nie würdig erweisen können, wenn Großmutter mich die ganze Zeit sicher in Durantain festhält.« In Rolands Stimme schwang eine kaum wahrnehmbare Spur von Unsicherheit mit, die mir nur allzu bekannt war. Es waren nicht die Leute, die er überzeugen musste, dass er seines Ranges würdig war, er musste sich selbst davon überzeugen.

»Neben der Schlacht gibt es auch noch andere Wege, sich als würdig zu erweisen«, sagte ich. »Andernfalls wäre ich ein hoffnungsloser Fall.«

Roland seufzte. »Die Schlacht ist meine *beste* Hoffnung. Ich bin nicht gut mit Leuten. Nicht so wie Bree.«

Unter unserem erhabenen Podest hatte Bree inzwischen den halben Saal um sich geschart, raverranische Offiziere ebenso wie Schlossbewohner. Alle hielten Krüge in Händen und ergingen sich in einer lautstarken und angeregten Konversation, und ein jeder lachte oder lächelte zumindest.

»Sieh sie dir an«, murmelte Roland. »Sie betritt einen Raum, und binnen fünf Minuten haben alle sie ins Herz geschlossen.«

»Das ist eine Gabe, über die ich auch nicht verfüge«, gestand ich. »Ich kann froh sein, wenn nach einer Feier, die ich besucht habe, wenigstens ein oder zwei Personen der Ansicht sind, ich wäre einigermaßen sympathisch.«

Roland bedachte mich mit einem verständnisinnigen Blick. »Du bist mir einen Schritt voraus. Alles, was ich bei Feiern zustande bekomme, ist, mich darum zu bemühen, möglichst prinzenhaft auszusehen, während ich in einer Ecke herumstehe.«

»Vielleicht sollten wir da runtergehen und uns auch unter die Leute mischen«, sagte ich zögerlich. Immerhin war ich hier, um die Callamorner zu beruhigen.

Schrecken spiegelte sich in Rolands Augen. »Oder wir bleiben einfach noch eine Weile hier sitzen. Wir haben so viel zu besprechen.«

Ich zog eine Braue hoch. »Du hast wirklich Angst vor denen, nicht wahr?«

»Nein! Natürlich nicht.« Roland verzog das Gesicht und schob seine Serviette auf dem Tisch von sich. »Nun ja, doch.«

»Vor deinen eigenen Leuten?«

»Vor *allen* Leuten«, gestand Roland. »Wenn ich da runterginge, wüsste ich nicht, was ich tun soll. Ich käme mir steif und unbeholfen vor, und alles, was ich täte, wäre einfach falsch.«

»Nicht für diese Leute«, wandte ich ein.

»Aber für mich. Und dann würde ich mich wieder Tage oder Monate dafür grämen und alles, was ich falsch gemacht habe, in Gedanken immer und immer wieder durchspielen.«

»Ach ja, das verstehe ich.« Ich nickte weise. »Du erwartest von dir, dass du der edle, majestätische Lochaver-Prinz bist, und darum regst du dich furchtbar auf, wenn du nicht so perfekt bist, wie du deiner Meinung nach sein solltest. Mach es wie ich: Erwarte einfach immer nur das Schlimmste von dir, dann kannst du es als Erfolg verbuchen, wenn es dir gelingt, nicht über die eigenen Schnürbänder zu stolpern.«

Roland lachte. »Da könnte etwas Wahres dran sein.«

Trotzdem machte er keine Anstalten, vom hohen Tisch herabzusteigen.

Ich blieb bei ihm sitzen, bis sich die Menge im Saal gelichtet hatte und Roland sich von der Königin und einer Handvoll Berater in ein Gespräch verwickeln ließ. Dann erhob ich mich endlich und wanderte durch den schattigen Raum zu der Stelle, die meine Augen während des Essens hartnäckig gemieden hatten.

Ich starrte hinauf zu dem Porträt meines Vaters. Kerzen brannten in einem kleinen Schrein neben dem Bild und flankierten eine einzelne frische Gedächtnislilie. Es war mir leichtgefallen, nicht hinzusehen, da mein Stuhl in eine andere Richtung gezeigt hatte, aber ein Teil meines Geistes hatte nie vergessen, dass sein Porträt hier hing und uns beobachtete. Es fühlte sich an, als wäre es unvermeidlich gewesen, dass ich nun hier stand. Als hätte mein Vater geduldig darauf gewartet, dass ich fertig wurde, mit was immer ich zu tun hatte, und ihn besuchen kam.

Das Gemälde sah gar nicht aus wie er. Die Pose wirkte zu steif. Eine seiner Hände ruhte auf einer Schriftrolle, die andere auf dem Heft eines Schwertes – was an sich schon albern war, denn soweit ich wusste, hatte mein Vater in seinem ganzen Leben nie gegen irgendjemanden gekämpft. Die Mimik war zu hölzern, zu distanziert, dazu beinahe schon gelangweilt. Die Zeit hatte einen Schleier über meine Erinnerungen an ihn gelegt, als würde man Wasser über eine Tintenzeichnung schütten, aber ich war überzeugt, dass sein Gesicht nie so unbewegt gewesen war: Immer hatte er freundlich auf mich herabgelächelt, gelacht, hatte gezwinkert, wenn wir irgendeinen Unfug angestellt hatten, über den Mutter möglicherweise nicht erbaut gewesen wäre. Und wenn sie uns dann wie immer erwischt hatte, pflegte er eine Grimasse zu ziehen. Dieses unbewegte, schale Bild war nicht angemessen. Das war nicht er.

Stiefelschritte hallten über den Boden. Meine Großmutter, Königin Galanthe Lochaver, die Heldin von der Eisenblutbrücke, gesegnet von der Grazie des Sieges, stolzierte auf mich zu. Sie sah dabei so grimmig aus, als wäre sie im Begriff, sich erneut den Hexenlords in einer Schlacht entgegenzustellen. Aber dann blickte sie hinauf zum Porträt ihres Sohnes, und ihre Züge wurden weicher.

»Ich vermisse ihn jeden Tag«, sagte sie.

Ich drückte fest die Augen zu und versuchte mich zu erinnern, wie ich einst kichernd auf die geschlossene Salontür zugelaufen war, wenn Mutter irgendeine furchtbar ernste Strategiebesprechung abhielt, nur damit Vater mich in seinen warmen Armen abfangen konnte, mich an seine Brust drückte und sanft tadelte. *Wir dürfen deine Mutter jetzt nicht stören. Komm, lass uns in die Bibliothek gehen und ein Buch heraussuchen …*

Als ich die Augen wieder aufschlug, stellte ich fest, dass Großmutter mich musterte. »Ich wünschte, ich würde mich gut genug an ihn erinnern, um ihn jeden Tag zu vermissen.«

Auf ihre ruppige Art mitfühlend klatschte sie mir eine Hand auf die Schulter. »Das tust du schon. Mit der Art, wie du lächelst. Wie du etwas musterst, das deine Neugier geweckt hat. Und wie du dich auf dem Sitz lümmelst, wenn du glaubst, niemand würde es sehen. Du erinnerst dich an ihn in deiner Mimik und in tausend winzigen Gewohnheiten und Handlungen.«

Grazien, nein, ich würde jetzt *nicht* in Tränen ausbrechen. Ich schluckte. »Danke.«

Sie wandte sich ab, ließ mir einen Moment für mich. Dann fiel ihr Blick auf Roland, der am hohen Tisch saß und mit dem Erlauchten Gesandten sprach, und ein zärtlicher Ausdruck trat in ihr Gesicht. Sie atmete tief durch. »Ich habe ein paar Worte von deinem Gespräch mit Roland mit angehört. Ich wünschte, er würde begreifen, warum ich ihn von Gefahren fernhalte.«

»Er möchte Euch so gern beweisen, dass er gut genug ist«, sagte ich sanft. Das war ein Gefühl, das ich nur allzu gut verstand.

»Natürlich ist er gut genug.« Eine Spur von Entrüstung machte sich im Ton meiner Großmutter bemerkbar, beinahe, als hätte ich etwas anderes behauptet. »Ich kann nur nicht riskieren, ihn zu verlieren. Er ist der einzig mögliche Thronerbe.«

»Bree ist doch auch nicht ungeeignet«, wandte ich ein. »Ich weiß, sie ist nicht gerade das, was man sich unter einem untadeligen Höfling vorstellt, aber …«

»Das ist nicht das Problem.« Die Königin fixierte mich mit ernsten Augen. »Brisintain ist eine Vivomantin.«

»Bree?!« Das Wort brach lauter hervor, als es hätte sollen. Ich zügelte meine Stimme. »Ich hätte nie …« Aber dann brach ich ab, als mir ein paar Vorfälle in unserer Kindheit in den Sinn kamen. Da war dieser Trick, den sie mir im Obstgarten des Schlosses gezeigt hatte. Sie hatte einfach gegen einen Baum getreten, und schon war ein reifer Apfel direkt in ihre Hand gefallen; mir war es nie gelungen, diesen Trick nachzumachen. Oder damals, als sie ein panisches Pferd binnen Sekunden beruhigt hatte. Sie hatte nur sanft seinen Namen gesagt. Oder die Tatsache, dass die Insekten sie nie zu beißen schienen, während sie uns andere an schwülen Sommertagen heimsuchten.

»Sie trägt kein Magiermal wie ihr Vater«, berichtete Großmutter, »darum wird das Imperium vielleicht nicht auf ihrer Abdankung bestehen, wie sie es bei Carrogan getan haben. Aber die Menschen in Callamorne haben zu lange gegen Vivomanten kämpfen müssen, die versuchten, unser Land zu erobern, um einem freiwillig den Thron zu überlassen. Wir haben Brees Fähigkeiten die ganze Zeit geheim gehalten.« Sie seufzte. »Ich fürchte, dein Großvater war zu mächtig und die Magie seines Blutes ist ein dominanteres Erbe, als ich gehofft hatte.«

»Großvater.« Alles lief anscheinend auf diesen Mann hinaus, dem ich nie begegnet war. Brees Magie, die Feindseligkeit der Herrin der Dornen, Kathes und Ruvens Interesse und vielleicht sogar der Tod meines Vaters – alles schien mit ihm in Verbindung zu stehen. »Er war der Sohn eines Hexenlords?«

Die Königin nickte. »Seine Mutter war die Herrin der Adler.«

Ich wühlte in meinem Büchergedächtnis. »Das ist der Titel des Hexenlords von Atruin, der zentralsten Domäne von Vaskandar.«

»Richtig.« Großmutters durchgedrückte Schultern verrieten ihren Stolz. »Sie gehört zu den stärksten Hexenlords. Als ich Vandrin geheiratet habe, hatten die Angriffe auf unsere Grenze ein Ende. Das ist vermutlich der Grund, warum du den Eindruck gewonnen hast, die Herrin der Dornen sei uns abgeneigt; sie und Vandrin waren einst Verbündete. Sie mag es als Verrat eingestuft haben, als er sich am Ende an die Seite Callamornes gestellt hat. Aber wie wütend sie auch auf Vandrin gewesen sein mag, sie wagte es nicht, den Zorn seiner Mutter auf sich zu ziehen.«

»Aber nun bereitet sie sich wieder auf eine Invasion vor. Und der Wolfslord ebenfalls.«

Die Königin presste die Lippen zusammen und nickte. »Die Herrin der Adler ist in allen Punkten absolut neutral und bleibt in ihrer eigenen Domäne. Nach Vandrins Tod wussten die anderen Hexenlords, dass sie sich nicht im Interesse ihrer entfernteren Nachkommen einmischen würde, und Callamorne wurde erneut zu Freiwild. Darum brauchten wir den Schutz des Erlauchten Imperiums. Und darum kann die Herrin der Dornen die Linie der Lochavers auch ungestraft ins Visier nehmen.«

Ich sah mich zu Bree um, die immer noch von einem Rudel Freunde umgeben war, und dann zu Roland, der nun allein am Tisch saß und verdrossen in seinen Becher starrte. »Ihr solltet Roland trotzdem an die Grenze gehen lassen«, sagte ich leise. »Vielleicht *nicht* dorthin, wo es wirklich gefährlich ist, wenn Ihr denkt, das Risiko könnt Ihr nicht eingehen. Aber er hat mir erzählt, dass ein Lochaver stets bereit sei, sein Leben für sein Volk zu riskieren. Ihr solltet ihn helfen lassen.«

Großmutter schwieg eine lange Zeit, und ich fürchtete schon, ich wäre zu weit gegangen. Doch dann legte sie eine Hand an ihre Stirn. »Ich weiß«, flüsterte sie.

»Warum tut Ihr es dann nicht?«

»Ich kann euch nicht alle schützen, das weiß ich.« Der Schmerz in ihren Augen war alt und tief und quälend, und ich scheute vor dem Anblick zurück. Was ihren Blick umwölkte, das war mein Vater und die Lücke in unser aller Leben, die er hätte ausfüllen sollen. »Aber vielleicht, vielleicht, kann ich einen von euch beschützen.« Sie tätschelte meine Schulter, forsch, aber liebevoll. »Nun solltest du etwas schlafen. Du hast morgen einen langen Tag vor dir.«

*

Die Königin hatte nicht übertrieben. Da uns nur ein Tag blieb, um mich als leibhaftiges Zeichen für das Versprechen des Erlauchten Imperiums herumzuzeigen, ehe ich zum Weißen Gipfel weiterreisen musste, hatte sie einen engen Terminplan für mich zusammengestellt.

Ich traf die Edelleute bei Hofe, trat vor großen Mengen in der Stadt öffentlich auf, besuchte Tempel der Grazien und sprach mit so vielen Würdenträgern, dass mir einer vorkam wie der andere. Zuerst war das alles beängstigend, aber ich stumpfte schnell ab. Wo ich auch hinging, verbeugte ich mich, lächelte und lieferte Varianten der stets gleichen Ansprache ab.

Wieder und wieder begegneten mir bei alldem Dinge, die mich an meinen Vater erinnerten. Die Stele zu seinem Andenken im Gedächtnisgarten vor dem Tempel der Liebe fiel mir jenseits der Menge ins Auge, als ich öffentlich auf dem Tempelplatz sprach. Der Lordmarschall erklärte mir seufzend, wie ähnlich ich ihm sähe. Einer Gruppe von Baronen wurde ich als »Prinz Embrans Tochter«, vorgestellt. Und wohin mich der Weg auch führte, ich musste immer daran denken, dass mein Vater all das auch gesehen hatte, dass seine Füße über dieselben Steine geschritten waren, und ich fragte mich, was er gedacht, gehofft und gewünscht hatte, als er in meinem Alter gewesen war.

Als ich vor dem formellen Empfang zu meinen Ehren, der am Abend im Schloss stattfinden sollte, für eine kurze Verschnaufpause in mein Zimmer zurückkehrte, fühlte ich mich ein wenig melancholisch.

Wenigstens erforderte ein Tag voller förmlicher Ereignisse in Callamorne kein Korsett. Ich trat mir die Stiefel von den Füßen und streckte mich auf dem Diwan in meinem Salon aus, in dem ich von ausgebleichten alten Gobelins umgeben war, die die gewaltsamen und tragischen Legenden von Callamorne darstellten. Während ich dort lag, überlegte ich, ob ich mich durch Lesen ablenken oder nach nebenan gehen sollte, um zu schauen, ob Zaira gesprächsbereit war.

Bedachte ich, wie übellaunig sie darauf reagiert hatte, den ganzen Tag lang mit mir durch die Stadt geschleift zu werden, und wie entschlossen sie geklungen hatte, als sie ihre Absicht kundgetan hatte, ein Bad zu nehmen und ein Nickerchen zu machen, bezweifelte ich das jedoch.

Ein leises Pochen ertönte, nicht an meiner Tür, sondern an den deckenhohen Fensterläden zum Balkon, von dem aus der Blick über den Garten hinausführte.

Ich erhob mich, zog mein Messer und lauschte gespannt.

Nichts. Vielleicht war es nur ein Zweig im Wind gewesen oder ein Vogel?

Klopf, klopf. »Dama Amalia?«

Grazien bewahret. Es ist Kathe.

KAPITEL ZWÖLF

DEN DOLCH NOCH IMMER in der Hand, riss ich die Fensterläden auf und sah Kathe auf der steinernen Brüstung des kleinen Balkons kauern. Sein gefiederter Umhang fiel hinter ihm herab, und der Wind zerzauste das schwarz-weiße Haar.

Er begrüßte mich mit einem Grinsen. »Da seid Ihr ja.«

Ich lehnte mich an den Türrahmen, als ein gewisses Schwindel erregendes Schwächegefühl meine Glieder flutete, das nicht gerade ein Zeichen von Erleichterung war. »Ja. Hier bin ich, denn das ist mein Zimmer. Also ergibt es durchaus Sinn, dass ich hier drin bin. Wohingegen die Tatsache, dass Ihr hier seid, nicht den geringsten Sinn ergibt.«

Er zog die Brauen hoch. »Ich hörte, für Euch wird heute Abend ein offizieller Empfang abgehalten, also musste ich selbstverständlich auf meinem Rückweg nach Let vorbeischauen.«

»Selbstverständlich.« Ich sah an ihm vorbei in den Schlossgarten. Gardisten patrouillierten auf dem Wehrgang der dicken äußeren Steinmauer, und mein Balkon befand sich gute fünfundzwanzig Fuß über dem Boden. Zudem nahm ich an, meine Großmutter hätte es erwähnt, falls sie einen Hexenlord bei dem Empfang erwartete. »Ich würde Euch ja hereinbitten, aber ich möchte die Banne anderer Leute ohne deren Genehmigung nicht außer Kraft setzen.«

Stattdessen trat ich zu ihm auf den Balkon hinaus, um mich freundlich zu zeigen, was ich jedoch beinahe augenblicklich bedauerte; es gab einfach nicht genug Platz, und so waren wir einander arg nah. Mein Puls schlug schneller – die Nerven, sagte ich mir.

»Noch so etwas, was wir in Vaskandar nicht haben. Andererseits benötige ich in meiner eigenen Domäne keine Banne.« Geschmeidig wie eine Katze sprang er von der Brüstung. Nun war kaum noch ein

Fuß frei zwischen uns. Seine Lippen verzogen sich zu einem schelmischen Lächeln. »Ich bin froh, dass Ihr mir nach wie vor genug vertraut, um mit mir allein zu sein. Ich war ein wenig besorgt, nachdem die Herrin der Dornen Euch gegenüber so unhöflich aufgetreten ist.«

»Ich bin eine Cornaro. Unser Vertrauen bleibt stets unter Vorbehalt.« Ich zog eine Braue hoch. »Aber vielleicht seid Ihr so oder so nur an meinem Lochaver-Erbe interessiert.«

»Gnädige Frau, ich versichere Euch, mich faszinieren beide Seiten Eures Erbes. Aber noch fesselnder ist, was wir zwei zusammen erreichen könnten.«

Ich griff nach der Brüstung, um nicht die Balance zu verlieren. Ich wusste einfach nicht, wie ich die Fassade dieses Mannes durchdringen sollte. »Und was hofft Ihr, zusammen mit mir zu erreichen?«

»Oh, die verschiedensten Dinge. Die Möglichkeiten sind so ausgedehnt wie der Himmel und so tief wie die See.« Er neigte den Kopf. »Ich würde ja gern sagen, Ihr solltet mich in meiner Domäne besuchen, um mich besser kennenzulernen. Aber dazu müsstet Ihr Kazerath oder Sevaeth durchqueren, und das würdet Ihr womöglich nicht überleben.«

»Vielleicht können wir uns irgendwo treffen«, schlug ich verwegen vor. »Beispielsweise bei dem Konklave.«

Die Federn auf seinen Schultern raschelten, als er lachte. »Das Konklave! Willst du die Bestie niederstrecken, ziel auf ihr Herz, was? Den Aufstand, würde ich Euch mitbringen, möchte ich sehen. Die Herrin der Dornen würde mit ihrer Wut die Berge zum Einsturz bringen.«

»Ist das eine Einladung?«, fasste ich nach. »Ihr habt angedeutet, Ihr könntet mich als Euren Gast mitbringen.«

»Ihr seid viel zu begierig, Euch mitten in das Nest der Chimären zu begeben.« Kathe schüttelte den Kopf. »Vaskandrische Politik ist anders als eure Spielchen mit Gold und Gift. Ihr kennt nicht einmal die Regeln.«

»Die könnte ich lernen.«

Schnell wie eine Schlange packte er meine Hand. Prompt flackerte weißglühende Panik in meiner Brust auf. Aber er drehte sie nur in seinen kalten, grazilen Fingern, begutachtete sie, als hätte er ein wertvolles Juwel vor sich. »Was«, fragte er nachdenklich, »wollen die Leute in Raverra von Euch?«

»Geld«, antwortete ich umgehend. Halb wollte ich ihm meine Hand entreißen, halb hoffte ich, er ließe nicht los. Seine Berührung hinterließ ein sonderbares Kribbeln, ganz anders als die unangenehme Wirkung von Prinz Ruvens perverser Magie. »Und Einfluss. Eine Abkürzung zur Macht meiner Mutter und zu des Dogen Gehör.«

Er folgte einer Narbe auf meinem Handrücken, die ein Assassinendolch vor langer Zeit zurückgelassen hatte. »Und was will *ich* von Euch?«

Ich starrte die lebhaften gelben Ringe um seine Pupillen an. »Das«, erwiderte ich, »ist eine gute Frage.«

»Ihr wisst es nicht.« Er ließ meine Hand los. »Ihr könnt kein Spiel gewinnen, wenn Ihr den Einsatz nicht kennt, um den Euer Gegner spielt. Was denkt Ihr, könnte ein Hexenlord wollen?«

Grazien, seid mir gnädig. Ich wusste einfach nicht, was ich von ihm halten sollte. Seine funkelnden Augen, die stolzen Züge, die Macht, die in der Luft um ihn herum vibrierte – all das war mir auf diesem jämmerlichen Balkon viel zu nahe. Und es half auch nichts, dass ich nicht so sicher war, ob ich *wirklich* mehr Abstand zwischen ihm und mir haben wollte.

»Macht«, mutmaßte ich. »Aber das bedeutet für Euch etwas anderes als für mich.«

»Wir alle kämpfen um den gleichen Preis.« Er neigte den Kopf zur Seite. »Kennt Ihr das Geheimnis der Macht eines Hexenlords? Warum sind wir so viel mehr als nur einfache, normale Vivomanten?«

Neugierig beugte ich mich vor, und mein Pulsschlag beschleunigte. »Sagt es mir.«

Seine Augen leuchteten. »Sagt *Ihr* es *mir*. Wenn Ihr das könnt, dann nehme ich Euch mit zum Konklave.«

Natürlich konnte er die Frage, die er selbst aufgeworfen hatte, nicht beantworten. Er musste eine Herausforderung daraus machen – in diesem Fall eine Herausforderung auf dem Gebiet der Magietheorie.

Gut. Das war mein Spezialgebiet.

»Ich werde Euch daran erinnern«, warnte ich ihn mit einem kämpferischen Lächeln.

»Bitte, tut das. Ich würde zu gern sehen, was Ihr dort entfesseln könntet.« Er rückte näher heran, beugte sich vor, bis sein Atem das Haar an meinen Ohren in Bewegung versetzte. »Ich habe einen Hinweis für Euch.«

Seine Stimme wurde leiser, bis nur noch ein hypnotischer, flüsternder Singsang zu hören war.

»Ein Lord, ganz allein,
Zehn Türme aus Gebein,
Ein Reich dreht sich hierum
Alle Wurzeln im Untergrund
Zehn Ströme zieh'n hindurch,
Ein Wald wächst an so hoch
Alle Dinge rasch belebt
Ein scharfes Messer, blutbefleckt,
Zehn Tropfen treffen auf Stein,
Ein Lord auf dem Thron allein.«

Ein zarter Schauder legte sich wie Nebel über meinen Körper. »Ist das ein Rätsel?«

»Ein Reim, den der Eibenlord seinen Kindern vorgesungen hat.« Er wich zurück, der Blick so ernst wie verschlossen. »Und die wiederum ihren, so wie meine Mutter mir.«

Ein nervöses, atemloses Lachen entfleuchte meinen Lippen. »Es fällt mir schwer, mir vorzustellen, dass Ihr eine Mutter habt.«

»Sogar Hexenlords werden geboren, und sogar Hexenlords können sterben.«

Ein Klopfen ertönte an der Tür zu meinen Gemächern. Es klang viel zurückhaltender als Kathes zuvor. »Dama Amalia«, rief eine Dienstmagd. »Ich bin hier, um Euch zu helfen, Euch für den Ball fertigzumachen.«

Ich drehte mich um und rief in Richtung Tür: »Einen Moment.«

Als ich mich wieder zu Kathe umwandte, während meine Lippen schon ein Wort zu formen begannen, da war er fort. Eine Brise fegte über die Balkonbrüstung und trug jede unsichtbare Spur von ihm davon. Ebenso gut hätte er nur eine herbeifantasierte Ausgeburt des Wahnsinns sein können.

*

In Durantain waren Bälle weitaus zeremonieller als in Raverra. Ein Herold kündigte die eintreffenden Gäste in der Reihenfolge ihres gesellschaftlichen Rangs an, vom niedrigsten aufsteigend zum höchsten, und jeder bedurfte einer Eskorte. Während die Herolde sich durch den niederen Adel arbeiteten, versammelte sich die königliche Familie zusammen mit den Ehrengästen in einem privaten Vorraum mit behaglichen Sitzen, einer Platte mit Früchten und gekühltem Bier (immer noch zu meinem Missfallen), wo man sich darum bemühte, in letzter Minute festzulegen, wer wen eskortieren sollte.

»Ich gehe mit Terika«, verkündete Zaira und legte einen Arm um Terikas Taille. »Der Rest von euch kann meinetwegen Strohhalme ziehen.«

Marcello war mit Istrella in einem anderen Vorzimmer und wartete darauf, irgendwann im Anschluss an die Angehörigen des niederen Adels angekündigt zu werden. Zairas Anwesenheit hatte zu endlosen Diskussionen unter den höfischen Herolden geführt, die sich nicht darüber einig waren, welchen Rang sie erhalten sollte. Im Grunde besaß sie ja keinen Titel. Als einzige Feuerhexe Eruvias und als eine Person, die imstande wäre, Durantain niederzubrennen, sollte man sie kränken, verdiente sie dennoch besondere Aufmerksamkeit. Schließlich kamen sie zu dem Schluss, ihre enge Verbindung zu einem Mitglied der königlichen Familie und ihr Status als Ehrengast aus dem Erlauchten Imperium erlaube es, sie direkt vor den königlichen Hoheiten anzukündigen. Es würde schon niemanden erzürnen, von übertrieben pedantischen Aristokraten vielleicht abgesehen.

»Und ich klebe an *ihm* fest«, klagte Bree und stupste Roland mit dem Ellbogen an. »Ich wollte einen Burschen mitnehmen, den ich letzte Woche in einer Taverne kennengelernt habe, aber Großmutter hat es verboten.«

Verunsichert musterte ich Großmutter.

»Ich gehe stets allein«, verkündete die. »Um euren Großvater zu ehren.« Sie runzelte die Stirn. »Wir müssen noch jemanden für dich finden, Amalia.«

Ich hatte überhaupt nicht an eine Eskorte gedacht; dafür hatte ich mir viel zu viele Sorgen über die unausweichliche Rede gemacht, die ich würde halten müssen. Ich winkte ab. »Ich kann auch allein gehen. Das ist schon in Ordnung.«

»Es ist Brauch«, widersprach Großmutter streng. »Es wäre ein Zeichen mangelnden Respekts gegenüber meinen Gästen und meiner Enkelin, würde ich dich allein gehen lassen.«

»Es macht mir wirklich nichts aus.«

Die Königin tippte sich an die Lippen. »Vielleicht einer der Marklords oder ein General. Das wäre für jeden eine Ehre. Ich bin überzeugt, wir werden jemanden finden.«

»Nicht nötig!«

Wir alle drehten uns um, als diese neue Stimme sich zu Wort meldete.

Es war Kathe. Natürlich, wer sonst? Er scheuchte einen aufgeregten Gardisten davon und marschierte mit schwingendem Federumhang und funkelnden Augen zur Tür herein. »Schließlich werben Dama Amalia und ich bereits umeinander. Eine angemessenere Eskorte könnte es gar nicht geben.«

Bree und Roland blieb der Mund offen stehen. Zaira taxierte Kathe unverhohlen; als sie und Terika einen anerkennenden Blick wechselten, kroch mir die Hitze den Hals hinauf. *Grazie der Barmherzigkeit, bitte, Zaira, sag jetzt nichts. Bitte!*

Großmutters steinerner Blick verriet nicht das geringste Zaudern. »Der Krähenlord von Let. Mir war nicht bewusst, dass wir die Ehre Eurer Gegenwart zu dieser Gelegenheit haben würden.«

Er verneigte sich und zwang so die Königin, ihrerseits respektvoll den Kopf zu senken. Es bräuchte einen Experten für höfische Protokolle, um herauszufinden, wer von beiden den höheren Rang bekleidete.

»Das freut mich zu hören, Eure Hoheit. Ich vermeide es tatsächlich nach Kräften, vorhersehbar zu agieren.«

*

»Dama Amalia Lochaver Cornaro, Prinzessin von Callamorne, Erbberechtigte für den Rat der Neun; und ihre Eskorte, der Krähenlord, Hexenlord von Let.«

Die artefaktisch verstärkte Stimme des Herolds brach beinahe vor Schreck, und seine Augen traten aus den Höhlen, als könne er nicht fassen, welche Worte da über seine Lippen kamen. Jedes Gesicht im Saal wandte sich uns zu, um uns anzustarren, wie wir da umrahmt von Vorhängen im Eingang zum großen Saal standen, und das ganze Meer der Höflinge erging sich in verdattertem Schweigen.

Als La Contessas heiratsfähige Tochter war ich es gewohnt, angegafft zu werden, aber dass Hunderte von Leuten mich zugleich anstarrten, war auch für mich eine neue Erfahrung. Sogleich wurde mir jeder Zoll meines Körpers auf lähmende Weise bewusst.

Kathes Arm erbebte in meinem vor unterdrücktem Gelächter. »Schaut Euch ihre Gesichter an. Der Umweg über Durantain hat sich schon gelohnt.«

Die meisten Aristokraten und Würdenträger im Saal trugen die etwas nüchterne und farblich gedämpftere Mode von Callamorne: tiefes Pflaumen- und Marineblau, Waldgrün und Schokoladenbraun und Aschgrau, alles ausgeführt in feiner Wolle oder Samt mit höchst dezenten Spitzeneinsätzen. Einige, vor allem die Jüngeren, protzten hingegen mit der eher extravaganten, bestickten Seide und dem Brokat raverranischen Stils, der mit seinen leuchtenderen Farben und den Einsprengseln von Juwelen an bunte Blumen erinnerte, die sich in einem winterlichen Garten emporreckten. Aber allen war der überraschte und entsetzte Gesichtsausdruck gemeinsam.

Niemand hatte sie davor gewarnt, dass ein Hexenlord dem Empfang beiwohnen würde. Ich konnte ihnen den Schrecken nachfühlen.

Ich bemühte mich um eine ruhige, hoheitliche und besänftigende Mimik, die den Eindruck vermittelte, ich wüsste ganz genau, was ich tue, und hätte alles unter Kontrolle. Es war meine Aufgabe, diesen Leuten zu vermitteln, dass das Imperium sie schützte, und, bei allen Grazien, ich würde nicht zulassen, dass Kathe mir mit seinem Schalk in die Quere kam.

Ich hob die Röcke, als wir vornehm die Stufen in das Innere des großen Saals hinabschritten. Kurz, bevor wir auf der Ebene der anderen Anwesenden angelangt waren, entdeckte ich Marcello und Istrella; Letztere winkte mir begeistert grinsend zu. Marcello rang sich ein schwaches Lächeln ab, das in seinem angespannten Gesicht jedoch deplatziert wirkte.

Gütige Grazien, ich hatte nie vorgehabt, ohne Vorwarnung direkt vor seiner Nase mit Kathe herumzustolzieren.

Und dann waren wir mitten im Gedränge. Die Gäste, die uns am nächsten waren, verbargen ihr Erstaunen in bewundernswerter Weise und empfingen mich mit freundlichen Worten, wenngleich sie meinem Begleiter wachsame Blicke zuwarfen. Bald hatten wir mehr Platz, weil die Leute einen gewissen Abstand einhielten. Die Herolde fuhren mit der Ankündigung von Bree und Roland fort, was für genug Ablenkung sorgte, dass ich mich mit dem glucksenden Kathe an meiner Seite aus dem dichtesten Gedränge entfernen konnte.

»Das ist nicht witzig«, murmelte ich. »Ich bin hier, um den Leuten die Angst zu nehmen.«

»Das ist doch perfekt. Ihr könnt ihnen helfen, mich nicht zu fürchten. Das wäre eine nette kleine Übung für den Umgang mit gefährlicheren Hexenlords.«

Ich wusste nicht, ob er es ernst meinte.

Um uns herum sammelten sich zögerliche Gäste wie Bienen, die um etwas herumflatterten, von dem sie nicht recht wussten, ob es sich um eine Blume handelte. Ich war Ehrengast, also wollte jedermann mit mir reden, aber solange Kathe an meiner Seite war, mussten auch die unerschrockensten Callamorner ihren Mut zusammennehmen, ehe sie sich uns näherten. Kathes starrer Blick aus gelb beringten Augen und sein beißendes Grinsen trugen nicht gerade dazu bei, sie zu beruhigen.

Alles hing von mir ab. Ich versuchte mich an einem gütigen Lächeln und streckte die Hand nach der ersten Adligen aus, die mir bekannt war. »Dama Maroc! Wie schön, Euch wiederzusehen!«

Sie schenkte mir ein vorsichtiges Lächeln, und die Atmosphäre um uns herum wurde ein wenig lockerer. Abwechselnd traten andere Höflinge näher, um ein paar Höflichkeiten auszutauschen; Kathe nickte ihnen zu, sagte aber wenig. Ich tat derweil mein Bestes, um beruhigendes Selbstvertrauen auszustrahlen und seiner erschreckenden Gegenwart etwas entgegenzusetzen, während ich mich den Leuten, die zögerten, auf mich zuzukommen, mit einem warmen Lächeln selbst näherte.

Der Zorn über Kathes Einmischung, der in meinem Inneren schwelte, wurde noch verstärkt durch die Erkenntnis, dass ich, wäre ich nicht dazu gezwungen, etwas gegen die nervöse Furcht zu unternehmen, die seine Gegenwart hervorbrachte, niemals so eigenständig durch den Raum geschlendert oder so selbstsicher aufgetreten wäre. Ich fragte mich, ob er das mit Absicht tat.

Dann, zwischen zwei Begegnungen, stieß Kathe endlich einen Seufzer aus und erklärte: »Das ist furchtbar langweilig. Wie haltet Ihr das nur aus?«

»Das ist meine Aufgabe. Habt Ihr in Let keinen königlichen Hof?«, fragte ich neugierig.

»Nichts wie das hier. Ich habe meine Herzgarde, die aus Beratern, Wachen und Gefährten besteht, und ich habe meine Adjutanten, die sich an meiner Stelle um diverse Angelegenheiten der Domäne kümmern. Aber die hängen nicht im Schloss herum, um zu feiern und zu tratschen. Wir begegnen uns eher informell.« Er blickte hinauf zu der Decke weit über uns, an der unzählige Banner hingen. »Ich glaube, mein ganzes Schloss hätte in diesem Saal Platz. Nicht ganz, aber beinahe.«

»Das klingt …« Ich suchte nach dem richtigen Wort.

»Provinziell?« Er zog eine Braue hoch.

»Entspannend«, sagte ich.

Kathe lachte. »Oh, wir finden schon Möglichkeiten, uns zu beschäftigen. Meine Adjutanten sagen mir ständig, ich müsse aufhören, zu versuchen, jedes Problem in der Domäne eigenhändig aus der Welt zu schaffen.«

Ein anderer Gast bahnte sich einen Weg durch die Menge und kam auf uns zu. Ich drehte mich um, bereit zu einem zuvorkommenden Gruß, und stand plötzlich Auge in Auge Marcello gegenüber.

Entschlossenheit zeichnete harte Linien in sein Kinn, als er Kathe endlich persönlich begegnete. Alle Höllen, darauf war ich nicht vorbereitet.

KAPITEL DREIZEHN

Marcellos Blick wanderte von mir zu Kathe und wieder zurück, ehe er sich verbeugte. »Dama Amalia, Lord Kathe.«

»Ah«, sagte ich mit hoher, angespannter Stimme. »Kathe, gestattet mir, Euch meinen guten Freund Hauptmann Marcello Verdi vorzustellen.«

Marcello nickte und sah Kathe unerschrocken in die Augen. »Ich wollte den Mann kennenlernen, der um meine Freundin wirbt.«

»Ich verstehe.« Kathes Grinsen wurde noch breiter. »Ich nehme an, Ihr fragt Euch, welche Absichten ich gegenüber Dama Amalia hege?«

»Vielleicht«, entgegnete Marcello, doch sein Blick huschte zu mir, und in seinen Augen las ich eine Frage.

Kathe legte theatralisch eine Hand an die Brust. »Seid Ihr um die Ehre der Dame besorgt? Fürchtet Ihr, ich könnte sie übervorteilen?«

Ich bohrte ihm den Ellbogen in die Rippen. Er mochte ein Hexenlord sein, dennoch gab es Grenzen.

Aber Marcello lachte nur. »Nicht im Mindesten. Dama Amalia ist vollends imstande, ihre Ehre zu verteidigen, und ich bezweifle sehr, dass irgendjemand in Vaskandar über die notwendigen Fähigkeiten gebietet, eine Cornaro zu übervorteilen.«

Kathe nickte respektvoll in meine Richtung. »Zumindest werde ich sie nicht mehr ausnutzen als sie mich.«

Ich wünschte, ich könnte Marcellos Vertrauen in meine politische Tüchtigkeit teilen. Aber sein fragender Blick verriet mir, dass er nicht die Absicht hatte, einen Streit anzufangen; er wollte sich nur vergewissern, dass ich keine Hilfe benötigte. Ich schenkte ihm ein knappes Nicken und ein noch knapperes Lächeln.

»Wenn beide Parteien einander gleichermaßen von Nutzen sind, dann nennt man das, glaube ich, eine Allianz«, bemerkte ich.

»Dann seht Ihr darin ein politisches Manöver, Lord Kathe? Ist das nur ein Spiel?« Marcellos Rückgrat wirkte nicht mehr gar so steif, als er diese Frage stellte, ganz so, als wäre er erleichtert.

Kathe zuckte mit den Schultern. »Wenn etwas Regeln und Spieler erfordert und unterhaltsam ist, dann ist es ein Spiel. Aber ich habe Einwände gegen das Wort *nur*. Spiele sind häufig todernst.«

»Es genügt wohl, zu sagen«, warf ich ein, »dass Kathe und ich die Regeln beide kannten, als wir uns an einen Tisch gesetzt haben.« Ich sah Marcello in die Augen und versuchte, ihm eine Botschaft zu vermitteln: *Es geht mir gut. Ich schaffe das schon.*

Reden wir nicht davon, dass ich in Wahrheit überhaupt nicht sicher war, ob ich mit Kathe zurechtkäme. Aber hier in Callamorne, wo er fehl am Platz war und ich von Verbündeten umgeben, da sollte ich das hinkriegen.

»Und Ihr, Hauptmann?« Kathe richtete die glitzernden Augen auf Marcello. »Seht Ihr Euch als Spieler oder als Spielfigur?«

Marcello prustete. »Lord Kathe, ich bin Soldat. Ich habe mich vor langer Zeit verpflichtet, eine Spielfigur zu sein. Solange ich der Person, die die Züge bestimmt, vertraue, bin ich zufrieden.«

»Und, tut Ihr das?«

Marcello sah mir in die Augen. »Absolut.«

Sein Vertrauen bohrte sich mit süßem Schmerz in mein Herz.

Ich rechnete damit, dass Kathe mit einer spitzen Bemerkung reagieren würde, aber stattdessen schlug sich Ernsthaftigkeit in seinen Zügen nieder. »Ihr habt großes Glück, Dama Amalia, dass Ihr mit solch einer Loyalität gesegnet seid.«

»Ich weiß«, sagte ich und wünschte, ich könnte Marcello mit einem Blick vermitteln, wie ernst ich das meinte.

Plötzlich reckte Kathe den Kopf hoch wie ein Hund, der Gebell in der Ferne hörte.

»Gibt es ein Problem?«, fragte ich.

Falten bildeten sich zwischen seinen Brauen. »*Problem* ist solch ein subjektiver Begriff. Meist benutzen ihn die Menschen, wenn es um etwas geht, das ihnen nicht gefällt.«

»Nun dann, gibt es gemäß dieser Definition denn ein Problem?«

Sein Blick begegnete dem meinen, kehrte abrupt aus der Ferne zurück, und er bleckte die Zähne zu einem Grinsen. »Oh, ja, höchstwahrscheinlich.« Er ließ meinen Arm los. »Ich bitte um Vergebung, aber ich sollte mir das ansehen. Ich bin bald zurück.«

Marcello und ich starrten seinem gefiederten Rücken hinterher, als er nach einer Verbeugung davoneilte.

»Ich frage mich, was das zu bedeuten hat«, murmelte er.

»Ich weiß nicht recht, ob ich mir eher Sorgen darüber machen sollte, dass wir es nicht erfahren werden, oder darüber, dass wir es erfahren.«

Das trug mir ein schiefes Lächeln ein, und da fiel mir plötzlich auf, dass wir allein waren. Wenn man von allein reden konnte, während wir in einem Meer Callamorner Edelleute standen, von denen einige bereits hoffnungsvolle Blicke in meine Richtung schickten, nun, da Kathe fort war.

Marcello fielen sie ebenfalls auf; er verzog das Gesicht. »Gibt es einen weniger öffentlichen Ort, an dem wir uns für einen Moment unterhalten können?«

Ich musste mit diesen Leuten reden. Andererseits hatte ich ein Gespräch mit Marcello auch schon viel zu lange aufgeschoben, wie mir schmerzlich bewusst wurde. »Wenn wir uns nicht hinter einem Banner verstecken wollen, dürfte uns bestenfalls eine weniger bevölkerte Ecke bleiben. Schließlich können wir uns bei einem Empfang zu meinen Ehren schlecht davonschleichen.«

Er seufzte. »Nun gut, lassen Sie uns sehen, was wir finden.«

Als wir uns nickend und lächelnd einen Weg durch die Menge bahnten, fragte ich ihn: »Wo ist Istrella?«

»Bei Lienne«, sagte er und deutete auf eine Reihe schmaler Fenster, die auf den Garten hinausblickten. »Sie fand, die Schlossbanne seien unter ihrem Niveau, und ist gerade dabei, Verbesserungen zu entwerfen.«

Lienne. Ich hatte Marcello gegenüber nie erwähnt, dass ich den Verdacht hegte, sie könnte die Verräterin sein; hatte ich doch auch keinerlei Beweise, abgesehen davon, dass sie die Assassinin ins Jenseits befördert hatte. Wobei das allerdings auf seinen Befehl hin geschehen war. Aber sie und Istrella waren vom Saal aus gut zu sehen. Istrella gestikulierte und zeigte auf dies und das, und Lienne nickte dazu. Es schien keine Gefahr zu bestehen. Und ich konnte nicht noch länger vor diesem Gespräch davonlaufen.

Als wir eine ruhige Ecke fanden, die durch einige leere Tische von der Masse der Gäste getrennt war, blieb Marcello stehen. Lange musterte er mein Gesicht, als wollte er es sich einprägen, und dann seufzte er tief.

»Was?«, fragte ich, während ich insgeheim mit der Verlegenheit kämpfte.

»Ihr Krähenlord ist nicht wie Prinz Ruven.« Erleichterung färbte seine Stimme.

»Das hoffe ich sehr! Ich würde doch keinen mörderischen Irren umwerben!«

»Ich verstehe, dass Sie das tun müssen.« Er fuhr sich mit einer Hand durchs Haar, als könnte er sein eigenes Unbehagen einfach fortwischen. »Das gehört zu Ihren Pflichten, und es ist Ihre Entscheidung. Ich wollte Sie nur wissen lassen, dass ich das respektiere und warten werde.«

Ich verspürte einen Stich, tief in der Brust. Fast hatte ich gehofft, er würde Einwände erheben; das hätte es mir leichter gemacht. »Ich weiß nicht, wie lange das fortdauern wird. Oder ob es danach eine weitere politische Brautwerbung geben wird. Manche Bewerber stören sich vielleicht nicht daran, dass ich bereits einen Geliebten hatte, aber ich kann nicht einfach aufgrund solch einer Mutmaßung eine potenzielle Allianz aufgeben.«

Er nickte. »Ich werde warten«, sagte er erneut in einem verbissenen Ton. »Monate oder Jahre. Sie sind es wert zu warten, Amalia. Aber …« Sein Kehlkopf hüpfte, als er schluckte. »Können Sie mir eines versprechen?«, flüsterte er.

In meinem Bauch bildete sich ein Knoten. »In diesem Leben gibt es nicht viel, das ich versprechen könnte, Marcello.«

Er trat näher. Das Licht der Leuchten an der Wand neben uns fing sich in seinen grünen Augen. »Nehmen Sie sich so viel Zeit, wie sie benötigen, und tun Sie, was Sie tun müssen, um das Erlauchte Imperium zu schützen. Aber wenn es vorbei ist – wenn Sie all die Tänze getanzt haben und die Musik verstummt ist –, versprechen Sie mir, dass wir dann zusammen sein können. Versprechen Sie mir, dass es eine Zukunft für uns gibt, dann werde ich auf diese Zukunft warten, selbst wenn sie erst eintritt, wenn ich bereits ein alter Mann bin.«

Für einen Moment erfüllte bittersüße Freude mein Herz, kurz und so strahlend hell wie ein Blitz. Ich hatte ihn nicht verloren, als ich zugestimmt hatte, Kathe zu umwerben. Er würde warten.

Es wäre so einfach, ihm das Versprechen zu geben. Es beinhaltete schließlich genau das, was ich wollte: all dieser politischen Brautwerbung entkommen und endlich Marcello in den Armen halten, ohne mich um die Folgen zu sorgen. Mir schlicht gestatten, ihn zu lieben, statt sorgfältig jede Regung auszusortieren, die zu romantisch erscheinen könnte, und gleichzeitig zu versuchen, die Wärme der Freundschaft zu erhalten. Ihn noch einmal zu küssen, frei von der Verzweiflung, die der nahe Tod mit sich bringt; ihm meine Sorgen anzuvertrauen und seine anzuhören und einander vor all den grausamen Wendungen des Lebens zu beschützen.

Aber dieses Versprechen wäre eine Lüge.

»Ich kann nicht«, hauchte ich.

Er zuckte zusammen, als hätte ich ihn geschlagen.

»Ich möchte, aber ich kann nicht.« Ich ballte die Hände zu Fäusten, um nicht nach ihm zu greifen. »Mein *Plan* sieht vor, Brautwerbung als Werkzeug und Waffe zu nutzen, solange ich kann – solange ich muss – und dann, wenn ich diese Waffe ablegen kann, meinem Herzen zu folgen. Aber ich weiß nicht, was die Zukunft für uns bereithält, Marcello.« Ich schüttelte den Kopf. »Was, wenn ich gezwungen bin, eine politische Ehe einzugehen? Vielleicht, um eines der Inselkönigreiche anzugliedern? Oder um mir Unterstützung zu sichern, damit ich meine Falkenreform gesetzlich festschreiben und in der Zukunft Tausende von Kindern vor der Einberufung bewahren kann? Würden Sie mir dann wirklich sagen, ich solle dem, was *ich* will, den Vorzug vor der Freiheit dieser Kinder geben?«

»Nein. Natürlich nicht. Aber …« Er nahm sich einen Moment Zeit, wandte den Blick ab und rieb sich die Stirn. Als er mich dann wieder ansah, schien es, als hätten sich Schatten in seinem Gesicht eingenistet. »Wo bleibe ich dabei, Amalia? Ich weiß nicht, was ich fühlen soll. Wenn Sie mir sagen, ich soll die Hoffnung aufgeben, dann werde ich das tun. Wenn Sie mir sagen, Sie können mir nicht mehr als Freundschaft offerieren, dann nehme ich die dankbar an. Aber das – nicht zu wissen, ob ich hoffen soll oder nicht – ich weiß nicht, was ich tun soll.«

Es traf mich wie ein Hieb in den Magen, dass ich ihn verlieren könnte. Er sagte, er würde warten, und ich zweifelte nicht daran, dass er das täte; aber nichts konnte ewig warten. Die Gezeiten wechselten, die Sonne ging unter, und Liebe verklang. Ein Mann konnte den Atem nur eine begrenzte Zeit anhalten, ehe er wieder Luft holen musste.

Und selbst wenn er Jahre um Jahre wartete, was dann? Plötzlich sah ich im Geiste den Tempel der Liebe in Raverra, geschmückt mit Blumen für eine königliche Hochzeit, und mich, wie ich mit einer Rosenkrone vor dem Altar stand. Und Marcello, der mich aus den Schatten auf der Rückseite des Tempels mit gequälten grünen Augen einen Moment lang anstarrte, ehe er kehrtmachte, zur Tempeltür hinausging und einen langen Schatten hinter sich warf.

Wenn ich mich weigerte, eine Entscheidung zu treffen, wenn ich das Jahr um Jahr hinauszögerte, könnte uns das zerstören.

»Sie haben recht«, sagte ich sanft. »Ich muss eine Entscheidung treffen.« Entweder, ich war bereit, meine Chance, mit Marcello glücklich zu werden, für das Erlauchte Imperium zu opfern, oder ich war es nicht.

»Nicht jetzt«, sagte er hastig und reckte die Hände empor. »Ich brauche die Antwort nicht sofort.«

»Ich verstehe.« Ich zog meine Samtjacke fester zu, spürte die herbstliche Kälte in dem zugigen Gemäuer des Saals. »Ich brauche Zeit, Marcello. Aber auf die eine oder andere Weise, werde ich …« Ich zwang mich, die Worte auszusprechen, von denen mir allzu bewusst war, was sie bedeuten konnten. »Ich werde Sie nicht ewig auf eine Antwort warten lassen.«

Er lächelte. Erleichterung breitete sich wie ein Sonnenaufgang auf seinem Gesicht aus. Als hätte ich gerade nicht das Furchtbarste ausgesprochen, Worte, die einen Traum zerbrechen lassen konnten und die Tür zu einem Ende all dessen öffnen mochten, was zwischen uns lag.

»Das ist alles, worum ich bitte«, sagte er und verbeugte sich mit eleganter Präzision.

*

Ich brauchte ein ganzes Glas Bier, ehe ich bereit war, mich wieder meinen Pflichten auf dem Empfang zu widmen. Aber ich war hier, um der herrschenden Klasse Callamornes zu versichern, dass das Erlauchte Imperium ihr Land schützen würde. Nun, da Kathe und Marcello damit fertig waren, meine Zeit zu beanspruchen, würde ich, bei der Grazie der Erhabenheit, endlich genau das tun.

Ich zog meine Kreise durch den Saal, sprach mit so vielen Leuten wie möglich. Ja, das Imperium würde Callamorne verteidigen. Natürlich würde ich dafür sorgen, dass Raverra seine Versprechungen einhielt, war ich doch selbst eine Lochaver. Selbstverständlich würde Zaira ihr Schadfeuer entfesseln, sollte Vaskandar versuchen, über einen der Bergpässe einzudringen. Ich *hatte* es in der Tat schon gesehen, und es war genauso wirkungsvoll, wie die Legenden besagten. Aber ja, ich umwarb einen Hexenlord. Das war ein Teil des Plans. Alles würde gut werden.

Als ich mich mit einem Glas in der Hand an die kühle Steinmauer lehnte, um eine kurze Pause einzulegen, ehe ich mich wieder in das diplomatische Gefecht stürzte, kam Roland zu mir, lehnte sich mit einem tiefen Seufzer neben mir an die Wand und hob sein eigenes Glas an die Lippen.

»Machen die vielen Leute dir zu schaffen?«, fragte ich ihn mit einem mitfühlenden Lächeln.

»Ein bisschen«, gestand er. »Aber *manche* von uns sind ja überaus fleißig.« Er warf einen bedeutungsvollen Blick auf Bree, die auf der anderen Seite des Saals auf einer Bank stand und mit großem Tamtam einen überschäumenden Krug auf dem Kopf balancierte. Um sie herum hatte sich eine lachende und jubelnde Menge gesammelt, in der ich auch Zaira entdeckte, die den Arm um Terika gelegt hatte.

»Ja, so ist Bree.«

»Sie tut, was sie kann, um ihre königliche Würde zu zerstören.« Neid schärfte Rolands Stimme. »Aber das macht nichts. Sie kann mit allem davonkommen, denn sie ist nicht die Thronfolgerin. Sie macht sich zum Narren, und die Leute *lieben* sie dafür.«

Ich dachte an Zaira und daran, dass sich bei Feiern auch um sie massenhaft Leute drängelten. »Ich glaube nicht, dass nüchterne Kompetenz und Pflichterfüllung besonders charismatische Charakterzüge sind, so bedauerlich das auch ist. Sie spielt ihre Rolle auf ihre eigene Art.«

Nun hüpfte Bree auf einem Fuß. Flüssigkeit ergoss sich aus dem Krug über ihr Haar, aber er blieb immer noch aufrecht auf ihrem Kopf. Die Menge um sie herum applaudierte. Die älteren und konservativeren Angehörigen des callamornischen Hofes machten einen weiten Bogen um sie, doch als sie die Köpfe über sie schüttelten, lag in ihren Gesichtern ein Ausdruck der Rührung, nicht der Missbilligung.

»Weißt du, welche Grazie ihre Schutzheilige ist?«, fragte mich Roland mit vor Ironie triefender Stimme.

In Callamorne wurde zur Feier der Namensgebung ein Ritual zelebriert, in dem die Eltern das Baby an kreisförmig angeordneten Schreinen der Neun Grazien vorbeitrugen, bis ein Zeichen irgendeiner Art in Erscheinung trat. Vielleicht lachte das Baby, oder ein Vogel begann zu singen, die Sonne lugte hinter den Wolken hervor, einfach irgendetwas. Das wurde so interpretiert, dass diese Grazie das ganze Leben lang Schutzpatronin des Kindes sein würde. Bree hatte große Freude daran gefunden, mir zu berichten, dass *mein* Zeichen darin bestanden hatte, nach der Kerze am Schrein der Grazie der Weisheit zu grabschen, und angemerkt, dass solch ein unkluger Akt eigentlich nicht hätte zählen dürfen.

»Das hat sie mir nie erzählt«, gestand ich. »Ich weiß, dass deine die Tapferkeit ist, aber Brees ist mir nicht bekannt.«

Roland schnaubte verächtlich. »Das liegt daran, dass es ihr peinlich ist. Zu Recht, wie ich finde.«

Ich ging im Kopf die Grazien durch. »Großzügigkeit?« Das hätte sie möglicherweise ungern eingeräumt, bedachte man, dass diejenigen, die von der Grazie der Großzügigkeit erwählt wurden, der callamornischen Folklore zufolge haufenweise Kinder bekamen, neben anderen Vorzügen, die besser nicht öffentlich diskutiert wurden.

»Erhabenheit.« Roland deutete mit großartiger Geste durch den Raum. »Sieh sie dir nur an. Absolut erhaben.«

Der Krug war von Brees Kopf gefallen, und sie war platschnass. Jemand reichte ihr einen neuen.

»Oje.« Ich runzelte die Stirn. »Es ist ein bisschen misslich, dass gerade diese Grazie die Schutzheilige deiner kleinen Schwester ist, nicht wahr? Immerhin bist du der Erbe.«

»Den Grazien sei Dank. Kannst du dir sie als Königin vorstellen?« Er schüttelte den Kopf, aber als er fortfuhr, lag unverkennbar Bewunderung in seinem Ton. »Ich glaube, die Grazien haben uns verwechselt. Sie ist tapferer als ein in die Enge getriebener Dachs.«

Die Königin murmelte einer ihrer Dienerinnen etwas zu, woraufhin diese nickte und mit entschlossener Miene quer durch den Saal zu Bree marschierte.

Roland richtete sich auf und verzog das Gesicht. »Für uns heißt es wohl zurück an die Arbeit. Es ist Zeit für die Reden, wenn ich nicht falschliege.«

*

Natürlich gab es Ansprachen, denn dies war Callamorne, also mussten Reden gehalten werden, ehe der Tanz beginnen konnte. Ich hatte etwas Kurzes vorbereitet; Reden zu halten gehörte nicht gerade zu den Dingen, die mir an der Politik besonders gefielen. Aber ich sagte mir, nachdem ich schon einmal gezwungen gewesen war, vor einem Rat ardentinischer Adliger zu sprechen, die mich für eine Mörderin gehalten hatten, sollte das Publikum in Callamorne kein Problem darstellen.

Zuerst sprach meine Großmutter mit großartiger, klangvoller Stimme vor einer hingerissenen Zuhörerschaft. Sie hieß mich offiziell in Callamorne willkommen und erzählte von dem starken Band, das ihr Sohn zwischen seinem eigenen Land und dem Erlauchten Imperium geschmiedet habe. Die Darstellung, der zufolge die Allianz ein politischer Coup meines Vaters war, nicht meiner Mutter, war neu für mich, und ich bedauerte zutiefst, dass ich ihn nicht nach seiner Seite der Geschichte fragen konnte.

Die Rede der Königin nahm immer mehr Fahrt auf, bis sie schließlich zu einem aufwühlenden Ende kam. »Nun blicken wir einem Sturm entgegen, den wir schon viele Male zuvor haben überstehen müssen.« Ihre Stimme drang den Gästen durch Mark und Bein, so machtvoll, sie hätte selbst das Chaos eines Schlachtfelds bewältigen können. »Ihr alle kennt die Legenden, die besagen, es sei das Blut unserer Mütter und Väter und Großeltern, welches das Hexenmauergebirge bei Sonnenuntergang rot färbe: das Blut all derer, die ihr eigenes Leben hingegeben haben, um die Hexenlords in den Pässen aufzuhalten. Wieder und wieder haben wir unter großen Opfern gesiegt, doch nur knapp.« Sie reckte eine Hand hoch. »Aber dieses Mal werden wir wenigstens nicht allein kämpfen müssen.«

Es dauerte eine Weile, bis der wilde, leidenschaftliche Jubel abebbte. Als Nächster war Roland an der Reihe. Schweiß perlte an seinen Schläfen, und er las seine trockene Rede von handschriftlichen Notizen ab, aber die Leute applaudierten trotzdem, und er bedachte die Menge mit einem Lächeln, doch als er zu mir auf die Rückseite des königlichen Podiums zurückkehrte, ächzte er. »Ich glaube, ich muss mich übergeben.«

Bree verzichtete auf eine Rede und begeisterte die Zuhörer mit einer mitreißenden Interpretation der Ballade der Eisenblutbrücke. Großmutter ließ es mit bewundernswerter Gelassenheit über sich ergehen, auch wenn die Muskulatur in ihrem Unterkiefer dann und wann bei ausgefalleneren Beschreibungen ihrer Heldenhaftigkeit erkennbar zuckte. Schließlich war ich an der Reihe.

Raverranische Politik lief tendenziell in Hinterzimmern ab, also hatte ich bisher wenig Erfahrung mit offiziellen Ansprachen. Aber Mutter hatte mir erklärt, die kürzesten Reden seien stets wohlgelitten. Ich hatte früher an diesem Tag, nachdem Roland mich gewarnt hatte, dass ich der Tradition nicht entkommen konnte, ein paar Zeilen notiert; doch nachdem ich Rolands halbherzige Lesung verfolgt hatte, beschloss ich, stattdessen etwas zu sagen, das aus tiefsten Herzen kam. Das mochte nicht besonders raverranisch sein, aber schließlich war ich hier, weil ich ebenso callamornisch war.

Ich bezog an der Vorderseite des Podiums Position. Unzählige Gesichter blickten zu mir empor, erwartungsvoll, bang, hoffnungsfroh. Die Menschen wollten wissen, was das Imperium zu sagen hatte.

Ich atmete tief ein und holte meine Stimme tief aus dem Bauch hervor. »Ihr kennt mich als Amalia Cornaro, aber heute bin ich hier als eine Lochaver.«

Sogleich erhoben sich enthusiastische Beifallsrufe in der Menge. Großmutters Beliebtheit sorgte dafür, dass schon die bloße Erwähnung des Namens *Lochaver* reichte, dass die meisten Callamorner Fahnen schwenkten. Ermutigt schluckte ich und fuhr fort. »Vor zwanzig Jahren hat Callamorne das Erlauchte Imperium mit großem Vertrauen geehrt und seine Zukunft in Raverras Hände gelegt. Heute bin ich hier, um dieses Vertrauen zu vergelten.« Mehr Jubelrufe. Ein warmer Schwindel ergriff Besitz von mir. »Die Falken stehen Euch mit all ihrer List und ihrem Zorn zur Seite.« Frenetischer Beifall. »Die Erlauchte Marine segelt mit all ihrer Schnelligkeit und Leistungsfähigkeit für euch. Das Imperiale Heer beschützt Euch mit seiner Stärke und seinen Musketen. Und ich stehe Euch ebenso zur Seite.« Der Jubel steigerte sich zu einem wilden Getöse.

Ich wollte gerade weitermachen, als Großmutter meinen Arm ergriff. »Das wird reichen«, murmelte sie. »Lass sie jetzt mit dem Trinken und Tanzen fortfahren.«

Als sich der Beifall langsam legte, hob Großmutter beide Hände, um Stille einzufordern. Bree und Roland traten an ihre Seite, und wir alle lächelten den erwartungsvollen Gesichtern entgegen, während jedermann darauf wartete, dass sie den Formalitäten ein Ende setzte und Befehl gab, die Festlichkeiten beginnen zu lassen.

In einer abgelegenen Ecke des Saals sah ich Kathe, der zurückgekehrt war, von was auch immer er fortgelockt worden war. Angesichts dessen, wie die Leute vor ihm zurückwichen, als er sich einen Weg durch die Menge bahnte, war es, als wäre er von einem Wirbel winterkalter Luft umgeben. Mit einem Ausdruck der Entschlossenheit im Gesicht sah er mich an und formte mit den Lippen etwas, das beunruhigend nach *Passt auf* aussah.

Die Königin holte Luft, doch ehe sie ihre Proklamation verkünden konnte, hallte die Stimme eines Herolds über die Menge hinweg, geriet bald ins Stocken und kam kurz darauf zu einem heiseren Ende.

»Es tritt ein die Herrin der Dornen, Hexenlord von Sevaeth.«

KAPITEL VIERZEHN

SÄMTLICHE KÖPFE IM SAAL drehten sich, um die Herrin der Dornen anzustarren. Sie stand mit einem reservierten Lächeln auf den Lippen neben dem Herold am Eingang, angetan mit einem Gewand aus smaragdgrünem Samt, dekoriert mit der traditionellen, kantigen vaskandrischen Stickerei in Schwarz und Gold; die lange Schleppe floss wie ein Wasserfall hinter ihr über die Treppe, als sie die Stufen herabschritt. Ihre Augen fixierten die Königin, und die Magiermale strahlten vor giftiger Boshaftigkeit.

Die Hände nahe ihren Waffen, traten Marcello und Lienne vor, um sich zwischen der Herrin der Dornen und ihren Falken aufzubauen; zugleich umzingelte die königliche Garde das Podium, auf dem wir standen. Bewegung rann durch die Menge gleich der zurückgehenden Flut, die das Wasser aus jedem erreichbaren Kanal heraussog, als die Herrin der Dornen auf uns zurauschte. Callamornische Würdenträger wichen mit blassen Gesichtern und steinernem Blick vor ihr zurück. Die Macht ihrer bloßen Gegenwart umgab sie wie eine gewaltige Woge, deren Druck beinahe unerträglich war. Scharf knallten ihre Stiefel in der eingetretenen Stille bei jedem Schritt auf den Boden.

Aus dem Augenwinkel sah ich, wie Roland Brees Hand umfasste. Uralte, animalische Instinkte brüllten mich im Inneren an, ich solle vor dem böswillig intensiven Blick des weiblichen Hexenlords davonlaufen, als sie vor uns stehen blieb, aber ich hielt stand.

»Ihr seid kühn, gnädige Frau, hier ohne Vorankündigung oder Einladung zu erscheinen, während Eure Armeen vor meiner Grenze lagern«, ertönte kalt und unfreundlich Großmutters Stimme.

Das Podium, ihre eigene Größe und die Krone, die auf ihren hochgesteckten Zöpfen saß, erhoben sie über die Hexe von Sevaeth, und das Licht der Lampen und Lichtkristalle spiegelte sich in dem schimmernden Metallbesatz ihres rüstungsartigen Mieders. Dennoch ließ die bloße maliziöse Energie, die der Herrin der Dornen entströmte, sie irgendwie realer wirken, massiver, schärfer und gefährlicher, und plötzlich hatte ich Angst um meine Großmutter.

Die Herrin der Dornen breitete die Arme aus. »Betrachtet diesen Tag als glückliche Fügung, Galanthe Lochaver.« In ihrer Stimme lag eine seidige Süße, doch sie barg auch Macht und Gefahr, die sich erstickend über den Raum legten. »Denn ich bin ungewöhnlich gnädig gestimmt und komme mit einem Friedensangebot zu Euch.«

Beides, die angeblich gnädige Stimmung und das Friedensangebot, traf bei mir auf eine gewisse Skepsis. Großmutter muss es ähnlich ergangen sein, denn sie kniff die Augen zusammen. In der Menge wurde Gemurmel laut. Was immer die Leute erwartet hatten, das war es nicht.

»Wenn Ihr Frieden wünscht«, sagte die Königin mit eiserner Stimme, »müsst Ihr lediglich davon absehen, in unser Land einzumarschieren.«

Die Herrin der Dornen lächelte. »Solch eine Zurückhaltung gibt es nicht umsonst.« Sie streckte die offene Hand aus; der edle, dunkle Samt ihres Ärmels kräuselte sich bei der Bewegung. »Ich werde meine Truppen von der Grenze zurückziehen und Euer Land in Ruhe lassen. Selbst von den gelegentlichen Überfällen und den wandernden Chimären, an die Ihr bereits gewöhnt seid, werdet Ihr verschont bleiben. Aber im Gegenzug müsst Ihr mir den Norden Eures Herrschaftsgebiets an der Grenze zu Sevaeth überlassen.«

Schockiert sah ich mich zu Roland um. Was für eine Arroganz brachte sie dazu, mit solch einem Angebot nach Callamorne zu ziehen? Roland schüttelte starr vor Zorn den Kopf.

»*Werdet* Ihr?« Die Hand der Königin ruhte auf dem Heft des absolut einsatzbereiten Schwerts an ihrer Seite.

»Ich werde dieses Angebot nur einmal machen.« Das Lächeln der Herrin der Dornen wurde breiter, und ihre Augen funkelten, als würde sie ein Geheimnis verbergen. »Weist Ihr es zurück, so tut Ihr das auf eigene Gefahr, Königin von Callamorne. Ihr sollt wissen, dass ich, solltet Ihr das tun, Euer Land dennoch bekomme – aber zuerst werde ich Eure Familie vernichten.«

Das Gemurmel der Menge bekam einen ärgerlichen Beiklang, doch niemand wagte es, die Stimme zu erheben oder auch nur einen Schritt auf die Herrin der Dornen zuzugehen. Die stand anmaßend unbesorgt da, verachtete offenkundig schon den bloßen Gedanken, sie sollte ihrem Feind mit Respekt begegnen, während sie allein im Zentrum der gegnerischen Macht stand.

Mein Blick wanderte von dem höhnischen Grinsen der Herrin der Dornen zu dem granitharten Gesicht meiner Großmutter. Sie musste Nein sagen. Ich konnte mir nicht vorstellen, dass sie solch ein unverschämtes Angebot auch nur erwägen würde. Aber der Moment zog sich in die Länge und spannte zugleich meine Nerven.

Neben mir maß Bree die Herrin der Dornen mit einem mörderischen Blick, die Fäuste halb erhoben. Roland hatte eine unbeteiligte Miene aufgesetzt, aber das leise Geräusch seiner aufeinander reibenden Zähne erreichte meine Ohren.

»Ihr wagt es?«, sagte die Königin dann mit einer Stimme, so sanft wie der Tod. »Ihr *wagt* es, vor mich zu treten und meiner Familie in meinem eigenen Schloss zu drohen?«

»Also weist Ihr mein Angebot zurück?« Die Herrin der Dornen hörte sich beinahe gelangweilt an.

»Ich halte so wenig von Eurem Angebot, dass ich mich nicht einmal dazu herablassen würde, darauf zu spucken.« Die Königin trat einen Schritt vor und stand nun am Rand des Podiums. »Callamorne fürchtet Euch nicht. Callamorne hat über Hunderte von Jahren vaskandrischen Angriffen widerstanden, und mit der Stärke unserer Waffen und dem Willen der Grazien werden wir das auch weiterhin tun.«

Rauer Jubel brandete in der Menge auf. »Verdammt richtig«, murmelte Bree, »das werden wir.«

»Seid Ihr sicher, dass das Eure Antwort ist?« Die Stimme der Herrin der Dornen klang kalt und schneidend, wie eine Klinge an der Kehle.

»Ich habe Euch weiter nichts zu sagen«, verkündete Großmutter.

»So sei es.« Die dargebotene Hand senkte sich mit der Endgültigkeit einer Sensenschneide.

All die Gardisten im großen Saal richteten ihre Musketen und Piken auf sie, doch sie wirbelte einfach nur in einem Rund schimmernder grüner Seide um die eigene Achse und stolzierte mit wippenden blonden Zöpfen davon.

Dann aber hielt sie inne und reckte eine Hand hoch, beinahe, als wäre ihr gerade noch etwas eingefallen oder als warte sie darauf, dass man ihr in eine Kutsche helfe.

»Es ist bedauerlich, dass wir dieses Problem nicht friedlich lösen konnten«, sagte sie. »Andererseits bin ich eigentlich auch nicht deswegen gekommen.«

Ein paar schwarze Punkte fielen aus ihren Fingern zu Boden.

»Verdammnis«, flüsterte meine Großmutter und erbleichte.

Samen. Hölle des Unheils, das sind Samen.

Die Herrin der Dornen setzte ihren Weg fort. Hinter ihr schossen grün-schwarze Ranken vom Boden empor, ein peitschendes Nest aus Dornenzweigen, die sich mit beängstigender Geschwindigkeit ausbreiteten. Steine wurden hochgedrückt, als der Dornenbaum Wurzeln schlug, und die stacheligen Zweige tasteten gierig nach dem Podium, auf dem wir uns befanden.

Mit einem Aufschrei trippelte ich zurück und umklammerte instinktiv mein Leuchtmedaillon. Wachen stürmten voran, hackten mit ihren Piken auf die rasch wachsenden Dornenranken ein. Großmutter zog ihr Schwert und trat gegen die sich windenden Triebe an, schnitt einige davon so kompetent wie mühelos entzwei.

»Zaira?«, rief ich scharf.

Die schüttelte erkennbar frustriert den Kopf. »Solange dieses Ding so wild herumdrischt, würde ich den ganzen Raum und alle, die sich darin befinden, in Brand stecken.«

Ein Schub verzweifelter Energie, gespeist aus Furcht und Zorn, pulsierte in meinem Blut, forderte meinen Einsatz, doch es gab nichts, was ich hätte tun können. Mein Leuchtmedaillon war nutzlos im Kampf gegen einen Feind ohne Augen, und ich war im Umgang mit Waffen nicht geschickt genug, um den Angriff auf das anwachsende Dickicht bösartiger schwarzer Dornenranken zu unterstützen.

Bree und Roland hatten sich ins Getümmel gestürzt, und ich sah, dass Lienne und Marcello sich mit Terika und Istrella in eine Ecke zurückgezogen hatten, in der sie die beiden besser schützen konnten. Istrella zeigte auf die Runenbanne, die die Fenster des Saals umgaben, und schrie etwas, um die Aufmerksamkeit ihres Bruders zu erringen, aber der hatte alle Hände voll zu tun, die Zweige mit seinem Rapier abzuwehren. Die Herrin der Dornen war indes in dem ganzen Durcheinander verschwunden.

Der größte Teil des wuchernden Dornengestrüpps bewegte sich auf das Podium zu, baute sich über und um uns herum auf wie eine schwarze Woge aus Tausenden von astförmigen Klauen. Es war riesig und fürchterlich *falsch*, und meine sensible raverranische Seele rebellierte vor fassungslosem Entsetzen.

Eine Ranke schlängelte sich über den Köpfen der Wachen auf mich zu, Dornen, so groß wie Dolche, pfiffen durch die Luft. Ich zuckte zurück, hob die Arme in dem nutzlosen Bemühen, mein Gesicht zu schützen.

In dem Moment sprang Kathe so mühelos wie ein landender Vogel auf das Podium und griff gelassen nach dem herannahenden Zweig. Er sah beinahe gelangweilt aus; seinem Gesichtsausdruck nach hätte er ebenso gut ein Glas Marmelade aus einem Regal angeln können.

Es brauchte nicht mehr als eine Berührung seiner Fingerspitzen. Der Zweig welkte dahin und zerfiel vor meinen Füßen.

Ich starrte die gewundene, braune, leblose Masse an, blickte dann auf zu Kathe, während das Herz in meiner Brust noch immer rasend schnell schlug. Er zuckte nur unter raschelnden Federn mit den Schultern.

»Ich bin gekommen, um Euch zu warnen, dass die Herrin der Dornen in das Schloss vorgedrungen ist, aber wie ich sehe, wisst Ihr das bereits.«

Seine Worte trafen auf eine unerwartete Stille in einem Raum, der noch einen Moment zuvor erfüllt gewesen war von Geschrei und dem Klirren der Waffen. Hinter ihm rührte sich der große Dornenbaum nicht mehr. Und dann, begleitet von einem ungeheuren Rasseln, das an klappernde Knochen erinnerte, erbebte er und brach in sich zusammen. Seine ausgebreiteten Ranken hatten den halben Saal erobert.

Für einen Moment standen die Leute mit weit aufgerissenen Augen da, und nur ihr rauer Atem brach die Stille. Dann stachen ein paar Wachen mit Hellebarden auf die die Äste ein. Sie rührten sich nicht mehr.

»Habt Ihr es getötet?«, fragte ich Kathe, doch es klang beinahe wie ein Keuchen. Mir fiel auf, dass ich die Finger in Zairas Ärmel gekrallt hatte. Hastig ließ ich sie los.

»Die Herrin der Dornen hat es nicht länger am Leben erhalten. Sie hat bekommen, was sie hergeführt hat«, erklärte er unheilvoll.

»Was, auf den Boden der Königin zu pissen?«, schnaubte Zaira verächtlich.

»Nein.« Kathes Blick glitt zur Seite, dorthin, wo meine Großmutter damit beschäftigt war, ihr Schwert an einem Samtvorhang abzuwischen.

Bree und Roland standen mit ergrimmten Gesichtern neben ihr; der Gardehauptmann streckte die Hand nach einer Schnittwunde an der Wange der Königin aus, aber die zuckte zurück, als wolle sie einer lästigen Fliege ausweichen.

»Dieser Schnitt … das Ding ist doch nicht giftig?«, wandte ich mich beinahe verzweifelt an Kathe, während ich im Geiste bereits diverse alchemische Gegengifte durchging.

Aber er schüttelte den Kopf. »Sie brauchte eine Geschmacksprobe vom Blut der Lochaver. So, wie man einen Hund Witterung nehmen lässt. Nun kann sie jedes Lebewesen in ihrer Domäne auf Eure Großmutter und deren Nachkommen hetzen.«

Die Königin hatte seine Worte gehört und kam mit Roland und Bree im Schlepptau zu uns. In der Zwischenzeit waren andere Falken und Falkner auf das Podium geeilt; Lienne hielt noch immer ihr Schwert in der Hand, und Istrella schüttelte über irgendetwas empört den Kopf.

»Ich bin dankbar für Eure Hilfe, Krähenlord«, sagte Großmutter, doch ihr barscher Ton deutete an, dass ihre Dankbarkeit nicht frei von einem gewissen Groll war. »Womit haben wir zu rechnen?«

»Oh, irgendeine Form von Chaos, nehme ich an«, entgegnete er achselzuckend. »Es genügt wohl, zu sagen, dass ich mich von der Grenze zu Sevaeth fernhalten würde, wäre ich ein Lochaver. Alles, von Wespen bis hin zu Wölfen, wird versuchen, Euch zu töten.«

»Aber ich muss dorthin«, wandte ich ein. Der Artefaktionskreis, den zu untersuchen ich geschickt worden war, befand sich zwar an der Grenze zu Kazerath, aber auch nahe der Grenze zu Sevaeth.

»Die Straßen könnten immer noch sicher sein. Zumindest garantieren unsere eigenen Abkommen für die Sicherheit der Reisenden, damit niemand die inneren Domänen vom Handelsverkehr abschneiden kann.« Kathe schien sich die Sache durch den Kopf gehen zu lassen. »Ich bin dennoch nicht sicher, ob ich Euer Leben darauf würde setzen wollen. Solltet Ihr mich also in Let besuchen, würde ich an Eurer Stelle den langen Weg außen herum nehmen.«

»Wie ist sie hier reingekommen?«, herrschte Großmutter ihren Gardehauptmann an. »Wir haben unsere Banne auf sie eingestellt. Hat jemand ihr erlaubt, zur Vordertür hereinzukommen?«

»Ach, was das betrifft«, sagte Istrella und winkte, als wollte sie die Aufmerksamkeit der Königin aus weiter Ferne erregen, obwohl sie ganz nah zusammen mit Marcello am Rand des Podiums stand. »Bevor es hier so laut geworden ist, hatte ich mit Lienne gerade über Eure Banne gesprochen. Wer immer die entworfen hat, muss wohl den Kurs verpasst haben, in dem der Meister-Artefaktor erklärt hat, wie man Lücken in einem Entwurf mit Hilfsmustern oder Füllrunen schließt.« Istrellas Miene hätte nicht mehr Widerwillen ausdrücken können, hätte der unbekannte Artefaktor dreckige Socken in den Sträuchern im Garten hängen lassen.

Alle starrten sie mehr oder weniger verständnislos an, und mir wurde ganz mulmig. »Jemand hat sich an den Bannen zu schaffen gemacht«, übersetzte ich. »Runen hinzugefügt, um die Bedeutung zu verändern oder das Muster umzugestalten.«

Die Königin wandte sich an ihre Wachen. »Kontrolliert die Banne an jedem Fenster und jeder Tür des Schlosses. Seht nach, wo sie verändert worden sind.«

»Istrella, kannst du helfen?«, fragte Marcello.

»Das sollte ich wohl.« Ihre dünnen Brauen zogen sich zu einem Ausdruck wilder Entschlossenheit zusammen. »Andernfalls finden die sowieso nichts. Komm mit.«

Sie packte die Hand ihres Bruders und zerrte ihn mit sich. Ein ganzer Trupp Gardisten folgte ihnen auf dem Fuße. Andere waren bereits ausgeschwärmt, um die Zugänge zum Saal zu sichern, und ich konnte Lärm durch das ganze Schloss hallen hören.

Bree und Roland rückten beschützerisch nahe an unsere Großmutter heran, und Bree trat nach den morschen Überresten eines Dornenzweigs.

»Was machen wir jetzt?«, fragte Roland und musterte das gewaltige Durcheinander aus toten Ästen. »Wir können uns dadurch nicht davon abhalten lassen, uns zu wehren.«

»Roland.« Eine kommandierende Härte klang in Großmutters Ton an. »Nimm die königliche Garde und sorg dafür, dass das Schloss sicher ist.«

Roland nickte schneidig. »Ja, Eure Majestät!«

»Brisintain«, wandte sich die Königin an Bree. »Beruhige die Leute. Mach alle wilden Gerüchte zunichte und sorg dafür, dass die Wahrheit bekannt wird. Zeig ihnen, dass wir für diesen belanglosen Überfall nichts als Verachtung übrig haben.«

»Ich kann mehr herausholen als Verachtung«, entgegnete Bree mit einem erbitterten Grinsen. »Ich mache sie kampfbereit.«

»Gut.« Großmutter drehte sich zu mir um, und für einen Moment schlug mir das Herz bis zum Hals, bereit, sich jeder Aufgabe zu stellen, die sie mir übertragen würde. Aber sie nickte Kathe, Zaira und mir nur hölzern zu. »Wenn Ihr mich nun entschuldigen würdet. Ich muss mich einiger Dinge annehmen.«

Alle drei zogen los, um seine jeweilige Gruppe von Leuten zu befehligen. Während ich zusah, entfaltete sich in meiner Brust ein eigenartiges Gefühl der Einsamkeit.

»Nun gut!« Kathe klatschte in die Hände. »Wie es aussieht, habt Ihr alles unter Kontrolle. Ich sollte nach Let zurückkehren, ehe meine Herzgarde mir den Bierkeller trockenlegt.«

»Wartet.« Ich hatte nicht vor, ihn so einfach davonkommen zu lassen. Er hatte uns geholfen, und dafür war ich dankbar, aber er verbarg zu viel Wissen hinter diesem charmanten Grinsen. »Ihr wusstet, dass sie herkommt, nicht wahr?«

»Natürlich. Ihr habt sie doch selbst gestern auf ihrem Weg hierher getroffen.« Er wich einen halben Schritt zurück, als wollte er sich abwenden und gehen, aber ich schob mich zwischen ihn und den Rand des Podests.

»Seid Ihr hergekommen, um sie aufzuhalten?«, fragte ich. »Ist das der Grund dafür, dass Ihr Euch selbst zu diesem Ball eingeladen habt?«

»Wer kann schon sagen, warum ich irgendetwas tue«, entgegnete er achselzuckend.

»*Ihr* könnt!« Von der eigenen Enttäuschung vorangetrieben, tat ich einen Schritt auf ihn zu; plötzlich waren wir kaum mehr als eine Handbreit voneinander entfernt, nahe genug, dass ich seinen Atem in meinem Haar spüren konnte. »Warum will die Herrin der Dornen meine Familie tot sehen?«, herrschte ich ihn an. »Und was hat das alles mit ihrer Tochter zu tun?«

»Exzellente Frage.« Er hielt meinem Blick stand und senkte die Stimme, sprach leise, sanft und ernst weiter. »Findet die Antwort, nach der ich Euch früher am heutigen Tage gefragt habe, und Ihr werdet auch die Antwort auf diese Frage finden. Aber so viel kann ich Euch sagen: Die Tochter der Herrin der Dornen stirbt.«

»Sie stirbt?« Beinahe glaubte ich, die Wahrheit in seinen gelb beringten Augen zu sehen. »Woran?«

»An dem, was jedermann irgendwann umbringt«, sagte Kathe grinsend.

»Seid Ihr nicht in der Lage, eine einfache Antwort auf eine einfache Frage zu geben?«, blaffte ich ihn an.

Er lachte. »Wo bleibt da der Spaß? Aber Ihr rührt an tiefe Mysterien und uralte Geheimnisse, so alt wie die Felsen und rot vor Blut. Ich bin überzeugt, Euer Imperium hat seine eigenen Wahrheiten angehäuft, die Ihr nicht einfach so weitergeben würdet wie ein Taschentuch. Nicht einmal an Freunde, die so lieb darum bitten.« Schwungvoll verbeugte er sich. »Wenn Ihr mich nun entschuldigen würdet. Ich sollte mich vergewissern, dass die Herrin der Dornen tatsächlich gegangen ist. Ich bezweifle, dass sie einen der Euren in einem Saal voller Gardisten angreifen würde, aber ein dunkler Korridor könnte schon wieder eine ganz andere Geschichte sein.«

Er hob meine Hand und bedachte den Handrücken mit einem federleichten Kuss; seine Lippen berührten kaum die Haut. Jeder Nerv in meinen Fingern zündete wie ein Lichtkristall in der Dämmerung. Ich schluckte und rang mir einen knappen Knicks ab.

Und fort war er. Mein Herz raste immer noch unter dem kribbelnden Eindruck des Flüsterns seiner Lippen, und meine Gedanken wirbelten durcheinander wie Laub im Wind.

KAPITEL FÜNFZEHN

Als ich mich an diesem Abend bereitmachte, zu Bett zu gehen, erblickte ich durch die Vorhänge meines Schlafgemachs ein flackerndes rötliches Licht. Ich schaute zum Fenster hinaus und sah, dass der von Schatten gesprenkelte Gartenhof unter mir vom roten Lichtschein eines großen Feuers erhellt wurde. Dessen Ursprung konnte ich jedoch nicht erkennen, weil mir ein ausladender Turm die Sicht versperrte. Der Geruch von Rauch kitzelte mich in der Nase, und laute Stimmen hallten aus der gleichen Richtung herbei, klangen aber nicht beunruhigt.

Ich zögerte und ging dann hinaus auf den Korridor, um nachzusehen, ob ich von dem Balkon am Ende des Gangs mehr erkennen konnte. In Strümpfen tappte ich über den Steinboden, vorbei an Wandteppichen, zwischen denen Lichtkristalle in Wandleuchten ihren warmen, goldenen Schein verbreiteten. Das sanfte Licht wich einem blutigen Schimmer, der durch die Balkontüren hereindrang, die trotz der nächtlichen Kälte weit offen standen.

An der Brüstung stand bereits eine Gestalt und blickte in den Gartenhof hinunter. Im Feuerschein war sie nicht mehr als eine schwarze Silhouette, aber diese spindeldürre Figur und die üppige Lockenmähne hätte ich überall erkannt; es war Zaira.

Ich ging hinaus, trat neben sie und blickte hinab auf eine Szenerie, die einem von Moravis Gemälden der Neun Höllen hätte entsprungen sein können. Gestalten bewegten sich um ein loderndes Feuer herum, und das unstete Licht brachte ihre Schatten zum Hüpfen und Tanzen. Schals verhüllten ihre Gesichter und ließen sie massig und unmenschlich erscheinen. Sie warfen Armladung um Armladung von etwas ins Feuer, das auf den ersten Blick aussah wie menschliche Knochen, vermengt mit den Klauen und Tentakeln irgendeiner fürchterlichen Bestie.

Doch der pechartige Geruch, der die Luft erfüllte, entstammte dem Rauch brennenden grünen Holzes, nicht dem verkohlenden Menschenfleischs. Und als ich in das Durcheinander dunklen Zunders in dem Feuer starrte, erkannte ich nicht Knochen, sondern Zweige. Sie verbrannten die Überreste des monströsen Dornenbaums.

»Das ist so ein zahmes Feuer.« Zaira seufzte. »Wie ein gut ausgebildeter Hund. Da ist kein Wolf mehr drin.«

Die Reflexion eines orangefarbenen Funkens ließ ihre Augen aufleuchten, und ich musste ein Schaudern unterdrücken. »Ich bin nicht sicher, wie wirksam dieses Feuer bei all dem grünen Holz ist. Du könntest diese Arbeit vermutlich sehr viel schneller erledigen.«

»Die haben ihren Spaß. Wenn morgen noch mehr als Asche übrig ist, biete ich denen an, ihnen zu zeigen, wie ein echtes Feuer aussieht.«

Schweigend standen wir eine Weile Seite an Seite und sahen dem endlosen Tanz der Flammen zu. Obwohl der Wind den Rauch überwiegend von uns wegtrug, brannten meine Augen, doch Zaira schien davon unberührt zu bleiben.

»Du verdirbst alles«, sagte sie nach einer Weile.

Ich blinzelte verwirrt. »Wie bitte?«

»Du hast mich dazu gebracht, über die Zukunft nachzudenken.« Sie stützte die Ellbogen auf die Balkonbrüstung. »Dabei weiß ich es doch besser, verdammt. Aber du hörst ja nie mit diesen blöden Fragen auf, und nun suche ich nach Antworten wie ein Trottel, der genau weiß, dass außer Mäusescheiße nichts mehr im Schrank ist, aber trotzdem nachsehen muss.«

»Es muss ja kein Mäusekot sein«, sagte ich, so munter ich nur konnte. Ich wollte nicht, dass sie merkte, wie schwer mir ums Herz war, weil sie glaubte, das sei alles, was das Leben ihr zu bieten hatte.

»Es wäre so einfach, wegzulaufen«, murmelte sie. »Solange ich mein Feuer nicht entfessele, würde mich niemand je finden.«

»Das könntest du tun.« Ich achtete sorgsam darauf, in neutralem Ton zu sprechen und das Gefühl der Leere zu verbergen, das sich bei dem Gedanken, Zaira könnte verschwinden, in mir ausbreitete. Was machte es schon, was Lord Caulin oder der Doge von diesem Gespräch halten würden? »Wenn es das ist, was du wirklich willst.«

»Ich bin keines von diesen verwöhnten Vögelchen, die in den Stallungen großgezogen wurden und immer zum Handschuh zurückfliegen, weil das Fleisch so gut ist.« Zaira schüttelte den Kopf. »Es ist nicht so schwer, einen Falkner loszuwerden, wenn man unterwegs ist. Die meisten könnten jederzeit einfach davonfliegen. Aber das werden sie nicht tun, und diese Mistkerle, die die Macht über ihre Geschühe haben, wissen das.«

Der Feuerschein spiegelte sich in Zairas eigenem Geschüh, und die Kristallperlen an ihrem Handgelenk schimmerten blutig rot.

»Das Imperium verlässt sich darauf«, gab ich bedrückt zu. »Sie haben schon vor Jahrhunderten begriffen, dass die Stallungen ein luxuriöses Zuhause sein müssen, kein Gefängnis. Sie müssen auf die Magie der Falken vertrauen können, wenn sie sie freisetzen; ein Falke, der nicht gewillt ist, sie einzusetzen, nützt ihnen nichts. Das ist, um ehrlich zu sein, auch der Grund, warum ich denke, ich kann sie davon überzeugen, das Gesetz zu ändern. Wenn sie den magisch Gezeichneten eine Wahl lassen, dann wette ich, dass neun von zehn die Stallungen wählen würden. Wer will nicht reich und verhätschelt und sicher leben?«

»Ich«, entgegnete Zaira. »Das ist wie eine ganz neue Hölle der Langeweile. Ich kann da nicht ewig bleiben, und das weißt du.«

Wirklich nicht?, wollte ich fragen. Grazien vergebt mir, aber irgendwo in meinem Hinterstübchen hatte ich mir eine imaginäre Zukunft aufgebaut, in der wir gemeinsam durch Eruvia reisten und erstaunliche Dinge taten. In der sie die einzige Freundin war, die mir keine politische Notwendigkeit je würde nehmen können, weil wir durch das Gesetz und durch Magie aneinandergebunden waren.

Aber das war nicht die Zukunft, die sie mir würde geben wollen. Und es stand mir nicht zu, darum zu bitten oder zu fordern. Und meine eigene Zukunft lag in den inneren Gemächern des Reichspalasts, eingesperrt zwischen güldenen Wänden, im Verein mit den zynischen alten Seelen, die über das Erlauchte Imperium regierten. Alle anderen Träume mussten vor der Macht dieses Schicksals verkümmern.

»Vermutlich.« Ich seufzte. »Aber wo willst du hin?«

Zaira beugte sich lässig über die Brüstung, legte das Kinn auf die Arme und starrte in die Flammen. Eine weitere Armladung magisch verdorbenen Holzes wanderte hinein, und eine zischende Wolke aus Funken flog hinauf in die samtene Finsternis des nächtlichen Himmels.

»Ich weiß es nicht«, sagte sie. »In den Unschlitten musste man sich ständig überlegen, wie man die nächste Minute überstehen soll. Nun kann ich weiter vorausschauen und habe einen ganzen Kübel möglicher Entwicklungen vor Augen, und sie sind alle Mist.«

»Und was willst du deswegen unternehmen?« Das war die Frage, die Mutter mir immer in gnadenlosem Ton gestellt hatte, wenn ich angefangen hatte, mich zu beklagen.

»Aufhören, über die Zukunft nachzudenken, natürlich.« Zaira streckte sich und kehrte der Nacht den Rücken zu. »Deine Cousine Bree hat mich und Terika eingeladen, mit ihr zum Trinken auszugehen, wenn wir zurück sind, nachdem wir uns diesen verfluchten Runenkreis angesehen haben. Du musst mitkommen und dich mit uns betrinken, immerhin bist du meine Falknerin.«

»Ich vermeide lieber, mich zu betrinken«, erwiderte ich aufgeschreckt. »Und ich bin nicht überzeugt, dass es sich für mich geziemt, einige von Brees bevorzugten … äh … Etablissements aufzusuchen.«

Zaira grinste schelmisch. »Du bist doch so gelehrig. Das wird eine lehrreiche Erfahrung für dich werden.«

Sie klopfte mir auf die Schultern und kehrte zurück in das warme goldene Licht im Inneren des Schlosses.

*

Am nächsten Morgen machten wir uns auf den Weg zum Weißen Gipfel. Die ganze Reisegesellschaft aus Raverra begleitete uns, zusammen mit hundert callamornischen Soldaten. Letztere würden mit jedem Tag weniger werden, da sie größtenteils als Verstärkung für die Festungen auf dem Weg dienen sollten. Trotzdem kam es mir zunächst ein bisschen lächerlich vor, unterwegs von einer kleinen Armee und dem ganzen Trara und dem Lärm von hundert Pferden umgeben zu sein, von deren Nüstern in der kühlen Herbstluft Dampfwolken aufstiegen wie der Atem unzähliger Drachen. Das Gefühl verblasste jedoch, kaum dass wir die Reihen der Infanteristen und Ausrüstungswagen auf der Straße passiert hatten. In einem Land, das sich auf einen Krieg vorbereitete, war das etwas ganz Alltägliches.

Bree hatte die Königin überredet, ihr zu gestatten, uns bis Hochpass zu begleiten, der letzten Festung vor der Grenze. Als Roland uns verabschiedete, fiel mir auf, wie eifersüchtig er dem Häuflein Schlosskinder zuschaute, die sich um Bree und ihre Apfelschimmelstute versammelt hatten und ihr mit vor Bewunderung funkelnden Augen Blumensträußchen reichten.

»Bitte Großmutter, dass sie dich beim nächsten Mal mitreisen lässt«, versuchte ich, ihn zu ermutigen. »Sie schickt Bree auch nur mit, weil die so gedrängelt hat. Wenn du nie fragst, wird sie dich niemals irgendwohin schicken.«

Roland seufzte. »Offen gesagt komme ich mir ein wenig kindisch vor, weil ich unbedingt zur Grenze will. Ich weiß, dass ich hier wichtige Pflichten zu erfüllen habe. Aber ich möchte wenigstens einmal mit eigenen Augen sehen, womit wir es zu tun haben.«

»Wenn du es ihr so erklärst, wird sie nicht Nein sagen«, ermunterte ich ihn. »Vor allem, wenn du nicht darum bittest, in den Kampf ziehen oder die Grenze übertreten zu dürfen, sondern nur die Verteidigungsanlagen besichtigen willst.«

»Vielleicht frage ich sie.« Ein Teil der Anspannung wich aus seinen Zügen. »Danke, Amalia. Und möge die Grazie des Glücks auf deiner Reise bei dir sein.«

Nun, da Bree und Marcello außerhalb der Kutsche ritten, Istrella mit einem Projekt beschäftigt war und die anderen Tratsch austauschten, der für meinen Geschmack etwas zu anzüglich war, stürzte ich mich auf meine Bücher, um mich über ein Thema zu bilden, das ich bei all dem Drama um den Besuch der Herrin der Dornen beinahe vergessen hätte: Kathes Herausforderung. Ich musste mich in das Konklave einladen lassen – das Erlauchte Imperium brauchte diese Einladung. Aber die Frage an sich war auch faszinierend: Warum war die Vivomantik der Hexenlords der üblichen so überlegen?

Vivomanten mussten normalerweise berühren können, was sie mit ihrer Macht beeinflussen wollten, wenngleich bei Tieren manchmal auch bloßer Augenkontakt genügte. Aber meine Bücher führten unzählige Fälle aus dem Dreijährigen Krieg auf, in denen Hexenlords

Pflanzen oder Tiere aus mehreren Meilen Entfernung kontrolliert hatten. Sämtliche Quellen stimmten überein, dass nur Hexenlords imstande waren, das Gesetz der Entfernung zu brechen, zumindest bei den Pflanzen und Kreaturen ihrer eigenen Domäne – aber niemand hatte eine glaubwürdige Erklärung dafür zu bieten.

Mir ging der Kinderreim durch den Kopf, den Kathe mir genannt hatte. *Zehn Türme aus Gebein/Ein Reich dreht sich hierum …* Meine Bücher über Vaskandar führten dann und wann Grenzlinien um die Domänen der Hexenlords auf. Vielleicht bildeten die eine Art vivomantischen Kreis, der nach den gleichen Prinzipien funktionierte wie die in Muster gepresste Energie der Artefaktion und ihre Macht verstärkte. Ich sollte mir das genauer ansehen, wenn ich mich in der Nähe der Grenze befand.

Auf Straßen, die sich an stattlichen Kiefern vorbeischlängelten, reisten wir die immer steiler werdenden Gebirgsausläufer hinauf. Der Wind trug das Aroma von Schnee aus den in der Ferne aufragenden Bergen herbei. Ich trug meine wärmste, pelzgefütterte Samtjacke und weiche Lederhandschuhe, zitterte aber immer noch in der Kutsche. Die Nase gefror mir förmlich. Schließlich gab Bree mir einen dicken Schal aus handgesponnener Wolle, den ich mir um Kopf und Schultern wickelte. Zaira lachte mich aus und erklärte, ich sähe aus wie ein Großmütterchen vom Lande, aber der Schal hielt mich warm.

Als wir das Vorgebirge ein Stück weiter erklommen hatten, wurden die Bäume kleiner, und die Kiefern um uns herum wichen ausgedehnten Wiesen, die ungeschützt auf den unvermeidbaren Schnee warteten. Allmählich erhaschten wir erste Blicke auf den fernen Weißen Gipfel. Er überragte all die anderen Berge, und der Gletscher, der die Spitze bedeckte, schien einfach vor dem durch die Entfernung verschwommenen Himmel zu schweben wie ein aus Wolken erbauter Palast der Grazie der Schönheit. Es war schwer, zu glauben, dass dieses prachtvolle Bild verschneiter Erhabenheit solch ein furchtbares Feuer in seinem Inneren bergen sollte, bereit, Tod und Zerstörung auf uns alle regnen zu lassen.

Am späten Vormittag des zweiten Tages kamen wir an eine Kreuzung, an der sich die Wege von Marcello und Istrella und uns anderen vorübergehend trennten. Istrella sollte in einer Grenzfestung über einem wichtigen Pass, der durch ein Flusstal führte, Station machen, um dort die magischen Schutzmaßnahmen zu verbessern, eine Aussicht, die sie mit bestürzender Begeisterung zu erfüllen schien.

»Ich habe eine ganz reizende Idee für ein Katapult.« Verträumt drückte sie eine Zange an ihre Brust, als wir uns verabschiedeten. Sie hatte bereits ihre artefaktische Brille aufgesetzt, und ihre vergrößerten Augen blickten mir aus großen runenbeschrifteten Kreisen entgegen. »Ich glaube, ich kann eines bauen, das Kübel mit magischem Nebel in das Tal hinunterschleudert, der breitet sich dann aus und ruiniert das Schießpulver aller Leute da unten.«

»Vielleicht kümmerst du dich erst um die Banne und *dann* um neue Waffen«, schlug Marcello mit besorgter Miene vor. »Außerdem könntest du mit dem Nebel auch unsere eigenen Truppen treffen.«

Aber Istrella seufzte nur sehnsuchtsvoll.

»Ich wünsche dir auf jeden Fall viel Glück«, sagte ich lachend.

»Gleichfalls! Lass dich nicht von den Wölfen fressen.« Istrella winkte mir fröhlich zu, ehe sie sich an Bree wandte: »Und vergiss nicht, diese Banne an eurem Schloss in Ordnung zu bringen! Ein Falke aus der Garnison in Durantain soll sich das ansehen. Die werden erkennen, wovon ich euch erzählt habe.«

Ich zog Marcello beiseite, um ihm auf Wiedersehen zu sagen. Auf dem Kamm hinter ihm beschrifteten entlaubte graue Äste den Himmel mit einer unbekannten Baumsprache. In der Brise, die über das Wiesengras fegte und ihm die schwarzen Locken über die warmherzigen grünen Augen blies, lag eine Spur von Eis. Über uns krächzte eine Krähe und balancierte vorsichtig auf dem Wind.

Was sollte ich ihm sagen? Ich hatte keine Worte für das unwegsame Gelände zwischen uns; ich wusste nicht einmal, wie ich es für einen schlichten Abschied überqueren konnte. Sekunden zogen dahin, und ich stand nur da und starrte ihn an wie eine Schwachsinnige.

Zunächst hatte Marcello so erwartungsvoll ausgesehen wie ein Schüler, der von seinem Lehrer nach dem Unterricht auf ein Wort zurückgerufen wird. Aber dann entspannten sich seine Schultern, und seine Lippen zuckten unter dem Einfluss unterdrückter Heiterkeit.

»Hör auf zu grinsen«, herrschte ich ihn an, doch auch meine Mundwinkel begannen, sich aufwärtszubiegen.

»Was spricht dagegen, sich mit einem Lächeln zu verabschieden?«, fragte er. Seine Hand geriet in Bewegung, als wollte er mein Gesicht anheben, doch dann steckte er sie in die Tasche.

»Nichts, nehme ich an. Aber ich werde dich vermissen. Ich werde es vermissen, mit dir über all unsere furchtbaren Probleme zu sprechen und gemeinsam eine kluge Lösung zu finden.«

Er sah sich zu der wartenden Kutsche und der Eskorte berittener Soldaten um. »Tja, ein paar Minuten bleiben uns noch. Das scheint mir ausreichend, um eine drohende Invasion, einen Verräter, einen Vulkan und einen mörderischen Hexenlord abzudecken. Wie willst du das alles dieses Mal in Ordnung bringen?«

»Genauso wie letztes Mal«, sagte ich. »Indem ich mich auf die Bemühungen meiner wunderbaren Freunde verlasse.«

»Die muss ich unbedingt mal kennenlernen. Sie scheinen ja wirklich tüchtig zu sein.« Dann verblasste Marcellos Lächeln, und er setzte eine ernste Miene auf. »Ich werde dich nicht bitten, vorsichtig zu sein, weil ich weiß, dass du nicht auf mich hören wirst. Aber hier, nimm das.« Von einer plötzlichen Eingebung getroffen, riss er einen goldenen Knopf mit einem eingravierten Falken von seiner Uniform und hielt ihn mir hin. Schimmernd ruhte er in seiner Handfläche.

»Warum richtest du deine Uniform so zu?« Ein loser Faden baumelte von seinem Ärmel, und es juckte mich in den Fingern, ihn abzutrennen.

»Ich kann einen anderen Knopf annähen. Nimm du diesen, und wenn du daran denkst, irgendetwas Gefährliches zu unternehmen, dann möchte ich, dass du diesen Knopf in der Hand hältst und darüber nachdenkst, was ich dir sagen würde.« Er setzte ein schiefes Grinsen auf. »Dann kannst du dem Knopf sagen, er soll still sein, und losziehen und es trotzdem tun. Aber zumindest wirst du an mich denken.«

Ich lachte und nahm den Knopf. Das Metall war warm von seiner Hand. »Wie du weißt, sehen wir uns schon in ein paar Tagen wieder, wenn ihr zu uns aufschließt. Ich werde keine Expedition auf das Wintermeer unternehmen.«

»Dennoch werde ich dich vermissen.«

Und da nahte der Moment heran, in dem ich ihn küssen würde,

wäre ich nicht die Cornaro-Erbin. Ich spürte, wie er uns umfing, der Wind legte eine Pause ein, als gäben die Grazien ihren Segen, während die Sonne unsere Haut gülden färbte und zwischen uns tiefe Stille einkehrte.

Und er wusste es. Ein warmes Funkeln trat in seine Augen, und es war, als würde der Abstand zwischen uns nichts bedeuten. Gegenseitiges Verständnis vereinte uns, so sicher und süß wie eine Umarmung.

»Ich muss weiter«, sagte ich und steckte den Knopf in eine sichere Seitentasche meines Tornisters, gleich neben den Elixierflaschen, den artefaktischen Werkzeugen und all dem anderen, was ich dicht bei mir haben wollte, sollten wir in Schwierigkeiten geraten.

»Ich weiß. Wir sehen uns bald wieder.«

Als ich davonging, hatte ich das Gefühl, die Verbindung zwischen uns hielte immer noch vor, als hätte ich ein Stück meiner selbst dort bei ihm im kalten, sonnengefluteten Wiesengras gelassen.

*

Es ging nur noch langsam voran, und der Weg wurde immer gefährlicher, als wir die Berge in Richtung Hochpass erklommen. Das war eine abgelegene Festung, die über einen Fußweg durch das Hexenmauergebirge wachte und unser letztes Nachtlager, ehe wir zu dem verdächtigen artefaktischen Kreis aufbrechen würden. Ich war nicht überzeugt, dass die Kutsche es durch all die Haarnadelkurven schaffte, aber Bree versicherte mir, dass sie andere Wagen schon früher diese Strecke hatte bewältigen sehen; trotzdem schien es, als wollten meine Knochen auf der Fahrt über den steinigen Boden in Stücke brechen.

Terika war ausgezeichneter Stimmung und brachte den größten Teil des Nachmittags damit zu, Zaira Geschichten über ihre Großmutter zu erzählen, die in einem Dorf lebte, das wir auf der Straße nach Hochpass durchqueren würden.

»Ich kann kaum erwarten, dass du sie kennenlernst.« Terika strahlte Zaira an, die im Gegenzug angesichts dieser Aussicht ziemlich erschrocken wirkte. »Baba mag Leute, die frei von der Leber weg reden. Dich wird sie lieben. Aber verleite sie bloß nicht, dir zu erzählen, wie sie einmal einen vaskandrischen Musketier mit einem Vorschlaghammer erledigt hat.«

Zaira sah sich zu mir um. »Ich weiß nicht, ob Ihre Hoheit bei ihrem vollen Terminplan noch einen zusätzlichen Halt einschieben kann.«

»Nur zu gern«, sagte ich.

Worauf Zaira mich mit einem *Warum-tust-du-mir-das-an?*-Blick bedachte, den ich mit einem süßen Lächeln beantwortete. Ich neigte nicht genug zur Einmischung, um sie und Terika aufeinanderzuschubsen, aber ich würde ihr auch gewiss nicht helfen, vor etwas davonzulaufen, das sich gut und gern als das Beste erweisen mochte, was ihr je widerfahren war.

Terika legte einen Finger an die Lippen und setzte eine nachdenkliche Miene auf, die doch nicht reichte, den darunter lauernden Schalk zu kaschieren. »Meine Baba ist unter Umständen nicht so erfreut, wenn ich sie mit königlichen Hoheiten überrasche. Aber vielleicht kann Dama Amalia draußen warten, dann hat Großmutter es nur mit uns beiden zu tun.«

»Ich will deine Großmutter nicht kennenlernen«, grummelte Zaira. Die kurze Pause vor dem Wort *Großmutter* deutete darauf hin, dass sie ein wenig schmeichelhaftes Eigenschaftswort gerade noch hatte runterschlucken können.

»Warum nicht?« Eine gefährliche Schärfe hatte sich in Terikas liebreizende Stimme geschlichen.

»Weil sie, wenn du mich mit einem Riesen-Tamtam vorstellst, auf die völlig irrsinnige Idee kommen könnte, dass wir daran denken, zu heiraten.«

Terika grinste verschmitzt. »Soll ich ihr stattdessen lieber sagen, dass du meine jungfräuliche Tugendhaftigkeit ausnutzt?«

Zaira prustete. »Gegen dich kann ich nicht gewinnen, was?«

»Nein. Nein, das kannst du nicht.« Terika verwuschelte Zairas Haar, was die mit einem gespielt finsteren Blick hinnahm.

Lienne erregte meine Aufmerksamkeit. Ihre runden Wangen leuchteten vor Vergnügen. Ich erwiderte das Lächeln, wenngleich mich mein Gewissen piesackte, weil ich gedacht hatte, sie könne die Verräterin sein. Wie sollte sie, wo sie doch so strahlte vor lauter Zuneigung zu zweien der Falken, deren Namen auf der Liste der Herrin der Dornen standen?

»Oh, da wir gerade vom sicheren Verderben sprechen.« Zaira wühlte in ihrer Rocktasche und brachte das unrunde, mit Obsidian besetzte Leuchtmedaillon zum Vorschein, das Istrella ihr gegeben hatte. »Da wir uns in Gefahr begeben und so, nimm das. Du musst eine Möglichkeit haben, dich selbst zu schützen.« Ohne weitere Umstände ließ sie das Medaillon in Terikas Schoß fallen.

Terika nahm es entzückt an sich und hängte es um ihren Hals. »Vielen Dank, Zaira. Aber jetzt will ich dir auch etwas schenken!«

»Das ist kein Geschenk, sondern eine Waffe«, widersprach Zaira ein wenig erbittert.

»Waffen sind die besten Geschenke«, wandte Lienne ein und tippte dabei zärtlich auf das schimmernde Heft ihres Rapiers. »Dies ist ein Geschenk von meiner Schwester. Sie weiß, was ich mag.«

»Schon gut, Zaira.« Terika tätschelte ihr Knie. »Ich weiß, dass du nicht eine romantische Ader im ganzen Leib hast. Ich werde das schon nicht falsch verstehen. Und meine Großmutter auch nicht.«

*

Das Örtchen, eine malerische Ansammlung von Schieferdächern, rotgestrichenen Scheunen und einem winzigen Tempel zu Ehren der Grazien im Zentrum, schmiegte sich an das Ufer eines Sees in einem Hängetal. Ziegen liefen frei ums Dorf herum und weideten auf den flechtenverkrusteten Felsen, hinter denen sich bewaldete Gipfel erhoben. Im Frühjahr, wenn die Wiesen voller Wildblumen waren, musste es unglaublich idyllisch sein.

Aber Terika runzelte die Stirn, als sie zum Kutschfenster hinausblickte. »Da kommt kein Rauch aus den Schornsteinen.«

»Dann werden wir es wohl ausfallen lassen müssen«, kommentierte Zaira. »Keine Großmutter da, die mich kennenlernen könnte.«

Terika achtete nicht auf sie und legte die Hand an das Glas. »Ich sehe die alte Arghad nicht auf ihrer Veranda. Und Lorran lässt seine Ziegen nie unbeobachtet. Etwas stimmt hier nicht.«

Sie öffnete das Fenster und lehnte sich weit hinaus. Lienne hielt sie am Gürtel fest, damit sie nicht auf die Straße stürzen konnte, und rief dem Kutscher zu, er solle schneller machen. Erschrocken sah auch ich zum Fenster hinaus; das Dorf wirkte unheimlich still.

»Vielleicht sind alle gestorben und ich muss die alte Schabracke gar nicht mehr kennenlernen«, murmelte Zaira mir leise zu.

Aber genau in dem Moment duckte sich Terika wieder in die Kutsche hinein. Ihr Gesicht wurde so blass wie Papier, die Sommersprossen hoben sich Blutflecken gleich von der hellen Haut ab.

»Was hast du gesagt?«, herrschte sie Zaira an.

Die verzog das Gesicht. Ich stupste ihren Zeh von der anderen Seite der Kutsche aus mit meinem an, wollte sie wortlos drängen, um Entschuldigung zu bitten. Aber sie verschränkte die Arme vor der Brust und sagte: »Hast du doch gehört.«

Terika presste die Lippen zusammen, lehnte sich erneut aus dem Fenster und rief: »Halt die Kutsche an! Ich steige aus.«

»Sei nicht dumm!«, blaffte Zaira.

Terika wirbelte herum und bohrte Zaira einen Finger in die Brust. Ihre Magiermale traten kühn hervor in Augen, die vor Ergriffenheit glühten, aber ihre Stimme blieb vollkommen ruhig. »Ich lasse mir eine Menge von dir gefallen«, sagte sie. »Aber du wirst nicht verächtlich über meine Großmutter reden.«

Die Kutschräder kreischten und kamen ratternd zum Stehen. Terika schob sich an Zaira vorbei und sprang hinaus, ohne darauf zu warten, dass der Kutscher die Stufen ausklappte. Lienne warf Zaira einen ärgerlichen Blick zu und folgte ihr.

Im nächsten Moment saßen sie schon auf Pferden, und die Kutsche setzte sich rumpelnd wieder in Bewegung. Nun waren Zaira und ich allein, ich auf der einen Bank, sie auf der anderen, und zwischen uns nichts als Stille.

Allzu lange brütete ich nicht darüber. »Geh hinter ihr her und leiste Abbitte«, zischte ich.

»Sie sollte wissen, dass ich so rede und dass das nichts zu bedeuten hat«, erwiderte Zaira säuerlich. »Wenn sie das in den falschen Hals kriegt, ist das ihr Problem.«

»Warum bist du ausgerechnet Terika gegenüber so gemein? Ich dachte, sie wäre der einzige Mensch, den du …« Ich brach ab. Zaira starrte das Geschüh an ihrem Handgelenk an und wich meinem Blick aus. »Du hast das absichtlich gemacht«, ging mir auf. »Du willst sie vertreiben.«

»Und?« Nun blickte Zaira doch auf, und ihre Augen sprühten vor Zorn. »Das mit uns kann nur auf zwei Arten enden. Entweder, sie kommt durch mich zu Tode, oder ich breche ihr das Herz. Ich nehme lieber Letzteres und bringe es hinter mich.«

»Du hast recht, es gibt zwei Arten, wie das enden kann«, blaffte ich sie an. »Aber eine davon ist, dass du dein Glück mit einem wundervollen Mädchen finden wirst, und die andere, dass du dich aufführst wie eine Närrin und euch beide ohne jeden Grund unglücklich machst.«

»Glaub doch, was du willst.« Zaira lehnte sich zurück und verschränkte die Arme vor der Brust. »Aber ich habe es dir erklärt. Ich schaue eben voraus. Und was meinst du, wird aus Terika, wenn Raverras Feinde herausfinden, dass sie die Schwachstelle der Feuerhexe ist? Oder wenn dieser vertrocknete alte Mistkerl von einem Dogen das tut, wo wir schon dabei sind?«

Sie hatte nicht unrecht. Aber das war der Preis der Macht in der Erlauchten Stadt.

»Wir *beschützen* sie!« Frustriert riss ich die Arme hoch. »Ich war mein ganzes Leben lang die Schwachstelle meiner Mutter, und das ist gut gelaufen.«

Zaira starrte mich unverkennbar fassungslos an. »Du wärest in den paar Monaten, die wir uns kennen, ein halbes Dutzend Male beinahe getötet oder entführt worden, und dein Überleben hängt von einem Zaubertrank ab. Das nennst du *gut gelaufen?*«

Ehe ich eine Antwort formulieren konnte, tat die Kutsche einen Satz, um dann abrupt stehen zu bleiben. Zaira musste sich am Fensterrahmen festhalten, um nicht in meinen Schoß zu stürzen. Ich schlug mir den Ellbogen an, als die Bank unter mir emporschoss, und dann kehrte Stille ein.

Wir wechselten einen knappen versteinerten Blick, ehe wir beide die Köpfe zu den gegenüberliegenden Fenstern hinaussteckten, um nachzusehen, was los war. Mein Herz hämmerte, als würde es immer noch im Inneren der Kutsche durchgerüttelt.

Die Straße führte durch Terikas Dorf, zog eine staubige Linie zwischen ein paar Häusern und einem kleinen Laden, die sich um sie herumscharten. Der Rest der bäuerlichen Häuser verteilte sich über das Tal wie zufällig herabgefallene graue Steine, gezeichnet von Ruß und Verwitterung. Eine schwere Stille lag über der Straße, die durch das Schnauben und Stampfen von fünfzig Pferden und das Rasseln von Zaumzeug und Kutschrädern nur noch mehr vertieft zu werden schien.

Eine eisige Kälte nistete sich in meinem Bauch ein. Terika hatte recht. Wenn solch eine große Truppe in so einem kleinen Dorf eintraf, musste das Aufmerksamkeit erregen. Neugierige Kinder würden herbeilaufen, um uns in Empfang zu nehmen, und sogar die griesgrämigsten alten Käuze würden zumindest einen Vorhang zur Seite ziehen, um einen Blick auf uns zu werfen. Aber die Steinhäuser waren totenstill.

Abgesehen von der Eingangstür des zweiten Hauses vor uns am Straßenrand, die frei hin- und herschwang. Einmal knallte sie heftig gegen die Wand, dann noch einmal sachter, als hätte jemand sie gerade aufgestoßen.

Der Moment zog sich länger dahin, als er dürfte. Liennes Hand sank auf das Heft ihres Schwerts. Ein paar Soldaten legten nervös die Handflächen an die Läufe der Musketen, die an ihren Schultern hingen.

Dann stolperte ein Mann aus dem Haus, torkelte ein paar Schritte auf uns zu und fiel mit dem Gesicht voran in den Straßendreck.

KAPITEL SECHZEHN

Einen starren Augenblick lang konnte ich nur denken, Zaira hätte irgendwie das ganze Dorf verflucht und es wären wirklich alle tot. Aber der Rücken des gestürzten Mannes hob und senkte sich unter rauen, mühsamen Atemzügen.

Terika glitt von ihrem Pferd und lief zu ihm. Lienne zog die Pistole, um ihren Falken zu decken, und musterte argwöhnisch jede Tür und alle Fenster, jedes Fass und jeden Stein.

Bree wandte sich an die callamornischen Soldaten, die die Hälfte unserer Eskorte stellten, und rief: »Aufpassen! Braegan, nimm deinen Trupp und durchsuch die Häuser nach weiteren Leuten. Aber rührt nichts an!«

Ich riss die Kutschtür auf und hastete zu Terika, die neben dem Mann auf der Straße kniete. Er schien das Bewusstsein verloren zu haben; seine Haut war blass und klamm. Terika zog eines seiner Lider hoch, roch an seinem Atem, presste die Fingerspitzen an sein Handgelenk, die Kehle, die Stirn.

»Ist er krank?«, fragte ich, und die Furcht vor einer Seuche brodelte in meinen Eingeweiden.

Ehe Terika antworten konnte, ertönte nach und nach Geschrei aus jedem der Häuser, die die Soldaten durchsuchten.

»Hier ist eine Familie drin! Sie leben, aber sie sehen nicht gut aus!«

»Hab einen alten Mann gefunden … Argh, nein, ich glaube, er ist tot.«

»Sechs Leute hier! Zwei bei Bewusstsein, alle zu schwach, um sich zu bewegen. Sie brauchen Wasser!«

Die Last meiner dunklen Vorahnung verdoppelte sich mit jeder Entdeckung. Der Instinkt, der mir riet, von hier zu verschwinden, vor jeder möglichen Ansteckung zu fliehen, zerrte mit starken Händen an mir und wollte mich antreiben, einfach loszurennen.

Bree übernahm das Kommando und wies ein paar Soldaten, die in den Grundlagen der Kriegsmedizin geschult waren, an, denjenigen Kranken zu helfen, wo Hilfe noch möglich schien. Andere schickte sie zu den weiter entfernten Häusern, und wieder anderen befahl sie, Wasser zu holen und nachzusehen, was die betroffenen Dorfbewohner sonst noch brauchten. Zaira stand mit geweiteten Augen da, eine Hand über Mund und Nase gelegt, und ihre Züge spiegelten die Furcht eines Menschen, der schon früher Zeuge der Folgen einer Seuche geworden war.

Aber ich roch keine Krankheit. Da lag ein anderer Geruch in der Luft, unpassend süß, ganz ähnlich wie … Lilien.

»Terika?«, fragte ich, und meine Stimme verriet mich durch ihr leichtes Zittern. »Wurden sie vergiftet?«

Abrupt sprang Terika auf und schrie: »Niemand rührt das Wasser an!«

Ein paar Soldaten, die gerade einen Kübel am Brunnen neben einem der Häuser füllten, hielten inne. Furcht trat in ihre Augen, und sie ließen den Kübel fallen, der klappernd an dem über die Rolle fauchenden Seil in die Tiefe herabfiel.

»Fluchrose«, sagte Terika mit angespannter Stimme und grimmiger Miene. »Das habe ich schon früher gesehen. Die Herrin der Dornen schickt sie aus Sevaeth herbei. Sie kriechen über die Berge, und ihre Wurzeln suchen Trinkwasser, um es zu vergiften. Wir müssen schnell handeln, oder all diese Menschen werden sterben.«

Zaira ließ die Hand vom Gesicht sinken und tat einen Schritt auf Terika zu. »Was kann ich …«

Terika achtete nicht auf sie und wandte sich an Bree. »Bitte.« Heiser und kratzig kam die Stimme aus ihrer rauen Kehle. »Könnt Ihr jemanden schicken, der nach meiner Großmutter sieht? Sie wohnt in einem Bauernhaus weiter oben auf diesem Hügel hinter dem Kiefernhain. Ich muss wissen, ob es ihr gutgeht.«

Bree nickte und schickte sofort einen Soldaten los. »Von Fluchrosen habe ich schon gehört«, sagte sie dann. »Gibt es ein Gegengift? Sag mir, was wir zu tun haben.«

Terika schloss für einen Moment die Augen, und ihre Lippen bewegten sich stumm.

Dies war ihre Heimat. Die Erkenntnis sickerte in ihr Bewusstsein wie schmutziges Wasser in eine Picknickdecke. Terikas Großmutter hatte sie hier aufgezogen; all diese Leute waren ihre Nachbarn und Freunde und Angehörige aus der Zeit, bevor sie in die Stallungen gekommen war, Menschen, die sie auch später noch besucht hatte. Und nun musste sie versuchen, sich an alchemische Heilmittel zu erinnern, von denen sie vor fünf Jahren erfahren hatte, während sie zugleich damit rechnete, dass ihre Großmutter bereits tot war.

Trotzdem brach sie nicht heulend und wehklagend zusammen oder rannte einfach los, um die Leute zu finden, die sie liebte. Stattdessen riss sie die Augen wieder auf und nickte voller Entschlossenheit.

»Ich kann ein Gegengift anrühren. Die meisten Zutaten habe ich, und ich weiß, wo ich in dieser Gegend den Rest finden kann. Aber es wird Zeit kosten, alles zusammenzustellen und das Mittel zu brauen.«

Bree vergeudete keine Zeit, sondern befahl ihren Soldaten, die Stadt zu durchsuchen und Terika alles zu bringen, was sie benötigte. Sogleich vertrieb zielstrebige Geschäftigkeit das entsetzte Gaffen. Bree rasselte eine lange Reihe Kommandos herunter und wandte sich dann an Zaira und mich.

»Könnt ihr nach Hochpass weiterreisen? Dort berichten, was passiert ist, und sie veranlassen, uns Unterstützung zu schicken?«

Ich nickte. »Natürlich.«

Terika war bereits dabei, allerlei Beutel aus der Kutsche zu holen. Dabei murmelte sie irgendetwas über alchemisches Zubehör. Ein Soldat half ihr beim Abladen; Lienne befahl den raverranischen Soldaten, einen Arbeitstisch, nicht verunreinigtes Wasser und Kerzen für sie zu beschaffen.

Zaira tat einen halben Schritt in ihre Richtung, wandte sich aber dann mit gepeinigter Miene wieder ab. Ohne noch etwas zu Terika zu sagen, kletterte sie zurück in die Kutsche.

»Wenn du schon keine Abbitte leistest, willst du dich dann nicht wenigstens verabschieden?«, fragte ich sie, als ich ihr folgte.

»Hast du sie nicht gesehen? Sie ist gerade ein bisschen beschäftigt.« Zaira fläzte sich auf die Bank. »Ich werde nicht abstreiten, dass ich da in einen Haufen Hundekot getreten bin, aber für halbe Sachen war ich noch nie zu haben. Jetzt weiß sie, dass sie ohne mich besser dran ist.«

Dann rollte die Kutsche an, und es war zu spät für Abschiedsworte. Zaira starrte Terika durch das Fenster hinterher, bis sie, die Arme voller Flaschen mit Ingredienzen, in einem Haus verschwand, gefolgt von Soldaten, die ihre alchemische Ausrüstung hineintrugen.

»Sie sind in guten Händen«, murmelte ich.

»Verdammt richtig, das sind sie. Terika ist die Beste.« Zaira seufzte und legte sacht die Fingerspitzen an das Glas. »Ich kann nicht glauben, dass die wirklich alle sterben. Diese alte Schabracke sollte besser am Leben bleiben.«

*

Die Kutsche holperte einem weiteren unerwarteten Halt entgegen. Ich wechselte einen beunruhigten Blick mit Zaira; wir waren kaum mehr als eine Stunde von dem Dorf entfernt und hatten noch nicht einmal die Hälfte der Strecke nach Hochpass hinter uns. Feldwebel Andra klopfte ans Fenster, und mein Rückgrat erstarrte. Sollte sie die Verräterin sein, war dies womöglich eine Falle.

»Ein callamornischer Bote nähert sich«, verkündete sie in schroffem Ton. »Sieht dringend aus.«

Zaira und ich stiegen argwöhnisch aus der Kutsche und traten hinaus in einen steifen, eisigen Wind, der über den Bergkamm fegte, den wir in Richtung Hochpass erklommen. Die bewaldeten Flanken des Kamms fielen zu beiden Seiten sanft ab, und ich konnte die Felder in der Tiefe sehen, die das Dorf wie eine Wiege umgaben. Von Osten kreuzte ein Fußweg unsere Straße, der über den Hang oberhalb des Dorfes führte; über diesen schmalen Trampelpfad näherte sich der Bote hektisch winkend, einen Arm an die Seite gepresst. Er bewegte sich mit dem stolpernden Gang eines Menschen, der über die Grenzen seiner Leistungsfähigkeit hinaus gerannt ist.

Zaira fluchte. »Das ist einer der Soldaten, die wir bei Terika zurückgelassen haben.« Wir hatten unsere Truppen aufgeteilt, sowohl die callamornischen als auch die raverranischen Teile. Zwei Dutzend

Soldaten waren zum Schutz und zur Unterstützung von Terika und Bree im Dorf geblieben und die anderen zwei Dutzend mitgekommen, damit sie uns während der restlichen zwei Stunden bis Hochpass begleiteten.

»Aber er kommt nicht die Straße herauf«, murmelte ich stirnrunzelnd.

Unsere verbliebene Eskorte sammelte sich um uns herum, einige glitten von ihren Pferden, um dem herannahenden Boten zu Hilfe zu eilen. Aber der wehrte sie nur ab, reckte den Kopf hoch und rief keuchend seine Botschaft.

»Die Prinzessin braucht Unterstützung!«

Umgehend stiegen die callamornischen Soldaten unserer Eskorte ab und griffen nach Gewehren und Pulverhörnern.

»Was ist passiert?«, fragte ich und hastete zu dem Boten, nur um beinahe von Zaira aus dem Weg gekegelt zu werden, als die auf ihn zurannte.

»Geht es Terika gut?«, herrschte sie den Mann an, die Hände zu Fäusten geballt.

Der Soldat rang immer noch um Atem. Trotz der kalten Luft glänzten seine Schläfen vor Schweiß. Ein fahler Flaum zierte seine Oberlippe; er sah aus, als wäre er kaum alt genug, eine Uniform zu tragen. »Prinzessin Brisintain und die Alchemistin Terika …« Er schnappte nach Luft, als einer seiner callamornischen Kameraden ihm eine Feldflasche Wasser in die Hand drückte. »Sie sind mit einem Dutzend von uns losgezogen, um einige der Zutaten von einem Ort zu holen, den Terika kannte.« Er deutete über die Schulter zurück auf eine Einbuchtung auf der Ostseite des Berges, den wir erklommen. »Da oben am Berg, gleich an der Grenze. Aber wir sind über ein vaskandrisches Überfallkommando gestolpert. Die Prinzessin hat mich angewiesen, loszulaufen, um Euch aufzuhalten und um Hilfe zu ersuchen.«

Die Stimme des Burschen bebte vor Scham. Sie hatte ihn geschickt, um ihn zu schützen. Das war ihm bewusst, und es machte ihm schwer zu schaffen.

Oh, Höllen. *Bree.* Sie konnte bereits tot sein – und Terika auch.

Korporal Braegan und sein Trupp schlangen sich bereits die Musketen über die Schultern. »Wie viele?«, fragte er barsch.

»Wir waren ein Dutzend, den Rest haben wir im Dorf zurückgelassen.« Rasselnd holte er Luft, krümmte sich zusammen und stützte die Hände auf die zitternden Knie. »Es müssen … zwanzig von denen gewesen sein?«

Ich musterte unsere zwei Dutzend Soldaten, bemühte mich, die verzweifelte Sorge zu verdrängen, die sich in meiner Brust verkrallt hatte, und logisch zu denken. Hochpass thronte auf der Westseite des Berges, durch den langen Kamm, den wir bereisten, von Dorf und Einbuchtung getrennt. Von hier aus, bevor die Straße den Kamm verließ und nach links auf den Hang abbog, konnten wir Bree und Terika schnell erreichen, aber Hilfe aus Hochpass zu holen würde eine Reise von mehreren Stunden pro Richtung erfordern. Wir waren die einzige Hoffnung, die ihnen blieb.

»Wir können Dama Amalia und Zaira nicht unbewacht zurücklassen«, blaffte Feldwebel Andra.

»Das ist kein Problem, denn ich gehe mit«, sagte Zaira mit rauer Stimme. In ihren Augen glomm eine Wut, die jeden warnte, ihr zu widersprechen. »Damit wären die Chancen mehr als ausgeglichen.«

Andra musterte sie forschend. »Das wären sie gewiss. Dama Amalia? Sollen wir die Prinzessin und unseren Falken unterstützen? Das Überfallkommando wird, sofern es noch da ist, aller Wahrscheinlichkeit nach die Flucht ergreifen, sobald die Verstärkung in Sicht kommt.«

Ich zögerte nicht. »Selbstverständlich.«

»Mit der Kutsche können wir diesen Weg nicht bewältigen«, stellte Andra stirnrunzelnd fest.

»Den könnt Ihr nicht einmal mit Pferden bewältigen«, klärte der Bote sie zwischen zwei Schlucken Wasser auf. »Er wird arg steinig. Wir werden zu Fuß gehen müssen. Beeilt Euch!«

Ich drehte mich zu Andra um. Sollte sie der Verräter sein, wollte ich sie in solch einer gefährlichen Lage nicht dabeihaben. »Sie fahren mit der Kutsche weiter nach Hochpass und schicken uns für alle Fälle Verstärkung und einen Alchemisten, der Terika helfen kann, die Dorfbewohner zu heilen.« Sofern er sie nicht ersetzen musste, sollte sie verletzt oder tot sein; aber das würde ich in Zairas Gegenwart nicht aussprechen.

Feldwebel Andra sah aus, als wollte sie Einwände erheben, doch dann schluckte sie nur und salutierte vor mir. »Wie Ihr befehlt, gnädige Frau.«

Ich beugte mich in die Kutsche, um meinen Tornister herauszuholen. Auf dem Weg zurück zu den anderen vergewisserte ich mich tastend, dass meine Elixierflaschen noch da waren – genug für drei Tage, was Mutter und ich als ausreichend großen Zeitraum eingestuft hatten, um im Notfall in jeder Ecke des Imperiums einen kompetenten Alchemisten aufzutreiben –, und prompt schlossen sich meine Finger um Marcellos Knopf.

»Siehst du«, murmelte ich. »Wir haben ein paar Dutzend Soldaten dabei. Bist du nun zufrieden?«

»Mit wem redest du?«, fragte Zaira.

»Mit niemandem.« Nicht einmal in einer Notlage hatte ich das Bedürfnis, mich dem wie auch immer gearteten Spott auszusetzen, den Zaira über mir ausschütten würde, wenn sie hörte, dass ich mit einem Knopf sprach.

*

Wir liefen dem jungen Soldaten auf dem schmalen Pfad hinterher. Ich atmete Dampfwolken aus und barg die Hände in den Ärmeln, um sie vor der kalten Luft zu schützen; mir war keine Zeit geblieben, die weichen Lederhandschuhe anzuziehen, die ich in dem Tornister verstaut hatte.

Der Weg führte an verkrüppelten Kiefern vorbei den Hang hinab. Anschließend erwartete uns ein felsiger Aufstieg zu der Einbuchtung, die wir vom Kamm aus gesehen hatten. Meine Stadtstiefel rutschten über die Steine, und ich zerkratzte mir die Handflächen, weil ich mich mehr als einmal mit den Händen abfangen musste. Zaira hatte sich lediglich den Rock hochbinden müssen, damit er sich nicht um ihre Fußgelenke wickelte, und hüpfte nun flink von einem Stein zum anderen. Die Furcht um Bree und Terika krallte sich wie ein mit Klauen bewehrtes Etwas in das Innere meines Brustkorbs und drängte mich trotz mangelnder Kletterfähigkeiten, schneller zu machen. Trotzdem konnte ich mir einen erleichterten Seufzer nicht verkneifen, als der Pfad wieder ebener wurde.

Und dann kamen wir um eine Biegung und sahen vor uns verstreute Menschen, die verdreht zwischen Wurzeln und Felsen am Wegesrand lagen.

»Grazie der Barmherzigkeit! Passt auf die Bäume auf!«, schrie Braegan. Die meisten Soldaten blickten, die Musketen schussbereit, nach vorn, um die Kameraden zu decken, die nach den Gefallenen sahen.

Entsetzt schnappte ich nach Luft. Eine der Toten trug eine scharlachrote Uniform.

Lienne.

KAPITEL SIEBZEHN

»TERIKA.« In Zairas Stimme lag ein Zorn, der an puren Wahnsinn grenzte. Ich warf nur einen Blick in ihr Gesicht und war plötzlich sehr froh über das Geschüh an ihrem Handgelenk. Fast glaubte ich, die Flammen unter ihrer Haut lodern zu sehen. »Wo ist sie?«

Vorsichtig näherten wir uns den Gefallenen. Musketenläufe zeigten in alle Richtungen. Die meisten Toten trugen vaskandrisches Grün, aber da waren auch zwei in raverranischem Blau, einer in callamornischem Weiß. Und natürlich Lienne. Ihr Anblick zerriss mir das Herz, wie sie da lag, das blutbefleckte Rapier immer noch in der Hand, während ihre Pistole ganz in der Nähe zwischen Felsbrocken lag. Ihr grau melierter Zopf hatte sich gelöst und lag hinter ihr auf dem Boden, starr vor Blut von dem halben Dutzend Schusswunden in ihrem Oberkörper.

Noch an diesem Morgen war sie so lebendig gewesen, hatte lächelnd Terika und Zaira zugesehen. Und nun war nichts weiter von ihr übrig als eine blutige, leere Hülle, achtlos am Wegesrand zurückgelassen wie ein verschmutzter Handschuh. Ich hatte befürchtet, sie könnte der Verräter sein, aber sie war bei der Verteidigung ihres Falken gestorben. *Mögen die Grazien ihre Seele hüten.*

Weiter oben am Weg, außerhalb unserer Sichtweite, stöhnte jemand.

Rasch folgten wir den Lauten mit schussbereiten Musketen und kamen unterwegs an weiteren toten Vaskandranern vorbei. Furcht vor dem, was uns erwartete, lähmte meine Schritte wie kalter, schmatzender Schlamm.

Bald führte der Pfad aus dem Kiefernwald hinaus auf einen Sattel zwischen zwei sich aufbäumenden Gipfeln. Wind zerrte an uns, zog Haar und Mäntel und Röcke zu der Einbuchtung. Auf der anderen

Seite endete sie in einem von Flechten überwucherten Geröllfeld, das von einem alten Felsrutsch kündete und sich bis hinab zur wogenden See eines uralten Waldes zog, der die Berghänge in tiefgrüne Schatten hüllte.

Eine Frau lag ausgestreckt zwischen den Felsen, die raverranische Uniform mit Blut befleckt. In ihrem Schoß ruhte eine Muskete. Ihre Hände waren zu schwach, um sie zu heben, doch ihre Augen glitzerten fiebrig – sie lebte.

»Da seid ihr ja«, keuchte sie. »Hat ganz schön gedauert.«

Der Junge, der uns hingeführt hatte, rannte zu ihr. »Den Grazien sei Dank, es ist noch jemand am Leben! Wo ist die Prinzessin? Was ist passiert?«

Zaira stiefelte zu der verwundeten Soldatin, jeder einzelne Schritt getragen von purer Mordlust. »Rede«, knurrte sie.

Die Soldaten waren gnädiger. Eine Frau aus Callamorne in den Dreißigern, die einen braunen Zopf über breiten Schultern trug, holte Verbände und alchemische Salben aus ihrem Beutel, um die Wunden der Soldatin zu behandeln. Einer ihrer Kameraden bot ihr Wasser an.

Sie trank in raschen, dankbaren Schlucken, doch nur zwischen den einzelnen Worten: »Ein vaskandrisches Überfallkommando hat uns angegriffen. Haben eine Falkneruniform gesehen und sich auf die Alchemistin gestürzt.«

»Wo ist sie?«, drang Zaira in sie.

»Ich weiß es nicht.« Die Verwundete verzog schmerzgepeinigt das Gesicht, reckte einen Finger hoch und trank noch einen Schluck Wasser. Die Soldatin mit dem braunen Zopf war derweil mit Salben und Verbänden beschäftigt.

»Wie sieht es aus, Grita?«, fragte Braegan.

»Sie hat eine gute Überlebenschance, wenn Ihr mich meine Arbeit tun lasst.«

»Tut mir leid.« Braegan wich zurück, um ihr mehr Platz zu lassen.

Die Verwundete griff nach Braegans Ärmel. »Ihr müsst Euch beeilen. Sie können noch nicht weit sein. Die Alchemistin hat irgendein artefaktisches Ding benutzt, um sich zu schützen, aber es war zu machtvoll – es hat alle um sie herum umgeworfen und schlafengelegt.

Die Alchemistin selbst auch. Ich war die Nachhut und als Einzige weit genug entfernt, um von der Wirkung verschont zu bleiben.«

Bei der Erwähnung des artefaktischen Geräts erbleichte Zaira. Das musste Istrellas Leuchtmedaillon gewesen sein. Aber es hätte eigentlich die Angreifer mit blendendem Licht überziehen sollen, nicht jeden in seiner Nähe betäuben. Mir wurde flau und flauer. Irgendetwas war da furchtbar schiefgegangen.

»Und Prinzessin Brisintain?«, hakte Braegan nach.

»Sie haben sich die Alchemistin geschnappt und ausgesehen, als würden sie überlegen, was sie mit all den Schlafenden anfangen sollen, also habe ich auf einen von ihnen geschossen. Das hat sie in die Flucht geschlagen, aber sie haben zurückgeschossen, und da steh ich nun.« Vor Schmerz schloss sie die Augen, schlug sie aber gleich wieder auf. »Dann sind die Schlafenden erwacht. Zuerst eine Handvoll Vaskandraner, die fast außer Reichweite gewesen waren. Da habe ich getan, als wäre ich tot, und sie vorbeigehen lassen. Dann sind die Prinzessin und die anderen aufgewacht, beutegierig wie blutrünstige Hunde. Sie können nicht mehr als zehn Minuten Vorsprung haben. Ihr könnt sie noch einholen, wenn Ihr Euch beeilt.«

Ich gaffte sie an. »Bree hat sie nach *Vaskandar* verfolgt?«

»Um die Alchemistin zurückzuholen, ja. Sie dachte, sie könnten sie gleich jenseits der Grenze erwischen, ehe sie irgendeinem Unbeteiligten begegnen. Die Vaskandraner waren verletzt und mussten die Gefangene mitschleppen.«

Ich schlug die Hände vors Gesicht. Grazien, das war so typisch Bree.

Ungeweinte Tränen brannten in meinen Augen. *Später.* Nun hatte ich standzuhalten. Jemand musste das Kommando übernehmen und entscheiden, was wir tun sollten – und das war eine Entscheidung, die, sollte es schlecht laufen, jeden hier das Leben kosten konnte.

Und ich wusste, dass ich diese Aufgabe übernehmen musste.

»Dama Amalia«, fragte ein raverranischer Offizier zaghaft.

Zaira stand einsatzbereit am Scheitelpunkt des Passes und starrte mit wild im Wind fliegenden Locken den Hang hinunter zu den hügeligen Wäldern von Vaskandar, als wollte sie das ganze Land niederbrennen.

Über die Schulter schaute sie sich zu mir um; Wut verhärtete ihre Züge. »Du hast gehört, was die Soldatin gesagt hat. Wir können sie noch einholen, wenn wir jetzt aufbrechen.« Sie schlug sich mit der Faust auf den Oberschenkel. »Aber wenn wir sie ziehen lassen, dann ist sie weg. Wirf einen Blick da runter und sag mir, ob wir irgendeine Chance haben, sie wiederzufinden, wenn wir die Spur kalt werden lassen.«

Ich stellte mich neben sie und sah hinab auf die ausgedehnten Wälder, die sich am Fuß der Berge ausbreiteten. Die messerscharfe Narbe eines Fußwegs führte im Zickzack den Hang unter dem Felsrutsch hinunter und verschwand in der alles verschlingenden Dunkelheit des Waldes.

Ich war die Cornaro-Erbin, das Bindeglied zwischen Callamorne und dem Erlauchten Imperium und der Grundpfeiler unserer Allianz mit dem Krähenlord von Let. Und Zaira war sogar noch wichtiger für die Verteidigung des Imperiums. Wir waren zu wertvoll, um uns ohne angemessenen Grund zu opfern. Der Doge hatte mich angewiesen, keine Risiken einzugehen, und ich hegte keinerlei Zweifel daran, dass Mutter, wäre sie jetzt hier, mir verbieten würde, die Grenze zu überschreiten.

Aber Bree war eine Prinzessin von Callamorne. Auch sie war zu wertvoll, geopfert zu werden. Und die imperiale Militärpolizei war angewiesen, zu allen Mitteln zu greifen, um die Gefangennahme von Falken zu verhindern. Nach dem, was uns die verwundete Soldatin erzählt hatte, waren sie uns nur wenige Minuten voraus. Wir müssten die Grenze also kaum übertreten.

»Wir müssen Leute hinterherschicken«, sagte ich. »Das steht fest. Die einzige Frage ist, ob du und ich auch mitgehen.«

»Wenn sich nicht direkt hinter der Grenze ein Hexenlord versteckt, gibt es in einem Umkreis von fünf Meilen nichts, womit ich nicht fertig werde.« Zaira gestikulierte in Richtung des bewaldeten Tals unter uns. »Wenn du sie allein schickst, könnten sie scheitern und sterben. Wir würden Bree und Terika verlieren, und du und ich sind auch nicht sicherer, wenn wir hier ungeschützt herumsitzen. Wenn ich mitgehe, kann nichts uns aufhalten.«

Ein Stück östlich vom Fuß des Berges durchbrach ein freier Bereich aus Feldern und einigen Dächern die Monotonie des Waldes. Rauchfahnen stiegen über dem Dorf auf. Ein Schloss mit schwarzen Türmen erhob sich im Vorgebirge weiter im Osten über den Wald, aber das war zu weit entfernt, um eine Gefahr darzustellen. Im Westen stieg Rauch von einem breiten grauen Streifen aus Zelten auf, das ferne Lager vaskandrischer Truppen, welches ein Flusstal unter einem der wichtigsten Pässe bewachte. Aber es war meilenweit weg. Dieser Teil des Hexenmauergebirges war zu zerklüftet, um Krieg zu führen.

Kathe hatte mir erzählt, dass die Straßen durch Abkommen geschützt seien und sogar dann sicher sein sollten, wenn die Herrin der Dornen das Wort des Todes über das Blut der Lochavers gesprochen hatte. Es mochte durchaus Kundschafter geben, die auf den Straßen patrouillierten, Händler und Jäger, die sie bereisten, aber das war schon alles. Selbst wenn wir jemanden bei der Verwundeten zurückließen, blieben uns zwanzig ausgeruhte Soldaten, die Brees verbliebenes halbes Dutzend unterstützen konnten.

Sollten wir uns einige Minuten in den Wald wagen, würde niemand etwas davon mitbekommen. Und Zaira hatte recht; mit einer Feuerhexe in den eigenen Reihen konnte uns nichts aufhalten.

Ich griff in meinen Tornister, schloss die Finger um Marcellos Knopf. »Ich fasse es nicht, dass ich so etwas auch nur in Erwägung ziehe«, sagte ich.

»Wir haben keine Zeit für *Erwägungen*. Die Höllen sollen dich verschlucken.«

Ich nickte und wirbelte zu den wartenden Soldaten herum.

»Zwei von euch bleiben bei der Verwundeten und sehen nach, ob es noch andere Überlebende gibt. Der Rest von uns wird sich ein kurzes Stück weit über die Grenze wagen und versuchen, die anderen einzuholen und Prinzessin Brisintain und Terika da rauszuholen. Wenn die Bäume versuchen, uns zu töten, oder Tiere uns angreifen oder irgendetwas anderes den Eindruck vermittelt, dass der Hexenlord von unserer Anwesenheit weiß, ziehen wir uns umgehend zurück. Wir machen kehrt, bevor wir die Talsohle erreicht haben. Verstanden?« Die Soldaten salutierten und begegneten meinem Befehl mit grimmigem Nicken. »Dann los.«

Ich kletterte zusammen mit den anderen über den Felsrutsch und zog mir, fest entschlossen, die anderen dieses Mal nicht aufzuhalten, noch mehr Kratzer zu. Die Vaskandraner mussten eine Menge Zeit mit dem Versuch verloren haben, sich mit einer unwilligen Gefangenen und verletzten Kameraden einen Weg über diese Felsen zu bahnen. Selbst wenn ich mich hinabstürzen und von jedem Stein, der mir unterwegs begegnete, abprallen müsste – das wäre es mir wert, wenn wir nur aufholten. Bald hatten wir die Stelle erreicht, an der sich der Einschnitt zwischen den Bergen verbreiterte. Von dort führte ein Trampelpfad im Zickzack über einen grasbewachsenen Hang in den Wald hinein.

Dies waren nicht die Feigen- und Olivenbäume raverranischer Gärten oder die stattlichen Zypressen der ländlichen Gegenden des Imperiums. Sie ähnelten sogar kaum den schlanken Kiefern der callamornischen Berge. Dies waren alte, wilde Bäume mit Stämmen, breiter als Türen, und einer Rinde, so rau und zerfurcht, sie könnte hundert Geheimnisse verbergen. Moos wuchs an den Stämmen. Zweige, so dick wie ein erwachsener Mann, hingen über dem Weg, knorrig und ausgreifend blockierten sie den größten Teil des Tageslichts und verbreiteten grüne, wabernde Schatten.

Sie besaßen *Präsenz.* Eine rohe, stumme Wachsamkeit schien in dem Wald zu lauern; ich konnte sie beinahe greifen, als wir weiterzogen. Alle Wälder lebten, aber dieser war wach. Ich schauderte.

So schnell wir auch den Berg hinabgejagt waren, wir hielten inne, als wir an den Waldrand kamen, ohne ein Wort darüber gewechselt zu haben. Die Luft, die aus dem Wald herbeiwehte, war anders. Kälter, feuchter und erfüllt von einem ungestümen Geruch: von Moosen und moderndem Laub, frischen Kiefern und rottendem Holz; Tod und Leben, ineinander verschlungen.

Zaira riss die Faust hoch. »Also gut, ihr verfaulten alten Wracks. Ihr mögt meine Freundin verschluckt haben, aber ich werde euch den Arm in die Kehle rammen und sie so brutal rausziehen, dass ihr eure eigenen Eier ausspuckt.«

»Hast du gerade die Bäume bedroht?«, flüsterte Braegan, als fürchtete er, sie könnten ihn hören.

»Alle Höllen, ja. Die Mistdinger haben es nicht besser verdient.« Und damit marschierte sie in den Wald hinein. Wir anderen folgten ihr, und die Soldaten schwärmten rasch um sie herum aus.

Auf einmal wurde es still. Nicht so totenstill wie in einem verlassenen Raum; es war eine Stille, die angefüllt schien von Tausenden von Lauten, die zu leise waren, um die Hörschwelle zu passieren. Wie ein Verharren jeglicher Bewegung, die doch jederzeit wieder einsetzen konnte. Wie die Pause zwischen zwei Bissen oder ein Atemzug inmitten lauter Schreie.

Als er in den Wald vordrang, weitete sich der Pfad und wurde von einem schmalen Weg, auf dem man sich im Gänsemarsch bewegen musste, zu einer Straße, die breit genug war, mit dem Wagen befahren zu werden. Das mochte dazu dienen, Holzfällerkarren zum Abtransport gefällter Bäume einsetzen zu können, aber ich hatte das Gefühl, dass man in Vaskandar andere Gründe hatte, die Fauna zu stutzen. Als ich mich einmal aus der Straßenmitte entfernte, bog sich der Ast eines Baumes knarrend in meine Richtung, und die kleineren Zweige schienen sich mir rasselnd und klappernd entgegenzustrecken.

»Bleibt auf dem Weg«, sagte ich mit vor Nervosität brüchiger Stimme. »Was immer ihr tut, verlasst den Weg nicht. Ich habe gehört, die Straßen seien sicher – zumindest waren sie das wohl mal.«

Braegan nickte und zog seine Pistole. »Aye, immerhin leben hier Menschen. Und Händler müssen auch hier durch. Man sagt, wenn man auf der Straße bliebe, wäre dieser Wald nicht gefährlicher als einer in Callamorne.«

Sehr überzeugt hörte er sich nicht an.

Der Weg führte über eine Reihe von Haarnadelkurven einen steilen, bewaldeten Hang hinab. Ich lugte zwischen den Bäumen hindurch und hoffte, weiter unten eine Spur von Terika und ihren Häschern zu entdecken. Als ich beinahe glaubte, etwas gesehen zu haben, erklang von bergab das Krachen von Ästen, und eine vertraute Stimme erging sich in wütenden Verwünschungen.

»Bree!«, rief ich und fing an zu rennen. Zaira und die Soldaten um mich herum wurden ebenfalls schneller.

Aber dann drang mir der Geruch in die Nase. Blut und Schlimmeres. Würgend hielt ich mir einen Ärmel vor das Gesicht.

»Amalia?«, rief Bree. »Um der Grazien willen, was tust du hier? Hau ab!«

Inzwischen konnte ich zwischen den Bäumen eine Reihe von Gestalten erkennen. Nur eine davon bewegte sich. Das Unterholz jedoch wogte und strampelte wie ein lebendes Wesen, und die Kiefern schwankten ächzend hin und her.

»Eure Hoheit!«, brüllte Braegan. »Geht es Euch gut?«

»Bestens.« Auf Brees Stimme lastete eine Anspannung, die sie zu brechen drohte. »Aber wenn euch euer Leben lieb ist, dann verlasst ihr den Weg besser nicht.«

Die Soldaten vor mir, die es gerade noch so eilig hatten, hielten abrupt inne. Einen halben Atemzug später sah ich, warum.

Ein Soldat hing an einem Ast, der in sein Auge eingedrungen und am Hinterkopf wieder ausgetreten war. Sein Körper schaukelte sacht hin und her. Ein anderer lag ausgestreckt und mit einem erstarrten Ausdruck tiefer Qual im Gesicht in einem Durcheinander aus Dornenranken, die sich an einem halben Dutzend Stellen in seinen Brustkorb gebohrt hatten. Andere lagen mit erkennbar gebrochenem Genick an den Wurzeln eines stattlichen Baums oder waren von Wurzeln und Ranken, die noch immer um ihre blutigen Glieder gewickelt waren, in Stücke gerissen worden. Die Dornen, die diesen Teil des Waldes beherrschten, glitzerten feucht und rot.

Mir drehte sich der Magen um, während die Soldaten um mich herum vernehmlich fluchten.

Bree kniete mitten in dem Gemetzel und war mit Kratzern übersät. Aus allen Richtungen grabschten Dornenranken nach ihr, und sie wehrte sie mit bloßen Händen ab. Jeder Ast, den sie ergriff, brach, und jede Ranke, die sie berührte, zuckte zurück, als stünde sie in Flammen. *Vivomantik.*

»Bree!« Sie dort an solch einem Ort voller Tod und Blut zu sehen erfüllte mich mit tiefem Entsetzen. Ohne nachzudenken, machte ich Anstalten, zu ihr zu rennen, aber Zaira packte die Rückseite meines Mantels gerade noch rechtzeitig, denn die Äste über der Straße bogen sich bereits in meine Richtung.

»Oh, nein, das tust du nicht. Es sei denn, du willst zerfleischt werden.«

»Eure Hoheit!« Braegan, strich mit dem Daumen über den Hahn seiner Muskete, aber Schusswaffen waren nutzlos im Kampf gegen diesen Feind. »Wie können wir Euch da rausholen?«

»Bleibt, wo ihr seid, und bereitet euch darauf vor, mich einzufangen«, befahl Bree.

Und damit stemmte sie sich auf die Füße. Schwarze Ranken umfingen sie, wollten sie niederreißen, zerrissen ihre so schon arg zerfetzten Kleider weiter.

Bree schloss die Augen und stieß ein lautes, wütendes Gebrüll aus. Plötzlich erschlafften die Dornenranken, die an ihr zerrten, und fielen herab wie nasse Spaghetti.

Ein paar der Soldaten keuchten auf, einer wich zurück. Brees Geheimnis war keines mehr.

Bree stürzte zur Straße, fiel mehr, als sie lief. Dornen griffen nach ihr, verkümmerten aber, sobald sie sie berührten. Sie rollte sich mit der Schulter über sie, bis ein ausgestreckter Arm den Rand der Straße überragte. Braegan packte ihre Hand und zog sie den restlichen Weg aus der Gefahrenzone. Tote Zweige hingen an ihrem Körper.

Keuchend und blass blieb Bree auf der Straße liegen. Ich sank neben ihr auf ein Knie. Mein Magen rebellierte immer noch angesichts all der verstümmelten Leiber um uns herum, aber auch vor Erleichterung darüber, dass sie am Leben war. Ich schnappte nach Luft und inhalierte dabei den schrecklichen Gestank des Todes, der über der Szenerie lag.

Grita kauerte sich neben Brees Fuß, der in einem gänzlich falschen Winkel zum Bein dalag. Alle Höllen, außer in Brees Gesicht konnte man nirgendwo ungefährdet hinschauen.

»Schnell«, keuchte Bree. »Diese Mistkerle, die Terika haben, sind direkt vor uns. Wir konnten sie schon sehen, als der arme Alfrith sich für besonders schlau gehalten und versucht hat, die Haarnadelkurven zu umgehen, um sie einzuholen. Als wir ihn retten wollten, haben wir uns alle in dem Gestrüpp verheddert.«

»Mit diesem Fußgelenk werdet Ihr nirgendwohin gehen, Hoheit«, stellte Grita streng fest. »Wir bringen Euch zurück nach Callamorne.«

Aufgeregt setzte Bree sich auf. »Aber wir sind so nah dran! Es sind nur noch fünf von ihnen übrig, und drei sind verletzt. Sie werden es unmöglich weit genug schaffen, um sich Unterstützung zu holen, wenn wir sofort aufbrechen und der Straße folgen!«

»Kannst du dein Fußgelenk heilen?«, fragte ich und unterstrich meine Worte mit einigen vagen, zappeligen magischen Gesten.

Bree schüttelte den Kopf. »Ich bin keine Hauthexe. Wenn ich versuche, meine Magie auf Menschen anzuwenden, selbst wenn ich dieser Mensch bin, entgleitet sie mir, und mir wird übel. Das ist ... es ist, als wolltest du einem Hund ein Stück nasser Seife ins Maul stopfen. Nur, dass du gleichzeitig der Hund bist.«

»Dann überwinde deine Empfindlichkeit, damit wir Terika retten können«, knurrte Zaira.

»Folgt ihr ohne mich«, drängte uns Bree. »Ich bin derzeit im Kampf so oder so nicht zu gebrauchen, aber ich kann die Zutaten, die wir gesammelt haben, zu dem Alchemisten in Hochpass bringen, damit der ein Heilmittel für die Fluchrosenvergiftung brauen kann.«

»Wir gehen mit dir.« Ich hatte genug. Überall verteilten sich Leichen zwischen den Bäumen, die ihr Blut tranken, als wäre es Regenwasser – das war zu viel. »Tut mir leid, Zaira, aber wir müssen hier verschwinden.«

Zaira bleckte die Zähne. »Feigling«, zischte sie.

»Nicht jeder von uns kann einfach alles in Brand stecken und unbekümmert davonspazieren«, blaffte ich sie an. »Du bist nicht die Einzige, die sich hier in Gefahr bringt.«

»Lienne ist tot«, hielt mir Zaira erbittert entgegen. »Du weißt, was das bedeutet. Wenn Terika nicht binnen maximal einer Woche ein neues Geschüh bekommt, stirbt sie. Wenn wir jetzt aufgeben, werden wir sie nie zurückholen. Wir werden sie umbringen.«

»Folgt ihr«, drängelte Bree, während Grita und einer der raverranischen Soldaten ihr aufhalfen. »Wenn ihr auf der Straße bleibt, passiert euch nichts. Ihr könnt sie immer noch einholen!«

Zaira wirbelte auf dem Absatz herum und stelzte den Pfad hinunter, der weiter nach Vaskandar hineinführte.

Eine wilde, schwindelerregende Panik schnürte mir die Kehle zu, und ich wirbelte zu Bree herum. »Deine Impulsivität hat heute schon ein gutes Dutzend braver Soldaten das Leben gekostet«, fauchte ich. »Bist du so erpicht darauf, den Tribut in die Höhe zu treiben?«

Bree zuckte zusammen, aber dann verengten sich ihre Augen zu einem Ausdruck purer Sturheit. »Nein. Ich bin erpicht darauf, ihrem

Tod Bedeutung zu verleihen.« Sie hob die Stimme. »Braegan, geh mit Zaira. Schütze sie. Das ist ein Befehl.«

Braegan salutierte und wandte sich an Grita: »Gleich, was passiert, ihr müsst die Prinzessin sicher von hier wegbringen. Folgt uns nicht. *Das* ist ein Befehl.«

»Ach, Grazien!« Grita sah aus, als wäre sie mehr als bereit, Bree und Braegan im nächsten Brunnen zu versenken, aber sie machte sich daran, meine Cousine mehr oder weniger die Straße hinaufzuschleppen, während sie murrend bekundete, sie sei von suizidalen Idioten umgeben.

»Die Hälfte von euch begleitet Prinzessin Brisintain«, wies ich meine raverranischen Soldaten an. »Die andere Hälfte geht mit mir. Wir treffen uns in Hochpass, Bree.« Ich hastete hinter Zaira her. Die Soldaten verfielen in hektische Aktivität und teilten sich lobenswert rasch auf. Neun von ihnen schlossen sich mir an. Es dauerte nicht lange, und wir hatten Zaira eingeholt.

Kurz nachdem der schreckliche Leichenhain hinter uns außer Sicht geriet, hastete ich trotz ihres unerbittlichen Schritts an ihr vorbei, um sie zu konfrontieren. Abrupt blieb sie stehen, verschränkte die Arme vor der Brust und starrte mich aus ihren dunklen Augen an. Die Soldaten schwärmten um uns herum aus und behielten mit schussbereiten Musketen den Wald im Auge. Die Bäume ragten drohend über uns auf, kahle Äste reckten sich dem Himmel entgegen wie ein Durcheinander blanker Knochen.

»Hör zu, Zaira.« Ich bemühte mich um einen ruhigen Ton, aber das fiel mir schwer, solange so viel Furcht und Kummer und Zorn in meinem Inneren tobten. »Für so etwas bist du zu klug. Wir haben eine Woche. Wir können einen Trupp Spione schicken, um sie zu retten, oder vielleicht hilft uns Kathe …«

»Nein, du hörst zu.« Ihre Stimme überlagerte meine wie ein Peitschenschlag. »Wenn es einen Grund gibt, warum ich dieses furchtbare Feuer in mir habe, dann ist er das. Dass ich Dinge tun kann, die zu tun bei jedem anderen purer Wahnsinn wäre, beispielsweise nach Vaskandar zu marschieren und jedem zu trotzen, der versucht, mich aufzuhalten.« Mit einer ausholenden Bewegung ihres Arms deutete sie auf den Wald. »*Dazu* wurde ich geboren. Nicht, um Städte zu zerstören oder Armeen niederzumetzeln, sondern um Leute zu retten, die niemand sonst retten kann. Um den Sieg bei etwas davonzutragen, das verloren gegeben wurde.«

Ein überirdischer Zorn brachte ihr Gesicht von innen heraus zum Leuchten, als würde eine Kerze die Schatten des Waldes vertreiben wollen. Sie verströmte die gleiche Macht und Anmut wie bei der Entfesselung ihres Schadfeuers, aber ihre Augen waren frei von dem Wahnsinn, ihr Blick bohrend und selbstsicher.

»Lasst es uns tun«, platzte Braegan plötzlich heraus. »Gnädige Frau, sie hat recht, wir können das schaffen.«

»Zaira …«, fing ich an, ohne recht zu wissen, wie der Satz enden sollte.

»Hört ihr das?«, fragte da plötzlich einer der Soldaten.

Ein allmählich anschwellendes Rascheln kitzelte meine Ohren. Es war, als würde der Wald selbst zu einem Schrei ansetzen. Meine Kopfhaut kribbelte.

»Oh, Höllen«, flüsterte Braegan. »Jetzt geht es los.«

Eine Handvoll Vögel stob aufgeschreckt aus einem Farnbüschel am Berg auf. Die Soldaten richteten ihre Musketen darauf.

Und dann strömten sie auf uns zu, näherten sich in gewaltigen, fließenden Sprüngen, die an das Herumtollen von Delphinen erinnerten. Lang und schmal wie Wiesel, aber so groß wie Hunde, mit drei Augen und daumenlangen, nadelspitzen Zähnen. Ganze Reihen silbriger Dornen schimmerten wie Fischschuppen auf ihren Rücken.

Chimären. Drei an der Zahl.

KAPITEL ACHTZEHN

Schüsse zerrissen die Luft, klangen einer nach dem anderen unfassbar laut. Eine der Chimären stolperte getroffen; einer anderen wurde ein Stück der dornigen Rüstung vom Leib gerissen, zurück blieb ein blutiger Fleck auf ihrem Rücken. Aber alle drei kamen immer noch näher. Fluchend ließen die Soldaten ihre Musketen fallen, nachdem der einzige Schuss verbraucht war, und zogen Pistolen und Schwerter.

Weißglühende Panik breitete sich in meiner Brust aus und wollte sich in einem Schrei Erleichterung schaffen; ich kämpfte sie nieder und wandelte sie in einen heiseren Ruf um.

»*Exsolvo!*«

Die erste der Chimären stieß sich von einem umgestürzten Baum ab und flog förmlich auf uns zu. Ihre Klauen blitzten auf, ein ganzes Maul voller rasiermesserscharfer Zähne klaffte – und dann brach sie in blaue Flammen aus.

Unsere Verteidigungsformation löste sich abrupt auf, als sie auf der Straße landete, kreischend um sich trat und Schadfeuer in alle Richtungen verspritzte wie heißes Öl. Mit einem Aufschrei sprang ich aus ihrer Reichweite und wäre beinahe mit Zaira kollidiert.

»Pass auf, Dummkopf«, blaffte sie mich an und hob die von fahlen, hungrigen Flammen umhüllten Arme.

Ich warf mich zur Seite, während zwei Feuerlinien von Zaira aus über den Boden auf die beiden verbliebenen Chimären zurasten und sie überspülten, als sie uns beinahe erreicht hatten.

Einen Moment lang leckte nur ein winziger Ausläufer bösartiger blauer Flammen an ihrem abscheulichen silbernen Fell, und die Chimären schnappten heulend nach dem eigenen Rücken. Aber dann flammten ihre Körper auf, tausend feurige Blumen erblühten auf jedem Quadratzentimeter ihrer Leiber, und ihre unmenschlichen Schreie vermischten sich in der Luft mit dem Gestank brennenden Fells.

»Weg von den Flammen!«, brüllte Braegan, und wir hasteten etwa dreißig Fuß weit den Pfad hinunter. Die Chimären rührten sich nicht mehr, aber das Schadfeuer loderte, gespeist von ihrem Leben, höher auf als zuvor.

Zaira drehte sich zu mir um, streckte Handflächen aus, auf denen Flammen knisterten und tanzten; sie flackerten auch auf ihrem Haar, kosteten den Wind. Anstrengung schlug sich auf ihre Züge nieder.

»Versiegel mich, schnell«, bellte sie. »Noch habe ich sie unter Kontrolle, aber das wird nicht lange so bleiben.«

»Revincio«, keuchte ich und stolperte rückwärts, als die Flammen auf mich zustoben.

Sofort erloschen sämtliche Brandherde, die an Zaira ebenso wie die weiter oben an der Straße.

Sie schwankte. Ich wollte ihr die Hand reichen, aber sie schüttelte den Kopf und fing sich allein wieder. »Mir geht es gut. So viel Feuer kann ich bewältigen.«

Auch gut. Meine Knie zitterten so heftig, ich war nicht überzeugt, dass ich sie überhaupt hätte stützen können.

Das war das Problem bei Schadfeuer: Solange es Leben verzehrte, konnte es ewig wüten; aber wenn es erlosch, forderte es seinen Tribut von der Feuerhexe. Zaira hatte viel darüber gelernt, es bewusst und kontrolliert einzusetzen.

Wir konnten es uns ebenso wenig leisten, sie zu überanstrengen, wie wir riskieren durften, selbst Opfer ihrer Flammen zu werden. Das Herz donnerte in meiner Brust, und die von Panik gespeiste Energie raste wie ein Blitz über meine Nerven, aber ich musste die Ruhe bewahren.

Braegan drehte sich mit geweiteten Augen zu mir um, während die Soldaten hastig ihre Musketen einsammelten und nachluden. »Eure Hoheit? Ist alles in Ordnung?«

»Mir geht es gut«, sagte ich. »Aber wir sollten …« Weiter kam ich nicht.

Sechs weitere Chimären kamen die Straße herunter direkt auf uns zu.

Fluchend feuerten die Soldaten ihre Pistolen ab. Der scharfe Geruch des Schießpulvers vermengte sich in der Luft mit dem Gestank verkohlten Fleisches, und eine der Chimären fiel jaulend hinter den anderen zurück.

Ich zog mein Messer und wich zurück. »Zaira?«, fragte ich.

»Tu es.« Sie krempelte die Ärmel hoch.

»Exsol…«

Etwas traf mich seitlich am Kopf, hart genug, dass mir die Puste wegblieb. Plötzlich rollte ich über den Boden, und eine siebte Chimäre war über mir.

Ich schaffte es gerade noch, einen Arm zwischen ihr Gebiss und meine Kehle zu bringen. Schmerz bohrte sich durch den Unterarm, und drei irrsinnige Augen starrten mich aus wenigen Zoll Entfernung an. Klauen krallten sich in meinen Mantel.

Ich schrie vor ungezügeltem Entsetzen, während ich wieder und wieder auf den Hals der Bestie einstach. Zweimal glitt mein Messer an der dornigen Rüstung ab, aber beim dritten Hieb ergoss sich heißes Blut über meine Hand.

Und dann purzelte ich über den Rand der Straße, stürzte durch das Gebüsch und prallte an Baumwurzeln ab, und das Ding hing immer noch an mir und drosch wie wild um sich. Seine blutigen Zähne klapperten ganz in der Nähe meines Gesichts, und seine Klauen beharkten meinen Unterschenkel, während wir gemeinsam den Hang hinabsausten. Ich drehte das Messer, rammte es tiefer in den Hals der Bestie, versuchte verzweifelt, sie zu töten, dem Ganzen ein Ende zu machen.

Wir rollten auf den nächsten Straßenabschnitt unter uns; nun lag ich oben. Ich trieb meinen Dolch in das dritte Auge, aber der harte, drahtige Körper unter meinen Händen lag schon reglos da. Die Bestie war bereits tot.

»Exsolvo«, keuchte ich und sprang auf. Schmerz raste mein Bein empor, aber ich achtete nicht darauf, sondern starrte angestrengt über den Hang zu der Straße über mir hoch.

Durch die Bäume erhaschte ich einen Blick auf ein chaotisches Durcheinander – Gebrüll, Schmerzensschreie, blinkende Schwerter, schuppige Rücken im Sprung – aber ich hatte keine Chance zu erkennen, was genau dort vorging oder ob es allen gutging. Eine silbrige Woge glitt den Hang hinab auf mich zu, dritte Augen glänzten, Mäuler entblößten scharfe Zähne.

Vier der sechs verbliebenen Chimären hatten nach mir die Straße verlassen und stürmten den Hang hinab.

Grazie der Barmherzigkeit. Das, was da dornenbesetzt und mit Augen voller fremdartigem Hass auf mich zukam, war mein Tod.

Ich erhob das Messer, ging in Positur, wie Ciardha es mich gelehrt hatte, obwohl ich wusste, dass ich allein niemals vier Chimären auf einmal bekämpfen konnte. Doch da flackerte zwischen den Bäumen ein gleißendes blaues Licht auf.

Eine Woge Schadfeuer toste hinter den Bestien den Hang hinab.

Flammen verschlangen sie, loderten hinauf in das Geäst in der Höhe und setzten es in Brand. Ein Feuer, fast weiß und gierig, strömte auf mich zu, erfasste alles auf seinem Weg, eine Lawine aus Hitze und Licht, die den Geruch des Todes in einem heißen Wind vor sich hertrieb.

»Revincio!«, kreischte ich.

Das Feuer erstarb ein weiteres Mal. Blinzelnd starrte ich in die Schatten des Waldes. Das Geschrei und Gezeter oben am Berg war verstummt.

»Zaira!«, rief ich mit rauer, brechender Stimme. »Geht es dir gut?«

»Dama Amalia!« Das war Braegan, und er klang panisch. »Den Grazien sei Dank. Wir kommen runter.«

Ohne nachzudenken, trat ich einen Schritt auf die Stimme zu, der mich dicht an den Rand der Straße trug. Prompt schlug ein Ast nach mir, als hätte ein heftiger Wind ihn in Bewegung versetzt. Ich tat einen Satz zurück. Ich war so sehr mit Angst geflutet, dass ich zu diesem Zeitpunkt nicht einmal mehr einen Schrei ausstoßen konnte. Mein Bein und mein Arm pulsierten, und auch ein paar Kratzer und blaue Flecken machten nun auf sich aufmerksam, aber all das war unwichtig, solange ich nur immer noch imstande war zu gehen, um so schnell wie möglich aus diesem Wald zu verschwinden.

Ich fing an, den Pfad hinaufzuhumpeln, um Braegan und die anderen zu erreichen. Die Bäume um mich herum bewegten sich, als würde ein Wind durch ihr Geäst wehen. Ein grauer Schatten hatte sich über einfach alles gelegt, und keine Spur von Gold drang noch durch das Laub – die Berggipfel standen nun der Sonne im Wege. Der Rauch von Schadfeuer und Schießpulver lag wie dichter Nebel in der Luft.

Dies war kein Ort für mich. Grazie der Barmherzigkeit, alles, was ich wollte, war, wieder im Imperium zu sein, in einem Land, in dem die Landschaft die Höflichkeit besaß, niemanden zu ermorden.

Braegan kam mit dem Schwert in der Hand den Hang herunter; Zaira stützte sich auf ihn – mit hängendem Kopf und kaum bei Bewusstsein. Fünf Soldaten hielten ihnen den Rücken frei und luden dabei ihre Musketen nach.

»Wo sind die anderen?«, fragte ich, sosehr ich die Antwort auch fürchtete.

Braegan schüttelte den Kopf und presste die Lippen zusammen. Mir wurde übel.

In der Ferne, weit oben im Gebirge, heulte etwas.

»Ich kenne diese Biester«, sagte Braegan mit harter, erbitterter Stimme. »Geißelhunde. Die Jagdhunde der Herrin der Dornen. Sie bilden Rudel von etwa zwanzig Tieren, also werden da noch mehr kommen.«

»Mehr?« Ich umklammerte mein Leuchtmedaillon; die Klauen an meinem Hals klapperten. »Was ist mit Bree?«

»Ich bin überzeugt, sie ist bereits in Sicherheit, denn es hört sich so an, als wären die alle hinter uns her«, entgegnete Braegan.

Zaira hob den Kopf. Erschöpfung schlug sich in ihren Zügen nieder. »Wenn ich es noch einmal entfessele, klappe ich zusammen. Oder ich bringe euch alle um. Deine Entscheidung. Die Grazien mögen mir vergeben, aber ich kann es nicht mehr kontrollieren.«

Das Heulen erklang erneut, nur viel näher als zuvor. Weitere unmenschliche Stimmen gesellten sich dazu und brachen gleich darauf in begieriges Gebell aus, als hätten sie die Witterung ihrer Beute aufgenommen. Ein Schauder raste wie Eis über meinen Rücken.

»Sie sind zwischen uns und der Grenze«, fiel mir auf. »Und ich wette, sie sind schlau genug, um zu wissen, dass wir auf der Straße bleiben müssen.«

Braegan starrte mich mit einem berechnenden Ausdruck in den Augen an. »Die sind hinter Euch her, Eure Hoheit.«

Ich schluckte und nickte. »Ja. Tut mir leid.«

Er wechselte einen Blick mit den verbliebenen Soldaten. Ein Callamorner mit einem buschigen Bart sagte: »Bin dabei.«

»Was?«, fragte ich verunsichert.

»Wir kommen hier nicht mehr raus, wenn uns noch mehr von diesen Dingern angreifen«, sagte Braegan und zeigte die Straße hinab. »Ich habe die Kundschafterberichte über dieses Gebiet gelesen. Bald kommt ein Knotenpunkt, nicht weit vom Fuß des Berges entfernt. Ihr solltet den rechten Abzweig nehmen, der bringt Euch zu einem Dorf. Ihr müsst ein bisschen weit nach Vaskandar hinein, aber die Straße führt nach Kazerath, der Domäne des Wolfslords. Dorthin werden Euch die Hunde nicht folgen; Chimären übertreten die Grenze zu einer anderen Domäne nicht ohne Erlaubnis.« Er fing an, mit der Leichtigkeit steter Übung seine Pistole nachzuladen. »In Kazerath, in der Nähe des Dorfes müsstet Ihr einen weiteren Holzfällerweg finden können, der in die Berge hinaufführt. Ihr müsst nur darauf achten, dass Ihr Vorsprung vor den Hunden habt, ehe Ihr wieder in die Domäne der Herrin der Dornen kommt.«

»Oh, nein. Ich weiß, was jetzt kommt.« Zaira stemmte die Fäuste in die Hüften. Die Rage brachte irgendwo in ihrem Inneren neue Energie hervor. »Ich hasse letzte Gefechte und dramatische Gesten. Von diesem Wir-verschaffen-euch-Zeit-Mist will ich nichts hören. Ihr werdet uns begleiten.«

»Da ist keine Zeit mehr zu verschaffen.« Braegan blickte den Pfad hinauf, wo das Bellen immer lauter wurde. »Sie kommen. Verschwindet von hier.«

Durch die dichter werdenden Schatten und das wirre Durcheinander des Geästs sah ich eine Bewegung weit oben auf der Straße.

Braegan hob mit einer Hand die Pistole und zog mit der anderen sein Schwert. »Lauft«, drängte er uns. »Verschwindet von hier und rühmt mich vor den anderen dafür, dass ich mein Leben ließ, um eine Lochaver zu retten.«

»Die werden grün vor Neid werden.« Buschbart lachte. Er *lachte*, und seine Augen funkelten förmlich. »Jetzt lauft!«

Fluchend ergriff Zaira meine Hand.

Und wir rannten.

*

Zuerst trieb mich die Furcht zur blinden Flucht. Das Gebell hinter uns war nun noch näher, und die Dornenzweige reckten sich mir aus dem Wald entgegen; ich jedoch blieb in der Mitte der Straße, die anscheinend außerhalb ihrer Reichweite lag. Schmerz war etwas, das ich als irrelevant beiseiteschob, ein Problem, um das ich mich später kümmern konnte. Dennoch war mir auf irgendeiner Ebene klar, dass mein Arm und mein Bein verletzt waren, nicht ganz so funktionierten, wie sie sollten, und sich über ihren Zustand beklagten.

Nach einer Weile erklangen hinter uns Schüsse. Wir strauchelten, liefen aber weiter.

Ich bemühte mich, über meinen eigenen schweren Atem und unsere donnernden Schritte hinweg etwas zu hören. Da mag ein fernes Gebrüll gewesen sein und die Schreie sterbender Geißelhunde, aber bei dem Lärm, den mein eigener Körper veranstaltete, und den Phantomgeräuschen, die die Furcht in mein Vorstellungsvermögen pflanzte, konnte ich es nicht sicher sagen.

Dann fing das Gebell wieder an. Die Angst zuckte scharf wie eine reißende Harfenseite durch meine Brust.

»Die Höllen sollen sie holen«, keuchte Zaira. »Jeden Einzelnen.«

Ich wollte das alles nicht. Ich hatte sie nicht darum gebeten, für mich zu sterben.

Schattiges Zwielicht nistete sich unter den Bäumen ein, breitete sich um uns herum aus und ließ alles grau und irreal erscheinen. Wir kamen an die Stelle, an der sich der Pfad teilte, und nahmen die rechte Gabelung, ohne im Schritt innezuhalten. Aber das Gebell war nun so nahe, es hörte sich an, als wären die Hunde direkt hinter uns.

Zaira blickte sich über die Schulter um und fluchte. »Ich kann sie sehen.«

Der Weg führte geradeaus auf zwei aufrechte Steine zu, die ihn in der Entfernung flankierten und in dem Halbdunkel kaum von den Baumstämmen zu unterscheiden waren.

Grenzmarkierungen.

»Ich glaube«, japste ich, »das ist die Grenze.«

»Das werden wir nicht schaffen.« Zaira sprach völlig normal, während mir bei all der Rennerei kaum Atem blieb. Sie hatte sich die ganze Zeit zurückgehalten, damit ich mitkam. »Wenn du mich entsiegelst, kann ich sie alle verbrennen, aber dann wirst du mich tragen müssen, weil ich danach bewusstlos sein werde.«

Die steinernen Pfeiler waren so nahe. Aber ein Blick über die Schulter zeigte mir unheimlich schimmernde Augen und hüpfende Silberrücken, die auf uns zurasten.

Ich blieb stehen, um sie anzusehen. Zaira drehte sich mit mir um und hob die Hände, bereit, zuzuschlagen.

»Schließ die Augen«, warnte ich sie.

Ich klappte mein Leuchtmedaillon auf. Ein blendender Blitz jagte ein rötliches Licht durch meine Lider, und die Geißelhunde heulten gepeinigt und verwirrt auf. Ohne Vorwarnung rannte ich auf die Steine zu, doch Zaira blieb an meiner Seite.

»Gute Idee«, rief sie.

Etwas riss in meinem verwundeten Bein. Schmerz bohrte sich bei jedem Schritt ins Fleisch. Aber ich lief weiter, schneller, als ich je im Leben gelaufen war, bis die aufrechten Steine direkt vor uns waren und ich über die unsichtbare Linie zwischen ihnen hechtete.

Die Straße führte unverändert weiter durch den Wald, aber die Hunde prallten hinter uns zurück, als wären sie gegen eine Wand gerannt.

Keuchend bleib ich stehen, krümmte mich zusammen und verlagerte mein Gewicht auf das gesunde Bein. Die Hunde, vier an der Zahl, liefen jenseits der Steine knurrend auf und ab. Sie schnüffelten, geiferten, und jeder einzelne fixierte mich.

Das war ein Albtraum. Es musste ein Albtraum sein. Aber die Luft brannte eiskalt in meiner Lunge, und meine Augen tränten überzeugend, und der Schmerz war sogar viel zu real.

Nein, ich würde nicht einfach erwachen. Nichts, was ich tat, konnte das Geschehene ungeschehen machen. All diese guten Soldaten waren tot, und wir waren allein in Vaskandar.

»Los, lass uns weiter«, ermunterte mich Zaira mit rauer Stimme.

»Ich vertraue nicht darauf, dass diese Steine sie allzu lange aufhalten werden.«

Die Grenzsteine. Ein Funke von Neugier zündete in der Düsternis des Entsetzens und der Schuldgefühle in meiner Brust. Ich sehnte mich danach, sie zu erkunden, den Symbolen zu folgen, die ich in dem nachlassenden Licht ausmachen konnte. Aber solange die Geißelhunde direkt hinter ihnen herumliefen, wagte ich es nicht, die Grenzen ihrer Schutzwirkung auf die Probe zu stellen.

Zu viel war geopfert worden, damit wir lebend so weit kommen konnten. Das durfte ich nicht einfach wegen eines Kinderreims wegwerfen.

Wir gingen weiter. Aber jeder Schritt tat weh, und mit der aufziehenden Dämmerung schien sich ein Nebel über mich gelegt zu haben. Im Kopf hörte ich unentwegt die Schreie der toten Soldaten und sah blutbefleckte Dornen. Ich stolperte, dann stolperte ich noch einmal; beim dritten Mal fiel ich auf die Knie.

»Grazie der Barmherzigkeit, was bist du unbeholfen.« Zaira ergriff meinen Arm und wollte mich auf die Beine zerren.

Es war der falsche Arm. Ich zuckte zusammen, zischend entwich der Atem durch meine zusammengebissenen Zähne. Fluchend zog Zaira die Hand weg.

»Du bist nass. Alle Höllen, das ist Blut, oder?«

»So schlimm ist es nicht.« Ich mühte mich allein hoch.

Zaira sah erschrocken aus. »Ist das alles deins?«

Ich blickte an mir hinab. Ich hatte einen weißen Strumpf und einen roten, der in Fetzen an meinem Bein hing. Der Anblick machte es noch realer, und plötzlich hörte der Schmerz auf, höflich an die Tür zu klopfen, und stürmte stattdessen einfach herein. Ich setzte mich, plumpste in den Straßendreck.

»Wir sollten das wohl irgendwie behandeln«, sagte ich. Meine Stimme klang ruhig und distanziert. Es hörte sich an, als wäre sie weit weg, aber durch meinen Kopf hallte ein panischer Laut wie das schrille Pfeifen einer Flöte.

»Das wäre vermutlich keine schlechte Idee.« Zaira kniete sich neben mich und schälte von meinem Bein, was von dem Strumpf noch übrig war. »Ugh. Was für eine Sauerei.«

»So schlimm kann es ja nicht sein, wenn ich noch so weit laufen konnte.« Aber ich brachte es nicht über mich, hinzusehen.

»Ich hab schon Schlimmeres gesehen«, entgegnete Zaira, darauf bedacht, in neutralem Ton zu sprechen. »Lass mich mal schauen, ob ich die Blutung stoppen kann.«

Sie säuberte die Klauenwunde mit Wasser aus ihrer Feldflasche. Es brannte und trieb mir die Tränen in die Augen. Dann zog sie ihr Messer hervor und riss Fetzen aus ihrem Rock, um sie als Verbände zu benutzen. Ich kämpfte darum, nicht in dem Morast hoffnungsloser Trübsal zu versinken, versuchte, mich auf das zu konzentrieren, was wir zu tun hatten. Und wir mussten weitergehen.

Während Zaira mein Bein umwickelte, fischte ich die erste der drei kleinen Notfallflaschen – jede enthielt eine Tagesration – mit dem Elixier aus meinem Tornister und trank die Hälfte davon. Das Letzte, was ich jetzt brauchte, war eine zusätzliche Schwächung durch das Gift in meinem Körper.

Hinter all dem Schmerz, der Furcht und Erschöpfung lauerte eine riesige, finstere Masse wie ein Ozean, der gegen den Hafendamm drängte. So viele Menschen waren tot, und wir hatten nicht einmal Terika retten können.

Das alles musste ich wissen, denn die Information war wichtig, doch emotionell durfte ich es nicht wahrnehmen, nicht einmal ein kleines bisschen, ehe wir in Sicherheit waren. Also blieb es im Hintergrund und wartete; ein tiefer Schmerz, der sich still und heimlich in meinem Inneren ausbreitete wie das Gift, das nur durch mein Elixier in Schach gehalten wurde.

»Tja, wir stecken bis zum Hals in Dämonenscheiße, was?« Zaira half mir, die Jacke auszuziehen, damit sie sich im schwindenden Licht meinen Arm ansehen konnte. Ich zitterte in der Eiseskälte, die sich unter den Bäumen sammelte, nun, da der Sonnenschein versiegte.

Der Mantel hatte mir ein wenig Schutz geboten, und der beißende Schmerz war nicht ganz so heftig wie am Bein, wo ich es durch die ganze Rennerei noch schlimmer gemacht hatte; die Wunde am Arm hatte von selbst beinahe aufgehört zu bluten.

»Wir müssen unbedingt einen Weg durch das Gebirge finden, ehe es dunkel ist«, sagte ich erschöpft. »Wir können das schaffen.«

Zairas Hand verharrte auf meinem Arm. In dem tiefen Zwielicht waren ihre Augen zwei Pfuhle voller Schatten. »Nein, können wir nicht.«

Die Schärfe ihrer Worte drang durch den dumpfen Nebel in meinem Gehirn. Ich musterte Zairas eingefallenes, sorgenvolles Gesicht und den vom Sonnenuntergang gefärbten Himmel, der hinter ihr durch das Geäst blutete.

»Wir werden es heute Nacht nicht hier rausschaffen«, sagte sie mit leiser, rauer Stimme. »Bald ist es hier so dunkel wie in der Achselhöhle eines Dämons. Du bist durch den ganzen Blutverlust verrückt geworden, wenn du dir einbildest, du könntest auf einem unbekannten Weg in stockfinsterer Nacht mit einem zerfleischten Bein auf einen Berg klettern.«

Sie hatte nicht unrecht. Ich starrte in den dunkler werdenden Wald hinein, und das ganze Ausmaß der Gefahr, in der wir schwebten, lastete schwer auf mir. Die Straßen mochten am Tag sicher sein, aber der Vorstellung, dass die beschränkte Schutzwirkung auch bei Nacht Bestand hätte, brachte ich nur wenig Vertrauen entgegen. Und wenn dieser Pfad uns wieder über die Grenze nach Sevaeth führte, dann mochte sogar der Wald selbst versuchen, mich zu töten.

Aber Zaira hasste der Wald nicht. Die Chimären würden sie nicht jagen. Sie war unverletzt, gesund und behände, und sie konnte sich sehr gut selbst schützen. Vor allem, wenn sie nicht versuchte, mich mitzuschleppen.

»Dann musst du ohne mich gehen«, sagte ich langsam.

Zaira schüttelte den Kopf. »Sei nicht albern.«

»Das ist nicht albern, es ist vernünftig.« Ich hob eine zitternde Hand an meine Schläfe. Mir war ein wenig schwindelig, aber was wir zu tun hatten, war mir dennoch klar. »Du hast recht. Ich kann es mit diesem Bein auf keinen Fall über die Berge schaffen. Jeder Pass, der so weit begehbar ist, dass ich ihn bewältigen kann, ist auch gut genug für Pferde, was bedeutet, dass er voller vaskandrischer Soldaten und von vaskandrischen Festungen bewacht sein wird. Aber du kannst mühelos einen Wildpfad hinaufklettern. Es gibt keinen Grund, dass wir beide hier sterben, wenn eine von uns überleben könnte.«

»Nein.«

»Zaira …«

»Halt die Klappe und hör mir zu.« Zaira schüttelte mich mit ihren spitzen, knochigen Fingern an der Schulter. »Ich habe all diese Jahre in den Unschlitten überlebt, indem ich niemanden an mich herangelassen habe. Dank deiner Einmischung habe ich nun doch ein paar Freunde – nur ein paar, wohlgemerkt –, und bei den Neun Höllen, ich werde nicht gleich zwei von euch heute Nacht in diesem Loch sterben lassen.«

Ich starrte sie an. *Freunde*. Und natürlich musste sie auf einen Zeitpunkt wie diesen warten, um das auszusprechen.

Ein fahler Fleck schwebte zwischen uns in der Luft, dann noch einer. Einer hauchte mir einen winzigen, kalten Kuss auf den Handrücken.

Schnee.

Ich schüttelte den Kopf, als mehr weiche weiße Flecken still durch die Abendluft tanzten. Die Kälte bohrte sich tief in mich hinein, sickerte mir in die Knochen, betäubte meine Finger, die Wangen und mein schmerzendes Herz.

»Es gibt noch einen Grund, warum einer von uns es heute Nacht zurückschaffen muss«, sagte ich, und die scheußliche Wahrheit, an die ich nicht zu denken versucht hatte, lastete schwer auf meiner Stimme.

»Welchen?«, verlangte Zaira misstrauisch zu erfahren.

»Was, meinst du, werden die tun«, fragte ich, »wenn Bree in Hochpass eintrifft und meldet, dass sie uns in Vaskandar zurückgelassen hat?«

Zaira runzelte die Stirn. Noch hatte sie nicht verstanden, also fuhr ich fort: »Im besten Fall schicken sie einen Rettungstrupp hinter uns her. Aber nun ist der Wald verärgert, und sie werden vermutlich alle den Tod finden.«

Zaira schluckte. »Und im schlimmsten Fall?«

»Setzen sie sich an die Kurierlampen und informieren meine Mutter«, sagte ich.

»Süße Hölle des Todes«, fluchte Zaira.

»Ja.«

Zaira kauerte sich zu mir und blieb eine lange Zeit sehr still. Schnee sammelte sich an den längsten Locken ihres Haars, die gerade weit genug von ihrem Kopf entfernt waren, dass er nicht gleich schmolz. Ich zog mir den Mantel wieder über den Verband, versuchte, das Zittern abzustellen, aber irgendwie machte es das nur noch schlimmer.

Endlich stand Zaira auf. Ihr grob abgeschnittener Rock schwang ihr um die Knie. »Wir können nicht die ganze Nacht hier auf der Straße herumsitzen. Komm.«

»Zaira …«

»Kein verdammtes Wort mehr darüber, wie wertvoll jede von uns für das Imperium ist. Wir sind keine Spielmarken in deren Spiel, wir sind Menschen. Du auch.« Sie streckte die Hand aus, um mir aufzuhelfen. »Lass uns zum Dorf gehen. So nahe an der Grenze müssen ständig irgendwelche Händler dort durchkommen. Du kannst irgendeinem Gör einen Eimer Cornaro-Gold hinwerfen, damit es eine Botschaft nach Hochpass bringt, wenn du dir so viele Sorgen darüber machst, was die tun werden.«

Ich war zu müde und litt zu starke Schmerzen, um mich mit ihr zu streiten. »Einverstanden.«

Zaira zog mich hoch. Das Geschüh an ihrem Handgelenk fing das schwindende Licht ein. Sie folgte meinem Blick, runzelte die Stirn und schob es unter ihren Mantelärmel, um es dort zu verbergen.

Dann humpelten wir die dunkler werdende Straße hinunter, immer tiefer hinein in die Wälder von Vaskandar.

KAPITEL NEUNZEHN

ALS WIR SCHLIESSLICH ins Dorf taumelten, musste Zaira mich schon mehr oder weniger tragen. Mein Arm lag über ihren Schultern, und der Verband am Bein war durchgeblutet. Mein zerfetzter, mit Blut getränkter Strumpf war steif gefroren, und meine Finger waren taub vor Kälte.

Kaum mehr als ein Dutzend verwitterter Holzhäuser gruppierten sich um einen schneebedeckten Anger; ein ausgedehnter Bereich voller Stoppelfelder bildete einen Puffer zwischen dem zusammengedrängten Häufchen von Laternen beleuchteter Gebäude und der knorrigen Finsternis des Waldes. Holzrauch hing warm und einladend in der Luft, und ein Hund bellte uns aus einem Scheunenfenster an, als wir durch das Dorf stolperten.

Nicht eine Seele war zu sehen, nicht einmal ein Pferd oder Huhn. Licht schimmerte durch die Ritzen geschlossener Fensterläden, fing sich in den weißen Schneeflocken, die vor ihnen durch die Luft flatterten. Laternen hingen wie Bannsiegel neben sämtlichen Türen des Dorfes, das still und stumm in seinem Schleier aus Schneefall verharrte, als würden weder Mensch noch Tier hier leben.

Aber es gab ein Gasthaus: das größte Haus am Platz. Helle Lampen leuchteten neben der Tür, und vor dem Gebäude standen Anbindestangen für die Stunden des Tages, in denen Pferde sich nach draußen wagen konnten. Ein Schild mit der Aufschrift *Zum Händlertreff*, schaukelte über einer massiven, eisenbeschlagenen Tür, bemalt mit einem Gockel, der auf einem Stapel aus Säcken und Kisten thronte.

Ich sehnte mich so sehr nach der Wärme und dem Licht, dass es nur eine Falle sein konnte.

Aber die Bewohner dieses Dorfes waren ganz normale Leute, gewöhnliche Vaskandraner, die ihr Leben lebten. Sie hatten keinen

Grund, damit zu rechnen, dass raverranische Erben und Hexen in ihr Gasthaus spazieren könnten. Trotzdem wollte ich mich wieder allein auf meinen Beinen halten, ehe wir hineingingen; es hatte ja keinen Sinn, schon beim Eintreten den Eindruck leichter Beute zu vermitteln.

Ein nach Würstchen riechender Dunst aus Holzrauch und Wärme hüllte uns ein, als wir in das Gasthaus humpelten und schmelzenden Schnee hinter uns herzogen. Das düstere, rötliche Licht stammte überwiegend aus einem mächtigen Natursteinkamin, um den herum einige Tische standen, an denen es sich eine Handvoll alter Männer und Frauen in Leder und Pelzen bequem gemacht hatten. Zwei Jungs von ungefähr fünfzehn Jahren kauerten an einem weiteren Tisch in einer Ecke und spielten ein Spiel mit Knochenwürfeln, während ein dürrer, buckliger Mann mit eisengrauem Haar und einer Schürze ihnen Getränke servierte.

Sämtliche Augen in der Taverne richteten sich auf uns; das Gemurmel der Gespräche verstummte. Ein paar Händler hielten mitten in ihren Verhandlungen inne, Felle und Kräutergläser nahmen eine Seite des Tisches zwischen ihnen ein, Stoffe und Flaschen mit Tränken die andere. Der Wirt eilte herbei und wischte sich die Hände an seiner Schürze ab.

»Kommt herein, kommt in Frieden und schließt die Tür.« Noch während er sprach, schloss er selbst die Tür, sperrte die Eiseskälte und die schneegesprenkelte Dunkelheit aus. »Ganz schön spät unterwegs, was?« Ein Akzent verschärfte seine Vokale und verlieh den Konsonanten einen derben Klang, aber er war gut zu verstehen.

Zu müde und benommen, ihm zu antworten, schwankte ich nur stumm auf der Stelle. »Wir wollen ein Zimmer und ein Abendessen«, sagte Zaira zu ihm.

»Gewiss. Ich nehme euer … oh. Ihr habt kein Gepäck, richtig?« Ein Ausdruck der Verwirrung kräuselte seine Stirn, und sein Blick wanderte über meinen Tornister und blieb an dem blutbefleckten Bein hängen. »Ach, ihr seid unterwegs in Schwierigkeiten geraten, wie ich sehe. Damit muss man um diese Zeit immer rechnen. Ihr seid heute nicht die Einzigen.« Er schüttelte den Kopf. »Nehmt Platz. Ich hole euch etwas zu essen.«

Ich brach mehr oder weniger auf dem nächsten Stuhl zusammen. Zaira half mir, mein Bein hochzulegen, ehe sie sich mit dem Rücken zur Wand neben mich setzte. Noch immer starrten uns sämtliche Leute in der Taverne an. Zaira bedachte einige von ihnen mit einem finsteren Blick, woraufhin sich prompt ein paar abwandten. Gleich darauf lebten die unterbrochenen Gespräche wieder auf.

»Mach dich gefasst, mich zu entsiegeln«, murmelte Zaira.

»Hier?«

»Wenn du denkst, in einem Gasthaus würde niemand ermordet, dann habe ich schlechte Neuigkeiten für dich.« Ruhelos trommelte Zaira mit den Fingern auf der Tischplatte. »Mir gefällt nicht, wie diese Bengel in der Ecke uns beobachten.«

Die beiden Jungs sahen sich immer wieder zu uns um, steckten die Köpfe zusammen und redeten. Von dem Wirt mit seinem nervösen Geplapper abgesehen, erhob niemand die Stimme über ein Flüstern hinaus, und in der Luft lag eine Anspannung, dichter als Rauch. Ich konnte nicht sagen, ob es so schon gewesen war, bevor wir hereingekommen waren, oder ob wir die Ursache dafür darstellten.

»Vielleicht sollten wir gehen«, murmelte ich.

»Und wohin?« Zaira schüttelte den Kopf. »Diese Leute könnten uns zwar im Schlaf ermorden, aber bis zur Morgendämmerung stellt das hier immer noch unsere beste Überlebenschance dar.«

Der Wirt kehrte zu uns zurück und brachte Teller mit Würstchen und Kartoffeln, zusammen in einer Pfanne gebraten, und zwei Krüge Dünnbier. »So, wie ihr ausseht, schätze ich, ihr bezahlt in imperialen Münzen«, sagte er, als er unser Essen vor uns abstellte. »Das ist mir recht. Die Hälfte meines Geschäfts mache ich mit Leuten von der anderen Seite der Grenze. Obwohl nicht mehr viel los ist, seit das Heer gekommen ist und alle jungen und kräftigen Leute für Prinz Ruvens Krieg zusammengetrieben hat.« Er schlug ein Zeichen vor der Brust, seine Finger zappelten, als wollte er sich Spinnweben von der Seele fegen. »Wendet Unheil ab.«

Meine Hand wanderte zu meiner eigenen Brust und umfasste Kathes Klauenschmuck ebenso wie die Kette mit dem Leuchtmedaillon. Plötzlich musterte der Wirt mich blinzelnd. »Oh! Wie ist es möglich, dass ihr auf der Straße Probleme bekommen habt, wenn dir doch der

Krähenlord sicheres Geleit gewährt hat? Habt ihr die Straße verlassen?«

»Äh …« Ich war nicht erschöpft genug, um mit der Wahrheit herauszuplatzen, aber doch zu erschöpft, um mir eine passende Antwort zurechtzulegen.

»So was in der Art«, entgegnete Zaira.

Die beiden Jungs in der Ecke standen auf und näherten sich unserem Tisch. Der erste bewegte sich auf die schlaksig-prahlerische Art eines Knaben im Wachstum, der sich alle Mühe gibt, wie ein Mann aufzutreten. Der andere hatte gerade erst angefangen, das breite Gerüst seiner Schultern auszufüllen, und rollte sie eifrig, als wollte er ihre neue Kraft erproben. Ihrem Schritt haftete eine Bedrohnis und Sicherheit an, die nicht zu ihren jungen Jahren passen wollte. Argwöhnisch betrachtete ich ihre Augen, aber in dem schwachen, flackernden Licht konnte ich bei keinem von ihnen ein Magiermal ausmachen.

Die Schultern des Wirts krümmten sich zu etwas, das entfernt an eine Verbeugung gemahnte, und er machte Anstalten, sich mit seinem leeren Tablett zu entfernen, aber die Jungs standen ihm im Weg und traten nicht zur Seite, damit er passieren konnte. Zaira rutschte einen Zoll auf ihrem Stuhl zurück. Ich tat mein Bestes, um ein Schaudern zu unterdrücken und mich entspannt und unbeeindruckt zu geben, erreichte aber nur, dass jeder Muskel in meinem Leib so hart wurde wie eine Eisenstange.

»Und wer sind diese zwei?«, herrschte der erste der Jungs den Wirt an. Ein Hauch blonden Flaums klebte hartnäckig an seinem Kinn. Sein Pelzmantel war über den Schultern gerafft, wahrscheinlich in dem Bestreben, ihn größer wirken zu lassen.

Der Wirt zog den Kopf ein und starrte zu Boden. »Gäste, Herr. Sie hat ein …«

»Für mich sehen die aus wie weggelaufene Sklaven«, fiel ihm der Junge mit einem höhnischen Grinsen ins Wort.

Wenn der dachte, wir würden in unseren edlen Samtmänteln – meiner war sogar mit Goldstickerei übersät, hatte aber zugegebenermaßen blutbefleckte Ärmelaufschläge – aussehen wie vaskandrische Sklaven, konnte er noch nicht vielen davon begegnet sein. Vermutlich wollte er unseren zerlumpten Zustand nur ausnutzen, um uns um ein paar Münzen zu erleichtern.

»Wir sind gewiss keine Sklaven«, blaffte ich ihn an.

Der Wirt zuckte regelrecht zusammen. Der Junge, der sich wie ein Leibwächter hinter dem ersten herumdrückte, setzte eine finstere Miene auf, und sein sommersprossiges Gesicht lief rot an. »Passt auf, wie ihr mit ihm redet! Wisst ihr nicht, mit wem ihr es zu tun habt? Dies ist Grainor Grünhand!«

Zaira prustete. »Als ich das letzte Mal nachgesehen habe, war Bilgenschleim an den Händen noch keine ausreichende Begründung dafür, sich wie ein Arsch aufzuführen.«

Erbleichend wich der Wirt zurück. Der Sommersprossige wollte zum Tisch stürzen, aber Grainor hielt ihn mit einer müden Geste zurück.

»Ihr seid nicht aus dieser Gegend«, stellte er fest, »darum gebe ich euch eine letzte Chance. Das Grün in meinem Namen steht für Grünhexer. Nun, da mein Vater an der Grenze weilt, herrsche ich über dieses Dorf und über vier andere ebenso.«

Es kam mir dermaßen albern vor, dass wir in eine Situation geraten waren, dass ich mich von einem Schmalspurvivomanten, der einige Jahre jünger war als ich, schikanieren lassen sollte. Aber genau so sah es nun einmal aus. Und wir durften nicht riskieren, in unserer so oder so prekären Lage noch mehr Aufmerksamkeit zu erregen. Ich musste die Sache friedlich beilegen.

»Leistet Abbitte«, forderte der Sommersprossige und baute sich drohend vor uns auf. »Auf die Knie!«

Zaira schob ihren Stuhl zurück und erhob sich.

»Wir sind nicht von hier«, sagte sie und lächelte, aber nur, um ihnen die Zähne zu zeigen, »darum gebe ich *euch* noch eine letzte Chance. Seht mir in die Augen, Kotkrümel, und sagt das noch einmal.«

Die Hand des Sommersprossigen sank zu seinem Dolch, aber Grainor flüsterte: »Warte.«

Er sah Zaira in die Augen. Die erwiderte den Blick immer noch grinsend. Das Herdfeuer spiegelte sich in ihrer dunklen Iris.

Hinter ihr schob ich meinen Stuhl zurück und stand ebenfalls auf, bereit, zu fliehen, meinen Dolch zu ziehen oder das Wort der Entsiegelung zu sprechen. Ich musste Zairas Führung folgen – wir waren in Vaskandar, sie war diejenige, deren Worte hier Gewicht hatten.

Grainor wurde so fahl wie Milch, griff sich krampfhaft an die Brust, und seine Finger führten die gleiche Geste aus wie zuvor die des Wirts. Dann sank er auf die Knie, griff nach seinem größeren Freund und zog ihn mit sich zu Boden.

»Vergebt mir, gnädige Frau.« Er verneigte sich so tief, dass sein Kopf beinahe die Dielenbretter berührte. »In dem schlechten Licht habe ich Euer Mal nicht gesehen. Vergebt mir, ich bitte Euch.«

Der Sommersprossige starrte erst Grainor und dann Zaira bestürzt an, senkte ebenfalls den Kopf, kniete vor ihr, als wäre sie eine Königin, und schlug seinerseits das schon bekannte Zeichen. »Gnade«, flüsterte er so leise, dass ich ihn kaum hören konnte.

Auch der Wirt fiel auf die Knie. Und überall im Raum scharrten Stühle über den Boden, als sich wahrhaft jeder einzelne Gast zu Boden warf, bis nur noch Zaira und ich auf den Beinen waren.

»Ach, steht auf.« Zaira seufzte. »Und bringt mir besseres Bier.«

*

Als klar war, dass Zaira das Magiermal trug, wurde sie von allen wie eine Mischung aus einer Königin und dem Dämon des Todes behandelt. Der Wirt brachte ihr das beste Essen und die edelsten Getränke seines Gasthauses und verbeugte sich beim geringsten Anlass so tief vor ihr, dass er beinahe den Boden berührte. Alle anderen wandten den Blick ab und zogen die Köpfe ein, wann immer sie eine plötzliche Bewegung machte. Die meisten flüchteten die Treppe hinauf oder in ihre eigenen Häuser, sobald genug Zeit vergangen war, dass ihr Abgang nicht mehr als Kränkung interpretiert werden konnte.

»Daran könnte ich mich gewöhnen«, bemerkte Zaira grinsend und stürzte sich auf das mit Kräutern geröstete Hühnchen. »Hier weiß man einen Magier angemessen zu behandeln.«

Ich nickte schwach. Mehr als alles andere in der Welt wollte ich daheim in Raverra sein, in meinem eigenen Bett, sicher geschützt von Bannen und Ciardhas wachsamem Auge. Eigentlich hätte mir da auch ein weiches Stück Boden genügt. Mein Bein pulsierte, und ich wusste nicht recht, ob ich je zuvor so erschöpft gewesen war.

Aber ich musste eine Möglichkeit finden, Hochpass rechtzeitig zu informieren, um eine Katastrophe abzuwenden. Ich ließ meinen Blick auf der Suche nach einem geeigneten Boten über die wenigen verbliebenen Gäste schweifen; an einem der Händler, der in der Ecke immer noch seine Waren zusammenpackte, blieb er hängen.

Die Worte meiner Mutter kehrten zu mir zurück: *Ich versichere dir, dass ein volles Drittel der raverranischen Händler in Vaskandar Spione sind.*

»Zaira«, murmelte ich. »Kannst du diesen Händler herrufen? Ich will etwas versuchen.«

Sie bedachte mich mit einem neugierigen Blick und zuckte dann mit den Schultern. »Du!«, rief sie ihm quer durch die Taverne zu. Der Händler schrak prompt zusammen. »Komm her!«

Er zögerte kurz, ehe er sich unserem Tisch in der Haltung eines Mannes näherte, der vor seinen Scharfrichter gerufen wurde.

»Meine Freundin will mit dir reden«, sagte Zaira zu ihm und riss einen weiteren Bissen aus dem Hühnerbein.

Der Blick des Händlers huschte zu mir, erfasste das Blut an meinem Ärmel, und er entspannte sich erkennbar. »Oh, wünschen gnädige Frau imperiale Arzneien zu erwerben? Ich habe eine schöne Auswahl alchemischer Salben und Tinkturen den ganzen Weg aus Ardence hergebracht.«

»Ich nehme die beste Salbe, die du mir für tiefe Schnittwunden empfehlen kannst«, sagte ich mit Inbrunst. »Und, vergib, aber ich habe den Eindruck, dass ich dich schon einmal gesehen habe. Kennst du zufällig Piero da Idrante?«

Erkenntnis flackerte in seinen Augen. »Ich glaube, das tue ich. Ich bin ihm einmal in Palova während des Fests der Schönheit begegnet.«

Er kannte die Parole. Erleichterung erfüllte mich; es war, als hätte die Erlauchte Stadt selbst eine Rettungsleine in die dunklen Wasser geworfen, die mich zu ertränken drohten. Wenn ich das, was Mutter mich gelehrt hatte, richtig behalten hatte, bedeutete »Fest der Schönheit«, dass er ein Spion unterer Ebene war, aber das reichte mir.

Ich bedachte ihn mit meinem charmantesten Lächeln. »Ach, das dachte ich doch. Ich sah ihn gestern. Er bat mich, zu sehen, ob du, falls wir uns begegnen, seiner Tante Mirabella eine Nachricht überbringen könntest.«

Zaira hatte aufgehört zu essen und starrte uns fasziniert an. Der Händler war erkennbar blass geworden. Tante Mirabella war ein Notfallcode höchster Ebene, den er vermutlich außerhalb seiner Ausbildung noch nie zu hören bekommen hatte, und verlangte von ihm, alles stehen- und liegenzulassen und sofort in Aktion zu treten.

»Gewiss«, sagte er. »Wo hält sich Tante Mirabella dieser Tage auf?«

»Ich glaube, sie befindet sich in der Festung Hochpass. Ich weiß, es ist schon spät, aber ich hoffe *wirklich sehr*, ihr Pieros Botschaft noch heute Nacht übermitteln zu können.« Ich ließ eine Handvoll Dukaten auf den Tisch fallen, nur um ihm zu zeigen, dass ich es ernst meinte. »Meinst du, du schaffst das?«

Der Spion schluckte. »Bei Nacht durch Vaskandar zu reisen ist gefährlich, aber für Tante Mirabella würde ich alles tun. Wie lautet die Botschaft?«

»Sag ihr, meiner Begleitung und mir geht es gut.« Ich deutete auf Zaira, die den armen Mann auf beängstigende Art angrinste. »Lass sie wissen, dass wir uns ein wenig verspäten werden, weil wir auf der Straße aufgehalten wurden und beschlossen haben, die Nacht hier zu verbringen. Aber wir benötigen keine Hilfe und sollten morgen ohne Probleme nach Hause kommen. Sag ihr, wir wollen kein Aufhebens, das würde nur die Überraschung verderben.«

Der Händler legte die Stirn in Falten, während er offensichtlich versuchte, zu begreifen, was an dieser Mitteilung so wichtig sein sollte. Er betrachtete die Stickerei an meinem Mantel, die Klauen, die an meinem Hals hingen, und schließlich den Haufen Dukaten, der vor ihm lag. Der Mann war nicht dumm; er zog die passenden Schlüsse, und seine Augen weiteten sich so sehr, dass es aussah, als müssten sie ihm jeden Moment aus dem Kopf fallen.

»Gnädige Frau«, würgte er hervor. Aber seine Miene wirkte plötzlich völlig gefasst, und er fegte die Münzen in seine Tasche. »Ihr könnt auf mich zählen, gnädige Frau. Ich werde dafür sorgen, dass Tante Mirabella Eure Nachricht noch heute Nacht erhält.«

»Danke«, sagte ich mit Nachdruck. »Möge die Grazie des Glücks mit dir sein.«

Als er fort war, senkte Zaira die Stimme und sprach in geheimnisvollem Flüsterton: »Der Reiher fliegt um Mitternacht. Der schwarze Hund scheißt auf den Palastboden.«

»Ach, sei still. Es hat doch funktioniert, oder etwa nicht?« Ich lehnte mich auf meinem Stuhl zurück und ließ mich wieder von dem Nebel der Erschöpfung und des Schmerzes umfangen, nun, da ich diese dringende Angelegenheit geregelt hatte.

»Ich schätze, genau werden wir es wissen, wenn wir morgen früh aufwachen und sehen, ob wir im Krieg sind oder nicht.«

Nicht lange danach bat Zaira den Wirt, uns unsere Betten zu zeigen. Ich bezahlte ihm ein Vielfaches dessen, was Zimmer und Abendessen wert waren, und er nahm das Geld mit geweiteten Augen und einer Miene, so entsetzt, als fürchtete er, ich hätte ihm das verfluchte Gold aus irgendeiner Geistergeschichte angedreht. Anschließend führte er uns zu seinem besten Zimmer. Es gab ein Federbett und eine Daunendecke für Zaira und eine Pritsche für mich.

Kaum hatte sich der Wirt katzbuckelnd aus der Kammer entfernt, zerrte Zaira die Pritsche vor die Tür. Anschließend kontrollierte sie das Fenster und verkündete, es sei nicht zu hoch, um im Notfall hinauszuspringen.

Mir war es egal. Ich konnte kaum die Augen offen halten, während Zaira mir half, die alchemische Salbe, die der Händler uns gegeben hatte, aufzutragen und die Verbände an Arm und Bein zu wechseln. Die Chancen standen gut, dass Einheimische uns im Schlaf ermorden oder Chimären zum Fenster hereinkriechen würden, aber ich war zu müde, um mir darüber noch den Kopf zu zerbrechen. Wir waren auf feindlichem Gebiet und in großer Gefahr – aber da stand ein Bett.

Ich fiel auf die Pritsche wie ein Trunkenbold von der Brücke und versank in einer tiefen Lagune des Schlafs.

*

Irgendwann riss mich etwas Weiches, das auf meine Brust prallte, aus dem Schlaf. Schnaufend setzte ich mich auf und griff nach dem Dolch, überzeugt, wir würden angegriffen; aber stattdessen stand Zaira über mir und grinste spöttisch im schwachen, rosigen Licht der Morgendämmerung.

Gleich darauf warf sie mir noch ein Bündel zu. Dieses war warm und roch herrlich nach frisch gebackenem Brot. Das Erste erwies sich bei näherem Hinsehen als Kleidung zum Wechseln.

»Der Wirt backt gerade, also habe ich das für dich geholt«, sagte sie. »Und mir noch eine Ladung Geschwafel angehört. Der Mann kann einfach nicht aufhören zu reden.«

Ich blinzelte zum Fenster hinaus, betrachtete die tiefschwarzen Silhouetten der Berge, die sich vor dem diesigen, aprikosenfarbenen Himmel abhoben. Der Weiße Gipfel erhob sich hinter ihnen in geisterhafter Pracht. Und da senkte sich die Wirklichkeit über mich wie schmelzender Schnee auf nackte Haut, eisig und unliebsam: Wir waren immer noch in Vaskandar. Die toten Soldaten, die Geißelhunde, unsere eigene Zwangslage – das war das Blatt, welches uns gegeben war, und ein neuer Tag würde uns auch keine Gelegenheit bieten, es wieder im Kartenstapel zu verstecken. Irgendwie würden wir es spielen müssen.

»Hat es denn etwas gebracht?«, fragte ich matt.

»Einen Heimweg, vielleicht. Klingt nach einem Schmugglerweg. Wir müssen uns am Schloss vorbeischleichen, um da hinzukommen. Aber das ist nicht so nahe an der Straße, also sollte das kein Problem sein.« Zaira setzte sich auf die Bettkante. Die tiefen Schatten unter ihren Augen deuteten an, dass sie vergangene Nacht nicht viel Schlaf bekommen hatte. Ich bekam ein schlechtes Gewissen, als mir aufging, dass sie vermutlich Wache gehalten hatte. »Wie geht es deinem Bein. Bereit zu klettern?«

»Lass mich mal sehen.« Auf das Schlimmste gefasst, wickelte ich den Verband von meinem Bein, aber die Salbe hatte ihr Werk verrichtet. Die Blutung hatte aufgehört, und die unregelmäßigen Wunden, die die Klauen an der Außenseite meiner Wade hinterlassen hatten, schienen geschrumpft zu sein. Es tat auch viel weniger weh. »Könnte schlimmer sein.«

»Gut«, sagte Zaira ruppig. »Hätte mir nicht gefallen, wenn ich dich wie ein Pferd mit einem gebrochenen Bein hätte erlösen müssen.«

Meine Lippen zuckten. »Ich habe dich mit Hunden erlebt. Du würdest niemals ein Pferd erschießen.«

»Alle Höllen, nein. Ich bin doch kein Monster. Aber Menschen sind schlimmer als Pferde.«

Ein paar Herzschläge lang herrschte Schweigen zwischen uns, lang genug, dass der dumpfe Schmerz in meinem Bauch mich quälend an Blut und Tod und Opfer erinnern konnte.

»Danke, dass du mich nicht verlassen hast«, sagte ich nach einer Weile.

Zaira zuckte mit den Schultern. »Das war eine deiner dümmeren Ideen. Du magst manchmal wie eine Brandblase am Hintern sein, aber tot wärst du sogar noch nutzloser.«

Ich quittierte das Kompliment mit einem Lächeln. Aus Zairas Mund kam das einer Erklärung unsterblicher Verschwisterung beachtlich nahe.

*

Als wir die Treppe herunterkamen, erwartete uns ein sonderbarer Anblick: Drei Wiegen standen im grauen Morgenlicht in der Nähe der Feuerstelle, und der Wirt schaukelte eine davon hin und her und versuchte, das Heulen zum Verstummen zu bringen, das aus ihrem Inneren drang. Als wir den Raum betraten, sprang er umgehend auf, huschte herbei und verneigte sich, während das Kindergeschrei hinter ihm kraftvoller durch den Raum hallte.

»Gnädige Frau, gnädige Frau, bitte vergebt den Lärm und das, äh, Durcheinander.«

Zaira starrte ihn verdattert an. »Warum hast du Babys in deiner Taverne?«

»Sie haben alle, die jung und kräftig genug sind, für das Heer verpflichtet, wisst Ihr.« Der Wirt huschte einige Schritte rückwärts und nutzte geübt seinen Fuß, um die Wiege zu schaukeln; das Geschrei des Kindes wurde leiser und wich bald einem missmutigen Brummeln. »Aber der Wolfslord hat in seiner Gnade verfügt, dass stillende Mütter daheim bei ihren Kindern bleiben dürfen. Die Herrin der Dornen jedoch hat keine solchen Zugeständnisse für unsere Nachbarn in Sevaeth gemacht, also sind wir wirklich dankbar.« Er wedelte knapp mit der Hand, die er bis dahin an die Brust gelegt hatte. »Aber nun ist niemand mehr da, um die Arbeit zu verrichten, und wir haben viel zu tun, um uns auf den Winter vorzubereiten. Darum passe ich auf die Kleinen auf, während ihre Mütter mit Hilfe der Großeltern und derjenigen Kinder, die groß genug sind, um mitzugehen, Feuerholz schlagen und herschaffen und Vorräte einkochen. Ich bedaure die Unannehmlichkeit.«

Mir tat so sehr das Herz weh, dass ich kein Wort herausbekam.

»Nein, schon gut.« Zaira wedelte mit der Hand, um ihm zu zeigen, dass er keine Abbitte leisten musste. »Kümmer dich nur um die Gören.«

Mögen die Grazien die hiesigen Familien schützen. Wenn Vaskandars Armeen über die Pässe zögen, wären es die Familien dieser Babys, die Zairas Schadfeuer und Istrellas Waffen die Stirn würden bieten müssen. Und das alles nur, weil ihr Lord sie gezwungen hatte, ihr Heim und ihre Kinder zu verlassen.

Mitgefühl lastete schwer auf meinen Eingeweiden. Ich wünschte, ich könnte bleiben und den armen, erschöpften Müttern auf dem Feld helfen oder diesen erbärmlichen Tyrannen vertreiben, dessen Vivomantik ihm Macht über diese Menschen verlieh. Aber es hing zu viel davon ab, dass wir es zurück ins Imperium schafften.

Zaira und ich verließen das Gasthaus und fanden das Dorf genauso verlassen vor wie in der vergangenen Nacht; nach dem, was uns der Wirt erzählt hatte, mussten die wenigen Leute, die noch hier waren, im Wald oder in den Küchen arbeiten. Das gedämpfte Licht des Morgens zeigte uns Details, die mir in der Dunkelheit entgangen waren, wie die tiefen Kratzspuren von Krallen an den Türen der Häuser und die zerbrochenen und angenagten Fensterläden. Ohne all die warmen Lichter, die die Dunkelheit in Schach gehalten hatten, wirkten die Häuser grau und trostlos. Eine dünne Schneedecke lag auf den Feldern; nicht dick genug, sie in reines Weiß zu tauchen, aber ausreichend, dass sich die Flecken dunkler Erde deutlich vor den tiefen Furchen abhoben.

Unser Atem kondensierte in der kalten Luft, aber vom Dachgesims des Gasthauses tropfte Wasser; die Sonne wärmte die Welt, und der

Schnee würde nicht liegen bleiben. In Raverra würden nun bald die Blätter fallen, und feine Damen würden sich über die Kälte beklagen, die sie zwänge, ihre Arme zu bedecken. Dabei würde noch weitere zwei Monate lang kein Schnee fallen, falls es überhaupt so weit kam. Ich nahm die weichen Lederhandschuhe aus meinem Tornister und streifte sie über.

Zaira schien die Kälte gar nicht zu spüren. Sie schaute sich mit leuchtenden Augen und rosigen Wangen um. »Hübsch, nicht wahr?« Dann zog sie ein langes Gesicht. »Ich wünschte, Terika wäre hier bei uns und könnte es auch sehen.«

»Wir holen sie zurück«, murmelte ich. Aber das flaue Gefühl in meinem Magen und die Erinnerung an Liennes blutigen Leichnam straften meine Worte Lügen. Wir würden es schwer genug haben, überhaupt lebendig heimzukommen, und Terikas Zeit lief ab.

*

Das schwarze Schloss auf dem Gipfel eines niedrigen Hügels im Vorgebirge überragte das bewaldete Tal. Mächtige schwarze Türme reckten sich wie blanke Klauen dem bewölkten Himmel entgegen. Das Bauwerk hockte auf der unebenen, felsigen Kuppe wie eine Kreatur, die sich dort nur einen Moment niedergelassen hatte, ehe sie sich auf ihre Beute in der Tiefe stürzen wollte.

Dieses Schloss hatte keinerlei Ähnlichkeit mit den praktischen, effizienten militärischen Festungen des Imperiums, die Raum für Tausende von Soldaten boten und deren Befestigungen vor Kanonen nur so starrten. Auch erinnerte es nicht an die anmutigen Fassaden raverranischer Paläste mit ihren Zuckerwattemauern, erbaut als Heimstätten für reiche Aristokraten. Seine Türme waren zu schmal, die Fenster zu groß, als dass sie Verteidigungszwecken dienen konnten, aber die zerklüfteten Linien lieferten ein recht abschreckendes Bild für eine einladende Zuflucht, die dazu geschaffen war, Gäste zu bewirten. Und es war auch nicht groß genug, um ein Heer zu beherbergen oder einen ausgedehnten Adelshof, ebenso lag keine Stadt zu seinen Füßen.

Es ergab keinen Sinn. Jemand hatte dieses Schloss erbaut, doch nicht zu irgendeinem Zweck, sondern einfach nur, weil demjenigen gerade danach gewesen war. Jemand, der keine Mauern oder Armeen oder Banne brauchte, um zu schützen, was sein war.

Als wir direkt unter dem Schloss waren, bewegten sich die Bäume in nicht vorhandenem Wind. Ein Eichhörnchen mit schwarzen Fellbüscheln an den Ohren starrte von einem Ast auf uns herab, ohne auch nur einmal zu blinzeln. All die leisen Geräusche des Waldes erstarben. Mein Bauch bildete einen harten Klumpen, bis mir beinahe übel wurde, als sich in mir die Erinnerung an die Veränderungen regte, die vor dem Angriff der Chimären über die Wälder von Sevaeth gekommen waren.

»Zaira«, murmelte ich, »hast du das Gefühl, jemand weiß, dass wir hier sind?«

Aber sie war nicht mehr an meiner Seite. Sie war stehen geblieben und starrte die Straße hinauf, die sich wie eine Narbe den Hang des Hügels zum Schloss emporschlängelte.

»Sie ist da oben«, sagte sie. »Terika.«

»Das weißt du nicht«, protestierte ich, erschrocken über den Ausdruck der Entschlossenheit in ihren Augen.

»Wo sollten sie sie sonst hingebracht haben?«

»Zaira …«

»Ich weiß.« Sie spie die Worte hinaus. »Wir können nicht einfach die Tür eintreten und das ganze Ding niederbrennen, um sie zu finden. Das würde einen Krieg auslösen. Außerdem würde ich alle umbringen, und was du sonst noch so gern an zimperlichem Gebrabbel verbreitest.«

»Es ist nun einmal wahr.«

»Dämonenpisse, ich *weiß*.« Sie wirbelte zu mir herum. Zorn und Schmerz spiegelten sich in ihrem Gesicht. »Aber was für eine Qualle bin ich wohl, wenn ich einfach vorbeigehe, obwohl ich weiß, dass sie wahrscheinlich *genau hier* ist und meine Hilfe braucht?«

»Eine lebende«, sagte ich nur.

Ein Geräusch hallte durch das Rascheln des Laubs. Hufgetrappel. Pferde näherten sich über die vor uns liegende Straße.

»Ihr da!«, rief eine befehlsgewohnte Stimme.

»Mist«, knurrte Zaira.

Panik wucherte rankengleich durch meinen Magen, als eine Handvoll uniformierter, berittener Soldaten um eine Biegung in der Straße kam. Eine Hand an seiner Pistole, gab der führende Offizier dem Pferd die Sporen, um schnell zu uns zu gelangen. Zaira richtete sich mit der trägen Eleganz einer Katze auf, die gerade aus tiefstem Schlaf erwacht war; ich spürte die gefährliche Bereitschaft, die sich in ihrer Haltung verbarg.

Ich rang mir ein Lächeln ab und winkte. »Hallo!«

Der Offizier zügelte sein Ross vor uns. »Was habt ihr hier zu suchen?«

»Wir sind auf der Durchreise zu einem Besuch bei meinem Freund Kathe, dem Krähenlord von Let.« Ich tippte auf die Klauen, die an meinem Busen ruhten.

Beim Anblick von Kathes Kennzeichen bekam der Offizier große Augen und nahm Haltung an. Dann aber runzelte er die Stirn und musterte uns eingehender. »Ihr geht in die falsche Richtung. Wer …« Er unterbrach sich, erbleichte und salutierte vor Zaira. »Gnädige Frau! Vergebt mir, ich wollte nicht respektlos erscheinen. Ich habe das Mal in Euren Augen nicht gleich erkannt.«

»Da das ein echtes Versehen war, werde ich dich nicht dafür umbringen«, erwiderte Zaira großmütig.

Der Offizier verbeugte sich, so gut er es auf dem Rücken des Pferdes eben fertigbrachte; die anderen Soldaten taten es ihm umgehend gleich. »Ihr seht aus, als wäret Ihr müde von der Reise, gnädige Frau. Lasst mich Euch zum Schloss geleiten, damit Ihr dort Gastfreundschaft genießen und Euch ausruhen könnt.«

Etwas stimmte hier nicht. Die Art, wie die Soldaten Blicke untereinander wechselten; die Art, wie die Bäume miteinander flüsterten; die Art, wie drei Spatzen von einem nahen Ast auf uns herabblickten. Wir mussten hier weg. Aber wir konnten berittenen Soldaten nicht davonlaufen, und die Wälder boten kein sicheres Versteck für uns.

Zaira winkte ab. »Das ist nicht nötig. Wir werden erwartet. Wir machen uns wieder auf den Weg.«

Der Soldat verbeugte sich erneut, berührte mit der Nase beinahe den Sattel. »Bitte, Herrin. Ihr wollt gewiss nicht riskieren, meinen Herrn zu kränken, indem Ihr die Gastfreundschaft seiner Lordschaft ausschlagt. Ich muss darauf bestehen.«

Zaira blickte zum Schloss empor, und Sehnsucht schlich sich in ihre Augen. Ich wusste, dass sie an Terika dachte. Und sie hatte den stählernen Ton in seiner Stimme ebenso herausgehört wie ich; wollten wir uns nicht auf einen Kampf einlassen, hatten wir keine Wahl.

»Ach, na schön!«, sagte sie leichthin. »Dann schaue ich auf einen Trunk herein. Aber danach muss ich weiter.«

Der Offizier nickte sichtlich erleichtert. »Wie Ihr wünscht, Herrin.«

Die berittenen Soldaten flankierten uns, als wir uns an den Aufstieg zum Schloss machten. Ich wechselte einen besorgten Blick mit Zaira, und sie formte mit den Lippen tonlos die Worte *Was jetzt?*

Ich schüttelte den Kopf. »Wir müssen sie weiter täuschen«, flüsterte ich, »und hoffen, dass die hiesigen Adelsleute nicht begreifen, wer da zum Tee vorbeigekommen ist.«

*

Schwarz ragte das Schloss im gedämpften Licht des bewölkten Himmels vor uns auf, prachtvoll anzusehen in seiner kantigen Asymmetrie. Die Balkonbrüstungen riefen bei mir Assoziationen zu Knochen oder Geweihen wach, die Zinnen erinnerten an Zähne. Die Straße beschrieb einen Bogen und bildete eine kreisförmige Zuwegung, in deren Zentrum ein Baum mit herabhängenden, weidenartigen Ästen stand mit Laub so bunt wie Orchideen. Ein Garten voller Sträucher und kleiner Bäume breitete sich um das Schloss herum aus. Einige davon trugen widerlich süß riechende Blüten in diversen Violetttönen, deren Form an Klauen erinnerte.

Was ich zunächst für Statuen gehalten hatte, die beidseits der Schlosstreppe standen, bewegte sich, und ich erkannte, dass es sich tatsächlich um riesige graue Wölfe handelte. Wachsam beobachteten sie uns aus gelben Augen, als wir näher kamen, und ein Instinkt tief im Inneren ließ all die zarten Härchen auf meinem Rücken zu Berge stehen.

Wölfe. Der Wolfslord von Kazerath. Oh, Höllen!

Ich warf Zaira einen panischen Blick zu, doch sie runzelte nur verständnislos die Stirn. Dann eskortierten uns die Soldaten zu dem gewaltigen schwarzen Tor, und als sie es vor uns öffneten, war es zu spät.

Ein enormer Eingangsbereich verschluckte uns, ein Ungetüm aus schwarzem und grauem Marmor mit hohen Decken. Zwei Treppenläufe und ein Balkon bildeten den Rahmen des Durchgangs zu einem riesigen, hohen Saal. Der war gesäumt von großen, schmalen Fenstern, und darin stand ein ganzer Wald schlanker Säulen, die den Weg zu einem Thron am hinteren Ende wiesen, der mit seiner zackigen, asymmetrischen Pracht den Saal beherrschte. Soweit ich es erkennen konnte, hätte er gut und gern kunstvoll aus tausend echten Knochen gefertigt sein können, wären Knochen denn pechschwarz und bereit, sich unter der Hand zu biegen wie Weidenzweige.

Nun, für einen Hexenlord taten sie das vielleicht.

Unsere Gastgeber warteten in dem Durchgang auf uns. Der, den ich für den Wolfslord von Kazerath hielt, trug einen grauen Pelzumhang, der bis auf den Boden fiel. Dazu kam die passende Haartracht; sollte er sich rasieren, so tat er das nur selten. In seinen Augen glomm ein hartes Licht, und sein Magiermal war winterlich weiß. Seine breiten Schultern kündeten von enormer Macht, und ich zweifelte nicht daran, dass die vernarbten Hände geübt im Umgang mit dem Breitschwert in der Scheide an seiner Seite waren.

Neben ihm, ein Weinglas in der Hand, als hätten wir gerade beim Umtrunk gestört, stand eine vornehme Gestalt in einem schwarzen Ledermantel mit hohem Kragen und kantiger, purpurner Stickerei, das glatte blonde Haar zu einem langen Pferdeschwanz zurückgebunden. Ein Lächeln breitete sich bei unserem Anblick auf dem Gesicht des Mannes aus; so entzückt und erstaunt, als wären wir das Wunderbarste, was er in diesem Jahr zu sehen bekommen hatte.

»Sieh einer an! Willkommen im Schloss meiner Familie, Dama Amalia Cornaro«, sagte Prinz Ruven.

KAPITEL ZWANZIG

»Welch entzückende Überraschung.« Prinz Ruven verneigte sich elegant und hielt das Glas dabei so ruhig, dass der Wein kaum in Schieflage geriet. »Und die Dama Zaira«, fügte er hinzu. »Was für glückverheißende Gäste. Euer Besuch ehrt uns.«

Steif und formell erwiderte ich die Verbeugung, während mein Herz und mein Geist darum wetteiferten, was von beidem schneller war. »Wir waren gerade in der Gegend, da schien es unhöflich zu sein, Euch keinen Besuch abzustatten.«

Neben mir ballte und öffnete Zaira wechselweise die Fäuste. Das Letzte, was ich jetzt brauchte, war, dass sie Ruven für Terikas Entführung einen Kinnhaken verpasste. Umso mehr, da wir gar nicht sicher sein konnten, dass er tatsächlich dafür verantwortlich war.

Aber sie stieß nur das atemlose Gelächter hervor, dass sie speziell für die Leute reserviert hatte, denen sie die größte Verachtung entgegenbrachte, und bedachte ihn mit einem Knicks. »Bezaubernd. So bezaubernd, Ihr habt ja keine Vorstellung.«

Ruven deutete mit großer Geste auf den Mann im Pelzumhang, der uns mit dem kalten Blick eines Raubtiers betrachtete, das sich überlegte, ob wir ein geeignetes Abendessen darstellen könnten. »Gestattet mir, Euch meinen Vater vorzustellen, den Wolfslord von Kazerath.«

Eine schlagfertige Antwort erstarb auf meiner Zunge. Da lag altes Blut in diesem Blick, gebunden durch diese weißen Kreise. Ströme alten Bluts. Ich konnte die Macht spüren, die er verströmte wie Dampf; sie war anders als die elektrische Energie, die Kathe ausstrahlte – eher ein tiefer, trüber See anstelle eines klaren, leuchtenden Stroms, beinahe wie der Donner zu Kathes Blitzen. Der Steinboden unter meinen Füßen fühlte sich im Vergleich zu der Präsenz dieses Mannes geradezu substanzlos an.

»Unter all den Witterungen, die mir die Winde an diesem Morgen zugetragen haben«, sagte er mit tiefer, rauer Stimme, »hätte ich weder Feuerhexe noch Cornaro-Erbin vermutet.«

Er tat einen Schritt voran, lauernd, stolz, bedachtsam. Seine Hand übermittelte träge einen Befehl, und die Soldaten schlossen die Tür hinter uns. Der Streifen Sonnenschein auf dem Boden wurde schmaler und verschwand dann gänzlich. Ich zwang mich, nicht zurückzuweichen, nicht kehrtzumachen, meine Angst nicht zu offenbaren.

»Und was soll ich nun, da Ihr Euch in meine Höhle gewagt habt, mit Euch anfangen?«, sinnierte der Wolfslord.

Graue Wölfe schlüpften durch Nebentüren in den Eingangsbereich, bewegten sich wie der Atemhauch eines wilden Nachtwinds. Ich hatte mir Wölfe immer so groß wie Hunde vorgestellt, aber aus der Nähe betrachtet hatten sie eher das Format von Hirschen. Sie streiften um uns herum, bildeten einen Halbkreis, und ihre gelben Augen glühten förmlich.

Ich arretierte meine zitternden Beine, konnte meine Hand aber nicht daran hindern, instinktiv nach dem Dolch zu tasten. Zairas Flüstern verstand ich kaum: »Hölle der Albträume!«

Prinz Ruven ließ ein strahlendes Lächeln aufblitzen. »Aber warum, Vater, wir entbieten ihnen natürlich unsere Gastfreundschaft. Schließlich sind sie doch Gäste.«

»Ist das so?« Der Wolfslord kniff die Augen zusammen. »Ich sehe das Zeichen des Krähenlords an einer, aber nicht an beiden. Nenn mir einen Grund, die Hexe am Leben zu lassen.«

Zaira bleckte die Zähne. »Den kann ich Euch nennen. Ich wette, ihr zieht es vor, nicht zu brennen.«

»Zaira«, murmelte ich nervös. »Du solltest dich gegenüber unserem Gastgeber vielleicht höflicher gebärden.«

»Nur, wenn er das auch mir gegenüber tut«, konterte sie.

Die Wölfe kamen näher, umkreisten uns knurrend, bis ich ihren heißen Atem spüren konnte, wann immer einer an mir vorbeischlich. Der Wolfslord schien unbeeindruckt von Zairas Drohung. Die grell weißen Ringe seines Magiermals schwenkten zu ihr. Unter seinem Blick sammelte sie erkennbar all ihre Kraft, als müsse sie sich der dahinterliegenden endlosen steinernen Masse eines Berges entgegenstemmen.

»Ich kenne deine Art.« Die Worte des Wolfslords fielen in mildem Ton und transportierten doch die volle Last reiner Gefahr. »In Kazerath erinnern wir uns daran, wie gefährlich ihr seid.«

Halb rechnete ich damit, dass Zairas sengender Blick den Stein unter seinen Füßen zum Schmelzen bringen würde. »Wenn ich so gefährlich bin, sollte ich vielleicht einfach durch die Wände Eures Schlosses verschwinden.«

Grazien helft, Zaira, warum provozierst du sie? Ein tiefes, ungebärdiges Rumpeln ertönte in der Kehle eines der Wölfe und jagte mir eine urtümliche Furcht über den Rücken.

»Einen guten Grund, Ruven«, betonte der Wolfslord.

Ruven lachte, doch in seinem Gelächter verbarg sich eine gewisse Nervosität. »Wir wären erbärmliche Gastgeber, würden wir unseren Gästen nicht zumindest Speise und Trank anbieten, ehe wir zum Geschäft kommen, meinst du nicht auch?«

Der Wolfslord grunzte. Ruven schien das als Zustimmung zu werten und streckte einladend die Hand aus. »Kommt nur, kommt. Setzen wir uns entspannt zusammen und reden über angenehmere Themen.«

»Beispielsweise darüber, wo Ihr Terika versteckt?«, herrschte Zaira ihn an und tat einen halben Schritt auf ihn zu.

»Ach, du meinst die Alchemistin?«

Ich erstarrte vor Schreck. Also war Terika tatsächlich hier. Zaira gab ein Zischen von sich, als würde sie wütend Dampf ablassen.

»Dann ist sie deine Freundin? Natürlich wirst du sie sehen!« Ruven winkte abschlägig mit der Hand. »Aber zuerst die Erfrischungen. Kommt, setzt Euch, ruht Euch aus. Danach kannst du sie besuchen.«

Ich wagte nicht, mich zu rühren. Doch dann schüttelte Ruvens Vater verärgert den Kopf, und die Wölfe wichen zurück und gaben den Weg für uns frei. »Nun gut, Ruven. Wir versuchen es auf deine Art.«

Zairas Lächeln war furchtbar, es zu sehen, fühlte sich an, als würde mir jemand den Finger zurückbiegen, bis er brach. »Oh, ja, lasst uns eine nette kleine Teegesellschaft abhalten. Es wäre ja sinnlos, uns mit leerem Magen gegenseitig zu meucheln.«

Alle drei hatten die Macht, mich mühelos zu töten. Ich gab mich nicht der Illusion hin, wir hätten, sollten wir das Schadfeuer benötigen, irgendeine Chance, lebend aus diesem Schloss herauszukommen.

Also zwang ich mich, vorzutreten, ignorierte aber Ruvens dargebotenen Arm. Zumindest schien es zwischen Ruven und seinem Vater gewisse Spannungen zu geben; vielleicht vermochte ich dieser Katastrophe sogar einen Nutzen abzuringen.

»Danke für Eure liebenswürdige Gastfreundschaft«, sagte ich. »Wir nehmen sie mit Freuden an.«

»Ich überlasse sie dir, Ruven«, grunzte der Wolfslord nur. »Kümmere dich um sie.«

Mit diesen ominös zweideutigen Worten stolzierte er davon, ließ uns ohne auch nur einen Blick zurück einfach stehen. Sein Fellmantel fegte hinter ihm über den Boden. Die Rudelwölfe bedachten uns mit warnenden Blicken, ehe sie ihm beinahe unhörbar auf gut gepolsterten Pfoten folgten.

»Dann kommt, meine Damen.« Ruven streckte die Hand nach meiner Wange aus; sofort zuckte ich mit pochendem Herzen zurück, zu sehr war mir bewusst, was er durch eine bloße Berührung bewirken konnte. Er feixte, genoss mein offenkundiges Unbehagen. »Nehmen wir einen Moment Platz und unterhalten uns.«

Ruven führte uns durch eine der Türen der Eingangshalle zu einem Speisesaal mit einem langen, glänzend schwarzen Tisch, der auf einer Seite von einem thronähnlichen Stuhl, verziert mit dem Fell von Wölfen und Leoparden, beherrscht wurde. Hohe Fenster säumten zwei der Wände; verholzte Ranken waren auf dem Glas zu komplizierten Mustern verwachsen. Ich entdeckte die Bildnisse von heulenden Wölfen, fliehenden Hirschen, hoch aufragenden Kiefern; allesamt von der Hand eines begabten Vivomanten auf geschickte Weise herausgearbeitet aus lebendigen Ranken. Ich konnte nicht aufhören, hinzustarren, und fand mehr und mehr Darstellungen in den verdrehten Pflanzentrieben, während wir am Tisch Platz nahmen.

Ruven bemerkte meinen Blick. »Ah, Euch gefällt unser kleines, dekoratives Spalier?«

»Es ist großartig«, räumte ich ein.

»Das Werk meiner verstorbenen Mutter. Es war eines ihrer Hobbys.« Er seufzte. »Ich habe hier viele Jahre meiner Kindheit verbracht.«

Livrierte Diener huschten mit gesenkten Blicken herein. Etliche von ihnen trugen Narben in Form eines Handabdrucks auf Unterarm oder Gesicht. Sie stellten Teller mit gekochtem Rindfleisch, Sauergras und Kartoffeln und Gläser mit Rotwein vor uns auf den Tisch und katzbuckelten unübersehbar, wann immer sie in Ruvens Reichweite kamen.

Ich stellte fest, dass ich trotz der beschwerlichen Reise nur wenig Appetit hatte, solange ich hören konnte, wie die Klauen der durch die Vorhalle streifenden Wölfe auf dem Marmor klapperten. Unsere Gastgeber mochten jeden Moment zu dem Schluss kommen, dass es ihnen keine Freude mehr bereitete, uns am Leben zu lassen. Andererseits war ich mehr als bereit, nach dem Weinglas zu greifen.

Ich hatte es kaum berührt, als sich der Ring an meinem Finger erwärmte. Der Stein glühte golden.

Mit rasendem Puls setzte ich das Glas wieder ab. Zaira sah es und schob ihren Teller weg.

»Verzeiht, aber es scheint, als wäre etwas mit dem Wein nicht in Ordnung«, sagte ich so kalt wie höflich.

Ruven runzelte die Stirn. »Das ist untragbar.« Er sah den Diener an, der mir das Glas gebracht hatte, einen flachsblonden Burschen, vielleicht ein paar Jahre jünger als ich, und krümmte einen Finger. »Du! Komm her!«

Der Junge wurde bleich wie der Tod; ein Brandmal auf seiner Wange hob sich in lebhaftem Purpurrot von der blassen Haut ab. Doch er trat vor, trotz seiner Angst; die Alternative musste wohl noch schlimmer sein.

»Das wird nicht nötig sein«, sagte ich scharf. »Ich bin überzeugt, es war nicht des Dieners Werk.«

In einer Geste der Unschuld breitete Ruven die Hände aus. »Aber Dama Amalia, ich kann doch an meinem Tisch keinen minderwertigen Jahrgang gestatten. Wenn meine eigenen Diener meinen Gästen etwas servieren, dass diesen missfällt …« Seine Hand schoss vor und schloss sich um das Handgelenk des Jungen. »… dann müssen sie die Konsequenzen tragen.«

Der Junge schrie. Das leere Tablett, das er in der anderen Hand gehalten hatte, krachte zu Boden, und ein furchtbarer Schmerzenslaut schwoll in seiner Kehle heran. Doch ehe er den Gipfel erreicht hatte, brach er ab, und der Diener erstarrte zur Statue. Er atmete schwer und hastig zugleich, versuchte vergeblich, zu schreien, während er immer noch voller Entsetzen Ruven anstarrte und unter dem Einfluss von dessen Macht doch weiter nichts tun konnte.

Ich sprang auf. »Prinz Ruven! Ich beschwöre Euch, hört auf!«

Der Ärmel des Jungen riss und das Fleisch darunter ebenso. Aus den Knochen wuchsen spitze Dornen heraus, deren Enden mit seinem eigenen Blut befleckt waren, und der Atem stockte in seiner Kehle.

Auch Zaira erhob sich und warf ihre Serviette weg. »Das reicht. Lass uns den Laden abfackeln.«

»Aber, aber. Bitte, setzt Euch.« Ruven ließ den Jungen los, der auf die Knie fiel und seinen zerfetzten Arm umklammerte. Sein Körper bebte unter dem Bedürfnis zu schreien, doch er brachte immer noch keinen Ton hervor. Was immer Ruven getan hatte, um ihn zum Schweigen zu bringen, es hatte ihn stumm gemacht.

Ruven schnippte mit den Fingern, und die anderen Diener halfen dem Jungen auf, peinlich darauf bedacht, den Arm mit den blutigen Knochenspitzen nicht anzufassen, und schleiften ihn mehr oder weniger aus dem Saal. Seine Augen waren geweitet, und er atmete so schwer wie ein Mann in den letzten Zügen. Ich konnte den Blick nicht von ihm wenden, bis sie ihn endlich außer Sicht gebracht hatten.

»Ich bitte um Vergebung dafür, Euer Missfallen geweckt zu haben.« Ruven seufzte. »Unsere Küche ist nicht sehr versiert, was die Vorlieben raverranischer Aristokratie betrifft. Ich werde auch den Koch auspeitschen lassen.«

»Bitte tut das nicht. Euer Koch ist nicht derjenige, der die Schuld daran trägt.« Ich zwang mich zu einer ruhigen und doch strengen Miene; jedenfalls bemühte ich mich darum. Ich durfte ihn nicht sehen lassen, wie sehr mich die Folter seines Dieners erschüttert hatte, sonst würde er es wieder tun. »Bei allem Respekt, ich verstehe nicht, warum Ihr Gastfreundschaft vorgaukelt, wenn Ihr uns doch nur vergiften wollt.«

»Ach, das? Das ist kein Gift.« Ruven gluckste vergnügt. »Ojemine, Dama Amalia, warum um alles in der Welt sollte ich Euch vergiften? Ihr wisst doch selbst, dass mir andere Möglichkeiten gegeben sind,

Eurem Leben ein Ende zu machen, sollte ich mich dazu entschließen.«

Zaira zupfte an meinem Ärmel. »Vergeude nicht noch mehr Zeit mit diesem Haufen Dämonenmist. Komm schon, lass uns gehen.«

Ruven zog die Brauen hoch. »Und was ist mit Eurer Alchemistenfreundin? Wollt Ihr sie nicht sehen?« Zaira erstarrte, und Ruven schüttelte seufzend den Kopf. »Sie wird ja so enttäuscht sein, wenn ich ihr erzähle, dass Ihr gegangen seid, ohne Hallo zu sagen.«

Zaira rammte ihre Faust kraftvoll genug auf den Tisch, dass die Teller wild herumhüpften. »Die Höllen sollen Euch verschlingen! Das ist kein Spiel.«

Ruvens violett beringte Augen funkelten. »Natürlich nicht. Ich sagte, Ihr könnt sie sehen, und das werdet Ihr. Wollt Ihr vorher wirklich nichts essen oder wenigstens einen Schluck Wein trinken?«

»Gewiss nicht«, entgegnete ich entschlossen.

Ruven erhob sich und streckte die Hand aus. »Dann kommt mit mir. Lasst uns sehen, ob wir durch die Macht zivilisierter Auseinandersetzung zu einer einvernehmlichen Lösung gelangen können.«

Zaira schnaubte verächtlich. »Ich verspreche nicht, zivilisiert zu sein, aber ich gehe mit.«

Keine von uns nahm Ruvens dargebotenen Arm. Wir folgten ihm aus dem Speisesaal und durch die Eingangshalle zum großen Thronsaal. Im Vorübergehen beäugte ich das Tor, doch ich bezweifelte, dass wir es auch nur die Treppe hinunter schaffen würden, sollten wir versuchen zu fliehen.

Der Thron war leer. Bedienstete huschten am Rand des Saals entlang und brachten kunstvoll geschnitzte Stühle herein. Eine rundliche Frau und ein älterer Mann, beide in der Livree des Hauses, stritten darüber, wo sie aufzustellen waren. Als die Leute Prinz Ruven bemerkten, senkte sich Stille über den Raum, und sie verbeugten sich tief.

»Vergebt die Unordnung«, sagte er, und ich erkannte mit Schrecken, dass er sich auf die Bediensteten bezog. »Wir treffen Vorbereitungen für die Ausrichtung des Konklaves, das in Kürze stattfinden wird. Daher herrscht im Schloss derzeit ein arges Durcheinander, fürchte ich.«

»Ich kann noch einiges mehr durcheinanderbringen«, erbot sich Zaira.

»Aber, aber.« Prinz Ruven lachte leise. »Wir müssen doch keine Feinde sein. Es gibt so viel, was wir einander zu bieten hätten.«

»Oh, ich denke, wir müssen Feinde sein«, erwiderte sie unverblümt. »Ihr haltet meine Freundin gefangen.«

»Tue ich das? Ich versichere Euch, sie ist hier weniger eine Gefangene als in den Stallungen.« Wir waren inzwischen ganz in der Nähe seines Vaters Throns, der mit einem kantigen, fächerförmigen Aufsatz aus verflochtenen Knochen und Geweihenden prunkte. Ruven stieg die beiden Stufen zu dem schlichten Podest hinauf und legte die Hand auf die Armlehne. »Ihr schuldet dem Imperium nichts, Dama Zaira. Ihr seid jetzt in Vaskandar, und hier herrschen die mit dem Magiermal.«

»Das wäre ganz fantastisch, wären da nicht Leute wie Ihr«, konterte sie mit einem herablassenden Schnauben.

»Ihr könntet zum Hof meines Vaters stoßen und ein Mitglied der besten Gesellschaft Vaskandars werden. Ihr würdet ebenso viele Freiheiten genießen wie ich.« Er strich mit den Fingern über die dunklen Rundungen des Throns, als wollte er ihn liebkosen. »Keine Tricks, keine Fallen. Ihr müsst lediglich Teil der Domäne meines Vaters werden. Dann wärt Ihr eine freie Frau, eine große Dame, die über all jenen steht, die das Mal nicht tragen. Ist das nicht besser, als einem Imperium zu dienen, dass Euch lediglich als Waffe ansieht und Euch als Werkzeug missbraucht?«

Hätte Zaira Ruven nicht so gehasst, ich hätte mir Sorgen gemacht, sie könnte das Angebot annehmen. Und ich hätte es ihr womöglich nicht einmal verdenken können.

Aber sie zog nur argwöhnisch eine Braue hoch. »Und Euer Vater würde mich mit offenen Armen empfangen? Der alte Mistkerl will mich umbringen.«

Ruven kicherte, als wäre diese Vorstellung geradezu köstlich amüsant. »Aber natürlich würde er! Schließlich kann er jeden von uns töten, wann immer es ihm beliebt. Dies ist *seine* Domäne. Das einzige Gesetz in Vaskandar ist der Wille der Hexenlords. Alles in Kazerath gehört ihm.«

»Auch Ihr?«, fragte ich.

Ruven blickte mir in die Augen; die violetten Magiermale um seine Pupillen schimmerten in einer Intensität, die mir das Gefühl gab, man hätte mir einen Eiszapfen ins Herz getrieben. Ich konnte nicht erkennen, ob das ein Ausdruck des Ärgers, des Hasses oder irgendeiner verdrehten und extremen Mischung komplexerer Emotionen geschuldet war.

Schließlich stieß er einen langen Seufzer aus, stieg von dem Podest herunter und stellte sich wieder zu uns auf den harten Steinboden.

»Derzeit, bedauerlicherweise, ja.« Er schüttelte den Kopf. »Darum ist dieser Krieg gegen Euer Imperium notwendig. Es ist mein Geburtsrecht, über meine eigene Domäne zu herrschen. Dass mir mein Vater übergeordnet ist, wird für uns beide zunehmend unerträglich. Aber in Vaskandar gibt es kein unbeanspruchtes Land mehr, also müssen wir es uns von Euch holen.«

»Könnt Ihr nicht einfach die Domäne Eures Vaters erben?« Vage wedelte ich mit der Hand, um der Frage die Schärfe zu nehmen, nur für den Fall, dass er dachte, ich wollte ihm einen Vatermord nahelegen.

»Ganz ohne Zweifel, sollte mein Vater sich je entschließen zu sterben.« Ruven musterte mich stirnrunzelnd. »Ihr studiert doch die Geschichte, nicht wahr, Dama Amalia? Dann müsst Ihr zumindest eine vage Ahnung haben, wie lange er bereits der Wolfslord von Kazerath ist.«

»Offen gesagt, nein«, gestand ich peinlich berührt. »Raverranische Quellen sind ganz und gar vage, was den Zeitpunkt der Weitergabe eines Titels an den nächsten Erben in Vaskandar betrifft. Dort wird nur von dem Wolfslord berichtet, als wäre das …« Meine Stimme versiegte. *Dämon des Wahnsinns.* »Immer dieselbe Person«, wisperte ich.

»Da! Ja, Ihr erkennt das Problem.« Er nickte nachdrücklich. »Ein Hexenlord ist durch die Pflicht der absoluten Herrschaft an jedes lebende Wesen seiner Domäne gebunden. All dieses Leben, die ganze wilde Flut des Lebens, ist *sein.* Mein Vater hat bereits zwei Jahrhunderte überdauert, und er ist bei Weitem nicht der älteste der Hexenlords. Ich werde zu Staub zerfallen, lange bevor ich mein Erbe antreten könnte.« Ruven zeigte mit einer ausholenden Geste auf den Thron.

»Wenn ich selbst an dieser Unsterblichkeit teilhaben will – und wer wollte das nicht –, benötige ich eine eigene Domäne. Nun begreift Ihr sicher, Dama Amalia, warum Vaskandar ständig Krieg führt.«

»Grazie der Barmherzigkeit«, hauchte ich. *Unsterblichkeit.* Meine Bücher erzählten von Vivomanten, die bis in ihre Siebziger oder Achtziger jung und gesund wirkten, aber nicht von solchen, die Hunderte von Jahren lebten. Kein Wunder, dass Ruven in das Erlauchte Imperium einzufallen begehrte.

Zaira schüttelte angewidert den Kopf. »Eruvia braucht Eure Unsterblichkeit so sehr wie mein Feuer auf dem ganzen Kontinent.«

Ruven lachte. »Wenn Ihr mein Angebot, Euch dem Hof anzuschließen, annehmt, können wir es Euch vielleicht ermöglichen, ihn zu verbrennen.«

Wir starrten ihn an. Selbst Zaira schien keine Worte mehr zu haben.

»Nicht?« Ruven seufzte. »Das enttäuscht mich. Aber vielleicht ändert Ihr Eure Meinung, wenn Ihr genauer darüber nachdenkt.«

»Terika«, erinnerte Zaira ihn unerbittlich. »Werdet Ihr mich jetzt zu ihr bringen, oder werde ich herausfinden, wie lange es dauert, bis mein Schadfeuer Steine zum Schmelzen gebracht hat?«

Ruven kniff die Augen zusammen. »Ich kann Euch nicht dazu raten, die Geduld meines Vaters auf die Probe zu stellen, Dama Zaira. Das sage ich nicht, um Euch zu drohen, sondern um all der Leute willen, die sich in diesem Schloss aufhalten. Dies ist seine Domäne.«

»Dann reizt mich nicht. Alles, was brennt, gehört zur Domäne des Feuers.«

»Nun gut.« Wieder seufzte er. »Ich sagte, Ihr könnt Eure Freundin sehen, und das sollt Ihr auch. Ich werde Sie holen, dann wird sie Euch in Eurem Gemach besuchen.«

»Oh, wir benötigen kein Gemach«, entgegnete ich so höflich, als hätte niemand irgendjemanden mit dem Tode bedroht. »Wir werden uns gleich wieder auf den Weg machen.«

Ruvens Augen funkelten. »Oh, nein. Ihr *müsst* die Nacht hier verbringen. Ich bestehe darauf. Vaskandar ist ein prachtvolles Land, aber ich fürchte, nach Einbruch der Dunkelheit ist es auch gefährlich.« Vor einer Dienerin, die in einer Ecke kauerte, eine der wenigen, die es nicht gewagt hatten zu fliehen, als der Wolfslord hereingekommen war, schnippte er mit den Fingern; die zuckte angsterfüllt zusammen. »Ist unser bestes Gästegemach bereit?«

Die Dienerin verbeugte sich. »J-ja, Euer Hoheit«, stammelte sie.

»Gut, gut. Dann lasst mich Euch zu Eurem Gemach begleiten, und Ihr könnt Euch ausruhen, während ich nach Eurer Freundin sehe.« Er bot mir seine Hand. Die konnte ich zwar noch höflich übersehen, doch uns blieb keine andere Wahl, als ihm zu folgen.

Als wir den Thronsaal verließen, gesellten sich zwei schlanke Chimären zu uns; sie hatten den Körperbau von langbeinigen Raubkatzen, doch ihre Körper waren von glatten schwarzen Schuppen bedeckt, und sie trugen Schlangenköpfe. Ihre Schwänze, die hin und her peitschten, als sie neben uns in Schritt fielen, erinnerten ebenfalls an Schlangen. Eine drehte den Kopf zu meinem verwundeten Bein und kostete mit der Zunge die Luft; ich schnappte nach Luft und klammerte mich an Zairas Arm fest, aber die Chimäre rührte mich nicht an.

»Kümmert Euch nicht um sie«, sagte Ruven. »Das sind nur meine kleinen Schoßtiere. Durchaus harmlos. Es sei denn, natürlich, sie erhalten einen Angriffsbefehl von meinem Vater oder mir – denn ihr Gift ist einigermaßen tödlich.«

Zairas Arm wurde starr unter meiner Hand, und ihr Gesicht verfärbte sich beinahe grünlich. »Alles an diesem Ort ist so verdammt reizend.«

Ruven lächelte. »Ich freue mich, dass Ihr das so empfindet.«

Sein leuchtender blonder Pferdeschwanz schwang über dem schwarzen Leder seines Mantels hin und her, als er uns zurück in die Eingangshalle führte und dann die weite, gebogene Treppe ins Obergeschoss hinauf. Sehnsüchtig sah Zaira im Vorübergehen das Schlosstor an, aber dieser Weg war versperrt, solange die Chimären uns flankierten. Öllampen beleuchteten den fensterlosen Gang im ersten Stock, und ihr warmes Licht tanzte über das schwarze Holz, das sich in einem Spitzbogen über die Decke wölbte wie der Brustkorb eines toten Monsters. Ich kämpfte mit dem unangenehmen Gefühl, das Schloss würde uns verschlingen.

Ruven stieß die Tür zu einem verschwenderisch großen Raum auf. Mehr dunkles Holz schmückte in kunstvollen Formen die fliederfarbenen Wände und hob sich vor ihnen ab wie kahle Äste vor einem Abendhimmel. Fellteppiche verteilten sich über den Boden. Bei einigen war erkennbar, von welchem Tier sie stammten, andere mussten aus dem Fell verendeter Chimären gemacht worden sein. In einem bogenförmigen Kamin, der mich an ein Dämonenmaul erinnerte, brannte ein Feuer, und davor standen mit weiteren Fellen bedeckte Stühle. Die beiden Himmelbetten, die mit einem Übermaß an purpurnem Samt verhüllt waren, standen Seite an Seite auf der anderen Seite des Raums.

»Bitte betrachtet dies als Euer Zuhause«, sagte Ruven. »Ich bin in Kürze zurück.«

Er verbeugte sich, und ein Hohnlächeln umspielte seine Mundwinkel. Dann ging er. Die beiden Chimären blieben auf dem Korridor, flankierten die Tür und starrten uns aus geschlitzten gelben Augen an.

Zaira knallte die Tür vor ihren Nasen zu und lehnte sich mit dem Rücken dagegen. »Ich will ihm das Gesicht abbrennen und dann einen Weg zur Grenze in das ganze Land sengen.«

Ich sank auf einen Stuhl, um meinem schmerzenden Bein Erleichterung zu verschaffen. Das verdrängte Entsetzen lastete so schwer auf mir wie die steinerne Masse des Schlosses und all seiner hoch aufragenden Türme. »Womöglich kommt es so weit. Aber ich würde gern zunächst nach einer besseren Lösung suchen. Dies ist eine hervorragende Gelegenheit, um mehr über Ruvens Pläne zu erfahren. Immer vorausgesetzt, wir kommen hier lebend wieder raus.«

»Du und deine verdammten Pläne. Wäre Terika nicht, ich würde es auf der Stelle tun.« Zaira zog die Schultern hoch. »Wenn die uns nicht schon vor Sonnenuntergang ermorden, können wir heute Nacht verschwinden und diese Schlangengrube hinter uns lassen.«

Ich machte mir wenig Hoffnung, dass es so einfach werden würde. Aber ich nickte, zu müde, um mich zu streiten.

»Zaira?«, fragte ich, so schwer mir die Worte auch über die Zunge kamen. »Willst du, dass ich dich entsiegele?«

Sie blinzelte. »Was, jetzt? Hast du die Diplomatie schon aufgegeben? Das ging schnell.«

»Grazien, nein.« Ich streckte die kalten Hände zum Feuer aus, dem einzig Heimeligen an diesem verrückten Ort. »Aber wir sind in Vaskandar. Wir sind in jedem einzelnen Moment in Gefahr. Ich möchte nicht, dass wir beide hier sterben, nur weil ich das Wort der Entsiegelung nicht mehr rechtzeitig sagen kann. Und genau genommen …« Ich sah ihr in die Augen. »Die Gesetze des Erlauchten Imperiums gelten hier nicht. Es ist deine Magie, also gibt es auch keinen Grund, warum du nicht diejenige sein solltest, die die Kontrolle über sie hat.«

»Verdammt richtig, dazu gibt es keinen Grund.« Aber dann biss sie sich auf die Lippe. Für einen langen Moment war es bis auf das Knistern des Feuers und das gelegentliche Kreischen von Klauen auf dem Boden im Korridor vollkommen still. Endlich atmete sie tief durch. »Hier lauern viele Versuchungen, Gewalt anzuwenden, auf mich.«

»Du hast ein Leben lang geübt, diesen Verlockungen zu widerstehen. Und wenn du doch die Kontrolle verlieren solltest, kann ich deine Magie wieder versiegeln.« Ich zuckte mit den Schultern und bemühte mich, lockerer zu klingen, als ich mich fühlte. Dies war nicht das, was Mutter tun würde. Ich konnte ihren tadelnden Blick beinahe über all die vielen Meilen spüren. »Es ist deine Entscheidung.«

Zaira trat an den Kamin, stützte sich auf den Sims und starrte ins Feuer. Dann drehte sie sich zu mir um und drückte den Rücken durch. Ihre Augen leuchteten, als ob sich die Flammen immer noch in ihnen spiegelten.

»Alle Höllen, ja«, sagte sie. »Tu es.«

Ich schloss die Augen. *»Exsolvo«*, flüsterte ich.

Ich zuckte selbst vor dem Wort zurück, bereitete mich auf alles vor. Aber nichts geschah. Also schlug ich die Augen wieder auf.

Zaira stand mit geöffneten Handflächen da, beinahe, als wollte sie Regen auffangen. Aber ihre Hände waren leer. Sie dehnte ihre Finger, und ein Grinsen breitete sich auf ihrem Gesicht aus.

»Dämonen, seid gepriesen, das ist besser. Als würde man ein Korsett ablegen.«

Ich verzog das Gesicht, als das schlechte Gewissen sich meldete. »Tut mir leid, dass ich das nicht schon früher getan habe.«

»Hmpf. Aber so, wie es derzeit läuft, werde ich, wenn wir erst zurück im Imperium sind, vermutlich bereit sein, für eine Weile mit dem Verbrennen von irgendwelchen Dingen zu pausieren.« Sie bedachte mich mit einem sonderbaren Blick und runzelte dann die Stirn, als hätte irgendetwas an mir ihren Unwillen erregt.

»Was?«, fragte ich. »Ist da etwas in meinem Gesicht?«

»Nein.« Sie seufzte entnervt. »Ich habe mich nur gerade dabei ertappt, froh darüber zu sein, dass du mich aufhalten kannst, sollte ich die Kontrolle verlieren. Ich hasse es, eingestehen zu müssen, dass auch du von Nutzen sein kannst.«

»Danke«, entgegnete ich trocken.

Ich bückte mich, um vorsichtig mein verletztes Bein anzuknuffen. Die Salbe beschleunigte die Heilung beträchtlich, aber nach der ganzen Lauferei, die ich hinter mir hatte, tat es trotzdem noch weh. Und mein Arm auch. Wäre ich zu Hause gewesen, hätte ich in Selbstmitleid gebadet und den ganzen Tag lesend im Bett verbracht, um mich auszuruhen. Aber nun machte ich mir viel mehr Gedanken darüber, wie sehr mein Gehumpel uns aufhalten würde, sollten wir von hier fliehen müssen.

Klauen trippelten durch den Korridor, und ein Pochen ertönte an der Tür. Ich stemmte mich auf die Füße; Zaira drückte kampfbereit die Schultern durch.

Ich öffnete die Tür und trat umgehend zurück und zur Seite, nur für alle Fälle.

Terika stand auf der Schwelle, blass wie Papier. Ihre Augen lagen tief in den Höhlen und waren von tiefpurpurnen Ringen umgeben, als hätte sie nicht mehr geschlafen, seit wir sie zum letzten Mal gesehen hatten. Ruven stand direkt hinter ihr, hatte eine Hand auf ihrer Schulter und lächelte, als hätte er uns soeben ein famoses Geschenk gemacht.

»Terika!« Zaira wollte zu ihr laufen, hielt sich dann aber doch zurück. »Geht es dir gut?«

Terika nickte ruckartig. »Ja, bestens.«

»Ach, was für ein glückliches Wiedersehen.« Ruven seufzte. »Seht Ihr? Eure Freundin ist wohlauf. Wir haben sie nicht schlecht behandelt. Oder?«

Terika schüttelte den Kopf, aber ihr Blick ruhte so drängend auf Zairas Augen, als wollte sie ihr unbedingt etwas übermitteln, das sie nicht laut aussprechen konnte.

»Werdet Ihr uns also gestatten, mit ihr von hier abzureisen?«, wollte ich im Gegenzug von ihm wissen.

Ruven zuckte mit den Schultern. »Wenn sie das wünscht«, sagte er mit leuchtenden Augen. »Terika, möchtet Ihr mit den Damen abreisen und in die Stallungen zurückkehren?«

Terikas Lippen wurden schmal. Sie zögerte und schüttelte dann langsam erneut den Kopf. »Nein. Ich möchte hierbleiben. Mir … gefällt es hier.«

Zaira zischte, als wäre sie selbst eine Schlangenchimäre. »Dieses Höllenloch kann dir unmöglich gefallen. Ich bin bereit, zu glauben, dass du nicht zurück in die Stallungen möchtest, aber nicht, dass du hierbleiben willst.«

Ruven lachte, als würde es ihn erfreuen, dass sein Heim als Höllengrube bezeichnet wurde. »Aber Ihr müsst wissen, dass es gewisse Vorteile mit sich bringt, mein Gast zu sein. Zeigt es ihnen, Terika.«

Gehorsam hob Terika zwischen uns ihre Hände, als wollte sie ein Übel abwehren.

Da war nichts mehr an ihren Handgelenken.

Zaira packte eines davon. »Dämonenpisse. *Das* hat er dir angetan? Er hat dir das Geschüh durch den Unterarm gezogen? Hast du ihn darum gebeten?«

Bei der Erinnerung daran, wie Ruven einmal sein Messer durch den Arm seines Gardisten gezogen hatte, als wäre der aus Butter, nur um Zaira zu zeigen, wie er sie von dem Geschüh befreien könnte, drehte sich mir der Magen um. Und der entsetzte Ausdruck in Terikas Augen sagte mir, dass es ihr nicht besser erging.

Doch sie sagte mit tonloser Stimme: »Er tat es, um mir zu helfen.«

Fluchend und mit angespannter Schulterpartie wandte Zaira sich ab.

»Sagt es ihr«, drängte Ruven Terika leise.

»Ich bin froh, frei zu sein.« Die Worte fielen aus Terikas Mund wie Musketenkugeln, leblos und schwer. »Du solltest dir dein Geschüh auch von ihm abnehmen lassen. Dann könnten wir zusammen frei sein.«

Von meiner Position aus konnte ich Zairas Augenwinkel sehen, in dem ein schwaches, blaues Licht glomm, als wäre tief im Inneren ein

Funke aufgeflammt, und mir wurde angst und bange. Ich hatte den falschen Moment gewählt, um sie zu entsiegeln.

Ich trat vor, griff aber nicht nach Terikas Hand – nicht, solange Ruvens auf ihrer Schulter lag. Ich durfte nicht riskieren, eine Brücke für seine Magie zu bauen, über die er mich erreichen konnte. »Ich bin froh, dass es dir gutgeht«, sagte ich in einem ebenso fröhlichen wie falschen Tonfall. Terika riss sich von Zairas Anblick los und starrte mich gequält und flehentlich an. »Wir waren besorgt um dich. Und du siehst aus, als hättest du weder gebadet noch geschlafen.«

Ruven seufzte. »Ach, ich fürchte, sie hatte gestern einen recht grauenvollen Tag. Ich bin überzeugt, heute wird sie schon besser auf sich achten. Nicht wahr?«

Terika sah mir weiter direkt in die Augen. »Wenn Ihr wünscht.«

»Bitte tu das.« Ich wünschte, ich würde mich trauen, ihre Hand zu ergreifen oder ihr kurz beruhigend die Schulter zu drücken. »Wir wollen nicht abreisen, solange wir nicht sicher sind, dass du hier glücklich und in Sicherheit bist.«

Anspannung zeigte sich in Terikas Wangen, und in ihren Augen schimmerte etwas wie unterdrückte Tränen oder Zorn.

»Keine Sorge«, versicherte mir Ruven. »Ihr könnt so viele Nächte bleiben, wie Ihr wünscht. Ich bin sogar überzeugt, dass Euer Aufenthalt lang und zufriedenstellend sein wird.«

Schnell wie eine angreifende Schlange reckte er die Hand vor und strich mir über die Wange, während ich durch Terika abgelenkt war. Ich tat einen Satz zurück; verweilende Magie brannte prickelnd auf meiner Haut. Ich hob eine Hand an mein Gesicht und spürte Hitze, als hätte ich einen Hieb erhalten oder mir einen Sonnenbrand zugezogen. Aber vielleicht war es auch nur meine eigene, rotglühende Rage.

»Prinz Ruven«, konstatierte ich kalt. »Ich dachte, Ihr wäret ein Ehrenmann.«

Ruven lachte. »Ojemine, wie schreckhaft Ihr seid, Dama Amalia! Ich werde Eure Empfindlichkeiten nicht länger auf die Probe stellen. Nun gut, Terika ist müde, und ich nehme an, sie wäre höchst erfreut, bekäme sie die Gelegenheit zu baden und zu essen. Erginge es Euch nicht ebenso?«

Terika starrte uns jämmerlich an. Ihr Kopf bewegte sich kaum, als sie nickend die erforderliche Zustimmung kundtat. Zaira wirbelte zu Ruven herum; der blaue Schimmer in ihren Augen war, den Grazien sei Dank, verschwunden, aber der Blick, mit dem sie ihn bedachte, war nicht minder todbringend.

»Bei allen Neun Höllen«, giftete sie. »Ich schwöre Euch, dafür werdet Ihr Euch zu verantworten haben.«

Ruven legte eine Hand an seine Brust. »Ich?«, begehrte er auf. »Alles, was ich getan habe, Dama Zaira, war, sie zu befreien.« Er verbeugte sich. »Wenn Ihr uns nun entschuldigen würdet. Gute Nacht und angenehme Träume, meine Damen.«

Mit einem Ausdruck stummer Verzweiflung sah Terika Zaira an, bis Ruven die Tür zwischen ihnen schloss.

Gleich darauf ertönte das unmissverständliche Geräusch eines Schlüssels, der im Schloss gedreht wurde. Und dann entfernten sich die Schritte zweier Personen auf dem Korridor.

Zaira schnappte sich einen Kerzenstummel von einem nahen Tisch und schleuderte ihn an die Tür. »Die Höllen sollen dich verschlingen, du pockengesichtige Bilgenratte!«

Aus dem Gang ertönte ein Zischen. Klauen kratzten an der Tür, bohrten sich in das Holz.

KAPITEL EINUNDZWANZIG

WIR WARTETEN, bis es Nacht war. Ich verstand durchaus, dass wir uns gedulden mussten, bis das Schloss im Schlaf versank und all die Bediensteten und Soldaten, die uns andernfalls draußen herumschleichen sehen könnten, in ihren Betten lagen. Aber jede Minute, die wir in diesem Hort des Wahnsinns und des Grauens verbringen mussten, stellte einen Verlust dar, den ich bis ins Mark spürte. Schon bald würden Bree und der Hauptmann in Hochpass zu dem Schluss kommen, dass uns etwas daran hinderte, aus Vaskandar zurückzukehren, und dann würden sie sich überlegen müssen, was sie deswegen unternehmen sollten. Schlimmer noch, nachdem ich eine Abenddosis meines nach Anis duftenden Elixiers eingenommen hatte, war mein Notvorrat bereits zur Hälfte aufgebraucht; sollten wir auf dem Weg zu meinem Gepäck in Hochpass auf weitere Schwierigkeiten stoßen, konnten die wenigen Stunden, die wir derzeit warteten, den Unterschied zwischen Leben und Tod bedeuten.

Zaira machte die Untätigkeit noch mehr zu schaffen als mir. Unentwegt ging sie auf den Fellteppichen auf und ab und verfluchte Prinz Ruven, seinen Vater und deren ganze Nation. Endlich ließ sie sich auf einen Stuhl am Feuer fallen und starrte grüblerisch in die Flammen.

»Sieh dir uns an«, sagte sie. »Wir sitzen fest im Schloss eines Hexenlords, in das wir nur gelangt sind, weil ein Dutzend Leute ihr Leben gelassen haben, und wozu?«

»Wir haben Bree rausholen können«, sagte ich leise. »Und wir werden auch Terika retten.« Ich zögerte, dann fügte ich etwas hinzu, was mir in den letzten ein, zwei Stunden immer wieder durch den Kopf gegangen war, während ich zugesehen hatte, wie die Farben allmählich aus der Welt außerhalb des Fensters verschwanden. »Außerdem ist das eine unglaubliche Gelegenheit, um Informationen zu sammeln. Wir sollten schauen, ob wir noch irgendetwas ausspionieren können, ehe wir von hier verschwinden.«

»Warum auch nicht? Wir sind sowieso im Arsch.«

»Wenigstens sind wir zusammen«, sagte ich mit einem Hauch von Ironie, bis mir auffiel, dass ich es genauso meinte. Ich nahm mein Bein von dem Hocker, auf dem ich es abgelegt hatte, und beugte mich zu ihr hinüber. »Ich würde mich zu Tode ängstigen, wärst du nicht hier bei mir.«

Zaira prustete los. »Immer schön, wenn man einen ›Brenn alles nieder‹-Ausweichplan hat.«

»Nein, nicht, weil du eine Feuerhexe bist. Weil …« Ich suchte nach Worten und konnte dann, als ich sie gefunden hatte, die Fassungslosigkeit nicht ganz aus meiner Stimme fernhalten. »Weil du aus irgendeinem merkwürdigen Grund beruhigend auf mich wirkst. Du als Mensch.«

Zaira blinzelte mich an. »Du spinnst.«

»Nun, vielleicht. Aber du behältst in einer Krise immer einen klaren Kopf.« Ich zuckte mit den Schultern. »Und du bist eine angenehme Gesellschaft, wenn man erst einmal gelernt hat, über deine unflätige Ausdrucksweise und die Schmähungen hinwegzusehen.«

Sie lachte. »Und du bist besser als ein entzündeter Zahn, nehme ich an. Wenn ich dein vornehmes Getue und die allgegenwärtige Selbstvergessenheit ignoriere.«

Ich versuchte mich an einem zaghaften Lächeln. »Wir sind ein gutes Gespann, weißt du?«

»Das sind wir.« Zaira zog die Brauen hoch, als hätte diese Erkenntnis sie überrascht. Dann nickte sie entschlossen, sprang auf und schaute aus dem Fenster zu dem mondbeschienenen Himmel empor. »Also gut. Es ist spät genug. Lass es uns tun.«

Ich stand auf und schüttelte die Erschöpfung ab, die sich in mir breitgemacht hatte. Das Bein hielt mein Gewicht nun mit weit weniger Schmerzen als zuvor. »Ich habe keinen Zweifel daran, dass du dieses Schloss knacken kannst«, sagte ich, »aber hast du auch eine Idee, wie wir mit diesen Chimären fertigwerden sollen?«

»Nein.« Sie riss das Fenster auf und ließ einen Stoß kalter Luft herein. Dann knotete sie ihren Rock hoch und schwang ein Bein über den Sims. »Aber ich habe eine Idee, wie wir gar nicht erst mit den Chimären fertigwerden müssen. Wie gut bist du im Klettern?«

Mit wachsendem Schrecken sah ich zu, wie sie auch das andere Bein hinausschwang, sich drehte und bald auf irgendetwas stand, das ich nicht sehen konnte. »Äh, ich hatte nie Gelegenheit, das auszuprobieren.«

Fassungslos schüttelte Zaira den Kopf. »Grazien, schenkt mir Geduld. Nie ausprobiert? Hast du deine ganze Kindheit über in irgendeinem schicken Sessel gehockt und Bücher gelesen?«

»Na ja …«

»Antworte nicht.« Seufzend verlagerte sie ihren Griff am Fensterrahmen und schien sich so wohlzufühlen, als würde sie auf flachem Erdboden stehen. »Du kannst entweder mitkommen und versuchen, schnell zu lernen, oder du kannst hierbleiben und verfaulen. Es ist nicht weit, es ist nicht schwer, und wenn du aus dieser Höhe abstürzt, brichst du dir beide Beine, wirst aber vermutlich nicht sterben.«

»Bei dir klingt das richtig wonnig.« Ich schluckte, zog meine Stiefel aus und stopfte sie in den Tornister. »Ich versuche es. Wenigstens leide ich nicht unter Höhenangst.«

Aus dem Fenster zu gelangen war der Teil, der mir am meisten Angst machte. Zaira leitete mich die ganze Zeit erstaunlich geduldig an, lockte meine nackten Zehen förmlich auf einen bogenförmigen Vorsprung hinaus – der obere Abschluss des Spaliers von Ruvens Mutter. Der Rebenbogen gab unter meinen Füßen ein wenig nach, war aber so stark und glatt wie poliertes Holz.

Ich klammerte mich fest, die eiskalten Zehen um die Reben gewunden, und hielt mich so krampfhaft am Fensterrahmen fest, dass mir die Finger wehtaten. Ein kalter Nachtwind strich mir über den Rücken, und Kathes Klauen klapperten auf meiner Brust. Ich blickte nicht hinab, aber ich wusste, hinter mir war nichts als leere Luft und tiefe Finsternis, in der ein paar Sterne den Rand meines Blickfelds kitzelten.

Grazie der Barmherzigkeit, was Mutter wohl denken würde, könnte sie mich jetzt sehen?

Bei dem Gedanken bebten meine Schultern vor Lachen. Für einen irrsinnigen Moment kam ich mir sonderbar frei vor, beinahe, als könnte ich einfach abspringen und in die Nacht davonfliegen.

Dann erklang ein Heulen aus dem Wald, nicht weit von uns entfernt. Das Wolfsrudel auf der Jagd. Ich presste mich an die kalten Steine der Schlossmauer.

Zaira leitete mich auf dem Weg zum nächsten Fenster. Sie bot mir ihre Hand, um mich vor der letzten Lücke zu stabilisieren, die ich überwinden musste, ehe ich mich wieder an den Steinleisten eines Fensterrahmens festhalten konnte. Wir lugten in ein anderes Gästezimmer, leer, der Kamin dunkel. Zoll um Zoll schoben wir uns an zwei weiteren Fenstern vorüber. Meine nackten Füße schmerzten in der eiskalten Luft, und meine Wange lag beständig dicht an der Schlossmauer, während Zaira Anweisungen und Aufmunterungen murmelte. Schließlich kletterten wir in ein drittes Gästezimmer, das an einer Ecke lag. Drinnen fiel ich auf die Knie und vergrub mit zitternden Armen die Hände im Fellteppich.

»Ach, steh auf. Du bist armselig.« Mit dem Fuß stupste Zaira mich in die Rippen.

»Vergib mir, wenn meine Bildung in Bezug auf praktisches Klettern eine Lücke aufweist.« Ich stemmte mich wieder hoch. »Ich werde der Universität einen geharnischten Brief schreiben.«

Zaira lauschte an der Tür des dunklen Gästezimmers. »Die Chimären dürften uns hier nicht mehr sehen können«, sagte sie leise. »Aber sie könnten uns hören. Ich weiß nicht, wie gut ihre Ohren sind. Ich wette aber, sie befolgen Anweisungen und sind an der Tür geblieben, weil sie zu dumm sind, um mitzukriegen, dass wir gar nicht mehr dort sind. Wenn sie allerdings schlauer sind, als sie aussehen, könnten wir in Schwierigkeiten stecken.«

»Das könnten wir sowieso, nehme ich an.« Ich zog meine Stiefel an. »Lass uns sehen, ob wir Ruven und den Wolfslord ausspionieren können. Eine zweite Chance wie diese werden wir nicht bekommen.«

Zaira gab ein unwirsches Grunzen von sich. »Nur, wenn uns das nicht zu sehr aufhält. Ich will Terika hier rausholen.«

»Raus in einen Wald voller Wölfe, Chimären und diverser anderer unbekannter Schrecken, in dem sogar die Bäume selbst jederzeit versuchen könnten, uns umzubringen?«

»Hast du einen besseren Vorschlag?«

Ich seufzte. »Nein. Also gut. Geh voran.«

Vorsichtig öffnete sie die Tür. Ich bemühte mich, so leise wie möglich zu sein, als ich hinter ihr den von Lampen beschienenen Gang hinunterschlich. Aber die bösen Blicke, die sie mir über die Schulter zuwarf, verrieten mir, dass ich dabei nur mäßig erfolgreich war. Jeder Nerv in meinem Körper schmerzte vor Furcht, die Chimären könnten jede Minute mit gifttriefenden Fangzähnen hinter uns herspringen, aber bisher war alles ruhig.

»Wo, denkst du, sind Prinz Ruven und sein Vater?«, flüsterte ich nahe an Zairas Ohr, erfüllt von der irrationalen Angst, der Wolfslord könnte mich irgendwie hören. Andererseits, ein Vivomant, der so mächtig war wie er, hatte womöglich schon die ganze Zeit meinem rasenden Herzschlag gelauscht.

»So arrogant, wie die sind? Im Thronsaal«, murmelte Zaira und ging in Richtung Schlossmitte.

Bald wich vor uns eine Wand des Korridors einer Balkonbrüstung, und ich erkannte die hohe Gewölbedecke des großen Thronsaals über uns. Und tatsächlich hallten aus der Tiefe Stimmen herauf.

Hab ich doch gesagt, formte Zaira tonlos mit den Lippen. Mit angehaltenem Atem kauerte ich mich am Ende der Mauer zu ihr, um zuzuhören.

»… hat bei den anderen gut funktioniert.« Das war Ruvens unverwechselbarer Tenor. »Da macht es wenig, dass sie misstrauisch sind. Alles, was lebt, muss essen und trinken, nicht wahr?«

Ich schob mich voran, bis ich zwischen den Geländersäulen hindurchschauen konnte. Der Wolfslord fläzte sich auf dem Thron und musterte seinen Sohn unter dicken grauen Augenbrauen. Ruven lehnte an einem Pfeiler, die Arme vor der Brust verschränkt, und der schwarze Ledermantel umschmeichelte seinen Leib.

»Und was dann?« Geringschätzung klang in der tiefen, polternden Stimme seines Vaters an. »Wenn du denkst, ein einfacher Trank macht diese Feuerhexe gefügig, dann hast du ihr wohl nicht in die Augen geschaut.«

Ich spürte, wie Zaira neben mir vor Zorn bebte, und konnte dem Wolfslord nur zustimmen.

»Denk doch, welchen Vorteil uns das einbringen würde«, drängelte Ruven und löste sich von dem Pfeiler. »Niemand könnte sich gegen uns stellen, nicht das Erlauchte Imperium, nicht die anderen Hexenlords. Du hast nichts zu verlieren, wenn du meinem Plan eine Chance gibst …«

»Ich bin nicht der Wolfslord von Kazerath geworden, indem ich den Leuten *Chancen* gegeben habe.« Sein Ton reichte, dass Ruven an Ort und Stelle erstarrte. Sogar hier oben auf dem Balkon überlief mich eine Eiseskälte. »Ich beurteile jeden deiner Pläne nach seinem jeweiligen Nutzen, Junge, und dieser ist unsinnig.«

»Unsinnig?« In Ruvens Stimme lag eine scharfe Note, wie ich sie bei ihm noch nie wahrgenommen hatte. Furcht? Hass? Oder einfach nur Enttäuschung, weil der Vater seiner Vision nicht folgen wollte? Ich hatte mir nie Gedanken darüber gemacht, wie es sein musste, in der Familie eines Hexenlords aufzuwachsen. »Wann haben meine Ideen dir je etwas anderes als Vorteile eingebracht? Ich war derjenige, der die Allianz mit der Herrin der Dornen geschmiedet …«

»Eine Allianz, die für uns kaum von Nutzen ist«, fiel ihm der Wolfslord ins Wort. »Sie will dich benutzen, um eine Domäne für ihre Tochter zu erringen, und sie wird dich fallen lassen, ohne dass du selbst eine hast.«

Ihre Tochter. Ein Schauder der Erkenntnis raste über meine Schultern. Kathe hatte gesagt, die Tochter der Herrin der Dornen würde sterben. Das musste der Grund sein, warum sie so dringend Land brauchte – um eine Domäne für ihre Tochter zu bekommen und ihr so die Unsterblichkeit eines Hexenlords zu verschaffen.

»Ich gebe dir die endlose Zerstörungskraft eines Vulkans«, beharrte Ruven, und ich hörte noch aufmerksamer zu. »Der Weiße Gipfel wird dir eine Reichweite ermöglichen, wie sie noch kein Hexenlord vor dir hatte. Niemand sonst in Eruvia hätte die Magie des Imperiums nutzen und so mit unserer Macht verweben können, wie ich es getan habe. Wenn du nur auf mich hören würdest …«

»Genug.« Der Wolfslord unterbrach ihn mit einem Knurren, das durch die Steine des Schlosses ratterte. Ich krümmte mich unter der Macht dieses einen Wortes. Aber Ruven stand nur da, die Hände an seinen Seiten zu Fäusten geballt. »Wenn du dir ein Stück Land aus dem Imperium geschnitten und mit deinem eigenen Blut beansprucht hast, kannst du so viele verrückte Pläne in die Tat umsetzen, wie du willst. Bis dahin und im Gedenken an deine Mutter werde ich deinen verdrehten Ideen vielleicht zustimmen – aber nur, wenn sie dich schneller aus meiner Domäne rausschaffen. Es reicht, Ruven.«

Ruven musste die Gefahr wahrgenommen haben, die sich in der Stimme seines Vaters kundtat. Aber er trat trotzdem vor, und das Magiermal in seinen Augen blitzte leuchtend violett. »Du wirst diesen Krieg gegen das Imperium wegen meiner ›verdrehten Ideen‹ gewinnen! Wenn du meine Pläne einfach nur ablehnst, weil ich zu Methoden greife, die komplizierter sind als die Anwendung roher Gewalt, dann bist du ein Narr.«

Draußen heulten die Wölfe.

Ein Rascheln und Ächzen sauste um die Schlossmauern, und hundert schwarze Klauen reckten sich zu den Fenstern herein – die Ranken des dekorativen Spaliers, nun mit Enden ausgestattet, so spitz wie Speere, krochen in den Saal. Zaira schnappte neben mir nach Luft. Ich presste mich flach auf den Boden, plötzlich erfüllt von einem Entsetzen, wie es ein Kaninchen im Schatten eines Falken erleben musste. Ich war überzeugt, wir wären entdeckt.

Aber der Wolfslord behielt seine bequeme Haltung bei. Die weißen Ringe des Magiermals in seinen Augen fixierten immer noch Ruven.

»Willst du mich herausfordern, Welpe?«, fragte er mit gefährlich sanfter Stimme. »Hier, in meiner eigenen Domäne?«

»Ich?« Ruven lachte, ein Laut, so scharf wie verschüttete Nägel. »Bisher habe ich meinen Verstand noch nicht verloren. Du bist der Hexenlord von Kazerath. Ich bin nur dein Sohn.«

Der Wolfslord hielt seinen Blick erbarmungslos fest. Endlich verbeugte sich Ruven mit steifem Rücken, aber so tief, dass er beinahe zusammenklappte.

»So ist es recht«, knurrte sein Vater. »Vergiss das nicht, Ruven. Nicht für eine Minute.«

Der Druck in der Luft legte sich wieder. Die Ranken glitten durch die Fenster zurück nach draußen und nahmen wieder ihre dekorative Form an. Zaira sah mich an und machte eine Geste, als würde sie sich Schweiß von der Stirn wischen. Ich tat einen nervösen Atemzug.

Grazie der Barmherzigkeit. Und ich dachte, meine Beziehung zu meiner Mutter wäre kompliziert.

So schnell, wie es uns geräuschlos möglich war, entfernten wir uns von dem Balkon. Zaira schaute mich aus großen Augen an und schüttelte den Kopf. Mein Puls transportierte immer noch ein sengendes Gefühl der Anspannung durch meinen Körper, vergleichbar dem instinktiven Grauen eines gejagten Tieres.

Wir mussten hier raus. Aber zuerst galt es, Terika zu finden.

Unter den Türen all der Räume an dem von Schatten umgebenen Korridor waren nur zwei, unter denen der warme Lichtschein eines Feuers nach draußen drang. Ich bezweifelte, dass ein Raum ohne Feuer in einem Bergschloss, das nicht artefaktisch beheizt wurde, bewohnt war. Zaira und ich schlichen zu der ersten Tür, und sie lugte durch das Schlüsselloch, während ich mich tief hinabbeugte, um unter ihr durchzuschauen.

Der Raum war nicht ganz so luxuriös oder geräumig wie unserer, und es gab nur ein Bett, doch auch das war mit purpurnem Samt und Fellen ausgestattet. Ein Durcheinander aus persönlichen Gegenständen deutete darauf hin, dass dieser Raum einen dauerhaften Bewohner hatte: Da waren eine Staffelei mit einem halbfertigen Gemälde, Regale voller Farbtöpfe und Pinsel und diversem anderem künstlerischem Zubehör, ein Bücherschrank, zwei Musketen mit ausgefallenen Gravuren an der Wand. Ein rothaariger Junge, vielleicht vierzehn Jahre alt, saß auf einem Stuhl am Feuer und las ein Buch.

Ich runzelte die Stirn. Die unzähligen Sommersprossen deuteten auf eine callamornische Ahnentafel, aber dies war das Zimmer eines gehätschelten jungen Adligen, nicht das eines Gefangenen. Zaira und ich wechselten einen Blick, sie schüttelte den Kopf, ich zuckte mit den Schultern, und wir zogen weiter.

An der nächsten Tür musste ich mir gar nicht die Mühe machen, selbst einen Blick in das Zimmer zu werfen. Zaira hatte sich kaum zum Schlüsselloch gebückt, da richtete sie sich schon wieder auf und nickte mit zusammengepressten Lippen. Als Zaira sich vor das Schloss kauerte und sich an die Arbeit machte, sah ich mich um und suchte nach irgendeinem Hinweis auf herumstreifende Chimären, Wölfe oder Hexenlords. Allerdings hatte ich nicht die leiseste Ahnung, was ich tun würde, sollten welche auftauchen.

Das Schloss taugte anscheinend nicht viel. Ich hatte kaum drei

Atemzüge getan, da stieß sie schon die Tür auf. Als Zaira in das Zimmer stürmte, rief Terika mit erschrockener Stimme: »Wer … oh!«

Zu dem Zeitpunkt, zu dem ich eintrat, lagen die beiden sich schon in den Armen, und Terika barg ihren Kopf an Zairas Schulter.

Leise schloss ich die Tür hinter mir und schaute mich in dem Raum um, bemüht, den beiden einen Augenblick für sich zu lassen. Das Zimmer war halb so groß wie unseres. Es gab weder dekorative Ranken an den Wänden noch samtene Vorhänge am Bett, dennoch war er recht gut ausgestattet, wenn auch mehr im Stil eines Jagdschlosses. Ich konnte mir nicht helfen, ich fand es barbarisch, so viele Pelze zur Ausschmückung zu verwenden; in den vier Räumen, die wir gesehen hatten, mussten die gesammelten Felle mehrerer Rudel herumliegen.

Ich war bereit, eine ganze Weile die Wände anzustarren, sollte es notwendig sein. Aber es dauerte nur ein paar Minuten, da löste sich Terika aus Zairas Armen.

»Lienne«, fragte sie händeringend. »Ist sie …?«

Ich schüttelte den Kopf. Terika presste die Lippen zusammen. Tränen schimmerten in ihren Augen, die aussahen, als hätte sie kaum mehr Hoffnung.

»Aber Bree hat die Zutaten, die du gesammelt hast, zurück zum Dorf gebracht, um sie dem Alchemisten von Hochpass zu geben«, fügte ich rasch hinzu.

Terika seufzte erleichtert und ließ die Schultern hängen. »Er wird das Heilmittel auch anmischen können. Ich glaube nicht, dass er das Magiermal hat, aber das sollte für so ein einfaches Rezept auch nicht nötig sein.« Plötzlich stemmte sie die Hände in die Hüfte und blickte uns nacheinander streng an. »Und was macht ihr zwei hier?«

»Dich retten, natürlich.« Zaira grinste.

»Ihr müsst gehen«, erklärte Terika eindringlich.

Zaira nickte. »Genau. Schnapp dir alles, was du mitnehmen willst.«

Terika schlug die Hände vor den Mund. »Ich kann nicht mit euch gehen.«

»Kannst du nicht, oder willst du nicht?«, fragte ich und musterte das kaum angerührte Essen und das halbleere Glas Wasser auf dem Tisch in ihrer Sitzecke.

»Ich kann nicht.« Ihr Blick folgte meinem und kehrte dann zu mir zurück.

Ich schloss die Hand um ihre Tasse. Sofort erglühte mein Ring in einem goldenen Licht.

Zaira krallte die Fäuste in ihr Haar. »Alchemie. Die Dämonen sollen sie holen. Ich weiß rein gar nichts über Alchemie. Hat er dir einen gedankenmanipulierenden Trank gegeben?«

Terika schüttelte den Kopf. Ein Hauch des gewohnten Funkelns kehrte in ihre Augen zurück. »So etwas wie gedankenmanipulierende Tränke gibt es nicht. Es gibt welche, die den Geist vernebeln, ja. Und solche, die beeinflussbar machen, sicher. Aber niemand hat je einen Trank entwickelt, der den Geist eines Menschen dem Willen eines anderen unterwirft.«

Ich sank auf einen der Stühle an Terikas Tisch und dachte nach. »Kannst du uns sagen, was du über Prinz Ruven denkst, Terika?«

»Ich hasse ihn«, entgegnete sie feurig und ohne das kleinste Zögern. »Er ist ein schrecklicher Mann, und er hat Unsägliches getan.«

»Beispielsweise?« Zaira umfasste ihre Schulter. »Was hat er dir angetan?«

Terika schüttelte den Kopf. »Nichts. Er hat mich gut behandelt. Mir gefällt es hier.« Sie trat gegen ein Stuhlbein, und der Ärger stand ihr ins Gesicht geschrieben. »Verdammt!«

»Höllen, erbarmt euch.« Zaira warf die Hände in die Luft. »Diesen Tanz können wir uns sparen. Ich hab's verstanden. Du kannst es uns nicht sagen. Komm einfach mit, dann bringen wir dich fort von hier.«

Terika wich mit erhobenen Händen zurück. »Ich kann nicht. Ich kann nicht mit euch gehen. Wenn ihr versucht, mich mitzunehmen, werde ich mich wehren. Bitte, versucht es nicht.« Ihre Stimme klang nun regelrecht panisch.

Ich führte meine Hand über Terikas Essen und runzelte die Stirn, als mein Ring erneut aufleuchtete. »Wie bekommt der Sohn eines Hexenlords so viel Alchemie in die Finger?«

Terika zog sich einen Stuhl heran und setzte sich eifrig nickend zu mir. Sie sagte nichts, aber ihre Augen brannten sich flehentlich in meine.

»Du hättest keinen Trank angemischt, um ihn dir dann selbst in das eigene Essen zu rühren«, sagte ich langsam. »Also muss es jemand anderes gewesen sein.«

»Alle hier sind glücklich«, sagte Terika und stützte die Ellbogen auf die Knie. *»Alle.«*

»Grazie der Barmherzigkeit«, hauchte ich. »Alle?«

Terika nickte energisch.

»Was ist los?«, fragte Zaira.

»Die ermordeten Falken.« Ich krallte die Finger in die Armlehne meines Stuhls, als mir die volle Tragweite bewusst wurde. »Sie wurden gar nicht umgebracht. Sie sind hier.«

»Ich weiß nicht, wovon ihr sprecht«, verkündete Terika triumphierend und drückte meine Hand. »Es gibt hier keine anderen Falken.«

Zaira fing an, auf und ab zu gehen. »Oh, ich werde diesen Schuft rösten wie ein Schwein am Spieß. Er hat sich also die Falken geschnappt und es so aussehen lassen, als wären sie tot. Dann hat er diesen Fleischschmelztrick benutzt, um ihnen die Geschühe abzunehmen, und ihnen irgendeinen Trank eingeflößt, der sie dazu bringt, seinem Befehl zu gehorchen. Wie viele hält er hier fest?«

Terika breitete die Hände aus und gab mit geschlossenen Lippen einen ärgerlichen Laut von sich.

»Es gibt, glaube ich, ungefähr ein halbes Dutzend Vermisste«, sagte ich und versuchte, mich an die Einzelheiten des letzten Berichts zu erinnern, der mir zu Ohren gekommen war. »Mit so vielen können wir uns hier nie rausschleichen, erst recht nicht, wenn er sie angewiesen hat, uns zu bekämpfen.« Aber das gab mir immer noch zu denken. Ich beugte mich vor und tippte auf den Tisch. »Ich begreife nicht, wie er euch bezwingen konnte. Ich habe noch nie von einem alchemischen Mittel gehört, das jemanden dazu bringen kann, gegen seinen Willen Befehle zu befolgen.« Ganz abgesehen davon, dass er seine Vivomantik aus der Ferne gegen sie einsetzte, was gar nicht funktionieren dürfte – außer bei Hexenlords.

»Ich wurde nicht bezwungen. Wie kommt ihr bloß darauf?« Terika biss sich auf die Lippen und dachte offenbar angestrengt nach. Dann sagte sie ganz beiläufig: »Sagt, habt ihr Prinz Ruven nicht letztes Jahr in der Bibliothek von Ardence getroffen, als er dort Nachforschungen angestellt hat?«

»Wir haben ihn erwischt, als er ein Buch stehlen wollte, falls du das meinst«, schnaubte Zaira.

»Interaktionen der Magie«, erinnerte ich mich. »Domenic sagte, es enthielte Abschnitte, die sich mit der Kombination von Vivomantik und Alchemie befassen. Stellt dieser Trank eine Art Vermischung seiner Magie und der eines Alchemisten dar?«

Terika seufzte. »Ich habe keine Ahnung, von was für einem Trank Sie sprechen, aber das ist eine recht interessante Theorie. Vielleicht sollten Sie das weiter verfolgen. Aber zuerst müsst ihr beide von hier verschwinden.«

Zaira ballte die Fäuste so fest, dass sich ihre Knöchel weiß unter der Haut abzeichneten. »Wir sind durch die Neun Höllen gegangen, um dich zu retten. Menschen sind gestorben, um uns herzubringen. Wir können dich nicht einfach zurücklassen.«

Terika ging zu Zaira, ergriff ihre Hände und öffnete sie sanft. »Bitte«, sagte sie. »Ich komme zurecht. Sie werden mich nicht töten oder auch nur verletzen. Bringt erst euch in Sicherheit, *danach* könnt ihr euch überlegen, wie …« Sie kämpfte um die Worte, bei deren Formulierung ihre Zunge durcheinanderzukommen schien. Endlich fand sie einen Ausweg: »… wir an einem guten Ort wieder zusammenkommen können. Puh, das ist einfach unmöglich.«

Zaira rang sich ein schiefes Grinsen ab. »Noch unmöglicher als ich?«

»Nichts ist *so* unmöglich.«

Zaira schluckte. »Terika, wegen dem, was ich unterwegs gesagt habe … über, äh, deine Großmutter.«

Terika runzelte die Stirn. »Richtig. Ich bin wütend auf dich.«

»Es tut mir leid.«

Terika verschränkte die Arme vor der Brust. »Was du gesagt hast, war wirklich mies.«

Zaira zuckte unbehaglich mit den Schultern. »Das ist nicht gerade überraschend. Ich bin ein mieses Stück.«

»Das ist nicht wahr.« Terika wedelte mit dem Finger vor ihr. »Ich habe dich durchschaut. Du hast dich nur so fies über meine Großmutter geäußert, um mich zu vertreiben, oder etwa nicht? Weil du aus irgendeinem unsinnigen Grund glaubst, du hättest mich nicht verdient.«

Zaira schnitt eine Grimasse, in der sich das Schuldbewusstsein eines Menschen Ausdruck schuf, der auf frischer Tat ertappt worden war. Und da traf mich die Erkenntnis wie ein Schlag, und mir stockte der Atem. Zaira hatte in einem Punkt recht behalten: Ihre Feinde benutzten Terika schon jetzt, um an sie heranzukommen.

Ich umklammerte Marcellos Knopf. Für mich war es leicht, sie zu drängen, sie solle ihrem Herzen folgen, und zugleich ungeniert meinen eigenen Rat zu missachten. Aber das Leben einer Feuerhexe war auch nicht einfacher als das einer Cornaro-Erbin.

Zaira breitete die Arme weit aus, so, als wollte sie mit einem Kleid posieren, das zu erwerben sie ernste Vorbehalte hegte. »So bin ich, Terika«, beharrte sie. »Ich bin ein Unschlitten-Gör – grob und hart. Ich bin wie ein flohverseuchter Köter, der jeden beißt, der versucht, nett zu ihm zu sein.«

Ein Lächeln umspielte Terikas Lippen. »Ich glaube, mich zu erinnern, dass wir, als wir erstmals aufeinander aufmerksam wurden, beide eine Schwäche für streunende Hunde hatten.«

»Aber du kannst etwas Besseres haben als ein grantiges Miststück wie mich.«

Terika tippte Zaira auf die Nase. »Hör auf, schlimme Dinge über die Leute zu sagen, die mir am liebsten sind.«

Zaira blinzelte. »Ich?«

»Ja, du. Ich mag dich. Mir ist egal, ob du glaubst, dass du es verdient hast oder nicht. Ich mag dich, und du machst mich glücklich.« Sie stemmte die Fäuste in die Hüften. »Und wenn du nicht ernsthaft etwas gegen mich hast, dann hast du mich weiter am Hals. Also.«

Für einen Moment schien Zaira mit sich zu kämpfen, doch dann flüsterte sie: »Ich mag dich auch.«

Terika legte eine Hand an Zairas Wange, schloss die Augen und beugte sich zu ihr. Zaira zögerte vielleicht eine halbe Sekunde lang, aber dann neigte auch sie den Kopf und öffnete die Lippen, und sie küssten sich mit der verzweifelten Zärtlichkeit von Liebenden, die nicht wussten, ob sie einander je wiedersehen würden.

Ich wandte den Blick ab und dachte: *Sag ihr, dass du sie liebst, du Närrin. Sag es ihr jetzt, solange du noch kannst.*

Sie sagte es nicht. Aber der Kuss dauerte lange. Vielleicht wusste Terika es so oder so schon.

*

»Ihr müsst weg«, sagte Terika ruhig und vernünftig und ergriff Zairas Schultern.

Zaira sah weder ruhig aus, noch wirkte sie sonderlich vernünftig, sondern vielmehr, als wäre sie drauf und dran, das Schloss Stein um Stein mit den Zähnen auseinanderzunehmen. »Wir könnten dich bewusstlos schlagen und mitschleppen«, schlug sie verzweifelt vor. »Oder ich füttere diesen Mistkerl Ruven mit Schadfeuer, mal sehen, wie ihm das bekommt. Oder …«

»Oder du gehst einfach, bringst Amalia in Sicherheit und kommst bald mit einer sorgsam zusammengestellten Truppe und einem richtigen Plan zurück«, fiel Terika ihr ins Wort.

»Wir können keine bewusstlose oder Widerstand leistende Person den Berg hinaufschaffen«, stimmte ich widerstrebend zu. »Nicht, wenn ein Hexenlord hinter uns her ist. Zaira …«

»Halt die Klappe«, knurrte Zaira. »Das weiß ich alles selbst.«

»Ruven braucht mich. Mir wird nichts passieren«, versprach Terika. »Aber für euch zwei gilt das nicht.« Sie zögerte, als müsste sie genau überlegen, welche Worte sie nutzen wollte. »Bitte unterschätzt nicht meine Fähigkeit, euch aufzuhalten, solltet ihr versuchen, mich mitzunehmen.«

»Also gut.« Anspannung schlug sich auf Zairas Stimme nieder, und sie wandte sich ab. »Wir gehen. Ich hasse große, dämliche, dramatische Gesten. Aber wir holen dich hier raus. Hast du gehört?«

»Ja, habe ich«, antwortete Terika mit einem zärtlichen Lächeln.

Sie umarmten sich und hielten einander lange fest, während ich mich damit beschäftigte, den Inhalt meines Tornisters mehrere Male zu kontrollieren. Endlich schubste Terika uns mehr oder weniger zur Tür hinaus auf den dunklen Korridor. Tröpfchen einer Flüssigkeit funkelten wie winzige Diamanten in Zairas Augenwinkeln.

*

Wir schlichen durch die Gänge des Schlosses; flackernde Öllampen warfen schwankende Schatten auf die Wände. Alles, was nun noch blieb, war, so viele verbliebene Zimmer wie möglich nach nützlichen Informationen zu durchsuchen und ein unbewachtes Fenster zu finden, durch das wir hinausklettern konnten.

Über die Treppe für die Dienerschaft ertasteten wir uns einen Weg nach unten. Ohne Fenster oder Lichtkristalle lagen die Stufen in so tiefer Schwärze, dass ich nicht einmal Zaira vor mir sehen konnte und ständig eine Hand ausstrecken musste, um sie nicht umzurennen. Die Treppe führte uns in die Nähe der Küche, doch kaum traten wir über die Schwelle, da ertönte das unverwechselbare Geräusch über den Boden scharrender Krallen und schwerer Atemzüge, das in der Dunkelheit auf uns zukam.

Zaira murmelte einen stummen Fluch und packte meinen Ärmel; rasch schlüpften wir um eine Ecke, raus aus der vollgestopften, verborgenen Welt der Dienerschaft und hinein in einen der weitläufigen Gänge im Hauptteil des Schlosses. Von dort tauchten wir in den ersten leeren Raum ab, der ein Fenster nach draußen aufwies. Zaira lauschte an der Tür, um sich zu vergewissern, dass uns keine Chimäre gefolgt war.

Ich blinzelte in der Dunkelheit, wartete darauf, dass meine Augen sich den Lichtverhältnissen anpassten. Dies war kein Schlafzimmer; die schattigen Umrisse der Möbel waren eckig und kantig, Bücherregale und Schreibtische anstelle von Betten mit weichen Vorhängen oder Waschtischen mit Spiegeln.

Dies war ein Studierzimmer. Ich war durch puren Zufall auf Gold gestoßen.

Ich sah mich in dem Raum nach allem um, was an Papiere erinnerte, und mein Blick blieb an einer langen Schriftrolle auf einem Tisch unter dem Fenster hängen, die an den Ecken beschwert worden war. Eine Karte oder eine Skizze, wie es aussah, und sie lag mitten im Mondschein. Perfekt. Ich ging zu dem Tisch und musterte das große weiße Rechteck, das in der Dunkelheit förmlich leuchtete.

Es war ein artefaktisches Schaubild. Es zeigte ein Dutzend komplizierter Artefaktionskreise, jeder von weiteren Figuren und Runen überlagert, die zusammen einen größeren Kreis um einen detailliert ausgearbeiteten Kontrollkreis im Zentrum bildeten. In der Dunkelheit war es schwer, die Runen zu entziffern und den Linien der Zeichnung zu folgen, aber das Ganze kam mir beängstigend vertraut vor.

Mein Puls schlug schneller. So ein Muster aus verschachtelten Kreisen hatte ich schon einmal gesehen, in *Interaktionen der Magie*, dem Buch, das Ruven studiert und zu stehlen versucht hatte. Dies war die Beschwörung, die einen Vulkanausbruch auszulösen vermochte.

»Ich hoffe, das ergibt einen Sinn für dich, denn für mich ist das nur eine hübsche Kritzelei«, flüsterte Zaira.

»Zu viel Sinn.« Ich nahm Papier und Kohlestift aus meinem Tornister, beugte mich über das Schaubild und musterte den Entwurf eingehend. Eine grob skizzierte Karte und ein paar Notizen lieferten mir Hinweise auf die Lage der einzelnen Kreise am Weißen Gipfel; ich kopierte die Informationen, so schnell ich nur konnte. »Das ist nicht exakt das Muster, was ich in dem Buch gesehen habe. Jemand mit gut fundierten Kenntnissen muss ihm geholfen haben.«

»Also braucht er Artefaktoren, um den Vulkan zu kontrollieren, und Alchemisten, um die Artefaktoren zu kontrollieren«, konstatierte Zaira kopfschüttelnd. »Dieser Mistkerl.«

Ich betrachtete einige Notizen am Rande der Zeichnung in der Hoffnung, sie würden mir mehr verraten. Es war schwer, die Schrift in dem schwachen Licht zu entziffern, aber mir schien, als ob ihm der Kontrollkreis ermöglichte, die Eruption zu steuern und so zu verhindern, dass sie auch sein eigenes Land in Mitleidenschaft zog. Da waren ausführliche Anmerkungen über die vorherrschenden Winde und darüber, wie weit entfernt die Asche niedergehen könnte. Farbige Linien kennzeichneten das Ausmaß der Zerstörung für kleine, mittlere und große Ausbrüche und zeigten an, welche imperialen Festungen, Dörfer oder Städte der Katastrophe bei den verschiedenen Arten der Eruption zum Opfer fallen würden.

Mögen die Grazien uns schützen! Selbst ein kleiner Vulkanausbruch mochte Tausende von Menschen töten und die Verteidigungsanlagen an der Grenze schnell und brutal aufbrechen wie eine Möwe den Panzer eines Krebses. Eine große Eruption würde sogar Ardence erreichen, Zehntausende Zivilisten das Leben kosten und halb Eruvia in erstickende Asche hüllen.

»Er hat viel mehr in Erinnerung behalten, als ich mir hätte vorstellen können«, sagte ich. »Und wer auch immer der Artefaktor war, der ihm geholfen hat, er versteht sein Handwerk. Das könnte wirklich funktionieren. Wir müssen ihn aufhalten.«

Goldenes Licht fiel auf uns, als die Tür hinter uns geöffnet wurde.

»Da schau her, ich dachte doch, ich hätte euch hier gerochen. Wie es scheint, ist mein Sohn nicht einmal imstande, euch festzuhalten, geschweige denn, euch zu kontrollieren.«

Mein Herz zog sich schmerzhaft zusammen. Ich wirbelte herum und sah die zottige Silhouette des Wolfslords, die beinahe den ganzen Türrahmen ausfüllte. Er verströmte eine Präsenz wie eine Gewitterwolke.

»Ich habe genug von seinen Plänen«, knurrte der Wolfslord. »Es wird Zeit, dem ein Ende zu machen.«

KAPITEL ZWEIUNDZWANZIG

Ich wartete nicht erst ab, was der Wolfslord mit *ein Ende zu machen* gemeint hatte.

»Zaira, Augen!«, schrie ich und klappte mein Leuchtmedaillon auf.

Er knurrte wütend und riss die Arme hoch, um sich vor dem blendenden Lichtschein zu schützen, aber es war schon zu spät. Zaira wirbelte in dem Moment herum, in dem das Licht erlosch, und sprang aus dem Erdgeschossfenster, und ich stürzte hinter ihr her. Ich landete in einem Dornenbusch, rollte mich herum, kam auf die Beine und folgte Zaira im Laufschritt durch das von Eis silbrig schimmernde Gras zu den bedrohlich aufragenden Schatten des Waldes. Angst und Entsetzen ließen die Kratzer in meinem Gesicht und an den Händen so irrelevant erscheinen wie den dumpfen Schmerz, der bei jedem Schritt durch mein verletztes Bein raste.

Unter dem unsteten Licht des Mondes erwachte um uns herum die Nacht zum Leben. Geheul, Zischen und furchtbare Schreie, die ich nicht zuordnen konnte, hallten vom Schloss herbei, vom Boden unter uns und von dem Wald, auf den wir zurannten.

Eine urweltliche Kälte lähmte meine Lunge und jagte mir den Rücken hinauf, unendlich alt und elektrisierend. Sie öffnete die Schleusen zu der blinden, wütenden Energie reiner Panik in meinem Inneren; ich rannte schneller als je zuvor in meinem Leben.

Wir erreichten die ersten Bäume und stürzten uns hinein in den Wald, der den Berg bedeckte. Trockene Farne fegten um unsere Waden, und das harte, silberne Mondlicht, das durch die Baumkronen drang, reichte kaum, um uns vor umgestürzten Bäumen zu warnen, über die wir hinwegspringen mussten. Schlanke Riesen überragten uns, Kiefern mit struppigen Ästen, deren unterste sich schon weit über unseren Köpfen befanden; wir umrundeten ihre nachtschwarzen

Stämme, als wir schlingernd, und ohne eine konkrete Richtung zu verfolgen, den Hang hinabjagten. Das Einzige, was wir wollten, war, uns so weit wie möglich von dem Schloss zu entfernen.

Die Bäume um uns herum schwankten, Äste griffen herab, obwohl kein Wind durch ihre Kronen blies. Farne wickelten sich um unsere Fußgelenke. Zaira stolperte, stürzte mit einem wütenden Aufschrei voran, konnte sich aber auf den Füßen halten und rannte immer weiter, ohne spürbar an Schwung einzubüßen.

Hinter uns, viel zu nah, stieß etwas ein entsetzliches Gebrüll aus; halb Zischen, halb Schrei. Es blieb nicht unbeantwortet.

Keuchender Atem näherte sich uns von hinten, begleitet von dem rasanten Aufschlag von Pfoten auf dem Waldboden. Ich rechnete schon damit, dass sich jede Sekunde rasiermesserscharfe Klauen in meinen Rücken bohren würden.

Fluchend wirbelte Zaira herum. Schadfeuer erblühte auf ihren Händen. Sein grelles, blaues Licht spiegelte sich in den Augen der beiden Schlangenchimären, die unsere Tür bewacht hatten. Für einen kurzen Moment leuchteten ihre Fangzähne in dem Feuerschein, und ihre Schlangenkörper zogen sich zusammen, bereiteten sich auf den Sprung vor – und dann wurden sie von einer Woge aus Feuer verschlungen.

Hektisch hastete ich über den Waldboden, erstickte beinahe an einem unterdrückten Schrei. Die Flammen bäumten sich auf wie eine siegreiche Bestie, kletterten mit flackernden blauen Krallen die Bäume empor.

Fahle Funken glitzerten in Zairas Augen, als sie sich zu mir umdrehte. »Versiegle mich nicht!«, sagte sie. »Soll dieser verfluchte Wald doch brennen. Lass zu, dass mein Feuer ihn verschlingt und stärker wird.«

Ich nickte, zu sehr außer Atem und zu verängstigt, um irgendetwas zu sagen. Und so rannten wir weiter, während hinter uns das Schadfeuer wütete.

Etwas fegte an meinem Gesicht vorbei, und Flügel schlugen auf meinen Hinterkopf. Nur mit Mühe konnten wir uns durch eine Gruppe junger Bäume hindurchkämpfen, die nach uns griffen und uns mit ihren elastischen Ästen peitschten. Nadelspitze Zähne bohrten sich in meine Fußgelenke. Schlingpflanzen und Dornranken packten uns und hielten uns auf. Überall um uns herum erhob sich ein schauriges Geheul im Wald, das tief aus dem Bauch der Nacht selbst aufzusteigen schien.

Etwas stach mir zwischen die Rippen wie ein Stilett, und meine Beine brannten von der Rennerei. Ich schaute mich über die Schulter um, um zu sehen, ob sich von hinten etwas näherte.

Im Gegenlicht der fernen, blauen Aura des Schadfeuers trampelten, krochen und sprangen allerlei Schatten hinter uns her. Dutzende, hundegroß bis bärengroß, verteilten sich in einem weiten Bogen und kamen näher und näher.

»Zaira!«, keuchte ich.

Sie drehte sich um, rammte die Füße auf den Boden und hob die Arme. Ich kraxelte hastig fort von ihr.

Zaira zog eine Linie aus Feuer vor ihren Füßen, schaurig und schön zugleich: ein dünner, blau-weißer Vorhang tanzte und wirbelte und schlängelte sich hungrig zu den Bäumen hinauf. Und dann breitete er sich aus, raste über den Boden voran und verschlang alles, was ihm unterwegs begegnete.

Alles jenseits dieser Linie war tot, wunderschön und unwiderlegbar, ein hüpfender Garten aus Flammen in der Farbe von Knochen und Blitzen. Schmerzensschreie erhoben sich in die Nacht, doch sie verstummten rasch wieder, und der schauerliche Geruch versengten Fleisches erfüllte die Luft.

Zaira lachte, freute sich so ungezwungen wie ein Kind und reckte die Arme weiter hoch. Feuer fraß sich an den Baumstämmen entlang und verwandelte den Wald in eine brennende Kathedrale aus blauem Licht, in dem alles so detailliert erkennbar war wie am hellen Tag.

Ich wich vor den Flammen und dem stinkenden Rauch zurück, hielt mich in direkter Linie etwa zwanzig Fuß hinter ihr. »Zaira«, flehte ich. »Das reicht.«

Entweder konnte sie mich nicht hören, oder es kümmerte sie nicht mehr. Schadfeuer rann zitternd über ihr Haar, breitete sich schwingengleich unter ihren Armen aus. Sie war selbst zu einer lebendigen Flamme geworden, tödlich und hungrig schwelgte sie in dem Zerstörungswerk.

Mögen die Grazien uns schützen. Ich wagte mich nicht in ihre Nähe, ganz zu schweigen davon, sie zu beschwatzen, mit mir zu verschwinden. Aber wenn ich ihre Macht nun wieder versiegelte, würde sie zusammenbrechen, und ich musste sie durch diesen Wald schleppen ohne irgendeine Möglichkeit, mich selbst zu schützen.

Ein tiefes, wütendes Knurren hallte aus der undurchdringlichen Finsternis hinter Zairas Feuerlinie herbei. Sie wirbelte herum, und ein fließender Bogen aus Schadfeuer stürmte dem Geräusch entgegen.

Es traf auf einen gewaltigen Ast, der sich herabbeugte, um es aufzuhalten, und einen Mantel aus Moos hinter sich herzog. Dann sprang der Ast zurück in seine ursprüngliche Position, brennend und triefend vor Feuer.

Unter dem brennenden Bogen, den er in der Höhe formte, stand der Wolfslord von Kazerath. Weiß erglühte das Magiermal in seinen Augen.

»Du wagst es, meinen Wald zu verbrennen«, knurrte er. »Du *wagst* es.«

Dieses Mal rasten die Flammen auf dem Boden auf ihn zu, während ich mit einem Aufschrei aus dem Weg sprang. Doch dann wölbten sich Wurzeln aus der Erde empor, um den Brand abzufangen, und schüttelten dabei einen Regen aus braunen Kiefernnadeln ab. Der Wolfslord trat über das Feuer hinweg, langsam und so unerbittlich wie die Zeit selbst, zog dabei schwungvoll den Saum seines Fellmantels hoch, um ihn vor den Flammen zu schützen.

Ein schreckliches Krachen und Ächzen ertönte um uns herum, laut wie Kanonenfeuer.

»Pass auf, Zaira!«, schrie ich. Ich wagte nicht, sie anzufassen, sondern winkte nur wie wild, während ich zur Seite wich.

Sie zischte, fluchte in der Sprache des Feuers und sprang gerade noch rechtzeitig weg. Mit entsetzlicher Erhabenheit und einem Krachen, lauter als Donnerschlag, fiel ein Baum genau auf die Stelle, an der sie soeben noch gestanden hatte. Auf einmal waren wir von einer Wolke aus Sägemehl eingehüllt. Der Rauch und der Holzstaub reizten mich zum Husten und meine Augen zum Tränen.

Der umgestürzte Baum lag in mehrere Teile zerbrochen zwischen uns und dem Wolfslord, eine vermodernde Wand von drei Fuß Höhe. Ich wich vor ihm zurück und wünschte mir sehnlichst, Zaira würde weglaufen, aber Schadfeuer kannte keine Furcht.

Ein Abschnitt des Stamms, so breit wie eine Tür, schmolz einfach dahin, zerfiel und verschwand so schnell, dass es kaum zum Blinzeln reichte. Der Wolfslord trat durch die entstandene Lücke, ohne auch nur einmal im Schritt innezuhalten.

Etwas packte mich von hinten.

Ich kreischte, versuchte, mich herauszuwinden, als die Äste mich umfingen, drahtige Ranken sich um meine Arme und meine Taille wickelten und mich an einen knorrigen Baumstamm zogen. Ein Baum mit zwei Stämmen schien Zaira eine ähnliche Behandlung zugedacht zu haben und zog sie samt ihrer Flammen in die Spalte zwischen beiden Stämmen, um sie darin zu zerquetschen.

Sie flackerte auf wie trockener Reisig, verwandelte sich in eine Säule aus wütendem blauem Feuer. Eine Hitzewelle erfasste mich, versengte mir das Gesicht; der Zwillingsbaum zitterte und krümmte sich, ganze Teile von ihm zerfielen im Handumdrehen zu Asche.

Der Wolfslord kam näher; seine Schritte waren so gleichmäßig wie das Ticken einer Uhr, die die letzten Sekunden bis Mitternacht abzählte. Er zog ein Schwert aus weißem Gebein, dessen Schneiden schimmerten wie Diamanten, und ging auf Zaira zu.

Die trat aus den flammenumhüllten Überresten des Baumes, der sie festgehalten hatte. Ich konnte ihre Gestalt kaum mehr erkennen; sie war ein Wesen aus Feuer, so überweltlich wie die Grazien, und sie bewegte sich mit traumähnlicher Erhabenheit.

Höllen. Ich klebte an dem Baum, während um mich herum der Wald brannte, und sie erinnerte sich nicht einmal mehr daran, dass es mich gab. Sollte der Wolfslord mich nicht vorher erwischen, würden die Flammen mich umbringen.

Ich entwand den Ranken einen Arm und zog meinen Dolch. Dann fing ich an, wie wild auf die Äste einzuhacken, die mich festhielten, verzweifelt bemüht, von beiden Gefahren wegzukommen. Klebriger Pflanzensaft bedeckte meine Arme, Rindenstücke flogen in alle Richtungen. Doch es war zu spät.

Der Wolfslord erhob sein Schwert, und ein gewaltiges, raschelndes

Getöse erfüllte den Wald um uns herum. In den Schatten hinter ihm und Zaira, dort, wo das Feuer nicht hingekommen war, holten Dinge mit glänzenden Augen zum Angriff aus.

Zaira zerschnitt die Luft vor sich mit ihrem Arm, und der Wolfslord brach in Flammen aus.

Es gab keine Vorwarnung, keine langsam leckenden Flammen, die zu einem gewaltigen Crescendo anschwollen. All das reichhaltige Leben des Waldes hatte ihr Schadfeuer längst zu einem Inferno geschürt. Es war trunken von dem, was es verzehrt hatte. Überall um die beiden herum flackerte Feuer auf, ein Dunst aus brachialem Licht, dem blauen Atem der Neun Höllen gleich.

Der Wolfslord taumelte. Sein Körper fing an zu verkohlen; der Gestank von Asche und brennendem Fleisch wurde stärker. Aber selbst, als sich seine Haut schwärzte und ihm vom Leibe fiel, selbst als sein Haar zu Asche verbrannte, selbst als sich der Fellmantel in eine lebendige Flamme verwandelte, fiel er nicht um.

»Du Närrin«, knurrte er mit gequälter Stimme. Er schlug mit dem brennenden Schwert nach ihr; es prallte einen Zoll vor ihrem verzauberten Korsett in der Luft ab, die sich um die Waffe herum zu wellen schien, und dann begann es, sich seinen Weg zu erzwingen. Weißglühendes Licht zog sich über die Schneide des Schwerts, als das Schadfeuer, das die Waffe verzehrte, auch Zairas Schutzschild zerfraß.

Zaira huschte außer Reichweite, ehe die Klinge sie berühren konnte, aber der Wolfslord trat vor und schloss wieder zu ihr auf. Seine Hände waren beinahe bis auf die Knochen verbrannt, und die Konturen des Schädels schimmerten durch sein Gesicht; und doch lebte und bewegte er sich in schauerlicher Weise immer noch. Ein Schrei puren Entsetzens baute sich in meiner Lunge auf, doch meine Kehle war wie zugeschnürt und außerstande, ihn freizugeben.

»Du kannst mich nicht töten«, krächzte der Wolfslord mit einer Zunge, die unter Schadfeuer erglühte. »Alles Leben in Kazerath trägt mich. Ich kann nicht sterben.«

Da erst fiel mir auf, dass die Chimären, die sich auf Zaira hatten stürzen wollen, tot waren. Auch jetzt noch welkten Bäume, die das Schadfeuer verschont hatte, dahin und warfen ihre Nadeln ab, die wie

Regen zu Boden prasselten. Insekten fielen vom Himmel wie Schnee. Alles starb, um den Wolfslord am Leben zu halten.

Wieder hob er seine Klinge, obwohl das Feuer sie verzehrte. Das Messer noch immer in der Hand, konnte ich doch nur zusehen; da war nichts, was ich hätte tun können. Ich hatte keine Möglichkeit, durch die Flammen zu gelangen und selbst irgendwie auf das Geschehen einzuwirken. Ich würde hier als glücklose Zuschauerin bei einem schauerlichen Duell sterben, eine Sterbliche, gefangen in einem Krieg der Dämonen. Meine Fingernägel kratzten über raue Rinde, und heiße Asche brannte in meinen Augen.

»Deine Magie ist Leben, und sie hat dich getragen«, sagte Zaira mit kalter, distanzierter Stimme. »Aber meine Magie frisst Leben und wird dabei immer stärker.«

Sie hob die Hand, als wolle sie die Hölle des Todes unter der Erde hervorlocken. Und er wurde zu einer riesigen Feuerblume. Die flammte höher und breiter als irgendein Baum in seinem Wald – weiß und wild und tosend. Ein sengender Wind schlug mir ins Gesicht.

Der Wald schrie.

Jedes Tier, jedes Insekt, jeder Vogel schrie auf, als stürbe er. Die Bäume schlugen ächzend um sich, und ihre Nadeln richteten sich auf, als hätte ein Wind sie erfasst; diejenigen, die dem Feuer zu nahe waren, gingen selbst in Flammen auf und wurden zu wirbelnden Funkenschauern, die das Schadfeuer noch weiter verbreiteten.

Endlich befreite ich mich aus dem Gewirr der Äste und rannte einige Schritte weit weg. Beißender Rauch und Asche schnürten mir die Luft ab. Ich warf mich auf den kühlen Boden, bedeckte den Kopf mit den Händen, während sich um mich herum die Bäume krümmten, Wölfe heulten, Vögel wehklagten und Funken auf meinen Mantel regneten. Es war der pure Wahnsinn, ein Albtraum aus Feuer und Geschrei, und ich musste mir auf die Lippe beißen, um nicht selbst mit einzustimmen.

Dann kehrte abrupt Stille ein, abgesehen von dem knisternden Tosen der Flammen, die sich immer noch wütend durch den Wald fraßen.

Ich hob den Kopf. Schadfeuer loderte auf dem Boden, in den Bäumen, einfach überall. Dichter Rauch, so schwarz wie die Nacht selbst, verdeckte Mond und Sterne. Ich hustete, obwohl der Rauch mich unten am Boden nicht erreichte; Holzpartikel und Asche und irgendwelche winzigen brennenden Teilchen kleideten meine Kehle aus.

Von dem Wolfslord war keine Spur mehr zu sehen. Da war nichts mehr, das ihm Leben hätte geben können. Zaira hatte ihn vollständig ausgelöscht.

Und sie stand triumphierend da, umhüllt von einem glühenden Mantel aus Flammen, und trat vor, um sich wie gebannt in die Umarmung des Brandes zu schmiegen. Ich machte mir gar nicht erst die Mühe, sie zu rufen. Sie hatte sich längst im Feuer verloren.

»Revincio«, krächzte ich.

Abrupt wurde es um mich so dunkel wie in der Seele eines Dämons.

Zaira prallte mit einem leisen, dumpfen Aufschlag auf den Boden.

KAPITEL DREIUNDZWANZIG

Ich mühte mich auf die Beine und humpelte in die Richtung, in der ich Zaira hatte zusammenbrechen hören. Bei jedem Schritt wirbelte ich Asche und von der Hitze ausgedörrte Farne auf. Das Feuer war erloschen, aber der Rauch hing immer noch schwer in der Luft; ich hustete erneut aus tiefster Brust. Wölfe jaulten in der Ferne, ein klagender Laut, ganz anders als das Gebell jagender Raubtiere.

In der Dunkelheit wäre ich beinahe über Zaira gestolpert. Neben ihr fiel ich auf die Knie und legte die Finger an ihren Hals, um mich zu vergewissern; ihr Puls war schnell und stark. Was auch sonst. *Ihr* ging es gut. Sie bekam jetzt sogar Schlaf.

Am liebsten wäre ich über ihr zusammengesackt und hätte eine Weile einfach geweint und mich dann in der Asche zusammengerollt, um selbst bis zum Sonnenaufgang zu schlafen. Aber wir waren immer noch viel zu nahe am Schloss. Sollten die Wölfe sich rächen wollen oder Ruven seine verschwundenen »Gäste« suchen, könnte ich weiter nichts tun, als zu bluffen, bis Zaira erwachte.

Was, soweit ich es beurteilen konnte, noch tagelang auf sich warten lassen mochte. Bis zu diesem Tag hatte ich noch nie erlebt, dass sie ein Feuer derartigen Ausmaßes entfesselte.

In den Stallungen hatte man mich aus genau diesem Grund gelehrt, wie man einen anderen Menschen tragen kann. Ich warf sie mir über die Schultern und stolperte durch die Nacht, ohne einen Pfad zu erkennen und ohne zu wissen, welche Richtung, außer *weg von hier*, ich einschlagen sollte, während mich Dutzende von Schnittwunden und Prellungen plagten und ich langsam bis auf die Knochen fror. Zairas Gewicht lastete so schwer auf mir wie die Berge aus Rauch, die sich über uns auftürmten.

Der Weg verschmolz zu einem einzigen Albtraum. Ein paarmal

blieb ich stehen, legte Zaira auf den Boden, trank ein paar Schlucke Wasser und ruhte mich kurz aus. Aber das Heulen der Wölfe in der Ferne überzeugte mich jedes Mal, mich schnell wieder auf die Beine zu mühen und weiterzuziehen. An meinem Körper gab es nicht eine Stelle, die nicht schmerzte, aber das war egal. Schmerz zu erdulden war immer noch besser, als tot zu sein.

Dann endlich, als ich Zaira so vorsichtig, wie ich nur konnte, auf einem Flecken Moos ablegte und mich an einen Baum lehnte und die Augen schloss, um einen Moment zu rasten, sah ich, als ich meine von Schmutz verkrusteten Lider wieder öffnete, dass die Dämmerung heraufzog.

Grau-rosa Licht schimmerte durch die Bäume, fiel sanft auf Berge frostig-silbriger Kiefernnadeln und welke Farne. Jedes Scheibchen Himmel, das zwischen den hohen Bäumen hervorlugte, bildete einen Pfeiler leerer Luft, der eine Welt aufrechterhielt, in der die Dämmerung immer noch auf wundersam gewöhnliche Weise anbrach, als wäre dies nicht der erste Tag in einer fremdartigen neuen Welt. Hunderte von Meilen entfernt küsste das gleiche rosarote Licht den Himmel über dem Reichskanal, glitt über die Fassaden der Paläste an der großen Biegung; es würde noch Stunden dauern, bis es mein Fenster erreichte und auf mein leeres Bett fiele. Aber vielleicht war Mutter dennoch schon auf und unterwegs zum Reichspalast, um sich um die wie auch immer geartete Krise zu kümmern, mit der sie heute konfrontiert wurde. Und vielleicht streichelte dasselbe Licht Marcellos Lider, verlockte ihn in der Offiziersunterkunft einer Grenzfestung, die Augen aufzuschlagen.

Oder der Hauptmann in Hochpass hatte meine Abwesenheit über die Kurierlampen gemeldet, und Mutter und Marcello waren die ganze Nacht wachgeblieben und hatten allerlei Vorbereitungen getroffen, um Truppen nach Vaskandar zu entsenden, die Zaira und mich zurückholen sollten.

Ich stemmte mich von dem Baumstamm hoch, an dem ich eingeschlafen war. Rinde hing an der Rückseite meines Mantels, und in meinem Haar hatten sich Kiefernnadeln verfangen. Mein Atem kondensierte in der kalten Bergluft, die sich in jeder Falte der Kleidung eingenistet hatte und sich bis zu den Knochen in meinen Körper bohrte.

Zaira regte sich, schrak vor dem Licht zurück. »Zu früh«, ächzte sie.

Dann tastete sie das mit Zweigen bedeckte Moos um sie herum ab, öffnete verschlafen und verwirrt die Augen und setzte sich auf.

Sofort schoss ihre Hand zur Schläfe, und sie zuckte zusammen. »Uh, mein Kopf tut weh, als hätte ein Dämon meinen Schädel als Pisspott benutzt.«

»Du solltest besser etwas trinken.« Ich reichte ihr meine Feldflasche, und sie fing dankbar an, das Wasser in sich hineinzuschütten. »Du hast dich in der letzten Nacht vielleicht ein bisschen überanstrengt.«

»Was ist passiert?« Zaira wischte sich mit dem Ärmel über den Mund. »Warum haben wir im Wald geschlafen?«

Ich zögerte. »Woran erinnerst du dich noch?«

Zaira runzelte die Stirn. »Äh ... wir sind vor Chimären geflüchtet. Ich habe sie in Brand gesteckt, richtig?«

»Du hast einiges in Brand gesteckt, ja«, bestätigte ich. Beinahe hätte ich angefangen zu lachen. Stattdessen nahm ich die Flasche wieder an mich und trank, bis das Blubbern in meiner Brust nachgelassen hatte.

»Ich verhungere«, jammerte Zaira mit einem Stöhnen. »Ich kann überhaupt nicht denken. Gib mir was zu essen, und wenn ich gegessen habe, kannst du mir erzählen, wie schlimm die Dinge stehen.«

Ich gab ihr den Rest von meinem Brot. Mein eigener Bauch knurrte zwar auch, aber nach der letzten Nacht brauchte sie die klägliche Ration, die uns geblieben war, dringender als ich.

Während Zaira das Brot verschlang, tastete ich in meinem Tornister nach der Morgendosis des Elixiers. Dabei streiften meine Finger Marcellos Knopf, und ich stellte mir vor, wie er den Kopf über mich schüttelte, sprachlos darüber, dass meine Handlungsweise nichts mit dem zu tun hatte, wozu er mir geraten hätte.

»Der Gerechtigkeit halber«, murmelte ich, »das war nur zum Teil meine Schuld.«

»Was?«, fragte Zaira kauend.

»Oh, nichts. Ich habe nur den Verstand verloren und spreche mit einem Knopf.«

Zaira grunzte zustimmend und aß weiter.

Ich wartete, bis sie den letzten Bissen heruntergeschluckt hatte. Dann erzählte ich es ihr. »Du hast den Wolfslord getötet.«

Sie starrte mich aus weit aufgerissenen Augen an. »Daran erinnere ich mich nicht.«

»Das kann ich mir vorstellen. Nichtsdestoweniger war es bemerkenswert, das versichere ich dir.«

Zaira dachte einen Moment darüber nach, stemmte sich dann seufzend auf die Füße und stützte sich Halt suchend an einen jungen Baum. »Tja, was passiert ist, ist passiert. Tut mir leid, wenn ich der Politik ins Gehege gekommen bin oder der Geschichte oder irgendwas. Wohin müssen wir von hier?«

Ich schüttelte den Kopf. »Wir haben uns total verirrt«, gestand ich. »Ich bin ein Stadtkind. Ich weiß, wie ich nach Hause finde, wenn ich den Kanälen in Raverra folgen oder mich an den Tempeltürmen von Ardence orientieren kann, aber ich habe keine Ahnung, wie ich mich in einem Wald zurechtfinden soll.«

Zaira blickte sich finster unter den von der Zeit vernarbten, mit Moos überzogenen Stämmen uralter Bäume um, als hätten die sie persönlich gekränkt. Dann schaute sie zu den spärlichen Flecken grauen Himmels empor, die uns die Baumkronen zugestanden. Dicke Wolken hatten sich vor die Sonne geschoben. »Dann wähl eine Richtung aus, und wir marschieren so lange, bis wir wissen, wo wir sind.«

Als wir wieder unterwegs waren, fing es an zu schneien. Erst schwebten nur wenige Flocken durch das dichte Geäst der Kiefern zu Boden, wundersame weiße Flecken, die in der Luft dahintrieben. Aber bald wurde der Schneefall dichter und brachte eine tiefe Stille mit sich, während er die Welt Stück um Stück in eine gleißend weiße Winterlandschaft verwandelte. Schneeflocken fingen sich in Zairas Locken und glitzerten wie Edelsteine, als sie dahinschmolzen, doch sie schien die Kälte gar nicht wahrzunehmen. Ich hingegen zog meinen Mantel fester um den Leib und zitterte dennoch.

Als wir den Wald hinter uns ließen, fanden wir uns auf vernarbten, kahlen Felsen wieder, bedeckt von einem Viertelzoll pudrigen weißen Schnees, der den Untergrund schlüpfrig machte. Meine Stiefel hinterließen bei jedem Schritt feuchte schwarze Flecken in dem makellos weißen Überzug. Durch den zarten Schleier fallender Schneeflocken konnte ich in der Ferne Berge ausmachen, die sich zu beiden Seiten eines langgestreckten, bewaldeten Tals erhoben. Ihre Gipfel verschwanden in tiefhängenden, dichten Wolken, sodass nur die Wölbung ihrer Flanken in der grauen Weite zu sehen war.

Das Schloss des Wolfslords stand hinter uns auf seinem Berg, schwarz und schroff. Dunkle Narben verbrannter Bäume prägten den Wald zwischen ihm und uns. Von dem Dorf, in dem wir abgestiegen waren, konnte ich keine Spur entdecken; wir befanden uns nicht hoch genug, um so weit sehen zu können, und der Schnee verschlechterte die Sicht noch weiter. Die tiefe, feuchte Kälte sickerte in meine Knochen. Ich sehnte mich nach einem warmen Feuer und einem heißen Bad.

»Gut, wir sind durch das Tal zwischen diesen beiden Bergkämmen gewandert«, sagte ich. »Einer davon markiert die Grenze, der andere liegt tiefer in Vaskandar, aber ich habe keine Ahnung, welcher welcher ist. Erkennst du irgendetwas?«

Zaira schüttelte den Kopf. »Nur Bäume und dieses weiße Zeug. Sieht für mich alles gleich aus.«

»Ich will ja den Druck nicht noch weiter verstärken«, sagte ich, »aber ich habe nur noch Elixier für einen Tag. Mein Leben könnte davon abhängen, dass wir die richtige Richtung wählen.«

»Dann wähl sie selbst«, blaffte Zaira. »Du magst ja nerven, aber ich will nicht für deinen Tod verantwortlich sein.«

Ich starrte das Tal entlang, erst in die eine, dann in die andere Richtung. Auf einem nahen Baum rief eine Krähe.

»Ja, schön, lach mich nur aus«, murrte ich.

Sie krächzte erneut und flatterte dann näher heran und landete beinahe in Griffnähe auf einem Ast. Von dort aus musterte sie mich mit ihren schwarzen Knopfaugen.

Zaira lachte bellend. »Siehst du? Die weiß schon, dass du stirbst, und wartet darauf, sich an dir gütlich zu tun.«

»Danke«, sagte ich trocken.

Die Krähe hackte nach meinem Arm, als wollte sie mich picken; ich schaffte es gerade noch, den Ärmel wegzuziehen. Der Vogel ruderte ein wenig mit halb gespreizten Flügeln, bis er wieder im Gleichgewicht war, führte dann einen sonderbaren Tanz auf und hinterließ bei seinen Hüpfern kleine Klauenspuren auf dem verschneiten Ast. Das Tier fixierte mich aus erst dem linken Auge, dann aus dem rechten und murrte schließlich leise vor sich hin.

Plötzlich kam mir ein seltsamer Gedanke. »Hat Kathe dich geschickt?«

Die Krähe gab einen Triumphschrei von sich und flog zu einem anderen Ast, zwanzig Fuß entfernt von uns. Sie schaute sich um und krächzte erneut.

Zaira starrte mich unter halb gesenkten Lidern an. »Sag mir, dass wir nicht dieser Krähe folgen werden.«

»Hast du eine bessere Idee?«

»Das ist der absolute Gipfel der Idiotie. Dümmer als alles, was du dir bisher hast einfallen lassen, und das will was heißen.« Zaira schüttelte den Kopf. »Aber klar. Warum nicht? Ich lasse dauernd irgendwelche Vögel lebenswichtige Entscheidungen für mich treffen. Folgen wir also diesem Vieh.«

*

Die Krähe blieb vor uns und flatterte von Ast zu Ast. Wenn wir zu lange brauchten, um zu ihr aufzuschließen, krächzte sie. Als ich im Schnee ausrutschte, krächzte sie. Wenn Zaira sie verwünschte, krächzte sie. Ihr Vokabular war wahrlich nicht beeindruckend.

Binnen einer Stunde hatte sie uns zu einer Straße geführt. Radspuren und Hufabdrücke durchbrachen die Schneedecke. Der Schneefall selbst hatte sich bis auf gelegentliche Gestöber vollends gelegt. Auf der ebenen Straße kamen wir besser voran. Es dauerte nicht lange, da landete die Krähe auf der schneebedeckten Spitze eines aufrechten Steines, einer von zwei sechs Fuß hohen Menhiren, die die Straße flankierten, und putzte sich zufrieden das Gefieder.

Grenzsteine. Ein freudiger Funke leuchtete in meiner Erschöpfung auf.

»Heißt das, wir gehen zurück in diese Domäne voller Chimären, die dich umbringen wollen?«, fragte Zaira argwöhnisch.

Ich runzelte die Stirn. »Diese Steine sehen anders aus.«

Sie waren älter und verwitterter als die, die wir an der Grenze zwischen Sevaeth und Kazerath gesehen hatten, ihre Gravur abgegriffen. Schnee verdeckte die Ränder, aber die Linien des Musters sahen weicher aus und formten Wellen und Kreise.

Etwas an diesem Muster kam mir zutiefst vertraut und verlockend vor. Ich streckte die Hand aus, um den Schnee von dem Stein zu fegen.

Kaum berührte ich ihn, da rann ein leiser Schauer durch meinen Leib, so, als hätte ich eine große Glocke angefasst und die Vibration ihres tiefen Tons würde meinen ganzen Körper erschüttern.

Der Grenzstein erwärmte sich unter meiner Hand.

Die Veränderung war unverkennbar. Zuerst war der Stein kalt, so wie es Gestein im Schnee eben sein sollte; aber binnen zwei Atemzügen, in denen meine Hand ihn berührte, wurde er so heiß, dass ich sie zurückriss. Wasser rann von dem Schneehäufchen herab, das seine Oberseite krönte.

Wie sonderbar. Ich ging um den Stein herum und übertrat dabei die unsichtbare Grenzlinie zwischen den Domänen. Dann legte ich erneut die Hand auf den Menhir und spürte die zunehmende Hitze. Was hatte der Wolfslord noch zu Prinz Ruven gesagt? *Wenn du dir ein Stück Land aus dem Imperium geschnitten und mit deinem eigenen Blut beansprucht hast …*

»Das ist nicht Sevaeth.« Dessen war ich irgendwie vollkommen sicher. »Also muss es Atruin sein, auf der anderen Seite von Kazerath. Die Domäne der Herrin der Adler.« Meiner Urgroßmutter.

Plötzlich erhob sich die Krähe krächzend von der Spitze des Steins in die Luft, und ihr Flügelschlag trieb mir einen kalten Wind ins Gesicht.

Zaira erstarrte. »Ich glaube, jemand weiß, dass wir hier sind.«

Ich riss mich von den sonderbar hypnotisierend wirkenden Linien in der Oberfläche des Steins los und stellte fest, dass wir von einem halben Dutzend Rothirsche angestarrt wurden. Sie hatten auf der Seite von Atruin einen sauberen Halbkreis um uns gebildet – nicht dicht an dicht wie in einer Herde, sondern lauernd wie Raubtiere. Alle sechs trugen mächtige, verzweigte Geweihe und beobachteten uns aus leuchtenden braunen Augen. Ihr Atem bildete Wolken vor ihren samtenen Windfängen.

Sie waren wunderschön, hatten glattes Fell, warme Augen und anmutige Beine. Aber in ihren breiten Brustkörben drückte sich eine enorme Macht aus, und sie überragten uns auf bedrohliche Weise. Ich bezweifelte, dass einer der Hirsche, deren Geweihe sich spitz und stolz über ihren Köpfen ausbreiteten, ein Problem damit hätte, mich zu Tode zu treten.

Ich wartete, traute mich nicht, mich zu rühren. Aber die Hirsche starrten uns nur an. Einige lange Augenblicke später wagte ich einen vorsichtigen Schritt vorwärts und dann noch einen.

Die Hirsche teilten sich, um uns passieren zu lassen. Zaira hielt sich dicht an meiner Seite, und wir gingen weiter die Straße hinunter, aber so achtsam, als würden wir über verschüttete Nägel laufen. Die Hirsche begleiteten uns, drei auf jeder Seite, wie eine Ehrengarde, die uns vor der Kälte schützte.

»Das ist einfach merkwürdig«, beklagte Zaira. »Bei den Titten der Grazien, alles was ich will, ist zurück nach Raverra, wo ich ohne eine dämonische Eskorte überdimensionierter Hirsche eine Straße hinuntergehen kann. Wo die Bäume kleingehackt im Kamin liegen und die einzigen Dinge, die mich umbringen wollen, menschliche Wesen sind, die wenigstens den Anstand besitzen, dergleichen mit Messern oder Gift zu versuchen.«

»Da kann ich dir nicht widersprechen«, entgegnete ich. Doch bei jedem Schritt, den ich tat, fuhr mir eine äußerst angenehme Vibration durch das Bein. Theoretisch gingen wir in die falsche Richtung und entfernten uns dabei immer weiter von Hochpass; aber irgendwie fühlte sich das richtig an, als wäre ich schon früher hier gewesen und würde einem vertrauten Weg folgen. Normalerweise verließ ich mich nicht auf Instinkte, aber in gewisser Weise ergab das Sinn. In diesem Moment war die Wahrscheinlichkeit groß, dass der nächste sichere Weg über die Berge vor uns im friedlichen Atruin lag, nicht hinter uns in einem uns zürnenden und zum Krieg gerüsteten Kazerath.

Die großen Tiere trotteten neben uns, beobachteten uns, hielten dann und wann inne, um ein Maul voller zarter Kiefernnadeln von einem Ast am Wegesrand zu reißen. Die Krähe folgte uns nicht, krächzte aber lautstark hinter uns her, als wollte sie sich verabschieden. Mir war seltsam unbehaglich dabei, sie zurückzulassen.

Bald verließen wir den Wald und kamen in eine Gegend voller säuberlich abgegrenzter Felder, die sich in schneeweißer Pracht über die sanften Hügel ausbreiteten. Auch das kam mir vertraut vor, als käme ich zurück in ein Zuhause, das nie das meine gewesen war. Einige Leute, die Schlitten mit Feuerholz zogen, starrten uns an, als wir vorübergingen, aber in ihren Blicken lagen weder Feindseligkeit noch Furcht. Statt Pelzen und Leder, wie die Menschen in Kazerath, trugen sie leuchtend bunte Hüte und Handschuhe aus Wolle sowie aufwendig in kontrastierenden Farben bestickte Schaffellmäntel. Wo das Volk von Kazerath derb und blass war, sah ich hier schimmerndes dunkles Haar und grazilere Körper. Wir passierten gepflegte Bauernhäuser und eine Weide voller Schafe, die unter dem Schnee nach Gras suchten, als hätten sie von Wölfen nicht das Geringste zu befürchten.

»Tja, das ist etwas anderes.« Argwöhnisch beäugte Zaira einen Schäfer, der an einem Baum lehnte und döste. Er hatte die Arme um den Leib geschlungen und sich in ein lebhaft rotes Wolltuch gewickelt. »Die zucken nicht vor allem und jedem zurück.«

»Ich nehme an, nicht jede Domäne in Vaskandar kann direkt aus der Hölle der Verzweiflung entsprungen sein.« Ich wälzte den Gedanken noch eine Weile im Geiste wie ein neues artefaktisches Gerät raffinierter Machart. »Ein Hexenlord hat die Macht, jeden in seiner Domäne zu schützen und ihm ein behagliches und gesundes Leben zu ermöglichen, wenn er diesen Weg einzuschlagen beschließt.«

»Und es ist eben Pech, wenn man auf der falschen Seite der Grenzsteine zur Welt kommt.« Zaira schüttelte den Kopf.

Nach dem letzten Bauernhaus wurden wir erneut vom Wald verschluckt, und der Geruch von Holzrauch und Schafen blieb hinter uns zurück. Bald kamen wir an eine Stelle, an der ein Fußweg von der Straße abzweigte. Er war halb überwuchert und im Unterholz kaum zu erkennen. Als wir daran vorbeigehen wollten, verstellte uns ein Hirsch den Weg, senkte den Kopf und blockierte die Straße mit seinem mächtigen Geweih.

Ich blieb stehen. »Ich glaube, sie wollen, dass wir den Pfad nehmen.«

»Sollen wir uns etwa von einem Rudel blöder Kühe mit Zweigen auf dem Kopf schikanieren lassen?«, protestierte Zaira.

Ein weiterer Hirsch stupste mich zwischen den Schulterblättern an – ein Stoß mit dem Windfang, den das Tier als sanft eingestuft haben mochte, der mich aber stolpernd einige Schritte weit in Richtung Fußweg beförderte.

Nichts in diesem Land kannte Furcht. Nicht vor Wölfen, nicht vor uns, nicht vor all den Schrecken, die benachbarte Domänen zu bieten hatten. Etwas schützte diese Gegend im Verborgenen und mit unwiderlegbarer Macht.

»Ja«, sagte ich. »Ich glaube, genau das werden wir tun.«

»Schön«, knurrte Zaira. »Hier stehe ich also, der schlimmste Albtraum ganzer Heere, Bezwingerin von Hexenlords, Gefangene von Laub fressenden Waldgeschöpfen.«

Wir traten auf den überwucherten Fußweg und machten uns an den langen, stufenweisen Aufstieg, den bewaldeten Berghang hinauf. Zumindest gingen wir in die richtige Richtung, dorthin, wo das Imperium lag; dies mochte sogar der Pfad sein, den wir gesucht hatten. Die Hirsche schwärmten um uns herum im Wald aus, während wir dem schwer auszumachenden Weg folgten, aber wann immer wir langsamer wurden, rückten sie wieder näher zusammen.

Ich wagte nicht einmal, kurz stehen zu bleiben, um einen Schluck Wasser zu trinken. Zaira hätte die Hirsche mühelos rösten können, vermutlich würde sie dabei nicht einmal die Kontrolle oder das Bewusstsein verlieren, aber ich fürchtete mich vor den Konsequenzen. In den geschichtlichen Abhandlungen, die ich gelesen hatte, wurde die Herrin der Adler unter jenen ersten drei Hexenlords aufgeführt, die Vaskandar vor fünfhundert Jahren gegründet hatten.

Der Weg führte zwischen zwei alten Steinen hindurch, die mit ähnlichen Symbolen graviert waren wie die Grenzmarker, doch während Letztere größer waren als ich, reichten mir diese nur ungefähr bis zur Brust. Und schließlich endete der Pfad an einer mit Moos bewachsenen, dunklen Öffnung: Ein von Farnen umgebener Höhleneingang klaffte im Berghang, flankiert von weiteren Steinen. Die Luft, die da rauswaberte, trug einen Eishauch mit sich und roch nach altem, feuchtem Gestein.

Etwas dort drin erzeugte ein Sirren tief in meinen Knochen, fast wie ein Geräusch, das zu leise war, es zu hören.

Die Hirsche kamen um uns herum näher, scharten mit den Hufen im Schnee und schüttelten das Gehörn.

»Oh, nein«, protestierte Zaira. »Es kommt bestimmt nichts Gutes dabei raus, wenn wir da reingehen.«

Mit rasendem Puls trat ich einen Schritt vor. Die Antwort auf Kathes Frage lag dort drin, davon war ich überzeugt. »Etwas Gutes vielleicht schon. Wissen.«

Zaira schüttelte den Kopf. »Du bist übergeschnappt. Wissen, worüber? Über die Art von Kreaturen, die in Vaskandar in Höhlen lebt und neugierige Raverraner frisst?«

»Über das Geheimnis der Macht der Hexenlords.« Ich legte die Hand auf einen der Steine neben dem Eingang. Sofort erhitzte er sich unter der Berührung. Schnaubend bäumte sich einer der Hirsche auf.

Zaira wedelte mit der Hand in seine Richtung. »Meinst du, die Herrin der Adler hat ihre nadelköpfigen Freunde hergeschickt, um dir ihre Geheimnisse zu offenbaren? Oder nicht doch eher, um dich zu ermorden, solltest du sie aufdecken?«

Was sie sagte, klang vernünftig. Aber etwas rief mich aus dem Inneren der Höhle. Blut zu Blut. *Alle Dinge rasch belebt, ein scharfes Messer, blutbefleckt …*

Die Hirsche wussten es. Sie konnten die Verbindung auch spüren. Darum hatten sie mich hergeführt.

»Um die Hexenlords von diesem Krieg abzuhalten oder sie zu besiegen, sollte es doch so weit kommen, müssen wir sie kennen. Um ihrer Macht entgegenzuwirken, müssen wir sie verstehen.« Aufregung regte sich in meinen Adern. Normalerweise hasste ich dunkle, enge Orte, aber das uralte Versprechen, das mir aus diesem Höhleneingang entgegenwehte, lockte mich mit der Aussicht auf eine neue Erkenntnis. Was würden die Professoren an der Universität zu Ardence von mir denken, wenn ich jetzt einfach davonliefe?

»Ich gehe rein.«

Ich duckte mich unter dem Vorhang aus herabhängenden Moosen hindurch und trat in das kalte, felsige Innere der Höhle. Zaira folgte mir fluchend.

Blinzelnd versuchte ich, die Schatten und verbliebenen Flecken Sonnenlicht aus meinen Augen zu vertreiben. Das Gurgeln und Rauschen von Wasser umgab mich. Ich hatte angenommen, die Höhle würde mich einengen, doch sie öffnete sich zu einer gewölbten Kammer, die größer war als mein Schlafzimmer zu Hause. Die Wände waren allzu glatt; dieser Ort war von Menschen geformt worden.

Auf der Rückseite fiel die Höhle ab zu einem rauschenden Untergrundbach, der durch die Kammer strömte. In der Mitte des rauen, unebenen Bodens erhob sich ein weiterer aufrechter Stein, graviert in dem gleichen fließenden Muster, das ich auch auf allen anderen entdeckt hatte; dieser jedoch wies oben eine kleine Mulde auf. Die drückende, stumme Aura eines Tempels lag in der Luft.

Ein unsichtbarer Sog, der nicht allein aus Neugier gespeist wurde, zog mich zu dem Stein. Von der Mulde führte eine kleine Rinne über die Rückseite herab und weiter zu dem Bach. Ich strich mit dem Finger über den groben Rand der Mulde. Er erwärmte sich unter der Berührung und fing an, sacht zu pulsieren; ein Kribbeln jagte durch meinen Arm, und meine Knochen fingen an zu summen.

»Zehn Ströme zieh'n hindurch«, flüsterte ich. Ein dunkler Fleck kennzeichnete den Grund der Rinne. »Zehn Tropfen treffen auf Stein, ein Lord auf dem Thron allein.«

Zaira kauerte mit geweiteten Augen auf halbem Weg zwischen mir und dem Höhleneingang. »Also schön, das ist unheimlich. Was in allen Neun Höllen redest du da?«

»So beanspruchen die Hexenlords ihre Domänen.« Aufregung machte sich in meiner Mitte breit. Plötzlich ergab alles einen Sinn; es war, als hätte ich genug Schlüsselzeichen einer nicht standardisierten artefaktischen Runensprache gefunden, dass ich anfangen konnte, die Symbole zu lesen und die Magie zu begreifen. »Die Macht eines Vivomanten besteht in der Kontrolle über das Leben, aber normalerweise funktioniert das nicht in so einem großen Ausmaß oder aus der Ferne. Aber alles Leben kommt aus dem Wasser. Wasser ist das Netz, das alles miteinander verknüpft, wie der zentrale Strang aus Drähten in einem komplizierten artefaktischen Geflecht. Und Blut ist Leben und Wasser zugleich.«

Argwöhnisch musterte Zaira das Wasserbecken. »Willst du mir erzählen, dass die in Bäche und Flüsse bluten?«

»Um sich selbst zu einem Teil des Landes zu machen, und das Land zu einem Teil von ihnen. Und sie kennzeichnen ihren Anspruch mit Steinen. Das sind keine bloßen Grenzsteine.« Ich hätte wetten mögen, dass sie ein Muster bildeten, vergleichbar einem Artefaktionskreis. »Die Steine sind die Gebeine der Erde und die Flüsse ihr Blut. Und wenn sie die Bindung einmal abgeschlossen haben, dann ist jedes Leben, das diese Erde und dieses Wasser nähren, ein Teil ihrer Magie. Darum haben die Hexenlords eine so uneingeschränkte Macht über ihre jeweilige Domäne.«

»Und darum macht sich auch niemand an meinen Blutsteinen und Leben zu schaffen.« Diese neue Stimme war am Höhleneingang erklungen, selbstsicher und gebieterisch, so tief wie die Erde und so flüssig wie das Wasser.

Langsam machte ich kehrt, um der Herrin der Adler gegenüberzutreten.

KAPITEL VIERUNDZWANZIG

Das schwarze Magiermal der Herrin der Adler kontrastierte mit Augen so golden wie die Sonne selbst. Mitternachtschwarzes Haar fiel glatt und offen bis über ihre Hüften. Sie trug einen Mantel in einem Muster, das Schuppen oder Federn nachahmen sollte, die alle in einem anderen Bronze-, Bernstein, Braun- oder Goldton schimmerten und samt und sonders von den spitzen Bögen vaskandrischer Stickerei eingerahmt waren. Wie ein Schwingenpaar lag er über ihren Schultern.

Sie selbst war der Berg, uralt und still. Sie war der Himmel, strahlend und unerreichbar. Sie war die jagende Katze, die durch den Wald streifte, schlank und geschmeidig, und der Hirsch, der leichtfüßig und frei durchs Gehölz sprang. Und ihre Augen waren die eines Adlers: wild und scharf, stechend wie Sonnenstrahlen und vollkommen furchtlos.

Ich verbeugte mich und blieb lange in der Haltung, bestrebt, mir einen Moment Zeit zu verschaffen, um meine Sprache wiederzufinden. Halb rechnete ich damit, dass Zaira das Schweigen brechen würde, aber sie stand immer noch wie erstarrt da, eine Hand nach hinten ausgestreckt, als suchte sie nach einer Wand zum Anlehnen.

»Gnädige Frau«, sagte ich, als ich eine Möglichkeit entdeckt hatte, mit meinem trockenen Mund Worte zu formen, »es tut mir leid, dass ich so eingedrungen bin. Ich hatte nicht vor, mich an irgendetwas zu schaffen zu machen.«

Ihre Raubvogelaugen huschten zu Zaira und dann zu der Klauenkette an meinem Hals. »Für mich sind deine Absichten Staub. Du hast die Steine geweckt. Ich bin die Eindringlinge leid, die sich ungefragt an meiner Domäne vergreifen; denk nur nicht, dass mein Blut in deinen Adern dich schützen wird.«

»Ich versuche, es mir zur Gewohnheit zu machen, mir nichts anzumaßen und nichts zu erwarten.« Ich schluckte. »Falls ich fragen darf: Wenn Ihr sagt, Leute haben sich an Eurer Domäne vergriffen – meint Ihr dann den Weißen Gipfel?«

Sie kniff die Augen zusammen. »Du weißt davon. Und dennoch gibst du dich schuldlos?«

Grazien helft. Ruven hatte Kreise in Atruin platziert. Das dürfte er aller Wahrscheinlichkeit nach bis zum Schluss aufgeschoben haben, bedachte man das Risiko; sein artefaktisches Muster an dem Berg mochte aber längst vollendet sein.

Ich trat vor, zu aufgeregt, um die Furcht wahrzunehmen, die ich hätte empfinden sollen. »Habt Ihr artefaktische Muster am Berg gefunden? Prinz Ruven versucht, einen Ausbruch herbeizuführen.«

Sie kam quer durch die Höhle auf mich zu und starrte mir direkt in die Augen. Aus der Nähe brannte der Eindruck von Macht wie die Sonne selbst. Ich kam mir klein vor, hilflos und ausgeliefert wie ein Kaninchen, das sich unter dem Schatten des Adlers zusammenkauerte.

»Du weißt, was dieser närrische Welpe vorhat?«, herrschte sie mich an. »Du verstehst diese gestohlene raverranische Magie? Artefaktion habe ich schon zuvor viele Male gesehen, aber nichts war so wie dies.«

Ich schluckte, um meine Kehle zu befeuchten. »Ja, ich glaube, ich verstehe sie.«

»Und? Verstehst du sie gut genug, um sie unschädlich zu machen?«

In Gedanken ging ich die Muster durch – beide, das, was ich in dem dunklen Studierzimmer gesehen hatte, und das Original aus dem Buch in Ardence. Es war haarsträubend kompliziert und vermengte Artefaktion mit Vivomantik auf eine Art, die die meisten meiner Professoren für unmöglich erklärt hätten. Und ich musste die ganze Beschwörung begreifen, wollte ich einen Teil davon sabotieren. »Ich glaube schon.«

»Das reicht mir.« Sie wirbelte herum, und ihr Mantel fegte hinter ihr durch die Luft. »Kommt mit.«

*

Die Herrin der Adler führte uns über einen Wildpfad die Bergflanke hinauf. Der schmale Weg war steil, und ich fing rasch an zu keuchen, doch sie bewegte sich mit federnder Eleganz, als würde die Erde selbst sie emportragen. Und nach dem, was ich inzwischen erfahren hatte, war das vielleicht tatsächlich der Fall. Sträucher und Äste bogen sich zur Seite, als sie vorüberging, und tüpfelten den Pfad mit herabfallendem Schnee, der an weiße Blüten erinnerte, und machten der großen Dame den Weg frei.

Bald blieb die Herrin der Adler vor einer kahlen Felsplatte stehen – einem Ort, an dem die Gebeine des Gebirges an die Oberfläche traten, eine Landschaft aus windgepeitschtem Granit, frei von Erde, Gras und Bäumen. Angewidert zeigte sie auf einen kunstvollen artefaktischen Kreis mit einem Durchmesser von ungefähr zehn Fuß, der in das Gestein graviert worden war. Weder auf dem Kreis noch in seiner direkten Umgebung war Schnee haften geblieben. Die Geringschätzung der Herrin der Adler fegte durch die niedrigen Sträucher wie ein scharfer Wind.

Das war eindeutig einer der Vulkankreise von Ruven. Ich trat vor, außer Atem von einer Mischung aus Ungeduld und Furcht.

»Ich bin keine Artefaktionsgelehrte«, sagte die Herrin der Adler, »aber das hier ist mehr als nur Artefaktion. Ein anderer Hexenlord hat dieses Muster mit seinem Blut getränkt und mit seiner Macht erfüllt. Mein Anspruch auf meine Hälfte des Berges ist so gewichtig wie eh und je, dennoch ist dieser Kreis ein Versuch, einen konkurrierenden Anspruch zu etablieren. Es erscheint banal, ihn einfach auszulöschen, doch diese sonderbare und komplizierte Magie hat sich um das Herz des Berges gewickelt, sie durcheinanderzubringen könnte eine Katastrophe herbeiführen. Sag mir, was das ist, dann lasse ich dich vielleicht am Leben.«

Neben dem Kreis ging ich in die Knie und folgte mit zitterndem Finger seinen Linien, übersetzte in Gedanken die Runen. »Es müsste rund um den Berg mehr davon geben.«

»Die gibt es. Kannst du ihn unschädlich machen?«

»Lasst mich überlegen.«

Mein Blick glitt über die komplizierte Zeichnung und die präzisen Schnörkel der Runen, suchte nach einer Stelle, die Raum für eine alternative Bedeutung böte. Der Artefaktor hatte sehr sorgfältig gearbeitet. Seine Linien waren exakt bemessen, die Zeichen so penibel ausgeführt, dass meine Lehrer ihn in höchsten Tönen gelobt hätten. Das wiederum bedeutete für gewöhnlich, dass es sich um ein dicht gesponnenes artefaktisches Werk handelte, in dem kein Platz für spätere Eingriffe blieb. Aber an manchen Stellen waren die Abstände zwischen den Buchstaben seltsam unkorrekt und ließen Lücken frei, wo es keine geben sollte. Das Muster wies teilweise unauffällige Leerstellen auf, die ein erfahrener Artefaktor mit Platzhalterrunen gefüllt hätte, um zu verhindern, dass irgendjemand sie zur Manipulation nutzte.

»Der Artefaktor, der das geschaffen hat, hat das nicht freiwillig getan«, hauchte ich. »Er hat eine Hintertür eingearbeitet.«

»Also kannst du es sabotieren?«, fragte Zaira.

»Das weiß ich noch nicht. Ich kann erkennen, dass da Lücken sind, durch die man das Muster verändern könnte, aber ich muss erst herausfinden, welche Art der Abwandlung der Artefaktor im Sinn hatte.«

Ich studierte die freien Stellen, versuchte, die Form zu erfassen, auf die sie hindeuteten. Im Ganzen schien der Kreis dazu gedacht, den Druck im Herzen des Vulkans zu erhöhen und zugleich festzuhalten. Doch diese Eindämmung konnte jederzeit durch ein Kommando über einen anderen Steuerungskreis aufgehoben werden. Nach dem, was ich von dem vollständigen Muster in Erinnerung behalten hatte, würde dieser Steuerungskreis zugleich ein Ventil öffnen, um den ganzen angestauten Druck freizusetzen. Er diente dazu, die Eruption auszulösen und zu lenken.

Ich legte die Fingerspitzen ins Zentrum des Musters und nahm ein schwaches Kribbeln wahr. Der Fels fühlte sich warm an. Eine schreckliche Last breitete sich in meinem Magen aus.

»Dieser ist schon aktiv.«

»Bricht er aus?« Aufgeschreckt wich Zaira zurück, als würde ihr ein größerer Abstand zu dem Kreis Schutz bieten.

»Noch nicht. Alle Kreise rund um den Berg verbinden ihre Macht, um Druck aufzubauen und die Eruption vorzubereiten, damit sie dann, sobald Ruven sie auslöst, umso stärker ist.« Ich biss mir auf die Lippe, während ich an die Konturen der Verwüstungsgebiete dachte, die ich auf der Zeichnung in seinem Studierzimmer gesehen hatte.

»Mit einem ausreichenden Maß an Schadfeuer kann ich ihn vielleicht schmelzen«, schlug Zaira hilfsbereit vor.

»Nein! Wenn du ihn zerstörst, funktioniert die Eindämmung nicht mehr. Dann könnte er womöglich sofort ausbrechen.«

Die Herrin der Adler hatte sich nicht gerührt, aber ich konnte ihren Zorn in dem Stein unter meinen Händen und Knien spüren. Weit über uns stieß ein Vogel einen rauen Schrei aus.

»Er fordert meine Neutralität zu sehr heraus. In seiner eigenen Domäne kann er tun, was er will, aber diese Hälfte des Bergs gehört mir.«

Ich löste mich von dem gravierten Gestein und sah, dass die Herrin der Adler wütend in Richtung Kazerath starrte. Mir war, als könnte ich ihren Blick über meinem Kopf zischen spüren, und ich war froh, dass er nicht mich zum Ziel hatte.

»Wie wollt Ihr, äh, auf diesen Übergriff reagieren?«, fragte ich.

»Damit warte ich bis zum Konklave.« Ihr Tonfall schloss die Tür für jegliche weiteren Fragen. »Dort befassen wir uns mit Missständen. Du hast mir noch nicht erzählt, ob du diese Narbe aus meinem Berg entfernen kannst.«

Ich schaute wieder das Muster an und leckte mir über die Lippen. »Wenn das Problem mit dem Ausbruch beseitigt ist, kann ein Artefaktor ihn entfernen, und ich würde Euch zu diesem Zweck mit Freuden die Dienste eines Falken anbieten. Aber im Augenblick glaube ich, ich weiß, wie wir diesen Kreis zumindest daran hindern können, mehr Druck aufzubauen. Wir müssen nur ein paar Annullierungs- und Aufhebungssymbole an den richtigen Stellen einsetzen.«

»Und das wird die Eruption verhindern?«, hakte Zaira nach.

»Wenn wir das bei dem Großteil der Kreise um den Weißen Gipfel tun und niemand die Eruption auslöst, bevor genug Druck langsam und sicher abgebaut wurde. Ich kann Euch zeigen, wie Ihr das Gleiche bei allen anderen Kreisen in Eurer Domäne tun könnt, gnädige Frau.«

Die Herrin der Adler nickte. »Tu es.«

*

Ich war nicht gerade mit speziellem Bildhauerwerkzeug ausgerüstet, also rückte ich dem Fels mit meinem Messer zu Leibe. Ich kratzte langsam tiefer und tiefer, bis ich eine Kerbe geschaffen hatte, die ich spüren konnte, wenn ich mit der Hand über die Oberfläche strich. Mir war schmerzlich bewusst, wie viel kostbare Zeit verging, als die Sonne langsam auf die über uns aufragende Bergschulter des Weißen Gipfels herabsank. Während die Schatten länger wurden, legte sich Kälte wie ein Mantel aus Eis über meinen Rücken, der Stein selbst jedoch erwärmte sich unter meinen fleißigen Fingern, und ich kratzte und kratzte an den Runen. Zaira setzte sich gähnend auf einen Stein und wartete.

Endlich, als mein Messer schon völlig stumpf und meine Finger blutig verkratzt waren, hatte ich es geschafft. Ein schwaches, orangefarbenes Licht flackerte für einen Moment in dem Muster auf, und ich nahm eine vage Veränderung in dem Berg unter mir wahr. Es war getan. Wenigstens eine wichtige Aufgabe hatte ich auf dieser verfluchten Mission vollbringen können.

Die Herrin der Adler stand da und sah mir aus goldenen Augen konzentriert zu. Ihre Gegenwart lastete schwerer auf mir als der Weiße Gipfel selbst, der sich in seiner uralten Erhabenheit mit seinem Herzen aus vernichtendem Feuer über uns erhob. Aber schließlich war der Vulkan nur ein kleiner Teil der an ihr Blut gebundenen Domäne, die sie ständig mit sich herumtrug.

»Vielleicht bist du doch zu etwas zu gebrauchen«, konstatierte sie. »Trotz des enttäuschenden Mangels an magischer Begabung in deinem Zweig der Familie.«

Zaira grinste spöttisch und formte mit den Lippen das Wort *enttäuschend*, doch ich erhob mich nur und verbeugte mich, um das Kompliment würdig zu honorieren. »Ich fühle mich geehrt, dass Ihr so empfindet, gnädige Frau.«

»Dafür werde ich dir vergeben, dass du dich an meinen Steinen zu schaffen gemacht hat.« Plötzlich hob die Herrin der Adler den Kopf, als lausche sie auf etwas. »Jemand wartet unten im Dorf auf dich.«

Ich schluckte. »Gnädige Frau, mit allem Respekt, ich muss so schnell wie möglich zurück ins Imperium.«

»Du wirst mich begleiten und ihn treffen.« Ihr Ton ließ keinen Raum für Widerworte. »Du musst begreifen, was du getan hast.«

Und mit diesen ominösen Worten wandte sie sich ab und machte sich an den Abstieg.

*

»Natürlich hat sie von Euch gesprochen.« Ich schüttelte den Kopf, konnte mir aber ein Lächeln nicht verkneifen.

Irgendeine abgeschiedene, närrisch hoffnungsvolle Ecke meines Herzens hatte die Vorstellung gehegt, die Herrin der Adler könnte Marcello gemeint haben, der nach Vaskandar gekommen war, um uns zu suchen. Doch als uns die ehrerbietigen Dorfbewohner unter endlosen Verbeugungen in einen bescheidenen Versammlungsraum mit dicken Balken und roten, mit leuchtenden Bildern von Wildblumen verzierten Dachsparren gelotst hatten, war es Kathe, der dort auf uns wartete.

Er hockte auf der Kante eines schlichten, hölzernen Podests, vor dem sechs Doppelreihen mit Bänken und himmelblau bestickten Kissen standen, und ließ träge die Beine baumeln. Der Saal erinnerte an ein Theater oder einen Tempel, doch gab es weder Samtvorhänge noch Statuen der Neun Grazien. Das flackernde Licht etlicher geflügelter Kandelaber erwärmte die dunklen Ecken des Saals und zauberte interessante Schatten in das weiß-schwarze Haar des Krähenlords.

Kathe erhob sich und verbeugte sich vor der Herrin der Adler, die im Gegenzug huldvoll nickte. Dann grinste er Zaira und mich an. »Ihr wart fleißig.«

»Ja, das waren sie. Und wir müssen darüber sprechen.« Ohne dass die Herrin der Adler gestikuliert oder auch nur hingesehen hätte, sprossen grüne Triebe aus der Bank in der ersten Reihe hervor; das Holz erwachte, um sie willkommen zu heißen; schlanke Zweige schossen in die Höhe, verdrehten sich zu grazilen Mustern und formten schließlich einen eleganten Thron. Bis ihre gemessenen Schritte sie dorthin getragen hatten, war er fertig, und sie nahm in königlicher Haltung Platz. »Das feurige Herz des Berges regt sich, und in Kazerath habt ihr Chaos entfesselt.«

Auf halbem Wege zwischen den beiden Hexenlords stockten meine Schritte, als sich in Anbetracht ihrer Worte alles in mir verkrampfte.

»Weil wir den Wolfslord getötet haben? Ist …« Ich schluckte. »Ist Ruven jetzt dort der Hexenlord?«

Die Herrin der Adler nickte. »Kazerath ist sein. Er macht gerade jetzt seine Runde und bindet die Steine an sein Blut, um die Herrschaft über die Domäne zu festigen. Aber das Land weiß bereits, dass er nun sein Herr und Meister ist.« Sie richtete die goldene Glut ihrer Magiermale auf Zaira. »Du hast Eruvia keinen Gefallen erwiesen, indem du seinen Vater getötet hast.«

»Es hieß er oder ich«, erwiderte Zaira achselzuckend, doch ich erkannte die Anspannung in ihren Schultern.

»Also war Ruven der einzige Erbe?«, erkundigte sich Kathe resigniert und setzte sich wieder auf das Podest. »Ich nehme an, die Hoffnung, er könnte in Erbstreitigkeiten verwickelt werden, war überzogen. Der Wolfslord hat sich an die alte Weisheit gehalten.«

Die alte Weisheit. Was hatte Kathe noch während unseres Picknicks im Glashaus gesagt? *Unter den Hexenlords sind diejenigen klug, die jeweils nur einen Erben gleichzeitg haben.* Wenn die Blutbindung eines Hexenlords zu seinem Land vererbt wurde, aber nur einer die Domäne beanspruchen konnte, stellte ein einzelner Erbe tatsächlich die sicherste Methode dar, einen reibungslosen Übergang der Macht zu gewährleisten. Ich nahm an, die schlimmste Variante wäre, gar keinen Erben zu haben, denn dann könnten die anderen Hexenlords die Domäne im Falle des Ablebens als verfügbar betrachten.

»In einer Hinsicht hat er sich daran gehalten, ja«, sagte die Herrin der Adler in einem harten, missbilligenden Ton. »Aber der Erbe des Wolfslords ist ein Hauthexer. Das widerspricht jeglicher Weisheit, sei sie nun alt oder neu.«

Zaira setzte sich in einem achtsamen Abstand zu Kathe ebenfalls auf das Podest. »Ich würde mir mehr Sorgen über seinen Charakter machen als über seine Magie. Ruven ist ein aasfressendes Wiesel.«

»Sein charmanter Charakter ist ja genau das, was ihn zum Hauthexer macht.« Angewidert verzog Kathe das Gesicht.

Die Herrin der Adler nickte erbittert. »Die Leute, die in Atruin leben, sind mein«, sagte sie. »Ich besitze sie aber nicht; es steht ihnen frei, zu tun, was sie wünschen. Doch auf magische Weise sind sie mein, denn sie sind Teil meiner Domäne. Theoretisch gibt es keinen Grund, warum ich ihr Fleisch nicht ebenso verbiegen könnte wie diesen Wald. Oder sie meinem Willen unterwerfen wie die Vögel im Himmel. Aber wenn ich das täte, würde mir meine eigene Macht Einhalt gebieten, denn das widerspräche meinem tiefen, grundlegenden Instinkt, der mich dazu treibt, andere Personen als meine Mitmenschen zu betrachten – ein Instinkt, den Hauthexer nicht besitzen.«

Ich erinnerte mich gut, wie Ruven die Knochen seines Dieners dazu gebracht hatte, sich durch dessen Haut zu bohren, während der Mann mit geweiteten Augen wie erstarrt dagestanden hatte, außerstande, ihn aufzuhalten oder auch nur zu schreien.

Ich schauderte. »Also sind Hauthexer definitionsgemäß diejenigen, die die grundlegende Menschlichkeit anderer weder respektieren noch überhaupt anerkennen.«

Zaira schnaubte verächtlich. »Das hätte ich dir über Ruven auch ohne solche Belehrungen sagen können.«

»Aber nun ist es schlimmer.« Mir drehte sich der Magen um, als ich die Konsequenzen erwog. »Früher musste Ruven die Haut der Person berühren, deren Körper er manipulieren oder die er unter seine Kontrolle bringen wollte. Nun ist jeder einzelne Einwohner von Kazerath seine Marionette, selbst wenn er meilenweit entfernt ist.«

Kathe nickte. »Ihr versteht das Problem.«

»Das wäre schon schlimm genug, auch ohne einen Vulkan, der Feuer und Asche auf die Hälfte von …« Meine Stimme versagte, und ich spürte, wie ich erbleichte. »Alle Höllen. Die Asche.«

Kathe stieß einen Pfiff aus. »Das erklärt einiges.«

»Was?«, fragte Zaira und blickte von einem zum anderen.

Fassungslos schlug ich beide Hände vor die Stirn. »Die Hälfte des Berges gehört Ruven. Auf einer tiefen, magischen Ebene. Eine große Eruption könnte ein gewaltiges Gebiet mit Asche bedecken und seinen Anspruch buchstäblich quer über das Land verstreuen.«

»Dort, wo viel Asche fällt, würde er die Macht erringen«, bestätigte die Herrin der Adler voller Ernst. »Ein anderer Hexenlord könnte solch einen schwachen Anspruch auf seine Domäne mühelos ausräumen, aber in eurem Imperium gibt es niemanden, der genug Macht besitzt, sich dem entgegenzustellen.«

»Vielleicht löst er die Eruption gar nicht aus, jetzt, wo er seine eigene Domäne hat«, spekulierte ich verzweifelt. »Er hat doch nun kein Motiv mehr, uns zu überfallen, nicht wahr?«

Aber Kathe schüttelte den Kopf. »Nun braucht er die Macht mehr denn je. In der heiklen Phase des Erbantritts kommt es häufig vor, dass andere Hexenlords versuchen, die Domäne zu übernehmen. Wenn er seine Domäne aber ausweiten kann, verschafft ihm das mehr Gewicht, was er zu seiner Verteidigung nutzen kann. Außerdem kann er einflussreiche Verbündete gewinnen, indem er Teile des eroberten Lands an andere abtritt. Für Ruven als Hauthexer und neuen Hexenlord ist diese Invasion soeben zu einer Überlebensfrage geworden.«

»Erwartet nur keine Zurückhaltung von einem Mann wie Ruven«, sagte die Herrin der Adler. »Wenn er die zerstörerische Wut eines Vulkans in Händen hält, wird er nicht zögern, sie zu entfesseln.« Eine tiefe, furchteinflößende Resonanz erfüllte ihre Stimme. »Der Himmel wird sich durch seine Macht verdunkeln. Menschen und Tiere werden unter seiner Herrschaft mit Asche gesättigte Luft atmen. Pflanzen werden sie durch ihre Wurzeln aufsaugen. Er wird eurem Imperium das mit Asche bedeckte Land mühelos abnehmen; es wird ihm in die Hände springen, denn es ist bereits sein.«

Bei der Vorstellung, Ruven könnte das halbe Imperium unter seine Kontrolle bekommen, wurde mir übel. »Wir müssen ihn aufhalten«, flüsterte ich. »Werdet Ihr uns helfen, gnädige Frau?«

Die Herrin der Adler richtete ihren Blick auf mich, und da begriff ich, wie uralt diese Augen waren. Sie gehörte der Gruppe der drei ersten Hexenlords an und war älter als das Imperium selbst. Wie viele Kriege hatte sie gesehen? Wie viele kleinkarierte Machtkämpfe?

»Ich werde meine Beschwerde gegen ihn vor dem Konklave vortragen. Ich kann mich um meine Domäne kümmern. Kümmere du dich um deine. Ob er in das Imperium einfällt oder nicht, ist nicht meine Sorge.«

»Dann werdet ihr einfach zulassen, dass er ein uneingeschränkter Hexenlord wird?« Die Enttäuschung ließ meine Stimme schärfer klingen, als ich beabsichtigt hatte. »Ihr seid eine der wenigen Personen, die vielleicht imstande sind, ihn daran zu hindern, Kazerath zu übernehmen.«

»Und genau darum darf ich mich nicht einmischen. Wenn ich

anfange, nach eigenem Gutdünken darüber zu befinden, wer ein Hexenlord wird und wer nicht, wird das in Vaskandar weit mehr Chaos auslösen, als es ein bloßer Hauthexer je könnte.« Ihre Stimme klang so hart wie alter Stein. »Ihr seid diejenigen, die das verursacht haben, indem ihr seinen Vater getötet habt. Es ist eure Pflicht, mit den Konsequenzen fertigzuwerden und weitere Katastrophen zu verhindern.«

Zairas Gesicht war eine Grimasse der Fassungslosigkeit. Aber sie hielt den Mund, auch wenn ihr das erkennbar schwerfiel. Ihre gewohnte Gleichgültigkeit in Bezug auf die Folgen ihrer Taten schien sich nicht auf Schmähreden gegenüber der Herrin der Adler auszudehnen.

Die sah ihr lange Zeit in die Augen. In völliger Stille wuchs etwas zwischen den beiden – eine Art Verständnis oder wortlose Kommunikation unter Magiern, die über Leben und Tod zu gebieten imstande waren. Und die ganze Zeit wandte keine von ihnen den Blick von der anderen.

Endlich sagte die Herrin der Adler in einem Ton, sanfter als zuvor: »Du hast deinen Platz noch nicht gefunden, Kind. Wenn du einen sicheren Hafen suchst, steht Atruin dir und den deinen offen.«

Zaira kniff die Augen zusammen. »Damit Ihr Eure eigene Feuerhexe bekommt?«

Die Herrin der Adler zuckte mit keiner Wimper. »Ich brauche keine Feuerhexe.« Milde hallte ihre Stimme durch das ganze Gebäude, drang in den Boden darunter und in Wald und Berge um uns herum, und ich hegte nicht den kleinsten Zweifel daran, dass sie die Wahrheit sprach. »Ich biete dir Frieden innerhalb meiner Grenzen, so lange oder so kurz du willst. Das ist alles.«

Ich hielt die Luft an. Das kam Freiheit vermutlich näher als alles andere, was Eruvia Zaira zu bieten hatte. Und das Angebot dürfte nun weitaus verlockender sein, da es von der Herrin der Adler unterbreitet wurde, nicht von Ruven.

Zaira sah mich aus dunklen, nachdenklichen Augen an.

Höllen. Meine Pflicht gegenüber dem Imperium verlangte von mir, dem ein Ende zu machen; wir durften unsere einzige Feuerhexe nicht verlieren. Beinahe konnte ich Mutters strengen Blick spüren, der mich drängte, etwas zu unternehmen – vielleicht irgendeinen feinsinnigen Kommentar abzugeben, um Zaira dazu zu bewegen, die Wahl zu treffen, die meinen Wünschen entsprach, ohne dabei unsere kostbare Beziehung zu beschädigen.

Aber wenn man all seine Freunde als Aktivposten betrachtete, dann hatte man keine Freunde.

Die Herrin erhob sich, und ihr Mantel flatterte um sie herum. »In dieser Angelegenheit hast du alle Zeit, die du brauchst; mein Angebot steht. Aber in anderen Punkten läuft dir die Zeit davon, darum werde ich euch nun verlassen.«

»Wartet!« Das Wort brach aus mir hervor, ehe ich irgendetwas dagegen tun konnte, und ich spürte die Blicke von Zaira und Kathe in meinem Rücken, als ich von dem Podest sprang. »Seid Ihr je meinem Vater begegnet?«

Sie verharrte regungslos. Ich konnte die Mimik in ihrem uralten Gesicht nicht entschlüsseln. Nach einem endlosen Moment sagte sie: »Ja. Einmal. Kurz.«

»Habt Ihr …« Ich verhaspelte mich, wusste nicht, was ich eigentlich sagen wollte. *Habt Ihr ihn geliebt? Hat er Euch überhaupt irgendetwas bedeutet? Sind wir eine Familie?*

»Viele Hexenlords müssen letztlich begreifen, dass sie die Unsterblichkeit nicht ertragen können.« Die Stimme der Herrin klang nun sanft und doch so machtvoll wie eine abendliche Brise, die sommerliche Variante, die wie ein reinigender Luftstrom durch das Herz fährt. »Sie können nicht Verlust um Verlust ertragen und überantworten sich schließlich durch ihre Abdankung dem Tod. Ich bin zu dem Schluss gekommen, dass es das Beste ist, mich von den Leben meiner Abkömmlinge fernzuhalten, es sei denn, es gelingt ihnen, sich eine eigene Domäne zu sichern.«

»Aha.« Eine sonderbare Enttäuschung bildete einen Kloß in meiner Kehle »Ich verstehe. Danke.«

Die Herrin der Adler nickte. Dann fiel ihr meine Klauenkette auf, und sie warf Kathe einen durchdringenden Blick zu. »Wie ich sehe, trägt diese Euer Zeichen.« Sie sah sich wieder zu mir um und zog eine Braue hoch. »Kennst du die Bedeutung?«

»Es verleiht Schutz?«, wagte ich einen Versuch.

»Es ist ein Teil seiner Domäne«, erwiderte sie. Kathe zuckte bei dieser Offenbarung zusammen, und der Schimmer in den Augen der Herrin sagte mir, dass sie sein Unbehagen amüsant fand. »Es signalisiert jedem in Vaskandar, dass er sich, sollte er dir etwas antun, seinen Zorn zuzieht. Aber es gestattet ihm auch, im Großen und Ganzen jederzeit zu wissen, wo du dich befindest, solange du es trägst.«

»So ist das, ja?« Ich maß Kathe mit einem finsteren Blick.

Er zuckte die Schultern. »Ich habe es gern, wenn alles, was ich tue, mehreren Zwecken dient.«

»Ihr hättet es mir sagen können.« Ich bemühte mich um einen gelassenen, neutralen Ton, als würde ich lediglich eine Tatsache aussprechen, nicht Wut bezähmen.

»Gnädige Frau, hätte ich Euch das gesagt, dann hättet Ihr es nicht getragen. Und hättet Ihr es nicht getragen, wäret Ihr nun nicht mehr am Leben.« Er schüttelte den Kopf. »Ihr habt ja keine Ahnung, wie viele Verteidigungsmaßnahmen Euch und die Dama Zaira sowohl in Sevaeth als auch in Kazerath unbehelligt gelassen haben, nur weil Ihr diese Kette trugt.«

»Etwas, was man über Krähen wissen sollte«, bemerkte die Herrin der Adler, »ist, dass man sich auf sie verlassen kann – aber man kann ihnen niemals trauen.«

Sie wandte sich ab, und ihr flügelartiger Mantel schwang mit ihr herum. Eine Eule glitt zum Fenster des Versammlungshauses herein und landete auf ihrer Schulter; im Gehen neigte sie den Kopf, als würde sie ihr zuhören. Uns nahm sie da schon gar nicht mehr wahr.

Als sie fort war, legte Kathe den Kopf schief und sah mich an. »Kennt Ihr den Heimweg?«

»Was das betrifft: Ich nehme an, Ihr habt keine Möglichkeit, rasch eine Botschaft nach Hochpass zu übermitteln?«, fragte ich. Draußen ging die Sonne unter. Selbst nach der Nachricht, die ich ihnen hatte zukommen lassen, hätte man mich schon gestern Abend in Hochpass erwartet; es mochte bereits zu spät sein, um die Katastrophe noch abzuwenden. »Ich befürchte, das Imperium könnte auf die fortdauernde Abwesenheit von Zaira und mir unbedacht reagieren.«

Kathe schnalzte mit der Zunge. »Das dürfen wir nicht riskieren. Ein Krieg zu diesem Zeitpunkt würde all meine Pläne zunichtemachen. Schreibt Eure Botschaft, dann werde ich sie mit einer Krähe schicken.«

»Danke«, sagte ich inbrünstig und wühlte in meinem Tornister nach Schreibsachen.

»Wie wollt Ihr selbst nach Hochpass zurückkehren? Wenn ich nicht irre, habt Ihr es auch aus persönlichen Gründen recht eilig.« Kathe musterte mich forschend, und mir wurde flau im Magen. Er war klug genug, um sich daran zu erinnern, was ich bei dem Ball in Raverra über Gift gesagt hatte, und gewisse Schlüsse zu ziehen.

Ich gab mir Mühe, nicht den Eindruck zu erwecken, ich hätte etwas zu verbergen, und spürte sogleich, wie meine Gesichtszüge in unbehagliche Positionen schlüpften. »Möglicherweise«, sagte ich.

»Der schnellste Weg zurück führt durch Kazerath und Sevaeth«, sagte er. »Aber das könnte sich für Euch als zu gefährlich erweisen. Diese Domänen sind Euch feindlich gesinnt, und es dürfte schwer werden, rechtzeitig am Ziel einzutreffen, wenn Ihr unterwegs zu Tode kommt.«

Ich ging das Risiko ein, ihm eine ehrliche Antwort zu geben: »Wenn ich nicht bald eintreffe, werde ich vielleicht so oder so tot sein.«

»Nun gut.« Kathe rollte die Schultern, worauf sich das Gefieder an seinem Umhang sträubte. »Dann werde ich Euch einfach begleiten.«

KAPITEL FÜNFUNDZWANZIG

»Bitte sag mir, dass du ihm nicht traust«, flüsterte Zaira mir zu. »Sogar deine Großmama hat gesagt, wir sollen ihm nicht trauen.«

Kathe schritt pfeifend vor uns her. Wieder hatte leichter Schneefall eingesetzt, und die Flocken sickerten durch die Baumkronen und glitzerten im Mondschein auf seinem gefiederten Umhang. Wir hatten die Grenze nach Kazerath passiert, aber in Kathes Gegenwart war die Straße friedlich; die Bäume standen still und stumm da, wie es sich für Bäume gehörte, und nur dann und wann ertönte der Ruf einer Eule oder eines anderen Nachtgetiers aus dem Wald.

»Nein«, sagte ich und schlang die Arme um den Leib, um die Kälte abzuwehren. Ich hatte feststellen müssen, dass die letzte Flasche mit Elixier eingefroren war, also hatte ich sie mir unter das Hemd stecken müssen, um sie aufzutauen, ehe ich meine Abenddosis einnehmen konnte; nun war nur noch ein Schluck übrig. »Aber zumindest will er uns nicht umbringen. Glaube ich.«

»Immerhin etwas«, grunzte Zaira.

Kathe sah sich über die Schulter zu uns um. »Wusstet Ihr, dass die Sinne von Hexenlords übernatürlich scharf sind?«

Mir stieg die Röte ins Gesicht. »Ich wusste es nicht.«

Zaira lachte. »Dann solltet Ihr Euch von den Unschlitten fernhalten. Da stinkt es teilweise wie unter den Achseln eines Bettlers.«

»Ich gebe zu, einige von uns meiden Städte wegen ihrer, äh, Kollektion einzigartiger Aromen.« Er grinste. »Ich jedoch finde diese feinen Sinne höchst nützlich, wenn es darum geht, vertrauliche Gespräche zu belauschen. Aber kommt doch, Amalia, geht an meiner Seite. Wir umwerben einander; da müssen wir doch keine Geheimnisse voreinander haben.«

Er ließ sich zu mir zurückfallen. Ich zog eine Braue hoch. »Nicht?«

»Ich sagte ›müssen‹.« Seine Augen funkelten in dem abnehmenden Licht. »Das bedeutet nicht, dass wir nicht aus purem Spaß Geheimnisse hegen können.«

»Geheimnisse wie Eure Absicht, meine Blutsverwandtschaft mit der Herrin der Adler zu nutzen?«

Er schnalzte mit der Zunge. »Ich wüsste nicht, dass ich beabsichtige, sie für irgendetwas Spezielles zu *nutzen*. Aber sie gehört unzweifelhaft zu den Dingen, die Euch interessant machen. Sagt mir, wisst Ihr, warum wir Hexenlords der Herrin der Adler so viel Respekt entgegenbringen?«

»Weil es verrückt wäre, es nicht zu tun?«, mutmaßte Zaira. »Nicht einmal ich würde *der* in den Tee spucken.«

»Wir erweisen allen drei ältesten Hexenlords großen Respekt, aber da ist noch mehr dran.« Eine gewisse Schärfe hatte sich in seine Stimme geschlichen, und er trat einen Kieselstein auf der Straße weg. »Sie hat etwas vollbracht, das niemand sonst tun konnte, nicht einmal einer der sechzehn, die sie als Ebenbürtige betrachten.«

»So?«, fragte ich.

»Ihr habt gesehen, dass wir Flüsse und Bäche benutzen, um unseren blutgebundenen Anspruch in den Domänen zu verbreiten«, sagte er. »Wasser fließt in eine Richtung, aber Magie folgt nicht zwangsläufig den gleichen Regeln. Ihre Macht, ihr Verständnis oder ihre Kontrolle ist so stark, dass sie die Richtung umkehren kann. Das ist ein Trick, den ich nie geschafft habe; ich bin nicht überzeugt, dass das irgendjemandem außer ihr je gelungen ist.«

»Also kann sie ihre Macht in jeder Domäne ausüben, die ihre blutgebundenen Flüsse streifen?« Ich ging in Gedanken die Karte von Vaskandar durch, versuchte mich zu erinnern, wo die Grenzen von Altruin lagen. Das Bild in meinem Kopf wurde klarer, und plötzlich verstand ich. »Grazie der Erhabenheit, der Eyriesee.«

»Ja.« Er seufzte, und es hörte sich zutiefst verzweifelt an. »Nun seht Ihr, wie die Dinge liegen.«

»Was ist los?«, wollte Zaira wissen. »Ihr seid beide blatterngammelig unmöglich, wisst ihr das? Was soll das Gerede über diesen See?«

»Er liegt mitten in Vaskandar«, erklärte ich. »Innerhalb der Domäne der Herrin der Adler. Die Hälfte des Wassers in Vaskandar fließt auf dem einen oder anderen Weg dort hinein. Wenn sie also ihre Macht stromaufwärts schicken kann …«

»Dann hat sie ihre Finger in beinahe jeder Domäne in Vaskandar«, schloss der Krähenlord. »Das wirkt sich natürlich nicht so aus wie in ihrem eigenen Herrschaftsbereich, aber ihr Einfluss ist existent, und er ist verwoben mit einem halben Kontinent. Darum wagt es niemand, sich gegen sie zu erheben.«

Und zweifellos waren Kathe und Ruven darum so sehr an mir interessiert, denn ihr Blut in meinen Adern könnte ihnen eine Möglichkeit eröffnen, auf dieses Gewebe zuzugreifen.

Zaira musterte den dunklen Wald so finster, als würde sie sich vorstellen, wie er in Flammen stand. »Wenn ich bedenke, dass ich Halmur früher geneckt habe, weil er nur ein paar Blumen blühen lassen oder sich mit Seemöwen anfreunden konnte. Ich kann kaum glauben, dass du wirklich beabsichtigst, an einer Gesellschaft mit siebzehn dieser Dämonen teilzunehmen.«

»Ach, ja, das Konklave.« Kathe legte die Stirn in Falten. »Wollt Ihr immer noch daran teilnehmen?«

»Ja.« Das Wort überraschte mich selbst, umso mehr, da es viel überzeugter und vorbehaltloser aus mir herausbrach, als ich in Anbetracht der Ereignisse der letzten beiden Tage erwartet hätte.

»Dort werden, wie Dama Zaira es formuliert hat, siebzehn von uns Dämonen sein.« Er unterstrich seine Worte mit einer dezenten Verbeugung. »Die Regeln des Konklaves würden Euch, als einen geladenen Gast, schon schützen – andererseits schützen unsere Regeln auch Reisende auf den Straßen. Mit gemischten Ergebnissen, wie Ihr gesehen habt.«

»Ratet Ihr mir also davon ab?«, fragte ich.

»Oh, nein.« Er blieb stehen und drehte sich mit wirbelndem Umhang zu mir um. In seinen Augen tanzte der ganze Schalk einer Hölle voller Dämonen, als er mich anblickte. »Das Konklave wird *viel* interessanter werden, wenn Ihr dabei seid. Und Dama Zaira natürlich auch. Soweit ich informiert bin, dürft Ihr nicht getrennt werden. Je mehr, desto besser! Ich werde mit dem Fuchslord wetten, ob Ihr es schafft, das Konklave zu überstehen, ohne jemanden in Brand zu stecken.«

Zaira grinste spöttisch. »So eine Wette kann man kaum verlieren.«

»Exakt.« Kathe hielt mir die Hand hin. Die Geste war freundlich und bescheiden, doch in seinen Augen erkannte ich eine Herausforderung. »Also, gnädige Frau, werdet Ihr Euch bei dem Konklave zu mir gesellen?«

Ich sah Zaira an. »Das ist ebenso deine Entscheidung wie meine.«

Sie kniff die Augen zusammen. »Auf die eine oder andere Art werde ich zu diesem verfluchten Schloss zurückkehren. Ich muss immer noch Terika da rausholen.«

»Dann wäre es mir eine Freude, Eure Einladung anzunehmen.« Ich legte eine Hand in Kathes, und mein Puls schlug schneller angesichts meiner eigenen Verwegenheit. Nur die Grazien wussten, was Mutter davon halten würde.

Seine drahtigen Finger schlossen sich um meine, und Macht vibrierte unter seiner Haut. »Ich sehe dem Ereignis mit dem größten Entzücken entgegen, gnädige Frau.«

Wir hakten uns unter und gingen weiter. Kathes Wärme so dicht neben mir war unglaublich verwirrend. Ich konnte mich einer gewissen Erregung nicht erwehren, die rasant Besitz von mir ergriff, hervorgebracht von seiner Nähe und den ebenmäßigen, harten Muskeln seines Arms in meinem. Und zu den Dämonen damit, warum sollte ich es auch nicht genießen? Marcello hätte schließlich nichts davon, würde ich mich entschließen, mich während der ganzen Brautwerbung elendig zu fühlen. Für Kathe war das so oder so nur ein Spiel, und Spiele sollten Spaß machen.

Also erwiderte ich sein Lächeln und entspannte meine Schultern, als wir unseren Weg fortsetzten.

Die wenigen Schneeflocken in der Luft verdichteten sich zu einem Gestöber, hüllten den Wald in tiefe Stille und küssten meine Haut mit winzigen Tropfen eiskalten Wassers. Ich war zu müde, das Zittern zu unterdrücken.

Kathe neigte den Kopf und musterte mich aus dem Augenwinkel. »Sollten wir für die Nacht rasten?«

»Das kann ich mir nicht erlauben«, erwiderte ich erbittert.

Ein Heulen hallte durch den Wald, überwand die Entfernungen, bohrend und doch gedämpft durch die Bäume. Ich holte mit zusammengebissenen Zähnen zischend Luft.

»Jetzt geht es los«, murmelte Zaira.

»Nein«, widersprach Kathe. »Wölfe sind nicht so dumm, einen Kampf anzufangen, den sie nicht gewinnen können, und Ruven hat bisher noch keinen ausreichend starken Anspruch, um sie dazu zu zwingen. Bei Chimären verhält es sich allerdings anders.«

Ein weiteres Heulen erhob sich aus einer anderen Richtung und nicht ganz so weit entfernt. Es war ein wilder, klagender Laut aus einer Welt, die älter und wahrhaftiger war als die anfälligen und nutzlosen Prachtbauten der Städte. Die Straße vor uns war nur noch ein etwas hellerer Streifen in den vielen Schichten der Finsternis und einem Schleier aus fallendem Schnee. Es fiel mir schwer, sie überhaupt zu erkennen; da war es leichter, der hellen Kluft des Himmels über uns zu folgen, die sich wie ein bewölkter Fluss durch die Baumwipfel zog.

Grazie der Barmherzigkeit, war das kalt. Mein Zittern breitete sich aus, bis mein ganzer Körper bebte. Kathe blinzelte erschrocken.

»Geht es Euch gut? Ach, wartet, Ihr friert.« Er nickte, als wären menschliche Empfindungen wie Frieren und Müdigkeit etwas, das er einmal gekannt, dann aber bis eben vergessen hatte. »Ich glaube, es ziemt sich für mich, Euch nun meinen Umhang anzubieten.«

»Zaira muss ebenso frieren wie ich.« Sie ging in einer Armeslänge Entfernung neben mir und ließ mir mehr Raum als üblich. Plötzlich ging mir mit einem Gefühl, das irgendwo zwischen Entsetzen und Aufregung rangierte, auf, dass sie womöglich versuchte, mir und Kathe etwas Privatsphäre zu verschaffen. Dann wurde mir klar, dass ich mich instinktiv enger an ihn gedrückt hatte, um in den Genuss der Wärme zu kommen, die er abstrahlte.

»Ach, nimm ruhig den Umhang«, sagte Zaira. »Ich spüre das gar nicht richtig. Ich habe ja mein Feuer, um mich warm zu halten.«

»Also gut, dann, danke.«

Ich drückte den Rücken durch, als Kathe mir den Umhang über die Schultern legte, in dem immer noch die Wärme seines Körpers hing. Die Federn kitzelten meinen Nacken. Ganz gleich, wie es dem Rest von mir auch ergehen mochte, mein Gesicht war nun zweifellos erhitzt.

»Na, also.« Kathe hörte sich zufrieden an. »Ich glaube, ich werde langsam besser in dieser Brautwerbungsgeschichte.«

Das erstickte Geräusch, das Zaira von sich gab, als sie sich bemühte, ihr Gelächter zu unterdrücken, war nicht hilfreich bei meiner mühseligen Suche nach einer passenden Entgegnung.

»Ihr sagtet, wir können unterwegs verhandeln«, brachte ich endlich hervor. »Ich weiß es wirklich zu schätzen, dass Ihr uns sicher nach Hochpass bringen wollt. Ich glaube, wir haben für eine Woche genug von Vaskandar niedergebrannt, bedenkt man, dass der Krieg noch gar nicht ausgebrochen ist.«

»Ach ja. Ich erweise Euch eine Gefälligkeit.« Eine leichte Schärfe schlug sich in seiner Stimme nieder. »Also muss ich natürlich auch etwas wollen.«

»Wenn nicht, ist das auch in Ordnung«, versicherte ich ihm.

»Oh, aber das tue ich, Dama Amalia. Wir alle wollen etwas voneinander.« Er blickte zu der Lücke zwischen den Baumkronen hinauf, und das Mondlicht tauchte seine Züge in einen silbrigen Schimmer. »Kinder von Eltern, Liebhaber von Geliebten, Regenten von Regenten … das ist unerheblich. Die Leute um uns herum wollen immer etwas von uns.«

»Was wollt *Ihr?*«

Eine Weile schwieg er. Wieder erhob sich ein Heulen im Gehölz wie die Stimme der Nacht selbst, aber er schien es gar nicht wahrzunehmen. Endlich sagte er milde: »Da gab es einmal einen Mann, der nichts von mir zu wollen schien.«

Seine Stimme klang verändert. Zurückhaltend, weit entfernt wie das zarte Gefühl alter Papiere, die unter den Fingern knistern, wenn man sie aus einer lange verborgenen Kiste auf dem Dachboden holt. Ich wagte nicht, etwas zu sagen.

»Er gehörte zu meiner Herzgarde. Sie alle sind mir eng verbunden, und ich suche immer nach Möglichkeiten, sie zu belohnen. Geschenke, Freundlichkeit, Ruhm – was immer ein jeder von ihnen am meisten zu begehren scheint.« Kathe schüttelte den Kopf. »Aber Jathan verschrieb sich voll und ganz dem Dienst. Alles, was er zu wollen schien, war, die nächste Aufgabe zu erfüllen. Er war jung und eifrig, ein Pfeil auf der gespannten Sehne, der zitternd dem Flug entgegensieht.« Wieder verstummte er.

»Habt Ihr je eine Möglichkeit gefunden, ihn zu belohnen?«, fragte ich.

Kathe schüttelte den Kopf. »Ich habe ihn mit allen denkbaren Gaben und Belobigungen überhäuft, bis ich in Gefahr geriet, den Neid der übrigen Angehörigen der Herzgarde zu wecken. Er nahm alles dankbar an, aber nichts davon war das, was er am meisten ersehnte, das konnte ich erkennen.« Er seufzte. »Irgendwann kam ich zu dem Schluss, dass er vielleicht mehr Verantwortung und Vertrauen wünschte, da er sich so in die Arbeit stürzte. Also schickte ich ihn in einer heiklen diplomatischen Angelegenheit nach Sevaeth, um eine unbedeutende Unstimmigkeit zwischen mir und der Herrin der Dornen beizulegen.«

»Was ist passiert?«, hakte ich nach, weil er eine Pause einlegte, die danach zu verlangen schien. Aber mir war vollkommen klar, dass die Antwort nichts Gutes beinhalten würde.

»Sie hat es als Kränkung betrachtet, dass ich ihr einen Emissär geschickt habe, der kein Magier war. In ihren Augen stand ein Angehöriger meiner Herzgarde zu weit unter ihr.« Kathes Stimme klang nun so hart wie eine Schwertklinge. »Sie hat ihn getötet. Sie hat meinen Freund einfach ermordet, als ob sie bloß einen Brief zerrisse.«

»Das tut mir leid«, sagte ich betroffen.

»Die Herrin der Dornen ist zu mächtig, als dass ich sie direkt angreifen könnte, aber ich vergesse nicht.« Sein Magiermal leuchtete für einen kurzen Moment in der Dunkelheit auf wie die Augen eines Nachtjägers. »Seit zwei Jahren suche ich nach einer Möglichkeit, sie zu vernichten. Und irgendwann in dieser Zeit ist mir, denke ich, klargeworden, was Jathan die ganze Zeit gewollt hat.« Er atmete einmal tief durch. »Er wollte mich glücklich machen. Das war alles.«

Zu meiner eigenen Verwunderung brannten meine Augen. Ich zog Kathes Umhang fester um den Leib. Einen Moment später schluckte ich und würgte hervor: »Hat er?«

»Hat er was?«

»Hat er Euch glücklich gemacht?«

Kathe neigte nachdenklich den Kopf zur Seite. Gleich darauf lachte er. Es klang angestrengt, aber auch aufrichtig. »Ja. Ja, das hat er.«

Eine Weile gingen wir schweigend weiter, während die Schatten des nächtlichen Waldes um uns herumhuschten. Das Schneegestöber legte sich wieder, und die Sterne lugten wie winzige Eissplitter durch die auffasernden Wolken. Dort, wo die Flocken einen Weg an den schweren Kiefernästen vorbei gefunden hatten, schimmerten zwischen den Stämmen verschneite Flecken, als wären Stückchen des Himmels auf die Erde gefallen.

»Also«, sagte Kathe endlich, als hätten wir unser Gespräch nie unterbrochen, »ist es vielleicht gut, wenn wir uns Zeit nehmen, um herauszufinden, was wir voneinander wollen. Unter Umständen ist das ja der eigentliche Spaß bei diesem Spiel.« Seine Stimme klang nun wieder unbeschwert und verschmitzt. Von dem Schmerz, der sich zuvor dort niedergeschlagen hatte, war keine Spur mehr zu hören.

»Ihr habt recht«, antwortete ich. »Es gibt keinen Grund zur Eile.«

Den Grazien sei Dank hatte er um nichts gebeten. In diesem Moment wäre ich bereit gewesen, ihm viel zu viel zu geben.

*

Ich war schon früher die ganze Nacht aufgeblieben – bei Festen, während ich an der Universität an Projekten gearbeitet hatte oder wenn ich ein besonders gutes Buch gelesen hatte. Aber dieser Marsch fühlte sich tausendmal länger an als selbst jene endlos langen Abende.

Nach den grauenvollen letzten beiden Tagen war ich jenseits der Erschöpfung an einen Ort gelangt, an dem ich ewig weitermachen könnte, so substanzlos wie ein ausgelaugtes Gespenst meiner selbst. Aber ich litt unter Schmerzen an einem Dutzend verschiedener Stellen, und ich hatte mich nie so überbeansprucht und überstrapaziert gefühlt. Mir war, als wäre, was auch immer mich zusammenhielt, zu einem hauchzarten Gespinst ausgedünnt.

Knurren und schauderhafte Schreie hallten durch den Wald, und in jedem Dorf, durch das wir kamen, waren sämtliche Türen und Fensterläden verrammelt.

»Sie haben Angst«, murmelte Kathe und musterte stirnrunzelnd ein Gasthaus, dessen Schild abgenommen und dessen Fensterläden geschlossen worden waren. Ein wenig Licht sickerte an den Rändern der Läden nach draußen. »Sie spüren die Veränderung, die im Gang ist. Ruvens Magie kriecht durch die Erde und sucht sich einen Weg in ihre Körper und Geister über die Brücke, die das Blut seines Vaters geschaffen hat.«

Bei dem Gedanken wurde mir innerlich eiskalt. Zaira gab einen empörten Laut von sich.

»Ich würde zur Grenze laufen, wüsste ich, dass diese Schlange ihre Fänge in mich schlagen wird«, sagte sie.

»Das können sie nicht«, erwiderte Kathe kopfschüttelnd. »Sie sind sein. Selbst wenn sie gingen, wären sie noch sein. Das ist nichts, wovor sie fliehen könnten.«

»So, wie Eure Leute Euer sind?«, hakte ich nach und zog eine Braue hoch.

»Ja.« Er seufzte. »Manche von uns sehen darin eine Verantwortung, die wir zu tragen haben, und tun das Beste für ihr Volk. Denkt an die Herrin der Adler – Ihr habt ihre Domäne gesehen. Ich habe meinen Leuten gesagt, sie könnten gehen, wenn sie es wünschen, und ich bilde mir gern ein, dass sie bleiben, weil ich meine Domäne zu einem guten Ort zum Leben gemacht habe. Aber sie sind auf magische Weise an das Land gebunden. Und an mich. Ich weiß ehrlich nicht, ob sie überhaupt imstande wären, sich zum Gehen zu entscheiden.«

»Wie die Gören, die in den Stallungen aufgewachsen sind«, bemerkte Zaira und betrachtete mit finsterer Miene einige der dunklen Gebäude, die sich neben die Straße kauerten. Der Wald bildete einen engen Kreis um die Siedlung und ließ kaum genug Platz für ein paar armselige Felder, die unter einer im Mondschein leuchtenden Schneedecke lagen, bis sie wieder von den hohen Kiefern abgelöst wurden. »Die kapieren nicht mal, dass sie Gefangene sind.«

Kathe zuckte mit den Schultern. »Alle sind Gefangene, Dama Zaira. Aber ich versuche, die Zellentür offen zu lassen.«

Für eine Weile marschierten wir müde und schweigend durch den nachtschwarzen Wald. Als dann endlich erste Spuren von Sonnenlicht aus einem bis dahin kaum wahrnehmbaren Hauch von Grau heraufschimmerten, konnte ich der Finsternis mehr und mehr Einzelheiten abringen. Aus dem Augenwinkel betrachtete ich Zaira und dachte darüber nach, was sie und Kathe gesagt hatten.

Nach einer Weile ließ ich mich zu ihr zurückfallen. »Du musst nicht ins Imperium zurückkehren, weißt du«, sagte ich leise zu ihr.

»Ich brauche Verstärkung, um Terika aus diesem verdammten Schloss zu holen«, grunzte sie.

»Ich meine, danach.« Unbehaglich zuckte ich mit den Schultern. »Ich bin sicher, die Herrin der Adler ist nicht die Einzige, die dich mit Freuden willkommen heißen würde. Hier gehörst du dem Adelsstand an.«

»Ich werde dich nicht belügen. Ich denke darüber nach.« Zaira maß die raue Rinde der Kiefern mit einem bösen Blick. »Gibt es in diesem Hinterwäldlerland überhaupt irgendwelche Städte?«

Ich gab mir Mühe, ihr nicht zu zeigen, wie mutlos ich mich fühlte. »Äh … nicht solche wie im Imperium, nein. Die Macht der Hexenlords entstammt der Wildnis, darum verspüren sie wenig Neigung, Städte zu gründen. Vielleicht gibt es ein paar etwas größere Orte.«

»Puh. Da liegt also der Hund begraben.« Sie schüttelte den Kopf. »Kannst du dir vorstellen, dass ich in so einem verwünschten Wald lebe? Oder auf irgendeinem Bauernhof, wohl behütet wie ein Schaf?«

»Ich gebe zu, das scheint mir nicht dein natürlicher Lebensraum zu sein.«

»Da würde ich reinpassen wie ein Dämon in die Gärten der Grazien. Ich bin ein Stadtmädchen. Was ich *will*, ist, in Raverra zu leben, wie es mir gefällt, ohne in die Stallungen gesperrt oder an irgendein spießiges reiches Gör gekettet zu werden.« Sie unterbrach sich. »Nicht böse gemeint.«

»Schon gut.«

»Oder vielleicht in Ardence. Ardence war nett.« Sie seufzte. »Aber mein eigenes Schloss, in dem ich die Regeln mache … Nun ja, das ist schon verlockend.«

»Die Leute hier werden dir gewiss mit Ehrfurcht begegnen«, zwang ich mich, einzugestehen. Der Gedanke, ich könnte Zaira an Vaskandar verlieren, erzeugte einen harten Schmerz unter meinem Brustbein, aber ich hatte mich inzwischen schon mehr als genug in ihr Leben eingemischt.

Aber Zaira schüttelte den Kopf. »Nein«, sagte sie halblaut. »Die hätten nur Angst vor mir, so wie alle anderen auch.«

Ich wusste nicht, was ich dazu sagen sollte, also klopfte ich ihr unbeholfen auf die Schulter und bemühte mich, mein Mitgefühl durch diese kurze Berührung zu übermitteln. »Na ja, auch wenn du beängstigend bist, bist du trotzdem auch eine gute Freundin.«

Zaira lachte. »Danke. Und du bist in Ordnung, auch wenn du nervst.«

Kurz packte sie meine Hand und drückte sie auf eine Weise, die meine gefrorenen Finger im Nu erwärmte.

»Wie auch immer, wir müssen hier raus, ehe ich irgendwelche Umzugspläne schmieden kann.« Zairas Atem stieg als voluminöse Wolke in die Luft empor. »Das ist Schritt eins. Schritt zwei ist, Terika zu retten. Schritt drei ist mein Favorit: Ruven so kräftig ins Gesicht schlagen, dass er seinen Schädel in Bruchstücken von den Schlossmauern kratzen kann.«

»Das sind gute Vorsätze«, konstatierte ich.

KAPITEL SECHSUNDZWANZIG

DIE FESTUNG HOCHPASS wachte über eine unbefestigte Straße, die sich durch Bergweiden und einen dichten Wald aus kleinwüchsigen Kiefern auf der breiten Bergschulter zog. Der Weg über den unbedeutenden Pass war beschwerlich, viel zu unwegsam für Pferde, aber immer noch gut genug, dass Soldaten ihn zu Fuß bewältigen konnten; und so brütete die steinerne Festung – voll gerüstet mit Kanonen, die Wände mit artefaktischen Bannen übersät – über der Straße, und von ihren Zinnen bot sich ein klarer Ausblick auf den langen Gebirgspfad, der aus Vaskandar heraufführte.

Als die Anlage endlich in Sicht kam und hoch, kantig und grau über einer ausgedehnten Landschaft aus schneebedeckten Weiden im Licht der Sonne aufragte, die über die Bergschulter hinter ihr lugte, brannte nicht nur der Gebirgswind in meinen Augen. Endlich waren wir sicher zurück im Imperium. Niemand versuchte, uns zu töten; warme Betten und warmes Essen warteten in der Festung auf uns. Es kam mir vor, als könnte das gar nicht wahr sein, als würde ich in die Erinnerung an einen Ort eindringen, der nicht länger existierte.

Aber wir kamen ohne Lienne und Braegan und die anderen Soldaten, deren Namen ich nie erfahren hatte, zurück. Sie hätten an unserer Seite nach Hause marschieren sollen, triumphal und ermattet, statt in Vaskandar den Zähnen von Chimären zum Opfer zu fallen. Mir war, als würden sich ihre Geister in der Leere um uns herum drängeln.

Zaira seufzte erleichtert. »Das Imperium und ich haben unsere Unstimmigkeiten, aber ich will in die Neun Höllen verdammt sein, wenn ich nicht froh bin, wieder hier zu sein.«

Impulsiv drückte ich Kathes Hand. »Danke, dass Ihr uns hergeleitet habt. Ich bin nicht überzeugt, dass wir es ohne Euch geschafft hätten.« Zweimal hatte er auf unserem Weg durch Sevaeth Geißelhunde mit seinen Blicken bezwungen und einmal einen Berglöwen. Ich zweifelte nicht daran, dass er seine Vivomantik benutzt hatte, um sie daran zu hindern, uns anzugreifen. Zaira wäre auch mit ihnen fertig geworden, aber danach wäre sie vermutlich bewusstlos gewesen, und ich hätte sie nie den Berg hinauf zum Pass tragen können.

»Wenn Eure Dankbarkeit ausreicht, um mir Eure Gastfreundschaft anzubieten, würde ich eine gewisse Erschöpfung einräumen.« Seine Schultern wirkten angespannt unter dem weichen Stoff seiner Tunika, als würde er sich danach sehnen, Schwingen auszubreiten, und das goldene Licht der Morgendämmerung fing sich in seinen kantigen Zügen. Ich konnte ihm die Müdigkeit am Gesicht ablesen, als er zu dem Kastell hinaufblickte, und er wirkte irgendwie dünner. Unvermittelt verspürte ich eine unerwartete und beinahe zärtliche Besorgnis.

Mir kam in den Sinn, dass ich gar nicht darüber nachgedacht hatte, warum er im südlichen Atruin gewesen war und wie schnell er hatte reisen müssen, um dorthin zu gelangen. Dies mochte nicht seine erste schlaflose Nacht gewesen sein. Ich nahm den Umhang von meinen Schultern und gab ihn zurück. Seine Vivomantik mochte ihn vor der Kälte schützen, aber ich nahm an, dass er nicht gänzlich immun dagegen war. Als ich ihm den Umhang reichte, berührten meine Fingerspitzen seine Hände, und ein Kribbeln raste wie windgepeitschte Gischt meinen Arm hinauf.

»Gewiss«, sagte ich. »Hochpass ist eine Festung, kein Palast, aber was sie an Behaglichkeit zu bieten hat, ist Euer.«

Wir waren immer noch ein gutes Stück entfernt von dem mit Runen beschrifteten Torbogen, als eine scharlachrot uniformierte Gestalt an den erschrockenen Wachen vorbeirannte, deren Bajonette herumschwangen wie Schilfrohr im Wind. Selbst aus dieser Entfernung erkannte ich ihn auf Anhieb: Marcello. Die warme Glut, die mich erfüllte, war irrsinnig; die vertrauten Umrisse seiner Schultern, die vom Wind zerzausten Wogen dunklen Haars, sie wirkten auf mich so belebend wie ein Glas frischen Wassers.

In dem von der Dämmerung besudelten Schnee eilte er uns entgegen und nahm mich kurz und fest in die Arme, ohne die anderen auch nur eines Blickes zu würdigen. Dann ließ er los und starrte mir ins Gesicht, als wollte er sich jede Einzelheit einprägen.

»Es geht dir gut. Den Grazien sei Dank, es geht dir gut.«

Jede erschöpfte Faser meines Körpers wollte in seinen Armen dahinschmelzen, wollte die letzten paar Tage ablegen wie eine Last und sich von ihm festhalten lassen. Dieser kurze Moment der Wärme hatte sich so gut angefühlt, so sicher, so *richtig*. Aber Kathe beäugte mich über Marcellos Schulter hinweg. Die Augen mit den gelben Malen waren unergründlich, doch in seinem Gesicht spiegelten sich Sorgen und Erschöpfung.

»Ja«, sagte ich und bemühte mich um einen gelöst höflichen Tonfall, »es geht uns gut. Wir sind wieder daheim.«

»Istrella und ich sind früh gestern Morgen eingetroffen, als der Kommandant von Hochpass und Prinzessin Brisintain gerade einen Suchtrupp zusammenstellten.« Mit zitternder Hand fuhr sich Marcello durchs Haar. »Ich hatte nicht einmal gewusst, dass Sie fort waren, Lady Amalia. Dann, als wir gerade die Grenze überqueren wollten, erhielten wir Ihre zweite Botschaft, die besagte, dass Sie in Sicherheit und auf dem Heimweg seien. Aber ich konnte nicht …« Kopfschüttelnd brach er ab. »Niemand sonst ist lebendig zurückgekehrt.«

Kummer zerrte wie einsetzende Ebbe an mir und raubte mir die Kraft, mich auf den Beinen zu halten. »Sie gaben ihr Leben für uns, Marcello. Ohne sie wäre ich nicht hier.«

Marcello nickte ernst. »Wir werden dafür sorgen, dass man sie als Helden in Erinnerung behält.«

Kathe stand immer noch schweigend da und betrachtete uns aus gelb beringten Augen. Ich deutete auf ihn, räusperte mich. »Lord Kathe ist es zu verdanken, dass wir sicher nach Hause gelangt sind.«

Marcello musterte Kathe argwöhnisch. »Dann stehe ich in Eurer Schuld, Lord Kathe.« Er verbeugte sich mit steifem Rücken.

Kathe lächelte, doch in seinem Lächeln lag eine gewisse Härte. »Ganz und gar nicht, Hauptmann. Würde ich Dama Amalias Gesellschaft nicht genießen, so würde ich sie nicht umwerben.«

»Ja, ja. Könnt ihr euch vielleicht später angiften?« Zaira drängte sich zwischen ihnen hindurch und marschierte zur Festung. »Ich bin so ausgehungert, ich kann mich kaum auf den Beinen halten.«

Der Kommandant von Hochpass empfing uns erleichtert, wenn auch nicht sehr freundlich, in einer Festung, die für unsere Rettung mobil gemacht hatte, jetzt aber einer erschreckend hohen Anzahl Soldaten den Befehl zum Wegtreten erteilen konnte. Ich ging geradewegs zu den Kurierlampen, um Mutter zu sagen, dass ich in Sicherheit war, und ihr all die verstörenden Neuigkeiten zu übermitteln: Ruvens Aufstieg zum Hexenlord, die gefangenen Falken, die unter seiner Kontrolle standen, die Aktivierung der Vulkanbeschwörung und meine Einladung zum Konklave als der kleine Happen Hoffnung in diesem Buffet der Verzweiflung. Sie nahm die Informationen mit angespannter Huld entgegen; bei jeder kurzen Unterbrechung in dem rapiden Aufblitzen der Kurierlampe konnte ich mir nur zu gut vorstellen, wie sie sich an Ciardha oder den Lampenbediener wandte, um Befehle zu erteilen und Nachrichten an den Dogen weiterzuleiten. Ich war überzeugt, sie würde den Lampenraum mit all der Gewalt eines sich zusammenbrauenden Unwetters verlassen und um sich herum allerlei Dinge in Bewegung setzen.

Die einzig persönliche Nachricht, die La Contessa mir zukommen ließ, fiel kurz aus: *Ich bin froh, dass du in Sicherheit bist. Wir reden später.* Eine ungute Vorahnung ergriff bei diesen abschließenden Worten Besitz von mir; man brauchte kein allzu großes Vorstellungsvermögen, um auf den Gedanken zu kommen, dass ich die Dinge in den letzten beiden Tagen nicht so gehandhabt hatte, wie sie es getan hätte.

Ich versuchte, das Gefühl abzuschütteln, dass mir eine Katastrophe bevorstand, sei sie nun vulkanischer oder mütterlicher Natur, während ich warmes Essen herunterschlang, mir anschließend die verbliebenen Reste Vaskandars vom Körper wusch und die Kälte dieses Landes mit einem heißen Bad vertrieb. Schließlich humpelte ich mit vor Erschöpfung schmerzenden Knochen zu dem Gästequartier, das mir der Kommandant zugewiesen hatte, einzig bestrebt, umgehend auf dem Bett zusammenzubrechen. Kriegs- und Reichsangelegenheiten, Vulkane und Hexenlords, das alles konnte warten, bis ich endlich ein bisschen Schlaf bekommen hatte.

Doch an der Tür zu meinem Gemach wartete Bree mit gebrochenem Fußgelenk auf eine Krücke gestützt auf mich. Sie schlang den freien Arm um mich und drückte mich so fest, dass ich fürchtete, sie würde mir die Rippen brechen.

»Grazie der Barmherzigkeit, ich hatte schon gedacht, du wärst auch tot.« Ihre Stimme versagte, und sie hielt mich auf Armeslänge von sich. Sorgenfalten, die ich zuvor nie gesehen hatte, zeichneten ihre Stirn; ihr Haar sah aus, als hätte sie es nicht mehr gebürstet, seit wir sie im Wald gefunden hatten. Noch immer hingen Laubreste darin fest. »Ich bin Terika gefolgt, weil ich es nicht ertragen konnte, sie zu verlieren, obwohl es meine Aufgabe war, sie zu beschützen. Aber sieh dir nur an, was passiert ist.«

»Terika lebt«, klärte ich sie auf. »Wir kennen ihren Aufenthaltsort nur, weil wir nach Vaskandar gegangen sind. Und ich habe wichtige Informationen gesammelt. Es war nicht umsonst.«

Bree atmete einmal tief durch. »Das ist gut zu hören. Aber ich fühle mich immer noch furchtbar. Zum ersten Mal habe ich eine Entscheidung getroffen, die Menschenleben gekostet hat.« Sie schüttelte den Kopf; tiefe Schatten der Erschöpfung lagen auf ihrem Gesicht. »Nun klebt ihr Blut an meinen Händen, und dabei haben wir Terika nicht einmal retten können. Aber ich würde mich noch schlimmer fühlen, hätten wir sie zum Sterben zurückgelassen.«

»Ich glaube nicht, dass es die eine richtige Entscheidung hat geben können«, sagte ich, und der Kummer schlug sich schwer auf meine Stimme nieder.

»Es ist einfach schrecklich, Amalia.« Bree rieb sich das Gesicht. »Ich bin froh, dass ich nie Königin sein werde.«

Ich nickte mit einem dicken Kloß in der Kehle. Mutter musste als Angehörige des Rats der Neun ständig Entscheidungen auf Leben und Tod treffen. Ich wusste, ich würde mich davor auch nicht ewig drücken können. »Wie geht es den Dorfbewohnern und Terikas Großmutter?«

Brees Miene hellte sich prompt auf. »Der Alchemist konnte ein Antidot anmischen. Sie sind auf dem Weg der Besserung.«

»Gut.« Erleichterung flutete mich. Wenigstens etwas war gut ausgegangen. »Wir haben viel zu bereden, Bree. Aber jetzt muss ich ins Bett.«

Das beste Bett der Festung war knotig und hart, verglichen mit dem Federbett und den seidenen Laken zu Hause. Aber nach Nächten mit wenig oder gar keinem Schlaf fühlte es sich an, als würde ich in Wolken sinken.

*

Am nächsten Morgen wurde ich von einem forschen Klopfen an der Tür beim Frühstück gestört. Gleich darauf sah ich mich dem Kommandanten von Hochpass gegenüber, dessen buschige Brauen unter dem lichten Haar zu einem Stirnrunzeln zusammengerückt waren.

»Dama Amalia«, begrüßte er mich, »bitte vergebt mir die Störung, aber vielleicht könnt Ihr mir behilflich sein. Es geht um Euren, äh, Gast.«

Es dauerte einen Moment, bis ich begriff, dass er von Kathe sprechen musste. Ich erhob mich. »Ist alles in Ordnung?«

»So weit schon, aber ich fürchte, er hat die Wachen auf dem Nordturm erschreckt. Niemand will in seine Nähe kommen.« Er schüttelte den Kopf. »Die meisten sind Callamorner und schrecklich abergläubisch, wenn es um die Hexenlords geht. Wenn Ihr mit ihm reden könntet – nur, um den Leuten zu zeigen, dass er nicht vorhat, uns alle umzubringen …« Hauptmann Edhras verstummte und sah mich erwartungsvoll an, als hoffe er auf eine Bestätigung, dass Kathe in der Tat nicht vorhatte, uns alle zu ermorden.

Ich seufzte. »Ich bin gleich dort.«

*

Kathe thronte auf der Brüstung. Der Abgrund zu seinen Füßen schien ihm gar nicht bewusst zu sein. Der Wind fing sich in seinem gefiederten Umhang und zerzauste ihm das Haar. Er gab eine sonderbare, markante Figur ab, was durchaus gereicht haben mochte, um Callamorner, die damit aufgewachsen waren, dass Hexenlords die Schurken in jeder Erzählung darstellten, in Angst und Schrecken zu versetzen. Aber ich glaube, was am Ende wirklich den Ausschlag gegeben hatte, das waren die Krähen.

Er hatte die Hände ausgebreitet, als wollte er die Berge begrüßen.

Krähen hockten auf seinen Handflächen, auf den Schultern und auf der Brüstung um ihn herum. Sie flatterten in der Luft, suchten nach einem geeigneten Platz zum Landen oder hoben wieder ab und flogen in Richtung Vaskandar. Leise murmelte er ihnen etwas in einer seltsamen, derben Sprache zu, ein geistesabwesendes Lächeln auf den Lippen, und fütterte sie mit Leckerbissen aus einer Tasche an seinem Bund. Es mussten Dutzende sein, die um ihn herumstolzierten, mit dunklen Flügeln flatterten und alles aus leuchtenden runden Augen beobachteten.

Ich wusste selbst nicht recht, wie ich mich ihm nähern sollte, also wartete ich mehrere Schritte entfernt und kam mir vor, als würde ich ein Gespräch unterbrechen. Eine Krähe auf seiner Schulter schrie mich an und pickte dann an seinem Ohr.

Kathe drehte sich um, und alle Krähen, die auf ihm gehockt hatten, erhoben sich mit donnerndem Flügelschlag. Grinsend sprang er von der Brüstung.

»Dama Amalia, ich freue mich, dass Ihr wach seid. Dieser Ort ist todlangweilig.«

»Nun, dies *ist* eine militärische Festung, die sich auf einen Krieg vorbereitet«, gab ich zu bedenken. »Derzeit sind vermutlich alle zu beschäftigt, um Gästen die Zeit zu vertreiben.«

»Glücklicherweise bin ich Experte darin, mir selbst die Zeit zu vertreiben.« Er bot mir seinen Arm an. »Wollt Ihr mich zu einem Spaziergang begleiten?«

An das sonderbare, elektrisierende Kribbeln, das ich immer verspürte, wenn ich ihn berührte, gewöhnte ich mich allmählich, aber der bloße Aberwitz, Arm in Arm mit einem Hexenlord herumzuschlendern, hatte sich noch keineswegs abgenutzt. Der Wind fegte durch mein Haar, als wir Seite an Seite an der Brüstung entlanggingen. Um uns herum erhoben sich die Berge in ihrer schneebedeckten Pracht.

»Wenn ich nicht irre, gibt es eine gewisse Verbundenheit zwischen Euch und diesem Offizier, der Euch gestern in Empfang genommen hat«, sagte Kathe in neutralem Tonfall. »Ich glaube, ihn auch bei dem Fest gesehen zu haben.«

Unwillkürlich zuckte ich zusammen. Ich konnte nicht anders. »Hauptmann Verdi ist ein guter Freund.«

Kathe schnalzte mit der Zunge. »Aber, aber, Dama Amalia, das könnt Ihr doch besser.«

»Es ist die Wahrheit.« Aber nicht die ganze Wahrheit. Warm kroch die Röte meinen Hals empor zu den Ohren. »Wir haben einander nie umworben. Er stammt aus einer Patrizierfamilie, doch sein Rang ist unzureichend.« Es ging Kathe nichts an, dass wir uns geküsst hatten. Oder dass kaum ein Tag verging, an dem ich nicht zumindest ein bisschen Zeit damit zubrachte, mir zu wünschen, ich könnte ihn noch einmal küssen.

»Ah, ich verstehe.« Kathe seufzte. »Ihr könnt Euch kaum vorstellen, wie schwierig sich der Versuch der Brautwerbung für einen Hexenlord gestaltet. Ich darf kein Interesse an irgendjemandem aus meiner eigenen Domäne zeigen; selbst wenn so eine Person interessiert wäre, erschiene es, als würde ich meine Stellung missbrauchen. Jemanden aus einer anderen Domäne zu umwerben erfordert das Einverständnis des dortigen Hexenlords. Und wenn man auf einen Erben hofft, nun, dann muss man auch noch die Abstammungslinien und das magische Potenzial in Erwägung ziehen.«

»Das klingt recht kompliziert«, stimmte ich zu.

»Dieser Junge, den Ihr mögt …« Er bedachte mich mit einem Seitenblick. So, wie seine Augen dabei schimmerten, hegte ich den Verdacht, mein Unbehagen angesichts dieser Wortwahl bereitete ihm Vergnügen. »Begreift er, dass Brautwerbung für jemanden von Eurem Rang keine Herzensangelegenheit ist?«

Ich beschloss, mich von ihm nicht aus dem Konzept bringen zu lassen. »Für Leute unseres Ranges ist das Werben um einen Partner zwar stets ein politisches Spiel, Lord Kathe, aber ich würde dagegenhalten, dass das Herz ebenfalls ins Spiel kommen muss, wenn die Verbindung von Erfolg gekrönt sein soll.«

»So?« Er zog eine Braue hoch. »Das soll aber doch gewiss nicht heißen, dass *alle* Ehen unter Adelsleuten Verbindungen unter Liebenden sind.«

»Nein.« Ich kannte zu viele aristokratische Paare in Raverra, die in arrangierten Ehen mit Gesponsen steckten, die sie lediglich erduldeten. »Aber vielleicht sollten sie das sein.«

Mit Schwung wandte er sich von mir ab und schlug theatralisch eine Hand an die Brust, als hätte ich ihn mit einem Pfeil durchbohrt. »Wollt Ihr mir sagen, dass ich, so ich wünsche, dass unser Werben fruchtet, tatsächlich Eure *Liebe* erringen muss. Ausgerechnet Liebe?«

Ich lachte. »Ist das nicht das eigentliche Ziel der Brautwerbung?«

Berechnend kniff er die Augen zusammen. »Das wird dies nicht leichter machen.«

Ein Schauder befiel mich, halb Aufregung, halb düsteren Vorahnungen geschuldet, getragen von dem Wind aus den Bergen. »Aber Lord Kathe, beinahe glaube ich, Ihr meint es ernst.«

»Ich meine selten etwas ernst, gnädige Frau, aber das bedeutet nicht, dass ich kein ernsthafter Mann bin.«

In seinem Gesicht lag ein Ausdruck der Heiterkeit, doch dahinter lauerte eine Eindringlichkeit, so unerbittlich wie eine Pfeilspitze. Er meinte, was er sagte.

Ich konnte das nicht einfach als Scherz abtun, aber ich konnte ihm auch nichts versprechen. Kathe spielte, um zu gewinnen, und der Einsatz in diesem Spiel war meine Zukunft.

Ich verschränkte die Hände hinter dem Rücken, um mich davon abzuhalten, nervös an meinen Haaren oder Ärmeln herumzuzupfen. »Seid Ihr so erpicht darauf, Zugriff auf die Abstammungslinie der Herrin der Adler zu bekommen?«

»Der Gedanke ist zugegebenermaßen faszinierend. Aber ich achte eher auf das größere Ganze.« Er stieg auf die Brüstung und blickte zu den Krähen hinauf, die nun über uns kreisten. »Das sind schlaue Kreaturen, wisst Ihr? Sie sind neugierig und gut darin, Probleme zu lösen, und sie arbeiten zusammen. Sie sehen Dinge, erinnern sich an Dinge, aber sie selbst sind so gewöhnlich, dass niemand sie sieht. Meine Krähen haben sich bereits in ganz Vaskandar und im halben Imperium ausgebreitet. Wenn Ihr irgendwo in Eruvia eine Krähe seht, besteht zumindest die Chance, dass sie in Let geboren wurde. Ihr seid La Contessas Tochter; Ihr solltet Euch vorstellen können, welchen Vorteil sie mir bieten.«

»Spione«, flüsterte ich. »Sie sind die perfekten Spione.«

Er nickte grinsend. »Die meisten Hexenlords richten den Blick nach innen, auf ihre eigenen Domänen. Ich sehe über die Grenzen hinaus. Ich habe Ambitionen, Dama Amalia. Ich will nicht mehr Land erobern oder Eruvia regieren – ich will Dinge *wissen*. Und fähig sein, Dinge geschehen zu lassen, wenn ich es wünsche.«

Ich lehnte mich an die Brüstung, benommen vom schieren Ausmaß der Möglichkeiten. »Kein Wunder, dass meine Mutter an freundschaftlichen Beziehungen mit Euch interessiert ist.«

»Seht Ihr? Ich habe eine Menge zu bieten. Aber ich habe nicht die Erfahrung, auf die ein Raverraner bei derartigen Spielen zurückgreifen kann.« Er nickte mir achtungsvoll zu. »Ich verfüge nicht über solch ein Netz aus Beziehungen und Agenten, wie Ihr es habt. Und ich weiß sehr wenig über das Erlauchte Imperium. Aber gemeinsam … nun, ich sehe in Euren Augen, dass Ihr begriffen habt, was wir gemeinsam erreichen könnten.«

Das hätte für mich nicht verlockend sein dürfen. Ich war Wissenschaftlerin; ich fand meine Erfüllung darin, mich in mein Gemach zu verkriechen und ein gutes Buch zu lesen oder an artefaktischen Mustern zu arbeiten. Mein Ehrgeiz galt dem Verfassen von Schriften über Magietheorie, die vielleicht eines Tages von großen Gelehrten zitiert werden würden. Aber für einen kurzen Moment sah ich die Welt durch Mutters Augen – den imperialen Geheimdienst, den Reichtum und Einfluss der Cornaros im Verein mit Kathes quasi unsichtbaren Krähen, die ein Netz über die ganze Landkarte im Süden wie im Norden des Hexenmauergebirges zogen. Bedachte man dazu den wie auch immer gearteten magischen Faktor, der uns durch meine Blutsverbindung zu dem Gewässernetz der Herrin der Adler in Vaskandar einen weiteren Hebel zur Verfügung stellen könnte, dann schien es beinahe, als wäre es ganz einfach, zur geheimen Macht hinter jedem Thron in Eruvia zu werden.

Das war nichts, was ich je gewollt hätte. Aber es war eine großartige und zugleich furchtbare Trophäe, eine, die es wert war, gewonnen zu werden; eine, die zu wertvoll war, sie zu ignorieren.

»Allerdings begreife ich das«, sagte ich langsam. »Und möglicherweise verstehe ich es besser als Ihr.«

»Exakt.« Anerkennung spiegelte sich in seinen Augen. »Also, ja, Dama Amalia, betrachtet Euch als vorgewarnt. Diese Brautwerbung ist nicht vorgetäuscht. Ich werbe ehrlich – oder zumindest ernstlich – um Euch.«

Grazien, helft mir, und doch, ich konnte mich in Anbetracht seines spitzbübischen Grinsens, seiner zwanglosen Anmut und der Energie, die sich in jeder noch so kleinen Bewegung Ausdruck schuf, einer inneren Regung nicht erwehren. Und sollte es irgendeine Frau geben, die gar nicht neugierig war, wie es wohl sein mochte, einen Hexenlord zu küssen, so war ich nicht diese Frau. Jedenfalls nicht, wenn es sich bei dem Hexenlord um Kathe handelte.

Mutter hatte Vater zu Beginn auch nicht geliebt, das wusste ich. Sie hatten einander gemocht und als attraktiv empfunden, und sie hatten erkannt, was eine Allianz ihrer beider Länder bewirken konnte. Und im Laufe der Zeit hatte sich zwischen ihnen eine tiefe und wahrhaftige Liebe entwickelt. War solch eine Liebe weniger erstrebenswert als die an Sommerstürme gemahnende Leidenschaft, aus der die Hälfte aller sogenannten Liebesbeziehungen hervorgegangen war, die ich binnen eines Jahres hatte entstehen und vergehen sehen?

Der Funke in Kathes Augen verriet, dass er eine Antwort erwartete. Ich verspürte einen Durst in meinem Inneren, ein Verlangen, seine Herausforderung anzunehmen, und ich sah keinen Grund, es nicht zu tun.

»Nun gut.« Ich legte meine Hand in seine und bedachte ihn mit einem ironischen Lächeln. »Dann werde ich darauf achten, Euer Werben mit all der Ernsthaftigkeit in Erwägung zu ziehen, die ihm gebührt.«

Er hob meine Hand an seine Lippen, und die lebhaften gelben Ringe seines Magiermals leuchteten auf, als er mir das Flüstern eines Kusses auf den Handrücken hauchte. »Mehr kann ich nicht verlangen, gnädige Frau.«

*

Von der Brüstung aus sah ich zu, wie Kathe über den Pass in Richtung Let schritt. Er hatte gesagt, er müsse zurückkehren und sich um die Angelegenheiten seiner Domäne kümmern, ehe das Konklave begänne, würde aber Vorkehrungen treffen, damit ich dort sicher einträfe. Er bewegte sich mit einem Tempo, das ein normaler Mensch auf keinen Fall lange beibehalten könnte, aber mit federnd leichten

Schritten, die den Verdacht nahelegten, dass ein Hexenlord in diesem Punkt kein normaler Mensch war. Ein merkwürdiger, besitzergreifender Stolz entfaltete sich in meiner Brust, während ich ihm nachblickte: Dieses von Eleganz und Macht, von Flügeln und Blitzen erfüllte Wesen bot sich mir aufgrund einer sonderbaren und trickreichen Laune des Schicksals an. Wenn ich es wollte, wäre er mein.

Und ich sein. Das war das Problem.

Eine Weile später entdeckte Marcello mich, wie ich immer noch allein dort stand und die Krähen betrachtete, die krächzend am Himmel kreisten.

Den Geruch von Leder und Schießpulver im Gebirgswind nahm ich zuerst wahr. Ich drehte mich um und sah Marcello an, und die Wärme in dem Blick seiner grünen Augen bahnte sich mit der ganzen Kraft einer Strömung in der Tiefe der raverranischen Lagune einen Weg in mein Herz.

Grazie der Liebe. Ich brauchte ihn wie Wasser, wie Sonnenschein, wie ein Zuhause. Ich konnte mir eine Zukunft mit Kathe vorstellen, glanzvoll, bedeutend und aufregend – aber ich konnte mir keine Zukunft ohne Marcello vorstellen.

Wollte ich die wahre Erbin meiner Mutter sein und dem Erlauchten Imperium dienen, so würde ich an meiner Vorstellungskraft arbeiten müssen. Und dieses Wissen zerriss mir das Herz.

»Wie geht es dir?«, fragte er, und in seiner Stimme taten sich Tage der Sorge kund, die meinen albtraumhaften Nächten in Vaskandar ebenbürtig waren.

»Ich bin froh, wieder im Imperium zu sein, aber nervös wegen des Vulkans und des Konklaves.« Ich schlang die Arme um den Leib, um mich vor dem kalten Wind zu schützen.

»Möchtest du meinen Mantel?«, fragte er und griff schon nach den Knöpfen.

»Danke, aber ich glaube, das wäre unklug.« Von seiner Wärme und seinem Duft umfangen zu werden, wäre in diesem Moment einfach zu schmerzhaft für mich.

Marcello nickte und lehnte sich neben mir an die Brüstung, hielt genau den Abstand ein, den man auch zwischen engen Freunden noch erwarten sollte.

Er war zu gut. Verdammt sollte er sein, er würde einen wunderbaren Vater abgeben. Ich sah es vor mir, und es raubte mir den Atem: Marcello mit silbernen Strähnen im Haar, der unsere Kinder die Treppe hinaufbugsierte, um ein Spiel mit ihnen zu spielen, während ich den Dogen und den Rat im Salon empfing. Marcello, wie er unsere kleine Tochter, deren Haar so rabenschwarz war wie das ihres Vaters, beaufsichtigte, als sie das erste Mal ganz allein in ein Boot steigen wollte. Ich, wie ich mich in Marcellos Arme schmiegte, mich mit ihm und einem guten Buch vor ein Feuer kuschelte, eine Tasse Glühwein in der Hand. Wie ich nach einem bloßen Blick mit ihm lachte und sich kleine Lach- und Altersfältchen um seine grünen Augen kräuselten, weil wir einander schon so viele Jahre kannten, dass wir einen Scherz gar nicht mehr laut aussprechen mussten.

Das war eine Zukunft, die mir so real erschien, dass ich beinahe glaubte, ich könnte die Hand nach ihr ausstrecken und sie berühren, könnte sie vor mir in Marcellos starken Schultern und seinen ernsthaften grünen Augen atmen und leben sehen. Das war es, was ich womöglich verlieren würde. Das war, was ich opfern würde, sollte ich zu lange an diesen Spielchen festhalten.

Ich schluckte den heißen, schmerzhaften Knoten in meinem Hals herunter. Was war ich nur für ein Dummkopf, auch nur über so etwas nachzudenken? Ebenso gut könnte ich mit einer Gabel auf mein Gesicht einstechen.

»Dein Knopf hat mich in Vaskandar begleitet«, berichtete ich ihm und steckte eine Hand in die Tasche, um die vertrauten Rundungen zu spüren. Nach allem, was wir gemeinsam durchgestanden hatten, fühlte es sich falsch an, ihn einfach in meinem Gemach zurückzulassen. »Ich bin überzeugt, er hat mir alle dummen Ideen ausgeredet, und er hat mir das Gefühl gegeben, dass du bei mir bist.«

»Dann nimm ihn mit zum Konklave«, sagte er. »Der Gedanke, dass du allein dorthin zurückgehst, behagt mir gar nicht.«

»Mit Zaira«, korrigierte ich. »Zaira wiegt auf verschiedenste Weise mindestens zehn Personen auf.«

Er lachte. Danach standen wir schweigend Seite an Seite und sahen zu, wie der Wind welkes Laub über die schmelzenden Reste des Schnees auf der Weide unter uns fegte. In der Ferne ragte der Weiße

Gipfel über den schattigen, niedrigeren Bergen auf, und seine Gletscher hoben sich in leuchtend weißen Streifen von dem klaren, blauen Himmel ab. Nur eine kleine Wolke hing an seiner Südseite nahe der Bergspitze und tanzte im Wind auf und ab.

Aus einer Falte am Berghang stieg eine weitere flaumig-weiße Wolke empor und segelte auf dem Wind davon.

Ich ergriff Marcellos Ellbogen. »Schau«, flüsterte ich heiser.

Das war keine Wolke. Das war Dampf.

Mit all der trägen Erhabenheit eines Drachen, der sich nach jahrhundertelangem Schlaf von seinem Lager erhebt, begann das allmähliche Erwachen des Vulkans.

*

Gespannte Stimmung breitete sich in der Festung aus, während der Weiße Gipfel fortfuhr, kleine, flauschige Dampfwolken auszustoßen. Es mochte gar nichts zu bedeuten haben; schließlich handelte es sich bei diesem Berg um einen aktiven Vulkan, der nicht immer in so unveränderlicher Stille verharrte, wie man es gewöhnlich von einem Berg erwarten sollte. Trotzdem blickte ich wieder und wieder durch die Fenster zu seinem verschneiten Gipfel hinüber, der in der Entfernung beinahe geisterhaft erschien. Ich war mir der magischen Kräfte, die gerade jetzt einen schrecklichen Druck in seinem feurigen Herzen aufbauten, nur allzu bewusst.

An diesem Abend fiel es mir schwer, mich auf meine Bücher zu konzentrieren. Ich hatte Zaira und Bree, die in Brees Unterkunft tranken und Messer auf eine plumpe Zeichnung von Ruvens Gesicht warfen, sich selbst überlassen, um diesen seltenen Moment der Stille und Einsamkeit zu nutzen. Mir blieb nur eine Woche, um mich auf das Konklave vorzubereiten. Über die Kurierlampen führte ich noch ein langes Gespräch mit Mutter, halb, um ihr eine Erklärung für meine kühnen Taten in Vaskandar zu liefern, und halb, um sie zu überzeugen, dass ich wirklich dorthin zurückmusste. Sie schien die Gelegenheit zu erkennen, warnte mich aber, dass ich nur mit der Zustimmung des Dogen und des Rats der Neun befugt wäre, dort irgendwelche Verhandlungen im Namen Raverras zu führen.

Ich starrte Laviers *Chronik vaskandrischer Expansion* an, ohne der Schrift einen Sinn abzuringen, als Istrella an meine Tür klopfte und hereinplatzte, ohne auf eine Antwort zu warten. Sie hatte ein Tablett mit einem großen Durcheinander aus perlenbesetztem Artefaktionsdraht und zwei dampfenden Bechern dabei.

»Hallo«, sagte sie fröhlich und trat die Tür hinter sich zu. »Hast du was dagegen, wenn ich dir zeige, woran ich gerade arbeite?«

»Nein, natürlich nicht.« Nicht ohne ein Gefühl der Erleichterung schob ich das Buch von mir. »Ist das heiße Schokolade?«

»Kaffee!« Istrella setzte das Tablett auf dem Tisch zwischen uns ab. »Mir ist eingefallen, wie sehr du ihn magst.«

Zweifelnd starrte ich die schwappende, bösartig schwarze Flüssigkeit an. »Riecht gut«, sagte ich höflich und stupste die Tasse weg. »Was hast du da?«

Der Wirrwarr aus Draht und Perlen auf ihrem Tablett schien zu zwei verschiedenen Geräten zu gehören: das eine ein Kristall, der vermutlich Energie speichern sollte, wie die eingravierten Runen nahelegten, das andere ein kleiner Korb aus einem komplizierten Drahtgeflecht, in dem ein kupferner Klumpen ruhte.

»Oh, willst du den Kaffee nicht trinken?« Istrella hörte sich erleichtert an. »Umso besser. Ich glaube nicht, dass ich ihn richtig hinbekommen habe.«

»Ich mag Kaffee so oder so nicht besonders«, gestand ich.

»Ich weiß«, sagte sie und fügte dann in einem merkwürdigen Ton hinzu: »Letzte Chance!«

Erschrocken blickte ich von dem Gerät auf und sah ihr ins Gesicht. Sie starrte mich mit großen, ernsten Augen an, als erwarte sie etwas von mir. »Entschuldige«, sagte ich. »Letzte Chance für was?«

Istrella seufzte regelrecht verzweifelt. »Vergiss es. Hier, halt das, dann zeige ich es dir.«

Sie klatschte mir das Ding mit dem Kupferklumpen in die Hand. Lose Drähte hingen heraus, aber ich achtete kaum darauf; ich starrte die dunklen Ringe um ihre Augen an. »Stimmt etwas nicht, Istrella?«

»Ach, eigentlich nicht.« In einem Wimpernschlag hatte sie die herunterbaumelnden Drähte mit einigen anderen verbunden, die an dem Energiekristall hingen, und die beiden Hälften ihres Geräts zusammengefügt. Der Kupferklumpen fing an, vor Energie zu brummen, und die Vibrationen rasten mir durch die Knochen und den ganzen Körper.

Ich konnte mich nicht mehr rühren.

Jeder Nerv sirrte unter einer schweren Taubheit. Alle meine Muskeln waren erstarrt, aber nicht vor bloßer Anspannung, sondern in exakt der Haltung, die er eingenommen hatte, als sie die Drähte verbunden hatte. Mein Körper fühlte sich viel zu normal an, viel zu entspannt, gemessen an der glühenden Panik, die sich in meiner Brust aufbaute.

Istrella starrte mir unruhig ins Gesicht. »Du atmest noch? Dein Herz schlägt noch?«

Ich war unfähig, meine Lippen zu bewegen, um ihr zu antworten. Alles, was ich tun konnte, war, sie entsetzt anzustarren.

»Oh, gut! Ich war nicht sicher, ob es funktionieren würde.« Erkennbar erleichtert lehnte sich Istrella auf ihrem Stuhl zurück. »Nachdem ich den Befehl erhalten habe, musste ich es über Nacht zusammenbasteln. Ich hatte gehofft, du würdest den Hinweis mit dem Kaffee aufgreifen, aber der ist dir entgangen, genauso wie all die anderen. Du und Marcello, ihr zwei könnt wirklich blind sein, wenn ihr abgelenkt seid, weißt du?«

Alle Höllen! Sie stand unter Ruvens Kontrolle. Sie stand schon seit Dama Auricas Fest unter seiner Kontrolle. Diese Assassinin hatte gar nicht versucht, sie zu töten; sie hatte sie bewusstlos geschlagen und ihr den Trank eingeflößt.

Istrella war die Verräterin.

KAPITEL SIEBENUNDZWANZIG

Istrella ergriff meine Kaffeetasse mit beiden Händen. »Das alles tut mir leid«, sagte sie beklommen. »Ich weiß, dass du keinen Kaffee magst. Und ich weiß, dass du Prinz Ruven nicht magst. Ich fühle mich furchtbar wegen dieser ganzen Geschichte.«

Ich versuchte, um Hilfe zu schreien, aber das Einzige, was ich über die Lippen brachte, war ein leises Röcheln. Ich starrte die Tasse mit mehr Widerwillen und Entsetzen an, als ich hätte empfinden können, wäre sie mit Blut und schwarzem Arg gefüllt. Ich musste mir meinen Ring nicht erst ansehen, um zu wissen, dass der Kaffee mit Ruvens Gift versetzt war.

In der Hölle der Albträume konnte es keinen größeren Schrecken geben, als seiner Macht anheimzufallen. Lieber wäre ich in eine Grube voller Giftschlangen gesprungen oder hätte ein Bad in Zairas Schadfeuer genommen. Panik explodierte in meinem Kopf, breitete sich aus wie verschüttetes Lampenöl in einem Raum voller Pulverfässer.

Istrella beugte sich mit der Tasse über den Tisch, Kummerfalten auf der Stirn, die Zunge vor Konzentration zwischen die Zähne geklemmt.

Ich kämpfte darum, mich zu bewegen, aber es war, als gäbe es eine unsichtbare Mauer zwischen meinem Geist und meinem Körper. Das Summen von Istrellas Gerät füllte mich aus, und ich saß einfach nur genauso da wie zuvor und hielt den Kupferklumpen in der offenen Hand. Es gab nichts, was ich tun konnte, um sie abzuwehren; ich würde zu Ruvens Werkzeug werden und meine Freunde und das Imperium hintergehen.

Sengend heißer Kaffee schwappte über meine Lippen und tropfte auf den Tisch. Trotz der Schmerzen im verbrühten Gesicht konnte ich nicht einmal zusammenzucken. Aber nicht ein Tropfen schaffte es auf meine Zunge.

Istrella blinzelte. »Ach ja, richtig. Dein Mund ist geschlossen.«

Macht sie das mit Absicht?

Istrella fummelte an meinen Lippen herum, drückte mir mit ihren schmalen Fingern die Zähne auseinander. »Es tut mir so leid«, sagte sie. »Wirklich. Ich kann dir gar nicht sagen, wie viel lieber ich das nicht täte. Ich meine, ich kann es buchstäblich nicht sagen. Wenn ich es versuche, fange ich vermutlich an, stattdessen etwas über die Forschungen zu brabbeln, die ich über das menschliche Nervensystem angestellt habe, um dieses Gerät zu entwerfen. Was genau genommen aber auch ein recht interessantes Thema ist.«

Wie sehr ich mich auch bemühte, mich zu wehren und um mich zu schlagen oder wenigstens eine kleine Bewegung zu machen, so war doch alles, was ich noch unter Kontrolle hatte, meine Atmung. Und nun näherte sich Istrella mit der Tasse erneut meinen Lippen. Ihre Hände zitterten, während sie gegen den Zwang anzukämpfen versuchte.

Ich atmete all die Luft in meiner Lunge auf einmal aus, so kraftvoll ich nur konnte.

Das heiße Gebräu spritzte über meine Lippen, mein Kinn, Istrellas Hände. Sie schrie auf, zuckte zurück und ließ die Tasse fallen. Die zerbrach, und der Kaffee ergoss sich überallhin; der Tisch wackelte, als Istrella gegen ihn stolperte.

Der Kupferklumpen fiel aus meiner Hand.

Mein Herz donnerte immer noch heftig in der Brust, trotzdem sprang ich sofort auf und versuchte, Istrella zu packen. Die quiekte überrascht auf und stürmte aus dem Zimmer.

Ich rannte hinter ihr her, jagte sie den steinernen Korridor der Festung hinunter. »Istrella! Warte!«

»Du weißt doch, wie das ist!«, rief sie mir über die Schulter zu. »Manchmal muss man einfach rennen!«

Trotz des Kribbelns, das immer noch an meinen Nerven zerrte, holte ich auf. Wenige Schritte vor mir bog sie um eine Ecke …

Und rannte direkt in Lord Caulin, den Stillen Kanzler, hinein.

Was immer er tat, es geschah so schnell, dass ich es nicht verfolgen konnte. Er trat geschmeidig zur Seite, bewegte sich flink und präzise und fing Istrella mit den Armen auf, als die plötzlich zusammenbrach. Dabei blieb seine ruhige Miene völlig unbewegt.

»Istrella?«, rief ich.

»Es geht ihr gut«, versicherte mir Lord Caulin, ließ sie sanft zu Boden gleiten und verbeugte sich tief vor mir. »Das ist ein bemerkenswerter Zufall, Dama Amalia. Ich bin gerade mit neuen Beweisen zu dem Verräter aus Raverra hergekommen, um diesen Falken unter Arrest zu stellen.«

*

»Was hat das zu bedeuten, Lord Caulin?«, verlangte Marcello zu erfahren, kaum dass er meine Wohnstube betreten hatte. Zorn schlug sich in jedem angespannten Zug seines mühsam beherrschten Gesichts nieder.

Ich hatte darauf bestanden, dass Istrella in meine Gemächer gebracht wurde statt in eine Zelle; Lord Caulin wiederum hatte auf Wachen bestanden. Infolgedessen erwachte Istrella benommen in einem Sessel an meinem Esstisch, flankiert von zwei Soldaten, die neben ihr Aufstellung genommen hatten, als ihr Bruder zur Tür hereinplatzte.

Bei seinem Anblick fluteten mich Erleichterung und Beklommenheit, und beide entsprangen derselben Quelle: Marcello würde niemals zulassen, dass seiner Schwester so etwas widerfuhr.

Aber er hatte keine Ahnung, wer Lord Caulin wirklich war oder in welcher Gefahr Istrella schwebte. Und ich konnte es ihm nicht verraten.

Entwaffnend breitete Lord Caulin die Hände aus. »Guten Abend, Hauptmann Verdi. Wie ich der Dama Amalia soeben erklärte, haben meine Ermittlungen endlich Früchte getragen, und ich bedauere, Sie darüber in Kenntnis setzen zu müssen, dass sie diesen Falken belasten.«

Marcello stieß ein raues Gelächter hervor, das keinen Funken Humor enthielt. »Meine Schwester soll die Verräterin sein? Eure Ermittlungen könnten Euch nicht mehr in die Irre geleitet haben, hätten sie Euch auf den Grund des Meeres geführt.«

Istrella verzog das Gesicht und blinzelte, als könnte sie nicht klar sehen. Ihre artefaktische Brille hing schief auf ihrer Stirn.

»Oje.« Lord Caulin seufzte. »Wollt Ihr es ihm erzählen, Dama Amalia, oder soll ich das übernehmen.«

Marcello wirbelte herum und starrte mich aus schockgeweiteten grünen Augen an.

»Sie steht unter Ruvens Kontrolle«, beschied ich ihn. Meine Stimme klang so angespannt wie eine Violinensaite.

»Was?« Marcello wich zurück, als hätte ich ihm einen Hieb versetzt.

»Nein, tue ich nicht«, meldete sich Istrella zu Wort. »Ich kann gar nicht verstehen, was das Gerede soll. Stünde ich unter dem Einfluss eines bösartigen Hexenlords, dann wäre mein Bruder doch gewiss auf all die Hinweise aufmerksam geworden, die ich ihm während der letzten paar Wochen zu geben versucht hätte.«

Marcello erschrak.

»Die Beweise sind recht schlüssig.« Lord Caulin seufzte. »Die Schreiber in den Stallungen haben uns geholfen, eine Liste der Leute zusammenzustellen, die Zugriff auf alle relevanten Papiere gehabt haben könnten. Die haben wir mit denen abgeglichen, die in Durantain zugegen waren und über die notwendigen Kenntnisse verfügten, die Banne zu verändern. Danach sind nur wenige Verdächtige übriggeblieben, also haben wir natürlich den Turm Ihrer Schwester durchsucht.«

»Ihr habt hoffentlich meine Projekte nicht in Unordnung gebracht«, rief Istrella und war drauf und dran, aufzuspringen, als einer der Wachmänner ihr eine Hand auf die Schulter legte. »Einige davon sind sehr empfindlich! Und gefährlich, wenn wir schon beim Thema sind.«

»Ja, nun, zwei der Beteiligten werden wohl ein paar Tage brauchen, um ihre Wunden auszukurieren, aber gestorben ist niemand.« Lord Caulin verwarf den Gedanken mit einer Handbewegung, als würde er eine Seite umblättern. »Wir haben Hinweise darauf gefunden, dass Ihr Falke Seemöwen am Fenster gefüttert hat, und, weitaus verdächtiger, wir haben zerknüllte Entwürfe von Briefen mit den Abwesenheitslisten von Falken auf dem Boden gefunden. Sie hat mit Hilfe der Vögel eindeutig Botschaften an die Hexenlords geschickt.«

Istrella seufzte. »Ich hatte gehofft, ihr würdet sie finden«, beschied sie uns. »Aber es kommt nie jemand herein, wenn ich es nicht gestatte. Euren Leuten mangelt es an Neugier.«

Marcello war so blass geworden, er sah aus, als müsse er jeden Moment in Ohnmacht fallen. »Du hast die Banne in Durantain unwirksam gemacht«, flüsterte er. »Als du uns von den Schwachstellen in den Bannen erzählt hast, wolltest du uns eine Warnung zukommen lassen.«

»Nun ja, die wären mir vermutlich so oder so aufgefallen«, entgegnete Istrella. »Sie waren unentschuldbar schludrig gemacht.«

»Sehen Sie?«, fragte Lord Caulin achselzuckend. »Sie gibt es zu.«

»Sie steht unter dem Einfluss eines magischen Tranks«, blaffte ich ihn an. »Das Gleiche habe ich in Vaskandar gesehen. Wenn wir Ihr Gemach durchsuchen, werden wir ihn vermutlich finden.«

Erschrocken sah Istrella mich an. Dann riss sie plötzlich eine Flasche aus ihrer Tasche und fing an, in großen Schlucken zu trinken. Die Wachen waren so überrascht, dass sie nicht gleich reagierten, doch dann schlug ihr einer der Männer die Flasche aus der Hand, und die verbliebene Flüssigkeit ergoss sich auf den Boden.

So viel zu den Beweisen. »Hast du noch mehr davon?«, fragte ich eindringlich.

Istrella wirkte ein wenig benommen. »Meinst du wirklich, dann hätte ich all dieses Zeug getrunken? Uh, das schmeckt schauderhaft.«

Lord Caulin legte einen Finger an die Lippen und starrte mit funkelnden dunklen Augen die Flasche an. »Sollte es wirklich so einen Trank geben, dann wäre das höchst interessant.« Er ging zu der Flasche, hob sie auf und steckte sie in eine Innentasche. »Wie dem auch sei, wir müssen mehr erfahren, was bedeutet, wir müssen diesen Falken zur Befragung und Untersuchung nach Raverra zurückbringen.«

In meinem Inneren breitete sich Eiseskälte aus. Wenn Istrella der Obhut des stillen Kanzlers anheimfiel, hatte ich wenig Hoffnung, sie je wiederzusehen.

»Und warum wünscht Ihr, mehr über diesen Trank zu erfahren?«, herrschte ich ihn in dem Bemühen an, einen Angriffspunkt zu finden und ihn aufzuhalten.

Lord Caulin blinzelte. Sein Gesicht war eine Maske sanftmütiger Unschuld. »Nun, um eine Möglichkeit zu finden, dem zu begegnen, selbstverständlich, Dama Amalia.«

Ich glaubte ihm nicht ein Wort. Nach allem, was ich über Lord

Caulin gehört hatte, würde er nicht zögern, solch einen Trank selbst einzusetzen, hätte er Zugriff darauf.

Marcello drückte den Rücken durch. In seinen Augen glomm ein Feuer, das mit dem von Zaira hätte konkurrieren können. »Das ist nicht wichtig. Istrella wurde gegen ihren Willen missbraucht; sie ist unschuldig. Ihr könnt Sie nicht festnehmen.«

»Oh, ich fürchte, das kann ich sehr wohl«, erwiderte Lord Caulin mit einem apologetischen Lächeln. »Der Doge hat mir die Befugnis gegeben, den Verräter zu ergreifen, als er mir die Verantwortung für die Ermittlungen übertragen hat.«

»Mit allem gebührenden Respekt, Euer Lordschaft, das ist mir egal.« Marcello spie die Worte geradezu hinaus. »Istrella ist ein Falke, und ich bin ihr Hauptmann und ihr Falkner. Es ist meine Pflicht, sie zu beschützen, und ich befolge keine Anweisungen außer denen von Oberst Vasante.«

»Ich versichere Ihnen, der Doge persönlich …«, setzte Caulin in seidenweichem Ton an.

»Habt Ihr einen schriftlichen Befehl von Oberst Vasante?«, fiel ihm Marcello ins Wort.

»Meine Anweisungen wurden verbal erteilt, Hauptmann. Wie dem auch sei …«

»Oder vom Dogen? Oder vielleicht von der Marquise von Palova?« Marcellos Miene war eisern, sein Ton unerbittlich. Istrella beobachtete ihn mit leuchtenden Augen.

Ärger flackerte über Lord Caulins Gesicht. »Ich kann Ihnen versichern, Hauptmann Verdi, ich habe Handlungsbefugnis.«

Ich konnte seine Verdrossenheit nachfühlen. Caulin und ich kannten beide seinen wahren Rang, aber für Marcello war er lediglich ein Berater, der seine Grenzen überschritt. Und die geheime Natur von Caulins Position gestattete ihm nicht, diese Illusion zu zerstören.

Zeit, diesen Schraubstock fester anzuziehen. »Mir scheint, dass Hauptmann Verdi hier Vorrang hat«, sagte ich. »Der Doge hat Euch die Befugnis erteilt, den Verräter festzusetzen. Aber Istrella ist keine Verräterin; sie hat unter dem Einfluss eines alchemischen Tranks agiert. Das kann ich bezeugen. Und ohne Schuldige gibt es auch niemanden, den Ihr festnehmen könntet.«

Lord Caulin musterte mich nachdenklich aus zusammengekniffenen Augen. Ich behielt meine unbeteiligte Miene bei, verheimlichte mein rasendes Herzklopfen. Ich konnte beinahe sehen, wie er in Gedanken kalkulierte, wie sehr er sich verraten würde, sollte er die Sache weitertreiben, und wer gewinnen würde, falls ich mich gegen ihn stellte. Und da Istrellas Leben auf der Waagschale lag, war ich bereit, so hart zu kontern, wie es eben notwendig war.

Marcello stand ernst und mit klarem Blick neben mir, ein ordnungsgemäß uniformierter Falkner mit geradem Rücken. *Kein Feind ist so unerbittlich wie ein rechtschaffener Mann*, hatte Mutter einst zu mir gesagt.

Caulin blickte wechselweise Marcello und mich an. Endlich seufzte er. »Nun gut, Dama Amalia, ich beuge mich Eurer Weisheit. Aber vielleicht könnt Ihr im Zuge Eures Besuchs in Vaskandar während des Konklaves versuchen, mehr über diesen höchst interessanten Trank herauszufinden.«

»Oh, das habe ich vor, so viel kann ich Euch versichern«, antwortete ich, verschwieg aber, dass eine Portion ebendieses Tranks nötig wäre, um mich dazu zu verleiten, ihm das Rezept zu verraten.

»Dann werde ich den Falken Ihrer Obhut überlassen«, sagte Caulin und nickte Marcello streng zu. »Ich schlage vor, Sie isolieren sie, bis der Trank seine Wirkung verliert.«

Caulin verbeugte sich vor mir und ging, und die Wachen nahm er mit. Kaum war er fort, ließ Marcello die Schultern hängen und seufzte vor Erleichterung.

»Tja, ich bin froh, dass das vorbei ist«, bekundete Istrella und setzte sich die Brille ordentlich auf die Stirn. »Amalia, es tut mir wirklich leid.« Dann öffnete sie erneut den Mund, presste aber gleich darauf die Lippen zusammen und starrte mich eindringlich an, als wollte sie etwas sagen.

»Schon gut«, entgegnete ich. »Ich weiß, dass du keine Wahl hattest.«

Sie schauderte. »Dazu kann ich nichts sagen. Aber ganz allgemein betrachtet: Wie lange dauert es, bis Tränke ihre Wirkung verlieren? Sagen wir, wenn Sie versehentlich etwas Abscheuliches getrunken hätten. Ich bin nur neugierig.« Ihre Stimme zitterte ein wenig.

»Bei den meisten Tränken einen oder zwei Tage«, beruhigte ich sie. »Es geht dir bald wieder gut.«

Marcello ging neben Istrellas Sessel in die Knie, nahm sie in die Arme und schloss fest die Augen. »Es tut mir so leid, Istrella. Ich hätte merken müssen, dass etwas nicht in Ordnung war.«

»Es ist alles in Ordnung«, erklang Istrellas Stimme von seiner Schulter gedämpft. »Aber, ja, du hättest müssen. Ich konnte nie deine Aufmerksamkeit erringen.«

»Seit dieser Beförderung war ich so beschäftigt, und mir ist so viel im Kopf herumgegangen …« Er hielt Istrellas Schultern fest, wich auf Armeslänge zurück und sah ihr in die Augen. »Aber ich hätte mich nie davon ablenken lassen dürfen, ein guter Bruder für dich zu sein. Ich wünschte, Oberst Vasante hätte mich nie zum Hauptmann gemacht.«

»Sei nicht albern.« Istrella betrachtete ihn stirnrunzelnd. »Ich kann die Male nicht zählen, da ich mit einem Projekt beschäftigt gewesen bin und dich wochenlang völlig vergessen habe. Das macht mich nicht zu einer schlechten Schwester, nicht wahr?«

Marcello stutzte. »Äh … nein.«

Istrella nickte entschieden. »Siehst du? Also musst du dich auch nicht schlecht fühlen, weil du Hauptmann bist.«

»Danke, Strella.« Ihr zuliebe rang er sich ein Lächeln ab. Ich wünschte im Stillen, ich könnte einfach beide umarmen und ihnen versichern, dass alles in Ordnung war.

»Du darfst dich schlecht fühlen, weil du so begriffsstutzig bist.« Sie stach ihm mit dem Finger in die Stirn. »Wärst du besser darin gewesen, meine Hinweise aufzugreifen, hätte ich es nie geschafft, Amalia zu paralysieren.«

»Paralysieren?« Mit geweiteten Augen wirbelte Marcello zu mir herum.

Istrellas Miene hellte sich erkennbar auf. »Ja! Eigentlich bin ich ziemlich stolz auf das Gerät, das ich gemacht habe! Kann ich es dir zeigen?«

Marcello schlug die Hände vor das Gesicht, und seine Schultern bebten. Vor Lachen, hoffte ich.

*

Wir brachten Istrella in die provisorische Werkstatt, die sie sich in ihrem Zimmer eingerichtet hatte. Marcello verharrte auf der Schwelle, als ich gute Nacht sagte.

»Ich werde auf sie aufpassen müssen«, sagte er mit leiser, besorgter Stimme. »Zumindest, bis die Wirkung des Tranks abklingt.«

»Es war wundervoll, wie du dich für sie eingesetzt hast«, sagte ich warmherzig. »Sie hat Glück, dich als Bruder zu haben.«

»Obwohl ich all die Hinweise übersehen habe, die sie mir zu geben versuchte?« Er verzog das Gesicht. »Rückblickend wird mir bewusst, dass sie sich eine Weile seltsam verhalten hat, aber ...«

»Istrella verhält sich *immer* seltsam, also ist das nicht so leicht zu erkennen«, beendete ich den Satz an seiner Stelle. »Ich komme mir selbst dumm vor, weil ich ihre Hinweise übersehen habe. Ganz besonders, nachdem das Leuchtmedaillon, das sie für Zaira gemacht hat, nicht richtig funktioniert und Brees komplette Soldateneskorte außer Gefecht gesetzt hat. Ich wette, das war eine Falle, die dazu dienen sollte, Zaira auszuschalten, hätte sie das Ding bei einem weiteren Assassinenangriff benutzen wollen.« Ich runzelte die Stirn. »Ich sollte mir die Kurierlampen nach Durantain und zur Festung ansehen, an denen sie kürzlich gearbeitet hat, um mich zu vergewissern, dass sie nicht sabotiert wurden. Allerdings hoffe ich, dass Istrella schon bald selbst in der Lage ist, uns zu erzählen, was sie sonst noch getan hat.«

»Es wäre wunderbar, wenn sie das könnte. Ich sollte Istrella nicht allein lassen. Und nicht nur, weil sie unter Ruvens Kontrolle geraten ist.« Marcello grub die Finger in seine Haare, als könnte er so die Sorgen aus seinem Kopf herauspressen.

»Einverstanden.« Ich wählte meine Worte sorgfältig und fügte hinzu: »Ich sähe es nicht gern, würde Lord Caulin zurückkommen und ein weiteres Mal versuchen, sie festzunehmen.«

»Danke, dass du mir ihm gegenüber beigestanden hast. Auf dich kann ich immer zählen, das weiß ich.« Nun sah er mich aus Augen an, so endlos tief und unfassbar grün, dass ich glaubte, ich könnte hineinstürzen und tagelang fallen, ohne je auf dem Grund aufzutreffen. »Ganz gleich, was auch geschieht.«

Mir stockte beinahe der Atem. Wir standen zu dicht beieinander. Bei all den Sorgen um Istrella war mir zunächst gar nicht aufgefallen, dass wir wieder in alte Gewohnheiten aus Ardence verfallen waren. Aber nun wurde es rasch zu viel für mich. Errötend wich ich einen Schritt zurück, und meine Finger fingen ungebeten an, mit einer Locke meines Haars zu spielen.

»Natürlich«, sagte ich. »Gleich, was auch geschieht, ich werde immer deine Freundin sein.«

Aber ich wusste mit unerträglicher Gewissheit, dass nichts zwischen uns wieder so sein würde wie früher einmal. Nicht, solange ich um Kathe warb oder um irgendeinen anderen politisch vorteilhaften Kandidaten, und bestimmt nicht, sollte ich ihn heiraten. Bei jeder Begegnung mit Marcello stünde immer dieses unsichtbare schwere Hindernis zwischen uns, gespickt mit scharfen Kanten, mit denen wir einander unabsichtlich wehtun konnten.

»Marcello«, sagte ich, »ich muss dir etwas Wichtiges sagen.«

Sein Adamsapfel hüpfte auf und nieder, aber er nickte langsam und sah mir weiter beständig in die Augen.

»Warte nicht auf mich«, bat ich ihn.

Schmerz verzerrte seine Züge, beinahe, als hätte ich ihn geschlagen, und er wandte den Blick ab.

Höllen, das war furchtbar. Lieber hätte ich mich selbst erstochen. Beinahe hätte ich sogar *ihn* lieber erdolcht. Meine Augen brannten, aber ich blinzelte gegen die Tränen an. Ich konnte es mir nicht leisten, jetzt zu weinen, sonst würde er mir nicht glauben.

»Dann … Bedeutet das, du hast dich für den Krähenlord entschieden?«, fragte er mit rauer Stimme.

Ich schluckte. »Ich habe mich für die Pflicht entschieden.« Ich schob die Hände in die Ärmel, um sie nicht nach ihm auszustrecken. »Ich werde die, die ich sein muss.«

Mit feucht schimmernden Augen drehte er sich wieder zu mir um. »Aber ich liebe die, die du bist.«

Ich senkte die Lider. »Um der Grazien willen, Marcello.«

»Es tut mir leid«, flüsterte er.

Seine Hand berührte mein Haar, so zart wie der Schlag eines Schmetterlingsflügels. Fast glaubte ich, ich hätte es mir nur eingebildet.

Und dann schloss er die Tür zu Istrellas Zimmer zwischen uns.

KAPITEL ACHTUNDZWANZIG

»DAMA AMALIA.«

Es war nur ein schwaches Wispern hinter mir. Ich hörte es, als ich am nächsten Tag auf der windgepeitschten Brüstung stand und über Marcello nachgrübelte. Aber die Stimme klang so vertraut, der Ton respektvoll und zuversichtlich, glatt wie Seide und so solide wie Stahl, ich zuckte nicht einmal zusammen. Stattdessen drehte ich mich zu ihr um, doch mein Magen verkrampfte sich, als ich überlegte, mit welcher Mission sie betraut sein mochte.

»Hallo, Ciardha. Was führt dich nach Callamorne?«

Elegant und gewandt wie stets stand sie vor mir, ein Bild anmutiger und tödlicher Gelassenheit. Sie verbeugte sich knapp. »Ursprünglich hat La Contessa mich unter anderem hergeschickt, damit ich dafür sorge, dass Ihr sicher aus Vaskandar zurückkehrt. Sie war ein wenig verblüfft über Eure impulsive Entscheidung, die Grenze zu überqueren.«

Ich verzog das Gesicht. Dieses Gespräch hatte ich bereits über die Kurierlampen über mich ergehen lassen müssen. »Das hat sie mir schon gesagt.«

»Aber wie es scheint, braucht Ihr in derlei Angelegenheiten keine Unterstützung, also bleibt für mich nur der Rest meiner Mission zu erledigen.«

»Der Rest?«

»La Contessa hat mir neue Anweisungen zukommen lassen. Ich bin hier, um euch bei den Vorbereitungen für das Konklave zu unterstützen, gnädige Frau.« Sie zog ein furchtbar offiziell aussehendes Dokument aus dickem Velin hervor, auf dem neben der kunstvollen Schrift, die ausschließlich bedeutenden Verfügungen vorbehalten war, ein auffälliges imperiales Siegel prangte. »Der Rat der Neun und der

Doge persönlich verleihen Euch die Befugnisse einer Gesandten des Erlauchten Imperiums, damit Ihr im Namen des Imperiums mit den Hexenlords verhandelt.«

Fassungslos starrte ich das Dokument an. In meinen verblüfften Augen sahen die Worte aus wie ein Durcheinander aus hübschen Buchstaben, aber das Siegel war unverkennbar: das sich aufbäumende geflügelte Ross von Raverra, umgeben von neun Sternen, gestempelt in einen Kreis aus blauem Wachs. »Der Doge und sein Rat schenken mir *dabei* ihr Vertrauen?«

Ciardhas Mundwinkel zuckten. »Was das betrifft, verweise ich mit aller Hochachtung darauf, dass Ihr die einzige raverranische Aristokratin seid, die dem Konklave beiwohnen wird, womit Ihr zugleich die einzige Person seid, der sie ihr Vertrauen schenken können. Aber sie sind höchst beeindruckt, dass es Euch gelungen ist, Euch eine Einladung zu verschaffen.« Sie rollte das Dokument wieder auf. »Ich schlage vor, Ihr ruft alle zusammen, deren Rat Euch wichtig ist, gnädige Frau. Wir haben viel zu besprechen.«

*

»Also. Wir müssen Ruven davon abhalten, den Vulkan zum Ausbruch zu bringen, die gefangenen Falken befreien und das Konklave dahingehend beeinflussen, dass es gegen einen Krieg stimmt.«

Ich musterte die Gesichter, die sich um den Tisch in dem von uns beanspruchten Besprechungsraum versammelt hatten: Ciardha, Marcello, Bree, Zaira und Istrella, die inzwischen sämtliche Auswirkungen des Tranks abgeschüttelt hatte. Kaum hatte sie wieder frei sprechen können, da hatte sie uns alles, was sie getan hatte, während sie unter Ruvens Kontrolle gestanden hatte, detailliert beschrieben; zitternd vor Zorn, dass sie dazu missbraucht worden war, ihren Freunden zu schaden. »Andererseits ist es ganz gut, dass er mich gezwungen hat, diese Banne in Durantain zu sabotieren«, fügte sie hinzu. »Hätte ich sie nicht auf Schwachstellen hin untersucht, hätte irgendwann etwas viel Schlimmeres dort eindringen können.«

Es geschah wirklich. Meine Hände zitterten in meinem Schoß. Der Doge und der Rat hatten mir die Zukunft des Erlauchten Imperiums anvertraut. Ich würde zu dem Konklave gehen, um den Hexenlords gegenüberzutreten und dabei zu helfen, die Richtung festzulegen, die der Lauf der Geschichte nehmen sollte. Und all diese kompetenten, herausragenden Leute sahen mich an und erwarteten, dass ich die Zügel in die Hand nahm.

Es hätte mich weniger geängstigt, hätte ich in die Mündung einer Assassinenpistole gestarrt. Der Weiße Gipfel könnte das halbe Imperium mit Asche bedecken, und Ruvens Einfluss würde sich ausbreiten wie eine Seuche. Sollten Zaira und ich die Hexenlords nicht überzeugen können, der Beteiligung an einem Krieg eine Absage zu erteilen, mochte dem Erlauchten Imperium eine Invasion bevorstehen, die ausreichen würde, um das ganze Reich zu zerschlagen. Meine Hand lag an der Feder, mit der das Schicksal das nächste Kapitel in Eruvias Geschichte schrieb, und es lag an mir, keine rote Tinte über die Seiten zu verschütten.

Ich räusperte mich. »Die Kreise, die wir unschädlich machen müssen, umgeben den ganzen Weißen Gipfel«, sagte ich. »Die Herrin der Dornen kümmert sich um die in Atruin. Ich schätze, es könnten zwei, maximal drei auf unserer Seite der Grenze liegen. Etwa dort, wo der südlichste Zipfel des Berges in das Imperium reicht. Der Rest befindet sich in Kazerath.«

Marcello musterte stirnrunzelnd die Karte und die Skizze, die ich angefertigt hatte. Ich konnte nicht erkennen, ob er meinem Blick ausweichen wollte, aber er sah müde und erschöpft aus, und sein Anblick schnürte mir beinahe die Kehle zu. »Nach Kazerath hinein- und wieder herauszugelangen wird gefährlich«, sagte er, ganz auf die Sache konzentriert. »In diesem Gebiet gibt es überall haufenweise Soldaten.«

»Ich glaube nicht, dass wir jeden einzelnen Kreis brauchen«, sinnierte Istrella. »Wenn Ihr nur mehr als die Hälfte so modifiziert, dass sie den Druck langsam ablassen, statt ihn weiter aufzubauen, wird er nach einer Weile auch unter die Gefahrenschwelle sinken. Sollte natürlich jemand eine Eruption auslösen, ehe der Druck ausreichend abgenommen hat, dann *bumm!*« Mit enormer Begeisterung deutete sie mit Lauten und auseinanderfliegenden Händen eine Explosion an.

»Ich kann eine Truppe zusammenstellen und mich um die Kreise auf der Westseite kümmern«, erbot sich Marcello. Mir entging nicht, dass ihn das so nahe wie nur möglich an Ruvens Schloss führen würde, in dem Zaira und ich dem Konklave beiwohnen sollten. »Wir brauchen nur noch eine verlässliche Person für die im Osten.«

»Habe ich jemanden ›verlässlich‹ sagen hören?«, fragte mein Vetter Roland und stolzierte zur Tür herein.

»Roland!« Bree sprang auf und zuckte bei der abrupten Belastung ihres Fußgelenks prompt zusammen. Zwar standen ihr die besten alchemischen Knochenflickertränke von ganz Eruvia zur Verfügung, aber die Heilung brauchte dennoch Zeit. »Was machst du denn hier?«

»Ich habe einen klugen Rat befolgt und die Königin um die Erlaubnis gebeten, herzukommen und zu sehen, ob ihr Hilfe braucht.« Er setzte sich an den Tisch und bedachte mich mit einem warmen, dankbaren Lächeln, das ich mit einem ermutigenden beantwortete.

»Und sie hat ja gesagt?« Brees Tonfall vermittelte, dass sie es kaum glauben konnte.

Roland faltete die Hände und rieb die Daumen aneinander. »Na ja, sie hat nicht nein gesagt. Allerdings ist es mir strikt untersagt, auch nur einen Schritt näher an die Grenze von Kazerath oder Sevaeth heranzugehen. Trotzdem möchte ich helfen.« Anspannung legte sich auf seine Stimme. »Ich könnte es nicht ertragen, sollte ich, wenn mich eines Tages meine Enkel fragen, was ich im Krieg getan habe, zu dem Geständnis gezwungen sein, ich sei heil und unversehrt zu Hause in Durantain geblieben, während alle anderen gekämpft haben, um ihr Land zu schützen.«

»Dann kannst du einen Artefaktor nehmen und die Kreise auf der Ostseite des Weißen Gipfels unschädlich machen«, schlug ich vor. »Das dürfte dich nicht mehr in Gefahr bringen als der Ritt von Durantain hierher.«

»Hervorragend.« Rolands Augen funkelten vor Aufregung. »Ich bin froh, wenn ich endlich etwas tun kann.«

»Sieht aus, als säße dieses Mal ich zu Hause fest«, grollte Bree. »Großmutter hat mir befohlen, nach Durantain zurückzukehren, damit ich gar nicht erst in Versuchung gerate, zu kämpfen, solange der Bruch nicht vollständig geheilt ist.«

»Das klingt beinahe, als würde sie dich kennen«, kommentierte Roland trocken.

Endlich blickte mir Marcello doch in die Augen, wenn seine höfliche Haltung auch recht steif wirkte. »Benötigen Sie beim Konklave auch Soldaten zu Ihrem Schutz?«

Ich zögerte. »Ich glaube nicht, dass ich außer Zaira jemanden mitbringen kann.«

Marcello gab ein ersticktes Geräusch von sich. So viel zu der sachlichen Miene.

»Ich weiß, ich weiß.« Ich breitete die Hände aus. »Aber ich werde als Gast des Krähenlords dort sein und unter seinem Schutz stehen. Und sollte uns dort irgendjemand angreifen, mit dem Zaira und Kathe nicht fertig werden, dann würden Soldaten auch nichts ändern, ob es nun ein einzelner ist oder eine hundert Mann starke Truppe.«

»Die würden mich nur behindern.« Zaira kippelte auf ihrem Stuhl, die Hände hinter dem Kopf gefaltet. »Ich bin leistungsfähiger, wenn ich nicht von Leuten umzingelt bin, die ich lieber nicht entflammen möchte.«

»In dieser Angelegenheit hat La Contessa mit Oberst Vasante gesprochen«, bemerkte Ciardha ruhig. »Der Oberst wird Jerith Antelles und seinen Falkner herschicken. Sie sollen sich in Hochpass bereithalten für den Fall, dass Ihr irgendwelche Probleme habt, Vaskandar wieder zu verlassen.«

Eine merkwürdige Mischung aus Erleichterung und Furcht ergriff Besitz von mir. »Also hält sie in dieser Lage zwei Hexer für notwendig.« Dabei gab es unter den Falken nur eine Handvoll davon.

»La Contessa hat volles Vertrauen zu Euch und geht davon aus, dass Ihr die Situation auf diplomatischen Weg zu handhaben wisst, gnädige Frau, sodass sich diese zusätzliche Absicherung als unnötig erweisen wird«, erwiderte Ciardha. »Aber La Contessa legt auch Wert darauf, auf alle Eventualitäten vorbereitet zu sein.«

Istrellas Gesicht leuchtete auf. »Ich kann euch auch ein paar artefaktische Geräte bauen, damit ihr euch im Notfall selbst verteidigen könnt.« Sie rieb sich die Hände. »Hätte ich mehr Zeit, dann würde ich euch ausrüsten wie ein kleines Bataillon. Aber ich bin überzeugt, mir fällt auch etwas Lustiges ein, was ich in der Zeit, die uns noch zur Verfügung steht, anfertigen kann.«

Ich gab mir Mühe, den Schrecken zu verbergen, der mich bei dem

Gedanken befiel, etwas, das Istrella als »lustig« einstufte, in einer heiklen diplomatischen Angelegenheit auf feindlichem Territorium tragen zu müssen. »Äh, nun ja …«

»Das ist das Mindeste, was ich tun kann, nachdem ich versucht habe, dich zu vergiften.« Istrella rutschte auf ihrem Stuhl vor. »Bitte, lass mich das wiedergutmachen. Ich bestehe darauf!«

»Also gut«, stimmte ich kraftlos zu.

»Was ist mit Terika und den anderen Falken?« Marcello stützte die Ellbogen auf den Tisch. Sorge färbte seine Stimme.

»Wir holen sie raus«, konstatierte Zaira bestimmt. »Wir werden während des Konklaves sowieso dort im Schloss sein.«

»Richtig, während des Konklaves.« Marcello zog eine Grimasse, als würde das Wort in seinem Mund bitter schmecken, aber er war klug genug, keine Einwände gegen unsere Mission zu erheben. »Sie werden nicht einfach mittendrin verschwinden können. Wer holt also all diese Falken sicher zurück ins Imperium? Es sind Artefaktoren und Alchemisten ohne Geräte oder Tränke. Sie haben keine Möglichkeit, sich selbst zu verteidigen.«

Bree rammte einen Finger auf die Karte. »Ihr könnt sie auf halbem Wege treffen. Nehmt eine kleine, gut bewaffnete Truppe und überquert die Grenze auf dem Schmugglerpfad, den Zaira in der Nähe des Schlosses entdeckt hat. Amalia und Zaira können sich rausschleichen, um die Falken zu euch zu führen und sie euch zu übergeben. Ihr müsst nur einen Weg finden, wie ihr euch gegenseitig signalisieren könnt, wann die Zeit gekommen ist.«

»Dafür kann ich etwas bauen«, erbot sich Istrella. »Ich mache ständig Kurierlampen, und das wäre eine nette Herausforderung.«

»Auch wenn man die Grenze heimlich mit einer kleinen Truppe überquert, wäre das unglaublich gefährlich«, wandte ich ein.

»Der Hexenlord wird mit dem Konklave beschäftigt sein«, meinte Roland. »Es ist bestimmt riskant, aber immerhin wird der Feind abgelenkt sein.«

Ciardha hob eine Hand, um uns zum Schweigen zu bringen, und lauschte. Ich hatte nichts gehört, doch einen Moment später klopfte es an der Tür. Sie sah mich an, um sich zu vergewissern, dass ich keine Einwände hatte, und öffnete.

Es war Lord Caulin.

Er nickte Ciardha argwöhnisch zu, verbeugte sich vor meinen Verwandten und mir und ignorierte die Falken vollständig, was ihm einen finsteren Blick von Zaira eintrug. »Tut mir furchtbar leid, Euch zu unterbrechen, Eure Hoheiten, Dama Amalia.«

Ich rang mir ein Lächeln ab, was immerhin mehr war, als Marcello zustande brachte. »Was gibt es, Lord Caulin?«

»Nur, dass ich nach Raverra zurückkehren muss und Euch gern kurz sprechen würde, ehe ich abreise, gnädige Frau.«

»Gewiss.« Ich seufzte. »Bitte entschuldigt mich. Lord Caulin, wollen wir ein paar Schritte gehen?«

*

Lord Caulin und ich spazierten wie alte Freunde den Gang in der Festung hinunter, aber die Anspannung sorgte dafür, dass mein Rücken steif und gerade blieb. Was immer er mir zu sagen hatte, ich war überzeugt, es würde mir nicht gefallen.

»Dama Amalia«, begann er nach einer Weile in einem sanften, zuvorkommenden Tonfall. »Die Festnahme des Falken war nicht meine Hauptaufgabe.«

Das war ein ominöser Anfang. »Dann bin ich überaus gespannt, was Euch in erster Linie hergeführt hat, Lord Caulin.«

»Der Doge hat mich gebeten, wegen der höchst unglückseligen Geschichte mit den entführten Falken mit Euch zu reden.«

Wir kamen an einer Reihe Fenster vorbei, von denen aus man in den Innenhof schauen konnte, sodass sein Gesicht abwechselnd in Licht und Schatten lag.

»Wir planen gerade ihre Befreiung«, sagte ich.

»Gut, gut. Und solltet Ihr dabei in irgendeiner Weise der Unterstützung bedürfen, so zögert nicht, sie anzufordern. Der Doge räumt der Rückholung der Falken höchste Priorität ein; die Falken sind Pfeiler der Macht des Erlauchten Imperiums.« Er unterbrach sich und befeuchtete die Lippen mit der Zunge. »Natürlich ist die breitgefächerte Einsicht, dass die Falken allein dem Imperium gehören, nicht minder wichtig.«

Jetzt kommt's. »Ich bin froh, dass Seine Durchlaucht die Angelegenheit so ernst nimmt.«

»Sehr ernst.« Der Korridor endete an einem Treppenschacht; Lord Caulin blieb stehen und musterte mich abwägend aus dunklen Augen. »Denkt Ihr, Ihr könntet jemanden zum Konklave mitnehmen? Als Euren Diener, vielleicht?«

»Nein«, sagte ich mit fester Stimme. »Das würde meine Chance, im Konklave um Allianzen zu werben, gefährden, sofern sie mich überhaupt hineinlassen. Es ist eine seltene Ehre, dort eingeladen zu werden; ich werde mich nicht dreist über ihre Regeln hinwegsetzen.«

»Nein, natürlich nicht.« Lord Caulin rieb sich das Kinn. »Dann liegt es an Euch.«

»Was liegt an mir?«

Nun senkte er die Stimme, bis ich ihn kaum mehr verstehen konnte. »Dama Amalia, wir alle hoffen und beten inständig zu den Grazien, dass es Euch gelingt, diese Falken ins Imperium zurückzuholen. Aber solltet Ihr das nicht können, dann wünscht Seine Durchlaucht, ihnen wenigstens die Gnade des Todes zu erweisen.«

Ich starrte ihn an. »Ihr wollt, dass ich sie töte?«

»Nur für den Fall, dass Eure Bemühungen, sie nach Hause zu bringen, scheitern. Natürlich sähen wir es viel lieber, würden sie heil und unversehrt in die Stallungen zurückkehren.«

Zorn brodelte in meinem Bauch, wuchs schäumend heran wie eine Woge, die auf die Küste zuraste. »Was, wenn sie lieber Gefangene wären als tot?«

»Wir werden vielleicht keine weitere Chance bekommen, sie zu befreien. Es ist so schwer, Leute nach Vaskandar hineinzubringen, und nun, da sich ein Krieg andeutet, ist es sogar noch schwieriger geworden.« Er strich die Spitze an seinen Ärmelaufschlägen glatt. »Wir dürfen sie dort nicht schmachten lassen und der ganzen Welt den Eindruck vermitteln, dass jeder einen Falken entführen kann und damit durchkommt. Außerdem könnte man sie zwingen, Waffen zum Einsatz gegen das Imperium anzufertigen. Dieses Problem muss rasch aus der Welt geschafft werden, um der Sicherheit der Falken und des Imperiums willen. Ihr seid die einzige Person, die eine Chance hat, das zu tun. Auf die eine oder andere Art.«

»Ihr bittet mich, sie zu ermorden.« Ich presste die Worte hinter zusammengebissenen Zähnen hervor.

»Nein, Dama Amalia, nicht ich. Und es ist keine Bitte.« Er schüttelte den Kopf, als bedauere er, dass er solch eine unerfreuliche Angelegenheit auch noch erklären musste. »Seine Durchlaucht erteilt Euch einen Befehl. Wenn Ihr sie nicht dort rausholen könnt, habt Ihr sicherzustellen, dass sie nicht überleben.«

Dann gab er mir einen Samtbeutel; ich ergriff ihn instinktiv, zu bestürzt, ihn zurückzuweisen. »Da drin ist eine Phiole mit Schwarzem Arg«, sagte er. »Gebt einen Tropfen in ihre Speisen oder Getränke oder taucht einen Dolch hinein und kratzt sie damit. Das Imperium verlässt sich auf Euch.«

»Ich bin keine Assassinin, Lord Caulin«, sagte ich entrüstet, und die Wut wallte in meiner Brust auf wie eine riesige Woge.

»Ich weiß.« Er seufzte. »Aber Ihr seid alles, was mir bleibt.«

»Dieser Befehl ist eine Missachtung des Vertrauens, das uns die Falken entgegenbringen. Unsere Aufgabe ist es, sie zu beschützen.«

»Vielleicht. Ein Befehl ist es dennoch.« Er lächelte entschuldigend. »Und mit Hilfe der Grazie des Glücks werdet Ihr sie heimbringen, und er muss nie in die Tat umgesetzt werden. Niemand außer Euch und mir wird je erfahren, dass diese Möglichkeit im Raum stand.« Er reckte einen Finger hoch. »Und natürlich muss dieses Gespräch unser Geheimnis bleiben. Ihr sprecht mit niemandem darüber; auch das ist eine Anweisung des Dogen.«

»Mit niemandem?« Mein Ton war nun so scharf wie eine Waffe. »Wollt Ihr mir erzählen, der Doge wünscht, dass ich das vor meiner Mutter und dem Rat der Neun geheim halte?«

»Nicht vor dem Rat, natürlich.« Er wedelte mit einer Hand, doch er hatte die Stirn gerunzelt, als wäre er verärgert, weil ich gefragt hatte. »Vor dem Rat *kann* der Doge nach dem Gesetz keine Geheimnisse haben. Aber erwähnt die Angelegenheit nicht gegenüber Angehörigen des Militärs – sei es Hauptmann Verdi oder Euer Falke oder auch Oberst Vasante persönlich. Wir müssen uns auch weiter ihr Vertrauen sichern. Sie dürfen nicht den kleinsten Hinweis darauf erhalten, dass wir eine solche Möglichkeit ins Auge gefasst haben. Habt Ihr mich verstanden?«

Ich antwortete ihm im kältestmöglichen Ton. »Ich glaube, Ihr habt Eure Botschaft übermittelt, Lord Caulin.«

»Gut.« Er nickte scheinbar zufrieden. »In diesem Fall, Dama Amalia, ist meine Mission nun abgeschlossen, und ich wünsche einen guten Tag. Solltet Ihr irgendwelche Fragen haben, dann zögert nicht, mich oder den Dogen selbst anzusprechen.«

Er verbeugte sich tief und formell und schien völlig unbeeindruckt, als ich die Geste nicht erwiderte. Mit geballten Fäusten sah ich ihm nach, und an meinen Fingern baumelte ein Samtbeutel, gefüllt mit Tod.

KAPITEL NEUNUNDZWANZIG

Ich bemühte mich, meine Mimik zu glätten, ehe ich in den Besprechungsraum zurückkehrte, aber ich nahm an, die anderen konnten den Zorn in meinen Schläfen pulsieren sehen.

Zaira zog eine Braue hoch. »Worüber wollte dieses kleine Wiesel mit dir reden?«

»Über dummes Zeug«, knurrte ich. »Geheimes dummes Zeug, das ich nicht wiederholen darf.«

Zaira zuckte mit den Schultern. »Als wäre es ein Geheimnis, dass das Imperium dumm ist. Und warum solltest du Idiotien überhaupt wiederholen wollen?«

»Hervorragende Argumente.« Ich atmete einmal tief durch. »Was habt ihr euch in der Zwischenzeit überlegt?«

Ich setzte mich ebenfalls an den Tisch und stürzte mich mit neuer Inbrunst in die Planung. In allen Neun Höllen führte kein Weg dahin, dass ich diesen Befehl ausführen würde. Terika und die anderen umbringen? Eher würde ich mich selbst Ruvens nicht existenter Gnade ausliefern. Aber wenn ich den Befehl verweigerte, wäre das Hochverrat, und Ruven könnte die Falken weiter dazu missbrauchen, dem Imperium zu schaden. Wir *mussten* es schaffen.

Als wir fertig waren und alle zum Abendessen gehen wollten, blieb ich zurück und wechselte einen Blick mit Ciardha. Kaum waren die anderen fort, schloss sie die Tür und drehte sich zu mir um.

»Etwas macht Euch Sorgen, gnädige Frau.«

»Weißt du, was Lord Caulin mit mir zu besprechen hatte?«, fragte ich.

Eine leichte Kerbe grub sich zwischen Ciardhas Brauen. »Nein, gnädige Frau. Bevor ich hier eingetroffen bin, wusste ich gar nicht, dass er hergeschickt wurde.«

»Tatsächlich.« Das war allerdings sonderbar. »Er hatte einen Befehl des Dogen an mich weiterzuleiten. Einen, der mir nicht zusagt. Weiß meine Mutter etwas darüber?«

Die Falte in Ciardhas Stirn wurde tiefer. »La Contessa hat mir nichts über irgendwelche Befehle gesagt, die Euch mutmaßlich missfallen würden.«

»Ich nehme an, diese Entscheidung ist nach deiner Abreise gefallen.« Ich nagte an meiner Lippe.

Aber Ciardha schüttelte den Kopf. »Ich sprach heute Morgen in unserem persönlichen Kode über die Kurierlampen mit ihr. Sie hat kein Wort über solch einen Befehl verloren.«

Mutter hätte eine Möglichkeit gefunden, mich zu warnen, selbst wenn sie dazu aus irgendeinem Grund Ciardha hätte einweihen müssen. Offenbar wusste La Contessa nichts von Caulins Anordnung.

»Kann der Doge so einen Befehl erteilen, ohne den Rat der Neun zu konsultieren oder wenigstens zu informieren?«, überlegte ich laut.

»Ich weiß nicht, um welche Art von Befehl es sich handelt, gnädige Frau«, erinnerte mich Ciardha.

Ich zwirbelte eine Haarsträhne zwischen den Fingern. »Ich wurde angewiesen, mit niemandem außer dem Rat darüber zu sprechen. Aber vielleicht kannst du euren Code benutzen, um meiner Mutter über die Kurierlampen vorzuschlagen, sich die Sache anzusehen. Ich glaube, ihr würde dieser Befehl auch nicht gefallen.« Sie mochte bisweilen rücksichtslos sein, aber sie übte sich gewöhnlich in einer Art pragmatischer Güte: Leute schlecht zu behandeln war meist keine gute Politik. Die Ermordung der Falken brachte nicht nur moralische Probleme mit sich – auch wenn man denken sollte, die allein würden vollends ausreichen.

Ciardha nickte langsam. »Ich bin nur eine bescheidene Bedienstete und maße mir nicht an zu wissen, was der Doge denkt, gnädige Frau. Aber wenn er Euch eine Anweisung erteilt, ohne den Rat zu informieren, legt die Logik nahe, dass er nicht davon ausgeht, dass La Contessa glücklich damit wäre.«

»Ich werde mich nicht vom Dogen als Mittel zum Zweck missbrauchen lassen, damit er meine Mutter umgehen kann«, konstatierte ich böse.

»Ihr seid eine Cornaro, gnädige Frau«, ermahnte mich Ciardha mit glänzenden Augen. »Ihr lasst Euch von niemandem als Mittel zum Zweck missbrauchen.«

*

Am nächsten Morgen suchte mich Ciardha in meinem Gästegemach auf und reichte mir eine Botschaft von Mutter, die sie aus ihrem persönlichen Geheimcode übersetzt hatte.

Dies könnte eine heikle Angelegenheit sein. Ich werde Erkundigungen einziehen, aber das kostet Zeit. Sei vorsichtig, wenn es um mündlich erteilte geheime Anweisungen geht, und versuch, nichts Unbesonnenes zu tun.

Ich sah Ciardha an. »Was hat das zu bedeuten?«

»Ich will nicht so tun, als könnte ich die Gedanken von La Contessa ergründen, gnädige Frau. Dennoch würde ich annehmen, es heißt, dass jemand mit verdeckten Karten spielt.«

»Aber irgendjemand spielt in Raverra immer mit verdeckten Karten.«

Ciardha nickte. »Ganz recht. Und doch scheint La Contessa der Ansicht zu sein, dass diese Situation besonderer Aufmerksamkeit bedarf. Mir ist aufgefallen, dass sie Euch zur Vorsicht geraten hat.«

»Ja.« Es gelang mir nicht, den Ärger aus meiner Stimme herauszuhalten. »Jeder rät mir ständig zur Vorsicht. Es ist, als würden alle von mir erwarten, dass ich irgendwas närrisch Impulsives täte und dabei die Hand ins Feuer hielte.«

Ciardhas Augen funkelten. »Bei allem Respekt, gnädige Frau, habt Ihr nicht exakt auf diese Weise Zaira kennengelernt?«

Ich klappte den Mund auf und wieder zu. »Na ja, schon. Trotzdem muss man mich nicht ständig daran erinnern, dass ich vorsichtig sein soll, als wäre ich noch ein Kind.«

»La Contessa weiß, dass Ihr kein Kind mehr seid.«

Ich bildete mir zumindest gern ein, dass sie das wusste. Und sie hatte mich tatsächlich mehr wie eine Erwachsene behandelt seit Ardence. Sie ließ sogar die Tür zum Salon offen und gewährte mir Einblick in einige ihrer Pläne. *Sei vorsichtig, wenn es um mündlich erteilte geheime Anweisungen geht, und versuch, nichts Unbesonnenes zu tun.* Das war so eine kurze Mitteilung und noch dazu codiert; hätte sie Zeit mit der Verschlüsselung einer Nachricht vergeudet, nur um mich damit zu piesacken, dass ich grundlegende Vorsichtsmaßnahmen ergreifen sollte?

»Sie denkt, das könnte eine Falle sein«, sagte ich nachdenklich.

Ciardha nickte und sah mir dabei die ganze Zeit in die Augen. »Ich kenne den Inhalt der Anweisung nicht, gnädige Frau. Aber wenn sie Euch in eine Position bringt, die schwierig genug ist, dass Ihr das Bedürfnis hegt, sie zu hinterfragen, besteht die Möglichkeit, dass jemand versucht, Euch zu Handlungen zu verleiten, die gegen Euch verwendet werden könnten. Um Macht über Euch zu erringen oder ein Druckmittel gegenüber La Contessa.«

Schnaubend atmete ich durch den Mund aus. Mich der Order zu widersetzen könnte Hochverrat sein. Sie zu befolgen könnte mir jede Möglichkeit rauben, mit den Falken zu arbeiten, und, schlimmer, mein Falkenreformgesetz vereiteln. Selbst wenn ich den Widerwillen moralischer Natur außer Acht ließ, mochte jede Entscheidung mich in eine unhaltbare Situation bringen.

»Und wir wissen nicht einmal genau, ob das wirklich die Idee des Dogen war oder ob Caulin dahintersteckt oder womöglich irgendein anderer Berater oder ein Ratsangehöriger, der das Vertrauen des Dogen genießt«, sinnierte ich.

»So ist es, gnädige Frau.«

Ich gab Ciardha die Nachricht zurück. »Ich nehme an, du willst das verbrennen?«

Ciardha verbeugte sich. »Selbstverständlich, gnädige Frau.«

*

Während der Zeitpunkt des Konklaves näher rückte, stürzte ich mich auf meine Bücher und informierte mich, so gut ich konnte, über dieses mysteriöse Ereignis. Offenbar beriefen die Hexenlords immer wieder Konklaven ein, aber es gab keinen festen Rhythmus; in manchen Jahren mochten sogar gleich drei Konklaven stattfinden, während Vaskandar zu anderen Zeiten nahezu ein Jahrzehnt darauf verzichtet hatte. Das hing im Wesentlichen davon ab, inwieweit die Hexenlords es für notwendig erachteten, miteinander zu reden. Meine Bücher sagten aus, dass die ganze Angelegenheit mit Tradition und Zeremoniell befrachtet war, doch leider lieferten sie keine Einzelheiten, wie das aussehen mochte, da keiner der Autoren jemanden gekannt hatte, der je einem Konklave beigewohnt hatte.

»Ich weiß nicht einmal, was ich dafür einpacken muss«, beklagte ich mich beim Abendessen bei Zaira. »Soll ich ein höfisches raverranisches Kleid tragen? Oder lieber etwas Praktischeres? Verlangen sie womöglich ominöse Kapuzenumhänge?«

»Eher das Blut deiner Feinde.« Zaira grinste verschlagen. »Wohlgemerkt, ich hätte nichts dagegen, deinen Krähenschönling in weiter nichts als Feindesblut zu sehen. Oder deine Urgroßmutter, wenn wir schon dabei sind.«

»Ich glaube nicht …« Mein Geist weigerte sich, ein Bild von Letzterem heraufzubeschwören. Doch es fiel mir erschreckend leicht, mir Kathe vorzustellen, wie er sich mit scharlachroten Streifen am Körper und einem bösartigen Grinsen auf dem Thron des Wolfslords fläzte und sich Blut von den Fingern leckte. »Darauf antworte ich nicht.«

Zaira wedelte mit ihrem Löffel vor mir. »Aber du denkst darüber nach«, krähte sie vergnügt.

»Wie auch immer«, sagte ich und kämpfte gegen die Schamesröte. »Ich hatte überlegt, ob ich Kathe eine Botschaft schicken und ihn um genauere Informationen bitten soll, aber dann ist mir eingefallen, dass es in Vaskandar keine Kurierlampen gibt.«

»Ich werde tragen, was immer ich verdammt noch mal will, und jeder, der was dagegen hat, kann mein Schadfeuer kosten«, konstatierte Zaira achselzuckend. »Ich wette, die machen es auch nicht anders. Das sind Hexenlords. Die sind völlig irre, und sie respektieren nichts und niemanden außer sich selbst.«

»Kathe nicht«, wandte ich ein.

»Mag sein, aber überzeugt bin ich davon nicht.« Sie musterte mich forschend. »Du vertraust ihm zu sehr. Nur weil er dir eine traurige Geschichte erzählt hat.«

Ich stieß meinen eigenen Löffel in die Kartoffelsuppe. »Es war eine *wahre* traurige Geschichte. Er war mir gegenüber immer nur ehrlich.«

»Er benutzt dich.«

»Auch in dem Punkt war er ehrlich.«

Zaira schüttelte den Kopf und aß einen weiteren Löffel Suppe. »Also schön. Aber wenn er dir einen Dolch in den Rücken stößt, dann guck mich nicht mit diesem überrascht-gekränkten Blick an. Jeder hat irgendeine traurige Geschichte zu bieten. Das bedeutet nicht, dass derjenige ein netter Mensch ist.«

Ich seufzte. »Ich weiß, dass er nicht nett ist. Aber wir müssen ihm wenigstens ein bisschen Vertrauen entgegenbringen. Er ist immerhin unser einziger Schutz bei dem Konklave.«

»Nein«, widersprach Zaira mit einem verächtlichen Schnauben. »*Ich* bin dein einziger Schutz bei dem Konklave. Wenn du dich auf ihn verlässt, wirst du es bedauern.«

*

Zairas Worte hallten durch meinen Kopf, als wir gemeinsam an einem Pfad standen, der am Ufer eines Bachs entlang durch eine enge, moosbewachsene Schlucht führte. Nebel füllte heute die Kluft, schlug sich feucht auf dem Moos nieder und wirbelte über dem Flüsschen.

Ich starrte in die verschleierte Ferne, wo sich hoch aufragende Mauern in kolossale graue Gespenster verwandelten, gekrönt von der schroffen Andeutung von Kiefern, und wartete darauf, dass die Eskorte in Sicht kam, die Kathe uns zugesagt hatte. Theoretisch wurde unsere Sicherheit bereits durch den Umstand garantiert, dass wir geladene Gäste waren, aber ich sah keinen Grund, unnötige Risiken einzugehen. Nicht, wenn sich das ganze Imperium auf mich verließ.

Wehrtürme über uns bewachten die Straße, sofern man das so nennen wollte; artefaktische Kreise, die in die Steilwände der Schlucht geritzt worden waren, konnten das ganze Ding über jedem Heer zusammenbrechen lassen, das so dumm war, auf diesem Wege in das Erlauchte Imperium eindringen zu wollen. Es war keine Überraschung, dass Kazerath hier keine Truppen stationiert hatte. Und die Abwesenheit feindlicher Kräfte machte dies zugleich zu einem geeigneten Ort für uns, um die Grenze zu überqueren und anlässlich des Konklaves nach Vaskandar zurückzukehren. Sofern es so etwas wie einen guten

Ort für einen Besuch in Kazerath geben konnte; mir jedenfalls fiel es schwer, der Rückkehr in Ruvens Domäne mit Zuversicht zu begegnen.

Marcello, die Hand auf der Pistole, verlagerte sein Gewicht. Er hatte uns mit einer Anzahl Soldaten zum Treffpunkt begleitet. Auch er sah keinen Grund, Risiken einzugehen.

Wir hatten, seit ich ihm gesagt hatte, er solle nicht auf mich warten, kein privates Gespräch mehr geführt, und nun war zwischen uns genug Platz frei, um zwei Personen aufzunehmen. Schatten lagen unter seinen Augen, und die Art, wie er während der vergangenen Woche ständig in Istrellas Nähe geblieben war, sagte mir, dass ihm die Tatsache, dass sie fremdbeherrscht gewesen war und er es nicht gemerkt hatte, immer noch zu schaffen machte.

Und nun hatte er nicht einmal mehr jemanden, mit dem er über seinen Kummer sprechen konnte. Schuldgefühle nagten an meinem Herzen. Aufrichtigkeit war gut und schön, aber rückblickend betrachtet hatte ich mir dafür einen furchtbar schlechten Zeitpunkt ausgesucht.

Endlich sah er mir in die Augen. Seine waren von Schmerz und Sorgen umwölkt. »Versprich mir wenigstens, dass du keine Dummheiten machst«, sagte er stockend.

»Ich bilde mir gern ein, dass es nicht zu meinen Gewohnheiten zählt, Dummheiten zu machen. Aber vielleicht gehe ich dann und wann ein kalkuliertes Risiko ein.« Ich achtete auf einen unbeschwerten Tonfall, bemühte mich, eine Brücke zu schlagen über dem eisigen Abgrund, der zwischen uns aufklaffte. »Außerdem bin ich in den besten Händen.«

Ich wedelte mit meinen Fingern vor ihm, die sich mit der ungewohnten Last von sieben Ringen schmückten, allesamt Geschenke von Istrella.

Sorge grub eine Falte zwischen seine Brauen. »Ja. Was das betrifft: Weißt du, was ein jeder von ihnen bewirkt?«

»Mehr oder weniger.« Ich begutachtete die Runen, die in die Ringe eingearbeitet waren, und ging sie in Gedanken noch einmal durch. Linker Zeigefinger, Schutz vor Magie; rechter Mittelfinger, außer Gefecht setzen, ohne zu töten; linker Ringfinger, verwunden oder töten; und so weiter. »Sie war so aufgeregt, sie konnte mir die Funktion kaum erklären, aber ich habe sie über alles ausgefragt, was mir in den Sinn gekommen ist. Jeder kann einmal eingesetzt werden und wird einfach auf den Feind geworfen. Ich komme mir ziemlich gefährlich vor.«

Er verzog das Gesicht. »Vielleicht *zu* gefährlich. Sie hatte bestimmt keine Zeit, um die Ringe zu testen.«

»Das Leben bleibt eben ein Abenteuer.«

Zaira rammte mir ihren spitzen Ellbogen in die Rippen. »Da kommt er.«

Und tatsächlich tauchten die vagen Umrisse einer einzelnen Gestalt vor uns im Nebel auf, die, zunächst grau und unwirklich, auf uns zukam. Noch bevor der Dunstschleier mehr von ihm preisgab, erkannte ich ihn schon an der Art, wie er am Rand des steilen Flussufers spazierte, als könnte er gar nicht fallen.

»Er kommt allein?«, fragte Marcello angespannt. »Wo ist die Eskorte?«

»Er ist ein Hexenlord«, bemerkte ich. »Mit ihm und Zaira stellen wir eine Bedrohung dar, die todbringender ist als tausend Musketiere.«

Während sich Kathe langsam näherte, drehte Marcello sich um und blickte mich an, doch es fiel ihm schwer, Worte zu formulieren. »Amalia …«

Grazien. Als er meinen Namen so aussprach, so voller unterdrückter Gefühle, zweifelte ich plötzlich an allem, dessen ich zuvor noch so sicher gewesen war. »Ich weiß, Marcello«, sagte ich leise. »Ich weiß.«

Er schluckte. »Versuch einfach, in einem Stück zurückzukommen.«

»Ich schaffe das schon.« Ich schob eine Hand in die Tasche und holte seinen Knopf hervor; schimmernd lag er in meiner Handfläche. »Du bist ja da und sorgst dafür, dass ich nicht zu waghalsig agiere.«

Einen Moment lang starrte er den Knopf an; als er dann wieder aufblickte, umspielte ein schwaches, ironisches, aber liebevolles Lächeln seine Lippen. Doch er sagte nichts.

Und dann klopfte Zaira Marcello auf den Rücken, und der Moment brach wie die glatte Oberfläche eines Teichs, in den ein Stein geworfen wurde. »Ich passe auf sie auf. Und wir werden alle nach Hause holen – Terika, Namira, alle. Du musst dich nur bereithalten, um das Paket in Empfang zu nehmen, wenn wir dich rufen, wie es sich für einen guten Botenjungen gehört.«

Marcello blinzelte. »Ich glaube, unter all den Bezeichnungen, die du dir für mich hast einfallen lassen, ist das eine der netteren.«

»Gewöhn dich nicht daran.«

Kathe schälte sich aus dem Nebel, und endlich waren die Umrisse der Federn an seinem Umhang und die gefärbten Haarspitzen deutlich zu sehen. Seine Augen funkelten, und er bedachte uns mit einem breiten Grinsen. »Schön, euch beide wiederzusehen.«

Ich verbeugte mich leicht, was er schwungvoll erwiderte. »Ich fühle mich geehrt, dass Ihr persönlich gekommen seid, um uns abzuholen, Lord Kathe.«

»Nichts Geringeres hätte ich für Euch tun können, Dama Amalia. Seid Ihr bereit?«

Ich starrte die Steilwände der Schlucht und den rauschenden, gurgelnden Bach entlang. Könnte ich all diese Lagen von Grau mit den Augen abschälen, so würde ich den uralten Wald zum Vorschein bringen, der uns auf der anderen Seite erwartete und Schatten und Schnee unter seinen Ästen sammelte.

Sobald ich die Grenze zu Vaskandar übertrat, wäre ich zurück in Ruvens Domäne. Seine Gegenwart würde alles Leben durchdringen: Sie würde durch die Augen eines Fuchses blicken, mit dem Ast eines Baumes greifen. Als wir das letzte Mal in Vaskandar gewesen waren, hatten wir es kaum lebend wieder hinausgeschafft, und damals hatten unsere Feinde nicht schon im Voraus gewusst, dass wir kommen würden. Dieses Mal hatte ich zudem weit schwerere Lasten zu tragen: die Verfügung, in der der Doge und der Rat mich zu einer Gesandten des Erlauchten Imperiums erklärten, und die Phiole mit Schwarzem Arg in einem samtenen Beutel.

Zaira sah mir in die Augen. »Wir können das schaffen. Wir sind ein gutes Gespann, weißt du noch?«

Ich nickte, erfüllt von einem Gefühl der Dankbarkeit. »Genau wie in Ardence.«

Zaira prustete. »Hoffen wir lieber, dass es dieses Mal glatter läuft als in Ardence.« Dann versetzte sie mir einen Faustschlag an die Schulter, den ich als Zeichen der Zuneigung verstand.

»Wir sind bereit«, sagte ich zu Kathe.

Und gemeinsam schritten wir in den Nebel.

KAPITEL DREISSIG

»Wir müssen den Zeitpunkt unseres Eintreffens mit Bedacht wählen«, sagte Kathe und blickte zum Fenster der Taverne hinaus auf die nebelfeuchten Bäume jenseits der Straße, als könnte er trotz des durchgängig wolkigen Graus irgendwie erkennen, wie spät es war. Und soweit ich es beurteilen konnte, war das durchaus denkbar.

Wir waren zum Mittagessen in einer einsamen Taverne in der Nähe des Berges eingekehrt, auf dem Ruvens Schloss hockte. Sie schien vorrangig der Bewirtung der Dienstboten und Wachen des Schlosses zu dienen. Die Eignerin, eine stille Frau in den Fünfzigern mit harten Zügen und einer Narbe, die sich wie ein Fingerabdruck über ihren Mund zog, bediente Kathe mit einer unerschrockenen Reserviertheit, die andeutete, dass sie schon viele Male mit dem Schlimmsten konfrontiert worden und bereit war, sich dem jederzeit wieder zu stellen. Als wir eingetreten waren, hatte sie einen Dienstboten, einen jungen Burschen, mit einer knappen Kopfbewegung aus dem Raum gescheucht.

»Warum?«, fragte ich nervös und drehte einen von Istrellas Ringen an meinem Finger. *Linker Zeigefinger, Schutz vor Magie.*

»Rangordnung. Wir treten unserem Rang nach bei dem Konklave in Erscheinung, abhängig davon, wie lange wir die Lordschaft innehaben. Die Jüngsten zuerst, die Ältesten zuletzt.« Kathe schmunzelte. »Ruven wird die Demütigung erspart bleiben, als Erster antreten zu müssen, weil er der Gastgeber ist und daher ganz auf einen Auftritt verzichten kann.«

»Und wo steht Ihr in dieser Ordnung?«, erkundigte ich mich.

Fältchen gruben sich in die Haut um Kathes Augen, und seine Magiermale schimmerten gelb. »Wir haben schon eine Weile kein Spiel mehr miteinander gespielt. Wie wäre es, wenn Ihr ratet, wie alt ich bin?«

Er hatte recht. Kathe war ein Hexenlord und folglich mehr oder weniger unsterblich. Er könnte, nach allem, was ich wusste, schon Hunderte von Jahren alt sein.

Ich analysierte seine scharfen Züge. Nicht die kleinste Altersspur zeichnete seine Stirn, und nur feinste Lachfältchen umgaben seine Augen. Silber wäre bei seinem weißblonden Haaransatz kaum auszumachen, weshalb ich bezweifelte, dass ich ergraute Haare finden würde. Seine Haut hatte die runde Glätte verloren, die bisweilen von der Kindheit blieb, zeigte aber auch nichts von der Ermüdung, die typisch für einen Menschen mittleren Alters war. Hätte ich sein Alter anhand seiner äußeren Erscheinung einschätzen sollen, ich hätte ihn irgendwo in den Zwanzigern verortet.

Aber die Herrin der Adler sah nicht viel älter aus, und sie war schon vor dem Imperium hier gewesen. Es war die Macht des Lebens selbst, was die Hexenlords durchdrang, was ihnen diese endlose Fülle an Vitalität gab, die sie ewig im besten Alter zu halten schien. Vermutlich sahen sie *alle* aus, als wären sie in ihren Zwanzigern. Ich würde mich also wohl oder übel auf andere Indizien stützen müssen.

»Ihr seid zu ehrgeizig, um zu den Ältesten zu zählen«, sagte ich. »Ihr hättet Euch bereits Euren Platz erarbeitet oder wäret bei dem Versuch gestorben, wenn Ihr bereits Jahrhunderte hinter Euch hättet.«

Er gluckste. »Ist das die präziseste Antwort, die Ihr mir geben könnt? Ich dachte, Ihr wäret eine gelehrsame Frau.«

»Gebt mir einen Moment.« Stirnrunzelnd musterte ich ihn. Älter als Marcello, ohne Frage; Kathe hatte ein Alter erreicht, in dem er den Versuch aufgegeben hatte, sich vor anderen zu beweisen. Jünger als meine Mutter? Grazien, ich hoffte es.

»Acht«, kommentierte Zaira lachend. »Er ist groß für sein Alter.«

»Nur im Herzen«, konterte Kathe ebenfalls grinsend.

Ich schlug auf den Tisch. »Vierzig.«

Kathe zog die Brauen hoch. »Euer letztes Wort?«

Sollte er hundert Jahre alt sein, hatte ich ihn womöglich tödlich beleidigt. Sollte er erst neunzehn sein, wäre das sogar noch schlimmer. Aber ich nickte. »Ja.«

»Nicht schlecht.« Er erhob seinen Krug vor mir. »Wie der Zufall will, bin ich siebenunddreißig.«

»Ein alter Mann«, sagte Zaira und wackelte mit den Brauen. »Aber man sagt, es käme genau da, wo es am wichtigsten ist, vor allem auf Erfahrung an.«

Unter dem Tisch versetzte ich Zaira einen Tritt an die Fessel. »Und was bedeutet das nun für Euren Platz in der Rangordnung der Hexenlords?«, fragte ich.

»Ruven ist der Neueste«, sagte Kathe. »Dann kommt der Espenlord von Ordun. Er ist mit Euch verwandt – ein Sohn der Herrin der Adler. Er hat die Gelegenheit ergriffen, die Domäne des Eichenlords zu übernehmen, als der vor einigen Jahren bei einem Ausbruch des Vulkans Enthalus ums Leben gekommen ist, und die Erben des Eichenlords vertrieben. Dann kommen noch ein paar andere und dann ich. Ich bin der Hexenlord von Let, seit meine Mutter vor zwanzig Jahren starb.«

Mir kam ein sonderbarer Gedanke. Mir war nicht wohl dabei, nachzuhaken, aber Kathes Miene war unverändert heiter. Ich schuf meiner Unsicherheit Ausdruck, indem ich mit dem Finger auf dem Tisch herumwanderte. »Wenn Sie ein Hexenlord und unsterblich war …«

»Wie ist sie dann gestorben?« Schmerz schärfte Kathes Blick, spannte die Haut um seine Augen. »Es gibt Mächte, die stärker sind als das Leben selbst, fürchte ich. Eine davon ist die See.«

Ich schnappte nach Luft. »Sie ist ertrunken?« Jeder Raverraner kannte die Furcht vor dem Ertrinken, vor der Endgültigkeit der erstickenden Finsternis unter der sonnig-grünen Oberfläche der Lagune.

Kathe senkte den Blick und starrte seine Hände an. »Sie hat es geliebt, neue Orte zu erkunden, was bei Hexenlords selten vorkommt. Es ist nicht leicht, ein Schiff als Gefahr zu erkennen, wenn es so wenig gibt, das einem Leid zufügen kann. Als ihres dann bei einem Sturm auf hoher See gesunken ist, hatte sie genug Leben in sich, dass sie auch in der erdrückenden Tiefe nicht starb, sondern lange Zeit überdauerte, ohne zu atmen. Eine viel zu lange Zeit.«

»Das ist schrecklich«, flüsterte ich. Entsetzen stieg in mir auf und schwappte über wie kaltes Salzwasser.

»Wenn das Sterben so lange dauert, gibt es keinen sauberen Tod mehr«, sagte Kathe leise. »Meine Mutter hätte sich noch viel länger am Leben erhalten können. Vielleicht Wochen oder Monate. Sie hätte es möglicherweise sogar schaffen können, dem Wrack, in dem sie gefangen war, irgendwie zu entkommen und zur Küste zurückzukehren. Aber sie lehnte es ab, das Leben ihrer Domäne aufzuzehren, um das eigene zu erhalten. Sie ließ los.« Er öffnete die Hand und hob sie mit einer gemächlichen, gedankenversunkenen Anmut. »Und in diesem Moment ist jede Saat in Let in meinem Herzen aufgegangen. Jedes geschmeidige, pelzige Ding in seinem Bau, jeder Vogel, der die Luftströme des Himmels erprobte, jeder Baum, dessen Wurzeln tief in der Erde versunken waren und dessen borstiges Haar locker im Wind schaukelte. Jedes Kind in seiner Wiege, jeder Hund, der träumend neben dem Herd lag. Ich hatte ganz Let in mir; es pulsierte mit meinem Blut in meinen Adern.« Kathe schloss die Augen. »Es ist schon recht merkwürdig, so viel zu verlieren und im gleichen Moment so viel zu gewinnen.«

Seine Stimme war so ruhig wie zuvor, aber mein Herz schmerzte bei jedem Schlag. »Ich kann mir das nicht ansatzweise vorstellen«, sagte ich heiser. Doch ich konnte – zumindest vermochte ich mir einen siebzehnjährigen Kathe vorzustellen, schmerzgebeugt unter der doppelten Bürde eines ganzen Reiches in seinem Geist und des entsetzlichen Verlusts der Mutter.

»Das war nicht mein bester Tag«, gestand Kathe. »Aber es ist zwanzig Jahre her.« Er sah erneut zum Fenster hinaus und erhob sich dann. »Zeit, in Position zu gehen, denke ich. Der Espenlord ist eingetroffen, und die anderen sind unterwegs.«

Ich stand ebenfalls auf. Kathes Geschichte lastete schwer auf meinem Geist, als ich ein paar Münzen für die Wirtin auf den Tisch warf. Kathe zog die Brauen hoch, als wäre ihm das Konzept der Währung vollkommen fremd, aber er sagte nichts dazu. Ich wusste, dass es in Vaskandar auch Geld gab; Hexenlords waren wohl dennoch nicht gewohnt, für irgendetwas zu bezahlen.

Behutsam trat ich auf die Straße hinaus, darauf bedacht, nicht in die Wasserlachen zu treten, die sich in den tiefen Radspuren gebildet hatten, welche ein Zug Versorgungswagen auf seinem Weg zu der an der Grenze lagernden Armee hinterlassen hatte. Ich hatte einen edleren Mantel und feinere Kniehosen gewählt, als ich gewöhnlich auf Reisen bevorzugte, um bei dem Konklave einen guten Eindruck zu machen, und ich wollte die makellos weißen Strümpfe nicht mit Schlamm beschmutzen.

Flechten hoben sich hell vor den von der Feuchtigkeit dunkel gefärbten Baumstämmen um uns herum ab, Moose schwangen an den Ästen hin und her und saugten den Dunst in sich auf. Von dem nassen Schnee, der sich in die Schatten und Mulden des unebenen Waldbodens schmiegte, stieg noch mehr Nebel auf und gesellte sich zu der unwirklichen Wolke, die uns umgab. Nasskalte Luft umfing mein Gesicht und meine Hände, und ich tastete in der Tasche nach den Handschuhen und berührte dabei das tröstliche Rund von Marcellos Knopf.

»Ich weiß«, flüsterte ich. »Ich kann auch nicht fassen, dass ich wieder dorthin gehe.«

Ich konnte das Schloss mit den Türmen, die wie schwarze Klauen auszugreifen schienen, nicht sehen. Nicht einmal der Berg, auf dem es stand, war auszumachen. Doch ich wusste, die Straße, die dort hinaufführte, war nahe. Wir konnten nicht mehr als ein paar Meilen von der Stelle entfernt sein, an der Zaira ihre bitteren, zornigen Flammen auf den Wald losgelassen hatte.

Zaira starrte entschlossenen Blicks hinauf zu dem unsichtbaren Schloss, als könnten die schwarzen Ringe ihres Magiermals den Nebel durchdringen.

»Terika«, murmelte sie. »Ich komme.«

Kathe hatte unser Gepäck im Vorfeld von Trägern zum Schloss bringen lassen, sodass wir die Straße unbelastet hinaufmarschieren konnten. Ein erwartungsvolles Leuchten trat in seine Augen, und es schien, als würde ihm bei jedem Schritt Macht zufließen. Oder als wenn er allmählich einen Mantel abwürfe, mit dem er normalerweise die volle Wirkung seiner Präsenz dämpfte, ganz so, als würde ein Vogel sein dumpfes Wintergefieder Feder um Feder ablegen, und darunter käme ein prächtig buntes Federkleid zum Vorschein.

Es war schwer, sich nicht wie ein Anhängsel vorzukommen, wenn man ihm folgte.

Plötzlich kam mir ein Gedanke, und ich stahl mich an Zaira heran. *»Exsolvo«*, flüsterte ich.

»Ahhh.« Ihre Schultern entspannten sich, ihr Rücken richtete sich auf, und in ihren Augen leuchtete ein stärkerer Funke auf als sonst.

»Tut mir leid«, murmelte ich. Die Schuldgefühle zogen mir die Brust zusammen. »Das hätte ich schon tun sollen, als wir die Grenze überquert haben.«

»Verdammt richtig, das hättest du.« Sie reckte die Arme über den Kopf. »Aber besser jetzt als später. Ich will nicht mit gefesselten Händen in diese Schlangengrube marschieren.«

»Du kannst mich jederzeit fragen, weißt du, ganz gleich aus welchem Grund«, sagte ich. »Oder du kannst einfach dauerhaft entfesselt bleiben, wenn dir das lieber ist.« Ich zögerte einen Moment. »Auch, wenn wir wieder im Imperium sind.«

Zairas Brauen schossen aufwärts. »Und was ist mit dem Gesetz? Ich dachte, du wärst eine brave kleine Bürgerin, die mit dem sinkenden Boot untergeht, ehe sie an einem verbotenen Ort anlegt.«

»Das Gesetz erlaubt mir, dich zu entsiegeln, wenn wir die Situation als gefährlich einstufen.« Ich atmete tief durch. »Ich würde sagen, unsere bisherigen Erfahrungen deuten darauf hin, dass die Situation *immer* gefährlich ist. Meinst du nicht auch?«

Zaira bedachte mich mit einem langen, bohrenden Blick. »Muss nett sein, wenn man einen Rang hat, der hoch genug ist, dass man selbst entscheiden kann, wie das Gesetz auszulegen ist. Warum jetzt?«

»Wie meinst du das?«

»Warum sagst du mir das jetzt und nicht schon, ach, sagen wir vor zwei Monaten?«

Schamesröte stieg mir heiß den Hals hinauf und bis zu den Ohren. »Das hätte ich tun sollen. Aber da war mir diese spezielle, äh, Interpretation des Gesetzes noch nicht in den Sinn gekommen. Und mir war nicht bewusst gewesen, dass du deine Macht entsiegelt haben möchtest, auch wenn es keinen Grund gibt, irgendetwas in Brand zu stecken.«

»Hmpf.« Zaira spannte und lockerte ihre Finger. »Ich schätze, die Kleinigkeit, dass wir in einer Stadt mit Tausenden von unschuldigen, entflammbaren Leuten waren, hat auch eine Rolle gespielt.«

»Na ja, das auch.«

Sie stach mir mit einem knochigen Finger in die Rippen. »Du bist ein milchgesichtiger, einfältiger Dummkopf, wenn es um Gesetzestreue geht. Du musst die Gesetze nicht befolgen, wenn sie unsinnig sind.«

»Theoretisch muss man«, widersprach ich ihr.

Zaira schnaubte verächtlich. »Glaubst du etwa, deine Mamma befolgt immer alle Gesetze?«

»Na ja, sie ist im Rat der Neun, also hat sie die Autorisationsbefugnis …« Meine Stimme verlor sich, als ich über die diversen Dinge nachsann, die sie *nicht* autorisieren konnte, ohne vorher den ganzen Rat zusammenzurufen, was sie wohl, dessen war ich ziemlich sicher, regelmäßig umging. »Nein«, gestand ich.

Zaira erging sich in großartigen Gesten. »Das Gesetz ist wie ein Korsett. Schnürst du es zu fest, siehst du vielleicht angemessen aus, bekommst aber keine Luft mehr.«

Ich war nicht sicher, ob ich diesem Gleichnis zustimmte, ging aber davon aus, dass sich juristische Diskussionen mit Zaira auf persönlicher Ebene als unbefriedigend erweisen mussten, also beschränkte ich mich auf eine unverbindliche Lautäußerung.

Kathe blieb stehen und neigte den Kopf zur Seite, als würde er lauschen, ehe er sich zu mir umdrehte. »Ich sollte Euch warnen.«

Das klang bedrohlich. »So?«

»Die Tradition verlangt einen dramatischen Auftritt«, erklärte er. »Ich war zu beschäftigt, um mir im Vorfeld irgendetwas Raffiniertes auszudenken, also werde ich mir unterwegs etwas einfallen lassen müssen.«

Ich schluckte. »Gut.«

»Ich kann Euch zu einem *sehr* dramatischen Auftritt verhelfen«, erbot sich Zaira.

Ein breites Grinsen erblühte auf Kathes Gesicht. Doch dann schien ihm ein Gedanke zu kommen, und es verblasste wieder. »Hmm. Es wäre kein gutes Benehmen, das Haus des Gastgebers zu beschädigen.«

»Oh.« Zaira seufzte. »Dann vergesst es.«

Grazien helft, die Gesellschaft, mit der ich mich umgebe, wird mich irgendwann umbringen. »Gibt es noch irgendwelche anderen Traditionen, von denen wir wissen sollten?«, fragte ich.

Kathe marschierte forschen Schrittes wieder los; Zaira und ich hatten Mühe, mitzuhalten. »Mal sehen. Das Konklave umfasst drei Phasen. Die erste ist die Ankunft.«

»Ich nehme an, das ist das, was wir nun vor uns haben«, bemerkte Zaira, als wir an die Stelle kamen, an der sich die Straße gabelte, ehe sich der Weg in Serpentinen den Hang hinaufschlängelte.

»Ja, aber das umfasst auch etwas, das Ihr Raverraner, wie ich annehme, als Empfang bezeichnen würdet.« Er legte die Stirn in Falten, als wäre er nicht recht sicher, ob das der richtige Begriff war. »Alle sind dort und können sich einfach unterhalten. Es gibt keine offiziellen Angelegenheiten, die dort in Angriff genommen werden müssen, also wird die Gelegenheit normalerweise dazu genutzt, mögliche Strategien und Allianzen auszuloten. Das ist der informellste Teil des Konklaves.«

Der Gedanke, dass der Empfang den *in*formellsten Teil der ganzen Geschichte darstellen sollte, kam mir sonderbar vor. Meiner Erfahrung nach waren solche Anlässe höfische Ereignisse mit prachtvollen Bällen und einem gewissen Maß an Gepränge, aber ich beschied mich mit einem Nicken. »Dann meint Ihr also, dafür wäre Abendkleidung angemessen, keine höfischen Festgewänder?«

Kathe blinzelte. »Äh … ich nehme an, ich werde etwas Warmes tragen, weil Schlösser oft recht zugig sind.«

Zaira kicherte und formte mit den Lippen: *Blut deiner Feinde.*

»Wie auch immer«, fuhr Kathe, dem mein Erröten offenbar völlig entgangen war, fort, »die zweite Phase ist die Abrechnung, während derer man die Chance hat, Forderungsrechte in Anspruch zu nehmen und Gefälligkeiten einzufordern.« Ihm fiel mein Blick auf. »Das ist möglicherweise der wichtigste Teil. Forderungsrechte aus Missständen und Gefälligkeiten sind eine Form der Währung unter Hexenlords.«

»Ach? Gefälligkeiten tauschen wir in Raverra ständig aus, aber so etwas wie Forderungsrechte würden bei uns wohl eher, äh, unilateral in Anspruch genommen.«

»Wenn jemand eine Forderung Euch gegenüber hat, dann seid Ihr ihm etwas schuldig.« Mit einem Wink deutete er auf die Klauen an meinem Hals. »Beispielsweise hat die Herrin der Dornen Euch mit ihren Geißelhunden angegriffen, obwohl Ihr mein Schutzzeichen getragen habt und auf der Straße geblieben seid. Das räumt mir ein Forderungsrecht ihr gegenüber ein, auch wenn die Forderung nur geringfügig wäre, da Ihr keinen dauerhaften Schaden erlitten habt. Dennoch bleibt es ein Forderungsrecht.«

»*Geringfügig?*«, protestierte ich. »Ein Dutzend gute Leute wurden getötet!«

»Aber die haben mein Zeichen nicht getragen. Ihnen war keine sichere Passage gewährt worden, und sie waren nicht mein. Für sie kann ich kein Recht einfordern.« Er runzelte die Stirn. »Und sie waren keine Magier. Das ist bestenfalls närrisch, aber ich habe bereits darauf hingewiesen, dass das Leben von Personen ohne magische Begabung weniger zählt.« Nach der Anspannung zu schließen, die ich in seiner Stimme wahrnahm, dachte er gerade an seinen Untergebenen und Freund Jathan.

»Also könnt Ihr nun eine Gefälligkeit zur Abgeltung Eurer Forderung verlangen?«, fragte ich. »Läuft das so ab?«

Er nickte. »Aber ich kann sie auch ablehnen. Eine ausreichend große Anhäufung an Forderungsrechten ist ein Grund, in den Krieg zu ziehen. Und jeder, gegen den nicht abgegoltene Forderungen gesammelt werden, wird Probleme haben, Verbündete zu finden oder auch nur zu halten. Gewöhnlich sind die Gefälligkeiten von anderen Hexenlords wertvoll genug, um kleinere Angelegenheiten aus der Welt zu schaffen.«

Ich war überzeugt, dass Kathe die nicht ganz so kleine Sache mit Jathans Tod nicht hatte abgelten lassen. Aber das behielt ich für mich. »Allmählich begreife ich, wie die Resultate der Abrechnung sich darauf auswirken könnten, wer sich später mit wem verbündet.«

»Ja. Gewisse Hexenlords neigen dazu, Gefälligkeiten zu sammeln, die sie dann einfordern können, um das Konklave in ihrem Sinne zu beeinflussen. Achtet auf die Herrin der Spinnen und den Elchlord; beide sind auf diese Weise höchst einflussreich geworden. Kann man einen von ihnen auf seine Seite bringen, werden andere folgen.«

Ich rief mir die Karten aus meinen Büchern ins Gedächtnis. »Ihre Domänen sind auch recht ausgedehnt, nicht wahr?«

»Ja, und sie sind alt, besonders der Elchlord. Viele beugen sich ihm.« Kathe reckte einen Finger hoch. »Erwartet nicht zu viel Hilfe von mir während des Konklaves. Ich muss mich um meine eigenen Angelegenheiten kümmern und werde Gefälligkeiten nicht Euretwegen vergeuden. Aber ich sehe keinen Grund, Euch nicht mit den nötigen Informationen auszustatten, damit Ihr Eure eigenen Kämpfe ausfechten könnt.«

»Daran bin ich gewöhnt.« Mutter hatte beinahe das Gleiche gesagt, als ich angefangen hatte, mich um Unterstützung für mein Falken-Reform-Gesetz zu bemühen.

»Das denke ich mir.« Kathe warf einen Blick auf die Bäume, zwischen deren Nadeln etwas flatterte. »Nach der Abrechnung folgt das Entflammen, bei dem wir über die wichtigen Angelegenheiten befinden, wegen derer das Konklave einberufen wurde. Bei diesem Konklave geht es während des Entflammens allein um die Frage, ob wir gegen das Erlauchte Imperium in den Krieg ziehen sollen. Zum Schluss werden die Kerzen gezählt, und danach ist das Konklave beendet.«

Ich wollte gerade fragen, was er mit dem Zählen der Kerzen meinte, da nickte er scharf, als wäre er gerade im Begriff, eine Frage zu beantworten.

»Es wird das Beste sein, jetzt mit dem Einsammeln anzufangen, denke ich«, murmelte er und hob eine Hand.

Eine Krähe flog von den Bäumen herbei und nahm auf seinem Handgelenk Platz, die Schwingen weit gespreizt, um die Balance zu halten. Dann folgte eine weitere und landete auf seiner Schulter.

»Es steht Euch frei, bei Eurem Auftritt neben oder hinter mir zu gehen, ganz wie Ihr wünscht«, sagte Kathe. »Ich kann sie bitten, nicht auf Euch zu landen, wenn Euch das lieber ist.«

Als er den Satz beendet hatte, war bereits die nächste Krähe auf seiner anderen Schulter gelandet, und noch mehr beobachteten uns aus den Bäumen. Schwarze Schwingen blitzten zwischen grünem Laub hervor, und die Vögel glitten vor uns über der Straße durch die Luft, schossen von einem Baum zum anderen und woben ein Muster in die Luft.

»Ich bin nicht sicher, ob sie zu meinen Kleidern passen«, bemerkte ich trocken und deutete auf den Brokatmantel in Bronze und Schokoladenbraun, dessen Ärmel über und über mit Stickereien verziert waren.

»Nun gut. Und Ihr, Dama Zaira?«

Zaira musterte die Krähen argwöhnisch. »Ich hätte ihre kalten Klauen lieber nicht auf mir, danke.«

Kathe grinste. »Ah, nun kenne ich also einen perfekten Weg, um Euren Ärger zu provozieren, sollte ich je das Bedürfnis verspüren, herauszufinden, wie mir Euer Schadfeuer schmeckt.«

»Ich würde das nicht empfehlen«, knurrte Zaira. »Niemand hat je um Nachschlag gebeten.«

Kathe lachte. Mehr und mehr Krähen sammelten sich; die Bäume schwankten und raschelten unter der Last Hunderter schwarz gefiederter Leiber, und ihre glänzenden dunklen Augen musterten uns neugierig aus dem Geäst. Konstant segelten sie an uns vorbei, eine nach der anderen, manchmal so dicht, dass sie mir das Haar zerzausten.

Es wäre nur zu leicht, einfach hinter Kathe herzugehen, sich von ihm zu diesem gefährlichen Ort führen zu lassen, mitten hinein in den Schlupfwinkel des Feindes. Doch ich sammelte all meinen Mut, schloss zu ihm auf und bot ihm meinen Arm an.

Er nahm ihn. Die Krähe an seiner Schulter neigte den Kopf zur Seite und öffnete den Schnabel zu lautlosem Gelächter.

Als wir auf dem Gipfel aus dem Wald traten, alle drei Seite an Seite, hatte sich der Nebel weit genug gelichtet, dass wir die schwarzen Türme des Schlosses sehen konnten, die sich kantig und bedrohlich über uns erhoben. Die orchideenfarbenen Blätter an dem großen Baum glitzerten vor Frost, und all die Ranken am Schloss trugen purpurne Blüten, die sich widernatürlich von dem schimmernden, makellosen Weiß der dünnen Schneedecke auf dem Rasen abhoben. Die Wölfe, die die Tür bewacht hatten, waren fort. Menschliche Musketiere in schwarzen Uniformschecken mit violetten Säumen hatten ihre Stelle eingenommen.

Mir blieb kaum genug Zeit, um das alles zu erfassen, ehe die Krähen mit uns aus dem Wald hervorplatzten.

Ihre Flügel schufen einen gewaltigen Donner, schlugen heftigen Wind auf, der mein Haar bald hier-, bald dorthin peitschte. Wie eine Wolke stiegen sie um uns herum auf, flogen hinter uns her oder über uns hinweg, forderten die Luft für ihren Herrn – elegante glänzende Wesen, die herumjagten wie kleine Scheibchen schwarzen Gelächters. Es mussten wirklich Hunderte sein; sie warfen ihren Schatten über uns und ließen keinen Sonnenstrahl durch. Die Wachen schraken vor ihnen zurück und rissen die Hände hoch, um ihre Gesichter zu schützen.

Alles, was ich tun konnte, war, vornehm an Kathes Seite zu schreiten, den Arm bei ihm untergehakt. Zaira murmelte einen tonlosen Fluch und setzte ein mörderisches Lächeln auf.

Kathe stolzierte mit einem liebenswürdigen Nicken für jeden der Männer zwischen den Wachen hindurch. »Einen guten Tag!«, grüßte er aufgeräumt.

Und so traten wir hinaus aus der Gewitterwolke aus Krähen und hinein in das majestätische Halbdunkel von Ruvens Schloss.

KAPITEL EINUNDDREISSIG

Die Krähen folgten uns nicht ins Schloss hinein. Dergleichen wäre anscheinend ungehobelt gewesen. Stattdessen teilten sie sich vor dem Tor in eine doppelte Welle und wirbelten himmelwärts, als würden zwei gewaltige schwarze Schwingen ausgebreitet.

Das Schloss verschluckte uns mit seiner stillen, beklemmenden Präsenz. Die Luft fühlte sich so schwer und tot an wie in einer Gruft. Jeder Zoll meines Körpers erinnerte sich daran, dass dies eine Falle war, schrie mich an, ich solle fliehen, ehe sich die Türen ein weiteres Mal hinter uns schlossen.

Doch zugleich erbebte eine innere Kammer meines Herzens vor Aufregung. *Das Konklave.* Kein Raverraner hatte ihm je zuvor beigewohnt, und doch waren wir nun hier und standen kurz davor, Zeugen der geheimsten Spielarten vaskandrischer Macht zu werden. Eine Versammlung aller siebzehn Hexenlords war zum Fürchten, aber es war auch staunenswert und ein großes Mysterium. Wirklich, wenn ich wieder daheim wäre, dann sollte ich ein oder zwei Abhandlungen darüber für die Reichsbibliothek schreiben.

Falls ich wieder heimkäme. Falls ich nicht bei meiner Aufgabe hier versagte und das Imperium einem Untergang preisgäbe, so vernichtend, dass niemals wieder irgendjemand Abhandlungen für die Reichsbibliothek schrieb.

Wachen säumten die Eingangshalle, Ruvens menschliche Soldaten, die den Platz der Wölfe seines Vaters eingenommen hatten; statt beruhigend normal zu wirken, verstärkte das irgendwie noch mein Gefühl, einer lasterhaften Bedrohung ausgeliefert zu sein. Steif und formell standen sie in Zweierreihen da, um uns direkt in den großen Saal zu schleusen. Die schwarzen Rippen des Thronsaals wölbten sich über unseren Köpfen, Licht fiel in einem verschlungenen Muster durch die hohen Fenster. Der Thron war leer, die Wolfspelze waren entfernt worden; purpurne Samtkissen milderten nun die dramatischen schwarzen Spitzen und Kurven.

Eine Handvoll Gestalten wartete im Thronsaal schon auf uns, locker um eine steinerne Schale auf einem Podest versammelt, und jede einzelne Person umgab eine Aura der Macht, stark genug, um die Luft aus dem Raum zu saugen. Eine trug eine Krone aus goldenen Blättern und einen langen weiß-silbernen Mantel mit einem hohen Kragen; ich nahm an, das war der Espenlord, mein Großonkel. Eine andere hatte leuchtend orangerote Haare, die zu einem Pferdeschwanz gebunden waren, und war in einen engen Mantel aus kunstvoll zusammengesetzten Lederstücken in verschiedenen Schattierungen von Braun und Rostrot gehüllt.

Aber die Gestalt, die meine Aufmerksamkeit nicht nur erregte, sondern fesselte, war Ruven. Er hatte sich verändert.

Es lag nicht an dem bodenlangen schwarzen Mantel mit der kantigen, asymmetrischen Purpurstickerei; der war noch derselbe wie zuvor. Es war auch nicht das glatte blonde Haar oder das niederträchtig-amüsierte Lächeln auf seinen Lippen oder die arrogante Haltung.

Es war seine Präsenz. Sein violettes Magiermal flammte auf wie ein Blitz, als er mir in die Augen sah. Er füllte den großen Saal aus, seine Macht hing in der Luft wie ein Pesthauch. Die absolute Gewissheit seiner Macht umgab ihn wie ein Mantel.

Grazien, behütet uns. Als wir seinen Vater getötet hatten, hatten wir zugleich den schlimmsten Dämon der Neun Höllen freigelassen.

Er breitete die Arme weit aus, um uns in Empfang zu nehmen. »Der Krähenlord von Let. Willkommen in meinem Heim. Und welch faszinierende Gäste Ihr mitbringt.«

Kathe verbeugte sich auf eine knappe, steife Weise, die kaum als Zucken durchging. »Ich bin entzückt, dem jüngsten Hexenlord zu begegnen. Ich glaube, Dama Amalia Cornaro und Dama Zaira kennt Ihr bereits.«

»Gewiss.« Ruvens Blick landete auf Zaira, und die Luft wurde schwerer. »Ihr habt Nerven, Let, dass Ihr die Mörderin meines Vaters als Euren Gast in sein Schloss bringt.«

Die anderen Hexenlords wechselten Blicke; der Rotschopf sah

Kathe mit hochgezogenen Brauen an, und eine Frau flüsterte ihrer Begleitung etwas hinter vorgehaltener Hand zu.

»Nun, habt Dank«, sagte Kathe. »Ich bemühe mich stets, zu schockieren, wo ich nur kann.«

»Wie der Zufall es will, wollte ich der Dame danken.« Ruven bedachte Zaira mit einem breiten Lächeln, das so strahlend wie giftig war. »Ich verdanke Euch den Aufstieg zum Herrscher über meines Vaters Domäne. Ihr habt mir die großartige Gabe der Unsterblichkeit verliehen. Ich muss mir überlegen, wie ich Euch meine Dankbarkeit am besten zeigen kann.«

Ich hätte nie gedacht, dass ein Knicks mörderische Absichten zum Ausdruck bringen konnte. Bis ich Zaira dabei beobachtete. »Wenn ich Euch einen Vorschlag unterbreiten darf«, säuselte sie, »mir fallen eine ganze Menge Dinge ein, die Ihr tun könntet.«

Ruven drehte sich zu mir um. »Und Dama Amalia!« Er legte eine Hand an die Brust. »Es schmerzt mich zutiefst, zu erfahren, dass Ihr inzwischen um einen anderen Hexenlord werbt. Wie bedauerlich! Ich fürchte, ich habe zu langsam agiert.«

Ich zog die Brauen hoch. »Bedauerlich, allerdings, Lord Ruven. Doch ich fürchte, die Aussichten einer Brautwerbung leiden in den meisten Fällen, wenn man zur gleichen Zeit Kriegsvorbereitungen trifft.«

»Dann trifft es sich ja gut, dass ich die Vorbereitungen beinahe abgeschlossen habe«, entgegnete Ruven und zog die Augen zusammen wie eine Katze. Furcht nistete sich in meinem Bauch ein, und ich verfiel in Schweigen, während ich mir im Stillen wünschte, dass Roland und Marcello sich mit der Sabotage der vulkanischen Artefaktionskreise beeilten.

Kathe räusperte sich. »Wo habe ich nur meine Manieren? Die Tradition zuerst. Die Friedenssteine.«

Er trat an das Bassin auf dem Pfeiler. Das Becken erinnerte mich an den blutenden Stein der Herrin der Adler; es schien genauso alt zu sein, der graue Stein glatt poliert von Jahrhunderten der Berührungen. Und tatsächlich befleckte eine kleine Pfütze einer dunklen Flüssigkeit die Mitte des Beckens. Aber die Symbole am Rand waren zweifellos artefaktische Runen – kein Stil, der mir bekannt gewesen wäre, und von der Zeit gezeichnet, aber dennoch ein artefaktischer Kreis. Eingravierte Linien zogen sich von den Runen am Rand nach innen und vereinten sich im Zentrum zu einem Diagramm.

Aufgeregt näherte ich mich Kathe, um einen genaueren Blick darauf zu werfen. »Das ist eine Art von Bindung, richtig?«

Der Espenlord, der meine leise Frage gehört hatte, nickte. Interesse schimmerte in seinen Augen, die so golden waren wie die seiner Mutter. Er hatte ein kantiges Gesicht und war kleiner, als ich es bei einem Mann erwartet hatte, dessen Titel sich auf einen Baum bezog, doch er strahlte eine verhaltene Kraft aus. »Ich hörte, Ihr seid eine gelehrte Frau, Dama Amalia. Die Friedenssteine sind ein uraltes Artefakt Vaskandars, geschaffen von den ursprünglichen Hexenlords mit der Unterstützung eines großartigen ostischen Artefaktors. Dies ist der zentrale Stein; die anderen sind so platziert, dass sie das Schlossgelände umschließen.«

Stirnrunzelnd betrachtete ich das Becken, folgte mit den Augen den Linien und versuchte, die Bedeutung der Runen zu erfassen. »Ich sehe ein Reflexionsmuster. Ein Schutzbann?«

»Der soll dafür sorgen, dass wir uns vertragen«, erklärte Kathe. Er holte einen beinernen Dolch aus der Scheide und zog ihn über die Rückseite seines Arms. Rote Blutstropfen quollen hervor; er ließ sie in das Becken tropfen, wo sie sich mit was immer bereits drin war vermischten. »Wir geben den Steinen jeden Tag unser Blut, beginnend mit diesem. Wenn wir dann, während wir uns innerhalb des Kreises der Friedenssteine aufhalten, jemanden verletzen, dessen Blut sich hier mit unserem vermengt hat, schlägt der Schaden auf uns zurück. So heißt es zumindest.«

Ich verkniff es mir, die Runen zu berühren. Möglicherweise würde es nicht gern gesehen werden, wenn ich an ihrem Artefakt herumfummelte. »Das hört sich passend an. Ich glaube, Euer eigenes Blut würde sich dann irgendwie gegen Euch wenden.«

»Tatsächlich?« Kathe wirkte interessiert. »Hört sich scheußlich an.«

»Das ist es«, bestätigte der Espenlord mit tiefer, volltönender Stimme. »Meine Mutter wurde einmal Zeugin davon. Sie hat mich gewarnt, es sei eine Torheit, den Frieden zu brechen. Zwar reicht die Strafe nicht, um einen Hexenlord zu töten, aber man wäre im Falle eines Gegenschlags recht verwundbar, und die Friedenssteine würden einen nicht mehr schützen.«

»Und was passiert, wenn man einem anderen versehentlich auf die Zehen tritt?«, fragte Zaira und musterte Ruven. Ich konnte förmlich sehen, wie sich in ihrem Kopf ein Plan entwickelte, um Ruven gegen einen anderen Hexenlord stolpern zu lassen.

»Der Schaden muss absichtlich herbeigeführt werden und ernst genug sein, um die Vergeltung der Friedenssteine zu entfesseln. Ein bloßer Schubs oder auch ein leichter Schlag würden dafür nicht ausreichen.« Der Espenlord blickte auf. »Es kommt noch jemand.«

Als Erstes drang ein sonderbares schleifendes Rumpeln an meine Ohren. Dann zeigte sich ein wundersames Bild im Rahmen der weit geöffneten Tore des Schlosses: eine lebendige Kutsche, gewachsen aus Ranken und Blumen, die miteinander verwoben waren und gemeinsam eine neue, wunderschöne Form bildeten. Das Gefährt, das ohne Pferde heranrollte, zog Rosen und Efeu hinter sich her wie die in Edelsteinfarben leuchtende Schleppe einer Königin. Als es angehalten hatte, stieg eine Frau in einer Robe aus Blättern und Blumen aus, die sich leuchtend von der tiefbraunen Haut ihrer nackten Arme abhoben. Auf ihrer langen Mähne aus vielfach geflochtenem dunklen Haar saß eine Krone aus Lorbeer und lebendigen Libellen.

Zaira gab einen leisen, anerkennenden Laut von sich. So wunderschön die Dame auch unbestreitbar war, mir kroch eine Eiseskälte das Rückgrat hinauf; sie bewegte sich mit der räuberischen Anmut einer Gottesanbeterin, und ich zweifelte keinen Augenblick lang, dass sie noch weitaus tödlicher war.

»Die Herrin des Lorbeers«, murmelte Kathe. »Ich glaube, ich trete besser zur Seite und stehe ihrem Auftritt nicht im Wege.«

Wir wichen alle drei zurück, um Platz zu machen. Ehrfürchtig sah ich zu, wie die nächsten Hexenlords einer nach dem anderen eintrafen. Jeder war umgeben von einer Aura der Macht und der Erhabenheit, geschmückt von der Natur selbst wie die Grazien in den besonders romantischen Gemälden. Das Gefühl der Macht im Saal wurde immer drückender, bis ich den Eindruck hatte, ich könnte unter der Last dieser versammelten Energie zusammenbrechen; Zaira jedoch stand ganz locker und entspannt da und war sichtlich unbeeindruckt.

Immerhin war sie ihnen ebenbürtig und genauso furchterregend wie jeder der Hexenlords.

Ich hingegen befand mich als bloße Sterbliche auf unsicherem Terrain. Und dabei waren die Ältesten noch gar nicht im Schloss.

Wir waren nicht die Einzigen, die als Gäste eines Hexenlords zugegen waren. Die Herrin der Bären ritt, in eine Rüstung aus Fell und Leder gehüllt, auf einem gewaltigen schwarzen Grizzly, groß wie ein Ochse, zum Tor; ihre drei Söhne folgten ihr auf eigenen bärenartigen Reittieren. Alle vier waren umgeben von einem Grollen wie von Donner, das doch knapp unter der Hörschwelle lag. Ich schaffte es nur mit Mühe, nicht zurückzuweichen, bis sich die kalten Mauersteine in meinen Rücken pressten, nur um vor ihnen wegzukommen. Die drei Söhne rempelten einander an, als sie abstiegen und im Gefolge ihrer Mutter das Schloss betraten. Sie verhielten sich so derb und laut wie ungebärdige Knaben trotz der grauen Strähnen, die in breiten Streifen das Haar des Ältesten durchzogen und den Bart des Mittleren tüpfelten.

Von der Herrin der Bären hatte ich schon gehört; sie gehörte zu den Hexenlords, die im Zuge des Dreijährigen Kriegs in das Erlauchte Imperium einmarschiert waren, auf der Suche nach eigenen Domänen für ihre Söhne. Meine Generation war mit furchtbaren Geschichten über die Gräuel dieses Krieges herangewachsen. Ganze Dörfer waren Schlangenbissen zum Opfer gefallen oder unter einer Lawine aus Ranken lebendig begraben worden; Soldaten waren von Rudeln wilder Tiere in Stücke gerissen und gefressen worden oder von spitzen Ästen erwischt und später von Hornissenschwärmen, die ganze Täler ausfüllten, zu Tode gestochen worden. Mir ging plötzlich mit niederschmetterndem Entsetzen auf, dass diese Frau vermutlich für vieles davon persönlich verantwortlich war.

Die Herrin der Bären begrüßte Ruven mit zugewandtem Überschwang. »Dieser Kampf wird besser laufen, nun, da Ihr an unserer Seite seid. Bei Eurem Vater konnte man nie wissen, ob er womöglich kalte Pfoten bekommt. Es sei denn, natürlich, Ihr seid nicht mehr dabei, nun, da Ihr Eure eigene Domäne habt?«

Ruven schenkte ihr ein bissiges Lächeln. »Nur keine Sorge. Ich bin so entschlossen wie eh und je, die Mühen des Krieges auf mich zu nehmen. Ich bin überaus erpicht darauf, meine Grenzen auszuweiten, und mehr als bereit, es auch zu tun.«

Die Art, wie er das sagte, bohrte sich mit Unheil verkündender Kälte in meine Knochen.

Nicht lange nach der Herrin der Bären trafen zwei Frauen gemeinsam ein, von denen eine mir allzu vertraut war. Die Herrin der Dornen fegte in den Saal, ihre schimmernde grüne Robe glitt hinter ihr über den Boden, und drei helle Zöpfe schimmerten auf ihrem Rücken. Ich holte einmal tief und gleichmäßig Luft und zwang meine zusammengebissenen Zähne auseinander: Diese Frau mochte ein Monster sein, sie mochte meine Familie angegriffen und wahrscheinlich auch meinen Vater ermordet haben, aber ich war als Diplomatin gekommen. Das Amt einer Gesandten des Erlauchten Imperiums verlangte von mir, persönliche Animositäten zurückzustellen.

Ihre Begleiterin war uralt und gebeugt, während die Herrin der Dornen jung und groß war. Sie stützte sich auf den Arm der Herrin und bewegte sich mit der gebrechlichen Vorsicht extrem hohen Alters. Schütteres weißes Haar klebte an der fleckigen Kopfhaut, ihr Gesicht war ausgemergelt, die Züge erschlafft, aber ihre grauen Augen blickten scharf und stechend aus tiefen Höhlen, und blutrot leuchtende Kreise kündeten von ihrer Macht.

»Die Herrin der Dornen und ihre Tochter«, flüsterte Kathe, und sein Arm spannte sich in meinem.

Ich fing mich gerade noch rechtzeitig, ehe ich fragen konnte, ob er »Großmutter« habe sagen wollen. Es war schwer hinzunehmen, dass die Herrin der Dornen mit ihren frischen Zügen älter war als die Greisin, die sie stützte und die an die hundert, wenn nicht älter sein musste. Aber die zärtliche Umsicht, mit der die aristokratische Hexe die alte Frau geleitete, verriet mir, woher ihr verzweifelter Wunsch, neues Land zu erobern, rührte. Welche charakterlichen Schwächen sie auch sonst haben mochte, die Liebe zu ihrer Tochter war echt.

Ein Hauch Mitgefühl schlich sich ungebeten in meinen Zorn, als die Herrin der Dornen Ruven begrüßte und ihre Tochter zu einem Stuhl am Ende des Saals brachte, damit sie sich ausruhen konnte. Erst, als sie das Blutritual abgeschlossen hatte und sich umwandte, um die übrigen Hexenlords zu begrüßen, entdeckte sie mich.

Sofort blitzte purer Hass in ihrem Gesicht auf.

»Du«, zischte sie und trat auf mich zu. »Lochaver-Parasit!«

Es war schwer, unter der reinen Macht ihres Zorns nicht zurückzuweichen. Aber ich straffte mich dennoch. »Hält man so ein Auftreten in Sevaeth für gutes Benehmen?«

»Ich schulde einem gemeinen, machtlosen Insekt wie dir keinen Respekt.« Dann bedachte sie Kathe mit einem scharfen Blick. Der grinste nur wohlwollend.

»Dama Amalia ist mein Gast«, erinnerte er sie. »Geschützt durch die Regularien des Konklaves. Ich bitte Euch dringend, nicht vorschnell zu agieren.«

Seine Wortwahl entging mir nicht, und ich musterte ihn aus zusammengekniffenen Augen.

»Dann habe ich wohl keine Wahl, als dich erst einmal am Leben zu lassen«, verkündete die Herrin der Dornen voller Widerwillen, »obwohl du diesen Ort durch deine bloße Gegenwart entweihst.«

Ich sammelte all den kalten Charme, den ich mir angeeignet hatte, indem ich jahrelang zugesehen hatte, wie Mutter ihre Feinde bei Hofe behandelte. »Ich habe keine Vorstellung davon, wo Euer Hass gegenüber meiner Familie herrührt, gnädige Frau, aber er macht Euch Schande.«

»Schande? Mir?« Die Herrin der Dornen schien sich vor meinen Augen aufzublähen, und die Wucht ihrer Macht fiel auf mich herab wie der Schatten eines gewaltigen Baums; es wurde kälter und dunkler im Saal. »Dein Großvater war es, der mir Schande gemacht hat. Er war mein *Verbündeter*, kleiner Wurm. Wir hatten vor, Callamorne gemeinsam einzunehmen und die neue Domäne zwischen Vandrin und meiner Tochter aufzuteilen. Aber er hat mich verraten, als er eine Chance sah, sich das ganze Königreich unter den Nagel zu reißen.« Sie bleckte die Zähne. »Sie wäre dem Zugriff des Todes entzogen worden, hätte es diesen Treubruch nicht gegeben. Und du bist die Frucht dieses Verrats, du abscheuliche, gewöhnliche Kreatur.«

Fast wäre ich vor Schreck zurückgewichen, aber ich konnte mich gerade noch beherrschen. »Ihr denkt, mein Großvater hätte sich Callamorne als seine Domäne angeeignet.«

»Natürlich hat er das. Du bildest dir doch wohl nicht ein, er hätte aus *Liebe* geheiratet, oder?« Der Zorn in ihren Zügen wich einem Ausdruck giftiger Belustigung. »Ein Sohn der Herrin der Adler sollte einen machtlosen Trampel aus Liebe heiraten?« Ihr Gelächter hallte von der hohen Decke wider.

»Ihr wärt überrascht«, sagte Kathe in trügerisch unbeschwertem Ton, »wie viel die mit dem Magiermal Gesegneten für solche ohne Magie empfinden können.«

Seine Anspielung auf ihren Mord an Jathan schien der Herrin der Dornen vollends zu entgehen. Falls sie sich überhaupt daran erinnerte. *Falls es überhaupt passiert ist,* meldete sich Zairas skeptische Stimme in meinem Kopf zu Wort.

»Meine Großmutter herrscht aus eigener Kraft über Callamorne«, sagte ich steif. »Meinen Großvater habe ich nie kennengelernt, aber nach allem, was ich gehört habe, hätte er ihr nie einfach so die Macht entrissen.«

»Du bist eine Närrin. Natürlich hat er Callamorne als seine Domäne beansprucht! Wer würde sich so eine leicht zu ergreifende Gelegenheit entgehen lassen, unsterblich zu werden?« Die Herrin der Dornen schüttelte den Kopf. »Ich musste ihn töten, um seinen Anspruch auf das Land auszulöschen, das meine Tochter zum Überleben braucht. Genauso wie ich jeden Einzelnen aus seiner Brut töten muss; sie ist zu gebrechlich, um auch nur einen passiven Anspruch zu erheben.« Ihre Lippen verzogen sich zu einem grausamen Lächeln, ihr Blick bohrte sich in meine Augen, und ihre Magiermale schimmerten giftgrün. »Darum habe ich die Schlange geschickt, die das Pferd deines Vaters auf einem tückischen Bergpfad dazu gebracht hat, ihn abzuwerfen, woraufhin er sich den stinkenden Hals gebrochen hat.«

Eine heiße, rasende Woge schien über mir zu brechen. Nie zuvor hatte ich so ein überwältigendes, körperlich spürbares Bedürfnis nach Gewalt verspürt. Meine bevorzugte Waffe waren stets Worte gewesen, doch in diesem Moment hätte ich ihr, wäre es mir möglich, die Daumen in ihre hasserfüllten Augen gerammt.

Eine Hand schloss sich um meinen Arm und hielt mich fest, ehe ich mich rühren konnte. Nicht Kathe – Zaira. Ich versuchte, sie abzuschütteln, aber es gelang mir nicht; ihre Finger waren zu stark.

Ich wirbelte zu ihr herum, bereit durchzudrehen, aber als ich ihre Augen sah, hielt ich inne: Trauer und Ernst schimmerten in ihnen, und ein allzu inniges Verständnis.

Revincio, formte sie mit den Lippen, und einer ihrer Mundwinkel zuckte.

Das Wort erwischte mich wie ein Kübel kalten Wassers. Rasselnd holte ich tief Luft und nickte Zaira dankbar zu.

Und dann drehte ich mich wieder zu der Herrin der Dornen um.

»Zur Kenntnis genommen«, sagte ich mit einer Stimme, kalt wie Gletschereis.

Das war das, was Mutter ihren Kontrahenten in dem Moment zu sagen pflegte, in dem sie beschloss, dass die Zeit für Diplomatie vorbei war und der nächste Schritt im Zuge ihrer vollständigen Vernichtung bevorstand.

Aber das wusste die Herrin der Dornen natürlich nicht. Sie wandte sich an Kathe und ließ mich einfach stehen. »Und Ihr, Krähenlord, Eure Aufmerksamkeit einem machtlosen Wicht zu schenken, dessen Existenz eine uralte Blutlinie beschmutzt, ist unter Eurer Würde. Ich erwartete Besseres von Euch.«

»Ihr müsst lernen, über den Augenblick hinauszudenken. Ich habe meine Gründe.« Er zwinkerte ihr doch tatsächlich zu, als hätten sie nur miteinander gescherzt. Als würde er sie gar nicht hassen. »Wie Ihr wisst«, fügte er hinzu.

Die Herrin der Dornen nickte langsam. »Tut, was Ihr wollt, Krähe. Ich werde die Regeln des Konklaves nicht brechen. Aber wenn Ihr sie darüber hinaus beschützen wollt, dann tut Ihr das auf eigenes Risiko.«

Kathe zuckte mit den Schultern. »Dama Amalia benötigt meinen Schutz nicht.«

Solange mein Blut immer noch vor Zorn kochte, fiel es mir leichter, so zu tun, als wäre das tatsächlich der Fall. Die Herrin der Dornen gab einen verächtlichen Laut aus tiefster Kehle von sich, machte ohne ein weiteres Wort kehrt und rauschte quer durch den Saal zurück zu ihrer Tochter.

»Das habt Ihr recht gut gemeistert«, lobte mich Kathe.

Ich wagte nicht, etwas zu sagen. Ich hatte vermutet, dass die Herrin der Dornen meinen Vater ermordet hatte, und mir war klar, dass sie das mir gegenüber nur so offen zugegeben hatte, um mich dazu zu provozieren, sie zuerst anzugreifen, sodass es ihr Recht gewesen wäre, mich zu töten. Aber das Wissen, dass sie mich diesen Zorn spüren lassen *wollte*, hinderte selbigen nicht daran, mich bis ins Mark zu erschüttern.

Zaira sah Kathe an, die Hände in die Hüften gestemmt. »Was hatte dieses Zwinkern zu bedeuten? Was spielt Ihr für ein Spiel?«

»Ich will sie nur in Trab halten«, sagte Kathe leichthin. »Ich habe mir den Ruf aufgebaut, schlau und unberechenbar zu sein. Wenn ich also vage und rätselhafte Äußerungen von mir gebe, denkt jeder, ich würde etwas im Schilde führen. Die Herrin der Dornen gehört zu der Sorte, die mitspielen, um nicht wie ein Narr dazustehen.«

»Nun, mir ist es egal, ob ich wie ein Narr dastehe, und ich glaube, Ihr führt in der Tat etwas im Schilde.«

»Aber natürlich.« Kathes Augen weiteten sich in gespieltem Entsetzen. »Ich wäre enorm enttäuscht von mir, täte ich das nicht. Wie dem auch sei, es hat sie immerhin zum Gehen veranlasst, oder nicht?«

Zaira kniff die Augen zusammen. »Ich traue Euch nicht.«

»Gut.« Kathe lächelte gütig. »Das solltet Ihr auch nicht.«

Ich zwang mich, diesen Punkt im Geiste zu wälzen, statt über meinen Vater nachzudenken, während die nächsten Hexenlords eintrafen.

Natürlich hatte Kathe seine eigenen Pläne und Absichten; wir waren Verbündete, ja, aber das war kein harmonisches Bündnis. Und ich wusste nach wie vor nur wenig über dieses außergewöhnliche und gefährliche Wesen an meiner Seite.

Als Kathe sich mit dem rothaarigen Hexenlord unterhielt, beugte sich Zaira zu mir und flüsterte: »Der wird dich von hinten erdolchen.«

»Vielleicht«, antwortete ich. »Aber so lange ich etwas habe, das er will … *heilige Höllen!*«

Ein weiterer Hexenlord war eingetreten, eine Frau, deren silbergraues Haar ihr offen über den Rücken fiel. Sie trug ein geschnürtes Gewand im raverranischen Stil – allerdings eines mit Linien, so zierlich, wie sie seit fünfzig Jahren nicht mehr in Mode waren. Und dann fiel mir auf, dass das, was ich für Perlen auf Mieder und Rock gehalten hatte, tatsächlich ein Muster war, das sich aus Tausenden von lebendigen Spinnen zusammensetzte.

Zaira drehte sich um, um nachzusehen, was mich so fesselte. »Was? Ist es …? Höllen, erbarmt euch, sind die *echt?*«

»Bedauerlicherweise«, würgte ich hervor. Ich wollte wegschauen, ich wollte es so sehr, aber ich konnte nicht. Die Frau trat an das Bassin, begrüßte höflich die anderen Hexenlords, und die Spinnen auf ihren Röcken wimmelten durcheinander und ordneten sich zu neuen Mustern an.

»Also gut, das ist beeindruckend«, räumte Zaira ein.

»*Beeindruckend* könnte das passende Wort sein.«

Kathe hatte gesagt, die Herrin der Spinnen gehöre zu den einflussreichen Hexenlords, die ich auf meine Seite ziehen sollte. Ich würde mit ihr reden müssen. Aus der Nähe.

Ich schluckte. Vielleicht würde sie morgen ein anderes Kleid tragen.

KAPITEL ZWEIUNDDREISSIG

DIE AUFTRITTE DER HEXENLORDS, die als Letzte eintrafen, fielen weniger extravagant aus. Sie waren so machtvoll, sie hatten es nicht nötig, sich schrill und auffallend auszustaffieren, um die anderen Adligen zu beeindrucken.

Dies waren die überlebenden Hexenlords aus den Anfangstagen von Vaskandar: der Elchlord mit seiner verästelten Geweihkrone in königlicher Haltung; die Herrin der Adler, die mir beim Eintreten kurz zunickte, so unerschütterlich und übermächtig in ihrem an Schwingen gemahnenden Mantel, wie ich sie in Erinnerung behalten hatte; und zuletzt der Eibenlord, hager und schneidig wie ein Messerschnitt im Gewebe der Zeit, die Augen so tief eingesunken, dass ich mir mühelos vorstellen konnte, er hätte den Anbeginn der Welt selbst miterlebt.

Ruven sprach einige Willkommensworte für alle, doch sie klangen gedämpft unter dem Einfluss der Magie in der Luft. Dann bot er seinen Gästen eine Verschnaufpause an und klatschte in die Hände; Dienstboten näherten sich katzbuckelnd und mit panischen Mienen jeder Gästegruppe, um uns die Gemächer zu zeigen.

Der Kathe zugewiesene Diener schlug einen anderen Weg ein als unserer. Der Krähenlord sah mich mit hochgezogener Braue an. »Mir scheint, die Gäste sind in einem anderen Flügel unterbracht als die Hexenlords. Werdet Ihr zurechtkommen?«

Das erschien durchaus logisch. Die besten Gästegemächer waren gewiss alle für die Hexenlords vorgesehen. Trotzdem prickelten meine Nerven; halb rechnete ich damit, dass unsere Räume im Kerker lagen.

»Wir kommen zurecht«, versicherte ich. »Ihr müsst mich nicht beschützen, wisst Ihr noch?«

»Das hoffe ich sehr«, entgegnete er mit einem vergnügten Funkeln in den Augen. »Wenn überhaupt, dann könnte Dama Zaira *mich* beschützen.«

»Wenn mir der Sinn danach stünde«, kommentierte die.

Unser Diener führte uns über schauerlich vertraute Korridore und die Treppe hinauf, vorbei am ersten Stock, wo Ruven uns während unseres letzten unglückseligen Besuchs eingesperrt hatte. Er ging weiter bis zum zweiten Obergeschoss, das wir beim letzten Mal nicht zu sehen bekommen hatten, und einen Gang hinunter, dessen Wände von Kletterranken mit dunklen, dreieckigen Blättern und blutroten Beeren bedeckt waren. Ich hoffte, dass das Spalier außen an der Schlossmauer hoch genug war, sollten wir fliehen müssen.

Zairas Augen zuckten zu jedem abzweigenden Korridor, verweilten bei jeder Tür. »Bei all diesen Gästen muss er Terika aus dem großen Zimmer weggebracht haben«, murmelte sie, weit genug von dem Diener entfernt, um außerhalb seiner Hörweite zu sein. »Wir werden sie heute Nacht erneut suchen müssen.«

Ich war so damit beschäftigt gewesen, darüber nachzudenken, wie ich bloß mit den bizarren Gestalten, die ich gerade im Schloss hatte eintreffen sehen, in diplomatische Verhandlungen treten sollte, dass ich unsere andere bedeutsame Mission aus den Augen verloren hatte. »Sie ist jetzt vermutlich zusammen mit den anderen Falken irgendwo eingesperrt. Wir können uns auf die Suche nach ihnen machen, wenn alle zu Bett gegangen sind.«

Zaira setzte eine ergrimmte Miene auf. »Falls diese Dämonen überhaupt schlafen.«

*

Dieses Mal lauerten keine Chimären an unserer Tür, und wir wurden auch nicht eingeschlossen. Ich nahm an, nicht einmal Ruven würde es wagen, die Gäste eines anderen Hexenlords schlecht zu behandeln. Auf jeden Fall mussten wir nun nicht an der Außenmauer um das Schloss herumschleichen, was mir nur recht war, wenn ich bedachte, dass unsere Fenster höher lagen. Dennoch fühlte es sich merkwürdig an, einfach die Tür zu öffnen und auf den Korridor hinauszutreten.

Die alles verhüllenden Ranken und die flackernden Öllampen verliehen ihm ein schattiges, unheilverkündendes Aussehen.

»Keine Lichtkristalle«, murmelte ich. »Keine Kurierlampen. Keine Schutzbanne.«

»Die können vermutlich im Dunkeln sehen. Botschaften können sie mit Vögeln weitergeben, und niemand, der noch bei Verstand ist, würde einen Hexenlord angreifen«, gab Zaira zurück. »Ich bezweifle, dass diese Leute die Annehmlichkeiten des Imperiums vermissen.«

»*Du* hast einen Hexenlord angegriffen«, wandte ich ein.

»Und wenn man mit einbezieht, dass ich mich nicht daran erinnern kann, liegt der Gedanke nahe, dass ich zu dem Zeitpunkt *nicht* bei Verstand war.« Zaira blickte auf und den Korridor hinunter. »Ich wette, er hat die Falken in einen der Türme gebracht, damit sie außer Sichtweite sind. Komm. Und schleich nicht – wir sind geladene Gäste, und niemand hat uns gesagt, dass wir bei Nacht nicht durch das Schloss schlendern sollen.«

»Ich schleiche nicht«, protestierte ich.

»Aber du warst drauf und dran.«

Ob Hexenlords nun schliefen oder nicht, die düsteren Gänge im zweiten Obergeschoss lagen verlassen da. Die Hexenlords dürften auch keinen Grund haben, hier heraufzukommen, und alle anderen sterblichen Gäste waren im Bett. Wir stießen in diesem Stockwerk vorwiegend auf Gästeräume, mutmaßlich belegt von weiteren Gästen der Hexenlords. Außerdem gab es da einen Wintergarten, von dem aus sich bei Tag wahrscheinlich ein spektakulärer Blick auf das Gebirge bot; nun jedoch zeigte sich nur schwarzes Nichts vor den Fenstern. Eine abgedeckte Staffelei in einer Ecke des Wintergartens erinnerte mich an den rothaarigen Jungen, den wir bei unserem letzten Besuch entdeckt hatten, und ich fragte mich, ob man ihm gestattet hatte, in seinem Zimmer im ersten Stock zu bleiben, während so viele wichtige Leute im Schloss zu Gast waren.

Wir fanden fünf verschiedene Türen zu Treppenaufgängen, die zu der Turmgruppe hinaufführten, die das Schloss krönte. Eine und nur eine davon war mit einem artefaktischen Siegel ausgestattet, das erst vor Kurzem in die Tür geschnitzt worden war.

»Die muss es sein«, sagte Zaira. »Kannst du sie öffnen?«

Ich musterte den Kreis. »Das ist kein gewöhnliches Türsiegel«, stellte ich fest. »Normalerweise werden sie mit einem stofflichen Schlüssel oder einem Passwort geöffnet, aber die Runen von diesem besagen, dass es sich nur ›dem Blut des Meisters‹ öffnen soll.« Ein weiteres Mal hatte Ruven imperiale Artefaktion mit vaskandrischer Vivomantik vermischt. Nun, da ich das Becken des Friedenssteins gesehen hatte, fragte ich mich, ob er die Idee wohl schon gehabt hatte, bevor er seinen literarischen Raubzug nach Raverra und Ardence angetreten hatte, und ob *Interaktionen der Magie* nicht vielleicht von Anfang an der eigentliche Grund für seine Reise gewesen war.

»Also müssen wir Ruven aufschlitzen und sein Blut auf die Tür spritzen?« Zaira hörte sich an, als wäre sie jederzeit bereit, ihr Messer zu ziehen und sich auf die Suche nach ihm zu begeben.

»Damit würden wir uns möglicherweise ein bisschen früh verraten.« Stirnrunzelnd musterte ich die Tür. Das artefaktische Diagramm enthielt keine Definition für den Begriff *Meister*, was keinen Sinn ergab. Es war, als erwarte der Zauber, dass die Tür bereits wusste, wer der Meister war.

Wenn sie natürlich aus einem Baum gefertigt war, der in Kazerath gewachsen war, dann *würde* sie wissen, wer ihr Meister war. Selbst wenn wir dran kämen: Ruvens Blut auf die Tür zu spritzen würde sie nicht öffnen. Die Tür würde uns nicht erkennen.

Oder doch?

Ich schloss die Augen. Wenn ich mich gegen jegliche Ablenkung abschottete – das Pochen meines bangen Herzens, Zairas Atem, das überwältigende Brummen der Magie, die von den siebzehn an einem Ort versammelten Hexenlords ausging –, dann konnte ich eine Spur von Ranken an der Decke erkennen, eine düstere Präsenz in meiner räumlichen Wahrnehmung des Korridors um mich herum. Ich wusste irgendwie, dass eine Spinne ihr Netz in die Ecke zwischen Wand und Decke gebaut hatte und darauf wartete, dass eine Fliege sich in ihren Zugriffsbereich verirrte. Mein Bewusstsein für das Leben im Gang reichte nicht weit – kaum über Armeslänge hinaus –, aber es erfasste, wenn auch nur sehr schwach, das tote Holz der Tür vor mir.

Dieses Gefühl war keine Magie, so wenig, wie es Magie war, wenn ein normaler Mensch einen Lichtkristall berührte und seine Wärme fühlte oder den Geruch fremdartiger Kräuter in seinem Wein roch und erkannte, dass sich dahinter ein Zaubertrank verbarg. Es war eher wie die Verbindung, die ich vage zwischen Zaira und mir spüren konnte, geschaffen und verankert durch das Geschüh, das ich ihr angelegt hatte. Die Magie war bereits da. Aber da ich mit ihr verbunden war, konnte ich sie fühlen.

Die Flüsse der Herrin der Adler hatten diesen Baum genährt. Ihr Leben war zu einem Teil seines Lebens geworden, und die Tür erinnerte sich.

Ich legte meine Hand an die Tür. Das Holz fühlte sich warm und einladend an. Es erkannte mich.

Ich stieß sie auf und sah eine düstere Wendeltreppe vor mir, die hinauf in die Finsternis führte.

»Wie hast du das gemacht?«, verlangte Zaira nach einer Erklärung.

»Es hat funktioniert, weil ich von der Herrin der Adler abstamme.« Ich starrte meine eigenen, gespreizten Finger an. »Kein Wunder, dass die Hexenlords hinter mir her sind«, flüsterte ich. Kein Siegel in Vaskandar konnte mich aufhalten. Große Teile des Landes würden in mir auf einer tiefen, magischen Ebene das Blut ihres Meisters erkennen.

»Glaubst du, Ruven ist klar, dass du einfach durch seine Banne spazieren kannst?«, fragte Zaira argwöhnisch.

»Ich weiß nicht. Vielleicht, falls er sich Gedanken darüber gemacht hat. Wir sollten jedenfalls vorsichtig sein.«

Keine Lampe erhellte die gewundenen steinernen Stufen, und nur wenige Fenster ließen etwas fahles Sternenlicht herein. Als wir hinaufstiegen, fühlte sich die Dunkelheit um uns herum erfüllt an, nicht leer. So, als könnten sich in ihr alle möglichen Dinge verstecken. Und ich nahm an, da war auch etwas: Dies war nun Ruvens Domäne, und seine Macht strömte durch jeden Teil von ihr.

Der Wolfslord hatte es gewusst, als wir durch das Schloss geschlichen waren. Für Ruven war die Rolle des Herrschers noch neu, vielleicht war er noch nicht in der Lage, unsere deplatzierten Schritte unter all den anderen Bewegungen überall im Land Kazerath auszumachen, umso mehr jetzt, da sich alle siebzehn Hexenlords unter uns eingefunden hatten, eine Machtansammlung, so instabil und gefährlich wie die Feuer im Inneren des Weißen Gipfels. Andererseits, vielleicht wusste er es doch.

Das leise Murmeln unterdrückter Stimmen ertönte über uns, zu gedämpft, um Worte herauszuhören. Vor mir erstarrte Zaira auf der Treppe. Ich erkannte gerade noch rechtzeitig, dass ihre schattigen Umrisse sich nicht mehr regten, um nicht in sie hineinzurennen.

Dann setzte sie sich wieder in Bewegung, leise wie fallender Schnee. Mein Schnaufen nach all den Stufen hörte sich im Vergleich dazu furchtbar laut an. Ich tat mein Bestes, um meine Atemgeräusche zu dämpfen, und folgte ihr.

Lampenschein sickerte die Treppe herab; bald wurde klar, dass er unter einer Tür am oberen Ende hervordrang. Die tiefe, erwachsene Stimme einer Frau ertönte in dem Raum dahinter.

»Ich weiß nicht, ob wir es riskieren können, ihre Aufmerksamkeit zu erregen. Gegen manche von denen sieht er aus wie die Grazie der Barmherzigkeit, wenn man den Gerüchten Glauben schenken will.«

»Das ist Namira«, flüsterte Zaira. »Ich gehe rein.«

Ich löste einen meiner artefaktischen Ringe vom Finger und nickte.

Zaira stieß die Tür zu einem großen, runden Raum auf, der die ganze Turmetage einnahm. Öllampen und Kerzen beleuchteten einen schlichten Sitzbereich mit Stühlen, die um eine Feuerstelle gruppiert waren, und einen großen Esstisch; ein paar Pritschen standen dichtgedrängt an der gegenüberliegenden Wand, und eine offene Treppe führte in das nächsthöhere Stockwerk.

Die Pritschen waren leer, die Decken säuberlich glattgezogen. Ein halbes Dutzend Leute saß um den Tisch herum, die Köpfe verschwörerisch zusammengesteckt. Die flackernden Lichter warfen Schatten über ihre Gesichter: alt und jung, männlich und weiblich, einige davon allzu vertraut. Im nächsten Moment setzte der Schrecken über die abrupt geöffnete Tür ein, und sie zuckten angstvoll zurück; ein paar sprangen panisch auf.

Terika war unter ihnen. Sie erstarrte und klammerte sich mit weit aufgerissenen Augen am Tisch fest. Die vermisste Artefaktorin Namira saß neben ihr, und ihre Mimik wechselte rasant von purem Entsetzen und Angst zu einem breiten Grinsen. Die anderen vier erkannte ich nicht auf Anhieb, obwohl ich glaubte, mindestens ein oder zwei von ihnen schon in den Stallungen gesehen zu haben.

Wir hatten die verschwundenen Falken gefunden.

»Keine Angst«, sagte ich rasch zu denen, die ich nicht so gut kannte. »Wir sind hier, um euch zu helfen.«

»Wir brauchen keine Hilfe«, erwiderte Terika mit emotionsgeladener Stimme. Dabei fixierte sie Zaira, als wäre außer ihr niemand im Raum.

»Natürlich nicht«, stimmte ein junger Mann mit perfekt frisierten braunen Ringellöckchen und müden Augen zu, und seine Stimme troff nur so vor Sarkasmus. »Wir sind hier so glücklich.«

Namira stand auf und verbeugte sich vor mir. »Dama Amalia, Zaira, ich kann Ihnen gar nicht sagen, wie froh ich bin, Sie zu sehen.«

»Terika«, sagte Zaira eindringlich. »Deiner Großmutter geht es gut. Sie haben ihr eine Arznei angemischt, und sie ist wieder gesund.«

Terika schloss die Augen und schluckte. »Den Grazien sei Dank. Danke, dass du mir das gesagt hast. Aber jetzt, bitte …« Kopfschüttelnd verstummte sie.

Zairas Ton wurde schärfer. »Was ist los? Du siehst nicht gut aus.«

Sie hatte recht. Terikas Gesicht war so farblos wie Papier, und sie wirkte, als könnte sie jeden Moment in Ohnmacht fallen.

»Alles ist wunderbar. Uns allen geht es gut.« Zittrig holte Terika Luft, und ein Funke zündete in ihren Augen. »Ihr hättet nicht k… ko…« Sie schluckte das Wort herunter, das sie nicht aussprechen konnte, und versuchte es erneut. Dabei hatte sie die Fäuste auf dem Tisch geballt, und ihre Knöchel zeichneten sich weiß unter der Haut ab. »Ihr hättet nicht … Kummer.«

Zaira blinzelte sie an. »Natürlich bin ich gekommen.« Sie trat näher. »Ich wäre am liebsten gestorben, als ich dich beim letzten Mal zurücklassen musste, Terika. Wir holen euch hier raus.«

Hitzig schüttelte Terika den Kopf, und all die anderen murmelten: »Nein, uns geht es gut, es gefällt uns hier.«

Schweiß perlte auf Terikas Stirn, als sie mit einem starren Lächeln Worte hervorwürgte. »Ihr seid in G… Ihr seid Gefährten, Zaira. Gerade jetzt. Verstehst du mich? Ihr seid Gefährten, und ihr müsst gehen. Sofort. Alles ist *so* wunderbar.«

Die Neun Höllen spiegelten sich in ihren Augen. Meine Haut kribbelte so schaurig, als wäre ich bei der Schneiderin der Spinnenfrau gewesen. Etwas stimmte hier nicht. Die anderen Falken wechselten stirnrunzelnd verwirrte Blicke und wirkten ebenfalls verunsichert.

Zaira trat noch näher. »Wir sind in Gefahr, richtig. Aber du musst keine Angst haben; wir sind geladene Gäste. Die Schlange weiß bereits, dass wir hier sind, und er kann nichts dagegen tun. Ich werde dich aus diesem verfluchten Schloss rausholen.« Zärtlich berührte sie Terikas Haar.

Die heulte auf und warf sich in Zairas Arme.

Aber dann stolperte Zaira zurück und schlug mit offenem Mund eine Hand an die Seite ihres Halses.

Ein blutiges Messer schimmerte in Terikas Hand.

»Du hättest nicht zurückkommen sollen, Zaira«, sagte Terika, und die Tränen liefen ihr übers Gesicht. »Nun muss ich dich töten.«

KAPITEL DREIUNDDREISSIG

Bestürzung breitete sich im Raum aus. Einige der Falken schraken zurück. Namira stürzte vor und versuchte, Terikas Arm zu packen, aber die wich aus, den Blick immer noch starr auf Zaira gerichtet.

»Terika, was *tust* du?«, schrie Namira.

Ich stützte Zaira am Ellbogen. »Alles in Ordnung?«

Sie reagierte nicht, hielt nur eine Hand vor den Körper, die andere an ihren Hals und hatte die Augen weit aufgerissen. So sprachlos hatte ich sie noch nie erlebt. Ein paar Tropfen Blut befleckten ihre Finger, aber sie schien nicht ernsthaft verletzt zu sein.

Andererseits war das auch nicht zu erwarten. Zairas magisch behandelte Korsettstangen und Haarnadeln würden plötzliche, kraftvolle Dolchstoße ebenso aufhalten wie Musketenkugeln, doch so ein kleiner Kratzer würde den schützenden Schild, der im Alltag Tausende von leichten Berührungen durchlassen musste, nicht aktivieren.

Mir wurde übel. Terika war Alchemistin. Wenn sie jemanden töten wollte, würde sie Gift benutzen.

»Zaira!«, schrie Terika mit gepeinigter Stimme und stürzte sich erneut mit dem Messer auf sie.

Zaira wich nicht einmal aus. Terikas Messer kam direkt auf ihr Herz zu, aber dieses Mal bewegte es sich schnell genug, um die Magie des Schilds zu wecken; etwa einen Zoll vor Zairas Brust kräuselte sich die Luft, und die blutbefleckte Klinge prallte einfach ab.

Ich warf mich zwischen die beiden. Zugleich rang Namira mit Terika um das Messer. Endlich sprang auch der junge Mann mit den müden Augen auf, und gemeinsam entwanden sie es Terikas Griff.

»Rührt die Klinge nicht an«, warnte ich sie. »Sie könnte vergiftet sein.«

Der junge Mann warf das Messer von sich wie eine Stechschabe. Es flog quer durch den Raum und prallte klappernd gegen die Steinmauer.

Währenddessen nutzte Terika die Ablenkung, um sich zu befreien. Erneut stürzte sie sich auf Zaira und warf sie zu Boden. Zaira lag da und starrte sie schockiert an, reckte die leeren Hände hoch, als Terika etwas aus der Tasche zog.

Ich hechtete zu ihr und packte ihr Handgelenk, ehe sie Zaira ein kleines Glasfläschchen ins Gesicht stoßen konnte.

»Vorsicht, Amalia!«, schrie Terika. »Dieses Fläschchen ist vollkommen harmlos!«

Fluchend fing Namira an, mit beiden Händen Terikas Finger von dem Glas zu lösen, während ich weiterhin ihren Unterarm umklammerte. Terika versuchte, mit ihrer freien Hand nach Zairas Messer zu greifen, doch die war bereits davongekrochen, immer noch mit geweiteten Augen und sprachlos vor Entsetzen.

Und dann sprangen auch all die anderen Falken herbei und halfen dabei, Terika am Boden festzuhalten. Sie wehrte sich verzweifelt, und ihre honigblonden Locken flogen wild hin und her.

Ich sank neben Zaira auf die Knie. »Geht es dir gut?«, fragte ich.

Sie hielt sich die zitternden Finger vor die Augen und starrte auf das an ihnen klebende Blut. Irgendeine dunklere Substanz mischte sich in das Rot.

»Ich fühle mich … seltsam«, sagte sie mit einer Stimme, die außergewöhnlich hoch klang. »Dämonen erbarmt euch. Damit habe ich nicht gerechnet.«

Terika wurde endlich ruhiger. »Sie braucht ein …« Das Wort stockte in ihrer Kehle. Sie war blass und sah völlig verzweifelt aus. »Schnell, sie braucht eine Dosis … Es ist … Zu den Höllen damit!«

»Seht euch das Messer an!«, rief ich. Eine ältere Frau mit einer Krone aus weißen Zöpfen holte das Messer, schnüffelte vorsichtig daran und hielt es ins Licht.

Zaira sackte an die Mauer hinter ihr, kippte langsam zur Seite. »Huh, ich sehe komische Sachen.«

Ich hielt sie aufrecht, stützte sie, als sie beinahe mit ihrem ganzen Gewicht gegen mich sackte. Furcht erzeugte einen kupfernen Geschmack auf meiner Zunge. »Terika«, sagte ich drängend, »hast du hier oben alchemische Substanzen und die passende Ausrüstung?«

»Ja«, sagte sie, während einige der anderen sie immer noch am Boden festhielten.

»Mischt du auch Dinge für dich an? Hast du Vorräte?«

»Aber ja!«, rief sie lauter, als es auch nur entfernt notwendig gewesen wäre. »Ich bin ja so froh, dass Sie gefragt haben! Ich verwahre einen Vorrat verschiedener nützlicher Tränke und Gegengifte oben in meinem Kissenbezug. Ohne irgendeinen bestimmten Grund.«

Ein Junge rannte die Treppe hinauf und kam einen Moment später mit dem ganzen Kissen zurück. Zaira hatte inzwischen in meinen Armen zu zittern begonnen und ihre Augen zuckten hektisch hin und her, als würden sie Dingen folgen, die nur sie sehen konnte.

»Revincio«, murmelte ich, denn das Letzte, was wir jetzt brauchten, war eine halluzinierende Feuerhexe, die das Schloss niederbrannte.

Die weißhaarige Frau wühlte in dem Kissenbezug und zog eine Phiole nach der anderen hervor, bis sie eine mit einer hellblauen Flüssigkeit zum Vorschein brachte. »Ferrolis Reinheitstinktur?«, fragte sie Terika in scharfem Ton.

»Natürlich nicht«, entgegnete Terika eifrig. »Warum sollte ich Ferrolis Tinktur anmischen? Es ist ja nicht so, als hätte ich damit gerechnet, irgendjemand hier könnte vergiftet werden!«

»Richtig.« Die Frau eilte zu Zaira, presste ihr die Kiefer auseinander und entleerte das Gefäß trotz Zairas unzusammenhängender Proteste in ihren Mund.

Beinahe hätte Zaira die Flüssigkeit wieder ausgespuckt, aber die Frau legte ihre eine Hand über die Lippen und sorgte mit erbittertem Pragmatismus dafür, dass die Tinktur drin blieb. Einen Moment später ertönte eine Art Knistern aus der Schnittwunde an Zairas Hals, und dann war da der Geruch von frischen Zitronen, und Terika seufzte vor Erleichterung.

Die alte Alchemistin nickte energisch. Zottelige weiße Strähnen lösten sich aus ihrer Zopfkrone. »Das sollte reichen. Sehr wirksames Zeug, Ferrolis Tinktur.«

Und tatsächlich schüttelte Zaira den Kopf und mühte sich mit wieder klarem Blick auf die Beine.

»Ruven hat dir befohlen, das zu tun, richtig?«, fragte sie Terika mit zornbebender Stimme, während sie sich den Staub aus den Kleidern schlug. »Die Höllen sollen seine verdorbene Seele holen.«

»Es tut mir leid«, keuchte Terika und lächelte abbittend, während drei Falken sie immer noch am Boden festnagelten. »Aber es ist wirklich schön, dich zu sehen.«

Zaira nickte und schluckte zugleich. »Es ist auch schön, dich zu sehen.«

*

Nach einigen fehlgeschlagenen Versuchen fanden wir heraus, dass wir, wenn wir Terika außer Reichweite von Waffen oder anderen gefährlichen Gegenständen ans andere Ende des Raums setzten, eine Situation schaffen konnten, in der ihre Möglichkeiten so begrenzt waren, dass sie nicht mehr gezwungen war, einen weiteren Mordanschlag auf Zaira auszuüben. Verloren winkte sie Zaira zu, die ihr im Gegenzug die Zunge herausstreckte, ehe sie dazu übergingen, einander quer durch den Raum bizarre Grimassen zu schneiden. Ich murmelte das Wort der Entsiegelung, sobald ich überzeugt war, dass Zaira wieder im Vollbesitz ihrer Fähigkeiten war.

»Also«, sagte ich, setzte mich auf einen Stuhl und bemühte mich, mir die Aufmerksamkeit der versammelten Falken zu sichern. »Wir wollen euch alle retten. Aber ehe wir irgendeinen weiteren Schritt unternehmen, habe ich ein paar Fragen.«

»Wir müssen nicht gerettet werden«, sagte Namira mit einem müden Achselzucken.

»Genau. Wir sind *so enorm glücklich* hier«, fügte der junge Mann seufzend hinzu.

»Ich weiß. Aber sagt mir erst, nur um meine Neugier zu befriedigen, gibt es jemanden, dem gegenüber ihr euch verpflichtet fühlen könntet, unbedingt über dieses Gespräch Bericht zu erstatten?«

Namira schüttelte den Kopf. Der junge Mann bemerkte trocken: »Nun ja, wenn Sie einen Verrat gegenüber dem Erlauchten Imperium anregen würden, sähe ich mich vielleicht verpflichtet, Oberst Vasante Meldung zu machen.«

»Gut gesagt, äh …«

»Lamonte Clare. Ich bin Artefaktor.«

Die ältere Frau, die sich einen weißen Zopf auf dem Kopf festgesteckt hatte, nickte mir zu. »Ich bin Parona da Valisia, Alchemistin, wie Sie gesehen haben.«

»Und mich dürften Sie kennen«, sagte Namira. Dann wurde ihre Stimme eindringlicher. »Ich würde *so gern* mit Ihnen über ein Projekt reden, an dem ich in jüngster Zeit gearbeitet habe, falls ich irgendwann die Gelegenheit dazu bekomme.«

»Ist es ein Projekt von, äh, explosiven Dimensionen?«, fragte ich.

»Aber ja.« Zufrieden lehnte sie sich zurück. »So ist es.«

»Darüber würde ich auch sehr gern sprechen. Und ich hoffe, dass wir das bald tun können.« Nachdenklich fummelte ich an einem losen Faden meines Jackenärmels herum. »Habt ihr Anweisung, bestimmte Dinge oder zu bestimmten Zeiten zu essen oder zu trinken?«

Parona drückte den Rücken durch. »Nein«, sagte sie mit leuchtenden Augen. »Nur, dass wir essen und trinken müssen und nicht verhungern oder verdursten dürfen.«

»Perfekt. Wenn es euch nichts ausmacht, werden Zaira und ich euch Speisen und Wasser bringen und hoffen, dass ihr von diesen Gaben während der nächsten paar Tage Gebrauch machen werdet.«

»Das hört sich wundervoll an«, schwärmte Parona. »Natürlich ist Lord Ruven ein exzellenter Gastgeber, aber ich hätte nichts gegen eine Abwechslung bei der Verpflegung.«

»Dann können wir uns in ein paar Tagen hoffentlich etwas freier unterhalten. Sobald die Wirkung des Elixiers nachgelassen hat.«

»Was für ein Elixier?«, fragte Namira mit matter Stimme. »Ich weiß nicht, wovon Sie reden.«

»Genau. Dieses Elixier.« Ich sah mich zu Zaira um. Sie und Terika warfen einander über die Köpfe der anderen Falken verstohlen Luftküsse zu. »Wir sind wegen des Konklaves hier und werden auf einen passenden Moment warten, in dem alle anderen abgelenkt sind, um euch rauszuschmuggeln. Natürlich nur für den unwahrscheinlichen Fall, dass irgendjemand seine Meinung ändert und doch lieber von hier verschwinden will.«

Lamonte gluckste leise. »Ich bin nicht überzeugt, dass irgendjemand dieses Angebot wahrnehmen wird, aber ich nehme an, es ist immer gut, zu wissen, dass es noch andere Möglichkeiten gibt.«

»Könnt ihr mir sonst noch etwas sagen?«, fragte ich.

Die Falken wechselten Blicke untereinander. »Wissen Sie, wie wir hierhergeraten sind?«, erkundigte sich Namira.

»Mehr oder weniger. Vor allem hat Ruven euren Tod vorgetäuscht.« Mir kam ein beunruhigender Gedanke. »Äh, wisst ihr, was mit euren Falknern passiert ist?«

Terikas Miene wurde wieder ernst, zweifellos, weil sie an Lienne dachte. »Ich glaube, dass können wir uns denken«, bemerkte Parona erbittert.

»Ich hatte keinen«, sagte der vielleicht zwölf Jahre alte Knabe, der nach oben gelaufen war, um das Kissen zu holen, und zog schüchtern den Kopf ein.

»So?« Ich sah ihm in die Augen; sie trugen ein indigoblaues Magiermal, das in dem schwachen Licht schwer auszumachen war. »Dann kommst du nicht aus dem Erlauchten Imperium?«

Nervös sah er sich zu Namira um, und die legte ihm besänftigend die Hand auf die Schulter. »Du kannst es ihr sagen, Selas.«

»Ich bin aus Ardence«, berichtete der Junge. »Meine Schwester und ich waren dort in einem kleinen Waisenhaus. Der alte Mann, der es geleitet hat, konnte keine Farben erkennen, darum hat er nicht gewusst, dass ich ein Magiermal habe. Aber dann, vor ein paar Jahren, ist ein Mann gekommen und hat behauptet, er hätte einen Knechtschaftsvertrag für mich, und dann hat er mich mitgenommen und hierhergebracht.«

Zaira erstarrte. Im nächsten Moment wirbelte sie zu ihm herum. »Einen Knechtschaftsvertrag? War sein Name zufällig Orthys?«

Selas zögerte kurz, nickte aber dann. »Ich glaube schon.«

»*Diese* Stechschabe«, knurrte Zaira. »Ich wünschte beinahe, er wäre noch am Leben, damit ich ihn noch einmal umbringen kann.«

»Also hat Orthys dich an Ruven verkauft?«, hakte ich nach.

Selas nickte. »Lord Ruven hat gesagt, ich könnte alles haben, was ich will, und würde behandelt werden wie ein Prinz, solange ich artefaktische Sachen für ihn mache. Aber niemand hat mich ausgebildet, darum konnte ich nicht viel tun.« Er verzog das Gesicht und zuckte mit einer Schulter, und da konnte ich die fingerförmigen Brandnarben im Halsausschnitt seines Hemds sehen, und ich spürte, wie sich langsam eine Woge des Zorns in meiner Brust aufbaute. »Dann habe ich versucht wegzulaufen, um zu meiner Schwester zurückzugehen, und danach hat er mich eingesperrt. Bis vor zwei Monaten, als er angefangen hat …« Der Junge verstummte.

»Ja?«, fragte ich aufmunternd.

Er sah Terika an, und ein Lächeln erhellte seine Züge. »Er hat mir einen *Dank* gegeben.« Er tat, als würde er trinken. »Und jetzt bin ich gern hier. Ich will gar nicht mehr weg, und ich vermisse meine Schwester überhaupt nicht.« Er zog eine Grimasse und schüttelte den Kopf.

Orthys war dafür bekannt gewesen, dass er Magier an Vaskandar verhökerte. Viel mehr als nur diesen Jungen, aber ich glaubte nicht, dass es ihm gelungen war, allzu viele von denen in seine Gewalt zu bekommen, die ein Magiermal trugen. »Gab es da noch andere wie dich?«, fragte ich stirnrunzelnd. »Magier, die von Orthys hierhergebracht wurden?«

Selas überlegte kurz. »Da war ein Junge, der war schon vor mir hier, aber der hat sich hier wirklich wohlgefühlt. Ruven verwöhnt ihn, so wie er es bei mir getan hat, bevor ich versucht habe, davonzulaufen. Er ist der, der den … Dank macht.«

Die Falten auf meiner Stirn vertieften sich. »Also arbeitet er freiwillig für Ruven?«

»Das tun wir alle«, sagte Namira mit einem forcierten Lächeln. »Aber dieser Junge besonders. Wenn Sie ihm im Schloss begegnen, trauen Sie ihm nicht, auch wenn er noch jung ist. Er ist der Grund, warum wir alle hier sind.«

»Es gibt auch noch ein paar andere«, fügte Selas so leise hinzu, dass ich ihn kaum hören konnte, und zog die Schultern beinahe bis zu den Ohren hoch. »Damals hatte er noch kein Dankrezept, also mussten sie nicht …« Die Worte blieben ihm im Halse stecken, also versuchte er es auf eine andere Weise. »Irgendwann haben sie alle sein Missfallen erregt. Ich … ich habe darauf geachtet, das nicht zu tun, darum bin ich immer noch hier.«

»Grazie der Barmherzigkeit«, hauchte ich. »Das tut mir so leid. Wir holen euch hier raus, so schnell wir können.«

Namira nahm den Jungen in die Arme und drückte ihn für einen Moment energisch an sich. »Natürlich geht niemand von uns irgendwohin, denn wir wollen alle bei Lord Ruven bleiben«, murmelte sie. »Aber wir danken Ihnen dennoch sehr dafür, dass Sie an uns denken.«

Zaira spannte und entspannte ihre Hände. »Jedes Mal, wenn ich mal wieder überzeugt bin, dass ich mir unmöglich noch mehr wünschen könnte, ihn mit einer Handvoll von meinem Schadfeuer zu prügeln, belehrt er mich eines Besseren.«

»Es gehört nicht zu meinen Gewohnheiten, mich vom Zorn treiben zu lassen«, entgegnete ich. »Aber trotzdem bete ich zu den Grazien, dass er uns eine Chance dazu geben wird.«

*

Bei dem Empfang der Hexenlords wurde nicht getanzt. Es gab, den Grazien sei Dank, etwas zu trinken und eine eher dürftige Auswahl an Knabbereien. Die Lordschaften und ihre Gäste streiften durch den Thronsaal, gesellten sich für kurze Gespräche zueinander, um bald wieder weiterzuziehen, wie ruhelose Raubtiere, die sich gegenseitig umkreisten. Menschliche Dienstboten huschten umher, füllten Gläser auf und überbrachten Botschaften, aber von den Chimären war nichts zu sehen. Die waren mir seit unserer Ankunft noch nicht zu Gesicht gekommen. Mir kam der Gedanke, dass Zaira und ich womöglich den größten Teil der Chimären in Kazerath getötet hatten, als sie ihr Schadfeuer auf den Wolfslord losgelassen hatte.

Ich hatte mir überlegt, dass es, wenn sogar ein Kleid aus lebendigen Spinnen statthaft war, jedem freistand, bei dem Konklave mit was immer ihm beliebte zu erscheinen. Folglich hatte ich mich für einen reich bestickten Mantel über Kniehosen in saphirblauem Samt und ein silbernes Brokatoberteil mit bescheidenen, aber wunderschön gearbeiteten Spitzeneinsätzen an Halsausschnitt und Ärmelaufschlägen entschieden. Es war eine von drei möglichen Kombinationen, die ich für formelle Ereignisse im Zuge des Konklaves eingepackt hatte, und das bequemste von allen. Außerdem war es das raverranischste Ensemble, nicht nur wegen der in den Mantelkragen eingearbeiteten geflügelten Rösser, sondern auch wegen des vielen raverranischen Blaus.

Sollte meine Gegenwart ein paar der Hexenlords in Erinnerung rufen, dass es in Eruvia neben Vaskandar noch eine andere Großmacht gab, konnte mir das nur recht sein.

Ich war es gewohnt, dass Zaira mich fallen ließ wie ein schmutziges Taschentuch, sobald wir zu einer Feier stießen; gewöhnlich beanspruchte sie umgehend alle Aufmerksamkeit für sich und lachte und schäkerte mit den anderen Gästen. Aber dieses Mal war Kathe derjenige, der mit einem vage bissigen Lächeln auf den Lippen durch den Saal schweifte und die Hexenlords samt Anhang um sich versammelte, während Zaira beständig an meiner Seite blieb. Sie trug ein Kleid in allen Schattierungen des Feuers, von Rot bis zu Gold, und sah darin so kühn aus wie eh und je. Aber ich kannte sie gut genug, um die leicht starre Haltung ihres Rückens und den Argwohn in ihren Augen zu erkennen.

Sie reichte mir ein Glas Wein, das einer der Bediensteten ihr angeboten hatte. »Überprüf das für mich, ja?«

Mein Ring blieb kühl und dunkel. Ich gab es ihr zurück. »Keine Alchemie. Vergiftet könnte es trotzdem sein. Aber ehrlich? Für Ruven steht hier eine Menge auf dem Spiel. Immerhin ist er Gastgeber des Konklaves, obwohl er gerade erst zum Hexenlord geworden ist. Ich bezweifle, dass er das Risiko eingeht, Gäste, die unter dem Schutz eines anderen Hexenlords stehen, zu ermorden.«

Zaira zog eine Braue hoch. »Das hat ihn nicht davon abgehalten, Terika den Befehl zu geben, dass sie mich umbringen soll.«

»Das ist etwas anderes. Wir können nicht verraten, dass er das getan hat, weil wir dann auch offenbaren würden, dass wir herumgeschnüffelt haben. Außerdem wüsste er dann, dass wir mit den gefangenen Falken gesprochen haben. Und das könnte er Terika anlasten. Eine geschickte Falle.«

Zaira starrte finsteren Blicks quer durch den Raum zu Ruven, der mit der Herrin des Lorbeers plauderte, wobei er mit seinen langen, geschmeidigen Fingern gestikulierte. »Mir gefällt das nicht. Ich hasse es, an einem Ort zu sein, wo ich nicht weiß, ob ich imstande wäre, mir den Weg hinaus freizubrennen.«

Ich steckte eine Hand in die Tasche und umfasste Marcellos Knopf, um meine Nerven zu beruhigen. »Trotzdem können wir nicht einfach nur hier herumstehen. Wir müssen mit ihnen reden, um uns ein Gefühl dafür zu verschaffen, wer von ihnen den Krieg unterstützt, wer dagegen ist und wer noch keine Entscheidung getroffen hat.«

In diesem Moment schlenderte Kathe auf uns zu, den Arm bei dem rothaarigen Hexenlord untergehakt. Letzterer richtete Augen auf uns, die an durch Laub gefilterten Sonnenschein erinnerten und von einem pechschwarzen Mal gekennzeichnet waren. Ich hatte das unangenehme Gefühl, dass er mich auf Ebenen taxierte, die ich mir nicht einmal vorstellen konnte, und Dinge sah, die gewöhnliche Menschen nicht erkannten. Sein enger, ärmelloser Mantel war geschnitten wie die Jacke eines Landförsters, bestand aber aus Hunderten von filigranen und wunderschönen Darstellungen von Vögeln und anderen wilden Tieren, alle geschaffen aus Lederstücken in verschiedenen Farben, die kunstvoll miteinander vernäht worden waren. Ich hätte ihn stundenlang anstarren können, wäre das nicht schmerzhaft peinlich gewesen, also zwang ich mich, ihm stattdessen in die Augen zu sehen, und stellte fest, dass er mich süffisant angrinste.

»Dama Amalia, Dama Zaira«, begrüßte uns Kathe vergnügt. »Darf ich Euch meinen Freund, den Fuchslord von Kar, vorstellen?«

Wir tauschten Verbeugungen und Hofknickse aus, und ich ging in Gedanken die Landkarte durch; Kar lag nördlich der Domäne der Herrin der Bären. Sollte sie an einer Invasion interessiert sein, was anzunehmen war, bedachte man ihre Beteiligung am Dreijährigen Krieg, könnte sich eine Allianz mit Kar in der Tat als nützlich erweisen.

»Ich bin entzückt, einen Freund Kathes kennenzulernen«, erklärte ich seiner Lordschaft. »Wie lange kennt Ihr einander?«

Der Fuchslord lachte. »Gnädige Frau, niemand *kennt* Kathe. Als er zur Welt kam, hat seine Mutter gefragt: ›Wer bist du?‹.«

Zaira warf mir einen raschen Blick zu. »Siehst du, ich sage dir, wenn du jemanden nicht kennst, kannst du ihm auch nicht vertrauen.«

Kathe neigte den Kopf zur Seite. »Ihr macht auf mich nicht den Eindruck einer Frau, die *irgendjemandem* trauen würde, Dama Zaira. Was weise ist; Vertrauen ist etwas für Narren.«

Der Fuchslord legte einen Arm über Kathes Schultern und zeigte uns die spitzen Zähne. »Exakt. Vertraue deinen Feinden, wenn du genug gegen sie in der Hand hast. Doch vertraue niemals deinen Freunden.« Geschmeidig schnappte er sich ein Glas Bier von dem Tablett eines vorüberhuschenden Dieners, stieß mit Zaira an und nahm einen tiefen Schluck.

»Und wer sind Eure Feinde?«, erkundigte ich mich mit einem, wie ich hoffte, charmanten Lächeln. »Nicht das Erlauchte Imperium, hoffe ich?«

»Warum sollte man im Mond oder in der See einen Feind sehen?« Der Fuchslord zuckte mit den Schultern. »Meine Domäne hat keine gemeinsame Grenze mit dem Imperium. Darüber mache ich mir wenig Gedanken. Was mir Sorgen macht, ist die Bärin auf meiner Schwelle.«

»Fürchtet Ihr ihren Appetit?«, fragte ich.

»Ich *fürchte* gar nichts Menschliches. Und auch wenn wir nicht unbedingt so erscheinen, gehen die meisten von uns doch immer noch als Menschen durch.« Er zwinkerte mir zu. »Aber es ist kein Geheimnis, wem sich die Bärin als Nächstes widmen wird, falls es ihr nicht gelingt, ein Stück aus Eurem Imperium zu beißen. Also vergebt mir, wenn ich hoffe, dass sie Euch gegenüber erfolgreich ist. Eine hungrige Bärin auf der Schwelle ist für jeden beunruhigend.«

»Nun, wie wäre es, wenn Ihr einen Freund hättet, der Euch hilft, Euch der Bärin zu erwehren?«, wandte ich ein.

»Wir hatten ja bereits festgestellt, dass man Freunden nicht trauen darf«, entgegnete der Fuchslord mit strahlenden Augen. »Und Leute, die Bären ablenken, damit ihre Freunde ihnen entkommen können, werden für gewöhnlich zerfleischt, wenn ich nicht irre.«

Ein Mann in einer schimmernden Robe von irisierender Farbe löste sich aus einem anderen Gespräch und kam auf uns zu. Sein glatt zurückgekämmtes Haar, das ihm in einem langen Zopf, der beinahe bis zum Boden reichte, über den Rücken fiel, verlieh seinen kantigen Zügen und den grauen Augen eine zusätzliche Härte. Eine schwarze Schlange hing wie ein lebendiger Wendelring an seinem Hals und züngelte mich wissbegierig an. Obwohl ich Schlangen nicht fürchtete, musste ich ein Schaudern unterdrücken; etwas an dem Mann ließ mir instinktiv die Haare zu Berge stehen.

»Krähenlord, ich brauche Eure Unterstützung bei einer Wette, in der Unstimmigkeit herrscht«, sagte er mit einer Stimme, die zugleich weich und durchdringend war, zu Kathe.

Kathe breitete die Hände aus. »Ich bin der neutralste aller Schiedsrichter.«

Für einen Moment verzog der Neuankömmling den Mund zu einem schmallippigen Lächeln. »In diesem Fall möglicherweise nicht. Bei der Wette geht es um Euch.«

»So?« Kathe zog die Brauen hoch. »Ich fürchte, meine Geheimnisse kann ich Euch nicht anvertrauen, nur damit Ihr herausfindet, wer recht hat. Aber ich gestehe, ich bin neugierig. Welchen Aspekt meines Lebens mag der Schlangenlord einer Wette für würdig befunden haben?«

»Kein geheimer, wie ich annehme.« Die fahlen Augen des Schlangenlords zuckten zwischen Kathe und mir hin und her. »Die Herrin der Dornen behauptet, Ihr würdet nur vorgeben, dieser Raverranerin den Hof zu machen. Sie sagt, das sei nur ein Trick, um sie zu kränken.«

Kathe schüttelte den Kopf. »Ich bin zutiefst erschüttert, dass sie mich für so engherzig hält.«

»Und ich bin verschnupft, dass jemand glauben kann, ich würde mich dazu herablassen, mich für solch eine Intrige herzugeben«, fügte ich hinzu.

Der Schlangenlord sah mich direkt an. »Dann umwerbt Ihr also tatsächlich den Krähenlord?«

Über diesen Hexenlord war ich im Bilde. Er war einer derjenigen, die im Zuge des Dreijährigen Krieges in Loreice einmarschiert waren. Ihm ging es hier nicht nur um bloße Neugier. Er wollte herausfinden, wie stark die Bande zwischen dem Imperium und Let waren, und in Erfahrung bringen, ob er und seine Verbündeten sich tatsächlich über eine Gefahr in ihrem Rücken Sorgen machen mussten, sollten sie in den Krieg ziehen.

Ich trat dichter an Kathe heran und ergriff seine Hand. »Gewiss!«

»Ich glaube, meine liebe Nachbarin in Sevaeth ist nur eifersüchtig«, bemerkte Kathe. »Immerhin weiß jeder, dass ihr eigenes Werben um Dama Amalias Großvater gescheitert ist.«

Das war mir neu. Mir war zwar inzwischen klar, dass sie Verbündete gewesen waren, aber ich hatte nicht gewusst, dass die Herrin der Dornen mehr aus dieser Beziehung hatte machen wollen. Da musste die Auflösung ihrer Allianz für sie umso bitterer gewesen sein, als mein

Großvater stattdessen die Königin von Callamorne zur Frau genommen hatte.

»Das macht die Idee, Eure Brautwerbung sei nur vorgetäuscht, umso glaubwürdiger«, bemerkte der Schlangenlord. »Warum sollte Dama Amalia Lochaver Cornaro, in der sich drei königliche Blutlinien vereinen, um *Euch* buhlen, nachdem ihr weniger verheißungsvoller Vorfahr einen Hexenlord von größerer Macht zurückgewiesen hat?«

»Mir würden da mehrere Gründe einfallen«, kommentierte Zaira und taxierte Kathe vom Scheitel bis zur Sohle.

Kathe schnalzte mit der Zunge. »Wenn die Herrin der Dornen nicht erkennt, was ich zu bieten habe, dann schlage ich vor, sie sollte etwas eingehender darüber nachdenken.«

Unter seinen sorgsam gewählten Worten verbarg sich noch etwas anderes. Verdammt sollte er sein, wie viele Spielchen trieb der Mann bloß?

Der Schlangenlord schüttelte den Kopf. »Wie kann ich wissen, ob das, was Ihr uns vorführt, eine echte Allianz ist und nicht nur irgendeine oberflächliche Mauschelei? Ihr *verhaltet* Euch nicht, als würdet Ihr werben.«

Kathe stellte Blickkontakt zu mir her; das lebhafte gelbe Magiermal umrahmte das strahlende Funkeln puren Übermuts. Er drehte sich ganz zu mir um und zog fragend eine Braue hoch. »Nun, gnädige Frau? Wie ernsthaft ist es uns mit der Werbung?«

Höllen. Mein Herz schlug schneller vor Nervosität und gespannter Erwartung. Ich musste jeglichen Zweifel ausräumen, den der Schlangenlord hegte. Wenn er glaubte, dies wäre nur irgendeine schrullige Laune von Kathe, an der weiter nichts dran war, mochten er und all die, die sich mit ihm gegen das Imperium verbündet hatten, die Domäne Let in ihrem Rücken ignorieren und ihre gesamten Kräfte an der Grenze konzentrieren. Tausende von Leben konnten von dem abhängen, was ich nun tat.

Ich hatte mich gefragt, wie es sich wohl anfühlen würde, ihn zu küssen. Wie es schien, würde ich das jetzt herausfinden.

KAPITEL VIERUNDDREISSIG

Ich umfasste Kathes Arm, damit er mir nicht entkommen konnte; Blitzschläge zuckten unter meinen Fingern, und mein Herz flatterte so schnell wie die Schwingen eines Kolibris, als ich mich vorbeugte und mit meinen Lippen über seine strich.

Sein Mund reagierte, flink und anschmiegsam und erschreckend erfahren. Die Energie, die ich stets in ihm wahrgenommen hatte, schien meinen ganzen Körper zu erschüttern. Mit einer überraschenden Dringlichkeit verdoppelte ich meine eigenen Bemühungen, wollte für einen winzigen Moment seine Zunge kosten.

Er beendete den Kuss, ehe es so weit war, und seine Lippen verzogen sich an meinen zu einem Lächeln.

Erst jetzt wurde mir bewusst, dass ich die Augen geschlossen hatte.

Langsam wich ich zurück, langsam genug, um meinem Kopf Zeit zu lassen, das Trudeln zu überwinden, ehe ich den Schlangenlord herausfordernd anblickte. Doch ich traute mich nicht, Zaira anzusehen; vor Furcht, ich würde von Kopf bis Fuß rot anlaufen, wenn ich das täte.

»Nun?«, herrschte ich den Schlangenlord an. »Ist das Beweis genug für Euch?«

Der Schlangenlord verbeugte sich knapp. »Ich leiste Abbitte. Ich werde die Herrin der Dornen wissen lassen, dass sie ihre Wette verloren hat.«

Kaum zog er sich zurück, da spürte ich, wie mir die Röte unaufhaltsam den Hals hinaufkroch. Meine Lippen kribbelten immer noch.

Der Fuchslord faltete grinsend die Hände hinter dem Kopf. »Ja, schau her! Wie ich sehe, ist Raverra also doch bereit, zu seinen Allianzen zu stehen, Dama Amalia. Das ist gut zu wissen.«

»Wir kümmern uns um unsere Freunde«, entgegnete ich, immer noch um meine Würde ringend.

»Außerordentlich«, kommentierte Zaira mit einem anzüglichen Augenzwinkern. »Vorzüglich, sogar. So, wie sich nie zuvor jemand um Euch gekümmert hat.«

Mein Gesicht glühte. »Zaira, bitte.«

Aber der Fuchslord grinste nur noch breiter. »Und ich dachte, Raverraner hätten keinen Sinn für Humor. Ihr gefallt mir, Hexe.« Er tippte sich mit grüblerisch-verträumter Miene ans Kinn. »Ich war skeptisch in Hinblick auf Euer Freundschaftsangebot. Aber vielleicht könnte ich doch eine andere Beziehung zum Imperium in Betracht ziehen.«

»Dann seid Ihr in einer glücklichen Lage«, sagte Zaira. »Das Imperium ist eine rechte Metze und bereit, jeden zu umwerben.«

Die Grazie der Barmherzigkeit erhörte an diesem Tag einfach keine Gebete, denn im Boden unter mir tat sich nicht das kleinste Loch auf, um mich zu verschlingen.

Der Fuchslord lachte schallend. »Nun, wenn Ihr mich überzeugen könnt, dass Raverra nicht nur mit mir spielen und mich dann ausrangieren wird wie den sechsten Gatten einer Herzogin, dann finde ich vielleicht eine Möglichkeit, der Idee irgendeiner Art der Kooperation mehr Wohlwollen entgegenzubringen.«

»Ich freue mich schon darauf, Euch zu überzeugen«, antwortete Zaira und schenkte ihm einen Luftkuss.

»Daran anknüpfend«, sagte Kathe und verbeugte sich elegant, »fürchte ich, ich muss mich nun entschuldigen, gnädige Frau. Der Empfang dauert nicht ewig, und die Tradition verlangt von jedem Hexenlord, jeden anderen persönlich zu begrüßen. Ich habe meine Liste bisher erst zu einem Viertel abgearbeitet.«

»Ich ebenso«, schloss sich der Fuchslord an. »Aber wir werden uns morgen weiter unterhalten. Es war mir eine Freude, die Damen kennenzulernen.«

Kathe führte meinen Handrücken an sein geheimnistuerisches Lächeln. »Dama Amalia, es war, wie stets, ein Vergnügen.«

»Ganz meinerseits, Lord Kathe.«

Starr ihm bloß nicht hinterher, ermahnte ich mich im Stillen, als er quer durch den Raum davonspazierte, und ich riss mich von seinem Anblick los und stellte mich Zairas amüsierter Miene.

»Ich musste das tun«, sagte ich rasch. »Für das Imperium.«

»Mmmh«, machte sie. »Sah ganz so aus, als hättest du da ein schweres Opfer erbracht.«

Ich fummelte an einer losen Haarsträhne herum. »Ich habe Marcello gesagt, dass so etwas passieren könnte.«

»Marcello hast du nie umworben«, stellte Zaira klar. »Du hast den Mann geküsst, um den du wirbst. Wenn du dich schuldig fühlst, gibt es nur eine Person, der gegenüber du dich erklären musst, und die bist du selbst.«

»Du hast recht, nehme ich an.« Getrieben von irgendeinem beschützerischen Instinkt, tastete ich nach meinem Leuchtmedaillon, aber meine Finger verfingen sich in Kathes Klauen. »Ich war nur nicht darauf vorbereitet … darauf …«

»Ihn zu küssen?«

»Nein«, gestand ich. »Darauf, dass es mir so gefallen könnte.«

Zaira brach in Gelächter aus. »Bei den süßen Titten der Grazie der Liebe, Weib, wenn du einen Mann küsst und es dir *nicht* gefällt, dann ist der Mann es, der etwas falsch macht.« Sie schüttelte den Kopf. »Nun komm, besorgen wir dir was zu trinken.«

»Ja«, stimmte ich zu. »Das klingt herrlich.«

Ein Glas Wein beruhigte mein pochendes Herz, versetzte es wieder in seinen normalen Takt und löschte Kathes Geschmack von meinen Lippen. Aber meine Augen wollten immer wieder quer durch den Raum zu der Stelle blicken, an der er sich gerade mit dem Espenlord unterhielt, und meine Gedanken überschlugen sich nach wie vor. Schließlich lehnte ich mich an einen Pfeiler und versteckte mein Gesicht hinter dem Weinglas.

Natürlich hatte es mir gefallen. *Kathe* gefiel mir. Seine Gewitztheit war aufregend, aber noch faszinierender waren jene kurzen Augenblicke, in denen er gelegentlich ein Stück seines wahren Selbst offenbarte. Er war ein Mann, dessen Gesellschaft ihn mit absoluter Macht ausgestattet hatte und von ihm im Gegenzug keinerlei Rechenschaft forderte und der doch entgegen aller Wahrscheinlichkeit ein guter Kerl zu sein schien. Jedenfalls überwiegend.

Und er war unbestreitbar eine vorteilhafte Partie, sogar für eine Cornaro. Was also hielt mich ab?

Widerstrebend steckte ich die Hand in die Tasche, und meine Fingerspitzen strichen über die Rundung von Marcellos Knopf. Bei Marcello hatte ich nie um die Wahrheit herumtanzen müssen, hatte mich nie fragen müssen, was er vor mir verbarg. Da gab es keine Spielchen und kein Geschacher; wenn ich etwas brauchte, dann gab er es mir freimütig. Ich musste nie fürchten, dass er mich hintergehen oder dazu benutzen könnte, ein bestimmtes Ziel zu erreichen, nur um mich anschließend fallen zu lassen. Kathe war wie eine aufregende und gefährliche Reise, aber Marcello war mein Zuhause.

Wenn man einen Mann heiratete, dann sollte es einer sein, von dem man sich vorstellen konnte, dass man mit ihm alt werden würde, nicht einer, mit dem man vielleicht das Blut seiner Feinde aufwischen konnte.

Natürlich könnte man einwenden, dass nur ein Mangel an Vorstellungsvermögen mich hinderte, beides in ein und demselben Mann zu sehen. Die Brautwerbung meiner Eltern hatte schließlich auch in der Politik ihren Anfang genommen, hatte aber in Liebe geendet.

Ich schüttelte mich wie ein nasser Hund. *Gut gespielt, Kathe. Gut gespielt.*

»Hast du dich wieder beruhigt?«, fragte Zaira feixend. »Bereit, an die Arbeit zu gehen?«

»Ach, sei doch still. Mit wem müssen wir als Nächstes reden?«

Zaira zuckte mit den Schultern. »Du bist diejenige, die sich in vaskandrischer Politik auskennt. Zeig mir einfach, wen ich umschmeicheln oder kränken soll.«

»Immer gut, wenn man seine eigenen Stärken kennt, nehme ich an.« Ich ließ meinen Blick durch den Raum schweifen. Der Elchlord war in ein Gespräch mit der Herrin der Adler vertieft; *diese* Diskussion zu unterbrechen wagte ich nicht. Die Herrin der Dornen tuschelte mit dem Schlangenlord und sah sich dabei immer wieder mit finsterer Miene in meine Richtung um, was mir überhaupt nicht gefiel. Und dann ertappte ich mich schon wieder dabei, Kathe bewundernd hinterherzustarren. Ruckartig schaute ich woandershin.

Ruven stand in der Nähe einer Nebentür und sprach mit dem rothaarigen Jungen, den wir bei unserem letzten Besuch an diesem Ort gesehen hatten. Das musste der Alchemist sein, von dem Selas uns berichtet hatte, der, der Ruven freiwillig diente. Der Junge erzählte seinem Meister gerade irgendetwas wild gestikulierend und starrte mit unverhohlener Bewunderung zu ihm hinauf. Ruven lächelte milde und tätschelte den Kopf des Jungen, als hätte er es mit einem Hund zu tun.

»Nur nicht die Dame, die sich in Spinnen gehüllt hat«, sagte Zaira gerade. »Ich bin nicht sicher, dass ich damit … heilige Höllen, sie ist direkt hinter dir.«

Ich wirbelte herum, das Weinglas krampfhaft umklammert, und stellte fest, dass die Herrin der Spinnen mir beängstigend nahe war. In ihrem runden Gesicht prangte ein Lächeln, das die kalten Augen nicht erreichte. Ich schluckte einen Aufschrei herunter. Spinnen formten elegante Muster auf ihrem Mieder. In allen möglichen Größen huschten sie auf trippelnden Beinchen auf ihr herum und woben ihre Netze, während sie aneinander vorbeikrabbelten, um die Farnwedelkonturen und die Schnörkel in dem Muster beständig in Bewegung zu halten, als stünde sie in einer leichten Brise. Winzige Spinnen in leuchtenden Farben krochen durch ihr langes Silberhaar und brachten dort weitere Muster hervor.

Es war wunderschön. Trotzdem wünschte ich mir wie noch nie zuvor im Leben, ich könnte mir gestatten, lauthals zu schreien.

Spontan hastete ich einen Schritt zurück, ehe ich mich wieder im Griff hatte und mich verbeugte, bemüht, erneut Haltung zu gewinnen. Zaira verkroch sich hinter mir, die Hände so angespannt gefaltet, dass ihre Knöchel weiße Flecken in die Haut drückten; ich nahm an, sie hatte Mühe, den Instinkt zu beherrschen, der sie aufforderte, das ganze Kleid in Brand zu stecken.

»Oh, hallo, gnädige Frau«, hauchte ich atemlos. »Ich habe Euch gar nicht gesehen.«

Die Herrin der Spinnen grinste mich an, vermutlich fand sie unsere Reaktion mehr als nur ein bisschen amüsant. »Ihr solltet wachsamer sein«, sagte sie mit einer ebenmäßigen, tiefen Stimme, die so ganz anders klang als das Schnattern, mit dem ich gerechnet hatte, und von enormer Macht kündete. »Es gibt mindestens einen unter uns, der nicht möchte, dass Ihr dieses Konklave lebend verlasst.«

Ich sah mich zu der Herrin der Dornen um. Beinahe konnte ich ihre bösen Absichten von hier aus spüren. »Ich weiß.«

»Ihr seid in einer heiklen Lage«, fuhr sie fort und ließ eine Locke ihres Haars durch ihre Finger gleiten. »Die Hexenlords im Süden Vaskandars wünschen, Gebiete des Imperiums zu annektieren, entweder um ihren Kindern zu eigenen Domänen zu verhelfen oder um nicht selbst unterworfen zu werden. Den Hexenlords im Norden ist entweder egal, wie es ausgeht, oder sie werden in Abhängigkeit von Gefälligkeiten und Forderungsrechten entscheiden, welche Partei sie zu unterstützen gedenken. Ihr werdet sehen. Wenn nun das Entflammen abgehalten wird, werden wenigstens zehn Kerzen für den Krieg entzündet werden. Und die übrigen werden ihm weniger ablehnend als vielmehr unentschlossen gegenüberstehen.«

Zehn Hexenlords wollten einen Krieg. Das war entmutigend. Der vaskandrische Botschafter hatte mir erzählt, am Dreijährigen Krieg hätten sich nur drei beteiligt, und der war schlimm genug gewesen.

»Wie steht es mit Euch?«, erkundigte ich mich, bemüht, so ruhig zu klingen, wie ich nur konnte. »Werdet Ihr eine Kerze für den Krieg entzünden? Ich hörte, viele werden sich Eurer Führung anschließen.«

Sichtlich zufrieden, senkte sie die Lider. »Was ich tun werde, hängt davon ab, welcher Ablauf mir mehr Amüsement verspricht.«

»Würde es Euch amüsieren, die ganze Grenze in Flammen aufgehen zu sehen?«, fragte Zaira zähnebleckend. »Denn genau das wird passieren, sollte es zum Krieg kommen.«

Die Herrin der Spinnen kicherte aus tiefster Kehle. »Möglich.«

Ich widerstand dem plötzlichen Drang, mir über die Arme zu wischen, um mich zu vergewissern, dass keine Spinnen über meine Haut krochen. »Nun, da anscheinend zumindest ein Teil der Hexenlords zu einer Invasion entschlossen ist, werdet Ihr das Schadfeuer wohl so oder so bekommen. Was sonst bereitet Euch Vergnügen, wenn das wahrhaftig der entscheidende Faktor ist?«

Die Herrin der Spinnen neigte den Kopf. »Geheimnisse. Rätsel. Überraschungen. Dinge, die neu und unerwartet sind und solche, die alt und begraben sind. Ich habe eine lange Zeit gelebt, meine Kleinen, aber es gibt immer noch mehr zu entdecken.«

Prompt wurde ich wieder munterer. »Seid Ihr eine Gelehrte?«

»Nein.«

Was für eine schale Abfuhr. *Nun gut.*

Zaira runzelte die Stirn. »Welche Art Geheimnisse und Rätsel?«

Die Herrin der Spinnen streckte wie zur Einladung eine Hand aus, und eine Spinne krabbelte in ihre Handfläche. »Jene Art, die die Menschen in ihren Herzen verwahren und jenseits aller Vernunft hegen und pflegen. Die, die zu finden man Seelen aufbrechen und das tiefste Innere heraussaugen muss.«

Zaira bedachte mich mit einem Blick, der etwa besagte: *Was in allen Höllen soll ich dazu noch sagen?* Ich konnte ein nervöses Lachen nicht zurückhalten.

»Ich könnte Euch helfen«, sagte die Herrin der Spinnen nun, und ihre Stimme klang so süß und zäh wie Melasse.

»Davon bin ich überzeugt«, entgegnete ich vorsichtig.

»Ihr seid beide interessant.« Sie kostete das Wort auf ihrer Zunge auf eine Weise aus, bei der sich mir der Magen krümmte. »Ich würde Euch zu gern aufbrechen und herausfinden, was in Euch haust, was Ihr an den finsteren Orten verbergt und nie ans Licht des Tages kommen lasst.«

»Danke, aber ich ziehe es vor, in einem Stück zu bleiben«, erwiderte Zaira, deren Stimme ein bisschen höher als sonst klang.

»Wenn das, was ich dort finde, mich genug amüsiert, werde ich es vielleicht für angebracht erachten, mein Netz zu Eurem Vorteil zu weben. Meine Kerze bleibt weiterhin ungezählt.«

Ich kippte mir den Rest des Weins in den Hals. »Was, äh, würde dieser Prozess des Aufbrechens beinhalten? Ihr sprecht doch hoffentlich in Metaphern?«

»Hoffnung ist ein zerbrechliches Gebilde, Dama Amalia. Spinnenseide ist viel stärker.« Ihr Lächeln wurde breiter. Es sah aus wie ein finsterer Riss in ihrem Gesicht, geeignet, ihren Schädel in zwei Hälften zu teilen. »Denkt darüber nach. Wenn Ihr verzweifelt genug seid, um mein Angebot anzunehmen, dann kommt zu mir.«

»Ist Verzweiflung eine Notwendigkeit?«, fragte ich, und meine Stimme klang nicht mehr so ruhig.

»Oh, ja.« Die Herrin der Spinnen senkte den Kopf und nickte uns liebenswürdig zu. »Genießt den Abend. Ich freue mich stets, wenn ich junge Menschen mit einem Funken Leben und Freude in den Gesichtern sehe. So flüchtig, so vergänglich.«

»Euch auch viel Vergnügen.« Zaira winkte matt. »Erschreckt ein paar Leute oder was immer Euch sonst Spaß machen mag.«

Lachend segelte die Herrin der Spinnen von dannen.

»Also, ich weiß, wovon meine Albträume heute Nacht handeln werden«, bemerkte Zaira im Plauderton, während sie ihr nachblickte.

Ich nickte. »Ich auch.«

*

Als wir spät in der Nacht mit frischem Wasser und Essen in das Turmgefängnis der Falken zurückkehrten, hatten die sich um den Tisch versammelt und warteten bereits auf uns. Terika, die wieder am hinteren Ende saß, versuchte prompt, aufzuspringen, als Zaira zur Tür hereinkam; doch Lamonte und Namira, die sie flankierten, legten ihr jeweils eine Hand auf die Schulter und drückten sie zurück auf ihren Platz.

Namira deutete auf ein paar unbenutzte Stühle. »Warum nehmen Sie nicht Platz?«, schlug sie vor. »Wir haben das Gefühl, dass unsere Zungen schon ein wenig freier sind, nachdem wir einen Tag lang gegessen haben, was Sie uns brachten, und es gibt viel zu besprechen.«

Wir stellten unsere Körbe ab und setzten uns. Zaira bedachte Terika mit einem Luftkuss. »Ist immer noch nicht sicher in deiner Nähe, was?«

Seufzend schüttelte Terika den Kopf. »Alte Befehle, die er nicht wiederholt hat, verblassen bereits, aber die neueren oder wiederholten sind immer noch machtvoll.«

»Aber sie hat weder Waffen noch Gifte«, bemerkte Lamonte. »Sollte sie also gezwungen sein, anzugreifen, dürfte das so wirkungslos sein, dass es schon skurril wirken würde.«

»Also erteilt er euch eure Befehle mündlich?«, fragte ich und stützte die Ellbogen auf den Tisch. »So funktioniert das?«

Angewidert zog Parona die Nase kraus. »Ich mische das verfluchte Zeug an, und dabei weiß ich selbst nicht, wie es funktioniert. Es enthält einige sonderbare Zutaten wie Sand und Blut.«

Mir drehte sich der Magen um. »Ruvens Blut. Und Sand ist ein Teil des Gesteins unter seinem Land. Grazien helft – er macht euch zu einem Teil seiner Domäne. So bekommt er Macht über euch.«

Die Falken verzogen angewidert das Gesicht oder schüttelten den Kopf; ein paar zuckten regelrecht zurück.

»Ihr solltet wissen, dass er mich mehr anrühren lässt, als er für uns benötigt«, sagte Parona eindringlich. »Inzwischen muss er schon einen gewaltigen Vorrat haben. Ich mache mir Sorgen darüber, was er damit vorhat.«

»Das klingt nicht gut«, gab ich zu. Bei dem Gedanken, dass Ruven genug Elixier haben könnte, um Dutzende oder Hunderte Leute unter seine Kontrolle zu bringen, bekam ich klamme Hände. All diese Falken seinem Zugriff zu entziehen war nun sogar noch wichtiger.

Ich dachte an den rothaarigen Alchemistenjungen und das Fläschchen mit Schwarzem Arg in dem kleinen Samtbeutel, und mir wurde übel.

»Hat das Gift, das wir eingenommen haben, irgendwelche dauerhaften Auswirkungen?«, fragte der junge Selas zaghaft.

»Es scheint nur vorübergehend zu sein.« Bei Istrella hatten sich keine Nachwirkungen eingestellt, als der Trank einmal abgebaut war. »Aber wir sollten euch einem Vivomanten vorstellen, wenn wir euch erst heil in die Stallungen zurückgebracht haben, um ganz sicher zu sein.«

Die Falken am Tisch tauschten Blicke untereinander. Schließlich räusperte sich Namira. »Was das betrifft.«

Zaira kicherte. »Ich dachte mir doch, dass das kommen muss.«

In meiner Brust öffnete sich ein schwindelerregender Abgrund. »Ihr wollt nicht in die Stallungen zurückkehren.«

»Einige von uns schon«, sagte Parona und faltete geziert die Hände auf dem Tisch. »Ich habe unfertige Arbeiten abzuschließen. Und ich war mein ganzes Leben lang ein Falke; in meinem Alter ist es ein bisschen spät, um eine neue Laufbahn einzuschlagen.«

»Und ich habe von Ihren Plänen für ein Reformgesetz gehört«, fügte Lamonte hinzu und fixierte mich mit einem durchdringenden Blick. »Ich bin ein Spieler und bereit, ein Risiko einzugehen in der Hoffnung, dass Ihr es durchsetzen könnt. Ich will nicht zum Flüchtling werden; ich bin verlobt und beabsichtige zu heiraten. Ich will zurück nach Loreice und in Frieden eine Familie gründen.«

»*Meine* ganze Familie und all meine Freunde sind in den Stallungen«, meldete sich Namira zu Wort. »Und ich werde Raverra nicht sich selbst überlassen, wenn ein Krieg auszubrechen droht. Aber ein paar von uns könnten andere Möglichkeiten in Erwägung ziehen.«

»Ich war noch *nie* in den Stallungen«, sagte Selas mit besorgtem Gesichtsausdruck. »Und falls ich ein Falke werde, dann bleibe ich das mein ganzes Leben lang. Ich weiß es nicht.«

»Du warst nie ein Falke«, entgegnete ich behutsam. »Da du nicht im Erlauchten Imperium bist, kann kein Gesetz dich zwingen, dorthin zu gehen, wenn du es nicht willst.« Ich verschwieg, dass er damit auch nicht unter Lord Caulins Anweisung fiel.

Der Junge wirkte erleichtert. »Ich bin wirklich nicht sicher«, gestand er. »Vor allem will ich hier raus und meine Schwester wiedersehen. Aber ich bin froh, dass ich eine Wahl habe.«

»Und was ist mit mir?«, fragte der einzige Falke, der sich bisher noch nicht zu Wort gemeldet hatte, ein korpulenter Mann in den Zwanzigern mit einem beeindruckenden Schnauzbart. »Mir hat man nie eine Wahl gelassen. Vergeben Sie mir die Offenheit, gnädige Frau, aber ich bin ziemlich enttäuscht von diesem Imperium, das mir sagt, was ich mit meinem Leben anzufangen und wer ich zu sein habe.« Seine Stimme, zunächst scheu und furchtsam, gewann an Kraft. »Ich hatte nie eine Chance, meine Träume zu verfolgen, ein Handwerk zu lernen, zu reisen, mir ein Zuhause zu schaffen, jemanden zum Heiraten kennenzulernen … all diese kleinen Dinge, die das Leben ausmachen. Ich wünsche mir diese Dinge, gnädige Frau.« Er hob sein blankes Handgelenk. »Mein Geschüh ist weg. Ich möchte nicht in diesem elenden Schloss bleiben, aber ich will auch dem entfliehen.«

Ich schluckte. Wie es schien, konnte ich Lord Caulins Fallstricken nicht ganz so einfach entgehen. »Und wie ist Ihr Name, mein Herr?«

»Harrald Callo, gnädige Frau. Ich bin Artefaktor.« Er strich seine Ärmel glatt, als wollte er sich herrichten. »Meine Eltern sind Bauern, aber sie wollten versuchen, mich zur Universität zu schicken, ehe die Falkner mich geholt haben.«

Ich hatte meine Anweisungen vom Dogen. Der Samtbeutel mit seinem Fläschchen mit Schwarzem Arg lag in meinem Zimmer, bereit, den Tod zu bringen. Aber alles, was dieser Mann sich wünschte, war, herauszufinden, wer er wirklich war. Wer er hätte sein können, hätte das Imperium ihm nicht ein anderes Los zugedacht.

Meine Pflicht als Gesandte des Erlauchten Imperiums war klar. Aber als Mensch hatte ich auch gewisse Pflichten.

»Das Gesetz ist derzeit unmissverständlich«, sagte ich vorsichtig. »Ich arbeite daran, das zu ändern. Aber im Moment lässt es Ihnen keine Chance.«

Harrald ließ die Schultern hängen. »Ich verstehe, gnädige Frau.«

Ich beugte mich über den Tisch zu ihm und hielt den Blickkontakt. »Aber es wird sehr schwer werden, Sie alle zurück über die Grenze zu bringen. Sollten Sie von der Gruppe getrennt werden, wäre es höchst unwahrscheinlich, dass irgendjemand Sie finden würde.«

Seine Miene hellte sich auf. »Ich verstehe«, sagte er wieder, doch in einem ganz anderen Tonfall.

»Atruin ist eine gute Domäne«, bemerkte ich beiläufig. »Die Herrin der Adler beschützt ihre Leute, und sie behandelt sie gut. Die Grenze zu ihrem Land ist nicht weit von hier. Über Let oben im Norden habe ich auch Gutes gehört.«

»Tatsächlich?« Harrald lehnte sich auf seinem Stuhl zurück und klang beinahe heiter.

Ich nickte. »Menschen mit dem Magiermal genießen in Vaskandar hohes Ansehen. Ich bin überzeugt, jede Domäne würde einen Gast, der dieses Zeichen trägt, willkommen heißen. Und ich könnte sogar Kontakt herstellen oder vielleicht für eine sichere Reise sorgen, ganz allgemein gesagt.«

»Nun«, entgegnete er strahlend, »darüber sollten wir uns vielleicht später noch ein wenig unterhalten.«

»Da ist noch etwas anderes, worüber wir uns unterhalten sollten«, sagte Namira und stützte die Ellbogen auf den Tisch. »Der Weiße Gipfel.«

»Moment.« Sosehr die Furcht davor, wo das hinführen könnte, in meinem Bauch wütete, reckte ich doch Stille gebietend eine Hand vor. »Terika hat uns noch nicht gesagt, ob sie in die Stallungen zurückkehren will.«

Zaira erhob sich langsam.

»Ich auch nicht.«

KAPITEL FÜNFUNDDREISSIG

Ich schloss die Augen.

Das war er, der Moment, den ich gefürchtet hatte. Ich sollte mich freuen, dass Zaira nun eine Wahl hatte, froh darüber sein, dass sie darauf vertraute, dass ich sie nicht davon abhalten würde, ihre Wahl zu treffen. Aber mir war nur übel; ich litt unter einem schrecklich unguten Gefühl des Verlusts, so, als wäre mir etwas Kostbares durch die Finger geglitten und von einer Klippe gefallen.

»Also gut.« Ich schlug die Augen wieder auf und zwang mich, eine möglichst ungerührte Miene zur Schau zu tragen. »Willst du zurück in die Stallungen?«

Zaira schnaubte verächtlich. »Das ist einfach. Nein. Da ist es todlangweilig.«

Geschlagen starrte ich sie an.

»Aber das war auch nicht die richtige Frage.« Zaira verschränkte die Arme vor der Brust. »Die Frage muss lauten, ob ich trotzdem dorthin zurückgehen werde.«

Ich nickte. Natürlich. Ich Dummerchen. Sollte ich mich auf ihre Schuhe übergeben, dann geschah ihr das ganz recht.

Zaira wandte sich an Terika. »Was willst *du?*«

Terika lachte nervös. »Ehrlich? Ich weiß es nicht. Bei meiner Großmutter sein. Selbst wenn ich jetzt weiß, dass es ihr gutgeht, wird sie doch alt. Ich möchte Zeit mit ihr verbringen, solange …« Sie schluckte. »Ich möchte sie öfter sehen.«

»Das lässt sich einrichten«, versicherte ich rasch. »Wir könnten dich in Hochpass stationieren, dann könntest du sie jeden Tag sehen.«

Terikas Miene hellte sich auf. »Das würde funktionieren.«

»Hochpass ist noch langweiliger als die Stallungen«, ächzte Zaira.

»Gütige Grazien, ich würde dich bestimmt nicht überzeugen wollen, auch dort zu leben.« Bei dem Gedanken zog Terika eine Grimasse. »Du könntest mich oft besuchen. Und ich könnte dich besuchen. Ich bin sicher, wir finden eine Möglichkeit, zusammen zu sein. Ich möchte auch nicht darauf verzichten, Zeit mit *dir* zu verbringen.«

»Uh.« Zaira verzog das Gesicht. »Rührselig.«

Terika grinste. »Ich bin klebrig wie eine Klette. Mich wirst du so leicht nicht los.«

Namira lachte, aber in mir krampfte sich immer noch alles erwartungsvoll zusammen. Sosehr ich mir wünschte, Zaira wäre frei, so sehr ich wollte, dass sie ihre eigenen Entscheidungen treffen konnte, fiel es mir doch schwer, nicht mit aller Inbrunst zu den Grazien zu beten, dass sie sich für die Stallungen entschied.

Zaira sah mich an. »Und du? Was passiert mit dir, sollte ich in die Domäne deiner Großmama flüchten und mir einen Thron aus Schädeln bauen oder womit auch immer Magier sich dort die Zeit vertreiben?«

Zittrig holte ich Luft. »Ich mache mir Gedanken über die Folgen für das Imperium. Ohne dein Schadfeuer …«

»Mir ist verdammt klar, was mein Schadfeuer in einem Krieg auszurichten vermag«, sagte Zaira scharf. »Ich habe dich nach *dir* gefragt.«

»Also gut.« Ich breitete die Hände auf dem Tisch aus. »Ich weiß es nicht. Sie werden mich vermutlich nicht exekutieren.« Allerdings hatte Ignazio, der Vetter meiner Mutter, bewiesen, dass der Name Cornaro auch nicht vor den Konsequenzen eines Verrats zu schützen vermochte; er würde den Rest seines Lebens in einem imperialen Kerker verbringen. Meine politische Laufbahn wäre auf jeden Fall beendet. »Vielleicht werde ich unehrenhaft meiner Position enthoben und sie gestatten mir, mich in irgendeine kleine Villa voller Bücher zurückzuziehen.« Früher einmal hätte sich das wunderbar angehört. Nun bekam ich bei der Vorstellung klamme Finger. »Meine Falkenreform würde scheitern. Und … ich würde dich sehr vermissen.«

Abgesehen von der Aussicht, ich könnte wegen Verrats in Gefangenschaft genommen werden, war all das weit davon entfernt, Zairas Freiheit aufzuwiegen. Sogar die Falkenreform könnte jemand anderes voranbringen. Ich starrte meine Hände an. Ich wusste, ich könnte noch mehr sagen, Dinge, die sie überzeugen würden zu bleiben. Aber dies sollte ihre Entscheidung bleiben. Auch wenn das Imperium, sollte sie beschließen, uns zu verlassen, diesen Krieg verlieren könnte – und ich meinen Titel, meine Freiheit und vor allem meine Freundin.

Lastende Stille senkte sich über den Raum. Ich wagte nicht einmal, aufzublicken, so sehr fürchtete ich mich vor dem, was ich in Zairas Gesicht zu sehen bekäme.

Endlich seufzte sie. »Deine Großmama hat gesagt, die Einladung wäre dauerhafter Natur.«

Ich hob den Kopf. Hoffnung erwachte in meiner Brust.

Zaira zuckte mit den Schultern. »Denkst du etwa, ich lasse dich den elenden Mistkerl Ruven allein bekämpfen? Gegen diese menschliche Katastrophe gibt es nur ein angemessenes Mittel, und das ist Schadfeuer.«

»Noch sind wir nicht im Krieg«, wandte ich ein, um die schwindelerregende Woge der Erleichterung zu überspielen, die von mir Besitz ergriffen hatte.

»Ich wette eine Dukate, dass ich das Problem für dich lösen kann.«

Namira räusperte sich, um sich Gehör zu verschaffen. »Wenn wir wegen dem Weißen Gipfel nichts unternehmen, werden wir kein Schadfeuer mehr brauchen, damit alles um uns herum zu Asche wird.« Die Erinnerung legte mir einen kalten Stein in den Magen.

»Haben Sie die artefaktischen Kreise geschaffen?«, fragte ich.

Sie deutete bescheiden auf die anderen Artefaktoren am Tisch. »Wir alle haben daran gearbeitet, aber ich war die Hauptverantwortliche, ja.«

»Einen der Kreise habe ich gefunden«, sagte ich aufgeregt. »Mir ist aufgefallen, dass Sie gezielt Lücken hinterlassen haben. Wir haben Leute losgeschickt, die die anderen Kreise suchen und sie so modifizieren, dass der Druck langsam abgebaut wird.«

Namira seufzte schwer, fuhr sich mit einer Hand über die kurzen grauen Locken und sackte auf ihrem Stuhl in sich zusammen. »Den Grazien sei Dank! Das ist ein Anfang.«

»Was müssen wir sonst noch tun?«, fragte ich.

»Sie müssen den Steuerkreis zerstören.« Sie griff hinter sich, nahm ein Notizbuch, einen Federkiel und ein Tintenfass von einem Schreibtisch und fing an zu zeichnen. »Ich fertige Ihnen eine Karte an. Sollte Ruven den Steuerkreis benutzen, kann er die Eruption auslösen, ganz egal, wie viel Druck sich bis dahin aufgebaut hat; sie wird vielleicht etwas kleiner ausfallen, aber sie wird immer noch vernichtend sein. Er kann sogar bestimmen, in welche Richtung der Berg explodiert. Wenn Sie den Steuerkreis zerstören, all die anderen Kreise die Eindämmung aufrechterhalten und zugleich allmählich den Druck abbauen, wird der Vulkan vielleicht für lange Zeit nicht mehr ausbrechen.«

»Wie wäre es mit nie?«, fragte ich.

Sie zog eine Braue hoch. »Das ist immer noch ein aktiver Vulkan. Daran kann auch Artefaktion nichts ändern.«

Zaira runzelte die Stirn. »Was passiert, wenn diese Stechschabe die Eruption auslöst, ehe wir dort hingelangen?«

Ein bitterer Ausdruck schlich sich in Namiras Züge. »Dann«, sagte sie, »gehen wir besser alle in Deckung.«

*

Die Abrechnung wurde am nächsten Tag im Schlossgarten abgehalten. Der Schnee auf dem offenen Gelände war über Nacht geschmolzen, auch wenn in den Schatten und dem umgebenden Wald noch Reste zu sehen waren. Das Gras, das nun zum Vorschein gekommen war, war von einem lebhaften, kräftigen Grün, beinahe, als wäre Mai und nicht November, was zweifellos Ruvens Magie geschuldet war. Sollte der Hexenlord die winterliche Kälte spüren, die in der Luft lag, so ließ er sich davon nichts anmerken. Mich konnte aber nicht einmal der pelzgefütterte Samtmantel davor bewahren, gelegentlich heftig zu zittern.

Anders als bei dem Empfang am Vorabend, bei dem die Hexenlords ihre Runden gemacht und rasch einen nach dem anderen begrüßt hatten, war die Abrechnung ein Tag der ausgedehnten persönlichen Gespräche. Sie schlenderten gemeinsam über das Gelände oder suchten sich eine abgelegene Stelle, an der sie sich ungestört unter vier Augen miteinander unterhielten. Auf den ersten Blick hätte man sie für Paare halten können, die ein Stelldichein im Garten genossen – und tatsächlich fühlte Zaira sich bemüßigt, ausgiebig darüber zu spekulieren, welche Paarungen besonders vielversprechend wären und welche nicht.

»Oh, die beiden würden die Laken in Fetzen reißen«, bekundete sie feixend, als sie den Fuchslord mit der Herrin der Otter sprechen sah. »Ich hätte nichts dagegen, mich dazuzugesellen.«

»Aha«, würgte ich mit glühendem Kopf hervor.

»Und die da sind ein süßes Pärchen.« Mit einem Nicken deutete sie auf den Espenlord, der in ein ernsthaftes Gespräch mit dem Elchlord vertieft war. »Ich frage mich, ob er das Geweih wohl aufbehält.«

»Umpf.«

»Ach, die zwei geben ein hübsches Bild ab«, bemerkte sie seufzend und sah zu der Stelle hinüber, an der die Herrin des Lorbeers den Kopf neigte und aufmerksam der Herrin der Adler lauschte. »Diese langen Beine, das wallende Haar …«

»Zaira, das ist meine *Urgroßmutter*«, protestierte ich.

Zaira grinste. »Zu schade, dass du ihr gutes Aussehen nicht geerbt hast.«

Jemand hatte Podeste mit Wasserschalen voller roter oder blauer Steine im Garten verteilt. Zuerst dachte ich, es wären Süßigkeiten, weil dann und wann einer der Hexenlords einen der Steine oder gleich eine Handvoll herausnahm, aber bei näherem Hinsehen entpuppten sie sich als polierte Kristalle.

»Was meinst du, wofür die sind?«, fragte ich Zaira neugierig.

Sie zuckte mit den Schultern. »Zierrat vielleicht?«

Während wir hinsahen, versenkte Kathe die Hand in einer der Schalen und zog sie samt einem roten Stein wieder zurück, den er sich in die andere Handfläche warf, als er zur Herrin der Dornen schlenderte.

»Die müssen eine Bedeutung haben«, murmelte ich.

Zaira rammte mir den Ellbogen in die Rippen. »Vielleicht ist das Geld. Schau.« Ich folgte ihrem Blick dorthin, wo die Herrin des Lorbeers nun mehrere blaue Steine der Herrin der Spinnen überreichte, und war froh, dass die beiden sich auf der anderen Seite des Gartens aufhielten. Schon an sie zu denken jagte mir eine Gänsehaut über den Rücken, und ich wandte rasch den Blick ab.

»Es ist schwer vorstellbar, dass die Hexenlords sich alle gegenseitig auszahlen.« Dann fiel mir ein, was Kathe über die Währung bei der Abrechnung erzählt hatte. »Die Steine müssen für die Forderungen und Gefälligkeiten stehen. Der Austausch dürfte rein symbolischer Natur sein. Eine Art Ritual, um den Handel zu besiegeln, weil es keine Möglichkeit gibt, das auf andere Art ordnungsgemäß zu verbuchen. Tatsächlich tauschen sie Gefälligkeiten aus, die sie für politische Unterstützung schuldig sind, und geben Forderungen auf, um sich weitere Gefälligkeiten zu sichern.«

»Und wir sind pleite.«

»Na ja, schon.« Ich richtete mich auf. »Aber wir können immer noch versuchen, Leute auf die altmodische Art zu überzeugen.«

Zaira wackelte grinsend mit den Brauen.

»Mit *Worten*«, stellte ich klar. Meine Ohren brannten förmlich.

Die Aura der Macht, von der die Hexenlords umgeben waren, war hier draußen, wo sie sich unter freiem Himmel über den Garten verteilten, nicht ganz so greifbar und erdrückend, also war es auch nicht so beängstigend, sich ihnen zu nähern. Zaira scherzte noch ein bisschen mehr mit dem Fuchslord und versuchte, ihn zu einer Allianz mit dem Imperium zu verleiten; ich hatte einen höflichen Austausch mit meinem Großonkel, dem Espenlord, im Zuge dessen ich erfuhr, dass er, dem Beispiel seiner Mutter folgend, entschieden neutral eingestellt war. Die Herrin der Dornen bedachte mich immer wieder mit mörderischen Blicken, bis ich beinahe befürchtete, ich könnte allein unter dem Einfluss ihres Hasses Nasenbluten bekommen. Und Kathe führte ein langes Gespräch mit dem Stechpalmenlord, einem muskulösen, jung aussehenden Mann, der vorwiegend in kunstvolle Tätowierungen und eine Krone aus dunklen Blättern und roten Beeren gehüllt war. Es fiel mir schwer, den Blick von den beiden abzuwenden.

Neben einem Spalier mit herabhängenden purpurnen Blüten sprach ich mit der Herrin der Luchse, einem zwergenhaften Wesen von silbriger Anmut mit kurzem Haar und leidenschaftlichen Augen, das mir kaum bis zur Schulter reichte.

»Ich hörte, Ihr seid ebenfalls auf der Suche nach einer Domäne für Euren Erben«, sagte ich, nachdem es mir gelungen war, mein Lächeln während der einleitenden Höflichkeiten aufrechtzuerhalten, obwohl mir zumute war wie einer Maus, die kurz davorstand, als Abendessen zu enden. Die intensive, räuberische Präsenz der Herrin der Luchse war erschreckend und stand in keinem Verhältnis zu ihrer Größe. »Das muss eine recht schwierige Angelegenheit sein, wenn die eigene Domäne von denen anderer Hexenlords umgeben ist.«

Die Herrin der Luchse ließ einen blauen Stein zwischen ihren Fingern herumwandern und über den Handrücken gleiten. »Wie der Zufall es will, benötige ich zwei Domänen. Eine für meine Frau und eine für meine Tochter.«

»Das klingt noch schwieriger«, sagte ich mitfühlend.

»Kaum.« Die Herrin der Luchse warf den Stein in die Luft; er drehte sich, bis sie ihn wieder auffing. »Sie sind beide stark genug, um Hexenlords zu sein. Meine Tochter ist ein Monster.« Sie grinste stolz und zeigte mir ihre zugespitzten Zähne. »Und Sevaeth ist groß genug, um es in zwei Domänen aufzuteilen.«

»Also habt Ihr ein Auge auf Sevaeth geworfen?«, hakte ich nach. »Weiß das die Herrin der Dornen?«

»Oh, ja. Sie ist mir nicht gewogen. Aber Euch hasst sie noch mehr.«

»Mir scheint, wir könnten von einer Allianz beide profitieren«, schlug ich vor. »Wenn wir beide Feinde von Sevaeth sind.«

Die Herrin der Luchse öffnete die Hand; ihre Handfläche war leer, der Stein verschwunden. »Ich jage allein. Wenn Ihr damit fertig seid, Euch gegenseitig zu bekämpfen, wird sie geschwächt sein. Leichte Beute. Dann werde ich zuschlagen.«

»Also habt Ihr vor, Euch aus dem Krieg herauszuhalten?«

»Aber gar nicht.« Sie kicherte. »Ich werde eine Kerze dafür entzünden. Wenn es nicht genug Unterstützung dafür gibt, ziehen sie vielleicht gar nicht in den Krieg, und dann wird Sevaeth nicht geschwächt werden. Ich wünsche mir einen netten, ausgeglichenen Kampf, lang und schleppend mit vielen schweren Verlusten.«

»Entzückend«, murmelte ich.

So viel zur Herrin der Luchse. Zumindest wusste die Herrin der Dornen, dass sie eine Bedrohung darstellte, was bedeutete, dass sie vermutlich einen Teil ihrer Streitkräfte in Reserve halten würde, um mit dem unausweichlichen Angriff von Norden fertig zu werden. Trotzdem fiel es mir schwer, meine wachsende Besorgnis im Griff zu behalten. Noch immer war ich in der Pflicht, irgendjemanden zu überzeugen, Abstand von einem Krieg zu nehmen, und die Bürde, die mir das Imperium durch sein Vertrauen auferlegt hatte, war mit jeder höflichen Ablehnung schwerer zu tragen.

Der Weiße Gipfel ragte wie eine konstante Erinnerung an die Folgen eines möglichen Scheiterns über dem Schloss auf, und seine Gletscher schienen am Himmel selbst zu kratzen. Alle paar Minuten stieß er eine weitere Dampfwolke aus, die sogleich südwärts schwebte und einen Schleier aus bedrohlichen Schatten über das Imperium zog.

Ich sah mich nach Zaira um. Sie saß allein im Gras in der Nähe einer Reihe hochgewachsener Sträucher und flocht Blumenstängel zusammen. Verärgert machte ich mich auf den Weg – wie konnte sie in so einer Zeit einfach herumsitzen und vor sich hin träumen? Doch als ich näher kam, bedachte sie mich mit einem durchdringenden Blick. Ihre Finger fummelten weiter träge an den Blumen herum, und ich erkannte drei Dinge zugleich.

Zaira war in Raverra aufgewachsen, wo ausreichender Platz für einen Garten ein Luxus war, der den Reichen vorbehalten blieb. Sie konnte unmöglich wissen, wie man Blumenkränze flocht. Und sie war nicht die Art von Mensch, die bei einem gesellschaftlichen Ereignis allein herumsaß und mit Blumen spielte.

Sie führte etwas im Schilde.

Ich schloss meine Lippen vor dem Gruß, den ich ihr hatte zurufen wollen, ging leise weiter und setzte mich zu ihr. Sie nickte liebenswürdig und murmelte zwischen den Zähnen hindurch: »Da. Hinter dem Loch im Gebüsch.«

Die dicht gepflanzte Reihe immergrüner Sträucher schirmte einen kleinen, intimen Garten ab; ich konnte einen Brunnen und Orchideenbeete sehen. Die Herrin der Dornen saß mit ihrer Tochter am Brunnenrand. Letztere war gebeugt und ausgezehrt und ließ vor Erschöpfung oder aufgrund einer Erkrankung die Schultern hängen. Erstere sah so frisch aus wie Gänseblümchen im Frühling und hatte den Arm schützend um ihre greise Erbin gelegt.

Ruven stand vor dem Brunnen und sprach zu ihnen. Sie waren zu weit weg, als dass ich hätte hören können, was er sagte, aber ich konnte ihn ausufernd gestikulieren sehen, als er einem herbeigeeilten Diener eine Tasse Tee abnahm.

»Etwas stimmt da nicht«, sagte Zaira leise, ohne die Lippen erkennbar zu bewegen. »Sieh dir an, wie Ruven dasteht. Er ist bereit … *aha.*«

Die Hand, mit der Ruven gestikuliert hatte, senkte sich. Schnell wie eine Schlange umfasste er den Unterarm seines Dieners. Der Mann erstarrte noch im Zusammenzucken.

Unbehaglich verlagerte ich mein Gewicht. »Wir sollten ihm helfen.«

»Die einzige Möglichkeit, diesen armen Kerlen, die hier arbeiten, zu helfen, ist, sie aus Kazerath herauszuschaffen. Wenn du Ruven jetzt sagst, er soll aufhören, quält er ihn aus purer Boshaftigkeit nur noch mehr.«

Der Diener schien nicht verletzt zu sein, nur bewegungsunfähig. Ruven, der immer noch sein Handgelenk umfasst hielt, bot nun mit elegantem Schwung der Tochter der Herrin der Dornen die freie Hand dar, als wollte er ihr in ein Boot helfen. Sie legte ihre knorrigen, zitternden Finger in seine, den Blick auf ihren Schoß gesenkt.

Der Diener war immer noch mitten in einer verunsicherten Verbeugung erstarrt. Er regte sich nicht, gab keinen Laut von sich – aber etwas veränderte sich. Seine Haltung wurde irgendwie unnatürlich – er behielt seine Gestalt, nicht, weil es seine war, sondern weil sie ihn umfangen hielt, er war wie eine Papierpuppe, die zusammengeknüllt und in eine Flasche gestopft worden war.

Die Herrin der Dornen wandte sich ab und schürzte angewidert die Lippen.

Ich erhob mich. Zaira packte meinen Arm. »Was hast du vor?«, zischte sie.

»Wir sollten ihn aufhalten. Ihn ablenken oder …«

Erbittert schüttelte Zaira den Kopf. »Es ist zu spät.«

Ruven ließ den Mann los, und der brach zusammen. So, wie er fiel, kraftlos, haltlos wie ein Sack voller Stöcke, wusste ich auf Anhieb, dass er tot war.

»Höllen«, flüsterte ich erschüttert. »Warum hat er das getan?«

»Sieh dir dieses abscheuliche alte Weib an«, knurrte Zaira leise.

Die Tochter der Herrin der Dornen bewegte sich nicht mehr so steif, als sie Ruvens Hand losließ. Auch hatten ihre Wangen mehr Farbe bekommen. Sie war noch genauso alt, aber sie trug die Bürde ihres extremen Alters nun mit mehr Anmut, als wäre die Last plötzlich leichter geworden.

Ihre Mutter strich ihr dünnes weißes Haar glatt und sprach mit Ruven, und die Befangenheit, die sich in ihrer Haltung zeigte, verriet Dankbarkeit.

Ruven schnippte mit den Fingern gegenüber jemandem, den ich nicht sehen konnte, und schon tauchte eine Dienstmagd auf, die Lippen fest zusammengepresst. Das Gesicht abgewandt, ergriff sie die Füße des Toten und fing an, den Leichnam zu einer unauffälligen Seitentür des Schlosses zu schleifen. Sie bewegte sich so zielstrebig, als hätte sie dergleichen schon früher getan.

»Er versorgt sie mit Leben«, hauchte ich. »So dass sie nicht an Altersschwäche stirbt. Damit hat er die Herrin der Dornen in der Hand. Er ist der Einzige, der das kann, weil er ein Hauthexer ist.«

Ruven machte eine verschnörkelte Geste, an deren Ende seine Handfläche nach oben zeigte, als würde er etwas erwarten. Die Herrin der Dornen ließ eine Handvoll blauer Steine hineinfallen, verbeugte sich tief vor Ruven und drehte sich dann zu ihrer Tochter um, um ihr auf die Beine zu helfen.

Wir beeilten uns, ein gutes Stück Rasen zwischen uns und Ruven zu bringen, ehe er aus dem abgesonderten Garten kommen konnte. Aber Abstand war nur eine Illusion; Ruven steckte in dem Gras unter unseren Füßen, in den hoch aufragenden, schattigen Kiefern jenseits des Gartens und in den widerlich-süßen purpurnen Blumen, die überall um uns herum zur Unzeit blühten. Er musste nur mit einem Auge zwinkern, um alle verkümmern und dann wieder erblühen zu lassen.

»Ich wünschte, wir könnten die ganze Bevölkerung irgendwie sicher aus Kazerath rausholen«, murmelte ich Zaira zu.

»Mir fällt eine einfachere Methode ein, um sie von Ruven zu befreien«, sagte sie und krümmte die Finger zu Klauen.

Ich entdeckte den Elchlord neben einer Schale mit blauen Steinen. Sein ausgedehntes Geweih kippte nach vorn, als er einige auswählte. Ich hatte den ganzen Morgen darauf gewartet, ihn allein zu erwischen.

»Ich sollte mit ihm reden«, raunte ich nervös.

»Tu das. Ich werde mal sehen, was dieses Balg vorhat.« Mit einer Kinnbewegung deutete Zaira auf eine Steinterrasse, von der aus man den Garten überblicken konnte. Der rothaarige Junge stand dort an einer Staffelei und malte.

»Ruvens willfähriger Alchemist«, hauchte ich. »Wir können nicht zulassen, das er weiter diesen furchtbaren Trank anmischt. Wenn wir ihm das irgendwie ausreden könnten …«

»Ich lasse dich wissen, wie es läuft«, versprach Zaira. »Viel Glück mit dem alten Astkopf.« Sie ging zu der Terrasse, und ich musste mich allein an den Elchlord heranmachen.

Ich atmete tief durch und stolzierte zu ihm. Er sah mich aus Augen an, die so wissend wie der Nachthimmel in einem braunen Gesicht schimmerten, das von Linien der Weisheit durchzogen war. Es war schwer, ihm durch die dichte Wolke der Macht, von der er umgeben war, näher zu kommen; er war alt, älter als die großen Kiefern, die rund um den Hügel wuchsen, und seine stille Präsenz weckte in mir den Drang, einfach stehen zu bleiben und Wurzeln zu schlagen wie ein Baum.

Als ich ihm nahe genug war, um mit ihm zu sprechen, verbeugte ich mich. »Euer Lordschaft. Amalia Cornaro vom Erlauchten Imperium. Ich fühle mich geehrt, Eure Bekanntschaft zu machen.«

Er musterte mich teilnahmslos. »Nie zuvor hat jemand aus dem Erlauchten Imperium unserem Konklave beigewohnt. Ihr tragt den Wind der Veränderung auf den Schwingen einer Krähe herbei.«

Ich hatte den Verdacht, dass das exakt das war, was Kathe gehofft hatte. Aber da ich nicht wusste, was der Elchlord von dieser Veränderung hielt, lächelte ich nur. »Einige Veränderungen sind gefährlicher als andere. Beispielsweise die Turbulenzen eines Krieges.«

»Krieg.« Der Elchlord seufzte und blickte zu den Bergen hinaus. »Wenn Ihr so alt seid wie ich, Dama Amalia, dann verändert sich die Perspektive, aus der ihr die Muster der Geschichte erkennt. Sie breiten sich so klar vor Euch aus wie der Rhythmus eines Gespräches. Krieg ist keine Veränderung. Nicht in Vaskandar.«

»Es mag mir an Eurer langjährigen Erfahrung mangeln, aber ich studiere die Geschichte«, entgegnete ich. »Vaskandars Zyklus gewaltsamer Expansion ist mir bekannt.«

»Dann erkennt Ihr vielleicht das Problem, das einen Konflikt mit Eurem Imperium unausweichlich macht.« Die langen Falten seiner bestickten Lederrobe schaukelten, als er sich in Bewegung setzte. Ich hatte Mühe, an seiner Seite zu bleiben; seine Beine mussten etwa am unteren Ende meines Brustkorbs anfangen, so locker, wie er mir davonrannte. »Wir sind auf das Hexenmauergebirge zugerollt wie eine Woge auf einen Hafendamm. Der Frieden kann nicht von Dauer sein. Die Hexenlords müssen entweder Euch oder einander bekämpfen.«

»Aber es muss doch noch eine andere Lösung geben. Krieg schadet allen.«

»Nicht, solange wir es mit Möchtegern-Hexenlords zu tun haben, die nach Domänen und Unsterblichkeit gieren.« Der Elchlord schüttelte den Kopf, und sein ausgedehntes Geweih fegte durch die Luft. »Nein, sosehr es mir auch zuwider ist, einen Hauthexer zu unterstützen, wir brauchen diesen Krieg.«

Ich stürzte mich auf die Gelegenheit. »Aber wenn der Krieg ein Teil des natürlichen Zyklus von Vaskandar ist, ist ein Hauthexer dann nicht die größere Bedrohung für die innere Stabilität? Bisher hat noch nie ein Hauthexer über eine Domäne geherrscht.«

»Das ist wahr«, räumte er ein. »Eine gewisse Sorge möchte ich nicht verhehlen. Der Hautlord von Kazerath könnte zu einem Problem werden.«

»Er hat vor, einen Vulkanausbruch am Weißen Gipfel herbeizuführen, um seinen Einfluss über die Asche zu verbreiten«, fasste ich nach. »Das wird zweifellos die Ordnung der Dinge stören.«

»Wir bilden das Land immer wieder um. Ein bisschen Asche wird nicht reichen, um den Blutanspruch der anderen Hexenlords zu brechen.« Der Elchlord legte die Stirn in Falten. »Dennoch ist das in gewisser Weise besorgniserregend, offenbart es doch seinen rücksichtslosen Leichtsinn.«

»Könnt Ihr es wirklich rechtfertigen, Eure beträchtliche Macht und Euren Einfluss dazu zu benutzen, einen wie ihn zu unterstützen?« Ich breitete die Hände aus, versuchte, seinem philosophischen Gehabe zu begegnen. »Was soll dabei herauskommen?«

Der Elchlord blieb stehen, drehte sich um und schaute zu mir herab. Die volle Last seines Blicks stürzte über mich herein wie ein Gebirge, uralt und gleichgültig. »Was er tut, wirkt den Mechanismen der Natur entgegen«, sagte er. »Er ist wie eine wahnsinnige Kreatur, die ihren eigenen Unrat frisst. Doch ob er eine Gefahr für irgendjemanden außer seinen eigenen Leuten darstellt, muss sich erst noch erweisen.«

»Wenn Ihr ihn auch nur ein bisschen kennt, dann wisst Ihr, dass er das tun wird.«

»Ich kenne ihn nicht«, sagte der Elchlord. »Und ich verspüre auch kein Verlangen danach.« Er sah wieder zu den Bergen hinüber, eine klare Abfuhr. »Wenn er es zu weit treibt, werden wir uns um ihn kümmern. Doch die Hilfe der Erlauchten Stadt benötigen wir nicht.«

Ich verbeugte mich und verbarg meine Enttäuschung. »Dann hoffe ich, Ihr werdet gewandt vorgehen, wenn die Zeit gekommen ist.«

Zähneknirschend stapfte ich davon. Ich machte nicht annähernd genug Fortschritte. Andererseits sagte Mutter stets, der Doge würde nie zugeben, dass jemand ihn von seiner ursprünglichen Meinung abgebracht hatte. Auch wenn er nicht im Mindesten nachgab, so würde er später jeden Punkt wiederholen, den man ihm gegenüber angebracht hatte, als wäre das schon immer seine Meinung gewesen. Warum sollten die Hexenlords, die ebenso Regenten waren, nicht genauso handeln?

»Ah, Dama Amalia«, gurrte eine vertraute Stimme aus viel zu kurzem Abstand. »Ich hoffe, Ihr genießt Euren Aufenthalt in meinem Haus.«

Ich wirbelte herum und sah Ruven direkt neben mir stehen. Nun, da ich ihm so nahe war, fühlte sich seine Präsenz so gewaltig an, dass ich kaum Luft bekam, so giftig lastete sie auf allem in seiner Umgebung. Von dem grausamen Lächeln bis hin zum glatten blonden Pferdeschwanz strahlte jeder Zoll seiner selbst die absolute Gewissheit der eigenen Macht aus.

»Jedenfalls gebe ich Eurer Gastfreundschaft zu dieser Gelegenheit den Vorzug«, würgte ich hervor.

Er gluckste. »Es freut mich zu hören, dass Ihr Kazerath nun, da es mein ist, mehr zu schätzen wisst.«

So hatte ich das nicht gemeint, aber ich nutzte meine Chance. »Ihr habt nun Eure eigene Domäne«, stellte ich fest. »Da habt Ihr doch gewiss keinen Grund mehr, einen Krieg mit dem Erlauchten Imperium anzustreben.«

»Ach, gnädige Frau, Ihr kennt mich doch besser. Ich bin kein Mann von solch kläglichem Ehrgeiz.« Träge streckte er eine Hand aus; ein Diener, der mit einem Tablett mit Apfelküchlein die Runde machte, änderte den Kurs, folgte mit schreckgeweiteten Augen dem stummen Befehl und bot sie seinem Herrn und Meister an. Ruven wählte einen aus und winkte dem Diener zu, er könne gehen.

Die Spannung wich aus meinen Schultern; ich hatte befürchtet, er hätte den Mann nur hergerufen, um ihm etwas Furchtbares anzutun; nur, um mich zu verunsichern. Der Glanz in Ruvens Augen verriet mir, dass er das wusste.

»Stellt Euch vor«, sagte Ruven und drehte den kleinen Teller, auf dem das Küchlein ruhte, zwischen den Fingern. »Als ich noch ein Knabe war und erstmals offenbar wurde, dass ich ein Hauthexer bin, wollte mein verstorbener Vater mich erschlagen wie – so seine Formulierung – einen tollwütigen Hund.«

Ich verzog das Gesicht. Ich wusste nicht recht, was schlimmer war; dass der Wolfslord so etwas gesagt hatte oder dass ich mich des Gefühls nicht erwehren konnte, dass er mit seinen Instinkten richtiggelegen hatte. »Das ist schrecklich.«

»Oh, ich erzähle Euch das nicht, um Euer Mitgefühl zu erringen. Was sollte ich damit auch anfangen?« Ruven schüttelte den Kopf. »Euch entgeht das Wesentliche, gnädige Frau. Ich bin umgeben von sechzehn machtvollen Gleichrangigen, die alle nur darauf warten, herauszufinden, ob ich nützlich für sie bin oder vernichtet werden muss.«

»Ihr scheint nicht der Typ zu sein, der sich nützlich macht«, wagte ich mich vor.

Ruven ließ den Apfelkuchen ins Gras fallen, ohne davon gekostet zu haben, und zertrat ihn mit seinem Stiefel. »Nein«, sagte er, »der bin ich nicht.«

»Also wollt Ihr genug Macht erringen, dass sie keine Bedrohung für Euch darstellen können«, schloss ich, unfähig, die Abscheu ganz aus meiner Stimme herauszuhalten. »Ihr tut das alles, weil Ihr Angst habt.«

Der Boden unter meinen Füßen bewegte sich ächzend, als wollte er mich verschlingen. Das Gefühl des Drucks in der Luft nahm weiter zu, bis ich kaum noch atmen konnte. Etwas im Wald stieß ein Geheul hervor, das bestürzend menschlich klang.

Ruven lächelte. Tod schimmerte in seinen violett beringten Augen. Ein Splitter schwarzen Eises glitt meinen Nacken herab. Er würde mich gleich hier töten – oder schlimmer, mir das Fleisch von den Knochen schmelzen und mich dabei auf groteske Weise weiterleben lassen. Ich hatte einen schlimmen Fehler begangen.

»Wir alle leben in Furcht, Dama Amalia.« Seine Stimme klang sanft und zärtlich, doch sie vibrierte in meinen Knochen. »Furcht ist kein Feind, sondern ein Lehrer. Ihr tätet gut daran, die Lektionen zu lernen, die sie Euch erteilt.«

Und dann, ganz plötzlich, war der Druck fort, den seine Macht auf mich ausgeübt hatte. Es war, als wäre er nie da gewesen. Ruven, immer noch lächelnd, verbeugte sich höflich. »Genießt den Rest des Konklaves.«

Ich starrte ihm nach, als er davonging, um mit dem Schlangenlord zu sprechen. Meine Hand glitt in die Tasche, und meine Finger schlossen sich um Marcellos Knopf.

»Die Hölle des Wahnsinns selbst ist nichts gegen das, was im Kopf dieses Mannes vorgeht«, flüsterte ich ihm zu.

KAPITEL SECHSUNDDREISSIG

Nicht lange nach meiner Unterredung mit Ruven bummelte Kathe herbei und bot mir ein Glas Wein an. »Ich sah den herumgehen und dachte, Ihr braucht vielleicht eine Atempause vom Bier«, sagte er.

Seine Mundwinkel zuckten aufwärts, und ich ertappte mich dabei, seine lächelnden Lippen anzustarren; plötzlich konnte ich nur noch an unseren Kuss denken. Als hätte ich einen flüssigen Blitz geschluckt. Mit einem anmutigen Nicken nahm ich das Glas entgegen und hoffte, dass er mir nicht von der Nasenspitze ablesen konnte, was in meinem Kopf vorging.

»Danke.« Mein Ring blieb dunkel; Ich trank einen Schluck von dem körperreichen Rotwein und verscheuchte den Geschmack seiner Lippen aus meinem Gedächtnis. »Das konnte ich gebrauchen. Eure Ebenbürtigen, die anderen Hexenlords, sind nicht leicht umzustimmen.«

»Versucht es damit, der Herrin der Möwen einen Handelspakt anzubieten«, schlug er vor. »Sie wäre höchst erfreut, mehr raverranische Schiffe an ihrer Insel anlegen zu sehen.«

»Das werde ich, danke.« Seufzend rieb ich mir den verspannten Nacken.

Das Gefieder an seinen Schultern raschelte, als er näher an mich heranrückte. »Ich werde Euch in der Öffentlichkeit nicht so sehr helfen können, wie ich es gern täte«, sagte er mit leiser, ernster Stimme. »Ich arbeite an etwas und bin darauf angewiesen, dass Ruvens Verbündete bereit sind, mit mir zu reden. Aber ich möchte, dass Ihr wisst, das ist alles gespielt. Ich stehe auf Eurer Seite.«

Ich zog eine Braue hoch. »Ich dachte, das sei auch gespielt.«

Er lachte. »Manchmal spiele ich zum Vergnügen. Bei anderen Gelegenheiten will ich gewinnen.«

»Und was gilt für unsere Werbung?«, fragte ich und bedachte ihn mit dem, was einem neckischen Lächeln am nächsten kommen dürfte. Dabei musste ich mir eingestehen, dass ich ein überraschendes Interesse an seiner Antwort hegte.

»Beides, natürlich.« Er zog die Brauen hoch. »Wenn Ihr mich nun entschuldigen würdet. Ich muss der Herrin des Lorbeers ein paar Ideen einflüstern, die später noch bedeutsam werden.«

Ich kam mir reichlich wagemutig vor, als ich ihm meine Hand bot, die er mit wohliger Sanftmut an seine Lippen führte, ohne auch nur für einen Moment den Blickkontakt abzubrechen. Die gelben Ringe seines Magiermals brannten sich in mich hinein. Nach dem Kuss schien sein Mund auf meinem Handrücken zu reichen, um sämtliche Nerven in meinem Körper in Aufruhr zu versetzen.

Mit einem schelmischen Lächeln ließ er meine Hand los. »Wenn das Konklave vorbei ist, sollten Ihr und ich uns Zeit nehmen, einander anständig zu umwerben, ohne von Krieg und Tod abgelenkt zu werden.«

»Falls wir uns nach diesem Konklave nicht mehr mit Krieg und Tod befassen müssen«, entgegnete ich, »wäre ich angenehm überrascht.«

Kathe lachte und verbeugte sich mit schwingendem Mantel. »Sollte das nicht der Fall sein, werde ich mich vielleicht bemühen müssen, selbst für mehr Ablenkung zu sorgen, als der Tod es vermag.«

Ich sah ihm nach, bewunderte die ungezwungene Eleganz seiner Schritte. Er war bereits auf dem besten Wege.

Aber ich wusste immer noch nicht recht, was er im Schilde führte. Nicht zu wissen, welche anderen Spielchen Kathe betrieb, konnte im besten Fall als Benachteiligung gelten und war im schlimmsten eine ernstzunehmende Gefahr.

»Er ist hübsch, aber er ist nicht gut für Euch«, sagte eine geschmeidige Stimme an meinem Ohr.

Mit trockenem Mund drehte ich mich um und sah mich der Herrin der Spinnen gegenüber. Spinnen mit goldenen Beinen und rubinroten Bäuchen hatten sich zu einem kunstvollen Kopfschmuck angeordnet, verbunden durch Netze, deren Muster an Spitze erinnerten. Die Spinnen an ihrem Mieder kletterten mit gruseliger Präzision über- und untereinander herum, um ein ständig in Bewegung befindliches Flechtwerk zu weben.

Ich lachte nervös und trat einen Schritt zurück. »Das mag sein, gnädige Frau.«

»Habt Ihr mein Angebot erwogen? Ich hätte Euch im Gegenzug viel anzubieten.« Sie spielte mit einer silbernen Haarsträhne. Fette Spinnen in der Farbe von Juwelen krochen heraus und schoben sich wie Ringe über ihre Finger. »Seine Geheimnisse, Ruvens Geheimnisse. Die Geheimnisse der Herrin der Dornen. Früher oder später erfahre ich, was jeder Einzelne tief in seinem Inneren verbirgt.«

Das wäre es womöglich sogar wert. Der Gedanke jagte einen Schrecken auf acht Beinen über mein Rückgrat.

Aber dann dachte ich an all das, was sie als Gegenleistung erfahren würde. Meine Abhängigkeit von einem Elixier, das ich zum Überleben brauchte. All die Spionagecodes und -signale, die Mutter mich gelehrt hatte, die Geheimnisse, von denen ich erfahren hatte, wenn ich dem Rat der Neun beigewohnt hatte. Meine beschämende Furcht, ich könnte die Zulassung zum Studium an der Universität zu Ardence nur erhalten haben, weil ich eine Cornaro bin. Das reine, erdrückende Entsetzen, das ich empfunden hatte, als ich in der beengten, erstickenden Finsternis eines Sarges gefangen war.

Ich schluckte. »Ich fürchte, ich werde ablehnen müssen.«

Die Herrin der Spinnen lächelte, und dies war ein furchtbares, wissendes Lächeln. Welche Geheimnisse sich auch hinter ihrer Stirn verbargen, sie hatten ihre Augen gefühlskalt und weise und voller krauchender Schatten zurückgelassen.

»Vorerst«, sagte sie mit tiefer und sonderbar einschläfernder Stimme. »Der Tag wird kommen, da werdet Ihr etwas brauchen, Amalia Cornaro. Wenn es nur dringend genug ist, werdet Ihr bereit sein, meinen Preis zu bezahlen. Und dann werdet Ihr zu mir kommen.«

Ich bemühte mich um ein Lächeln, brachte aber keines zustande. Ich konnte sie nur anstarren.

»Bis dahin. Ich freue mich schon darauf.«

Sie setzte ihren Weg fort und zog dabei ein waberndes Gespinst von einer Schleppe hinter sich her. Mit drei tiefen Schlucken leerte ich meinen Wein.

*

Zaira war immer noch auf der Terrasse und offenbar in eine Auseinandersetzung mit dem rothaarigen Jungen verstrickt. Sie hatte die Hände in die Hüften gestemmt, und er musterte sie finsteren Blicks und umklammerte seinen Pinsel wie eine Waffe.

»Es ist dir also egal, dass er die Tränke, die du machst, dazu benutzt, andere Magier zu versklaven?«, herrschte Zaira ihn an.

Der Junge riss die Hände in die Luft. »Ich mache gar keine mehr! Das tut die alte Dame. Und ich weiß nicht, was das ganze Gewese soll. Die sollten Lord Ruven *dankbar* sein. Er hat sie aus den Stallungen befreit. Er hat sie gerettet.«

»Das ist etwa so, als würde man sagen, man hätte jemanden aus einer schlechten Ehe befreit, indem man ihn an einen Hai verfüttert hat.«

Ich verharrte am Rand der Terrasse. Ich wusste einfach nicht, wie ich zu solch einer erhitzten Konversation dazustoßen sollte. Die beiden schienen mich gar nicht zu bemerken, oder meine Gegenwart war ihnen gleich.

Der Junge trat einen Schritt näher und bewegte sich auf eine aggressive Weise, von der ich ihm nur hätte abraten können. »Sprich nicht schlecht über Lord Ruven! Er behandelt mich wie einen Prinzen. Die Falkner sind Monster. Sie haben versucht, mich aus meinem Zuhause zu rauben, und als Lord Ruven Leute geschickt hat, um mich zu retten, da hat ein Falkner auf mich *geschossen!*« Er wedelte mit dem Pinsel vor ihr. »Er hätte mich getötet, wäre Lord Ruven nicht gewesen.«

Alle Höllen! Ich wusste, wer dieser Junge war.

»Emmand«, platzte ich heraus. Das Kind, das Marcello vor vier Jahren nicht hatte retten können. Das Kind, das die Assassinin entführt hatte.

Als er seinen Namen hörte, drehte er sich um. »Und wer seid Ihr?«, blaffte er mich an.

»Jemand, der die Wahrheit kennt.« Ich trat näher und bot ihm meine Hand. »Emmand, der Falkner hat versucht, dich zu retten. Er hat nicht auf dich geschossen; er hat auf deine Entführer geschossen. Die Leute, die dich ›gerettet‹ haben, haben dich im Austausch gegen Traummohn an Ruven verhökert.«

»Ich weiß, was wirklich passiert ist«, konterte Emmand höhnisch. »Ich war dabei.«

»Sie haben deine Eltern getötet.«

Emmand wirkte betroffen. »Das haben sie nicht. Meine Eltern haben mich zu Ruven geschickt, damit er mich vor den Falknern beschützt.«

»Wer hat dir das erzählt?« Zairas Stimme troff nur so vor Zynismus. »Deine Entführer? Als du sie gefragt hast, wo deine Eltern sind, nachdem die sie ermordet hatten?«

Wütend schleuderte der Junge seinen Pinsel auf den Steinboden der Terrasse. »So war das nicht! Lord Ruven ist mein Gönner. Und er gibt den anderen den Trank nur vorübergehend, so lange, bis sie zur Vernunft gekommen sind und nicht mehr versuchen, in die Gefangenschaft zurückzukehren. Danach wird er ihnen helfen, sich ein gutes Zuhause zu suchen, genau wie er es bei den anderen getan hat.«

Den anderen. Ich wechselte einen Blick mit Zaira, und mir ging durch den Kopf, was Selas gesagt hatte.

Zaira seufzte entnervt. »Du bist ein Rotzbengel und lebst in einer Welt, die noch weniger real ist als dieses Bild. Ruven ist ein verlogener Haufen Schweinekotze, und du frisst alles, was er dir vorsetzt.«

»Wagt es nicht, schlecht von ihm zu sprechen!« Der Junge bebte vor Zorn. »Geht weg und lasst mich in Ruhe! Ich will in Frieden malen.«

»Schön.« Mit einem angewiderten Schwung, der ihre Röcke in Wallung versetzte, wandte Zaira sich von ihm ab. »Vergifte du nur weiter gute Menschen für den Mann, der deine Eltern hat töten lassen, wenn dich das glücklich macht. Ich vergeude meine Zeit schließlich auch nicht, um mit Brückenpfeilern zu reden, dabei hören die immerhin besser zu als du.«

Ich schloss mich ihr an. »Was das Überzeugen anderer Leute betrifft, war das auch nicht mein bester Tag«, murmelte ich.

»Das liegt an der menschlichen Natur. Man kann ein Gör davor warnen, die Hand ins Feuer zu halten, und es muss es doch selbst ausprobieren und spüren, wie es sich verbrennt.« Zaira trat ein loses Stück Schiefer die Terrassenstufen hinunter. »Was nun?«

Als wir zum Rasen hinunterstiegen, sah ich mich im Garten um. Alle waren in Gespräche vertieft; niemand achtete auf uns. Und es gab zumindest eine wichtige Angelegenheit, die wir heute erledigen konnten.

»Wir müssen diesen Steuerkreis suchen«, sagte ich. »Es ist Zeit, Ruvens vulkanischem Ehrgeiz ein Ende zu machen.«

*

Auf der Karte, die Namira für uns angefertigt hatte, war der Steuerkreis oben auf dem nächsten Hügel zwischen uns und dem Weißen Gipfel verzeichnet; ein sattelförmiger Kamm verband ihn mit dem, auf dem das Schloss stand. Vom Garten aus führte ein Pfad durch den Wald in Richtung Kamm. Dort, wo er begann, stand ein kniehoher Friedensstein. Sein Muster war alt und verblasst und die Mulde auf der Oberseite mit frischem Blut befleckt.

Wir warteten, bis Ruven mit dem Eibenlord beschäftigt war; abgelenkt und umgeben von der Macht der sechzehn anderen Hexenlords, die seine magischen Sinne überflutete, dürfte er kaum imstande sein zu merken, wenn zwei einfache Sterbliche in seiner Domäne herumstreiften. Zaira vergewisserte sich gründlich, dass niemand uns beobachtete, und dann verschwanden wir zwischen den Bäumen.

Die kühle, schattige Luft unter dem Geäst verschluckte augenblicklich das Gemurmel der Gespräche hinter uns. Der Geruch frischer Kiefernadeln und modernden Laubs verdrängte das Parfüm der purpurnen Blumen, in die Ruvens Mutter das Schloss ihrer Familie gehüllt hatte. Auf einem kahlen, grauen Ast saß ein Eichhörnchen und schimpfte mit uns, und ich hörte irgendwo Wasser plätschern. Die bedrückende, lauernde Atmosphäre, die ich in einem vaskandrischen Wald zu erwarten gelernt hatte, war gedämpft – vermutlich, weil Ruvens Aufmerksamkeit anderweitig gebunden war.

Unsere Stiefel knirschten auf dem zolltiefen Schnee, der den Pfad bedeckte. Wir mussten zwangsläufig Fußabdrücke hinterlassen. Uns blieb nur zu hoffen, dass das Konklave Ruven ausreichend beschäftigte, damit er keine Gelegenheit hätte, selbst diesen Pfad zu beschreiten.

»Die Höllen sollen dieses ganze Land verschlingen«, grollte Zaira. »Ich kann es nicht erwarten, nach Raverra zurückzukommen, wo es alles in allem gerade ungefähr sechs Bäume gibt, von denen keiner versucht, mich zu meucheln.«

»Und wo die Leute so einfache Dinge wie Geld und politischen Einfluss anstreben, nicht Unsterblichkeit oder magische Oberherrschaft«, stimmte ich zu.

Zaira zuckte mit den Schultern. »Das macht mir nicht so viel aus. Macht ist Macht, und das ist am Ende alles, was diese Lumpen wollen.«

Ich nahm an, sie hatte recht. Das galt sogar für Kathe – und für Mutter. »Der Unterschied liegt darin, zu welchem Zweck sie nach dieser Macht streben«, sagte ich.

Zaira schüttelte den Kopf. »Aus welchem hochmütigen Grund jemand nach Macht strebt, kümmert mich einen Flohschiss. Wichtig ist nur, wie sie sie nutzen. Dieses Miststück in Ardence – Savony, die Verwalterin des alten Herzogs – wollte sie um ihrer Stadt willen, und die Herrin der Dornen will Macht, um ihre liebe, süße Tochter zu retten; und beide würden über ganze Leichenberge gehen, um sie zu bekommen. Mir ist ein Schurke mit Prinzipien jederzeit lieber als ein skrupelloser Weltverbesserer.«

»Das ist ein Argument«, räumte ich ein. »Aber trotzdem … Was ist das für ein Geruch?«

Ein beißender Gestank wehte herbei und wieder davon, vom langen Weg oder der Zeit gemildert, aber immer noch stechend genug, dass ich die Nase rümpfte. Ich konnte nicht erkennen, ob es Moder war oder der Geruch wilder Tiere oder irgendeine Mischung.

»Tod.« Zaira presste erbittert die Lippen zusammen. »Dort drüben.«

Mit dem Kinn deutete sie zu einer Stelle, wo der Weg an eine steile Klippe grenzte, die ungefähr dreißig Fuß tief zu einer von Bäumen umgebenen schmalen Schlucht führte. Der Wind drehte, und ich erhaschte erneut einen Hauch des abstoßenden Geruchs.

»Komm.« Zaira hielt sich einen Ärmel vor die Nase und zog ihren Dolch. »Sehen wir uns das an.«

Vorsichtig schlichen wir zum Rand des Abgrunds. Mit Flechten verkrustetes Gestein fiel steil herab zu einem großen Flecken kahlen Bodens, wo Tierwanderungen alles niedergetrampelt hatten, was je versucht haben mochte, dort Wurzeln zu schlagen. Wildpfade liefen in schmalen Linien über den weißen Waldboden auf diese Stelle zu, an der Pfoten die dünne Schneedecke in trüben Matsch verwandelt hatten.

Direkt unter uns lag ein ganzer Haufen gut abgenagter Menschenknochen.

Einige waren noch relativ frisch und ausreichend durch übrig gebliebene Sehnenstränge miteinander verbunden, um als Leichen bezeichnet zu werden. Die zerfetzten Überreste von Kleidern klebten noch immer an diesen Skeletten oder lagen in zertrampelten Fetzen im Schlamm. Aber sämtliches Fleisch war fort und die Gesichter abgefressen; die Wölfe hatten sich die guten Stücke gesichert.

»Grazie der Barmherzigkeit!« Ich wich entsetzt vor der Leichengrube zurück und umklammerte Zairas Arm.

»Ruvens Müllhalde.« Zaira schüttelte mich ab, kroch noch näher an den Abgrund und starrte in die Tiefe. »Der Diener, den er vor unseren Augen ermordet hat, landet zweifellos auch bald hier.«

Ich wappnete mich, um ebenfalls näher heranzugehen und einen zweiten Blick hinabzuwerfen. »Das müssen Dutzende von Leichen sein.« Wenn man sie in diesem Stadium noch als Leichen bezeichnen wollte.

»Und einige davon waren Kinder.« Zaira presste die Worte zwischen den Zähnen hervor. »Dieses stinkende Stück Dämonenscheiße!«

Sie hatte recht. Einige der Knochen, die, die am ältesten aussahen, waren zu klein, um von Erwachsenen zu stammen. Mein Magen krampfte sich zusammen. Beinahe wäre mir alles hochgekommen.

Irgendwann haben sie alle sein Missfallen erregt, hatte Selas gesagt.

»Mögen die Grazien ihren Seelen Frieden schenken«, hauchte ich. »Das müssen die anderen magisch begabten Kinder sein, die Orthys ihm verkauft hat. Aus der Zeit, bevor er den Trank hatte. Die, die sich weigerten, ihm zu gehorchen.«

Zaira holte zischend Luft. Ich rechnete mit einem Sperrfeuer sprachgewandter Flüche, aber sie stand nur einen Moment da, ehe sie herumwirbelte und den Pfad entlangstarrte. »Unternehmen wir einen Waldspaziergang?«, fragte sie.

Ich richtete mich auf und machte ebenfalls kehrt, langsamer. Die

Herrin der Dornen kam auf uns zu. Ihre Robe streifte unheimlich lautlos über den Schnee, als hätte sie dem Boden selbst befohlen, still zu sein. Ihre Lippen krümmten sich in dem zu jungen Gesicht zu einem Lächeln, ihre Augen verengten sich, bis nur noch ein gefährlicher, giftgrüner Schimmer zu sehen war.

»Wie praktisch«, gurrte sie. »So muss Ruven sich gar nicht mehr die Mühe machen, die Leiche loszuwerden.«

KAPITEL SIEBENUNDDREISSIG

Ich löste einen von Istrellas Ringen: linker Zeigefinger zur Abwehr von Magie.

»Die Regeln des Konklaves verbieten es, geladenen Gästen ein Leid anzutun«, bemerkte ich und zwang mich, mehr Zuversicht in meine Worte zu legen, als ich empfand.

Die Herrin der Dornen zog die Brauen hoch. »Aber du bist nicht mehr beim Konklave. Hast du den Friedensstein nicht gesehen? Diese Regeln schützen dich nicht mehr, wenn du die Grenzen der Steine einmal hinter dir gelassen hast.«

Gleichmütig legte sie eine Hand auf einen Baumstamm. Ein frischer Zweig schoss aus ihm hervor, spitz wie ein Speer und voller Dornen raste er direkt auf mich zu.

Ich riss mir Istrellas Ring endgültig vom Finger und warf ihn.

In einem Funkenregen prallte er von dem Zweig ab. Der Dornenspeer erstarrte, als wäre er mit einer Wand kollidiert, zersplitterte auf den letzten paar Fuß seiner Länge, nicht imstande, die Form zu halten, ohne die Vivomantik, die sein widernatürliches Wachstum speiste.

Der Ring lag schimmernd in einem Haufen Kleinholz. Seine Magie war verbraucht. Damit blieben mir noch sechs.

»Ihr begeht einen Fehler.« Es gelang mir nicht einmal, eine ruhige Stimme beizubehalten. Das Blut raste durch meine Adern wie die Flut durch einen geborstenen Schiffsrumpf. »Wenn Ihr mich tötet, wird das Konsequenzen nach sich ziehen.«

Die Herrin der Dornen feixte nur verächtlich. »Dann hat der Krähenlord mir gegenüber eben noch ein Forderungsrecht. Das wäre es wert, eine Lochaver tot zu sehen. Der Arm deines Imperiums reicht nicht bis hierher, kleine Närrin, du bist schutzlos.«

Zaira trat vor. »Vergebt mir, gnädige Frau Lauswürz. Euer Gehirn ist offenbar so weich geworden wie der Haferbrei aus der Armenspeisung des Tempels der Großzügigkeit, wenn Ihr Euch einbildet, es wäre niemand hier, der Euch aufhalten könnte.«

»Ihr?« Ungekünstelte Verwunderung weitete die Augen der Herrin der Dornen. »Ihr würdet dieses gewöhnliche Insekt verteidigen, dass es wagt, Eure Macht zu fesseln? Ich hätte erwartet, dass Ihr mir dankbar wärt, wenn ich sie töte.«

»Wie der Zufall will«, entgegnete Zaira, »ist sie meine Freundin.«

Das Wort entzündete eine Wärme und ein Licht in mir, so strahlend wie Schadfeuer. In diesem Moment hätte ich für sie alle Chimären in Vaskandar mit bloßen Händen bekämpfen wollen.

»Danke«, murmelte ich.

Zaira warf mir einen Seitenblick zu. »Puh. Lass dir das bloß nicht zu Kopf steigen.«

Die Herrin der Dornen verzog angewidert das Gesicht. »Bitte erspart mir diese Rührseligkeit. Die Machtlosen können allenfalls als Haustiere gelten. Nun gut; dann werde ich Euch auch eine Forderung erfüllen.«

Sie berührte den nächsten Baum. Dieses Mal flog ein Hagelschauer trockener Blätter auf mich zu, deren Ränder rasiermesserscharf schimmerten. Ich zuckte weg, hob die Arme, um mein Gesicht zu schützen.

Hitze schlug auf mich ein, als die ganze Laubwolke mitten in der Luft in blaue Flammen ausbrach. Funken von Schadfeuer regneten zusammen mit der Asche zu Boden. Instinktiv wollte ich zurückspringen, konnte mich aber gerade noch fangen. Hinter mir war der Wegesrand und danach nichts mehr außer einem tiefen Sturz hinunter in den Knochenhaufen.

Winzige Flammen, grell wie Blitze, schossen überall dort empor, wo die Funken auf dem Boden aufkamen. Zaira grinste. Blaues Feuer flackerte tief in ihren Augen.

»Ich habe den Wolfslord in seiner eigenen Domäne getötet«, sagte sie. »Als ich das letzte Mal nachgesehen habe, war das hier nicht Sevaeth. Wollt Ihr das Risiko eingehen?«

»Das würdet Ihr nicht wagen.« Aber sie wich einen Schritt vor Zaira zurück. »Ihr habt den Wolfslord getötet, weil er Euch unterschätzt hat. Seither hat jeder Hexenlord in Vaskandar Pläne geschmiedet, um Euer Schadfeuer abzuwehren. Ich bin keine arrogante Närrin, die sich darauf versteift, Euch mühelos besiegen zu können. doch ich versichere Euch, es wäre eine Kleinigkeit, Eure so genannte *Freundin* zu töten, ehe Ihr mich vernichten könnt.«

Ich verstand nur zu gut, was sie meinte. Ich wäre dem Kampf zwischen Zaira und dem Wolfslord beinahe selbst zum Opfer gefallen, und keiner von den beiden hatte gezielt versucht, mir etwas anzutun. Ich lockerte den nächsten Ring, fummelte verzweifelt mit meinen Fingern herum; diesen sollte ich, wie Istrella mir erklärt hatte, auf einen Gegner werfen, dem ich entkommen wollte.

»Gegenseitige Drohungen sind nicht hilfreich«, sagte ich und kämpfte gegen die Furcht an, die meiner Stimme das Fundament rauben wollte. »Wir alle haben Ziele, die wir bei diesem Konklave erreichen wollen, und wir alle vergeben jegliche Chance, das zu tun, wenn wir uns jetzt in einen Kampf stürzen. Wollt Ihr wirklich die Zukunft Eurer Tochter wegen eines engstirnigen Grolls aufs Spiel setzen, Herrin von Sevaeth?«

Die Herrin der Dornen taxierte mich, und die volle Macht ihrer bloßen Gegenwart brach über mich herein wie Wespengift, vermengt mit einem übermäßig starken Veilchenduft. Ich bekam weiche Knie.

»Ja«, sagte sie gedehnt. »Es steht viel auf dem Spiel, und es gibt viel zu erreichen. Und was, genau, versuchst du hier draußen im Wald zu vollbringen, während alle anderen bei der Abrechnung sind?«

Alle Höllen, Ruven hatte die Herrin der Dornen in seinen Vulkanplan einbezogen; sie wusste womöglich ganz genau, wohin dieser Pfad führte. Ich durfte ihr nicht verraten, dass wir über den Steuerkreis im Bilde waren. Dann fänden die beiden eine Möglichkeit, uns davon abzuhalten, ihn zu zerstören – oder, schlimmer, sie fanden heraus, dass wir die Falken von Ruvens magischer Herrschaft befreit hatten.

»Ruvens Verrat aufdecken.« Dramatisch deutete ich mit einer ausholenden Armbewegung auf die Leichengrube in der Tiefe. »Nun kennen wir seinen wahren Charakter. Die anderen Hexenlords sind vielleicht nicht mehr so erpicht darauf, sich mit ihm zu verbünden, wenn sie erfahren, dass er ein Mörder ist.«

Die Herrin der Dornen lachte. »Ist das alles? Ach, was bist du für ein dummes Kind. Jeder weiß, dass er ein Mörder ist, und es kümmert niemanden. In seiner Domäne kann er tun, was immer ihm beliebt.« Sie schüttelte den Kopf. »Lauf zurück unter die Schwingen deines Krähenlords, kleine Lochaver. Alles, was du hier tust, ist Zeitverschwendung. Und wenn das Konklave abgeschlossen ist und ich habe, was ich will, dann werde ich das Leben aus dir herauswringen und aus deinen Knochen eine Krone für meine Tochter formen.«

Sie deutete auf den Weg zum Schloss, schickte mich mit ihrer verächtlichen Haltung zurück, und mir entging nicht, dass sie den Pfad in der anderen Richtung mit ihrem Körper blockierte.

Ich wechselte einen Blick mit Zaira. Die zuckte nur kurz mit den Schultern, und der blaue Funke in ihren Augen erlosch. Die Sache jetzt weiterzuverfolgen hatte keinen Sinn; wir konnten später erneut versuchen, den Kreis zu zerstören.

»Nun gut«, sagte ich. »Wenn die Abrechnung vorüber ist und die Kerzen gezählt werden, dann werden wir sehen, ob das, was ich hier tue, nutzlos ist.«

Zaira ballte eine Faust, und das Schadfeuer, das von den Funken am Boden heraufleckte und sich allmählich ausbreitete, erlosch augenblicklich. Sie tat das scheinbar mühelos, doch ich sah, wie sich die Haut um ihre Augen spannte. Sie hatte die ganze Zeit Mühe gehabt, es unter Kontrolle zu halten.

»Schön, dass Ihr beschlossen habt, heute nicht die Tore zur Hölle des Todes zu öffnen«, bemerkte sie. »Aber solltet Ihr es Euch anders überlegen, stehe ich mit dem Schlüssel bereit.«

Gemeinsam machten wir uns auf den Weg zurück zum Schloss. Mir standen noch lange, nachdem wir sie nicht mehr sehen konnten, die Haare zu Berge, allein aufgrund des Wissens, dass sie für eine Weile freie Schussbahn gehabt hatte.

Noch ehe wir den manikürten Rasen betraten und die dunklen Klauen des Schlosses über uns aufragten, stellten wir fest, dass Kathe schon auf uns wartete. Er lehnte träge an einem schlanken Zierbaum und beobachtete den Pfad, richtete sich aber sogleich auf, als wir aus dem Wald heraustraten.

»Ihr scheint überlebt zu haben«, stellte er fest.

Zaira maß ihn mit einem bösen Blick. »Ihr wusstet also, dass die Herrin der Dornen uns gefolgt ist.«

»Ich habe angenommen, dass sie nicht nur zum Vergnügen zu einem Waldspaziergang aufgebrochen ist«, entgegnete Kathe achselzuckend.

»Wart Ihr nicht besorgt, sie könnte Eure Liebste töten?«

Kathe breitete die Hände aus. »Hier bin ich und warte, um sicherzustellen, dass alles ein gutes Ende nimmt! Aber Ihr habt mich gar nicht gebraucht. Was mich nicht verwundert. Ihr seid viel gefährlicher als ich, Dama Zaira.«

Die bedachte ihn mit einem langen Blick. »Da bin ich nicht so sicher.«

»Ich fühle mich geehrt.« Kathe verbeugte sich. »Wenn Ihr mich nun entschuldigt, ich möchte die Herrin der Dornen nicht wissen lassen, dass ich hier auf Euch gewartet habe. Und ich empfehle Euch, Ihr nicht noch einmal ins Gehege zu kommen.«

Er zwinkerte mir zu und schlenderte dann pfeifend in belebtere Regionen des Gartens.

Zaira packte meinen Arm und zog mich mit sich. »Komm schon, er hat nicht unrecht.«

»Ich fühle mich ein bisschen besser, nun, da ich weiß, dass er auf uns aufpasst«, sagte ich.

»Bist du wirklich so dumm?«, fragte Zaira fassungslos. »Woher, meinst du, hat die Herrin der Dornen gewusst, wo sie uns findet?«

»Ich nehme an, sie hat uns in den Wald gehen sehen.«

Zaira schüttelte den Kopf. »Niemand hat uns gesehen. Ich war vorsichtig.«

»Dann hat sie eben unsere Fußabdrücke entdeckt. Was weiß ich?«

Zaira stach mit einem Finger auf meine Brust ein, und die Klauen an meinem Hals klapperten dazu. »Dein Krähenfreund weiß immer, wo du steckst. Wegen dieses kleinen Schmuckstücks, weißt du noch? *Er* hat es ihr erzählt.«

»Oder Ruven«, wandte ich ein. »Das ist seine Domäne. Vielleicht habe ich mich geirrt und er hat doch spüren können, dass wir da draußen herumstreifen.«

»Wenn Ruven gewusst hätte, dass wir auf dem Weg zu seinem kostbaren Steuerkreis sind, dann wäre er selbst aufgetaucht. Warum verteidigst du diesen gefiederten Halunken?«

Ich seufzte. »Ich mag ihn«, gestand ich.

»Du kannst jemanden mögen und trotzdem erkennen, dass er dich erdolchen und in eine Grube werfen würde, um den Pfad für die eigene Kutsche zu ebnen.« Zaira packte meine Schulter und schüttelte mich. »Wir sind hier mitten in einer Schlangengrube. Wegzuschauen kannst du dir nicht leisten.«

»Einverstanden. Ich bemühe mich, wachsamer zu sein.«

Zaira schnaubte verächtlich. »Nein, wirst du nicht. Aber ich werde weiterhin für dich die Augen offen halten.«

*

Es fiel mir schwer, mich wieder auf die Politik zu konzentrieren, während mein Herz immer noch von der Begegnung mit der Herrin der Dornen in meiner Brust hämmerte. Und das wurde nur noch schlimmer, als sie selbst wenige Minuten später in den Garten zurückkehrte. Sie beachtete mich gar nicht, während sie sich unter die anderen Hexenlords mischte, schwatzte und gelegentlich farbige Steine austauschte. Ihre Schleppe rutschte wie auf einem Schlangenbauch hinter ihr durchs Gras; dann und wann huschte ihr Blick über mein Gesicht, und in ihren Augen flackerte der blanke Hass, auch wenn ihre Miene unbewegt blieb.

Ebenso beunruhigend war es, Ruven oben auf der Terrasse bei Emmand zu sehen, wo er sich in entzückten Ausrufen über das Bild des Jungen erging und ihm den Kopf tätschelte. Emmand stand stolz neben ihm und blickte mit bewundernder Miene zu Ruven auf. Dabei deutete er mit dem Pinsel auf die Berge, die er gemalt hatte, und sprach erkennbar aufgeregt mit seinem Meister. Wusste er wirklich nicht, dass all die anderen Kinder, die Ruven »gerettet« hatte, ganz in der Nähe in einer Leichengrube lagen und nichts weiter von ihnen übrig war als ein paar geborstene Knochen?

Ich tat mein Bestes, um diverse Hexenlords von den Vorzügen freundschaftlicher Beziehungen zum Erlauchten Imperium und den Gefahren einer Allianz mit Ruven zu überzeugen. Zaira zog derweil allein los und bearbeitete die Leute auf ihre Art, schäkerte und scherzte mit dem Fuchslord und der Herrin der Otter und jedem anderen, der den Eindruck vermittelte, er könnte ihrem Charme erliegen. Ihr als Hexe mit einem Magiermal erwiesen sie alle einen gewissen Respekt; viele der Hexenlords schienen sogar bereit zu sein, sie auf eine Weise als ihresgleichen zu behandeln, die mir nicht zuteilwurde.

Nichts von alldem schien zu reichen. Auf das Erlauchte Imperium rollte eine Flut zu, und ich versuchte sie abzulenken, indem ich ein paar Kieselsteine umschichtete.

Kurz vor Ende der Abrechnung, als die Sonne hinter den Bergen versank und graue und violette Schatten sich über den Garten ausbreiteten, kam Kathe zu mir und hakte sich unter. Ein Grinsen zupfte an seinen Lippen. Seine Wärme an meiner Seite fühlte sich viel zu gut an; ich zog sogar in Erwägung, ihn dichter zu mir zu ziehen.

»Wie läuft es?«, fragte er. »Macht Ihr Fortschritte?«

»Ich kann es nicht beurteilen«, räumte ich widerstrebend ein. »Niemand will sich in irgendeiner Weise festlegen. Ich habe mit allen möglichen Ködern gewedelt, die verlockend hätten sein müssen, beispielsweise vorteilhafte Handelsabkommen und maßgefertigte artefaktische Geräte. Aber alles, was ich zur Antwort bekomme, ist, dass sie es in Erwägung ziehen wollen.« Ich konnte mich des Gefühls nicht erwehren, dass der Rat einen Fehler begangen hatte, als er mir sein Vertrauen geschenkt hatte; Mutter hätte inzwischen die Hälfte der Hexenlords als Verbündete gewonnen.

»Wenn man hundert Jahre alt ist und das ganze Gewicht von Bergen und Wäldern hinter sich weiß, dann, so nehme ich an, lässt man sich nur ungern drängen.« Im Vorübergehen schaufelte Kathe ein paar blaue Steine aus einer der Schalen. »Ich finde, das verschafft denjenigen unter uns, die zu mehr Flexibilität bereit sind, einen Vorteil.«

»Und was ist mit Euch? Habt Ihr erreicht, was Ihr wolltet?« Vielleicht konnte ich ihn dazu verleiten, ein bisschen mehr von seinen Plänen auszuplaudern.

Kathe blieb stehen und sah mich an. Wir befanden uns unter einem schlanken Baum, dessen gespreizte Äste voll hingen mit Blüten, die in dieser Jahreszeit nichts zu suchen hatten; vom Wind gelöste Blütenblätter schwebten herab wie vereinzelte Schneeflocken. Im Dämmerschein leuchteten Kathes Magiermale wie Katzenaugen.

»Ich habe eine Idee«, sagte er. »Ich sage Euch, was ich hier zu erreichen versuche, wenn Ihr mir im Gegenzug erzählt, was Ihr im Sinn habt. Ein Punkt nach dem anderen, um einen fairen Austausch zu wahren.«

Ich zog eine Braue hoch. »Ein neues Spiel?«

»Natürlich.« Er warf seine Handvoll blauer Steine hoch und fing sie wieder auf. »Die Gesellschaft ist starr vor lauter Regeln. Wir sollten ein Spiel daraus machen, wann immer wir können.«

»Also gut«, stimmte ich zu.

»Ich mache den Anfang, denn ich bin ein wirklich großzügiger Bursche.« Bescheiden senkte er den Kopf. Ich lachte, was er mit einem verschmitzten Grinsen quittierte. »Ich bin hier, weil ich Gefälligkeiten einfordern und allen zeigen will, wie nützlich ich sein kann, damit ich meine Machtbasis für die Zukunft weiter ausbauen kann.«

Das Gleiche hatte ich bei Mutter viele Male erlebt. »Das ist die Taktik einer Person, die entweder über wenig Ressourcen gebietet und daher zusätzliche Quellen erschließen muss, oder bereits in einer vorteilhaften Position ist und diese zu festigen gedenkt, um sich unangreifbar zu machen«, bemerkte ich.

»Wie scharfsinnig!« Er riss die Augen weit auf. »Ich frage mich, was es wohl sein mag.«

Ich hatte da so einen Verdacht. »Ihr liebt es, wenn andere Euch unterschätzen, nicht wahr?«

»Gnädige Frau, Ihr seht die Dinge viel zu klar.« Er seufzte. »Ich muss länger üben, ehe ich mich auf einen Tanz mit einem Raverraner einlasse. Aber nun seid ihr dran.«

»Nun gut«, sagte ich. »Eines meiner vorrangigen Ziele ist natürlich, den Rückhalt für Ruven und die Herrin der Dornen zu schwächen, damit sie mit möglichst wenig Verbündeten und vielen Gegnern in den Krieg ziehen müssen.«

»Und eines meiner Ziele ist selbstverständlich, Euch zu unterstützen – vor allem, weil mir der Gedanke gefällt, die Herrin der Dornen könnte ohne Verbündete dastehen«, gab er zu. »Ich sammle Gefälligkeiten von ihr und häufe Forderungsrechte gegen sie an, sowohl für mich als auch für andere. Derzeit hat sie bei den anderen Hexenlords nur einen sehr geringen Einfluss, dafür aber viele Verpflichtungen. Das liegt zum Teil an ihren rücksichtslosen und verzweifelten Bemühungen, ihre Tochter vor der verheerenden Wirkung der Zeit zu schützen. Zum Teil aber auch an meinem Einsatz.«

»Nun, dann danke ich Euch«, sagte ich.

»Ich habe das nicht für Euch getan.« Kathe steckte die blauen Steine in die Tasche und breitete die leeren Hände aus. »Ich sollte Euch glauben lassen, ich hätte, dann würdet Ihr mir eine Gefälligkeit schulden. Aber die Basis jeder erfolgreichen Brautwerbung ist Aufrichtigkeit, nicht wahr?«

»Gewiss.« Ich legte ausreichend Ironie in meinen Tonfall, um ihm ebenbürtig zu sein.

»Ihr seid dran, gnädige Frau. Ich bin überzeugt, Ihr habt bei diesem Konklave mehr als nur ein Ziel im Auge.« Er grinste mich an. Ein herabfallendes Blütenblatt verfing sich in seinem zweifarbigen Haar.

Mein zweites bedeutendes Ziel war die Befreiung der gefangenen Falken. Wenn ich das Kathe erzählte, könnte er uns behilflich sein. Einen Hexenlord als Verbündeten zu haben würde es uns viel leichter machen, sie aus dem Schloss zu schleusen und sicher zur Grenze zu bringen. Aber er hatte mehr als deutlich gemacht, dass Informationen eine Währung darstellten, die er zu seinem Vorteil zu nutzen gedachte, und er lag im Streit mit der Herrin der Dornen, nicht mit Ruven. Sollte er uns verraten, bestand die Gefahr, dass Terika und die anderen sich dem Knochenhaufen im Wald zugesellten.

Er hatte uns selbst gesagt, wir sollten ihm nicht trauen.

Sollten die Höllen es holen. Ich hatte ihm bereits vertraut, als ich als sein Gast hergekommen war. Alles, was er tun musste, war, sich von uns abzuwenden und mich und Zaira schutzlos an diesem furchtbaren Ort zurückzulassen.

»Ruven benutzt eine Mischung aus Alchemie und Vivomantik, um eine Handvoll gefangener Falken gegen ihren Willen zu beherrschen«, sagte ich. »Ich bin hier, um sie zu befreien.«

Kathe zog eine Braue hoch. »Um sie zu befreien oder um sie in die imperiale Gefangenschaft zurückzuführen?«

Bei der Frage zuckte ich innerlich zusammen. Lord Caulins Anweisung ließ keinen Interpretationsspielraum, und das Gleiche galt für die Erlauchten Verträge. Meine Pflicht gegenüber dem Imperium war klar. Zuzulassen, dass die Falken einer feindlichen Nation in die

Hände fielen, war ein Schlag gegen den innersten Kern des Systems, auf dem das Erlauchte Imperium errichtet war, und untergrub die Macht, die den Frieden Eruvias schützte. Ich wusste, was der Doge mir befehlen würde, auch ohne dass Lord Caulins Gift mein Gewissen belastete: alles in meiner Macht Stehende zu tun, um die vermissten Falken zurückzuholen. Und ich nahm an, Mutter würde mir denselben Rat erteilen. Schließlich, wenn mir an ihrem Wohlergehen gelegen war, wäre es das Beste, wenn ich mein Falken-Reformgesetz durchsetzte, und meine Chancen, das zu erreichen, waren erheblich besser, wenn ich politisch untadelig war.

Aber wenn ich meiner Mutter in einem Punkt widersprach, dann in diesem: Es gab eine Zeit, um weise zu handeln, und es gab eine Zeit, um zu seinen Prinzipien zu stehen. Und wenn das Leben und das Glück anderer Menschen direkt davon abhingen, was ich in diesem Moment tat, dann war definitiv Letztere angebrochen.

»Um sie zu befreien«, sagte ich, doch meine Stimme klang rau unter der Last der Worte. »Tatsächlich hatte ich vor, mit Euch darüber zu sprechen. Falls es unter ihnen Falken gibt, die lieber in Vaskandar bleiben wollen, statt in die Stallungen zurückzukehren, würdet Ihr sie dann in Eurer Domäne aufnehmen?«

»Aber gewiss.« Er rieb sich die Hände. »Alchemisten und Artefaktoren sind recht selten in Vaskandar. Ich würde dafür sorgen, dass sie sich wahrlich wohlfühlen.«

»Und würdet Ihr ihnen vollkommene Freiheit lassen?«, fragte ich scharf.

Kathes Mimik wurde milder, und seine Brauen rückten zusammen. »Freiheit ist ein flüchtiges Gut, gnädige Frau. Ich bin nicht sicher, ob irgendjemand in Vaskandar – oder im Erlauchten Imperium – wirklich frei ist.«

»Ihr weicht der Frage aus«, beschuldigte ich ihn.

»Nein, ich bemühe mich um eine ehrliche Antwort.« Er fing ein herabsegelndes Blütenblatt auf und drehte es in seinen Fingern. »Jeder, der das Magiermal trägt, gehört in Vaskandar gewissermaßen zum Adel. Sie stehen über den Magiern, die kein Mal tragen, die wiederum über den Menschen stehen, die über gar keine Magie verfügen. Eure Falken würden also den höchsten Kreisen der vaskandrischen Gesellschaft angehören. *Aber …*« Er ließ das Blütenblatt los, und es flatterte zu Boden. »Wenn sie erst einige Jahre in Let gelebt, die heimische Nahrung gegessen und das Wasser getrunken hätten, dann würden sie zu einem Teil meiner Domäne werden. Das kann ich gar nicht verhindern. Ich bin kein Hauthexer, also kann ich sie nicht auf eine Art beherrschen oder verbiegen, wie Ruven es könnte, aber auf einer grundlegenden magischen Ebene werden sie mein sein. Und auch nach dem vaskandrischen Gesetz und der Tradition wären sie mein und unterstünden meinem Willen.« Er zuckte mit den Schultern. »Ist das Freiheit?«

»Ich weiß nicht, ob das mehr Freiheit wäre, als die Stallungen zu bieten haben«, gab ich zu. »Aber ich kann es ihnen zumindest erklären und ihnen die Wahl lassen.«

Kathe nickte. »Ich werde dann eine Botschaft an meine Herzgarde schicken, die in der Nähe stationiert ist, und sie anweisen, sich darauf vorzubereiten, Eure Falken unter meinem Schutz sicher nach Let zu begleiten, sollten sie sich entscheiden, in Vaskandar zu bleiben.«

Das lief dem Befehl des Dogen, wie Lord Caulin ihn mir übermittelt hatte, direkt zuwider und verstieß vermutlich auch gegen die Erlauchten Verträge. Das Bewusstsein, dass ich in Gefahr war, einen Verrat zu begehen, lag mir so schwer im Magen wie ein Stein. Ich konnte förmlich spüren, wie Mutters tadelnder Blick mich den ganzen Weg von Raverra hierher verfolgte. »Danke, Kathe.«

»Oh, das Vergnügen ist ganz meinerseits. Wie Ihr vielleicht bemerkt habt, würden viele Hexenlords eine Menge dafür tun, einen Alchemisten oder Artefaktor für sich zu gewinnen.« Er neigte den Kopf zur Seite. »Was bedeutet, Ruven wird tun, was er kann, um sie hierzubehalten. Habt Ihr einen Plan, um sie aus dem Schloss zu schaffen?«

»Äh … wir hoffen, wir können sie unbemerkt rausschmuggeln«, sagte ich mit einer vagen Handbewegung, schließlich musste er nicht erfahren, dass Marcello an der Grenze Position bezogen hatte.

Kathe schüttelte den Kopf. »Gnädige Frau, Hoffnung ist eine außerordentlich schlechte Basis für einen derart entscheidenden Zug. Ihr seid eine zu geschickte Spielerin, um solch einen Fehler zu begehen.«

»Ich habe diesen Teil noch nicht geplant«, räumte ich ein.

»Ihr werdet einen Plan brauchen und einen guten dazu«, mahnte

Kathe. »Ruven mag neu sein, aber sobald Ihr sie fortbringt und der Hintergrundlärm all der Hexenlords im Schloss verstummt, wird er spüren, dass sie durch seine Domäne wandern. Er mag es nicht sofort merken, aber ich persönlich würde nicht wollen, dass er es überhaupt merkt. Sie sind wichtig genug, dass er sie aller Wahrscheinlichkeit nach außerdem bewachen lässt.«

»Was schlagt Ihr also vor?«

Kathe grinste. »Tut es während des Entflammens.«

»Der letzten Phase des Konklaves.«

»Ja. Selbst wenn er weiß, dass sie unterwegs sind, *kann* er das Konklave nicht verlassen. Andernfalls kann er die Kriegsfrage nicht stellen. Er wird in Zeremonien und Politik gefangen sein, und jede Reaktion, die er aus der Ferne zustande bekäme, wird durch die Ablenkung geschmälert werden.«

Das klang logisch. Wenn Ruven während des Entflammens überhaupt merkte, was los war, stand er vor einem Dilemma. Sollte er beschließen, uns zu verfolgen, konnte er seine Kriegsvorbereitungen nicht weiter vorantreiben und würde das Vertrauen seiner Verbündeten verlieren. Was er auch tat, es wäre ein Gewinn für uns.

Vorausgesetzt, Kathe sprach die Wahrheit. Ihm zu vertrauen war ein Glücksspiel, aber da ich unter seinem Schutz hergekommen war, hatte ich diese Würfel bereits geworfen.

»Das hört sich wie ein guter Rat an«, sagte ich. »Danke.«

»Ihr werdet sie allein oder mit Zaira auf den Weg schicken müssen.« Sacht tippte Kathe mir direkt unter der Halsgrube aufs Brustbein. »Ihr selbst müsst dem Konklave für das Entflammen beiwohnen, persönlich.«

»Muss ich?« Das machte die Dinge schwieriger.

»Selbstverständlich. Dort bringen alle ihre abschließenden Argumente hinsichtlich der offenen Fragen vor – in diesem Fall die, ob wir in den Krieg gegen das Imperium ziehen sollen oder nicht. Ihr könntet die Eröffnungszeremonie auslassen und möglicherweise auch die Erstentzündung der Kerzen. Es wird zwei Podeste geben, eines für die, die sich dem Krieg anschließen, eines für die, die dagegen sind. Jeder Hexenlord, der eine Position in dieser Frage vertritt, wird eine Kerze entzünden und sie auf eines der Podeste stellen. Ein paar werden ihre Kerzen nicht entzünden und sich aus der Angelegenheit heraushalten.«

Da erst traf es mich wie ein auf mich einstürzender Berg, dass das alles real war. Morgen würden die Hexenlords ihre Entscheidung fällen, und etwas so Winziges wie die kleine Flamme goldenen Feuers auf einer Kerze mochte sehr wohl über das Schicksal des Erlauchten Imperiums bestimmen. Und falls Zaira zu ihrer eigenen gefährlichen Mission aufbrechen musste, um die Falken durch die nachtdunklen Wälder von Vaskandar in Sicherheit zu bringen, würde ich allein das Imperium in einem Raum voller alter blutgebundener Macht vertreten, und die einzige Waffe, die mir zur Verfügung stünde, um mein Volk zu schützen, wären meine Worte.

Ich fummelte an Marcellos Knopf in meiner Tasche herum, um meinen ruhelosen Fingern etwas zu tun zu geben. Gerade jetzt würde ich so viel für ein kleines bisschen von dem unerschütterlichen Glauben geben, den er in mich zu setzen schien. »Ist das der Zeitpunkt, zu dem Gäste sprechen dürfen?«

»Das geschieht im Zuge der Diskussion im Anschluss an das Entzünden der Kerzen. Und das ist der Teil, den zu verpassen Ihr keinesfalls riskieren dürft.« Mit ernster Miene umfasste Kathe meinen Arm. »Alle Hexenlords und geladenen Gäste, die etwas mit dieser Angelegenheit zu tun haben, können sprechen, und nach jeder Ansprache erhalten die Hexenlords Gelegenheit, ihre Kerzen anders zu platzieren, zu löschen oder zu entzünden. Manchmal stellen gleich zu Anfang alle ihre Kerzen an dieselbe Stelle und verrücken sie nach einer bestimmten Ansprache, um dem Redner ihre Unterstützung zu signalisieren oder sich Gefälligkeiten zu sichern.«

»Also ist das die letzte Gelegenheit, jemanden zu überzeugen.«

»Die letzte und die entscheidende, ja.«

Ich umklammerte Marcellos Knopf so fest, dass er sich schmerzhaft in meine Haut drückte. Der Gedanke, vor siebzehn Hexenlords zu stehen und eine Rede zu halten, war beängstigend. Da wäre ich beinahe lieber zum Kampf gegen sie angetreten. Der wäre wenigstens schnell vorüber.

Aber dies war auch genau das, was jeder von mir erwartete. Meine Mutter und der Doge, die mich mit der Position einer Gesandten des

Erlauchten Imperiums betraut hatten; meine Großmutter und das Volk von Callamorne, denen ich gesagt hatte, ich stünde hinter ihnen. Domenic und Venasha in Ardence, das in Reichweite eines möglichen Vulkanausbruchs am Weißen Gipfel lag. Das ganze Erlauchte Imperium, das seit dreihundert Jahren Frieden und Ordnung in Eruvia aufrechterhalten hatte und nicht bereit war, unterzugehen.

Das war der Grund, warum ich als Cornaro geboren worden war. Um mit Worten Siege zu erringen, auf dass sie nicht mit Feuer und Schwert errungen werden mussten.

Ich drückte den Rücken durch und nickte entschlossen. »Dann liefere ich besser eine gute Rede ab.«

KAPITEL ACHTUNDDREISSIG

Wir werden uns aufteilen müssen«, sagte ich zu Zaira, als wir an diesem Abend wieder in unserem Gemach waren.

Sie starrte mich an, als hätte ich den Verstand verloren. »Ist dir aufgefallen, dass wir uns mit einer allgewaltigen Magierin, die dich töten will, in einem Schloss des Feindes aufhalten?«

»Das ist meiner Aufmerksamkeit nicht entgangen.« Ich ließ mich aufs Bett plumpsen und fing an, mir die goldverzierten Reitstiefel von den Füßen zu schälen, die ich den ganzen Tag getragen hatte. »Aber all die Hexenlords werden beschäftigt sein, und ich werde mich im Schloss in Kathes Blickfeld und innerhalb der Friedenssteine befinden.« Und versuchen, die uralten, eiskalten Herzen von siebzehn Hexenlords gnädig zu stimmen. Aber das war eine andere Geschichte. »Wenn Marcello es schafft, eine Position einzunehmen, von der aus er vorrücken, euch auf der Straße treffen und die Falken für den Rest des Weges übernehmen kann, dann bist du vielleicht nur ein paar Stunden fort.«

»Und sie kann dich binnen weniger Minuten töten.«

»Sie wird mich nicht während des Entflammens töten, nicht solange feierliche Zeremonien abgehalten und gravierende Argumente vorgetragen werden. Mir passiert nichts.« Sofern ich nicht aus purer Angst vor meiner eigenen Rede tot umfiele. Dies würde meine letzte Chance sein, meine allerletzte Chance, um mich des Vertrauens des Rates würdig zu erweisen und das Imperium zu retten. »Ich mache mir mehr Sorgen um dich, wenn du bei Nacht allein zum Schloss zurückkehren und Ruvens Wald durchqueren musst, während er dich tot sehen will.«

Zaira zuckte mit den Schultern. »Solange die Hexenlords beschäftigt sind, gibt es an diesem verfluchten Ort nichts, was mich aufhalten könnte. Ich kann mir notfalls den ganzen Weg zur Grenze freibrennen.«

Das war allerdings wahr, doch wären die Falken, die sie retten wollte, dann größerer Gefahr ausgesetzt als in Ruvens Klammergriff. Aber sie beherrschte ihre Fähigkeit immer besser, und wenn ich auch keine Neigung verspürte, im Zusammenhang mit Schadfeuer unnötige Risiken einzugehen, hätte ich doch gewettet, dass sie sogar zweimal so gut darin wäre, ihre Flammen zu zügeln, sobald Terika in ihrer Nähe war.

»Also, soll ich jetzt Kontakt zu Marcello aufnehmen und ihm von unserem Plan berichten?«, fragte ich.

»Das ist ein furchtbarer Plan.« Zaira trat sich die Schuhe von den Füßen; einer nach dem anderen flog quer durch den Raum an die Wand. »Aber gut, mach nur.«

Ich ging zu meiner Truhe und wühlte in den diversen Falten und Lagen meiner Röcke herum. Meine Finger verfingen sich in einer seidenen Schlaufe; das Zugband von Lord Caulins harmlos aussehendem Samtbeutel.

Ich ignorierte die Übelkeit, die sich in meinem Bauch ausbreitete, und schob ihn zur Seite. Zu den Neun Höllen mit Caulins Befehl. Ich war keine Assassinin. Ihre Geschühe waren fort; wenn sie nicht beschlossen, heimzukehren in die Stallungen, dann waren sie keine Falken mehr.

Unten auf dem Boden der Truhe fand ich die Einzelteile des Geräts, das Istrella für uns mit ihren begrenzten Materialien in Hochpass angefertigt hatte: ein wirres Durcheinander aus gewickeltem Draht, ein Servierteller, in den ein Runenkreis graviert war, der Ladestock einer Muskete, eingewickelt in mit Kristallen besetztem Draht, und ein einzelner Quarzklumpen, den aufzutreiben sie eigens Soldaten ins Gebirge hatte schicken müssen. Ich deponierte den Teller auf einem Tisch am Fenster, wickelte ein Stück Draht ab, legte den Quarz in die Mitte des Tellers, verband das ganze Gebilde mit Hilfe eines weiteren Drahtabschnitts mit dem Ladestock und richtete ihn durch das Fenster auf die Berge. Ich musste eine Weile mit Hilfe eines Kompasses herumfummeln, bis ich den richtigen Winkel gefunden hatte.

»Ich dachte, Kurierlampen funktionieren nicht ohne ein Netzwerk aus Weitermeldestationen«, sagte Zaira und kam näher, um sich anzusehen, was ich tat. »Wenn das hinhaut, wozu brauchen wir dann all diese Masten mit Spiegeln überall im Imperium?«

»Ohne die Spiegel funktionieren Kurierlampen nur, wenn es eine direkte Sichtlinie gibt«, antwortete ich. »Du könntest Botschaften gerade so weit schicken, wie auch ein Signalfeuer sichtbar wäre, also bringt das nicht viel. Aber wir haben nach einer Stelle gesucht, an der Marcello sein Lager aufschlagen kann und sich theoretisch auf der direkten Sichtlinie zwischen der Schulter des Weißen Gipfels und diesem Schloss befindet.«

»Theoretisch.«

»Tja, ich nehme an, ob das auch praktisch funktioniert, werden wir gleich erfahren.«

Ich tippte mit zwei Fingern auf den Quarzkristall, und in seinem Inneren flammte ein Funke auf.

»Funktioniert es?«, fragte Zaira.

»Zumindest versucht es, zu senden. Wir werden gleich sehen, ob Marcello etwas empfangen hat.«

Ich tippte wieder und wieder auf den Quarz und übermittelte ein einfaches Signal. Der Funke im Inneren der Lampe flackerte bei jedem Tippen kurz auf und erlosch wieder. Sollte sich irgendjemand zu dieser Nachtzeit im Garten aufhalten, würde er das zwangsläufig sehen können.

Lange Zeit wartete ich und starrte den dunklen Kristall an. Dann, endlich, flackerte das Licht im Inneren wieder auf und übermittelte ein einziges Wort: *Empfangen.*

Siegesfreude wogte in mir hoch. Die Gabe der Grazien hatte es möglich gemacht, es funktionierte. Istrella war wirklich bemerkenswert. *Marcello?*, tippte ich.

Hier. Ist alles in Ordnung?

Natürlich war er besorgt. Der liebe Marcello. Ein zärtliches Lächeln stahl sich auf meine Lippen. »*Alles in Ordnung. Hier ist Amalia.*«

Quälend langsam übermittelte ich ihm die Einzelheiten unseres Plans. Daheim hatte ich Mutters Finger über die Kurierlampen huschen sehen; sie manipulierte das Licht so schnell, dass ich ihre Nachrichten kaum lesen konnte, aber ich besaß nicht so viel Übung. Ich musste über jeden Buchstaben und jede übliche Kombination nachdenken und mir die exakte Abfolge der Lichtsignale, die nötig waren, um sie zu übermitteln, ins Gedächtnis rufen.

Marcello war sogar noch langsamer; Reichsoffiziere mussten den Lampencode kennen, denn der konnte auch ohne Kurierlampen genutzt werden, um Informationen mit Spiegeln oder Laternen weiterzugeben, aber in der Praxis hatte er ihn vermutlich nicht häufig gebraucht. Ich musste mir jedes Aufflackern der Lampe notieren, um sicherzustellen, dass ich in seinen stockenden Sätzen nicht den Faden verlor, während er mir berichtete, dass sie die vulkanischen Artefaktionskreise, die sie sicher erreichen konnten, erfolgreich verändert hatten.

Sein Stolpern und Zögern wärmte mein Herz; dadurch wirkte das Flackern der Lampe menschlicher. Als würden sich irgendwie über die vielen Meilen zwischen uns unsere Finger über diese Brücke aus Licht berühren.

Sei vorsichtig, signalisierte er zum Schluss. *Ich denke an dich.*

Ich vermisse dich, antwortete ich, und meine Fingerspitzen verweilten auf dem Kristall.

Als er dunkel blieb, starrte ich für lange Zeit zum Fenster hinaus in die Nacht.

*

Es war spät am Abend, das Schloss in winterliche Dunkelheit gehüllt, und das Entflammen würde bald beginnen. Den ganzen Tag über war ich die entscheidenden Zeilen und Phrasen meiner Rede im Kopf durchgegangen, hatte sie tonlos geflüstert und bei jedem Schritt im Geiste wiederholt. Die Zeit war bei jeder gemurmelten Silbe gnadenlos fortgeschritten und hatte mich immer näher an den Moment herangetragen, in dem ich versuchen musste, Raverra mit meinem fragilen Netz aus Worten zu retten.

Ich war nicht sicher, ob ich je in meinem Leben etwas mehr gefürchtet hatte. Sollte es mir nicht gelingen, das Publikum für mich zu gewinnen, mochte dies das Ende des Imperiums bedeuten.

Endlich war die Zeit gekommen, unseren Zug zu tun. Gedämpfte, erwartungsvolle Spannung auf das Entflammen baute sich in dem schlaflosen Schloss auf. Und als sich alle Augen auf den Thronsaal richteten, schlichen wir die Wendeltreppe zum Turmzimmer der Falken hinauf.

Als wir die Tür öffneten, stand Terika angespannt vor uns, und niemand war da, um sie zurückzuhalten. Die anderen hatten sich zu beiden Seiten von ihr aufgebaut, aber keiner von ihnen verstellte ihr den Weg zu Zaira.

»Soll das heißen, du kannst wieder in meine Nähe kommen, ohne dass du versuchst, mich umzubringen?«, fragte Zaira.

»Ich glaube schon.« Terika breitete die Hände aus. »Ich bin unbewaffnet, sollte ich mich also irren, ist das Schlimmste, was passieren kann, eine peinliche Rauferei, bis all diese netten Leute mich schließlich von dir wegreißen.«

Vorsichtig trat Zaira näher. Terika stand nur da und strahlte sie an. Bald waren die beiden nur noch wenige Fuß voneinander entfernt.

»Das wird auch verdammt Zeit«, brummte Zaira schroff, schlang die Arme um Terika und barg ihr Gesicht in deren lockigem Haar. »Uff!«

Aber Terika drückte Zaira genauso heftig. Ihre Augen leuchteten. Und dann küsste Zaira sie mit freudiger Hingabe, und Terika konnte trotz des Kusses nicht aufhören zu lachen.

Namira kicherte. »Sehr hübsch, ihr kleinen Liebesvögel, aber wenn ich recht informiert bin, haben wir einen straffen Zeitplan einzuhalten.«

Zaira machte eine rüde Geste, aber Terika packte einfach ihre Hand und küsste sie, ehe sie sich wieder zu den anderen umdrehte. Zaira drückte sie dabei weiterhin fest an sich.

Ich räusperte mich. »Ja, nun, die Eröffnungszeremonien des Entflammens haben begonnen, und wir müssen euch alle so schnell wie möglich aus dem Schloss schaffen.« Ich sah mich im Raum um; alle waren da, von der ungeduldigen Parona über einen entschlossenen Lamonte bis zu einem verängstigt aussehenden Selas. Einige von ihnen hatten kleine Bündel mit ihrem Besitz neben ihren Füßen abgelegt. »Wir können euch zu einer imperialen Militäreskorte bringen, die euch sicher zurück ins Reich geleiten wird, und von da an geht es weiter in die Stallungen. Unterwegs werdet ihr einem gewissen Herrn begegnen, der euch eine sichere Reise nach Let ermöglichen kann. Ihr wärt unter dem Schutz des Krähenlords, von dem ich zufällig weiß, dass er jedem reisenden Magier, der in seiner Domäne auftaucht, seine

Gastfreundschaft versprochen hat und niemanden gegen seinen Willen festhalten wird.« Ich versuchte, ganz ungezwungen zu klingen, aber mein Mund war schrecklich trocken. Dieser Teil der Geschichte war Verrat am Imperium, so einfach war das. »Wir werden zu diesem Zeitpunkt zu sehr in Eile sein, um Zeit dafür aufzuwenden, nach Falken Ausschau zu halten, die sich von der Gruppe entfernen, fürchte ich.«

Parona warf mir einen scharfen Blick zu. »Bei allem Respekt, Dama Amalia, habt Ihr die Erlaubnis des Dogen oder des Rats, diese faszinierenden Details uns gegenüber zu erwähnen?«

»Äh, nein.« Ich lachte nervös. »Ich bin sogar ziemlich sicher, sie würden das missbilligen. Aber ich werde niemanden von euch gegen seinen Willen zurück in die Stallungen schleifen.«

Parona verschränkte die Arme vor der Brust. »Dann wird auch niemand ausplaudern, dass sie uns dieses Angebot gemacht hat. Das ist nie passiert. Habt ihr verstanden?«

Die anderen nickten. Zaira und Terika standen Arm in Arm da und grinsten über das ganze Gesicht.

»Da gibt es ein paar Dinge, die ihr wissen solltet, falls ihr beschließt, nicht in die Stallungen zurückzukehren«, sagte ich in ernstem Ton. *Wie beispielsweise, dass ich eine Phiole mit einem tödlichen Gift habe, das für euch gedacht ist.* Aber das war die eine Sache, die ich immer noch nicht zu erwähnen wagte. »Zunächst, wenn ihr zu lange in einer Domäne bleibt, werdet ihr ein Teil davon und seid magisch an den Hexenlord gebunden, der über sie herrscht. Zweitens, wenn ihr bereits Falken seid, nun, dann würdet ihr das Gesetz brechen.« Ich schluckte. »Es gibt mächtige Leute in Raverra, die dem Gedanken, ein Falke könnte in vaskandrischer Hand sein, furchtsam oder ärgerlich gegenüberstehen. Auch wenn es mich beschämt, das zu sagen, so könnten sie Schritte ergreifen, um euch wieder einzufangen oder euch ein Leid anzutun. Ich empfehle also, dass ihr euch bedeckt haltet und so tut, als wäret ihr tot. Und solltet ihr je beschließen, ins Reich zurückzukehren, dann solltet ihr euch vielleicht eine überzeugende Geschichte darüber zurechtlegen, wie ihr versucht habt, in die Stallungen zu gelangen, aber gefangen genommen wurdet oder euch verirrt habt.«

Die Falken begegneten meinem Blick mit ernsten Gesichtern. Einer oder zwei nickten einsichtig. Ich konnte immer noch nicht fassen, dass mir diese Worte über die Lippen gekommen waren. Ich versteckte die Hände hinter dem Rücken, damit niemand sah, wie sehr sie zitterten.

»Hat irgendjemand vor, nach Let zu gehen?«, fragte ich. »Ich möchte niemanden zurücklassen, der nicht zurückgelassen werden will.«

Harrald hob die Hand. »Wenn das in Ordnung ist, gnädige Frau, würde ich gern sehen, wie das Leben in Let ist. Ich hatte nie zuvor eine Wahl, und ich würde sie gern nutzen und nicht einfach wegwerfen.«

Möge die Grazie der Erhabenheit mich als Verräterin verdammen. Auf irgendeiner Ebene hatte ich gehofft, sie würden sich alle für die Stallungen entscheiden. Ich schluckte den Knoten in meinem Hals herunter und nickte. »Nun gut. Sonst noch jemand?«

Selas blickte zu Namira auf. Die drückte ihm aufmunternd die Schulter. Er zögerte noch einen Moment und nickte dann. »Ich will später vielleicht in die Stallungen«, sagte er. »Vor allem, wenn ich in Let meine Schwester nicht sehen kann. Aber ich möchte mich jetzt noch nicht entscheiden, und mir gefällt die Idee, dort ein Edelmann zu sein. Da ich nie ein Falke war, breche ich auch kein Gesetz, wenn ich eine Weile in Vaskandar bleibe, nicht wahr?«

Ich nickte. »Das ist richtig. Aber denk daran, dass du, wenn du länger als ein Jahr oder so in Let bleibst, zu einem Teil der Domäne des Krähenlords wirst. Hoffentlich werden die Grazien mir gewogen sein, damit der Rat mein Gesetz verabschiedet, dann kannst du ins Imperium zurückkehren und dir dennoch so viel Zeit lassen, wie du willst, ehe du deine Entscheidung triffst.«

Lamonte gab einen skeptischen Laut von sich, nickte dann aber. »Ich setze darauf. Bitte sorgt dafür, dass ich nicht eines Tages bedauere, dieses Risiko auf mich genommen zu haben, Dama Amalia.«

»Ich werde tun, was ich kann, damit sich der Einsatz auszahlt.«

»Dann lasst uns dazu beitragen, dass Dama Amalia auch weiterhin in der Position sein wird, dieses Gesetz voranzutreiben«, sagte Parona scharf. »Soweit es uns betrifft, ist Harrald bei der Flucht verlorengegangen. Niemand von uns weiß, was aus ihm geworden ist. Sind wir uns da alle einig?«

Die übrigen Falken nickten.

»Danke«, sagte ich.

Parona winkte ab. »Wir würden auch Probleme bekommen, wenn herauskommt, dass wir ihn haben gehen lassen. Es ist nur vernünftig, Stillschweigen zu wahren.«

»Also, wenn wir dann so weit sind«, sagte ich, »dann sollten wir los. Wir haben nicht viel Zeit.«

Das dunkle Treppenhaus verschluckte uns wie der Schlund einer Chimäre, als wir uns die Stufen hinabtasteten. Ich krümmte mich innerlich angesichts all der Geräusche, die die Leute auf der Wendeltreppe machten. Als wir in die schmalen Gänge im Hauptteil des Schlosses gelangten, blinzelte ich in dem flackernden Lampenschein.

Ich konnte spüren, wie sich die Macht unter uns im Thronsaal verdichtete, als alle siebzehn Hexenlords ihre gesamte Präsenz in den Zeremonien zur Einleitung des Entflammens entfalteten. Es war, als würde man auf einer dünnen Kruste aus Erde über dem kochenden Herzen eines Vulkans wandeln. *Bitte, Grazie des Glücks, Grazie der Barmherzigkeit, lasst uns keine Aufmerksamkeit erregen.*

Wir nahmen die Dienstbotentreppe, um hinunter ins Erdgeschoss zu gelangen. Ich konnte gedämpfte Stimmen aus dem Thronsaal hören und das leise Murmeln der Dienerschaft in der Küche. Wir gingen den weißgetünchten Gang hinunter, der an der Küche vorbeiführte, und schlichen so leise, wie wir konnten, zu der unauffälligen Tür in den Garten, durch die ich am Vortag die Dienstmagd den Leichnam hatte ziehen sehen.

Eine kleine Gestalt kam mit einem Laib Brot aus der Küche und blieb wie angewurzelt vor uns stehen. Ihre Haltung war zu selbstsicher, als dass sie zum Gesinde gehören könnte, und dann erkannte ich im flackernden Licht des nächsten Wandleuchters einen kecken Spritzer Rot in seinem Haar.

Emmand. *Höllen.* Der würde bestimmt sofort Alarm schlagen.

Er keuchte auf. »Was treibt ihr hier?«, herrschte er uns an.

Selas trat vor und ergriff Namiras Hand. »Wir gehen. Und du wirst uns nicht aufhalten. Hab ein bisschen Anstand, Emmand.«

»Ich kann nicht zulassen, dass ihr solch einen Fehler begeht«, erwiderte Emmand und straffte sich. »Ich werde es Lord Ruven sagen.« Er holte Luft.

»Warte!« Verzweifelt streckte Selas die Hand nach ihm aus. »Hör uns erst an. Wir waren einmal Freunde, Emmand.« Ein flehentlicher Ton schlich sich in seine Stimme.

Emmand hielt inne und beäugte Selas argwöhnisch. »Was gibt es da noch zu sagen? Du warst einfach dumm und hast dich von allem abgewandt, was Lord Ruven dir geben wollte.«

Ich fuhr mit dem Daumen über einen von Istrellas Ringen: rechter Mittelfinger, jemanden außer Gefecht setzen, aber nicht töten. Doch ich hatte keine Ahnung, ob er reichen würde, um Emmand auszuschalten, oder was passieren mochte, sollte ich ihn verfehlen. Namira verlagerte ihr Gewicht, als wollte sie sich auf ihn stürzen, hielt dann aber inne. Das Letzte, was wir brauchen konnten, war, dass er anfing zu schreien und uns sämtliche Wachen des Schlosses auf den Hals hetzte.

Wenn wir das in aller Stille hinter uns brachten, hätten wir ein bisschen Zeit gewonnen. Und die brauchten wir mehr als alles andere, um die Falken zur Grenze zu bringen, ehe Ruven sie aufhalten konnte.

»Ich verstehe, dass du hier glücklich bist, Emmand«, sagte ich, um einen freundlichen Ton bemüht. »Aber das sind die anderen nicht. Willst du wirklich, dass sie gegen ihren Willen gefangen gehalten werden?«

Er zögerte und umklammerte das Brot so fest, dass Krumen auf den Boden regneten. »Lord Ruven würde nicht wollen, dass ich euch gehen lasse. Er behandelt mich wie einen Prinzen. Wie einen Sohn.«

»Wie schön für dich«, fuhr Zaira ihn an. »Und Pech für die anderen Gören, die sich ihm nicht gebeugt haben, was?«

Schockiert starrte ich sie an. Normalerweise zeigte sich Zaira erstaunlich zartfühlend im Umgang mit Kindern, so derb sie auch sonst war. Aber nun war ihr Gesicht vor Wut verzerrt – voller Entrüstung im Namen derer, die gestorben waren.

»Er hat für alle ein gutes Zuhause gefunden«, beharrte Emmand trotzig. »Seid ihr alle so gefügig, dass ihr still und brav mit diesem Falkner zurück in die Stallungen geht? Lord Ruven weiß, dass die mit dem Magiermal dazu bestimmt sind zu herrschen, nicht zu dienen.«

Selbst die Grazien können einen Narren nicht davor bewahren, zu glauben, was er glauben will, hatte Mutter einmal gesagt. Ich schüttelte den Kopf.

Terika und Namira wechselten einen Blick. »Ich habe Schlafgift«, flüsterte Terika. »Aber wenn ich das gegen ihn einsetze, könnte es auch ein paar von uns erwischen.«

»Nicht nötig«, knurrte Zaira und baute sich so dicht vor Emmand auf, dass sie ihm beinahe auf die Zehen stieg; mit einem furchtsamen Ausdruck in den Augen wich er vor ihr zurück, doch sie bohrte ihm einen Finger in die Brust und folgte ihm Schritt für Schritt. »Du wirst dem Pfad, der vom rückwärtigen Garten in den Wald führt, folgen. Nimm eine Lampe mit und folge dem Geruch. Dort wirst du die modernden Gebeine von all den anderen Gören finden, die Ruven als das erkannt haben, was er ist. Das einzige Zuhause, das er ihnen verschafft hat, war der Magen eines Wolfs.«

»Das ist nicht wahr!« Emmand erbleichte, seine Stimme verfiel zu einem heiseren Wispern, und er drückte den Brotlaib an seine Brust. »So etwas würde Lord Ruven nie tun. Das würde er jemandem mit dem Magiermal nicht antun. Unser Leben ist kostbar für ihn.«

»Glaub das nur weiter, wenn du kannst.« In Zairas Stimme lag genug Verachtung, sie hätte die purpurnen Blumen welken lassen, die den Schlossgarten überwucherten. »Oder du wirfst einfach mal einen Blick in die Leichengrube im Wald, dann begreifst du, was für eine Made dieser mörderische Wicht wirklich ist. Mir ist es egal. Und jetzt geh aus dem Weg, Bengel, oder ich verbrenne dich zu Asche.«

Emmand wich ein paar Schritte zurück, den Blick starr auf Zaira gerichtet. Dann ließ er plötzlich sein Brot fallen und flüchtete ohne ein weiteres Wort in die Küche.

»Kommt«, sagte Zaira. »Der wird uns bestimmt die Wachen auf den Hals hetzen.«

Eine tiefe Falte hatte sich zwischen ihre Brauen gegraben. Als wir den Korridor weiter hinuntergingen, fragte ich leise: »Ist alles in Ordnung?«

»Dieser Bengel kann nicht immer so gewesen sein«, grollte sie. »Ruven hat ihm das angetan. Ich hatte noch nie das Bedürfnis, ein Kind zu schlagen, aber, Höllen, ich war wirklich in Versuchung.«

Wir erreichten die Tür und stießen sie auf. Draußen erwartete uns die tiefe Nacht. Sterne funkelten wie Glasscherben an dem tiefschwarzen Himmel über uns. Die Luft roch sauber und kalt, und trotz der eisigen Temperaturen wollte ich für einen Moment nichts mehr, als zusammen mit den anderen in die Freiheit hinauszustürzen.

»Ich sollte zum Konklave zurückkehren«, sagte ich, aber in mir krampfte sich alles zusammen bei dem Gedanken daran, was ich nun zu tun hatte. »Kommt ihr zurecht?«

Zaira nickte. »Ich kümmere mich um sie.«

»Und ich kümmere mich um *sie*«, kommentierte Terika und legte Zaira einen Arm über die Schultern. Die schnaubte nur, aber Terika fügte in ernstem Ton hinzu: »Sollte sie sich nicht beherrschen können, dann habe ich, wie gesagt, Schlafgift.«

Ich bedachte sie mit einem hochachtungsvollen Nicken.

Eine Mischung aus Zischen und Heulen erhob sich aus dem Wald – ein wütender, inhumaner Laut. Kiefernäste raschelten im Wind. Offenbar hatte Ruven gemerkt, dass seine Gefangenen ausgebrochen waren.

»Bleibt auf der Straße«, ermahnte ich Zaira.

»Ich bin nicht dumm.« Sie scheuchte mich fort. »Geh und rette das Imperium. Ich bringe diese Falken sicher weg von hier und komme dann zurück, um für dich die Kastanien aus dem Feuer zu holen. Wie üblich.«

Sie entschlüpften in die Nacht. Terika drückte im Vorübergehen noch kurz meine Hand, Namira nickte mir ernst zu, und dann verschmolzen sie zu einem Haufen schwarzer Silhouetten, die über den in silbernem Mondschein badenden Rasen hasteten.

Grazie des Glücks, sei mit ihnen und wache über sie, damit sie sich in Sicherheit bringen können.

Derweil hatte ich meine eigene Schlacht zu schlagen. Nur ich und sorgsam zurechtgelegte Worte standen zwischen dem Imperium und dessen Untergang – sofern es mir gelang, sie auszusprechen, während mir die Furcht die Luft abschnürte.

Aber das war von jeher die mir zugedachte Rolle. Ich war eine Cornaro. Andere hüteten die Erlauchtheit des Imperiums mit Magie und Musketen, wir benutzten unseren Verstand.

Hoch erhobenen Hauptes kehrte ich zurück in das Schloss und machte mich auf, in meinen Krieg zu ziehen.

KAPITEL NEUNUNDDREISSIG

Als ich in den Thronsaal schlüpfte, um mich der Menge der Gäste und der Zuschauer am Rande anzuschließen, fand ich ihn vollkommen verändert vor. All meine Beklommenheit schwand dahin, fortgeschwemmt von reinem Erstaunen.

Zarte Ranken wuchsen an den Wänden und überzogen die Decke; fahl leuchtende Blumen erblühten zwischen ihnen und verbreiteten einen gespenstischen Lichtschein. Glühwürmchen tanzten durch die Luft, Nachtschwärmer flatterten mit schwach leuchtenden Flügeln umher. Jeder Hexenlord musste im Zuge der Eröffnungszeremonien seinen Teil zu dem lebendigen Licht im Raum beigetragen haben.

Pilze wuchsen ringförmig aus dem Marmorboden und verbreiteten unter ihren Schirmen einen zarten grünen Schimmer, und Flechten zogen liebreizende Lichtmuster über die Decke. Die Herrin der Spinnen hatte freundlicherweise einen ganzen Schwarm Arachniden beigesteuert, die über die Wände krabbelten, und jedes der Tiere trug auf seinem Rücken einen leuchtenden Fleck in Form eines Schädels. Die Luft, die ich in meine Lungen sog, schmeckte frisch und feucht, und der ganze Saal fühlte sich an wie ein verwunschener Wald.

Das einzige warme Licht entstammte den flackernden Stumpenkerzen auf zwei von drei Podesten, die in Form eines Dreiecks um das Friedenssteinbecken in der Mitte des Raums angeordnet waren. Auf dem dritten standen nicht entzündete Kerzen. Noch während ich hinschaute, ergriff der Schlangenlord eine von ihnen.

Eine Hand packte meinen Arm. Der schmerzhaft harte Griff brachte ein Gefühl hervor, als würden Würmer durch meine Haut kriechen.

»Was habt Ihr getan?«, zischte Ruven, den Kopf gesenkt, um sein Gesicht nahe an meines heranzubringen.

Neben mir wichen die Tochter der Herrin der Dornen und einer der Söhne der Herrin der Bären zur Seite, um Ruven Platz zu machen. Die Zeremonie des Entflammens lief derweil weiter.

Ich versuchte, Ruvens Hand abzuschütteln, musste aber feststellen, dass ich meinen Arm nicht bewegen konnte. »Ihr wisst, was ich getan habe. Ihr habt uns dieses Geschenk in der Hoffnung hinterlassen, dass wir es versuchen würden.«

»Aber nicht *jetzt!*« Schmerz raste durch meinen Arm, um seinen Worten mehr Gewicht zu verleihen, und ich atmete scharf durch zusammengebissene Zähne ein. »Gnädige Frau, gewöhnlich bewundere ich Eure Kühnheit, aber das geht zu weit. Wo habt Ihr sie hingebracht? Warum kann ich sie nicht erreichen?«

Ein Triumphgefühl malte mir ein Lächeln ins Gesicht. »Weil Sie nicht mehr Euer sind. Im Grunde waren sie das nie.«

Ruvens Lippen verzerrten sich zu einem Zähnefletschen, doch es gelang ihm unter Aufbietung aller Selbstbeherrschung, seine Züge wieder zu der üblichen amüsierten Miene anzuordnen. »Ihr habt sie also zurückgeholt. Geschickter Zug, gnädige Frau, wirklich gut gespielt.« Er kam noch näher, bis seine Lippen beinahe mein Ohr berührten. Ich konnte nicht zurückweichen, solange seine Magie durch meinen Körper kroch. »Aber Ihr habt einen Fehler begangen. Ihr seid allein hierher zurückgekommen.«

»Während des Entflammens werdet Ihr mir nichts antun.« Ich bemühte mich um einen ruhigen Ton, doch mein Herz raste und stolperte wie ein dreibeiniges Rennpferd. »Ihr würdet es nicht wagen, solch eine bedeutsame Zeremonie zu stören, ganz besonders, da Ihr zum ersten Mal Gastgeber des Konklaves seid.«

Ein Lächeln breitete sich auf seinen Lippen aus. »Oh, aber ihr vergesst, dass ich Euch töten kann, während Ihr hier steht, still wie herabrieselnder Schnee, und Ihr würdet stehen bleiben, bis das Konklave vorüber ist.« Er legte mir eine Hand an die Wange. »So diskret, dass es sogar Raverraner billigen würden.«

Ich wollte antworten, konnte mich aber nicht rühren; konnte nicht atmen. Er hatte meine Lunge gelähmt. *Grazien helft!*

Verzweifelt starrte ich durch die schimmernden, geisterhaften Lichter des Thronsaals zu Kathe hinüber, aber der sah zu, wie der Schlangenlord seine Kerze auf eines der Podeste stellte, wie gebannt von dem feierlichen Akt. Mein Puls klang wie Donner in meinen Ohren, und meine Brust brannte unter dem dringenden Verlangen nach Luft.

»Doch, Moment.« Ruven seufzte, und ich konnte wieder atmen. »Ich vergaß das kleine Problem Eurer Verbindung zur Herrin der Adler.«

Ich holte tief Luft und riss mich los. »Niederträchtiger Schurke«, krächzte ich.

»Das ist vielleicht gar kein Problem«, murmelte er nachdenklich. »Aber wozu ein Risiko eingehen, nicht wahr? Ich verliere nichts, wenn ich noch warte.« Er verbeugte sich höflich. »Genießt das Entflammen, gnädige Frau. Wir werden unsere Angelegenheiten regeln, sobald das Konklave beendet ist.«

Damit wandte er sich ab und bummelte davon, während ich mein Leuchtmedaillon umklammerte und meine Finger sich in den Klauen an meiner Kehle verhedderten.

Von der anderen Seite des Saals sah sich Kathe zu mir um und schlenderte herbei, sorgsam darauf bedacht, keinen der anderen Anwesenden zu stören, die das Entflammen verfolgten. Ich konnte ein Aufflackern von Zorn angesichts seiner beschwingten, sorglosen Miene nicht unterdrücken.

»Ihr scheint gut zurechtzukommen«, sagte er zur Begrüßung.

»Er hätte mich fast umgebracht! Wo wart Ihr?«

»Pssst.« Er legte einen Finger an die Lippen, und seine Stimme kam kaum über ein Flüstern hinaus. »Wir müssen die Zeremonie achten. Und meiner Beobachtung nach schien es, als hättet Ihr alles im Griff.«

»Dann seid Ihr ein furchtbar schlechter Beobachter«, erwiderte ich.

»Schaut.« Er blickte zur Mitte des Thronsaals, wo die Herrin der Bären gerade ihre Kerze auf einem der Podeste platzierte. »Dies ist für diejenigen, die die Invasion befürworten. Das andere für jene, die dagegen sind.«

Mit wachsender Verzweiflung zählte ich die kleinen goldenen Flammen. Die Herrin der Bären hatte die fünfte Kerze für den Krieg entzündet. Nur eine brannte einsam auf dem Podest für den Frieden. Aber die verbliebenen elf Kerzen standen noch unentzündet auf dem dritten Podest, also gab es noch Hoffnung. »Ihr sagtet, es sei üblich, dass einige der Kerzen im Zuge des Entflammens verschoben werden, nicht wahr?«

»Ja. Ihr werdet sehen. Und nebenbei bemerkt, ich beabsichtige, mich gegen den Krieg auszusprechen.« Seine Augen glitzerten interessiert, als er zusah, wie die Herrin der Möwen ihre Kerze entzündete. Mit ihrer sich kräuselnden weißen Robe und der weiß geflügelten Krone hätte sie ein Abbild der Grazien sein können. Ihre Domäne war eine Insel vor der Nordküste, und auf Kathes Rat hin hatte ich mich einigermaßen ausführlich mit ihr über die Vorzüge des Handels mit dem Erlauchten Imperium unterhalten. Nun sah sie mich an und nickte mir zu, ehe sie ihre Kerze zu Kathes stellte.

Ich seufzte erleichtert auf. »Also, das ist schon ein bisschen besser. Ich bin froh, dass meine Bemühungen hier nicht vollends vergeblich waren.«

Doch dann entzündete der Elchlord seine Kerze und machte sich mit feierlicher Würde auf, sie auf das Podest für den Krieg zu stellen. Halt suchend umfasste ich Kathes Arm, als zwei weitere Hexenlords einen Blick mit ihm wechselten und ihm auf dem Fuße folgten.

»Die Herrin der Otter ist seine Tochter«, murmelte Kathe, »und der Weidenlord sein Nachbar. Sie werden immer seiner Führung folgen. Zu schade, dass Ihr ihn nicht habt überzeugen können.«

Acht Kerzen erhoben ihre Flammen für den Krieg, nur zwei dagegen. Grazie der Weisheit, steh mir bei – wenn drei Hexenlords gereicht hatten, um das Imperium in einen drei Jahre andauernden grausamen Krieg zu stürzen, dann waren acht zweifellos imstande, es vollends auszulöschen.

Noch immer waren sieben Kerzen übrig. Die Herrin der Otter und der Weidenlord suchten sich einen Platz in dem lockeren Kreis der Beobachter, und Stille senkte sich über den Thronsaal.

Der Eibenlord, ältester der Hexenlords und Zeremonienmeister bei diesem Anlass, trat vor. Seine tief in den Höhlen liegenden Augen starrten über einen Bart hinaus, der an einen Schweif Moose erinnerte, und seine tiefbraunen Hände ruhten auf einem Stab aus filigran verflochtenem, verschiedenfarbenem Holz. Seine uralte Präsenz schien in Stille zu baden, bis die Ruhe uns umgab wie ein ruhiger See, der uns alle bannte.

»Gibt es noch andere, die eine Kerze entzünden wollen, ehe wir beginnen?«, fragte er. Seine Stimme zerschnitt die Luft mit ihrer eindringlichen Tiefe, eine Klinge aus Luft und Klang.

Niemand regte sich.

»Dann lasst einen jeden sprechen, der das Konklave zu bewegen sucht.« Damit trat der Eibenlord zurück und entfernte sich wieder aus dem Zentrum der Aufmerksamkeit.

Mein Herz donnerte wie ein entfesselter Gewittersturm. Dies war meine letzte Chance, die Waagschalen zu meinen Gunsten zu beeinflussen. Die Worte meiner vorbereiteten Ansprache gerieten in meinem Kopf durcheinander und verschmolzen zu dem bedeutungslosen Tosen eines Ozeans.

Ruven trat vor, füllte die Lücke, die der Eibenlord hinterlassen hatte, und breitete die Hände zu einer einladenden Geste aus.

»Meine Freunde! Habt Dank, dass Ihr dem Ruf meines verstorbenen Vaters gefolgt und zu diesem Konklave gekommen seid. Ihr ehrt mein Haus durch Eure Gegenwart.« Er verbeugte sich vor seinen versammelten Gästen. »Es ist eine wahre Tragödie, dass ich bei diesem Konklave den Platz meines Vaters als Hexenlord von Kazerath einnehmen muss. Doch das ist umso mehr Grund, dem Erlauchten Imperium gegenüber Stärke zu zeigen. Wir dürfen nicht dulden, dass es uns für schwach hält. Oder dass eine der ihren einen Hexenlord ermordet! Nein, wir müssen dieses gemeine Gesindel in seine Schranken weisen.« Er lächelte, als würde er sich an dem Gedanken ergötzen. »Ich bin jenen unter Euch dankbar, die mir in diesem kritischen Punkt Ihre Unterstützung gewähren. Ich werde es Euch vergelten, wie Ihr es verdient – und als erster Hauthexer, der zum Hexenlord wird, erlaube ich mir, Euch daran zu erinnern, dass ich Gefälligkeiten auf einzigartige Weise erwidern kann.« Er wechselte einen Blick mit der Herrin der Spinnen; zu meinem Entsetzen lächelte sie ihn an. »Danke, meine Freunde. Das ist alles.«

Mit wehendem schwarzem Ledermantel marschierte er zurück zu seinem Platz. Er hatte ihn kaum eingenommen, da trat die Herrin der Spinnen vor und ging zu den unentzündeten Kerzen an der dritten Ecke des Dreiecks.

»Auf eine interessante Zukunft«, sagte sie und zündete ihre Kerze an. Als wollte sie einen Trinkspruch ausbringen, erhob sie sie vor Ruben und stellte sie zu seiner. Auf dem Weg zurück zu ihrem Platz bedachte sie mich mit einem amüsierten Blick, der deutlich sagte: *Du hättest mein Angebot annehmen sollen.*

Nun entzündete die Herrin des Lorbeers ihre Kerze und stellte sie neben die aus der Spinnendomäne. Dabei warf sie einen resignierten Blick in deren Richtung, dem ich entnahm, dass sie eine Gefälligkeit abgegolten hatte.

Zehn Kerzen für den Krieg und nur zwei für den Frieden. »Grazien seid mit uns«, flüsterte ich.

»Ich bin zwar gewiss keine Eurer Grazien«, sagte Kathe, »aber ich werde sehen, was ich tun kann.«

Damit schritt er in die Mitte des Raums und nickte ein paar vereinzelten Gesichtern zu. Dann sprach er zu den anderen Hexenlords und drehte sich dabei langsam im Kreis, um den ganzen Raum zu erfassen.

»Krähen haben stets ein Auge für sich bietende Chancen«, sagte er, »und die Chancen, die uns eine Allianz mit dem Erlauchten Imperium bietet, sind grenzenlos. Krieg hält uns fest im Zyklus des Vergangenen; doch einige von uns sind kühn genug, nach vorn zu sehen und der Zukunft entgegenzueilen.« Nacheinander stellte er Blickkontakt zu einigen Hexenlords her; welche es waren, konnte ich von meinem Standpunkt aus nicht erkennen. »Einige alte Legenden besagen, Krähen besäßen die Gabe der Prophetie und könnten den Tod voraussagen.« Grinsend zuckte er mit den Schultern. »Ich denke, ich weiß, wer übrig sein wird, wenn alle Schuld bezahlt ist und alle Schlachten geschlagen sind. Mit einigen von Euch habe ich darüber bereits gesprochen. Ob ich recht habe, wird früh genug die Zeit erweisen.«

Das war eine sonderbare Rede. Ich musterte die Gesichter der anderen Hexenlords; in ihnen spiegelte sich eine Vielzahl verschiedener Reaktionen von nachdenklicher Abwägung bis hin zu Verwirrung. Die Herrin der Dornen lächelte und machte einen zutiefst zufriedenen Eindruck.

Ihre Miene jagte mir eine Eiseskälte durch den Brustkorb. Warum sollte sie so auf Kathes Worte reagieren? Wusste sie nicht, wie sehr er sie hasste? Es sei denn, dieser Hass war nur vorgetäuscht und er hielt mich zum Narren.

Der Gedanke war unerträglich. Das durfte nicht sein. Nicht, nach all dem Vertrauen, das ich ihm entgegengebracht hatte. Nicht, nachdem ich angefangen hatte, ihn zu mögen. Nicht, nachdem ich ihn geküsst und Marcello verletzt hatte, indem ich ihn umwarb. Er konnte mich nicht die ganze Zeit belogen haben.

Mit raschelnden Federn kehrte Kathe an seinen Platz an meiner Seite zurück. »Ich fürchte, so einflussreich bin ich derzeit noch nicht.« Er seufzte, als der Stechpalmenlord vortrat und seine Kerze für den Frieden entzündete. Ich hielt den Atem an, hoffte, es kämen noch mehr, doch niemand folgte seinem Beispiel.

Drei zu zehn. Das sah nicht gut aus. Ich würde eine Rede halten müssen, so gut, dass es reichte, die Dämonen mit meinem Charme zurück in die Neun Höllen zu scheuchen. Ich wischte mir die klammen Hände an meiner Kniehose ab.

Die Herrin der Bären trat in die Mitte des Saals und rief die anderen zum Kampf auf. Sie drängte die Hexenlords, Vergeltung zu üben für die Niederlage im Dreijährigen Krieg, ehe sie eine wenig subtile Drohung gegenüber ihren Nachbarn aussprach, sollten die sich ihr nicht anschließen, und dabei den Fuchslord mit einem finsteren Blick bedachte. Als sie fertig war, verzog der Fuchslord das Gesicht, zündete seine Kerze an und stellte sie, wenn auch mit erkennbarem Widerwillen, neben die der Herrin der Bären.

Elf goldene Flammen erhoben sich aufrecht, stolz und martialisch auf dem Kriegspodest. Elf Kerzen, um das Imperium auszuzählen und dem Untergang zu weihen.

Hölle der Verzweiflung. Die Reden hatten jeweils nur eine oder zwei Kerzen in Bewegung gesetzt. Selbst wenn ich Ruvens Verbrechen samt und sonders vor den Hexenlords ausbreitete, was sollte das bringen? Sie wussten längst, dass er ein Monster war, und sie waren dennoch bereit, ihn zu unterstützen. Ich hingegen war in ihren Augen nur ein Parvenü, eine Fremde zudem, die nicht einmal über eine Spur von Magie gebot. Sie hatten keinen Grund, allein wegen meiner Worte massenweise zu mir überzulaufen, und das wäre nötig, um das Erlauchte Imperium vor einer verheerenden Invasion zu schützen, die abzuwehren unsere Kräfte übersteigen würde.

Kathe stupste mich in die Rippen. »Gnädige Frau, wenn Ihr zu sprechen wünscht, dann ist der Zeitpunkt nun gekommen.«

Der Zeitpunkt ist gekommen. Mein Moment war gekommen. Ich hielt die Geschichte in Händen; sollte ich sie fallen und zerbrechen lassen, würde niemand auf die Bühne treten und hinter mir aufräumen.

Aber dies war etwas, das nur ich tun konnte. Das Erlauchte Imperium hatte sein Vertrauen in mich gesetzt. Ich musste es versuchen.

»Richtig.« Ich holte tief Luft. »Jetzt gilt es!«

Glühwürmchen schwirrten um mich herum, als ich vortrat. Die Schritte meiner Stiefel hallten von den Steinen wider, und ich spürte die Last von siebzehn Domänen in den Blicken der Hexenlords – all diese Meilen voller Wald und Berge. All diese Tausende, diese Millionen Leben von Mensch und Tier, die mir mit irrsinniger Intensität aus siebzehn Augenpaaren mit Magiermalen entgegenstarrten.

Sollte sich jemand von ihnen an das erinnern, was ich hier sagte, könnten meine Worte tausend Jahre überdauern. An diesem Ort zu sprechen, umgeben von den flackernden Kerzen ihrer feierlichen Zeremonien, im milden Lichtschein der Flechtenkonstellationen, die am Morgen noch nicht da gewesen waren, war der Gipfel der Verwegenheit. Wer war ich, dergleichen zu wagen?

Ich kannte die Antwort. Ich hatte sie Ruven bereits in Ardence gegeben.

Ich war nicht nur als ich selbst hier, als Amalia: Studentin, Erbin und Falknerin. Ich war hier als Gesandte des Erlauchten Imperiums. Ich war die Stimme des Imperiums.

Während ich ihre fremdartig wirkenden Erscheinungen musterte, die Geweihe und Flügel, begriff ich, dass sie nicht anders waren als wir. Was ihnen Macht verlieh, das waren ihre Domänen. Doch meine Domäne war viel größer als jede der ihren. Der einzige Unterschied bestand darin, dass sie von den Leben in ihrem Herrschaftsbereich zehrten, um sich ihre Macht und ihre Unsterblichkeit zu sichern. Das Imperium nutzte seine Macht im besten Fall hingegen dazu, das Leben innerhalb seiner Grenzen zu schützen und zu erhalten.

Ich sah jeden Einzelnen an und verbeugte mich.

»Danke, dass Ihr mich anhört.« Meine Stimme hallte durch den Saal, stark und zuversichtlich unter dem schauerlichen Licht, das schwindelerregend wie herabfallende Sterne über uns wirbelte. »Ich stehe hier als Gast von Lord Kathe von Let, um für das Erlauchte Imperium zu sprechen.«

Ich bot den Hexenlords die Hand dar, während sie mir mit schimmernden Augen aus dem Halbdunkel entgegenblickten. »Wir haben eine Geschichte der Konflikte. Aber Geschichte ist ein Buch, dessen Seite wir an jedem einzelnen Tag mit neuen Inhalten füllen. Das Imperium reicht jedem die Hand, der sie ergreifen möchte. Statt unsere Macht gegeneinander zu wenden und uns beide zu schwächen, lasst uns zusammenarbeiten und herausfinden, was wir mit vereinten Kräften schaffen können.«

Mit einem belustigten Grinsen deutete Kathe einen spielerischen Salut an. Ich musste mich zusammenreißen, um ihm nicht zuzulächeln. Er war jetzt schon mehr als begierig herauszufinden, was wir gemeinsam vollbringen konnten.

»Was jene betrifft, die darauf beharren, sich gegen uns zu wenden …« Ich deutete auf die elf Kerzen, die immer noch für den Krieg brannten, und bemühte mich, nicht darüber nachzudenken, was diese Anzahl bedeutete. »Ich schlage vor, Ihr seht Euch genau an, wer an Eurer Seite steht. Euer ist die Macht des Lebens, die größte und heiligste Kraft auf Erden. Doch Lord Ruven hat diese Macht dazu missbraucht, Menschen mit dem Magiermal zu versklaven und Kinder zu ermorden. Und, vielleicht noch schlimmer, er hat sie gegen das Land selbst eingesetzt.« Das war meine beste Karte: dass sie, wenn sie sich für den Krieg entschieden, auch Ruven unterstützten. »Er beabsichtigt, den Weißen Gipfel in seinem eigenen Feuer bersten zu lassen, und verwandelt seine Macht des Lebens in eine der Zerstörung.«

Wie gern hätte ich ihnen Einzelheiten verraten, erklärt, wie er es getan hatte und auf wie vielen Ebenen das eine ganz furchtbare Idee war. Aber die Ansprachen aller anderen waren recht kurz ausgefallen, also kam ich auch besser zum Schluss, wollte ich vermeiden, dass der Eibenlord mir das Wort abschnitt. »Fragt Euch selbst«, sagte ich mit einer Stimme, so tief und machtvoll wie ich es nur zustande brachte, »ob es das ist, was Ihr Euch für die Zukunft Vaskandars wünscht. Fragt Euch, ob Ihr dieses Monster zu füttern wünscht, auf dass es ungehindert an Euren Grenzen heranwachsen kann.«

Schweigen beantwortete meine Rede. Meine Stiefelabsätze schlugen Löcher in die Stille, als ich, die Augen stur geradeaus gerichtet, mit zitternden Händen zu meinem Platz zurückging. Unterwegs konnte ich immer noch ihre Blicke spüren.

Für einen Moment war kein Laut zu hören. Die Stille pflanzte tiefe Furcht in mein Herz – würde auch nur einer der Hexenlords seine Kerze verrücken?

Dann hallte Ruvens Gelächter durch den Saal. »Aber meine liebe gnädige Frau. Das war eine hübsche kleine Ansprache, doch ich bin wohl kaum ein Monster.«

Da plötzlich erklang auf der hinteren Seite des Saals einem Wunder der Grazien gleich eine junge Stimme: »Doch, das seid Ihr!«

Alle drehten sich mit großen Augen um. Dort hinten stand Emmand, dessen schmale Brust sich hob und senkte, als sei er gerannt. Sein Gesicht war schmutzig, und er hatte die Fäuste an den Seiten geballt.

Ein schreckliches Wissen spukte durch seine Augen, und sein Gesicht sah in dem unheimlichen Licht grün aus. Er musste auf Zaira gehört und die Gebeine gefunden haben. In meinem Herzen erhob die Hoffnung ihr müdes Haupt.

»Ah, der junge Emmand«, sagte Ruven und ließ seine strahlend weißen Zähne aufblitzen. »Du musst dich wohl verirrt haben. Für dich gibt es keinen Platz in dem Konklave.«

Der Eibenlord schlug mit seinem Stock auf die Steine, und schon senkte sich Stille über den Raum, so lastend wie der Schneefall von zehn Jahren.

»Der Junge trägt ein Magiermal«, sagte er in dem Schweigen. »Er darf sprechen, wenn irgendein Hexenlord geltend macht, dass er hören will, was er zu sagen hat.«

Die Herrin der Adler reckte zwei Finger hoch. Es erinnerte an die träge Bewegung einer Schwinge, die den Wind einfangen wollte. »Ich bin neugierig. Sprich, Junge.«

Emmand verbeugte sich. Er zitterte so heftig, dass ich es von der anderen Seite des Saals aus sehen konnte, und er wich Ruvens Blick aus. »Verehrte Lordschaften, ich bitte Euch, vergebt mir, doch ich muss Euch berichten, was Lord Ruven getan hat.«

Nie hätte ich gedacht, dass ich diesen Jungen einmal bewundern würde, obwohl er doch den Trank angemischt hatte, der meinen Freunden den freien Willen geraubt hatte. Doch es erforderte eine außergewöhnliche Courage, sich den Leuten zu stellen, die man am meisten respektierte, und einzugestehen, dass man sich geirrt hatte. Ich hielt den Atem an und beschwor ihn in Gedanken, weiterzumachen.

»Emmand«, sagte Ruven, ein Bild unbekümmerter Sorglosigkeit, wäre da nicht der mörderische Ausdruck in seinen Augen gewesen. »Was ist das für ein Unsinn, du dummer Junge?«

»Es ist verboten, eine Wortmeldung zu unterbrechen«, wies ihn der Eibenlord zurecht. Seine Stimme rollte wie Donnerhall durch den Raum. Ruven verbeugte sich und sagte nichts mehr, doch seine Miene konnte die mörderischen Absichten nicht länger verbergen.

Emmand fiel auf die Knie, als könnte er es nicht mehr ertragen, vor allen siebzehn Hexenlords zu stehen. Mit gesenktem Kopf und stockender Stimme fing er zu sprechen an: »Lord Ruven hat Leute mit dem Magiermal gefangen und mit Hilfe einer Mischung aus Alchemie und seiner eigenen Hauthexermagie seiner Herrschaft unterworfen. Er sammelt und benutzt sie wie Spielzeug, und wenn sie sich ihm widersetzen, dann ...«

Emmand gab einen erstickten Laut von sich. Seine Hände flogen an seine Kehle.

»Ja?«, ermunterte ihn der Elchlord. »Sprich weiter.«

Aber Emmand umklammerte immer noch seine Kehle, die Augen traten ihm aus den Höhlen, und er schüttelte den Kopf und zeigte mit zitterndem Finger flehentlich auf Ruven.

Höllen. Er bekam keine Luft. Ruven war dabei, ihn umzubringen.

Ich wirbelte zu Ruven herum. »Gebt ihn frei«, forderte ich.

Träge und bösartig kniff Ruven die Augen zusammen. »Meine liebe gnädige Frau, er ist mein. Er ist ein Teil meiner Domäne. Warum sollte ich?«

»Weil«, sagte der Elchlord streng, »er kein gewöhnlicher Leibeigener ist. Er trägt das Magiermal.«

»Und er ist nur ein Knabe«, fügte die Herrin der Otter hinzu und schüttelte derart empört den Kopf, dass das haselnussbraune Haar nur so durch die Luft flog. »Wenn Ihr ein Kind mit dem Magiermal, das zugleich Euer Mündel ist, so behandelt, Kazerath, dann erschauere ich bei dem Gedanken, wie Ihr wohl mit einem Verbündeten verfahren würdet.«

Ruven zuckte mit den Schultern. »Wenn Ihr darauf besteht.« Er zerschnitt die Luft mit seiner Hand. Emmand schnappte keuchend nach Luft und brach schwer atmend auf dem Boden zusammen. Seine Finger kratzten an den Steinen, während er Atemzug um Atemzug in seine hungrige Lunge sog.

Kein Flüstern brach die Stille. Außer Emmands mühsamen Atemzügen war kein Laut zu hören. Ich hielt den eigenen Atem an, wagte kaum Hoffnung auf den Zorn zu setzen, den doch gewiss sogar Hexenlords nun empfinden mussten. Einzig das Flackern der Glühwürmchen in der Luft verriet, dass Zeit verrann.

Dann trat der Elchlord in die Mitte des Saals. Seine Augen blitzten, und das Geweih seiner Krone warf beängstigende Schatten an die Wände. Schimmernde Nachtschwärmer und Glühwürmchen tanzten um ihn herum und verwandelten ihn in etwas, das einem prophetischen Traum hätte entsprungen sein können.

»Ihr habt die Gesetze der Natur verletzt«, sagte er zu Ruven. Es schien, als würde er anschwellen, bis er über uns allen aufragte, so sehr erfüllte seine Präsenz den Saal. »Noble mit dem Magiermal durch den Missbrauch der Alchemie zu Sklaven zu machen ist ein niederträchtiger Zug, der unsere heiligsten und ältesten Traditionen untergräbt. Ihr müsst eine Domäne mit Eurem Blut kennzeichnen, um das Leben in ihr zu beanspruchen. Und Ihr müsst die Macht derer respektieren, die das Magiermal tragen, denn dieses Mal ist, was *Euch* über Eure eigenen Leute stellt.«

Ruven verzog die Lippen zu einem wütenden Hohnlächeln, doch nach einem Blick auf den Eibenlord, der – uralt und wachsam – dastand, die Hände um seinen Stab gelegt, verzichtete er darauf, irgendetwas zu sagen.

»Ich hatte vor, diesen Krieg als notwendiges Ventil für den Druck, der unseren Zyklus der Expansion vorantreibt, zu unterstützen«, verkündete der Elchlord. »Aber Dama Amalia hat recht. Ich kann keinen Krieg billigen, der die Macht dieses Hauthexers vergrößern würde. Krieg mag ich als notwendig erachten, aber *diesen* Krieg kann ich nicht unterstützen.« Er deutete auf die Stelle, wo Emmand zusammengerollt auf dem Boden lag und leise weinte.

Der Elchlord schritt zu seiner Kerze und nahm sie vorsichtig und respektvoll von dem Podest. Unter Beibehaltung einer feierlichen Aura des Anstands platzierte er sie auf dem gegenüberliegenden Podest, wo sie sich zu den drei schmalen Flammen gesellte, die dort bereits brannten.

Als er zu seinem Platz zurückging, hielt ich die Luft an. Alsbald trat die Herrin der Otter vor und stellte mit einem bösen Blick in Ruvens Richtung ihre Kerze neben die ihres Vaters. Der Weidenlord folgte ihr auf dem Fuße, weniger eifrig und ohne den bösen Blick.

Und dann trat der Fuchslord ins Zentrum des Dreiecks. »Ich bin entrüstet«, sagte er nur und sah Ruven mit verächtlicher Miene an. Dann kehrte er der Herrin der Bären den Rücken zu, ehe auch er seine Kerze auf die Seite des Friedens stellte.

Als er die Mitte des Raums verließ, kehrte er nicht zu seinem Platz zurück, sondern kam herbei und stellte sich neben mich. »Also«, flüsterte er aus dem Mundwinkel, »wie war das, was sagtet Ihr vorhin darüber, dass das Imperium seine Freunde stützt?«

Ich schenkte ihm mein strahlendstes Lächeln. »Wir haben eine Menge zu besprechen.«

Nun brannten sieben Kerzen für den Frieden. Das war weit besser als drei – aber immer noch nicht genug. Die Hoffnung, die in meiner Brust aufgeflackert war, verblasste wieder.

Ruven stand still und aufrecht da und starrte die Kerzen an. Eine Drohung sammelte sich um ihn herum wie Gift. Er hüllte sich in eine Aura der Feindseligkeit, die stark genug war, um das Licht in der Luft verkümmern zu lassen.

Er lachte, doch darin schwang eine bittere Note mit. »Gebt Ihr tatsächlich so viel auf die Worte eines reizbaren Kindes und einer fremden Frau ohne Magie? Und warum sollte es irgendeinen von Euch kümmern, was ich in meiner eigenen Domäne tue?«

»Vielleicht sollte es das nicht.« Die Stimme der Herrin der Adler füllte den Raum mit der unerbittlichen und unwiderlegbaren Macht stetig steigenden Hochwassers. »Aber es kümmert mich, was Ihr in *meiner* Domäne treibt, Lord von Kazerath.«

Ruven erstarrte. Die Herrin der Adler durchquerte den Saal so schnell, dass die Luft ihren Mantel ins Wogen brachte, und baute sich vor ihm auf. Ihre goldenen Augen starrten in seine, bis er sich abwandte.

»Ich habe eine letzte Forderung anzumelden«, sagte sie.

KAPITEL VIERZIG

DIE STIMME DER HERRIN der Adler wurde weich, als lege ein Raubvogel die Flügel an, um zum Sturzflug auf die Beute anzusetzen. »Ihr habt Euch unerlaubt an meinem Berg vergangen, Hautlord.«

»Es tut mir leid, gnädige Frau.« Ruven senkte den Kopf. »Ich erkenne Euer Forderungsrecht an. Ich werde Wiedergutmachung leisten.«

»Das werdet Ihr.« Sie streckte die Hand aus. Rote Steine regneten aus ihr heraus und prallten mit kakophonischem Geklapper neben seinen Füßen auf. »Als Entschädigung für Euer unverfrorenes Vergehen fordere ich meinen Preis von Eurer Domäne selbst. Kazerath wird Atruin seine Hälfte des Weißen Gipfels überlassen, sodass der Berg in seiner Gesamtheit mein ist und mein allein. Ich werde diesen Anspruch morgen früh unter der Morgensonne mit meinem Blut bestätigen, und Ihr werdet alle Rechte an ihm aufgeben.«

Gemurmel raste zischend durch den Raum. Für einen Hexenlord musste das der höchste Preis sein, der für eine Forderung beansprucht werden konnte – ihre Domäne war die Quelle ihrer Macht, ihres Lebens. Und das war kein kleines Gebiet; die Kämme und Schultern des Weißen Gipfels erstreckten sich meilenweit.

Ruvens Kiefermuskulatur arbeitete heftig. Doch dann zwang er sich zu einem Lächeln. »Wie Ihr wünscht, Herrin der Adler. Eure Forderung ist berechtigt. Ich werde Eure Forderung nicht anfechten. Morgen früh wird der Weiße Gipfel Euer sein.«

Eiseskälte nistete sich bei diesen Worten in meiner Brust ein. Er hatte sich viel zu leicht geschlagen gegeben. Er musste annehmen, dass er den Weißen Gipfel morgen nicht mehr brauchen würde.

Offenbar zufriedengestellt, drehte sich die Herrin der Adler zu den anderen Hexenlords um. »Ich werde in Hinblick auf diesen Krieg keine Stellung beziehen«, verkündete sie. »Meine Kerze bleibt dunkel. Aber ich schlage vor, Ihr hört auf meine Nachfahrin und denkt genau nach, ehe Ihr Euer Schicksal zu eng an das dieses Missetäters bindet.«

Überraschend erwachte bei den Worten *meine Nachfahrin* Stolz in meinem Herzen. Die Herrin der Adler kehrte zurück an die Wand. Leises Gemurmel folgte ihr.

Einer nach dem anderen traten die Hexenlords vor und löschten Kerzen auf dem Podest für den Krieg. Bald waren nur noch vier übrig; jene der Herrin der Bären, des Schlangenlords, der Herrin der Dornen und die von Ruven selbst – ebenjener Hexenlords, deren Invasionsbestrebungen nie in Frage gestanden hatten.

Schwindelerregende Euphorie breitete sich in meinem Bauch aus. Das Konklave hatte Ruven keine Verbündeten eingebracht, stattdessen hatte es ihm vermutlich ein paar Feinde beschert. Ich würde Zaira danken müssen, dass sie Emmand überzeugt und dafür gesorgt hatte, dass der Junge zu Sinnen gekommen war, denn am Ende war es Ruvens Umgang mit ihm gewesen, der das Blatt gewendet hatte.

Kathe schien meine Gedanken gelesen zu haben. »Dieser Junge wird Schutz brauchen«, murmelte er. »Ich denke, ich werde ihm anbieten, ihn bei mir aufzunehmen.«

»Oh, gut.« Ich seufzte erleichtert. »Ich möchte ihn keinesfalls Ruvens Gnade überlassen.«

»Da wir gerade bei Ruven sind, ich glaube, Ihr habt ihn erledigt, jedenfalls politisch.« Kathe rieb sich vergnügt die Hände. »Die Bärin und die Schlange könnten ihn noch als Ablenkungsmanöver nutzen, während sie ihren eigenen Krieg gegen das Imperium führen, aber danach werden sie ihn fallen lassen wie einen dreckigen Stiefel. Nun, da sowohl der Elchlord als auch die Herrin der Adler gegen ihn Position bezogen haben, könnte er ebenso gut Überträger einer tödlichen Seuche sein.«

Der Eibenlord hob die Hand, und die aufgeregten Gespräche verstummten. »Hat noch jemand etwas zu sagen, ehe ich dieses Entflammen für beendet erkläre?«

Ruven trat einen Schritt vor. »Nur, dass ich nicht vergessen werde, wer an meiner Seite geblieben ist«, sagte er. »Und was die betrifft, die mich im Stich gelassen haben – das ist kaum von Bedeutung.« Befriedigung spiegelte sich in seinen zusammengekniffenen Augen. »Ich habe Euch nie gebraucht.«

Besorgnis verknotete mir die Eingeweide. »Es geht ihm um den Vulkan«, flüsterte ich.

Kathe runzelte die Stirn. »Ich glaube, Ihr habt recht. Könnt Ihr ihn daran hindern, die Eruption auszulösen?«

»Nur, wenn ich vor ihm an den Steuerkreis gelange.«

»Dann los.« Er schob sich wie beiläufig vor mich, um mich vor Ruvens Blicken zu verbergen. »Der Eibenlord wird das Entflammen bald für beendet erklären. Ihr müsst Euch beeilen, wenn Ihr ihm noch zuvorkommen wollt.«

Ich drückte seine Hand. »Danke, Kathe.«

Er ließ ein Grinsen aufblitzen. »Spart Euch Euren Dank für eine Gelegenheit, zu der ich Euch einen Gefallen erweise. Das hier dient nur meinem persönlichen Amüsement.«

Ich kam mir kühn vor, als ich ihm einen Luftkuss zuwarf, ehe ich kehrtmachte, um aus dem Saal zu schlüpfen. Er lachte und tat, als würde er ihn auffangen.

Ehe ich den Thronsaal verließ, sah ich mich noch einmal über die Schulter um, aber Kathe war nicht mehr dort, wo ich ihn zurückgelassen hatte. Ich ließ meinen Blick über die versammelten Gäste schweifen, von denen sich die meisten auf den Schlangenlord konzentrierten, der eine letzte Ansprache hielt. Kathe jedoch unterhielt sich mit jemandem und zeigte in meine Richtung.

Er sprach mit der Herrin der Dornen.

Die sah direkt zu mir herüber und lächelte.

*

Ich rannte durch den dunklen Garten, und mein Herz schmerzte mit jedem schnellen Schlag. Der Vollmond überzog das Gras mit silbrigem Licht, verwandelte jedoch den Waldrand dahinter in eine kontrastlose Masse zerklüfteter Schatten. Die Luft fühlte sich auf meiner Hand kalt und lebendig an.

Kathe konnte mich doch gewiss nicht an die Herrin der Dornen verraten haben. Er *hasste* sie. Wiewohl ich dafür nur sein Wort hatte. Zudem war dies eines seiner Spielchen, so viel stand fest. Womöglich würde er nicht zögern, einen Spielstein zu opfern, um den Sieg davonzutragen.

Das war unwichtig. So, wie die Tatsache, dass es Wahnsinn war, hier draußen herumzustreifen, bereit, mich allein bei Nacht in Ruvens Wald zu wagen, nicht mehr von Bedeutung war. Sollte es mir nicht gelingen, den Steuerkreis zu zerstören, ehe Ruven ihn aktivierte, dann würde der Weiße Gipfel ausbrechen, und schon eine kleinere Eruption reichte aus, um unsere Verteidigungsanlagen nahe der Grenze an einem wichtigen Pass zu zerstören, Tausende von Menschen zu töten und weite Teile des Imperiums mit der Asche zu überziehen, die Ruvens Herrschaftsanspruch in sich trüge. Mir blieb keine Zeit, um auf Zaira zu warten. Das Entflammen konnte schon in Minuten vorbei sein, und ich zweifelte nicht daran, dass Ruven vorhatte, noch heute Nacht einen Vulkanausbruch herbeizuführen.

Trotzdem hielt ich am Waldrand inne. Die Bäume ragten vor mir auf und tilgten den etwas helleren Himmel und die verstreuten Sterne aus meinem Blickfeld. Der restliche Schnee war im Lauf des Tages geschmolzen, und der Pfad schien sich in totaler Finsternis zu verlieren.

Sollte Ruven merken, was ich tat, dann würden diese Bäume erwachen, mich angreifen und töten. Es würde sie nicht mehr Mühe kosten, als ein Höfling aufwenden mochte, um einen Windbeutel mit seiner Dessertgabel aufzuspießen.

Aber es hatte keinen Sinn, mich mit diesen Überlegungen zu martern. Ich war die Einzige hier draußen, und es musste getan werden. Also atmete ich einmal tief durch und stürzte mich in den Wald, als handele es sich um einen tiefen, schwarzen Pfuhl.

Schichten aus Dunkelheit und Licht waberten um mich herum. Mondschein strömte durch Lücken im Geäst, hell genug, um zu lesen, doch er vertiefte auch die Schatten, die sich unter den Bäumen sammelten. Ich stolperte über eine Wurzel und konnte mich gerade noch am Stamm eines jungen Setzlings abfangen.

»Beim letzten Mal habe ich dich gefragt, was du im Wald zu suchen hast«, ertönte die volle, holde Stimme der Herrin der Dornen. »Dieses

Mal ist es mir offen gesagt gleich. Alles, was zählt, ist, dass du allein bist.«

Hölle des Unheils. Ich wirbelte herum und zog einen meiner Ringe ab. Das hautwarme Metall grub sich in meine Handfläche. »Ist Eure Anwesenheit nicht beim Entflammen gefordert?«

»Dies ist wichtiger.« Sie trat näher. Lichtpunkte fielen auf sie hernieder, während sie sich von Schatten zu Schatten bewegte. »Meine Tochter kann Callamorne nicht beanspruchen, solange du lebst. Für ihr Überleben, kleine Lochaver, musst du sterben.«

Sie strich mit der Hand über den Stamm einer hohen Kiefer, die über uns beiden aufragte. Sogleich ertönte ein Krachen, und ich konnte gerade noch aus dem Weg springen, ehe ein mächtiger Ast genau dort auf den Boden prallte, wo ich gestanden hatte.

Ich warf meinen Ring auf sie. So nachlässig und panisch der Wurf auch erfolgte: Der Ring verließ meine Linke mit erstaunlicher Wucht und Geschwindigkeit, beinahe, als hätte ich ihn mit einer Muskete abgefeuert. Er zog eine heiße Feuerspur durch die Luft und verfehlte die Herrin der Dornen nur um wenige Zoll. Erschrocken zuckte sie vor dem glühenden Loch zurück, das er in den Baum neben ihr schlug.

»So, die kleine Maus beißt also«, gurrte sie. »Ich bin gewarnt.«

Sie griff in einen Brombeerstrauch am Wegesrand. Dutzende dornige Ranken reckten sich mir entgegen, peitschten auf mich ein und zuckten wieder zurück. Mit einem angstvollen Aufschrei riss ich mir den nächsten Ring vom Finger und warf ihn auf die sich windende Masse, die mich packen wollte.

Der Ring prallte von einer der herumpeitschenden Ranken ab. Eiskristalle stoben auf wie Schnee von einem aufprallenden Schneeball; eine blaue Glut flammte in den Runen des Rings auf und erlosch wieder. *Wie eine Pistole mit feuchtem Pulver.*

Hastig brachte ich mich außer Reichweite der Ranken, schloss dann die Augen und öffnete mein Leuchtmedaillon. Meine Lider röteten sich unter dem blendenden Blitz, und die Herrin der Dornen schrie erzürnt auf. Ich machte kehrt und rannte davon, und die Schatten glitten rasant über mich hinweg. Doch ich kam nicht weit, dann stolperte ich über eine Wurzel, stürzte, und meine Hände rutschten über die Kiefernnadeln auf dem Pfad.

Taumelnd und mit schmerzenden Schienbeinen kam ich wieder hoch, und mein Herz wollte vor Furcht platzen, als ich versuchte, weiterzulaufen. Aber mein Fuß hing immer noch in der Wurzel fest.

Ich drehte mich um, um nachzusehen, wo das Problem lag, und da wölbten sich überall um mich herum weitere Wurzeln aus dem Boden hervor. Kreischend wollte ich zum nächsten Ring greifen, aber eine Wurzel umfing meinen Arm und riss ihn fort. Immer mehr wickelten sich schmerzhaft stramm um meinen Körper, bis ich mich kaum mehr bewegen konnte.

Die Herrin der Dornen stand auf dem Pfad und rieb sich mit einer Hand erbittert die Augen. Die andere ruhte auf dem Stamm eines riesigen, uralten Baumes.

»Das mag nicht meine Domäne sein«, sagte sie, »aber für deine kleinen Spielzeuge bin ich in diesem Wald immer noch mehr als nur ein ebenbürtiger Gegner. Das Leben ist überall um dich herum, Stadtmädchen – sogar im Boden unter deinen Füßen.«

Ich kämpfte darum, eine Hand freizubekommen, sie aus dem quälenden Griff der Wurzeln zu lösen, die mich festhielten, doch die zogen sich bei jeder Bewegung fester zu. Panik krallte sich in meine Eingeweide, und das verzweifelte Verlangen zu entkommen gab mir Kraft, aber der Baum war viel stärker als ich.

Grazien helft! Mir blieb keine Möglichkeit mehr, sie zu bekämpfen. Wenn ich sie nicht irgendwie überzeugen konnte, mich nicht zu töten, würde ich sterben.

»Ich stehe immer noch unter Kathes Schutz!«, rief ich. »Wenn Ihr mich tötet, werdet Ihr Euch vor ihm verantworten müssen.«

Die Herrin der Dornen lachte. »Tatsächlich? Ist das wahr, Krähenlord?«

Ein sonderbar geformter Schatten löste sich von einem Baum hinter ihr und trat in den Mondschein. Silbernes Licht fing sich in Kathes Augen, und der Hauch einer Brise rauschte durch die Federn auf seinen Schultern. Er verschränkte die Arme vor der Brust und fing ganz langsam an, breit zu grinsen.

»Ich bin hier, um mein Versprechen Euch gegenüber einzulösen, Herrin der Dornen«, sagte er in einem leichten, lockeren Ton. »Fahrt fort.«

KAPITEL EINUNDVIERZIG

Mein Herz sackte herab, als hätte er es über eine Klippe in Ruvens Leichengrube geworfen. »Ich habe Euch vertraut, Kathe.«

»Ein weiser Mann sagte einmal, man könne seinen Feinden trauen, wenn man genug gegen sie in der Hand hat, aber niemals seinen Freunden.« Kathe zuckte mit den Schultern, und die Federn raschelten leise. »Wie es scheint, könnte er recht behalten.«

»Nun, da das geklärt wäre …« Die Herrin der Dornen schloss die Faust an dem Baumstamm.

Die Wurzeln, die mich gefangen hielten, zogen sich mit erdrückender Macht fester zu. Ich schrie auf, als meine Beine verdreht wurden; dann entfuhr meiner Lunge die Atemluft und nahm meine Stimme gleich mit. Scharfer Schmerz zuckte durch meine Brust, als eine Rippe brach.

Die Herrin der Dornen schrie.

Ich fiel in einem Wirrwarr plötzlich brüchig gewordener Wurzeln zu Boden und keuchte vor Verblüffung. Die Herrin krümmte sich unter Schmerzen, umklammerte Brust und Bauch mit den Armen, als würde ihr Rumpf ganz furchtbar wehtun. Schon sackte sie gegen ihren Baum und stieß einen weiteren entsetzlichen Schrei aus, während Kathe mit zusammengekniffenen Augen und einem zufriedenen Lächeln zusah.

»Was … habt … Ihr … *getan?!*«, kreischte sie mit rauer Stimme.

»Ich?« Unschuldsvoll legte Kathe eine Hand an die Brust. »Ach, kaum etwas. Nur einen Friedensstein ein kleines Stück aus dem Garten herausgebracht.«

Die Herrin der Dornen krallte die Finger in ihren Körper. »Mein Blut! Es brennt!«

»Es wendet sich gegen Euch.« Kathe legte ihr freundschaftlich eine Hand auf die Schulter, als wollte er sie trösten. »Weil Ihr den Frieden gebrochen und dem Blut der Herrin der Adler ein Leid getan habt.«

Ich trat die verhutzelten Wurzeln von mir und stemmte mich hoch. Jeder Atemzug jagte mir stechende Schmerzen in eine Seite des Brustkorbs, und meine Glieder schmerzten unter Überdehnungen und Prellungen. Doch was immer die Herrin der Dornen empfand, es musste weitaus schlimmer sein. Ein weiterer Schrei entriss sich ihrer Kehle, und sie sank auf die Knie.

»Und Ihr wisst, was das heißt.« Kathe seufzte. »Während Euer Blut gegen Euch rebelliert, kann es, so fürchte ich, nicht als Kanal dienen, um Leben aus Eurer Domäne zu saugen.«

Mit dem verzweifelten Knurren eines verletzten Tieres bleckte sie die Zähne vor ihm und packte die Rinde des Stamms, auf den sie sich stützte. Seine Zweige zuckten ruckartig und unkontrolliert auf ihn zu. Aber Kathe bewegte nur die Fußspitze, um wie beiläufig eine der Wurzeln zu berühren, und der Baum erstarrte.

»Warum tut Ihr das?«, verlangte die Herrin der Dornen zu erfahren. »Wir hatten eine Vereinbarung! Ihr habt es versprochen!«

»Ich halte mein Versprechen.« Kathe zog ein langes Beinmesser aus dem Gürtel. »Und was die Frage betrifft, warum ich das tue, erinnert Ihr Euch an einen Mann namens Jathan?«

»Nein«, keuchte sie und krümmte sich unter einer neuen Woge des Schmerzes zusammen.

»Gut«, sagte Kathe. »Er hat auch nicht verstanden, warum er sterben musste.«

Sein Messer zuckte hernieder, blitzte im Mondschein gleißend weiß auf. Mit einem Übelkeit erregenden, dumpfen Geräusch versenkte er es im Hals der Herrin der Dornen.

Schwach zuckend streckte sie dort auf dem Pfad alle viere von sich, während sich ein dunkler Fleck auf ihrer Robe ausbreitete. Unter ihr öffnete sich der Boden, Wurzeln schleuderten die Erde fort, und zurück blieb eine flache, bröckelnde Grube.

Sie bohrte die Finger in die Erde, griff nach den Wurzeln, und ein paar begannen, sich in ungezielter Verzweiflung zu winden. Aber tausend kleine Würzelchen schossen empor und wucherten wie eine Flut über sie hinweg, zerrten sie in den Boden. Sie stieß noch einen letzten, erstickten, hilflosen Schrei aus, als sie in das eigene Grab hinabgezogen wurde.

Kathe zupfte ein Blatt von einer Ranke und sah teilnahmslos zu, wie sie sich in rasendem Tempo auf dem Erdboden ausbreiteten, sich verzweigten und die letzten Spuren der Herrin der Dornen überwucherten. Binnen Sekunden ragte nur noch das Heft seines Messers aus den Ranken der Schlingpflanze heraus.

Er stellte den Stiefel darauf und presste es mit ausdrucksloser Miene tiefer hinab.

Ich starrte ihn an, hin- und hergerissen zwischen Entsetzen und Ehrfurcht und kaum imstande zu atmen. *Grazie der Barmherzigkeit.* Er hatte sie getötet, sie ermordet und endlich seine Rache bekommen.

Und er hatte mich als Köder benutzt.

»Ihr Schuft!«, keuchte ich und presste eine Hand an die Rippen; Schmerz flammte unter dem schwachen Druck auf, und ich ließ sie wieder sinken. »Sie hätte mich beinahe umgebracht!«

»Ich habe sehr genau aufgepasst, um sicherzustellen, dass sie das nicht tut.« Kathe riss sein blutiges Messer aus der Erde, wischte die Klinge an etwas Moos ab und kam zu mir. Sein Magiermal schimmerte gelb in der Dunkelheit. »Wie schlimm seid Ihr verletzt?«

Ich stolperte einen Schritt zurück, eine Hand wie ein Schild vor dem Körper erhoben. »Kommt nicht näher! Eure Falle hätte mich umbringen können.«

»Ich erkenne Euer Forderungsrecht an. Ich stehe tief in Eurer Schuld, Dama Amalia.«

»Was habt Ihr ihr versprochen?«, blaffte ich ihn an. »Mir ein Ende zu machen?«

»Nein.« Er lachte, dass das Laub zu zittern begann. »Ich versprach, ich würde ihr helfen, dafür zu sorgen, dass ihre Tochter ihre eigene Domäne bekäme. Nun hat sie die ihrer Mutter und kann endlich der Verderbnis des hohen Alters entrinnen.«

»War das von Anfang an Euer Plan?« Der Zorn machte meine Stimme rau. »Habt Ihr nur um mich geworben, um mich als Köder für Eure Feindin herzulocken?«

»Natürlich nicht. Nicht mehr, als *Ihr mich* nur umworben habt, um Eure Feinde zu bedrohen. Ich mag es, mehrere Ziele zugleich zu verfolgen.« Er blickte den Pfad hinauf. »Ich schulde Euch eine bessere Rechtfertigung, aber nun müssen wir uns beeilen. Ich habe eine Krähe mit einer Botschaft zu Zaira geschickt und sie wissen lassen, dass Ihr möglicherweise Hilfe brauchen werdet, und die führt sie gerade jetzt her. Aber Ruven wird geradewegs zu dem Steuerkreis gehen; dies ist seine Domäne, er muss keinen Pfaden folgen.«

»Moment.« Ich stützte mich an einem Baum ab. Grazien, alles tat mir weh, aber mir blieb keine Zeit, darüber nachzudenken. »Wenn Ihr beweisen wollt, dass Ihr nicht mein Feind seid, schickt eine Botschaft für mich.«

»Gewiss.« Er hob einen Arm, und sogleich flatterte eine Krähe herab und setzte sich auf ihn, die Schwingen gespreizt, um das Gleichgewicht zu wahren. »Wohin?«

»An Jerith Antelles an der Grenze. Er muss einen Wind für mich rufen.«

Kathe neigte den Kopf zur Seite. »Einen Wind?«

»Falls es uns nicht gelingt, den Ausbruch des Weißen Gipfels zu verhindern. Um sämtliche Asche nach Kazerath zurückzutragen.«

Kathe nickte. »Das kann ich tun.« Er sah der Krähe einen Moment in die Augen und schleuderte sie wieder in die Luft. Das Tier krähte protestierend, flog aber in die Nacht davon.

»Gut.« Mehr Dankbarkeit war ich nicht bereit, ihm zu erweisen. Ich fing an, den Pfad hinaufzuhumpeln. Meine Bewegungen waren steif, während ich versuchte, mit all den neuen Schmerzen zurechtzukommen, aber ich musste so rasch wie möglich zu diesem Steuerkreis. Auch wenn Jerith meine Nachricht schnell genug erhielt und imstande war, die Asche zurückzuschicken, würde eine Eruption Ruven selbst im besten Fall immer noch einen schwelenden Pfad ins Imperium brennen und Tausende Opfer fordern.

»Werdet Ihr Euch von mir helfen lassen?«, fragte Kathe und folgte mir. Seine Stimme klang ungewöhnlich sacht, beinahe demütig. Plagte ihn wirklich das Gewissen? Oder versuchte er nur, sich erneut mein Wohlwollen zu erschleichen?

Ich war nicht einmal sicher, ob mich das kümmerte. »Nein«, sagte ich knapp. Meine gebrochene Rippe jagte jedes Mal, wenn ich einen Atemzug tat, einen flammenden Schmerz durch meinen Brustkorb.

Da wedelten plötzlich die Bäume mit ihren Ästen, als hätte ein Wind sie erfasst. Ein heftiges Trampeln und Rascheln kam hinter uns den Pfad herauf, gefolgt von Gebrüll und Geheul. Ein Schauder packte mich, eisiger als die Nachtluft allein ihn hätte hervorbringen können.

»Ruven weiß Bescheid«, hauchte ich. »Er schickt uns seine Truppen hinterher.«

Kathe blieb stehen. »Ich halte sie auf. Geht Ihr weiter.«

Der Lärm kam näher. Ich zögerte. »Das hört sich nach einem ganzen Haufen Soldaten und Chimären an. Dies ist nicht Eure Domäne. Werdet Ihr damit fertig?«

Er lachte. »Aber natürlich!«

»Warum tut Ihr das?«, fragte ich. »Weil Ihr in meiner Schuld steht?«

»Nein.« Seine Stimme wurde sanfter und ein wenig traurig, und er wandte den Blick ab. »Weil ich Euch gernhabe. Manchmal ist es gut, etwas für jemanden wie Euch zu tun, ohne eine Gegenleistung zu fordern.«

Ich starrte ihn an. Meine Finger krümmten sich um die Klauen an meiner Kehle. »Ihr seid ein sonderbarer Mann, und Ihr treibt mich zur Verzweiflung.«

Er grinste. »Ich weiß. Nun geht. Die Krähe, die ich zu Zaira geschickt habe, ist nah; sie wird Euch in Kürze einholen und kann Euch auf dem Rest des Weges schützen.«

Unwillkürlich musste ich an Braegan und all die anderen tapferen Soldaten denken, die ihr Leben gegeben hatten, um die Geißelhunde aufzuhalten, damit Zaira und ich entkommen konnten. Ganz gleich, was Kathe getan hatte, ich wollte ihn nicht allein zurücklassen, damit er mir den Rücken freihielt.

Andererseits war er ein Hexenlord. Wenn er sagte, dass er mit Ruvens Soldaten fertig würde, dann musste ich ihm das wohl glauben. »Gut.«

Ich hastete den Pfad hinauf. Die Bäume um mich herum schwankten und raschelten, behielten aber immerhin ihre Äste bei sich. Vielleicht merkte Ruven nicht, dass Kathe und ich uns aufgeteilt hatten. Er musste abgelenkt sein und hatte es eilig, den Steuerkreis vor mir zu erreichen, und Kathe hatte zweifellos eine auffälligere magische Präsenz als ich.

Das Heulen und Schreien weit hinter mir wurde lauter und klang zunehmend entsetzt und verzweifelt. Ich schluckte und ging weiter, ohne so recht zu wissen, ob die Furcht in meinem Herzen der Sorge um Kathe geschuldet war oder der Frage, was er mit Ruvens Soldaten anstellen mochte, dass sie derartig brüllten.

Vor mir auf dem Weg stand eine Gestalt, ein dunklerer Schatten, der auf dem mondbeschienenen Pfad wachte. Argwöhnisch wurde ich etwas langsamer. »Wer da?«

»Dämonen erbarmt euch, ich kann dich nicht einmal eine Stunde aus den Augen lassen, nicht wahr?«

»Zaira!« Am liebsten wäre ich zu ihr gerannt und hätte sie in die Arme geschlossen. »Den Grazien sei Dank! Wir müssen uns beeilen; Ruven ist auf dem Weg zu dem Steuerkreis.«

»Ich weiß. Dieser gefiederte kleine Dämon des Wahnsinns hat es mir erzählt.« Zaira deutete auf einen Baum; ein spöttisches Krächzen antwortete ihr. »Und ich kann dir sagen, es ist so unheimlich wie die Hölle der Albträume, wenn dir mitten in der Nacht ein Vogel vors Gesicht fliegt und anfängt, mit dir zu *sprechen*.«

Die Krähe krächzte erneut. Zaira zeigte drohend mit dem Finger auf sie. »Sei still. Das ist nicht lustig.«

Ich schloss zu ihr auf, keuchte aber bei jedem Schritt. Gemeinsam gingen wir weiter. »Ich bin froh, dass du da bist«, sagte ich. »Kathe ist zurückgeblieben, um Ruvens Soldaten und Chimären aufzuhalten, aber ich kann nicht dafür garantieren, dass nicht einige von ihnen an ihm vorbeischlüpfen.«

»Ich schätze«, grunzte Zaira, »ich habe in Bezug auf ihn falschgelegen.«

»Nein, du hattest recht.« Dieses Eingeständnis war schmerzhafter als meine gebrochene Rippe. »Er hat mich als Köder benutzt, um die Herrin der Dornen zu töten.«

»Puh. Immerhin kein Verlust. Vielleicht hatten wir beide recht.« Während wir weiter den Pfad hinaufeilten, war einen Moment außer meinem schweren Atem nichts zu hören. Dann: »Werbt ihr immer noch umeinander?«

Liebe Güte, ich war gerade hintergangen und beinahe ermordet worden, und wir rannten durch den Wald, um das Imperium vor einem furchtbaren Vulkanausbruch zu bewahren, und sie fragte *so was?*

Natürlich tat sie das. »Theoretisch schon.«

Sie lachte. »Er mag hübsch sein, aber weißt du was? Ich ziehe trotzdem Terika vor.«

»Wie geht es ihr?«

»Alles ist gut verlaufen. Marcello hat sie am Treffpunkt übernommen, und die Straße schien frei. Ruven hat wohl andere Dinge im Kopf.«

»Uns, beispielsweise«, entgegnete ich erbittert und lief noch ein bisschen schneller.

*

Endlich ließen wir auf dem kahlen Gipfel den Wald hinter uns und fanden uns genau dort, wo Namira auf der Karte den Steuerkreis eingezeichnet hatte, unter einem Himmel wieder, an dem ein Kristallstaub der Gestirne funkelte. Ein kalter Wind fegte über die felsige Kuppe, peitschte mir das Haar aus dem Nacken.

Am anderen Ende stand mit erhobenen Armen ein Mann auf dem höchsten Punkt des Berges. Der Wind fing sich in seinem langen Mantel und ließ ihn um den Körper herum aufwogen. *Ruven.* Er war uns zuvorgekommen.

Und zwischen ihm und uns standen ungefähr ein Dutzend von hinten erleuchtete menschliche Gestalten, die Schwerter und Speere auf uns richteten. Der Mond hinter ihnen warf scharfkantige Schatten in unsere Richtung auf das Gestein.

»Also schön.« Zaira hob die Hände, und Schadfeuer, so schön wie hungrig, erblühte auf ihnen.

Die blaue Flamme beleuchtete die Züge der Leute, die gegen uns angetreten waren, und Zaira fluchte.

Dies waren keine Soldaten. Dies waren die Alten und die Jungen und die Siechenden: Angehörige von Ruvens Volk, herbeigerufen aus den Dörfern und Gehöften in der Tiefe, jene, die für das Heer nicht gut genug gewesen waren. Ihre Augen waren vor Furcht geweitet, und sie hielten die Waffen in unsicherem Griff. Tränen schimmerten auf einigen der Gesichter.

Der alte Wirt, der sich in seinem Gastraum um die Babys gekümmert hatte, war unter ihnen und verzog entschuldigend das Gesicht. Das Gleiche taten die von einer Narbe im Gesicht gezeichnete Eignerin der Taverne am Fuß des Hügels und der Knabe, den sie fortgeschickt hatte, damit er sich nicht den Unmut eines Hexenlords zuzog. Ein Mädchen, das nicht älter sein konnte als zwölf, auch wenn es den Speer sicherer hielt als die meisten anderen, hatte die Lippen entschlossen zusammengepresst.

Ganz am Ende der Reihe stand Emmand mit einer frischen, handförmigen Verbrennung am Hals, die aussah, als hätte Ruven ihn geschlagen, weil er seine Stimme gegen ihn erhoben hatte. Sein Gesicht war eine Maske bitterer Not, als er den Dolch auf uns richtete.

»Dämonenpisse«, fluchte Zaira und ließ die Hände sinken. »Ich kann nicht gegen diese armen Schweine kämpfen.«

»Zur Seite«, rief ich. »Wir möchten euch nicht wehtun.«

»Wir wollen auch nicht kämpfen, gnädige Frau«, entgegnete der Wirt, und seine Stimme klang brüchig vor Furcht.

»Wir haben keine Wahl«, sagte Emmand und zuckte gepeinigt zusammen, als die Worte an seiner Brandwunde zerrten. »Wenn Ihr versucht, an uns vorbeizukommen, werden wir Euch angreifen.«

»Ruven, du Feigling!«, donnerte Zaira. »Stellst Kinder und Großväter auf, um dich hinter ihnen zu verstecken? Jede Kanalratte ist mehr wert als du!«

Ruven reagierte nicht. Um seine Füße herum flammte ein kunstvoller artefaktischer Kreis in scharlachrotem Licht auf.

»Wir haben keine Zeit!« Ich zog einen Ring von meinem rechten Mittelfinger – den, der lähmen, aber nicht töten sollte. Istrella hatte mir gesagt, er könnte ein oder zwei Personen ausschalten, aber das reichte nicht. Doch für mehr fehlte ihm die Kraft.

Glücklicherweise standen wir auf einem Aufschluss aus Vulkangestein. Macht ließ sich hier leicht beschaffen.

Verzweifelt suchte ich im trüben Licht den Felsboden ab. Schließlich bückte ich mich und hob einen dunklen Gesteinssplitter auf. *Obsidian.* Ich rammte ihn in den Ring, klemmte ihn so fest ein, wie ich nur konnte, und drückte den Stein gegen die Runen.

Und dann warf ich ihn.

Der alte Wirt wich aus, und der Ring traf einen Stein zwischen ihm und dem zwölfjährigen Mädchen. Doch als er abprallte und schließlich auf dem Fels zur Ruhe kam, erwachten die Runen blitzend zum Leben. Ein Netzwerk aus glühenden Linien schoss aus dem Ring hervor und breitete sich aus, verzweigte sich immer weiter und verknüpfte sich unter den Füßen der Dörfler. Die schrien und versuchten, davonzulaufen, aber ihre Füße klebten auf dem Felsen fest, eingefangen von dem schimmernden Netz. Zaira und ich mussten hastig zurückweichen, um uns nicht ebenfalls von den leuchtenden Linien erwischen zu lassen.

»Beeindruckend«, kommentierte Zaira. »Diese Istrella ist so verrückt wie eine Katze auf Katzenminze, aber sie ist gut.«

»Obsidian ist eine hervorragende Quelle für magische Energie«, sagte ich. »Das sollte sie für eine Weile aufhalten.«

Die unter der Kontrolle des Rings stehenden Leute versuchten nach Kräften, an uns heranzukommen, als wir an ihnen vorübergingen, doch Istrellas Zauber hielt sie an Ort und Stelle fest. Das kleine Mädchen warf seinen Speer; er fiel klappernd hinter uns auf den Felsboden.

»Haltet Lord Ruven auf«, rief Emmand. »Schnell! Lasst ihn sein Werk nicht vollenden!«

Wir rannten zur höchsten Stelle des Hügels. Als wir näher kamen, ließ Ruven die Arme sinken, drehte sich zu uns um und trat aus dem Kreis heraus. Ein zufriedenes Lächeln lag auf seinen Lippen.

»Zu spät«, sagte er. »Es ist bereits getan.«

KAPITEL ZWEIUNDVIERZIG

Unter meinen Füssen spürte ich das unverkennbare Rumoren von Magie. Meine zerschlagenen Beine drohten den Halt zu verlieren, und eine eisige, furchtbare Gewissheit nistete sich in meinem Bauch ein.

Zu spät. Tausende von Menschen in den Grenzfestungen und den darunterliegenden Dörfern waren bereits tot, sie wussten es nur noch nicht. All unsere Schutzmaßnahmen an der Grenze, all die Befestigungen und sorgfältig angebrachten artefaktischen Fallen waren dem Untergang geweiht. Der Weiße Gipfel ragte vor uns empor, eine gleichmütige schwarze Silhouette vor einem sternenklaren Himmel; niemand konnte auch nur ahnen, welche magische Macht Ruven auf ihn losgelassen hatte, was für Vorgänge er unwiderruflich in Gang gebracht hatte, um Asche und Verderben auf uns alle niedergehen zu lassen.

»Nein«, hauchte ich. »Es muss eine Möglichkeit geben, es aufzuhalten.«

Ruven breitete die Hände aus. »Gnädige Frau, soweit es die Artefaktion betrifft, seid Ihr hier die Expertin. Aber man hat mir versichert, es gibt keine Möglichkeit. Ich fürchte, all Eure Bemühungen waren vergebens.«

»Nicht ganz«, erwiderte Zaira. Eiskalter Zorn tränkte ihre Stimme. »Ich werde jedenfalls Gelegenheit bekommen, etwas zu tun, was ich schon ewig tun wollte.«

Auf einmal flammte blendend helles Feuer in ihren Augen auf und füllte sie vollkommen aus. Und ohne eine weitere Vorwarnung schoss eine Woge aus Flammen aus ihr hervor – all der Zorn auf Ruven, den sie die ganze Zeit hatte in Schach halten müssen, entfesselt in einem alles verzehrenden Inferno. All ihre Wut wegen Terika, wegen der

Dienstboten mit den Brandmalen auf der Haut, wegen der Kinder, deren Knochen er an die Wölfe verfüttert hatte. Das alles explodierte mit einer schrecklichen Druckwelle aus Licht und Raserei und verschlang ihn vollständig.

Jedenfalls sah es so aus. Ein Turm aus blau-weißen Flammen wütete dort, wo er gestanden hatte, schraubte sich hoch und höher hinauf, immer weiter dem Himmelsgewölbe entgegen. Er überzog die ganze Hügelkuppe mit hellem Licht; die Dörfler schrien vor Angst und wollten vor ihm zurückweichen, aber Istrellas Bann hielt sie immer noch an Ort und Stelle fest. Hitze wusch sengend über mein Gesicht, und ich riss einen Arm hoch und versuchte, so gut ich konnte, mich mit dem Ärmel zu schützen.

»Stirb«, presste Zaira zwischen zusammengebissenen Zähnen hervor. »Stirb, stirb, stirb, verdammt.«

Ich zuckte zusammen, als ein schriller, gequälter Schrei aus den Flammen hervorbrach, doch dann durchwanderte der Laut ein wildes Heulen, um schließlich bei etwas viel Erschreckenderem anzugelangen.

Grazien, helft uns. Das war Gelächter.

Es waren Laute des Irrsinns. Ein scharfes, bellendes Gelächter, offen und frei und erfüllt von überraschter Heiterkeit.

Und dann trat er aus der Säule des Schadfeuers hervor und zog, immer noch lachend, eine Spur aus Flammen hinter sich her. Blaues Feuer schlängelte sich um ihn herum, klammerte sich mit unwiderstehlicher Kraft und unstillbarem Hunger an ihm fest. Rauch stieg von ihm auf, und sein Fleisch kräuselte sich, als das Feuer ihn zu versengen und zu schrumpfen suchte. Doch er reparierte die Schäden schneller, als das Feuer sie anrichten konnte.

»So ist mein Vater also gestorben.« Er breitete die Hände aus und starrte sie an. Feuer flackerte auf seinen Armen auf und ließ das Leder verkohlen, doch auch das hatte er schnell wiederhergestellt. »Was für ein Pech für ihn, dass er kein Hauthexer war. Aber wie es scheint, teile ich seine Schwäche nicht.«

»Brenne«, zischte Zaira. »Brenne, du verfluchter Dämon.« Blaue Ranken aus Flammen tanzten über ihr Haar, die Schultern, den Rücken, ihre Arme; sie ergossen sich aus ihren Augen und Händen und wüteten überall um Ruven herum. Doch er stand immer noch unverzagt inmitten des Infernos.

»Ich muss Euch danken«, sagte er. »Ihr habt mir den Beweis geliefert, dass das, was ich gehofft hatte, zutrifft. Mit all dem Leben in Kazerath, das meine Macht speist, kann ich meinen Körper in einem Ausmaß stärken und wieder aufbauen, das sogar das Zerstörungspotenzial von Schadfeuer übersteigt. Auf der ganzen weiten Welt bin ich und nur ich allein wahrlich und zweifelsfrei unsterblich.«

Mein Bauch krampfte sich zusammen. Das war unsere Schuld. Er hatte recht; wenn Schadfeuer ihn nicht töten konnte, dann gab es nichts, was das bewerkstelligen könnte. *Mögen die Grazien uns allen helfen.*

»Mein Feuer wird nie erlöschen, solange du noch Leben hast, um es zu speisen«, krächzte Zaira. Ihre Stimme war herb, frevelhaft und wunderschön, und sie sprach mit der Zunge der Flammen selbst. »Lass es all das Leben in Kazerath verzehren, bis du nichts mehr übrig hast, um es zu nähren, außer dir selbst.«

Ruven zuckte mit den Schultern. »Wenn Ihr es wünscht. Wir können mit denen da anfangen.«

Hinter uns schrie jemand.

Ich wirbelte gerade noch rechtzeitig herum, um zu sehen, wie der geschwätzige Wirt zusammenbrach, noch für einen Augenblick unter Qualen zuckte und dann still liegen blieb. Eine bucklige Frau war die Nächste.

»Aufhören!«, schrie ich. »Hör auf, sie zu töten, du Monster!«

»Nicht ich töte sie«, erwiderte Ruven. »Das seid Ihr, Hexe!«

Zaira antwortete nicht. Ihr Blick fixierte ihn, und ihre Augen brannten. Sie hatte sich an ihre Flammen verloren.

Nun brach Emmand zusammen. Seine letzte Klage, ein verlorener, gebrochener Laut, zerriss mir das Herz. Tränen stiegen mir in die Augen, doch die Hitze des Schadfeuers trocknete sie, noch bevor sie fallen konnten.

Grazien! Alles, was wir taten, war, unschuldige Leute zu töten.

»Revincio!«, rief ich.

Die Nacht wurde dunkel. Zaira fiel auf den harten Felsen wie eine Marionette, deren Fäden durchtrennt worden waren. Furchtsame und kummervolle Laute erklangen hinter mir, und der abscheuliche Gestank von verbranntem Menschenfleisch hing in der Luft.

Der Wind zupfte an Ruvens Mantel. Ein Kräuseln lief über seine ganze Länge, und dann war er wieder glatt und unversehrt, nur die Stickerei fehlte. Sein Pferdeschwanz ritt auf dem Wind und wuchs wieder zu voller Länge an. Er lächelte.

»Und da sind wir nun endlich, Dama Amalia. Nur wir beide.«

Meine Hände verkrampften sich zu harten Fäusten, meine Fingernägel gruben sich in die Handflächen. »Das waren Menschen. Emmand hat zu Euch aufgeblickt. Besitzt Ihr denn gar kein Schamgefühl? Ein guter Herrscher opfert sein Leben dem Wohl derer, über die er herrscht.«

»Was für eine entsetzlich triste Art, sein Leben zu fristen.« Ruven schüttelte den Kopf. »Schamgefühl ist ein Symptom von Schwäche, gnädige Frau. Die, die wie wir an der Spitze der Welt stehen, haben so etwas nicht nötig.« Er streckte eine Hand nach mir aus. »Kommt. Wir haben vielleicht noch eine Stunde, ehe der Weiße Gipfel ausbricht. Ich leite die Eruption nach Süden ab, hinein ins Imperium, dennoch wäre es besser, nicht ohne Schutz allzu dicht dran zu sein, wenn es so weit ist.«

Zaira, die zusammengekrümmt zu meinen Füßen lag, würdigte er keines Blickes. Der Wind spielte mit ihrem Haar. Nachbilder des Schadfeuers tanzten immer noch vor meinen Augen, und ich hatte Mühe, meinen Zorn unter Kontrolle zu halten.

»Ihr besitzt die Frechheit, mir gegenüber nach all dem Besorgnis zu heucheln? Erwartet Ihr ernsthaft von mir, zu glauben, Euch würde an mir irgendetwas anderes als meine Abstammung interessieren, wenn ihr die Leben eurer eigenen Leute so einfach wegzuwerfen bereit seid?«

Ruvens Augen weiteten sich. »Aber gnädige Frau, Ihr seid so viel mehr als Eure Abstammung. Nein, nein, Ihr versteht einfach nicht, wie sehr ich Euch schätze.« Er schüttelte den Kopf. »Das wird der Sache wahrlich nicht gerecht. Und schließlich habe ich immer noch einen Vorrat von dem hervorragenden Trunk, den dieser Junge für mich anzumischen pflegte. Denkt doch nur, welche Möglichkeiten sich mir eröffnen, wenn ich durch ihn über eine Erbin der Cornaros herrsche!«

Das tat ich, und mir wurde schlecht.

»Es gab schon einmal einen Mann, der glaubte, ein alchemischer Trick würde reichen, um den Rat der Neun zu manipulieren«, sagte ich kalt. »Für diesen Fehler hat er teuer bezahlt.«

Ruven kicherte. »Euch kann ich wohl nie einschüchtern, was, Dama Amalia? Ihr lasst Euch nicht so einfach ängstigen. Ach, es ist wahrlich kein Wunder, dass ich Euch so hochschätze.« Die ausgestreckte Hand sank herab, und er schüttelte den Kopf. »Ich freue mich auf viele wunderbare Unterhaltungen mit Euch als meinem Gast. Aber zuerst gibt es da noch eine Kleinigkeit zu erledigen.«

Bei diesen Worten veränderte sich sein Ton in einer Weise, die mir gar nicht gefiel. Ich ließ einen der letzten Ringe in meine Handfläche gleiten.

»Eure Hexe.« Er seufzte. »Ich hatte gehofft, ich könnte sie unter meine Kontrolle bringen, aber ich fürchte, in Hinblick auf sie hat mein Vater doch recht behalten. Sie ist einfach zu gefährlich, um am Leben zu bleiben.« Er griff nach Zairas windzerzaustem Haar wie ein neugieriges Kind, das hoffte, etwas mit den Fingern einzufangen.

Ich knallte den Ring auf den vulkanischen Felsen unter meinen Füßen. Sogleich flammte ein Kreis aus goldenem Licht um Zaira und mich auf. Ruven wich vor dem Bann zurück wie eine Katze, die sich unerwartet eine nasse Pfote geholt hatte.

»Das wird drei Stunden halten«, log ich. »Eure Gäste warten im Schloss auf Euch. Wünscht Ihr wirklich, dass die anderen Hexenlords herauskommen und Euch hier vorfinden?«

Ruven kniff die Augen zusammen. »Nun gut. Dann bleibt während der Eruption hier draußen, wenn Ihr es wünscht. Ihr befindet Euch immer noch in meiner Domäne; ich muss nicht persönlich anwesend sein, um Macht über Euch auszuüben. Das Land selbst wird Euch für mich festhalten. Ich werde zurückkommen und mich um Euch kümmern, sobald meine Gäste und der Berg zufriedengestellt sind. Vorausgesetzt, Ihr überlebt den Ausbruch.«

Damit wandte er sich ab, und sein schwarzer Mantel schwang herum wie eine Welle tieferer Schatten. »Genießt den Ausblick«, rief er, als er davonging. »Ich kann mir kein besseres Schauspiel vorstellen, um meinen Aufstieg zu feiern.«

Angespannt wartete ich, zählte die Herzschläge, während er über die kahle Krone des Hügels davonspazierte. Die gefangenen Dörfler krümmten sich von ihm weg, als er vorüberging, von unten angeleuchtet durch die allmählich verblassenden Linien aus Licht unter ihren Füßen, doch er achtete gar nicht auf sie. Emmands Leiche lag ausgestreckt vor ihm, traurig und reglos, eine Hand auf den Felsen geschlagen.

Als er fort war, zählte ich noch einige Minuten länger. Dann griff ich nach dem Ring, der neben Zaira auf dem kalten Felsboden lag, doch der schützende Kreis zerstob bereits, ehe meine Finger ihn berührten.

»Einen Moment«, raunte ich Zairas bewusstloser Gestalt zu. Dann rannte ich zu dem Steuerkreis, ohne auf die stechenden Schmerzen zu achten, die sich bei jeder Bewegung in meiner Seite bemerkbar machten.

Ein schwacher roter Lichtschein glomm noch immer über den eingravierten Linien im Gestein, was es mir leichter machte, das Muster zu analysieren, das Namira hier auf Ruvens Befehl in den Felsen getrieben hatte. Es war ein komplizierter Kreis mit Mustern in Mustern, langen Runenbögen, die Bedingungen und Regeln mit sorgfältiger Präzision festlegten. Dies war das Werk einer Meisterin. *Grazie der Weisheit, schenk mir Erkenntnis.*

Mein Herz sank hinab in den finsteren Wald unter dem Gipfel, während ich das Muster studierte. Ruven hatte recht, die Magie, die die Eindämmung aufbrechen und den aufgebauten Druck im Berg abrupt freigeben sollte, war bereits freigesetzt worden. Und der Artefaktionskreis beinhaltete keine Möglichkeit, das ungeschehen zu machen oder umzukehren. Der Weiße Gipfel würde mit der Gewalt ausbrechen, die nach unseren Bemühungen, den Druck zu vermindern, noch übrig war, und das würde binnen weniger Stunden geschehen. Es blieb nicht einmal Zeit für eine Evakuierung.

Der einzige Abschnitt des Kreises, der immer noch aktiv zu sein schien, beinhaltete die zweite Phase des Zaubers, die einen Pfad für die Eruption öffnen sollte, um die Macht des Ausbruchs die Pässe hinab in das Erlauchte Imperium und nach Ardence zu jagen. Eine einzelne Rune verwies auf diese Richtung, eine gemalte Rune, keine gravierte, damit Ruven das Ziel selbst wählen konnte, sobald er die Eruption auslöste. Diese zweite Phase war noch nicht zum Tragen gekommen und konnte immer noch abgeändert werden. Aber dies war keine reine Artefaktion; der Kreis war darauf ausgelegt, mit Ruvens Vivomantik zu interagieren. Ohne seine Blutbindung an den Weißen Gipfel würde die bloße Verlegung der Zielrune rein gar nichts bewirken.

Eine Blutverbindung zum Weißen Gipfel. Die Tür und der Friedensstein hatten mein Blut als das der Herrin der Adler erkannt. Einen Versuch war es wert.

Ich legte die Hand auf den warmen Stein, fühlte die eingravierten Linien des artefaktischen Kreises unter meinen Fingern und schloss die Augen.

Ich kannte den Stein. Die Flächen, die Winkel dieses vom Wind geschliffenen Felsens nahmen einen behaglichen Platz in meinem Geist ein. Meine Wahrnehmung reichte nicht über den Hügel unter mir hinaus oder über die Bäume am Rande der freien Fläche, aber diesen rohen, körnigen Felsen unter meinen Fingern, den kannte ich. Und ich konnte mit meinem Geist die Beschwörung erfassen, die in ihn eingearbeitet worden war, konnte spüren, wie die Magie sich mit dem Felsen und noch etwas anderem verband. Etwas Gewaltigem, Uraltem, in dem ein schreckliches Feuer heranwuchs, das mit einer Macht wütete, welche die eines jeden Hexenlords bei Weitem überstieg.

Aber er kannte mich. Der halbe Berg gehörte zu meiner Blutlinie. All diese ehrfurchtgebietende Erhabenheit und der zerstörerische Zorn – das alles erkannte mich.

Ich konnte es schaffen.

Ich riss die Augen auf, prägte mir Ruvens aufgemalte Rune genau ein und rieb mit dem Ärmel daran. Sie war noch feucht. Zwar ruinierte ich den tiefblauen Samt meiner Jacke, aber das Symbol ließ sich mühelos verwischen.

Ich zog meinen Dolch, schnitt mir in den Finger und presste einen Tropfen Blut hervor.

Und erstarrte. *Höllen!* Ich musste die Eruption irgendwohin lenken. Überall um den Weißen Gipfel herum gab es Dörfer und Festungen. Welche Richtung ich auch wählte, jemand würde sterben.

Das artefaktische Muster bot mir vier mögliche Stellen, um die

Richtungsrune zu platzieren, die vier Öffnungen oder Schwachstellen im Berg entsprachen.

Ich rief mir die Karte von der Grenze mit all ihren kleinen Befestigungen, Pässen und Dörfern ins Gedächtnis, über der ich in Hochpass gebrütet hatte. Ich musste unschuldige Dörfler gegen bedeutende Allianzen und wichtige Festungen zur Verteidigung des Reiches gegen das Leben von Menschen abwägen, die ich kannte und liebte.

Eine Möglichkeit bestand darin, den Ausbruch zurück nach Kazerath auf Ruvens Schloss zu leiten, und der Gedanke, sie hierherzudirigieren, war verlockend. Aber das würde nicht nur Zaira und mich töten und einige Dörfer, deren funkelnde Lichter ich im Tal sehen konnte, auslöschen. Es würde auch das Ende aller Allianzen bedeuten, die ich vielleicht mit den freundlicheren Hexenlords geschlossen haben mochte. Und ich bezweifelte, dass es für Ruven selbst mehr als eine Unannehmlichkeit darstellen würde.

Die Richtung, die er gewählt hatte, kam auf keinen Fall in Frage; auf diesem Weg würde der Ausbruch unsere Grenzbefestigungen auf einem kritischen Pass zerstören, Hunderte oder Tausende von Soldaten töten und wahrscheinlich die Stadt am Fuß des Berges dem Erdboden gleichmachen, von der aus die Grenzfestungen unterhalten wurden, was die Anzahl der Toten um Tausende von Zivilisten erhöhen würde. Eine dritte Option würde die Eruption nach Westen in ein Flusstal leiten, in dem es etliche Dörfer und haufenweise vaskandrische und imperiale Soldaten gab, die sich in massiven Befestigungsanlagen gegenüberstanden. Zwar schien bei dieser Herangehensweise die Mehrzahl der Opfer auf vaskandrischer Seite zu liegen, was ihre Kräfte an diesem Ort dezimieren würde. Sie würde jedoch auch massenhaft Leben kosten, darunter die unzähliger Zivilisten – und es bestand ein beträchtliches Risiko, dass auch Marcello, Terika und die anderen geflohenen Falken dabei ums Leben kamen, da sie auf ihrem Heimweg die westliche Gebirgsschulter überqueren mussten.

Die letzte Option bestand darin, die Eruption ostwärts entlang des Kamms des Hexenmauergebirges zu dirigieren. Das Terrain dort war zu uneben für Bauernhöfe oder Dörfer. Aber ich könnte durchaus Roland und seine Leute mit der Druckwelle erwischen, denn die waren auf der Ostflanke des Berges positioniert, wo sie die artefaktischen Kreise abänderten.

Es führte einfach kein Weg daran vorbei, dass Menschen sterben würden. Ich musste entscheiden, wen ich umbringen wollte: Marcello und Terika und die anderen Falken, Roland und seine Soldaten oder Zaira und mich selbst.

Mein Bauch krampfte sich zusammen vor Übelkeit, und ein leises Wimmern entfloh meiner Kehle. Das war einfach furchtbar. Es wäre mir beinahe lieber gewesen, hätte Ruven mich als unwilligen Gast zurück zum Schloss geschleift, dann hätte ich nicht hier knien müssen, um zu entscheiden, welches Leben ich beendete, während ich die Gesichter meiner Freunde im Geiste so lebhaft vor mir sah.

Aber das ist das, was Mutter tut. Das war das, was der Rat der Neun tat, und zwar Tag für Tag. Es war leicht, zwischen Gut und Böse zu wählen. Das kleinere Übel zu wählen, wohl wissend, dass diese Entscheidung Menschen zum Tode verdammte, das war der Aspekt, der an der Seele nagte.

Und dennoch, dies war die Aufgabe, für die ich geboren war und die ich bereitwillig angenommen hatte, als ich die Rolle als Erbin meiner Mutter angetreten hatte. Dies war ein Teil der Pflicht, die ich übernommen hatte, als ich als Gesandte des Erlauchten Imperiums zum Konklave gereist war.

Ich holte einmal tief Luft, streckte eine zitternde Hand aus und zeichnete eine neue Zielrune in den östlichen Quadranten.

Bitte sei nicht dort, Roland. Grazie der Barmherzigkeit, beschütze ihn, ich bitte dich.

Möglicherweise hielten sich ein paar Zivilisten in dem zerklüfteten Teil des Hexenmauergebirges auf, das an die Ostflanke des Weißen Gipfels grenzte, aber sehr wahrscheinlich war das nicht. Die imperialen Grenzfestungen in jenen Pässen waren weiter im Süden und sollten durch die nächste Bergkette ausreichend geschützt sein. Das Quellgebiet des Flusses Arden mochte noch etwas weiter verschüttet werden als bei dem Ausbruch des Enthalus vor drei Jahren, aber wir hatten bereits Pläne in Arbeit, um diesem Problem zu begegnen, und ich konnte mich später immer noch bei Domenic entschuldigen. Das wäre ein roter Stein, den ich ihm schuldig wäre, ein unbedeutendes

Forderungsrecht auf seiner Seite; kein Problem, dafür Wiedergutmachung zu leisten.

Nur Roland und seine Handvoll Soldaten würden sterben müssen.

Nur mein Cousin, so ernst und tapfer, der unsere Großmutter endlich überzeugt hatte, ihn an die Grenze ziehen zu lassen – auf meinen Rat. Der Cousin, der mit mir in den Gängen von Schloss Durantain gespielt hatte, als ich klein gewesen war, der mir auf die Äste des Apfelbaums im Garten geholfen hatte. Roland, der ohne zu zögern sein Leben für mich gegeben hätte; der sein Leben für jeden geben würde. Roland, der Thronerbe zu Callamorne, der nie erfahren würde, was für einen guten König er trotz all seiner Zweifel abgegeben hätte.

Mit zitternden Beinen erhob ich mich. Meine Augen waren trocken.

Er mochte sich immer noch in Sicherheit bringen können. Die Eruption war vielleicht so klein, dass sie ihn verschonte, wenn unsere Änderungen an den anderen Kreisen genug Zeit gehabt hatten, um ihr Werk zu verrichten. Aber das würde nichts an der Tatsache ändern, dass ich in diesem Moment bereit war, ihn zu töten.

Das war, was es bedeutete, eine Cornaro zu sein.

KAPITEL DREIUNDVIERZIG

Die Macht des Bannrings war offenbar erloschen, während ich an dem Steuerkreis gearbeitet hatte; Ruvens Dorfbewohner waren geflüchtet und hatten die Leichen des Wirts und der alten Frau mitgenommen. Nur Emmand, der keine Freunde hatte, lag noch da, wo er zusammengebrochen war.

Ich schüttelte Zaira an der Schulter und ging dabei immer heftiger zu Werke. Sie musste aufwachen. Nicht nur, damit ich sie mit meiner gebrochenen Rippe nicht den Berg hinabschleppen musste, sondern auch, um mich vor der finsteren Spirale meiner eigenen Ängste zu schützen. Endlich regte sie sich stöhnend.

»Komm«, drängte ich sie. »Ich weiß nicht, wie viel Zeit uns noch bleibt, bis der Vulkan ausbricht.«

Blinzelnd schlug sie die Augen auf und mühte sich schwankend in eine sitzende Haltung, eine Hand an die Schläfe gepresst. »Heilige Höllen, mein Kopf tut weh. Bitte sag mir, dass ich mir den Teil, in dem ich ihn nicht umgebracht habe, nur eingebildet habe.«

»Ruven ist ekelhaft lebendig«, räumte ich ein. »Und ich konnte die Eruption nicht aufhalten, aber ich …« Ich schluckte. »Ich habe sie umgeleitet. Hier dürfte es zwar sicher sein, aber wir können es uns nicht leisten, ein Risiko einzugehen.«

»Schön.« Zaira ließ sich von mir auf die Beine helfen. Ihr Blick fiel auf den reglos am Boden liegenden Emmand, und sie erstarrte. »Ich habe ihn doch nicht getötet, oder?«, fragte sie mit vor Panik rauer Stimme.

»Nein«, sagte ich. »Das hast du nicht. Das war Ruven.«

Als wir an ihm vorbeigingen, wandte sie den Blick ab und murmelte: »Dieser arme kleine Lump.«

Als wir ein weiteres Mal in die Finsternis des Waldes vordrangen, erbebte der Boden unter meinen Füßen, und die Bäume schüttelten mit ansteigendem Flüstern ihre Nadeln aus. Für einen Moment glaubte ich, Ruven hätte erneut das Land gegen uns in Stellung gebracht, doch dann begriff ich die Wahrheit.

»Ein Erdbeben.« Die Worte hinterließen in meinem Mund einen ätzenden, an altes Eisen erinnernden Geschmack von Furcht. »Nur ein kleines. Der Weiße Gipfel bereitet sich auf den Ausbruch vor.«

»Bist du sicher, dass uns hier nichts passieren kann?«, fragte Zaira, deren Gesicht im Mondschein auffallend blass wirkte.

»Wenn die Magie so arbeitet, wie sie sollte, und nichts Unerwartetes dazwischenkommt, ja. Aber so etwas ist noch nie zuvor versucht worden. Also, nein, überhaupt nicht.«

Prompt hatte Zaira es ein bisschen eiliger.

Die Blutrune, die ich in den Steuerkreis gezeichnet hatte, schien ein Gespür für den Weißen Gipfel bei mir hinterlassen zu haben, denn der Vulkan drängte sich mit zunehmender Eindringlichkeit in meine Wahrnehmung. Die Kräfte, die sich in dem Berg aufbauten, waren imstande, ein Beben herbeizuführen, das weit schlimmer war als dieses leichte Zittern, und gegen die Feuer, die in seinem Inneren wüteten, war Zairas internes Inferno nicht der Rede wert. Ich nahm an, dass das gut für uns war: Wenn der Weiße Gipfel meine Sinne trotz dieser schwachen Verbindung so dominierte, musste Ruven für alles andere als den Vulkan blind sein. Möglicherweise merkte er gar nicht, dass wir flohen, und sollte er das doch spüren, so bezweifelte ich, dass er imstande wäre, uns zu lokalisieren.

Kathe kam uns humpelnd und mit einer Krähe auf der Schulter auf halbem Weg zum Schloss entgegen. Ihn so unverkennbar verwundet zu sehen, versetzte mir einen unerwarteten Stich. Ich wollte nicht, dass er um meinetwillen Schmerzen litt. Aber dann fiel mir auf, wie ungestüm sein Magiermal in der Dunkelheit erglühte, und ich riss mich zusammen.

»Ist alles in Ordnung?«, erkundigte ich mich, als würde es mich im Grunde gar nicht interessieren.

»Mir geht es besser als Euch.« Er reckte sein Gesicht dem Mond entgegen und schien auf etwas zu lauschen. »Was geht da vor? Etwas regt sich im ganzen Land.«

»Der Weiße Gipfel. Wir sind zu spät gekommen. Er wird ausbrechen.« Ich schnappte nach Luft und zuckte zusammen, als die Rippe erneut einen scharfen Schmerz durch meinen Leib jagte. »Ich habe ihn umgelenkt, fort von … von den meisten Leuten, hoffe ich, aber Ihr solltet trotzdem Schutz suchen.«

»So wie Ihr.« Er schaute in die Richtung, aus der er gekommen war. »Ich habe mich um die unmittelbaren Verfolger gekümmert, aber im Schloss herrscht ein schlimmes Getöse. Ruven schickt weitere Kräfte hinter Euch her, und die neue Herrscherin von Sevaeth ist auch hinter Eurem Blut her, Dama Amalia. Sie gibt Euch die Schuld am Tod ihrer Mutter.«

»Aber ich habe sie nicht getötet!«, protestierte ich.

»Ich, äh, könnte versäumt haben, Ihre Annahme, Ihr wäret dafür verantwortlich, zu korrigieren«, gestand Kathe. »Es genügt wohl, zu sagen, dass Ihr im Schloss nicht mehr sicher wäret. Ihr müsst Kazerath so schnell wie möglich verlassen, während Ruven mit dem Konklave und dem bevorstehenden Vulkanausbruch beschäftigt ist. Wenn ihr morgen früh immer noch hier seid, kann er seine ganze Domäne einsetzen, um Euch gefangen zu nehmen oder zu töten.«

»Dann werden wir auf dem kürzesten Weg zur Grenze gehen. Vielleicht können wir Marcello noch einholen.« Was bedeutete, dass wir in Richtung Weißer Gipfel rennen mussten. Zwar schien das extrem töricht zu sein, doch lieber ließ ich es darauf ankommen, als dass ich eine Konfrontation mit Ruven riskierte.

»Ich muss zurück zum Schloss.« Kathe legte mir eine Hand auf die Schulter, warm und sanft und sonderbar zögerlich. »Ich hätte Euch über die Falle informieren sollen. Es tut mir leid.« Die Worte kamen ihm auf eine merkwürdige Art über die Lippen, so, als wäre dies das erste Mal, dass er dergleichen ausgesprochen hatte.

Es tut mir leid, das war immerhin ein Anfang, dennoch köchelte die Wut in meinem Inneren wie Schokolade, die zu heiß war, sie zu trinken. »Ja, das hättet Ihr tun sollen. Ich hätte vielleicht sogar mitgespielt.« Seine Krähe breitete halb die Schwingen aus, murmelte etwas aus tiefster Kehle und blickte mich aus ihren Knopfaugen an. »Moment! Könnt Ihr eine Botschaft schicken?«

»Für Euch, gnädige Frau? Was immer Ihr wünscht.«

»An meinen Cousin Roland.« Vor Aufregung ergriff ich seine beiden Arme. »Er hält sich im Bereich der Eruption auf. Warnt ihn, er solle fliehen und Schutz suchen, bitte.«

»Ich bin nicht sicher, ob genug Zeit bleibt, damit diese Warnung irgendetwas bewirkt«, erwiderte Kathe zweifelnd. »Aber nun gut.«

Er streichelte den Schnabel der Krähe und flüsterte etwas in einer fremdartigen, gutturalen Sprache. Die Krähe gab einen protestierenden Laut von sich und flatterte mit den Flügeln. Er besänftigte sie, streichelte die Federn an ihrer Brust, und schließlich flog sie krächzend davon.

»Wird ihr auch nichts passieren?«, fragte ich, von einem plötzlichen Schuldgefühl ergriffen.

»Das kommt auf Umfang und Art der Eruption an. Ich habe ihm gesagt, er soll schnell und vorsichtig sein und sich nicht umbringen lassen.«

Es kam mir ein wenig seltsam vor, mich um eine Krähe zu sorgen, aber es gab sowieso schon genug Tote, und weitere würden folgen. Ich drückte Kathes Arme. »Danke.«

»Nun beeilt euch.« Kathe beugte sich vor, zögerte und hauchte mir dann das Flüstern eines Kusses an den Haaransatz. »Ich kehre ins Schloss zurück und tue, was ich kann, um die anderen Hexenlords wissen zu lassen, dass dieser Vulkanausbruch Ruvens Werk ist. Und der Tod der Herrin der Dornen … Nun ja, dass das kein Verlust für uns ist.«

»Darüber werden wir wohl noch einmal reden müssen.« Ich klang wie meine Mutter, die eine jüngere Amalia darüber in Kenntnis setzte, dass sie um einen Tadel herumkam, solange Gäste dabei zusahen.

Kathe lachte. »Ja, das sollten wir wohl. Viel Glück, Dama Amalia. Und nicht sterben.«

»Ich werde mich bemühen, das nicht zu tun.«

*

Als Zaira und ich durch die kalte, silbrige Nacht flüchteten, bebte erneut der Boden unter unseren Füßen. Durch die Lücken zwischen den Bäumen konnten wir im Osten fahles graues Licht emporsteigen sehen, das die am weitesten entfernten Sterne vom Himmel wusch. Wind kam auf, wurde stärker und brachte die höchsten Bäume dazu, sich weiter nach Kazerath hineinzubeugen; ich hoffte, dass Jerith diesen Wind geschickt hatte, um das Imperium vor der Asche zu schützen.

So viel hing derzeit von Faktoren ab, die niemand mehr beeinflussen konnte. Wie groß konnte eine magisch herbeigeführte Eruption ausfallen, wenn der Vulkan von Natur aus nicht zum Ausbruch bereit war? Wie viel Druck konnte Rubens Zauber aufgebaut haben, wie viel unsere Sabotage wieder abgelassen? Wie viel von dem Berg würde in die Luft fliegen, wenn er seinen Zorn entfesselte? Wie genau kontrollierte der Steuerzirkel solch eine schreckliche und unbezähmbare Macht? Das war die Art von Fragen, die über einem Stapel Bücher mit Venasha und Domenic zu diskutieren mir große Freude gemacht hätte, wären sie rein theoretischer Natur gewesen. Aber nun rasten sie unentwegt und mit scharfen Kanten hallend und unbeantwortet durch meinen Kopf.

Wir blieben auf der Straße und nahmen den Händlerweg, der über einen niedrigen Punkt in der langgezogenen Schulter des Weißen Gipfels zum nächsten Dorf jenseits der Grenze zu Callamorne führte. Ruven musste beschäftigt sein, denn die Bäume schienen ganz zufrieden damit, sich wie ein gewöhnlicher Wald zu benehmen; sie waren nicht dazu herangewachsen und gehegt worden, uns zu hassen, wie die in Sevaeth. Gelegentlich hörten wir, wie sich etwas Großes im Gehölz bewegte, und dann und wann erklang ein Heulen oder Knurren in der Ferne, und wir kamen nahe genug an einem Heerlager vorbei, um den Rauch zu riechen, der ihm entströmte. Ich entsiegelte Zairas Macht beim ersten Anzeichen für Gefahr, doch die Straße erwies sich als sicher. Für eine Weile sah es so aus, als würden wir es unbehelligt bis zur Grenze schaffen.

Doch als wir begannen, den Berg zu erklimmen, versperrte uns ein Dutzend Soldaten den Weg. Das ergrauende Tageslicht war hell genug, um die auf uns gerichteten Musketen schimmern zu sehen.

»Wenn ich die alle verbrenne, musst du mich tragen«, murmelte Zaira.

»Vielleicht können wir uns irgendwie an ihnen vorbeimogeln«, erwiderte ich ohne große Hoffnung. Der Schmerz, der von meiner

Rippe ausging, und die allgemeine Erschöpfung lähmten meinen Verstand. Ich war nicht sicher, ob ich mich in diesem Zustand aus irgendeiner langweiligen Besprechung hätte herausmogeln können, wie sollte es mir dann in so einer lebensbedrohlichen Lage gelingen? Aber ich hegte auch erhebliche Zweifel, dass ich imstande wäre, Zaira mit einer gebrochenen Rippe einen Berg hinaufzuschleifen.

»Wenn ich einen Funken Schadfeuer sehe, schieße ich«, rief der Mann in der Mitte und visierte uns erbittert am Lauf seiner Muskete entlang an. »Kommt mit uns zurück zu Lord Ruvens Schloss, und niemand wird verletzt werden.«

Höllen! Die wussten, wer wir waren. Das war keine Gebirgspatrouille, die zufällig des Wegs gekommen war. Ruven hatte eine Suchtruppe in dieses Gebiet entsandt, um uns aufzuhalten.

»Ihr begeht einen Fehler«, warnte ich sie, bemüht, möglichst sicher und gefährlich zu klingen. »Geht uns aus dem Weg, solange ihr noch könnt.«

»Das kann ich nicht machen, gnädige Frau«, erwiderte der Offizier, und die Anspannung in seiner Stimme verriet mir, dass er es ernst meinte. »Wenn Ihr nun also ganz ruhig mit uns kommen würdet. Ich habe Anweisung …«

Ich sollte nie erfahren, wie die Anweisung lautete. Ein Licht blitzte hinter ihm auf der Straße auf, und ein lautes Krachen zerriss die Luft. Es klang wie eine Steinschlosspistole, aber noch während die Soldaten herumwirbelten, um sich ihrem Angreifer zu stellen, folgte dem Krachen ein leises tiefes Läuten, als hätte jemand eine große Glocke geschlagen. Die Luft kräuselte sich unter einer Woge der Magie.

Als die Welle sie traf, erschlafften die Soldaten plötzlich. Ihre Musketen fielen zu Boden, ihre Körper folgten sogleich, haltlos und sonderbar anmutig.

Ich schlug die Hände auf die Ohren und stolperte zurück. Die Woge war beinahe ausgelaufen, als sie uns erreichte, dennoch jagte sie mit lähmender Gewalt durch mich hindurch, und die Beine gaben unter mir nach. Während der Ton immer noch durch meinen Kopf hallte, fiel ich auf die Knie, konnte aber gleich wieder aufstehen. Zaira klammerte sich an meinem Arm fest, um das Gleichgewicht zu halten, und presste die andere Hand an ihre Schläfe.

»Was in allen Neun Höllen war *das?*«, grollte sie.

Der Geruch von Pulverdampf waberte über den Pfad. Marcello trat mit der Pistole in der Hand vor uns aus den Schatten. Messingstreifen mit leuchtenden Runen drehten sich träge um den Lauf, der mit Kristallen und Draht ummantelt war. Süße Erleichterung ergriff bei seinem Anblick Besitz von mir.

»Ich habe meine Pistole an einem Ort liegen lassen, an dem Istrella sie sich holen konnte«, sagte er. »Jetzt weiß ich nie, was sie tun wird, wenn ich sie abfeuere.«

»Wo ist Terika?«, verlangte Zaira zu erfahren.

»Sicher auf unserer Seite der Grenze.« Marcello musterte die betäubten Soldaten, die allmählich wieder anfingen, sich zu regen. »Kommt. Ich habe meine Leute weiter oben an der Straße, aber wir sollten uns beeilen.«

*

Wir schafften es an den Grenzsteinen von Kazerath und einer Schar imperialer Soldaten vorbei. Die Mauern des Forts waren schon im rosigen Licht der Morgendämmerung zu erkennen, als der Berg so heftig bebte, dass wir von den Füßen gerissen wurden. Ich landete auf allen vieren auf der staubigen Straße neben dem Bachlauf, dem der Handelsweg folgte; das mächtige Beben ging mir durch Mark und Bein. Marcello schrie erschrocken auf, und aus den Reihen der imperialen Soldaten, die zu uns gestoßen waren, um uns zu eskortieren, erklangen furchtsame Flüche.

In den Gebeinen des Berges brach etwas.

Hölle des Unheils, es ist so weit.

Und dann ertönte ein tiefes, schauerliches Rumpeln, mächtiger als tausend Donnerschläge. Ich griff nach Marcello, der ausgestreckt neben mir auf der Straße lag, und hob den Blick zu dem grandiosen Gletscher hoch oben auf dem Weißen Gipfel. So gewaltig und fern wie der Himmel selbst ragte er jenseits des in üppiges Grün gehüllten Kamms auf, der sich zwischen dem Berg und uns erhob.

Graue Asche breitete sich von der anderen Seite des Massivs über den Himmel aus, erblühte immer größer und größer und erreichte schaurig unermessliche Ausmaße. Die riesige dunkle Wolke bäumte sich auf wie etwas Lebendiges, wie ein Dämon, der gekommen war, um die Dunklen Tage von Neuem über uns zu bringen. Der Lärm war entsetzlich, als wollte der Himmel selbst aufbrechen und über uns hereinstürzen. Und der Berg bebte immer noch.

Der Boden sollte nicht schwanken wie ein kenterndes Boot. Der Himmel sollte nicht so überquellen vor Dunkelheit. Meine Sinne wollten das vor lauter Entsetzen alles nicht wahrhaben, aber es war real.

Mein Herz verkrampfte sich vor Schuldgefühlen und Angst. *Roland.* Grazien, beschützt ihn.

Marcellos Arm umklammerte mich und jagte einen stechenden Schmerz durch meine gebrochene Rippe, der doch unbeachtet blieb, während wir uns aneinanderklammerten. Zaira stieß eine ganze Reihe Obszönitäten hervor, wenngleich ihre gewohnte Kreativität leidenschaftlichen Wiederholungen weichen musste. Immer noch wurde die Aschewolke über uns größer; dunkel und unerreichbar wie der Tod selbst breitete sie sich schneller aus als vergossenes Blut, während sie den blauen Himmel eroberte. Dann aber krümmte sie sich, wich seitwärts aus, angetrieben von einem Wind, der an unserem Haar und den Kleidern zerrte, und bald zeigte die Spitze der schrecklichen Wolke in Richtung Vaskandar.

Wir lebten. Und das Imperium war gerettet. Unsere Bemühungen hatten sich gelohnt; keine tödlichen Ströme aus Asche, Felsen oder Lava waren auf der Südseite des Berges über die Festungen, Dörfer und die dort lagernden Heere hereingebrochen.

Aber ich hatte gerade meinen Cousin ermordet.

Ich spürte es in meinem Blut – genauso, wie mir das Geschüh ein vages Gefühl dafür gab, wo Zaira war, und genauso, wie ich die blutenden Steine in Atruin erkannt hatte. Ich war mir vage der blutigen Rune bewusst, die ich in den Steuerkreis gezeichnet hatte, ahnte das feurige Herz des Berges, mit dem sie mich verknüpfte, und das klaffende Loch am Berghang des Weißen Gipfels, aus dem immer noch mehr Asche zum Himmel emporstieg. Ich kannte den Pfad der Zerstörung, der über den Hang hinabführte – die heiße Flut der Gase und der Asche und des pulverisierten Felsgesteins, die die uralten Kiefern fortgesprengt und einen breiten, kahlen Streifen über die bewaldete Flanke des Weißen Gipfels bis hinab zu dem Fluss im Tal gezogen hatte.

Und ich wusste, dass dort Leben erloschen waren wie Kerzenflammen, eines – zwei – drei.

Roland.

Ein Schluchzer zerriss meine Brust, so ununterdrückbar wie die Eruption des Vulkans. Marcello und Zaira starrten mich an, als hätte ich den Verstand verloren – sie wussten nicht, was mich bewegte. Aber ich konnte es ihnen auch nicht erklären, nicht jetzt. Ich weinte so sehr, dass ich kaum genug Luft zum Atmen hatte.

Verfahre mit starken Gefühlen wie mit Karten; behalte sie fest in der Hand und zeige sie niemandem, ermahnte mich Mutters Stimme in meiner Erinnerung, aber es war zu spät. Der Kummer erschütterte mich mehr als das Erdbeben, und ein verwirrter Marcello schlang die Arme um mich und streichelte mein Haar, während mir die Tränen über das Gesicht liefen.

KAPITEL VIERUNDVIERZIG

ALS WIR DEN BERG hinunter und zurück nach Durantain gingen, ragte die große graue Aschesäule hinter uns auf wie der anklagende Finger eines gewaltigen Dämons. Der arme Jerith würde seinen Wind womöglich tagelang wehen lassen müssen; ich war froh, dass Balos da war und sich um ihn kümmern konnte.

Imperiale Kundschafter bestätigten, was ich bereits wusste. Der Ausbruch war, verglichen mit anderen in der brutalen Geschichte der Vulkane des Hexenmauergebirges, eher klein gewesen; die Auswirkungen der Eruption waren auf die Ostflanke des Weißen Gipfels selbst beschränkt geblieben. Aber ein todbringender Strom aus heißer Asche und Lavaklumpen hatte einen grauen Streifen in den Berghang geschnitten, genau da, wo ich ihn hindirigiert hatte.

Prinz Roland und seine Handvoll Soldaten hatten nicht überlebt.

Ich versuchte, mir zu sagen, dass wir gesiegt hatten. Wir hatten verhindert, dass Ruven unsere Grenzbefestigungen ausschaltete und große Teile unserer Territorien durch seine Asche in Besitz nehmen konnte. Die Herrin der Adler beanspruchte den ganzen Berg für Atruin, was sicherstellte, dass er dergleichen nicht noch einmal versuchen würde. Wir hatten Tausende von Menschenleben gerettet und, soweit bekannt war, keine Zivilisten an die Eruption verloren.

Aber alles, woran ich auf der Reise nach Durantain denken konnte, war, wie ich es meiner Großmutter und Bree beibringen sollte. Mir war vor lauter Angst so übel, dass ich kaum essen konnte.

Als wir eintrafen, fanden wir die Stadt bereits in Trauer vor. Schwarze Wimpel hingen in Geschäften, an Häusern und Statuen; nahezu jeder, den ich auf den Straßen sah, trug zumindest ein schwarzes Trauerband, und in jedem Schrein brannten wenigstens ein Dutzend Kerzen. Die Knoten in meinem Bauch zogen sich fester zusammen. *Siehst du? Sie haben dich geliebt, Roland. Und das tun sie immer noch.*

Die Leute hatten unzählige Blumen am Fuß der Statue abgelegt, die Königin Galanthe darstellte, wie sie auf der Eisenblutbrücke dem Gegner die Stirn bot; sie reichten über den Sockel hinaus bis zu ihren Knien, sodass es aussah, als würde meine Großmutter durch einen See aus Lilien und Rosen waten. Meine Augen brannten, als wir an ihr vorüberkamen. Marcello ergriff meine Hand und drückte sie kurz.

Großmutter und Bree warteten am Schlosstor auf uns. Der ganze Kummer, der sich ob des Verlusts in Brees Augen spiegelte, traf mich wie ein Schlag ins Gesicht. Sie schlang die Arme um mich, und alle Worte der Abbitte, die ich zuvor eingeübt hatte, erstickten in meiner Kehle.

»Ich bin so froh, dass es dir gutgeht.« Gequält und rau erklang Brees Stimme in meinem Ohr.

Unsicher erwiderte ich die Umarmung. »Bree, ich …« *Es tut mir leid. Es tut mir so unendlich leid.* Aber ich brachte es nicht über die Lippen.

Sie drückte mich, bis mir der Atem aus der Lunge gepresst wurde und die Rippe erneut einen stechenden Schmerz durch meine Seite jagte. »Sag nichts. Ich kann es nicht ertragen, jetzt über ihn zu reden. Ich bin immer noch wütend auf ihn, weil er an der Grenze war, während ich hier festgesessen habe. Es hätte mich treffen müssen.« Mein Haar wurde feucht, dort, wo sie ihre Wange hineinpresste. »Er hätte zu Hause bleiben sollen. Er hätte nicht sterben müssen.«

»Nein«, flüsterte ich, »das hätte er nicht.«

Über Brees Schulter hinweg begegnete ich dem Blick meiner Großmutter. Die tiefe, qualvolle Trauer in ihren Augen wurde nur noch von der Erschöpfung übertroffen, die an ihren Zügen zerrte. Sie kannte diesen Schmerz. Sie hatte bereits einen Gemahl und einen Sohn verloren. Diese neue Wunde, die ich ihr zugefügt hatte, war schrecklich, aber sie hatte dergleichen schon früher überlebt, und sie würde auch diese überleben.

Diese weisen, traurigen Augen lasen die Pein in meinem Gesicht, und sie presste die Lippen zusammen und nickte mir langsam zu.

»Komm ins Schloss«, sagte sie. »Du musst müde sein.«

Grazien, ja, ich war so müde wie nie zuvor.

Während wir im Schloss willkommen geheißen wurden und Bedienstete sich im Schlosshof unserer Pferde annahmen und Gepäck abluden, zog Großmutter mich zur Seite. Ihr Griff um meinen Arm war sanft, doch ihre Finger waren so hart wie Eisen, und in ihren Zügen lag tiefe Erbitterung, während sie mich forschend musterte.

»Was ist los?«, fragte sie. »Was wolltest du Bree nicht erzählen?«

Für einen Augenblick war ich drauf und dran, erneut die Fassung zu verlieren, wie es mir während des Vulkanausbruchs mit Marcello an meiner Seite passiert war. Doch dieses Mal gelang es mir, die aufwallenden Emotionen dahin zurückzustopfen, wo sie hingehörten, zumindest zum größten Teil, genug, dass meine Augen trocken blieben.

»Ich musste entscheiden, wohin ich die Eruption lenken sollte«, würgte ich leise hervor und zwang mich, dem bohrenden, kummervollen Blick meiner Großmutter nicht auszuweichen. »Es gab keine guten Möglichkeiten. Ich dachte … ich dachte, Roland würde wollen, dass ich die wählte, die die wenigsten Opfer fordert.«

Die Königin schloss die Augen. Ihre Hand spannte sich um meinen Arm, doch dann atmete sie langsam aus.

»Das hätte er gewollt«, stimmte sie zu. »Er hätte dir nie vergeben, hättest du anders entschieden.«

»Ich habe ihn getötet, Großmutter.« Meine Stimme zitterte.

»Nein.« Sie riss die Augen weit auf. »Dieser abscheuliche Mörder Ruven hat ihn getötet. Du hast getan, was ein Herrscher zu tun hat.« Ihr Blick durchbohrte mich wie ein meisterlich geschliffenes Rapier. »Du hast getan, was ich tue, wann immer ich meine Soldaten in die Schlacht schicke. Die Grazien haben nach einem Opfer verlangt, und du hast es erbracht.«

»Ich habe entschieden, wer es erbringen muss, meinst du.«

»Das *ist* dein Opfer.« Sie ließ meinen Arm los und nickte mir betrübt zu. »Und nun, da du das akzeptierst, bist du wahrlich bereit zu herrschen.«

»Manchmal«, entgegnete ich erbittert, »weiß ich nicht, ob das wirklich eine gute Sache ist.«

*

An diesem Abend zogen wir uns nach einem tristen Abendessen früh in unsere Gemächer zurück. Die Abwesenheit des gewohnten lebhaften Gezänks zwischen Bree und Roland bohrte eine neue Wunde in mein Herz. Zeuge zu werden, wie die falsche Person mit Großmutter ein ernstes Gespräch darüber führte, wie die Truppen in Anbetracht der veränderten Situation in Vaskandar neu aufzustellen waren, rieb Salz hinein. Bree wusste das auch, und sie trank trotz der tadelnden Blicke der Königin mehr und mehr, bis Großmutter schließlich spitz bemerkte, wir alle hätten einen langen Tag gehabt und sollten besser zu Bett gehen.

Zairas Räumlichkeiten grenzten an meine, und ich hielt an ihrer Schwelle inne, um ihr gute Nacht zu sagen. Sie stand da, die Tür in der Hand, mitten im Vorgang des Schließens erstarrt, und legte die Stirn in Falten.

»Wir sind wieder im Erlauchten Imperium«, sagte sie.

»Das sind wir«, stimmte ich zu.

»Du hast meine Macht nicht wieder versiegelt.«

Ich zuckte mit den Schultern. »Willst du das denn?«

Zaira verfiel in Schweigen. Mit einem nachdenklichen Ausdruck in den dunklen Augen fuhr sie mit der Hand an der Kante der Tür entlang, und das Geschüh funkelte an ihrem Unterarm.

»Lass sie versiegelt, wenn wir unter Leuten sind«, sagte sie dann endlich. »Ich will nicht, dass mich irgendein Gör von hinten in einer vollgestopften Straße anrempelt und so erschreckt, dass ich ein halbes Dutzend Passanten ermorde. Ich lasse dich wissen, wann ich entsiegelt werden will.«

Ich nickte. »Gut. Also jetzt?«

»Warum nicht.« Sie seufzte. »Jetzt.«

»Revincio.«

Sie schüttelte sich wie ein nasser Hund und verzog das Gesicht.

»Als würde man ein Korsett wieder anlegen?«, wagte ich mich vor.

»Ein bisschen.« Sie seufzte. »Andererseits haben Korsetts auch ihren Nutzen.« Grinsend stemmte sie die Hände in die Hüften und drückte die Brust raus.

Ich räusperte mich. »Ja, wahrscheinlich. Also, gute Nacht, Zaira.«

»Gute Nacht, Amalia.«

Ich wollte gerade gehen, da stutzte ich, wirbelte erneut herum und starrte sie an. »Das ist das erste Mal, dass du mich mit meinem Vornamen ansprichst.«

Zaira runzelte die Stirn. »Nein, ist es nicht.«

»Ich …« Ich schluckte. Es hatte keinen Sinn, mit ihr zu streiten. Sie hatte mir einhundert kränkende Spitznamen verpasst und mich sogar ein- oder zweimal Cornaro genannt; aber es gab nur sehr wenige Leute, deren Vornamen ich sie je hatte nutzen hören. Als würde es eine Person realer machen, wenn sie ihren Namen aussprach, als würde es sie zu einem Teil ihres Lebens machen, den sie nicht im Handumdrehen wieder ablegen und vergessen konnte.

Meine Kehle fühlte sich wie zugeschnürt an. »Vielleicht nicht«, sagte ich. »Trotzdem danke. Und gute Nacht.«

*

Das warme Gefühl in meinem Bauch hielt kaum zwei Minuten vor. Ich hatte gerade die Hand auf meine Türklinke gelegt, froh, endlich etwas Ruhe zu bekommen, da bog Lord Caulin um die Ecke.

»Dama Amalia«, rief er den Korridor hinunter. »Ich hatte gehofft, Euch noch zu erwischen, ehe Ihr zu Bett geht.«

Ärger erstickte jegliches Wohlwollen in mir. »Nun, das ist Euch so gerade noch gelungen.«

Er verbeugte sich apologetisch und kam trotzdem näher. »Der Doge hat mich gebeten, Euch zu gratulieren und für Eure vorbildlichen Dienste im Namen des Erlauchten Imperiums zu danken. Alle sind höchst beeindruckt von den Erfolgen, die Ihr bei dem Konklave erzielen konntet.«

Ich wartete, die Hand immer noch auf der Klinke. Ich hatte bereits in der Grenzfestung über die Kurierlampen mit dem Dogen gesprochen, und er hatte mir schon da seine Dankbarkeit ausgedrückt. Ganz sicher machte er sich nicht die Mühe, einen so ranghohen Berater wie Lord Caulin damit zu beauftragen, mich aufzuspüren, nur um derlei Sentimentalitäten ein zweites Mal zu übermitteln.

Lord Caulin leckte sich die Lippen. »Fabelhaft, dass Ihr es auch geschafft habt, die gefangenen Falken heimzuholen. Doch uns ist aufgefallen, dass in den Berichten, die uns erreicht haben, einer der Namen auf unserer Liste der vermissten Falken nicht unter jenen aufgeführt ist, die zu uns zurückgekehrt sind.«

»Ihr meint Harrald«, sagte ich knapp.

»Ja, ich glaube, so lautete der Name.« Er schnippte ein imaginäres Staubkörnchen von seiner Jacke. »Ich erinnere mich, dass wir dieses Thema bereits im Vorfeld des Konklaves besprochen haben, und ich bin neugierig, was wohl aus ihm geworden sein mag.«

Ich fixierte Lord Caulin mit eisiger Miene. »Und ich bin neugierig, warum wir diese Diskussion überhaupt führen mussten, ohne vorher den Rat der Neun zu konsultieren.«

Das Lächeln in Lord Caulins Gesicht verblasste. »Ich nehme an, das war eine Frage der Zweckmäßigkeit, gnädige Frau.«

»Gewiss.« Ich hielt den Blickkontakt aufrecht, bis er sich abwandte. »Um Eure Frage zu beantworten, ich weiß nicht genau, was aus Harrald geworden ist. Er war bei uns, als wir die Falken aus Lord Ruvens Schloss geschmuggelt haben. Aber sie bei Dunkelheit unentdeckt durch die Wälder von Kazerath zu bringen war eine gefährliche Angelegenheit, und er war nicht mehr bei der Gruppe, als Hauptmann Verdi die Verantwortung für sie übernommen hat.« Was, so weit, die reine Wahrheit war.

»Ich verstehe.« Lord Caulin seufzte. »Zu schade. Ich nehme an, es besteht kaum Hoffnung, dass er überlebt hat, allein bei Nacht in den Wäldern von Vaskandar. Ihr hattet wohl keine Gelegenheit, Euch zu vergewissern?«

»Lord Caulin, bei allem gebührenden Respekt, ich bin Euch nicht unterstellt.« Ich senkte die Stimme, bis ich jene tiefe Tonlage erreicht hatte, die Mutter dazu benutzte, ernsthafte Warnungen auszusprechen. »Ich verantworte mich allein vor dem Dogen und dem Rat der Neun. Ihr habt mir ohne Zustimmung des Rats eine verbale Anordnung erteilt. Habt Ihr nun ein Schriftstück mit dem Siegel des Erlauchten Imperiums, das Ihr mir vorlegen könnt?«

Lord Caulin setzte eine nichtssagende Miene auf. »Nein, gnädige Frau.«

»Weil dem Dogen nicht an einem Beweis dafür gelegen ist, dass er den Rat umgangen hat«, fuhr ich ungerührt fort.

Lord Caulin kniff die Augen zusammen. »Ich würde mich niemals erdreisten, über derlei Dinge zu spekulieren, gnädige Frau.«

»So? Ich schon. Um genau zu sein, würde ich sogar so weit gehen, zu vermuten, dass der Doge, sollte ich ihn in Anwesenheit meiner Mutter um eine Bestätigung für den Befehl bitten, den Ihr mir erteilt habt, rundweg abstreiten würde, dass es ihn je gegeben hat. Selbst wenn das bedeutet, dass *Ihr* in eine recht unangenehme Lage geratet, Lord Caulin.«

Er sprach kein Wort, presste nur die Lippen zusammen. Gedanken huschten durch seine dunklen Augen, doch ich konnte sie nicht entziffern. Lord Caulin war nicht dumm genug, mir jetzt seine Karten zu zeigen, wenn schon ein falscher Zug dazu führen konnte, dass er sein Spiel verloren geben musste.

»Dennoch«, sprach ich weiter, nun in milderem Ton, »habe ich getan, was ich konnte, um alle Falken nach Hause zu bringen. Denn ich bin eine loyale Dienerin des Erlauchten Imperiums. Und nun, Lord Caulin, muss ich mich verabschieden. Gute Nacht.«

*

Sie hielten eine Gedenkfeier für Roland im Tempel der Barmherzigkeit ab, da sein Leichnam irgendwo auf dem Weißen Gipfel unter Asche und Lava begraben war. Die Menge füllte den Tempel und den Platz davor und ergoss sich in die dahinterliegenden Straßen. Mutter hatte eine schnelle Kutsche von Raverra genommen, um dabei zu sein, und unterwegs an jeder imperialen Poststation die Pferde gewechselt, damit sie rechtzeitig zu der Zeremonie eintraf. Nun stand sie mit erbitterter, in sich gekehrter Miene neben mir; ich nahm an, sie erinnerte sich an die Gedenkfeier für meinen Vater, die in demselben Tempel stattgefunden hatte.

Während ein Anwesender nach dem anderen darüber sprach, was für ein guter Mann er gewesen war und was für eine Tragödie es sei, dass sein Leben so früh hatte enden müssen, blieb ich stumm. Ich versuchte, mich auf Roland zu konzentrieren, auf alles, was ich an ihm geliebt hatte, von dem strengen Blick, mit dem er Bree und mich bedacht hatte, wenn ich ihr als Kind jeden Unsinn nachgemacht hatte, bis hin zu dem befreiten Ausdruck in seinem Gesicht, wenn er überraschend zum Lachen gereizt worden war.

Aber ich konnte nicht vergessen, dass ich ihn getötet hatte.

Später gab es zu seinen Ehren ein Fest im großen Saal – der war inzwischen von allen Überresten des Dornenbaums gereinigt worden und wies dort, wo die Bodenplatten hatten erneuert werden müssen, einen etwas helleren Fleck auf. Bei dieser Feier ließen sich alle in guter callamornischer Tradition volllaufen. Ich wünschte, ich könnte das auch tun, aber die Schuldgefühle hatten meinem Magen zu übel mitgespielt.

Und dabei war das nur der Anfang. Im Rat der Neun würde ich ständig Entscheidungen treffen müssen, bei denen es um Leben und Tod ging. Dies war das Gliederreißen, das dazugehörte, wenn ich werden wollte, was ich sein musste.

Nein. Ich zwang mich, mich auf Brees Gesicht zu konzentrieren. Trotz ihrer Tränen gelang es ihr irgendwie, zu lächeln, während sie die Leute am Tisch mit einer Geschichte aus Rolands Kindheit unterhielt. Heute Abend ging es nur um Roland, nicht um mich. Dies war eine Zeit, mich an ihn zu erinnern, so wie er war, statt über den Tod zu grübeln, den ich ihm gebracht hatte.

Also hörte ich den Erzählungen zu, steuerte irgendwann sogar ein paar eigene bei und trank ein wenig Bier, wenn auch nicht genug, um meinem Schmerz die Schärfe zu nehmen.

Spät am Abend, als schon beinahe alle nach Hause gegangen waren und nur die Aufopferungsvollsten und Trunkensten den großen Saal noch bevölkerten, stand Bree auf und nahm meine Hand. Sie war betrunken genug, dass sie ihr erst entglitt, doch beim zweiten Versuch umfasste sie meine Finger mit festem Griff.

»Komm«, sagte sie. »Komm mit mir raus in den Hof.«

»Warum?«, fragte ich, stand aber brav auf.

»Um die Sterne zu beschimpfen.«

Ich folgte ihr hinaus in den großen, verlassenen Hof, der weniger zum Vergnügen denn als militärischer Exerzierplatz konzipiert war. Kein Garten zierte die ausgedehnte Fläche, doch die Sterne funkelten hell über uns. Einen Moment starrten wir gemeinsam zu ihnen hinauf. Dann stieß Bree einen langen, kläglichen Seufzer hervor.

Und dann versetzte sie mir eine Ohrfeige.

Erschrocken und mit brennendem Gesicht stolperte ich zurück. Bree starrte mich wütend und mit Tränen in den Augen an.

»Ich habe gehört, was du getan hast«, sagte sie. »Großmutter hat es mir erzählt.«

Oh, Höllen. »Bree, es tut mir leid. Es tut mir so leid. Aber jede andere Entscheidung hätte Hunderte oder Tausende von Leben gekostet.«

Die geballten Fäuste an den Seiten, trat sie einen Schritt auf mich zu. »Dann sucht man eine andere Möglichkeit! Du bist doch so klug, Amalia. Du bist doch die, der angeblich immer was einfällt.«

Ich legte eine Hand an meine brennende Wange. »Ich wünschte, es wäre so. Aber ich hatte keine Zeit. Oder … oder ich war nicht klug genug. Ich bin kein Artefaktor, Bree. Die Eruption musste irgendeine Richtung nehmen, also habe ich die gewählt, die die wenigsten Opfer fordern würde.« Ein flehentlicher Ton hatte sich in meine Stimme geschlichen. »Ich wünschte bei allen Grazien, dass Roland nicht zu ihnen gehört hätte.«

Bree schüttelte den Kopf. »Hör dich nur an. Das ist nicht irgendeine Gleichung, Amalia. Du kannst Leben nicht gegeneinander aufwiegen wie Obst auf dem Markt.«

»Was hättest du denn getan?« Die Worte platzten aus meinem Mund hervor, getragen von einem Fünkchen Ärger. »Den Vulkan einfach ausbrechen lassen, wie er wollte, und riskieren, dass gleich alle sterben?«

»Ich hätte es weiter versucht, zu den Neun Höllen mit dem Risiko.« Sie reckte das Kinn auf eine Weise vor, die ich sehr gut aus unserer Kindheit in Erinnerung hatte. »Denn so macht man das. Man versucht, alle zu retten. Man gibt nicht einfach auf und sagt: ›Ach, ich schätze, ich lasse einfach meinen Cousin sterben.‹ Wenn du das tust, bist du ein kaltblütiges Monster.«

Ich erstarrte. »Dann bin ich das wohl«, sagte ich. »Aber das war das, was zu dem Zeitpunkt gebraucht wurde.«

Stille senkte sich über uns. Bree starrte mich aus Augen an, die unter dem Vollmond aussahen wie Pfuhle voller Schatten.

»Hau ab«, knurrte sie schließlich.

Ich zögerte. »Bree …«

»Du hast meinen Bruder umgebracht. Hau ab, ehe ich dich noch einmal schlage.«

Ein tiefer Schmerz bohrte sich in meine Brust, doch ich machte kehrt und ging weg.

Als ich den Hof halb überquert hatte, erklang hinter mir ein gedämpftes Schluchzen.

Ich sah mich um. Bree saß auf dem Boden, barg das Gesicht in Händen, und der Mondschein ergoss sich über sie wie eine tröstliche Decke.

Kaltblütiges Monster.

Ich drückte die Schultern durch und kehrte ins Schloss zurück.

KAPITEL FÜNFUNDVIERZIG

Den nächsten Tag verbrachte ich mit Bree in Ratsversammlungen, doch sie sah mir nicht einmal in die Augen. Wir sprachen mit Großmutter, Mutter, dem Erlauchten Gesandten zu Callamorne und diversen Generälen und Beratern über die neue Situation an der Grenze. Sevaeth hatte einen großen Teil seiner Truppen abgezogen, und obwohl Kazerath keine Soldaten verlegt hatte, gab es auch keine Anzeichen dafür, dass sie sich auf einen unmittelbar bevorstehenden Angriff vorbereiteten. Nach dem Konklave und der abgeschwächten Eruption waren sie gezwungen, zumindest ihre Strategie zu überdenken. Wie es schien, hatten wir eine Atempause erlangt; und nun, da die Pässe noch vor Ablauf eines Monats wegen des Schnees unpassierbar würden, mochte die durchaus bis zum Frühjahr dauern.

Als die letzte Strategiedebatte zu Ende ging, zog meine Mutter mich in einen mit Wandteppichen behängten Alkoven gleich vor dem Ratszimmer – die Art von kleiner Nische mit gepolsterten Bänken, in der die Leute warten konnten, ehe sie zu einer Sitzung hinzugerufen wurden. Zum ersten Mal seit ihrer Ankunft in Callamorne waren wir unter uns. Während des gestrigen Tages waren wir im Zuge der Gedenkfeier und des Banketts ununterbrochen in der Öffentlichkeit gewesen, und der heutige Tag war mit Besprechungen angefüllt.

Sie konnte in meinem Gesicht lesen wie in einem Buch, und ihre Brauen zogen sich zusammen und formten in ihrer Mitte eine zarte Falte im warmen Lichtschein der flackernden Öllampen in dem Alkoven. Und dann nahm sie mich in ihre Arme.

Ich atmete den vertrauten Duft ihres Parfüms, während ihr rostbraunes Haar meine Nase kitzelte. Es war beinahe, als wäre ich wieder ein kleines Mädchen, dessen schwerste Herausforderung es war, zu entscheiden, welches Buch es zur Schlafenszeit im Bett lesen wollte.

»Es ist hart«, sagte sie sanft. »Das weiß ich. Aber du wirst das überstehen.«

Ich brachte es nicht übers Herz, ihr zu sagen, was genau mir Angst machte. La Contessa hatte schon vor langer Zeit ihren Frieden damit geschlossen, über Leben und Tod anderer Menschen zu entscheiden.

»Du hast dich bei dem Konklave gut geschlagen«, sagte Mutter dann, ließ mich los und lächelte schwach. »Das sollte dir einen recht beachtlichen Ruf eintragen. Amalia Cornaro, die Frau, deren Nerven eisern genug sind, erfolgreich mit Hexenlords zu verhandeln.«

»Das ist noch nicht vorbei«, gab ich zu bedenken. »Da sind noch mindestens drei, vielleicht vier Hexenlords, die zur Invasion entschlossen sind. Und, Mama, das wollte ich dich fragen – was führt Lord Caulin im Schilde?« Ich senkte die Stimme. »Er hat mich angewiesen, jeden Falken zu *töten*, den ich nicht aus Vaskandar herausbringen kann.«

La Contessa kniff die Augen zusammen. »Und du hast den Befehl verweigert?«

»Natürlich. Ich bin keine Mörderin.« Ich dachte an Roland, und für einen Moment stockte mir der Atem. Aber es gab einen Unterschied zwischen töten und morden. An diesem Unterschied hielt ich mich fest, auch wenn mir klar war, dass meine Mitstudenten imstande wären, stundenlang kompetent über diesen Punkt zu diskutieren. »Wird das Probleme verursachen? Stammte diese Anweisung wirklich vom Dogen?«

»Das ist eine sehr interessante Frage und zudem eine, auf die Niro mir, wie ich annehme, keine direkte Antwort gäbe, würde ich sie ihm stellen.« Mutter drehte ihre schwarze Perlenkette zwischen den Fingern. »Im Rat der Neun stehen Veränderungen bevor. Die Versammlung ist im Begriff, die Ernennung von Baron Leodras Nachfolger abzuschließen, und es ist durchaus nicht unwahrscheinlich, dass Lord Caulin diesen Sitz erhält.«

»Bedauerlich.« Angewidert schüttelte ich den Kopf.

»Er hat ein paar nützliche Eigenschaften, und er wird besser sein, als es Leodra war. Aber er ist leidenschaftslos. Er sieht in den Falken nur eine Ressource – eine Kriegswaffe –, und er drängt den Dogen und den Rat, sie strikt unter Kontrolle zu halten.« Sie maß mich mit einem bohrenden Blick. »Er wird sich dir wegen deines Falkengesetzes entgegenstellen. Sollte er erfahren, dass du einen Befehl missachtet hast, wird er das gegen dich verwenden. Was er aber auch tun würde, wärst du ihm nachgekommen.«

Ich atmete stockend aus. »Das hatte ich befürchtet.«

»Du bist nun endlich eine vollwertige Spielerin in diesem Spiel, Amalia.« Mutter strich mir eine Haarlocke aus dem Nacken, und in ihren Augen schimmerte ein Hauch ironischen Amüsements. »Herzlichen Glückwunsch. Jetzt wird es für dich erst richtig kompliziert.«

Grazien, helft mir. Meine Vision von einer perfekten Zukunft – mit einem guten Buch und einem Glas edlen Weins in meiner Privatbibliothek entspannen, während Marcello sich warm an meine Seite schmiegt – verschwamm im Nebel endloser politischer Querelen. Die Erlauchte Stadt würde mich nie zur Ruhe kommen lassen.

»Was soll ich tun?«, fragte ich, bemüht, nicht wie ein nervöses Kind zu klingen.

»Trag Ressourcen zusammen.« Mutters Stimme klang weise und hart, angefüllt mit jahrzehntelanger Erfahrung. »Bau dir eine Machtposition auf. Finde Verbündete – Leute mit Einfluss, natürlich, aber Kompetenz und Loyalität sind noch viel wichtiger. Da bist du schon auf einem guten Weg.«

Ich dachte an Marcello, Zaira, vielleicht sogar Kathe – er war auf seine eigene Weise erschreckend loyal, allerdings konnte ich nicht darauf vertrauen, dass er das in einer Weise zum Ausdruck brachte, die ich als angenehm einstufen würde. »Ja«, stimmte ich zu, »das bin ich.«

»Halte dir diese Leute warm«, sagte meine Mutter sanft. »Du wirst sie brauchen.«

*

Am folgenden Morgen brachen Zaira und ich zu einer Mission auf, die uns für einige Tage aus Durantain fortführen würde. Wir hatten eine volle Eskorte Soldaten dabei, zu denen auch Marcello zählte. Von Großmutter hatte ich mich bereits verabschiedet, und Mutter war eine Stunde zuvor nach Raverra aufgebrochen. Ich rechnete nicht damit, dass uns noch irgendjemand Lebewohl würde sagen wollen. Doch als ich mich aufmachte, in die Kutsche zu steigen, rief mich eine Stimme von hinten.

»Ho, Amalia!«

Es war Bree, die mit entschlossener Miene auf mich zumarschierte. Ich bereitete mich auf eine weitere Ohrfeige vor.

Aber sie schlang die Arme um mich und drückte mich an sich, ließ aber schnell wieder los, auf den Lippen ein trauriges Lächeln. Ich war nicht sicher, ob es an den Tränenspuren auf ihren Wangen lag, dass es steifer wirkte als sonst.

»Sei vorsichtig, ja?«

»Das werde ich.« Ich bemühte mich, all meine Liebe für sie in mein Lächeln zu legen, doch in meinem Gedächtnis hallten immer noch ihre Worte aus jener Nacht wider: *Kaltblütiges Monster.* »Wir werden nicht lange weg sein.«

Bree drehte sich zu Zaira um und drückte aufmunternd ihren Arm. »Möge die Grazie des Glücks mit euch sein.«

»Glück wird nicht reichen«, ächzte Zaira. »Aber es gibt kein Entkommen.« Sie sah sich zu Terika um, die die Verladung ihrer alchemischen Ausrüstung in unsere Kutsche überwachte. Sie musste bald in die Stallungen zurückkehren, wo sie einen neuen Falkner bekäme, aber Marcello hatte ihr für diese eine Reise noch etwas Urlaub eingeräumt.

»Nicht, dass ich wollte«, fügte Zaira hinzu.

*

Nach einer reibungslosen mehrtägigen Reise unter einem sonnigen Himmel kamen wir schließlich zu einem kleinen Gehöft, das sich ganz in der Nähe eines wohlbekannten Dorfes hoch oben in den Bergen auf eine mit Steinen übersäte Weide kauerte. Zwei Ziegen grasten vor einem gepflegten kleinen Holzhaus, und in einem schmucken Schrein zu Ehren der Grazie der Schönheit standen frische Kerzen. Zaira, Terika und ich kletterten aus der Kutsche und gingen zu Fuß weiter; vor uns gackerten ungehalten ein paar fette braune Hennen.

Terika ergriff Zairas Hand und sah sie mit leuchtenden Augen an. »Und, was denkst du?«

»Es ist hübsch«, antwortete Zaira knapp. Sie war so blass, wie ich es bei ihr noch nie erlebt hatte.

»Hast du Angst?« Terika grinste.

»Nein!« Zaira warf einen finsteren Blick auf die glänzende Holztür des Häuschens. »Vielleicht. Ein bisschen.«

Terika senkte die Stimme, bis sie klang wie ein schauriges Poltern: »Das solltest du auch.«

Und dann riss sie die Tür auf. »Baba, ich bin zu Hause!«

Ich hielt mich im Hintergrund, als Terikas Großmutter Zaira mit offenen Armen in ihrem Haus willkommen hieß, und unterdrückte ein Lächeln, als sie zur erschrockenen Empfängerin einer begeisterten Umarmung wurde. Ich war schließlich nur als ihre Falknerin hier; dies war nicht mein großer Augenblick.

Doch ich konnte nicht aufhören zu grinsen, während ich der entzückten alten Stimme aus dem Inneren des Hauses lauschte, die Zaira erzählte, sie habe schon so viel von ihr gehört, und dann dem erstaunlich respektvollen Gemurmel von Zairas Antwort.

Ich entfernte mich ein Stück von dem Häuschen, um ihnen ihre Privatsphäre zu lassen, schlenderte über das büschelweise wachsende Gras, das von den hungrigen Ziegen kurzgehalten wurde. Jedes Mal, wenn ich ausatmete, brachte ich mit einem knappen Schnauben eine scharf umgrenzte Dampfwolke in der kalten Luft hervor. Es war, so ermahnte ich mich, Zairas Leben. Aber Grazien, vergebt mir, ich konnte mich dennoch des Gedankens nicht erwehren, wen ich wohl empfehlen würde, sollten die beiden zufällig plötzlich Hochzeitskleider benötigen.

»Pssst«, rief eine vertraute Stimme. »Hier drüben.«

Kathe. Wer sonst?

Ich musterte die windgepeitschte Wiese, sah aber nur Vögel, die die letzten Samenkörner des Herbstes aus dem Gras pickten. Dann entdeckte ich ihn im Geäst eines mickrigen Apfelbaums, den er sich mit drei schwarzen Krähen teilte.

Ich sah mich zur Straße um, wo unsere Eskorte wartete. Die Anhöhe des Hügels versperrte ihnen die Sicht, aber ich nahm an, in der Gesellschaft des Krähenlords würde ich so sicher sein wie eh und je.

»Ich hätte wissen müssen, dass Ihr wieder auftaucht«, sagte ich, als ich mich dem Baum näherte.

Er sprang aus dem Geäst und landete so behände wie eine Katze. »Natürlich. Krähen wird man nicht so einfach wieder los.«

Die Sonne fiel auf seine markanten Wangenknochen und spiegelte sich flammend in den gelben Ringen des Magiermals in seinen Augen. Für einen Moment spülte die Erinnerung an den Kuss wie eine Sturmwelle über mich hinweg, und ich wünschte mir so sehr, diese Lippen noch einmal zu kosten.

Doch das Stechen in meiner Seite, das jeden Atemzug begleitete, erinnerte mich daran, wie gefährlich es war, ihm zu vertrauen. Ärgerlich runzelte ich die Stirn.

Sein Blick huschte über mein Gesicht und las, was dort geschrieben stand. »Ich hätte Euch wirklich sagen sollen, was ich in Bezug auf die Herrin der Dornen geplant hatte.«

»Ja, das hättet Ihr tun sollen.«

Er biss sich auf die Lippe. »Es tut mir leid. Ich hatte Angst, Ihr könntet, würde ich Euch um Hilfe bitten, nicht überrascht genug agieren und dadurch den Plan auffliegen lassen.«

Ich breitete die Arme aus. »Wenn Ihr mich wirklich überzeugen wollt, mich an einem Plan zur Erlangung der Weltherrschaft zu beteiligen, müsst Ihr erst einmal beweisen, dass ihr imstande seid, Euch *mit* jemandem zu verschwören, nicht nur *gegen* jemanden.«

»Dergleichen sind wir in Vaskandar nicht gewohnt«, gestand er reumütig. »Beim nächsten Mal werde ich es besser machen.«

»Hmm.« Ich verschränkte die Arme vor der Brust und musterte ihn prüfend. »Könnt Ihr mir einen guten Grund nennen, warum ich Euch gestatten sollte, mich weiter zu umwerben?«

Er reckte einen Finger hoch. »Ich kann sogar noch mehr.«

»Lasst mich raten. Ein Spiel.«

»Natürlich.« Er grinste mich an. »Für jeden Grund, den Ihr mir gegen ein weiteres Werben nennt, werde ich Euch zwei liefern, die dafürsprechen.«

Beinahe hätte ich ihm eine scharfzüngige Erwiderung entgegengeschleudert, doch da zeigte sich ein Hauch von Verzweiflung in den angespannten Linien um seine Augen. Dies war, wie mir plötzlich aufging, die einzige Art, mit anderen Leuten zu interagieren, die ihm vertraut war. Ich hatte ihn diese Art von Spielchen nie mit Feinden spielen sehen. Dies war seine Art von Brautwerbungsgeschenken, die er vor mir ausbreitete wie eine Krähe ihrem potenziellen Gefährten irgendeinen schimmernden Tand zu Füßen legen würde.

Ich seufzte. »Also gut. Zunächst einmal wäre ich Euretwegen beinahe gestorben und habe als Beweis eine gebrochene Rippe zurückbehalten.«

»Das ist wahr.« Er verbeugte sich und schwenkte den gefiederten Umhang vor dem Körper herum. »Und um das wieder gutzumachen und zwei Gründe zu liefern, biete ich Euch meine volle Kooperation und die der Domäne Let für Eure Bemühungen, Ruven die Stirn zu bieten. Spähkrähen, Truppen aus Let, magische Unterstützung, was immer Ihr benötigt.«

Ich starrte ihn an. »Wirklich?«

»Wenn wir werben.« Ein Funke tanzte in seinen Augen. »Nichts weniger könnte ich für eine Frau tun, die ich so sehr verehre. Ich sollte hinzufügen, dass ich *Euch* die Verfügungsgewalt über meine Mittel einräume, nicht dem Erlauchten Imperium.«

Grazie der Erhabenheit. Ganz abgesehen von den Vorteilen, die solch eine Allianz im Falle eines Krieges hätte, sie würde auch meine Position gegenüber dem Dogen und dem Rat enorm stärken. Ich musste mich zusammenreißen, um die Klauen, die immer noch vor der Brust hingen, loszulassen. Er durfte nicht sehen, wie sehr er mir den Atem geraubt hatte.

»Aber Ruven hat keinen Grund, das Imperium anzugreifen.« Ich rang mir einen absichtsvoll beiläufigen Ton ab. »Er hat nun seine Domäne. Seine List mit dem Vulkan ist gescheitert. Euer Angebot, Euch mit uns gegen ihn zu verbünden, ist nicht viel wert, wenn er sich darauf beschränkt, über Kazerath zu herrschen, wie es sich für einen guten Nachbarn gehört.«

Kathe zog eine Braue hoch. »Ihr glaubt doch nicht ernsthaft, dass er das tun wird, oder? Obwohl er ein Gift besitzt, mit dem er jeden seiner totalen Kontrolle unterwerfen kann? Ihr kennt den Mann. Meint Ihr, er wird die Niederlage huldreich hinnehmen und sich damit zufriedengeben, friedlich über sein Erbe zu herrschen?«

»Nein«, gab ich zu.

»Umso mehr, da er weiß, dass die Hälfte der Hexenlords in Vaskandar nun denkt, man könnte ihn einfach ausmerzen wie irgendein tollwütiges Tier.« Kathe schüttelte den Kopf. »Er ist kein Narr. Er weiß, dass er seine Machtbasis schnell und umfangreich aufbauen muss, damit auch die Ältesten kein Verlangen verspüren, ihn direkt herauszufordern. Der einfachste Weg für ihn, einen Vorteil zu erringen, den der Rest von uns nicht mühelos kontern kann, ist, sich die Macht Eures Imperiums anzueignen – das Land und die Falken.«

Das ergab viel zu viel Sinn. »Aber zumindest Sevaeth ist doch gewiss nicht mehr im Spiel. Die Tochter der Herrin der Dornen ist nicht in der Position, um einen Krieg anzuzetteln.«

»Nicht, solange die Herrin der Luchse ihr von Norden her im Nacken sitzt«, stimmte Kathe zu. »Aber dieser Konflikt wird bald genug ein Ende finden. Wenn sie schlau ist, lässt sie zu, dass die Herrin der Luchse ein Stück aus ihrer Domäne reißt, und konsolidiert ihre Kräfte im Süden. Und wenn sich der Staub einmal gelegt hat und sie immer noch da ist, dann wird sie tief in Ruvens Schuld stehen und seine Marionette sein.« Er zuckte mit den Schultern. »Außerdem sind da immer noch die Herrin der Bären und der Schlangenlord, die beide erpicht auf einen Krieg sind. Aber ganz offen gesagt, Ruven allein ist schon gefährlich genug. Gibt es noch andere Gründe?«

Ich tippte mir ans Kinn. »Nun, da die Herrin der Dornen weg ist, haben wir keine gemeinsamen Interessen mehr. Ich weiß nicht, ob ich Euch trauen kann.«

»Wo bliebe der Spaß beim Werben, wenn Ihr wüsstet, dass Ihr mir trauen könnt?« Er zwinkerte mir zu. »Aber falls Ihr ein langweiliges Leben vorzieht, dann kann ich Euch versichern, ich bin genau wie Ihr daran interessiert, Ruven loszuwerden. Meine Domäne grenzt an seine, und ich bin nicht gerade erpicht auf einen ebenso grausamen wie machthungrigen Hauthexer als direkten Nachbarn. Und was den zweiten Grund meinerseits betrifft, so wisst Ihr, dass ich mir wünsche, dieses Werben würde zum Erfolg führen.« Er verzog das Gesicht. »Mir ist bewusst, dass das meine letzte Chance ist. Ich kann nicht so tun, als würde ich plötzlich keine Überraschungen mehr mögen. Aber ich werde versuchen, sie weniger gefährlich zu gestalten.«

Ich hielt seinem Blick stand. »Also gut, ich habe noch einen Grund für Euch. Mein Herz gehört einem anderen.«

Er schrak zurück, und für einen Moment empfand ich Mitgefühl. Doch dann lachte er so laut, dass die Krähen in dem Baum über uns erschrocken mit den Flügeln schlugen.

»Gnädige Frau, Ihr wisst so gut wie ich, dass Brautwerbung keine Sache des Herzens ist.«

»Nicht?« Ich sah ihn herausfordernd an und stemmte die Hände in die Hüften.

»Nein.« Nun befleißigte er sich eines ernsten Tons. »Aber das Herz hat alles mit Liebe zu tun. Und Liebe ist etwas Heiliges, etwas, das frei hingegeben wird und niemals zurückgefordert werden kann. Liebe ist kein Spiel.«

»Brautwerbung aber schon.« Ich seufzte. »Ich nehme an, das ist korrekt.«

»Und der zweite Grund …« Er grinste. »Ich kann Euch nur bitten, mir Zeit zu geben. Aller Wahrscheinlichkeit nach werde ich entweder an Euch wachsen, oder Ihr habt irgendwann genug von mir und bittet Eure Hexenfreundin, mich in Brand zu stecken.«

Nun konnte ich ein Lachen nicht mehr zurückhalten. Prompt flammte Schmerz in meiner Rippe auf, den ich zusammenzuckend zu unterdrücken versuchte. »Nun gut.«

»Dann werben wir also immer noch umeinander?«, fragte Kathe und neigte den Kopf zur Seite.

Ich dachte an Marcello, der geduldig weiter unten am Hügel wartete. Und an Ruven, der seinen Willen immer tiefer mit seiner Domäne verwob, sich den nächsten Schritt überlegte und einen Haufen von dem gefügig machenden Trank gehortet hatte. Ganz zu schweigen von meinem Falkenreformgesetz, das durch die Versammlung zu bringen ich jeden sich bietenden Vorteil nutzen musste, umso mehr, falls Lord Caulin gegen mich arbeitete.

»Ich bin nicht so unbesonnen, die Dinge einfach spontan über den Haufen zu werfen«, sagte ich. »Und eine fortdauernde Allianz gegen Ruven scheint für beide Seiten nutzbringend zu sein.«

Kathe setzte ein verschrobenes Lächeln auf. »Wie umwerfend romantisch.«

Wärme flutete meine Wangen. »Würdet Ihr es vorziehen, diese Angelegenheit bei Kerzenschein zu diskutieren, während wir in einem

Boot unter der Brücke der Liebenden sitzen und uns eine Flasche Wein teilen?«

»Das klingt wunderbar. Ich nehme Eure Einladung an.« Er griff nach meiner Hand und beugte sich mit einem vergnügten Funkeln in den Augen darüber. »Ich werde bei Euch vorsprechen, wenn Ihr zurück in Raverra seid.«

Ich schluckte meinen Protest herunter und ließ zu, dass er meine Hand küsste. Der warme Druck seiner Lippen jagte ein Kribbeln durch meinen Arm. »Ich freue mich darauf.«

Und verflucht sollte er sein, das tat ich tatsächlich, trotz allem, was geschehen war.

*

Ich ging zurück in Richtung Haus und sah Terika und Zaira durch das Fenster. Sie saßen gemeinsam vor einem glimmenden Kaminfeuer, kuschelten sich zusammen und lachten, als eine Schildpattkatze versuchte, Zairas Haare anzuknabbern. Terikas Großmutter saß in eine Decke gewickelt in einem Schaukelstuhl und strickte. Auf ihren Lippen lag ein mildes Lächeln. Ich schwenkte in Richtung Straße ab; die brauchten mich jetzt nicht.

Marcello kam mir auf halbem Wege entgegen. Seine grünen Augen blickten sanft und bedächtig. »Können wir einen Spaziergang machen?«, fragte er.

Grazien, er war genau das, was ich jetzt brauchte. Jemand, der Sicherheit und Behaglichkeit vermittelte, jemand, mit dem ich reden konnte, ohne mir Sorgen darüber zu machen, welche Geheimnisse wir voreinander verbergen mochten. Jemand, bei dem ich einfach ich selbst sein konnte, bei dem ich weder eine Cornaro sein musste noch eine Lochaver noch eine Nachfahrin der Herrin der Adler.

Das konnten wir ewig füreinander sein. Ganz gleich, wen wir zu umwerben oder zu ehelichen beschlossen. Ich musste aufhören, mir den Kopf darüber zu zerbrechen, was mich in einer unbekannten Zukunft erwartete, und einfach in der Gegenwart seine Freundin sein.

»Ja«, sagte ich. »Das würde mir sehr gefallen.«

Wir schlenderten zusammen die Straße hinunter, fort von den

Soldaten unserer Eskorte, die sich ihre Mäntel fest um die Leiber geschlungen hatten und dem kalten Wind den Rücken zukehrten, während sie sich unterhielten. Fort von dem Häuschen, in dem sich Zaira und Terikas Großmutter prächtig zu verstehen schienen. Eine Weile herrschte einvernehmliches Schweigen zwischen uns. Dann verschwand die Straße in einem Hain kleinerer Kiefern und damit außer Sichtweite der anderen, und Marcello blieb stehen.

»Ich muss ständig an die Falken denken«, sagte er leise. Sorgen lasteten auf seiner Stirn. »Emmand, der vor uns weggelaufen ist, obwohl wir ihm helfen wollten. Harrald, der nicht mit uns zurückkehren wollte. Die gefangenen Falken, die uns begleitet haben, aber nicht, weil sie wollten, sondern weil die anderen Alternativen noch schlechter für sie waren.« Er schluckte. »Ich liebe die Falkner. Die Stallungen haben Istrella und mich gerettet; sie sind unser Zuhause. Aber das können sie nicht für alle sein, ganz gleich, wie sehr ich mich bemühe, sie dazu zu machen. Und das hätte ich schon vor langer Zeit begreifen müssen.«

Ich legte ihm eine Hand auf die Schulter. »Dann hilf mir, die Dinge zu ändern. Ich werde versuchen, dieses Gesetz durch die Versammlung zu bringen, wenn ich wieder in Raverra bin. Wenn du mir Oberst Vasantes Unterstützung sichern kannst, werden sich viel mehr Leute überzeugen lassen.«

Er nickte. Entschlossenheit straffte seine Schultern. »Ich werde es versuchen.«

»Danke.« Ich seufzte. »Ich hoffe, ich bekomme das hin. Das alles ist noch so neu für mich.«

»Du schaffst das schon«, versicherte er mir lächelnd. »Schließlich bist du La Contessas Tochter.«

Du bist wahrlich bereit, zu herrschen. Großmutters Worte mischten sich mit der Erinnerung an Brees *Kaltblütiges Monster*. Beide Aussagen mochten das Gleiche bedeuten. Ich verzog das Gesicht.

Marcello streckte eine Hand nach meiner Wange aus, hielt aber dann inne und krümmte seine Finger, und die Hand blieb in einem Zustand der Unsicherheit zwischen uns in der Luft hängen.

»Was ist los?«

»Ich habe Angst.«

Ich nahm seine Hand, umfasste sie mit allen zehn Fingern, fühlte die Wärme und die rauen Schwertschwielen auf der Handfläche. Das brauchte ich jetzt, den Trost einer warmen, sanften menschlichen Berührung, und die konnte ich sonst nirgends bekommen. »Ich fürchte mich vor dem, was ich werden könnte. Ich habe Roland getötet. Er war mein Cousin, und ich habe ihn geliebt, und ich habe ihn getötet.«

»Du hast eine schwere Entscheidung getroffen, die getroffen werden musste. Das ist im Militär nicht anders.« Der Schatten, der über sein Gesicht huschte, verriet mir, dass er auch mit derlei Entscheidungen zurechtkommen musste. »Jemand muss das tun, Amalia.«

»Ich weiß. Die Entscheidung war unumgänglich.« Stockend holte ich Luft. »Aber wer bin ich, zu entscheiden, wer leben darf und wer nicht? Der Doge war letztes Jahr bereit, eine ganze Stadt zu opfern und Tausende von Menschen zu töten, nur um seinen Standpunkt klarzumachen. Ich möchte Menschenleben nicht so behandeln, als ginge es nur um Figuren auf einem Spielbrett. Aber wenn ich imstande bin, meinen Cousin zu opfern, inwiefern bin ich dann anders?«

»Du bist anders, weil es dir nicht egal ist.« Er sah mich voller Ernsthaftigkeit aus seinen grünen Augen an. »Ich kenne dich, Amalia. Du wirst nie gleichgültig agieren, auch nicht, wenn du Entscheidungen zu treffen hast, die Leben kosten werden. Und darum bist du diejenige, die das tun sollte.«

»Dann hilf mir, niemals gleichgültig zu werden, Marcello.« Fest drückte ich seine Hand. »Jahr um Jahr, bis ich alt und vertrocknet und verbraucht bin. Lass nicht zu, dass mein Herz verhärtet, ganz egal, wie sehr ich mir wünsche, dass es aufhört zu schmerzen. Ganz egal, was ich zu tun habe.«

»Das werde ich«, flüsterte er. »Ich verspreche es.«

Über uns krächzte eine Krähe. Ihr heiseres Gelächter kratzte am Firmament.

DANKSAGUNG

Es braucht ein Dorf, um ein Buch zu schreiben, bestenfalls ein so bemerkenswert krasses Dorf wie Themyscira. Daher habe ich einigen wirklich tollen Leuten zu danken.

Wärmsten Dank an Naomi Davis, meine Agentin und gute Fee, ohne die diese Serie nie das Tageslicht erblickt hätte. Und tiefen Dank an meine unglaublichen Lektorinnen: Lindsay Hall, die die erste Fassung des Buches redigiert hat, und Sara Guan, die es über die Ziellinie trug, sowie Emily Byron, meine wunderbare Herausgeberin im Vereinigten Königreich. Ich danke euch allen, dass ihr mich angetrieben und angeleitet habt, dieses Buch so gut zu machen, wie es nur werden konnte.

Herzlichen Dank an das ganze Team von Orbit, ihr seid hilfreich, lustig, wunderbar und wirklich gut in dem, was ihr tut. Ich bin so froh, dass ich die Chance habe, mit euch zu arbeiten, und ihr habt alle Zimtschnecken und Welpen und die magische Kraft eurer Wahl verdient.

Meine Liebe und meinen tiefsten Dank meinem Ehemann Jesse King und meinen Töchtern Maya und Kyra dafür, dass ihr Geduld mit mir hattet und mich unterstützt habt, während ich dieses Buch schrieb. Durch all eure Hilfe, eure Umarmungen und euer Verständnis wusste ich, dass ihr immer hinter mir steht, auch wenn die Schreiberei mein ganzes Leben verschlungen hat, und das hat mir endlos viel bedeutet. Und herzlichen Dank all meinen Freunden und Angehörigen, die mich aufgemuntert und mir ausgeholfen haben – an erster Stelle meine Eltern, die nicht nur meinen Traum gefördert haben, sondern sich auch jahrzehntelang mit meinem Unfug herumschlagen mussten.

Auch danke ich meinen Betalesern, die mir mit erstaunlichem Eifer und Tiefblick ihr Feedback gegeben haben: Natsuko Toyofuku, Deva Fagan, Lauren Austrian-Parke, Dan Parke und Nicole Evans. Ihr habt mir mit eurem gesunden Menschenverstand ausgeholfen, wenn ich ihn gebraucht habe, habt mir die richtige Richtung gewiesen und meine Fehler gefunden, und das alles unter Termindruck. Ich bete euch an.

Und schließlich danke ich euch, meinen Lesern, dass ihr zu mir steht. Diese Story wäre ohne euch unvollständig geblieben, und ich freue mich wahnsinnig, dass ihr mich auf dieser Reise begleitet.